LAUREN ROWE

Captain Love

LAUREN ROWE

TRUE LOVERS

Captain Love

Roman

Aus dem Amerikanischen von Christina Kagerer

PIPER

Mehr über unsere Autoren und Bücher:
www.piper.de

Von Lauren Rowe liegen im Piper Verlag vor:
The Club ~ Flirt
The Club ~ Match
The Club ~ Love
The Club ~ Joy
The Club ~ Kiss
The Club ~ Desire
The Club ~ Passion

True Lovers ~ Captain Love

FSC
www.fsc.org
MIX
Papier aus verantwortungsvollen Quellen
FSC® C083411

ISBN 978-3-492-06127-8

Titel der amerikanischen Originalausgabe:
»Captain«, erschienen 2017 bei SoCoRo Publishing

Übersetzungsrechte vermittelt durch
The Sandra Dijkstra Literary Agency
Satz: Tobias Wantzen, Bremen
Gesetzt aus der Bembo
Litho: Lorenz & Zeller, Inning am Ammersse
Druck und Bindung: CPI books GmbH, Leck
Printed in Germany

Tessa

~ Prolog

Ich nehme den Brief in meine zitternde Hand und kann nicht glauben, was da in der vertrauten, geschwungenen Schrift geschrieben steht. Mein Blick ist tränenverschleiert.

Hätte ich diese unbegreiflichen Worte nicht selbst gelesen, hätte ich sie nie für möglich gehalten.

Hätte ich sie nicht mit eigenen Augen gesehen, hätte ich für seine hingebungsvolle Liebe meine Hand ins Feuer gelegt.

Und jetzt ist alles, was ich über die Liebe zu wissen glaubte, in tausend Stücke zerbrochen.

Die Liebe, die ich mir in meinem Leben erträumt habe, gibt es nicht mehr.

Was ist Liebe?

Ich dachte, ich wüsste es.

Aber wie sich herausstellt, habe ich keinen blassen Schimmer.

Ryan

»So weit, so gut«, sage ich zu meinem kleinen Bruder Keane. »Ich habe keine Eile mit ihr – wir gehen die Sache langsam an.«

Mein Bruder und ich sitzen in einem gemieteten Ruderboot auf dem Green Lake, außerhalb von Seattle, trinken Bier und angeln Forellen (allerdings nicht sonderlich erfolgreich, wir haben noch keine einzige gefangen). Ich habe meinem Bruder von Olivia erzählt, der Frau, mit der ich mich seit ungefähr einem Monat immer mal wieder treffe.

»Du hast also noch nicht alles unter Dach und Fach gebracht?«, fragt Keane.

Ich muss schmunzeln. Keanes Ausdrucksweise ist einfach herrlich. »Nein, Olivia und ich haben noch nicht über eine feste Beziehung gesprochen. Wir sehen das alles locker, weißt du? Kein Druck, keine Verpflichtungen.«

»Moment«, sagt Keane. »Du willst mir also erzählen, dass du sie seit einem Monat nagelst, und sie hat noch nicht einmal *angedeutet*, dass es ihr lieber wäre, wenn du deinen Schwanz nicht auch noch woanders reinstecken würdest?«

»Na ja, zurzeit habe ich nicht das geringste Bedürfnis, meinen ›Schwanz auch noch woanders reinzustecken‹. Schließlich hat nicht jeder Kerl so einen Frauenverschleiß wie du, Peen. Ich konzentriere meine Energie gerne voll und ganz auf *eine* Frau. Aber das ist nebensächlich, denn Olivia will auch keine feste Beziehung. Ehrlich, sie scheint kein bisschen eifersüchtig zu sein.«

»Schwachsinn, jede Frau ist eifersüchtig. Und wenn sie es dir nicht zeigt, dann spielt sie ein Spielchen mit dir.«

»Nein, Olivia ist ein offenes Buch. Total gechillt. Wirklich, soweit ich weiß, gibt es bei der Geschichte keinen Haken.«

»Uff. Sag das nicht, Bro. Das wirkt wie ein rotes Tuch auf mich, Mann. Du findest besser schnell ein, zwei kleine Haken, oder ihre Macken hauen dich in zwei Monaten alle auf einmal um.«

Ich öffne den Mund, um meinem Bruder zu sagen, dass er ein Idiot ist, aber bevor ich auch nur ein Wort rausbringe, spannt sich Keanes Angel. Sofort sind wir hellwach.

»Es hat einer angebissen!«, ruft Keane und beugt sich aufgeregt nach vorne.

»Zieh ihn langsam raus«, belehre ich ihn.

»Wir sind nicht mehr neun und fünfzehn, Ry. Du musst mir nichts mehr beibringen.«

»Du wirst ihn verlieren, Peen. Der Fisch ist noch nicht richtig gehakt.«

»Ich weiß, was ich tue. Sieh zu und lerne, Sohn. Ich bin Ahab, verdammt.«

Keane zieht die Schnur weiter ein, aber nach ein paar Sekunden lockert sie sich wieder. *»Fuck!«,* schreit Keane. Dramatisch reckt er seine Fäuste gen Himmel. »Verdammt seid ihr, ihr Fischgötter!«

Ich lache mich fast tot. »Vielleicht solltest du dich nächstes Mal nicht mit Ahab vergleichen, *Sohn*. Ich verrate dir das Ende ja nicht gerne, aber Ahab hat den Wal nie gefangen.«

»Was?«, sagt Keane und schaut mich schockiert an. »Aber das Buch heißt *Moby Dick*. Warum nennt man ein Buch *Moby Dick*, wenn niemand Moby Dick je fängt? Das ist ja so, als würde Roy Scheider den *Weißen Hai* nicht erledigen, sondern stattdessen sagen: Na ja, dann schwimmen wir halt nicht mehr im Meer.«

Ich muss wieder lachen.

Keane fährt fort: »Oder als würde in *Findet Nemo* niemand Nemo finden, und Papa-Fisch würde sagen: Ich habe diesen nervigen Clownfisch eh nie gemocht.«

»Oder als würde in *Titanic*«, schlage ich vor, »am Ende ein großes Schiff mit dem Namen *Titanic* sinken?«

»Ach«, sagt Keane und zieht eine Augenbraue hoch.

»Merkst du, was ich gerade getan habe, kleiner Bruder?«, sage ich.

»*Touché*, großer Bruder. Du hast mich etwas gelehrt, schon klar.«

Ich zwinkere ihm zu. »Sieh zu und lerne, Sohn.«

»*Titanic* hin oder her, dass Captain Ahab *Moby Dick* nicht fängt, ist ein blödes, sinnloses Ende, wenn du mich fragst.«

»Peen, erst durch dieses Ende wird es zu Literatur, anstatt zu *Fast and Furious 7*. Ahab ist so besessen davon, den großen Wal zu fangen, dass er schließlich verrückt wird und seinen Tod frühzeitig heraufbeschwört.«

»Frühzeitig heraufbeschwört?«

»Frühzeitig heraufbeschwört. Etwas geschieht schneller, als es normalerweise der Fall wäre. Lies ab und zu mal ein Buch, Mann.«

Keane zuckt mit den Schultern. »Ich bin zu beschäftigt damit, *Fast and Furious 7* zu schauen.« Er grinst mich an. »Im Ernst, Ry. Tut dir dein Kopf nicht weh vor lauter Belesenheit?«

»Es ist ja nicht so, als hätte ich meinen Abschluss in Amerikanischer Literaturgeschichte gemacht«, sage ich. »Ich habe *Moby Dick* auf der Highschool im Englischunterricht gelesen, so wie jeder andere auch – abgesehen von dir. Was übrigens auch für *Fänger im Roggen* und *Der große Gatsby* gilt.«

»Enden diese zwei Bücher genauso bescheuert wie *Moby*

Dick?«, fragt Keane. »Wenn du eh schon dabei bist, kannst du mir auch gleich alles verraten.«

»Wie zum Teufel hast du die Highschool geschafft, ohne die ganzen Klassiker zu lesen?«

»Mann, ich war damit beschäftigt, auf Sauftour zu gehen und die heißen Mädels klarzumachen. Da hatte ich keine Zeit für Wale und Roggenfänger und Gatsbys.«

»Aber wie hast du den Kurs überhaupt bestanden?«, frage ich.

»Ich hatte Hilfe von ein paar Tutorinnen.« Keane zwinkert mir zu. »Von ein paar sehr hübschen Tutorinnen.«

Ich muss lachen. Typisch Keane.

»Also, jetzt verrate mir schon, wie die anderen zwei Bücher enden, Meister Yoda«, sagt Keane und wirft seine Angel erneut aus. »Enden sie genauso blöd und sinnlos wie *Moby Dick*?«

Ich nehme einen großen Schluck von meinem Bier und denke nach. »Na ja, ich habe sie vor über zehn Jahren gelesen – also nagel mich nicht fest. Aber ich glaube, Holden Caulfield landet in einer Irrenanstalt, und der große Gatsby stirbt, ohne die Frau zu bekommen.«

»Wie bitte?«, ruft Keane – viel zu laut für die friedliche Umgebung, in der wir uns befinden. »In *keinem* Klassiker der Weltliteratur kriegt jemand den Wal?«

»Wenn du ein Happy End willst, musst du einen Liebesroman lesen, mein Sohn.«

»Tja, das werde ich vielleicht sogar tun. Das Leben ist schon beschissen genug, wenn man keine Bücher mit deprimierendem Ende liest. Falls ich jemals ein Buch schreiben sollte, kommen darin Wale und Gras und Frauen für jedermann vor!«

Ich lache laut auf.

»Gib mir noch ein Bier, Kleiner«, sagt Keane. »Literaturanalysen machen mich immer so verdammt durstig.«

Ich gebe meinem kleinen Bruder noch ein Bier aus der Kühlbox.

»Danke, Captain. Deshalb liebe ich dich am meisten.«

Ein paar Minuten lang nippen wir still an unserem Bier und starren auf den See hinaus.

»Ich glaube, wir sollten das nächste Mal andere Köder benutzen«, sagt Keane nach einer Weile. »Die Fische lachen uns aus. Hörst du sie da unten? Die ganze Zeit geht das schon so: ›Hahaha, was für Idioten!‹«

»Ein guter Arbeiter wälzt die Schuld nie auf sein Werkzeug ab.«

»Na gut, dann beschuldige ich eben *dich*, schlechte Köder gekauft zu haben.«

»Hey, um noch mal kurz auf Olivia zurückzukommen«, sage ich. »Warum wirkt sie wie ein rotes Tuch auf dich? Das verstehe ich nicht.«

»Dann bist du blind. Mann, wenn sie sich seit einem Monat nur von ihrer perfekten Seite zeigt, dann ist sie auf jeden Fall ein verkappter Psycho.«

»Verdammter Colby. Wann hast du mit ihm geredet?«

Keane schaut mich überrascht an. »Ich habe nicht mit ihm geredet. Colby hat gesagt, Olivia ist ein verkappter Psycho?«

»Ja, in genau diesen Worten. Er war dabei, als ich Olivia in einer Bar kennengelernt habe, und hat gesagt: ›Wenn du dich an der Blonden versuchst, wirst du enden wie in *Eine verhängnisvolle Affäre*. Die Frau ist zweifellos ein verkappter Psycho.‹«

Keane lacht laut auf. »Aber du hast dich trotzdem an ihr versucht?«

Ich zucke mit den Schultern. »Wenn du Olivia gesehen hättest, würdest du mich verstehen.«

»Du denkst schon wieder mit deinem Schwanz, Ry. Hast du denn gar nichts gelernt?«

»O Mann, du bist ein einziger großer Schwanz, Peen. Allein schon dieser Spitzname!«

»Ja, aber jetzt reden wir über dich, nicht über mich.« Keane schüttelt den Kopf. »Regel Nummer eins für ein gutes und glückliches Leben: Hör auf Colby Morgan – immer. Und Regel Nummer zwei: Hör auf mich – ab und zu.«

»Aber auf keinen Fall dieses Mal. Du kennst Olivia überhaupt nicht.«

»Ich muss Olivia nicht kennen, um zu wissen, dass mein Psycho-Detektor wie verrückt ausschlägt.«

»Basierend auf was?«

»Basierend auf Beweisen. Du hast gesagt, bei der Geschichte gibt es keinen Haken. Das ist eigentlich schon Grund genug. Aber hinzu kommt noch, dass du der hübscheste von uns Morgan-Brüdern bist – was etwas heißen mag, wenn man bedenkt, wie hübsch wir alle vier sind, besonders ich. Und die Frauen sind genetisch darauf programmiert, sich mit den hübschesten Männern zu vermählen. Sieh dir doch nur die Pfauen an. Denkst du, die haben ihre Schwanzfedern zum Spaß?«

»O Mann, ich denke nicht im Entferntesten daran, mich mit Olivia zu ›vermählen‹. Wir kennen uns seit einem Monat, verdammt.«

»Blödsinn. Du denkst *immer* ans Heiraten. Ich kenne keinen anderen Kerl, der sich so sehr Kinder wünscht wie du. Das ist nicht normal, Ry.«

»Das habe ich Olivia gegenüber natürlich noch mit keinem Wort erwähnt.«

»Gut. Sprich nicht über diesen Scheiß, bevor du nicht mindestens sechs Monate mit einer Frau zusammen bist – sonst hast du in Windeseile eine geldgierige Möchtegern-Mama am Hals.«

Ich schüttle den Kopf.

»Es stimmt, Bro. Mach die Augen auf. Du hast eine Wahnsinnskarriere vor dir, die dir viel Kohle einbringen wird. Und zusätzlich zu deinem hübschen Gesicht hast du auf deinen Armen auch noch diese coolen Tattoos und im Gesicht immer dieses ›Ich will dich flachlegen‹-Grinsen. Keine Frau kann dir widerstehen. Wenn du dann auch noch verrätst, dass du liebend gerne vollgeschissene Windeln wechseln würdest, werden die Frauen alles tun, um dich festzunageln.«

Ich verdrehe die Augen. »Du hast Olivia noch nicht einmal gesehen, Peen. So ist sie nicht.«

»Mann, hör auf, dich bei diesem Mädchen wie Forrest Gump zu verhalten. Sie ist Katniss Everdeen mit ihrem Bogen, während du dasitzt und davon redest, dass das Leben wie eine Pralinenschachtel ist. Weißt du, was ich dazu sage, Rum Cake?« Keane legt die Hände wie einen Trichter um seinen Mund und ruft so laut er kann: »Lauf, Rum Cake, lauf!«

Ich muss lachen. »Nicht so laut, Peenie. Du verscheuchst noch die Fische.«

»Hier gibt es keine Fische, die ich verscheuchen könnte, mein Sohn.« Keane lehnt sich zurück. »Davon abgesehen, hast du es nicht mit ein paar kleinen Forellchen zu tun, sondern mit einem richtig großen Fisch. Ich sag's dir nur ungern, Captain, denn ich liebe dich wirklich und respektiere dich, aber die Chancen stehen zwei zu eins, dass du dir an deiner neuen Flamme die Finger verbrennen wirst. Dieses Mädchen ist eine Jägerin auf Safari, und die Beute, auf die sie aus ist, nennt sich Captain Ryan Ulysses Morgan.«

»Okay, das reicht. Ich wünschte, ich hätte Olivia gar nicht erst erwähnt. Ich habe nie gesagt, dass ich in sie verliebt bin oder dass sie die einzig Wahre ist oder dass ich auch nur das geringste Bedürfnis verspüre, mich mit ihr zu ›vermählen‹. Ich habe nur gesagt: ›So weit, so gut.‹ Und jetzt halt deinen Mund und versuch zumindest, einen Fisch zu fangen, bevor ich dir das Grinsen aus dem Gesicht schlagen muss.«

Eine Weile sitzen wir still nebeneinander und starren auf unsere bewegungslosen Angelruten. Er soll ruhig spüren, dass ich verärgert bin. Aber als ich sehe, dass Keane sich gedankenverloren über die rosa Narbe an seinem linken Ellbogen reibt, löst sich mein Ärger sofort in Luft auf.

»Wie geht es deinem Arm?«, frage ich.

Keane starrt auf die Wasseroberfläche.

»Keane?«, sage ich.

Er schaut mich an.

»Wie geht es deinem Arm?«

Er atmet laut aus. »Das Team hat mich letzte Woche einfliegen lassen, um zu sehen, welche Fortschritte ich mache. War nicht so gut.«

Mein Magen verkrampft sich. »Was ist passiert?«

»Der *Worst Case* ist eingetreten, Mann. Ich stand auf dem Wurfhügel, und egal, welche Finte ich auch versucht habe, nichts hat geklappt.«

»Die Operation ist doch nicht mal ein Jahr her. Du brauchst noch etwas Zeit.«

»Die meisten Jungs sind nach sieben oder acht Monaten wieder zurück auf dem Feld, Ry. Bei mir sind es jetzt schon neun. Ich hänge total hinterher.«

»Ach Quatsch, du bist bald wieder wie neu. Da bin ich mir sicher.«

Keane schüttelt den Kopf. »Sie haben mich abgesägt.«

»Was?«

»Vor neun Tagen.«

»Aber warum hast du nichts gesagt?«

Keane zuckt mit den Schultern.

»Hast du es Mom und Dad erzählt?«

»Ich habe es noch niemandem außer Zander erzählt – und ihm auch nur, weil wir uns zufällig getroffen haben, als ich wie ein kleines Baby geheult habe.«

»Ach, Keaney.« Mein Herz zieht sich schmerzhaft zusammen. »Du hättest es uns sagen sollen. Der Morgan-Clan hätte dich unter seine Fittiche genommen.«

»Ich muss es wahrscheinlich erst noch verarbeiten.«

»Ach, Keane. Es tut mir so leid. Ich weiß, wie lange du davon geträumt hast, in der Major League zu spielen.«

»Tja, ein Traum plus zehn Cent ergeben auch keinen Dollar, oder?«

Ich verziehe das Gesicht. »Sag das nicht. Ich weiß, dass du enttäuscht bist, aber rede nicht so, als hättest du deine Träume schon aufgegeben. Du bist erst zweiundzwanzig, kleiner Bruder. Kopf hoch. Ich sag dir was: Wie wäre es, wenn ich deine Miete ein paar Monate lang zahle? Damit du ein bisschen durchatmen kannst, während du dir deinen nächsten Traum ausmalst, okay?«

Ein lauter Schrei ertönt von einem Boot in der Nähe, und wir drehen uns beide um. Ein kleiner Junge zieht eine riesige Forelle aus dem Wasser.

»Heilige Scheiße«, sagt Keane. »Sieh dir das an.«

»Das ist ein verdammt großer Fisch.«

»Was für einen Köder hat der Junge wohl benutzt? Sollen wir rüberrudern und ihn fragen?«

»Nein.« Ich halte meine Bierdose in die Luft. »Mir reicht es, hier zu sitzen und mit dir zu reden. Scheiß auf die Fische.«

Keane schenkt mir ein Lächeln, das mein Herz schmelzen lässt. »Okay, cool.«

Ein paar Minuten lang nippen wir einfach nur an unserem Bier und beobachten, wie der Junge in dem anderen Boot Fotos von sich und dem riesigen Fisch macht. Sein fröhliches Lachen dringt bis zu uns herüber.

»Erinnerst du dich daran, wie Colby damals diesen riesigen Fisch gefangen hat?«, sagt Keane.

»Es überrascht mich, dass du dich noch daran erinnerst. Du warst damals höchstens fünf oder sechs Jahre alt.«

»Ich erinnere mich eigentlich nur noch an Bees Gesichtsausdruck, als er dieses Monstrum aus dem Wasser zog. Ach, und ich erinnere mich daran, wie Kum Shot an diesem Tag auf Dads Schuhe gekotzt hat. Ha! Das war spitze.«

»Arme Kat«, sage ich und denke an unsere seekranke Schwester. »In den meisten Kindheitserinnerungen, die ich von ihr habe, kotzt sie.«

»Daran hat sich doch bis heute nichts geändert«, sagt Keane, und wir müssen beide lachen. »Mann, damals dachte ich wirklich, Colby sei Superman.«

»Ich auch.« Ich nehme einen Schluck von meinem Bier. »Tue ich noch.«

Keane schaut mich an. »Hey, Ry, ernsthaft – ich denke wirklich, du solltest auf Supermans Bauchgefühl wegen dieser Olivia hören. Tu uns allen einen Gefallen und sieh sie dir genau an, bevor du dich in sie verliebst und sie zu unseren Familienessen mitbringst.«

»Für wen hältst du mich denn? Für Zander Shaw? So schnell verliebe ich mich nicht, das weißt du. Und du weißt auch, dass ich nie eine Frau zu einem Familienessen mitbringen würde, wenn ich mir nicht hundertprozentig sicher wäre, dass sie die Richtige ist. Und jetzt halt die Klappe und fang deinen Wal, Ahab. Ich hab alles unter Kontrolle.«

»Ach, du hast alles unter Kontrolle, Kleiner?«

»Ich habe alles unter Kontrolle, Süßer.«

»Dann hast du ja wahrscheinlich nichts dagegen, dass wir eine kleine Wette abschließen, oder?«

»Was schwebt dir vor?«

»Ich wette zwanzig Dollar, dass sich deine ›So weit, so gut‹-Olivia innerhalb von drei Monaten in eine ›Was habe ich mir bloß dabei gedacht‹-Olivia verwandelt. Sie wird zum schlimmsten Albtraum deiner gesamten Datingkarriere werden.«

Ich muss lachen. »Die Wette gilt, du Idiot. Aber nur, um das klarzustellen: Es geht nicht darum, dass Olivia und ich vielleicht einfach nicht zueinander passen und deshalb innerhalb der nächsten drei Monate Schluss machen. Es geht darum, dass sie sich in einen wahr gewordenen Albtraum verwandelt.«

»Genau.«

Wir reichen uns die Hände.

»Weißt du was?«, sage ich. »Scheiß drauf. Lass uns um fünfzig Dollar wetten, so wird die ganze Sache interessanter.«

»Oh, unser kleines Großmaul will den Einsatz erhöhen. Na gut, wie du willst.« Er schüttelt erneut meine Hand und lacht leise vor sich hin. »O Mann, ich kann es gar nicht erwarten, aus deinem Unglück Profit zu schlagen, du Blödmann. Du hast die Todsünde begangen und Supermans Rat missachtet, und jetzt erhöhst du deinen Wetteinsatz gegen mich? Ha!« Er wirft den Kopf in den Nacken und gibt ein dämonisches Lachen von sich, das über den ganzen See hallt. »Die Wette gilt!«

Tessa

»Hey, Tessa«, sagt meine beste Freundin Charlotte, als sie meinen Anruf entgegennimmt.

Ich sitze an einem kleinen Schreibtisch in der Ecke meines brandneuen Apartments in Seattle und bin umgeben von Unmengen an Umzugskartons, die immer noch nicht ausgepackt sind. In der einen Hand halte ich mein Telefon, mit der anderen massiere ich mir die Schläfen. »Josh hat gerade angerufen«, sage ich ins Telefon. »Er und Kat sind von ihrer Südamerikareise zurück, und du wirst nie erraten, was passiert ist – nicht in einer Million Jahren.«

»Ms Perfect bekommt Vierlinge von Josh?«

»Sogar noch krasser. Josh hat mir sozusagen direkt ins Gesicht gesagt: ›Theresa, ich werde diese Frau fragen, ob sie mich heiraten will.‹«

»Was?«, ruft Charlotte und klingt so verblüfft, wie ich es bin. »Haben Aliens den echten Josh Faraday entführt?«

Charlotte hat meinen Boss nie kennengelernt – oder seine perfekte, schwangere Freundin, Kat Morgan, mit der er erst seit Kurzem zusammen ist. Aber da sie schon seit Jahren meinen Geschichten über Josh »den Playboy« Faraday lauscht und alles über die unzähligen Supermodels und Millionenerbinnen weiß, die er gedatet hat, bevor er sich in ein einfaches Mädchen aus Seattle verliebte, reden wir über Josh, als würde Charlotte ihn persönlich kennen.

»O mein Gott, Tessa«, stammelt Charlotte. »Wann wird Josh ihr den Antrag machen?«

»Sobald er einen Ring gefunden hat, der ›ihrer würdig ist‹. Er geht morgen mit Kats Mom einen Ring kaufen.«

»Ich bin schockiert.«

»*Du* bist schockiert? Jedes Mal, wenn einer seiner Freunde sich in den letzten sechs Jahren verlobt oder geheiratet hat, hat Josh geschworen, dass die Ehe für ihn nicht infrage kommt. Und jetzt sagt er zur mir Sachen wie: ›T-Rod, ich werde Kat einen Ring kaufen, der so verdammt groß ist, dass sie einen Kran braucht, um ihn zu tragen.‹«

»Jetzt warte mal kurz. Nur, weil er dem Mädchen einen Ring kauft, der so groß ist wie ein Felsbrocken, heißt das nicht, dass er sich den Rest seines Lebens an sie binden wird. Die Reichen verloben sich die ganze Zeit, ohne dann wirklich zu heiraten. Das habe ich schon tausendmal auf *TMZ* gesehen. Ein Kerl wie Josh kauft seiner Freundin so selbstverständlich einen Diamantring, wie ein normaler Mann seiner Freundin einen Zwanzig-Dollar-Gutschein fürs Schmuckgeschäft kauft.«

Ich muss lachen. Charlotte ist einfach herrlich.

»Vielleicht kauft er Kat nur einen Ring, damit ihre Eltern ihm keine Axt in den Rücken rammen?«, mutmaßt Charlotte. »Du weißt schon, weil er ihr kleines Mädchen geschwängert hat?«

»Nein, er macht Kat den Antrag nicht, weil sie schwanger ist. Dafür gibt es Treuhandvermögen und Unterhaltsvereinbarungen. Und er hat jede Menge Freunde, die ihm gezeigt haben, wie das funktioniert. Nein, der Playboy will das Partygirl wirklich heiraten, weil er sie liebt.«

»Heilige Scheiße«, sagt Charlotte. »Dann war ihr kleiner Urlaub in Südamerika wohl ein voller Erfolg, wie?«

»Anscheinend.«

»Dank dir«, sagt sie. »Haben ihnen die ganzen Arrangements gefallen, die du in Buenos Aires für sie in die Wege geleitet hast?«

»Natürlich. Ich kenne Josh – und ich kenne meine Stadt.«

Charlotte seufzt. »Das macht mich irgendwie traurig. Worüber zum Teufel sollen wir denn reden, wenn nicht über die schrecklichen Frauen an Joshs Seite?«

»Ach, ich bin mir sicher, wir finden ein neues Thema, über das wir uns unterhalten können.«

»Warum benimmst du dich nur so verdammt erwachsen? Du kannst dich ruhig ein bisschen kindischer verhalten – zumindest in meiner Gegenwart. Auch wenn du Kat magst und dich wirklich für Josh freust – bla, bla, bla –, darfst du ruhig ein bisschen enttäuscht darüber sein, dass deine ach so geringen Chancen, deinen Boss flachzulegen, jetzt offiziell gleich null sind.«

»Süße, ich wollte meinen Boss nie wirklich ›flachlegen‹. Ich habe eine Zeit lang für ihn geschwärmt, das ist alles. Aber das ist normal, wenn eine sehr behütete Einundzwanzigjährige für einen wahnsinnig scharfen Typen zu arbeiten beginnt, der nur ein paar Jahre älter ist als sie. Sechs Jahre später kann ich durchaus von mir behaupten, dass ich erwachsener und vernünftiger bin als dieses dumme Mädchen von damals. Mittlerweile ist Josh eher ein großer Bruder für mich.«

»Hm, ein *verdammt scharfer* großer Bruder.«

»Okay, ein Stiefbruder.«

Wir kichern.

»Mein Boss würde seine persönliche Assistentin niemals anmachen, es wäre verrückt, etwas anderes zu denken. Er ist *Josh Faraday*.«

»Süße, das hier ist keine Folge von *Downtown Abbey*. Nur weil Josh seine persönliche Assistentin noch nie angemacht hat, ist diese Vorstellung nicht verrückt. Die Männer liegen dir in Scharen zu Füßen, und das weißt du. Du bist die argentinische Angelina Jolie.«

Ich muss lachen. »Das ist eine Riesenübertreibung, aber danke. Und nein, ich weiß nicht, dass mir die Männer in Scharen zu Füßen liegen. Ganz im Gegenteil.«

»Weil du überhaupt nicht mehr ausgehst. Und wenn du es tust, dann bist du total verschlossen. Ich verstehe ja, dass Stu dich wirklich verarscht und dein Selbstbewusstsein einen Knacks bekommen hat …« Sie hält inne. »Weißt du, was du tun solltest? Geh aus, such dir einen echt scharfen Kerl und hab zum ersten Mal in deinem Leben unverbindlichen, wilden Sex mit einem Fremden. Das sollte deine Laune etwas heben.«

»Ich hatte keine Lobotomie, Char – ich werde keinen One-Night-Stand haben.«

Charlotte seufzt. »Na gut. Dann hab keinen Sex mit einem Fremden, sondern geh aus und flirte einfach mit einem. Weißt du, was ich immer tue, wenn ich traurig bin? Ich gehe in meiner Uniform in eine Bar und flirte mit einem scharfen Typen – und ob du es glaubst oder nicht, das heitert mich immer auf. Du wärst schockiert, wenn du wüsstest, wie viele Kerle von Flugbegleiterinnen träumen.« Charlotte zieht scharf die Luft ein. »Hey, ich habe eine Idee. Buch doch einfach einen Flug nach L.A., und geh heute Abend mit mir und meinen Kolleginnen aus. Zieh eine meiner Uniformen an. Die Kerle würden dich umringen wie Motten das Licht.«

»Ich kann nicht glauben, dass ich das sage, aber das klingt wirklich verlockend. Ich vermisse dich seit dem Umzug so sehr, dass ich wahrscheinlich alles tun würde, um dich wiederzusehen. Aber leider habe ich morgen jede Menge Meetings mit Lieferanten für die große Eröffnungsfeier von Josh und Jonas nächste Woche, ich kann nicht weg. Und außerdem muss ich jetzt anscheinend auch noch einen Heiratsantrag planen.«

»Josh hat *dich* gebeten, seinen Antrag zu planen?«

»Ich soll nur das Organisatorische übernehmen. Den Rest macht er selbst.«

»Langweilig.«

»Warum? Im Grunde ist es mein Job, für Josh Dinge zu organisieren.«

»Süße, nur weil du seine persönliche Assistentin bist, solltest du dem Mann, den du liebst, nicht dabei helfen müssen, einer anderen Frau einen Antrag zu machen.«

»Hör auf damit, Char! Ich ›liebe‹ Josh nicht – jedenfalls nicht so. Ja, ich habe früher mal für ihn geschwärmt, und ja, als ich letztes Jahr wegen Stu am Boden zerstört war, habe ich vielleicht das ein oder andere Mal an Josh gedacht, als ich meinen batteriebetriebenen Freund benutzt habe. Aber es ist wahnsinnig schwer für ein Mädchen, sich wirklich Hoffnungen zu machen, wenn ihr Chef sie in sechs Jahren nicht mit dem Arsch angeschaut hat.«

»Ach, komm schon. Josh, der Playboy, hat deine Doppel-Ds in den letzten sechs Jahren tausendmal angeschaut.«

»Nein. Kein einziges Mal. Er war immer sehr professionell. Aber warum reden wir überhaupt darüber? Josh wird Kat heiraten, ein Kind mit ihr bekommen und bis an sein Lebensende glücklich mit ihr zusammenleben, während ich unglücklich und alleine und von Menschenhand unberührt sterben werde. Da gibt es nichts zu bereden.«

Charlotte lacht. »Ach, Tessa.«

»Ist schon okay. Ich habe nur einen schlechten Tag. Morgen geht es mir wieder besser. Und es hat auch nicht *per se* etwas mit Josh zu tun. Ich wünschte nur, ich würde einen Mann kennenlernen, der in etwa so ist wie er, verstehst du? Ein netter Mann, der noch dazu rattenscharf ist – und gleichzeitig loyal und treu und verfügbar. Gibt es so einen Mann?«

»Nimm's mir nicht übel, aber wie willst du denn einen

Mann kennenlernen, wenn du nicht ausgehst und mit jemandem flirtest?«

»Ich kenne niemanden in Seattle, Char. Ich werde nicht ganz alleine in eine Bar gehen und mit einem Fremden flirten.«

Charlotte seufzt laut auf. »Okay, das reicht. Ich komme nach Seattle.«

»Wann?«

»Jetzt. Ich bin am Flughafen. Meine Schicht ist gerade zu Ende. Ich nehme den nächsten Flug nach Seattle und bin in ein paar Stunden da. So einfach ist das. Und ich werde nicht einmal einen Arbeitstag versäumen. Ich kann bestimmt mit einer Freundin aus Seattle die Schicht tauschen.«

Ich quietsche laut auf. »O mein Gott, Charlotte. Danke! Ich hab dich in den letzten drei Wochen so vermisst!«

»Aber hör mir zu, Süße: Wenn ich schon tausend Meilen fliege, um dich zu sehen, wirst du heute Abend das tun, was ich dir sage. Du wirst die Uniform anziehen, die ich dir mitbringe, und flirten, was das Zeug hält, okay?«

»Okay, okay.«

»Versprochen?«

»Versprochen.«

Charlotte kichert. »Heute Abend bist du nicht Josh Faradays organisierende, Zahlen drehende, Pläne erstellende persönliche Assistentin – heute Abend bist du Samantha, die geile Flugbegleiterin.«

»O mein Gott, du bist verrückt. Aber ich sag's dir gleich, ich werde nicht mit einem Fremden ins Bett gehen, nur weil ich eine Flugbegleiterinnenuniform trage.«

»Wann hast du zum letzten Mal mit jemandem geschlafen? War Stu der Letzte?«

»Ja. Das letzte Mal war vor neun Monaten und drei Tagen. Aber wer zählt das schon?«

»Nicht einmal rumgemacht?«

»Nein. Nicht einmal ein Kuss.«

»O Mann, meine Vagina hat sich soeben schmerzhaft zusammengezogen. Okay, Theresa Rodriguez – heute Abend bin ich offiziell deine gute Fee. Deine weise und schmutzige gute Fee. Ich mache es zu meiner Aufgabe, dass du heute Nacht noch von einem scharfen Kerl geküsst wirst.«

»Dieser scharfe Kerl muss schon verdammt scharf sein, wenn ich mich von ihm küssen lasse. Aber gut, ich werde es drauf ankommen lassen. Wo werden wir den scharfen Kerl, der mich küsst, denn finden, du schmutzige gute Fee?«

»Weise und schmutzig. Vergiss nicht ›weise‹.«

»Tut mir leid, Süße. Also, wo gehen wir hin?«

»Ich weiß nicht. Ich werde meine Kollegin aus Seattle fragen, ob sie uns einen Tipp geben kann. Sie hat mir erst vor Kurzem ein paar Läden genannt, in denen es vor scharfen Kerlen nur so wimmeln soll. Ich glaube, einer dieser Läden hieß *The Pine Box*.«

»Wie du willst. Danke, dass du mich besuchen kommst.«

»Ich besuche nicht dich – ich besuche *Samantha*.« Sie kichert. »Bis bald, Süße. Ich hab dich lieb.«

»Ich dich auch, du verrücktes Huhn. Bis bald.«

Ryan

Ich betrete die Bar und blicke mich um. »Wenn du mal etwas Neues ausprobieren willst – ich war vor Kurzem mit Kat und meinem Bruder in einer coolen Bar«, hat Josh gesagt, als ich ihn heute Nachmittag angerufen und gefragt habe, ob er mit mir etwas trinken gehen will. »Sie heißt *The Pine Box*.«

Also bin ich hier.

Ich schaue mich nach Josh um. Als ich ihn nirgends entdecke, setze ich mich auf einen Barhocker und bestelle einen Drink.

Ja, das ist wirklich ein cooler Laden. Aber wenn es meine Bar wäre, würde ich ein paar kleine Veränderungen vornehmen. Die Einrichtung ist nicht optimal, und die Karte mit den *Special Drinks* könnte origineller sein. Und diese Ecke da hinten – in der jetzt Kisten und Kartons stehen –, das wäre der perfekte Platz für einen Kickertisch. Es ist wirklich eine Schande, eine richtige Platzverschwendung.

Der Barkeeper stellt meinen Drink vor mir ab. »Soll ich es aufschreiben?«, fragt er.

Ich nehme an, jeder, der mit Josh Faraday einen trinken geht, erwartet, dass er die Rechnung bezahlt – schließlich fährt der Kerl einen Lamborghini. Also werde ich den Geldbeutel des armen reichen Typen heute Abend mal schonen. »Ja, danke, Tim«, sage ich, nachdem ich einen Blick auf sein

Namensschild geworfen habe. »Ja, schreib es auf, ich warte noch auf einen Kumpel. Und egal, was er nachher sagt, wenn wir bezahlen – heute gehen alle Drinks auf mich.«

Ich habe Josh erst einmal getroffen – vor drei Wochen, als meine kleine Schwester Kat ihren neuen Freund mit nach Hause gebracht hat, damit er die ganze Familie kennenlernt. Nur Keane war nicht dabei, er war zu beschäftigt damit, seinen Körper für ein paar Dollar als Seattles neu entdeckter »Peen Star« zur Schau zu stellen. Ein Abendessen und vier Runden Kicker später wusste ich bereits, dass Josh Faraday ein lange verloren geglaubter Morgan-Bruder ist. Ich habe Keane an jenem Abend sogar noch geschrieben, dass Josh seinen Platz als mein Lieblingsbruder eingenommen hat. Ich muss sagen, Keane hat die Nachricht ziemlich gut aufgenommen.

Natürlich waren wir alle schockiert, als Kat uns bei diesem Abendessen gebeichtet hat, dass sie schwanger von Josh ist. Allen in meiner Familie war sofort klar, dass wir keine andere Wahl hatten, als den Vater von Kats Baby mit offenen Armen willkommen zu heißen. Aber das hätten wir auch getan, wenn Kat kein Kind von ihm erwarten würde, denn wir haben ihn alle sofort ins Herz geschlossen.

Deshalb sitze ich jetzt auch in der *Pine Box*. Obwohl Kat vor drei Wochen noch gesagt hat, dass eine Ehe für sie und Josh nicht infrage kommt, hat Josh meine Eltern anscheinend heimlich gefragt, ob er Kat einen Antrag machen darf. Natürlich habe ich Josh sofort geschrieben und ihn gefragt, ob er mit mir was trinken geht. Ich hatte plötzlich das dringende Bedürfnis, meinem zukünftigen Schwager zwei Dinge zu erklären. Erstens: Wenn er meine Schwester heiratet, bekommt er viel mehr als nur eine Ehefrau. Er bekommt eine ganze Familie dazu, inklusive vier Brüdern, die ihm immer zur Seite stehen werden – komme, was wolle. Und zweitens: Scheiß auf erstens – wenn Josh es versaut und unserer Schwester das

Herz bricht, werden die Morgan-Brüder so schnell zur Morgan-Mafia, dass Josh Hören und Sehen vergeht.

Mein Handy piepst, bestimmt eine Nachricht von Josh. Aber nein, sie ist von meiner verdammt scharfen, allerdings auch total durchgeknallten Freundin (oder sollte ich besser sagen, Ex-Freundin?) Olivia.

Sorry, Baby, beginnt die Nachricht von Olivia.

Ich verdrehe die Augen. Diese Frau sollte sich »Sorry, Baby« auf die Stirn tätowieren lassen.

Ich hätte das alles nicht zu dir sagen sollen, schreibt sie weiter.

Ach was!

Aber du hättest nicht einfach so davonstürmen sollen, und es war auch völlig unnötig, zu sagen, dass du mit mir Schluss machen willst. Wir haben uns nur gestritten, das ist alles. So etwas passiert. Es bedeutet nicht, dass wir nicht zusammenpassen. Ich war sauer und hatte jedes Recht dazu. Nicht nur wegen der Schlampe in dem Restaurant, auch wegen all dieser Frauen, die sich dir immer an den Hals werfen. Ich muss annehmen, dass du ihnen nicht von vornherein sagst, dass du in einer festen Beziehung bist. UND DAS MACHT MICH VERDAMMT SAUER!!!

Ich knirsche mit den Zähnen. Das ist also Olivias Vorstellung von einer Entschuldigung? Die spinnt doch. Wie konnte ich nur an so eine eifersüchtige und besitzergreifende Frau wie Olivia geraten? Es ist schließlich nicht meine Schuld, dass diese Frau in dem Restaurant mir unaufgefordert einen Zettel zugeschoben hat, als sie dachte, Olivia sei auf die Toilette gegangen. Die Betonung liegt auf »dachte«.

Ich habe dich und deine Freundin belauscht, stand auf dem Zettel. **Für mich klang es so, als sei eure Beziehung bald am Ende. Wenn es so weit ist, dann ruf mich gerne an. Wir könnten ein bisschen Spaß haben. Oder ruf mich einfach heute noch an. Ich werde es nicht verraten.**

Olivias Blick war so Furcht einflößend, als sie wie aus dem

Nichts hinter mir aufgetaucht ist und mir den Zettel aus der Hand gerissen hat, dass ich fast aufgeschrien hätte. Natürlich habe ich mich stattdessen halb totgelacht – und das hat Olivia nur noch wütender gemacht.

Ich nehme einen großen Schluck von meinem Drink.

Verdammt, ich habe es nicht auf diesen Zettel angelegt. Ich hatte die Blondine, die mit ihren Freunden am Nachbartisch saß, nicht einmal bemerkt. Und genau das habe ich Olivia auch gesagt, als sie mich beschuldigt hat, dass ich dieser Frau irgendwie zu verstehen gegeben hätte, dass ich sie hinter dem Rücken meiner Freundin flachlegen will. Lächerlich. Ich würde meiner Freundin so etwas nie antun, selbst wenn sich herausstellt, dass sie total verrückt und ganz anders als die Person ist, für die sie sich im ersten Monat unserer Beziehung ausgegeben hat. Es spielt zwar keine Rolle, aber ich war überhaupt nicht interessiert an der Blondine am Nebentisch und hätte ihr Angebot auch nicht angenommen, wenn ich Single gewesen wäre. Ja, ich weiß, Olivia ist eine klassische Blondine, genau wie die Frau mit dem Zettel, und wahrscheinlich denkt sie, dass ich total auf Blondinen stehe. Aber ehrlich gesagt ist genau das Gegenteil der Fall. Ich würde eine braunhaarige Schönheit mit dunklen Augen jeder Blondine vorziehen. Mir kommt es fast so vor, als wäre ich genetisch auf diesen Typ Frau programmiert.

Aber selbst wenn ich nur auf Frauen wie Olivia stehen würde – denkt sie wirklich, dass ich eine andere Frau anmachen würde, während ich mit meiner Freundin unterwegs bin? Hält sie mich für einen solchen Mistkerl? Das darf ja wohl nicht wahr sein. Ich habe mittlerweile auch überhaupt keine Lust mehr auf One-Night-Stands. Die gehören der Vergangenheit an. Mittlerweile möchte ich jeden Zentimeter einer Frau, die mich interessiert, kennenlernen – und zwar Nacht für Nacht.

Ich nehme noch einen Schluck von meinem Drink.

Nichts hasse ich mehr als den Vorwurf, ich würde betrügen. Das habe ich Olivia schon tausendmal gesagt: Ich betrüge nicht. Ich bin schließlich ein Morgan, und wir Morgans betrügen nicht. Nicht unsere Frauen. Nicht beim Sport. Nicht in der Schule oder im Beruf. Und nicht einmal bei einem dummen Bier-Pong-Spiel. Okay, ich rufe nicht gleich wie ein Blöder: »Ich habe eine Freundin!«, sobald mich eine Frau auch nur anlächelt oder zu mir sagt: »Hey, wir kennen uns doch aus dem Fitnessstudio, oder?« Das tue ich nicht. Aber gehe ich deswegen mit jeder Frau, die mit mir flirtet, ins Bett? *Nein.* Erstens würde ich auf diese Weise mit zwanzig Frauen am Tag ins Bett gehen – ich bin schließlich Immobilienmakler und treffe jeden Tag die unterschiedlichsten Menschen, darunter auch einige sehr attraktive Frauen. Und zweitens, ich weiß nicht, ob ich das schon erwähnt habe, *betrüge ich meine Freundinnen nicht*!

Ich leere mein Glas in einem Zug und stelle es lautstark auf dem Tisch ab.

Das geht so nicht weiter. Das Leben ist zu kurz, um so schlecht gelaunt zu sein. Ich bin durch damit. Und genau das habe ich Olivia auch gesagt, bevor ich aus ihrer Wohnung gestürmt und hierhergekommen bin. Und ich habe jedes Wort genau so gemeint – egal, was Olivia denkt.

Ich nehme mein Handy von der Theke und schreibe ihr eine kurze Nachricht.

Ich habe gemeint, was ich gesagt habe. Wir müssen reden. Bist du später zu Hause? Dann komme ich vorbei.

Am liebsten würde ich noch hinzufügen: Leck mich! Ich habe diesen Albtraum von einer Beziehung so satt, du irre Kuh! Aber das tue ich natürlich nicht, denn meine liebe Mutter würde mich umbringen, wenn sie herausfinden würde, dass ich ein Mädchen mit einer Textnachricht abserviere –

ganz zu schweigen von den Ausdrücken »Leck mich« und »irre Kuh«.

»Noch einen?«, fragt mich Tim, der Barkeeper, und deutet auf mein leeres Glas.

»Klar. Danke.«

Ich schreibe eine weitere Nachricht, diesmal an meinen kleinen Bruder, den Hellseher. Auch wenn ich weiß, dass er mir nicht so schnell antworten wird – Keane ist wirklich schlecht darin, auf Nachrichten zu antworten.

Hey, Peenie, schreibe ich. ***Weißt du noch, was du mir vor zwei Monaten auf dem Green Lake über Ms Perfect gesagt hast? Was für ein Scheiß, aber ich schulde dir fünfzig Dollar. Ich habe heute mit ihr Schluss gemacht. Würdest du es bitte Colby sagen? Mir ist es zu peinlich, es ihm selbst zu schreiben. Sag ihm, dass ich nie wieder an meinem Meister Yoda zweifeln werde.***

Ich lege mein Handy auf den Tresen und blicke mich noch mal um. Josh ist definitiv zu spät. Also nehme ich mein Handy wieder in die Hand und schreibe ihm: **Hey, Lambo. Steht unser *Treffen in der Pine Box noch? Ich sitze an der Bar.***

Ein paar Minuten lang mache ich Small Talk mit dem Barkeeper, dann klingelt mein Handy, Josh ruft an.

»Hey, Mann«, sage ich, als ich ans Telefon gehe. »Was geht ab?«

»Es tut mir leid, Ryan. Ich wollte gerade das Haus verlassen, als Kat angefangen hat, sich zu übergeben wie der Exorzist persönlich.«

»O Mann, arme Kat. Meine Mom hat gesagt, sie hat echt zu kämpfen mit dieser Übelkeit. Sag ihr, dass ich hoffe, dass es ihr bald besser geht.«

»Sorry, dass ich dir nicht früher geschrieben habe. Ich habe mich um Kat gekümmert und dabei die Zeit vergessen. Ich würde sie heute Abend nur ungern alleine lassen.«

»Nein, nein, bleib auf jeden Fall bei ihr«, sage ich. »Das

überrascht mich übrigens überhaupt nicht. Hat Kat dir erzählt, dass einer ihrer vielen Spitznamen als Kind *›Kotzaholikerin‹* war?«

Josh lacht. »Warum kommst du nicht einfach zu uns? Ich würde trotzdem gern noch einen trinken, und ich bin mir sicher, dass Kat dich nur allzu gerne ankotzen würde. Ich habe einen Billardtisch und eine gut bestückte Bar.«

»Klingt toll«, antworte ich. »Vielleicht könnten wir Kats Elend zu einem Trinkspiel umfunktionieren. Jedes Mal, wenn Kat kotzt, müssen wir einen trinken, und wenn sie Kotze in den Haaren hat, müssen wir einen doppelten nehmen.«

»Ja, und dann rennen wir um unser Leben, denn Kat wird auf uns losgehen, wenn wir dieses lustige Spiel spielen.«

»Du hast recht. Kein gutes Trinkspiel.« Ich muss schmunzeln. »Du hast also schon herausgefunden, dass meine Schwester definitiv in der Lage ist, einen Mord zu begehen, wie?«

»Ihr nennt sie *Kotzaholikerin*, ich nenne sie Madame Terroristin.«

Ich lache laut auf. »Das muss ich mir merken.«

»Hey, wäre es für dich in Ordnung, wenn ich meinen Bruder und seine frisch Vermählte auch zu uns einladen würde? Jonas will unbedingt einen der berühmten Morgan-Brüder kennenlernen, von denen ich die ganze Zeit rede.«

»Natürlich. Ich würde ihn auch gerne kennenlernen.«

»Seine Frau Sarah kennst du ja schon, oder?«

»Ja, Sarah und ich waren in den letzten Jahren öfter zusammen auf Partys. Meistens bei Kats Geburtstagen. Sarah ist eine tolle Frau.«

Und eine verdammt scharfe, sollte ich vielleicht noch hinzufügen. Ehrlich gesagt, ist die beste Freundin meiner Schwester genau mein Typ Frau: dunkles Haar, olivfarbene Haut, große braune Augen und hammermäßige Kurven. Ich meine, ich liebe alle Frauen (und ich danke Gott dafür, dass er sie in all ihrer Vielfalt erschaffen hat), aber die Sarah Cruzes dieser Welt haben es mir am meisten angetan. Zu Sarahs umwerfender äußerer Erscheinung kommen noch ihre Scharfsinnigkeit, ihre Intelligenz und ihr bemerkenswerter Sinn für Humor. Ich muss zugeben, ich fand sie schon immer verdammt heiß.

Wenn ich mich richtig erinnere, habe ich Sarah zum ersten Mal vor drei oder vier Jahren auf der Geburtstagsfeier von Kat getroffen, aber Kat hat dem Ganzen sofort einen Riegel vorgeschoben. »Lass die Finger von meiner besten Freundin, Bacardi«, hat Kat mich mit strenger Stimme gewarnt. »Kein Morgan-Penis wird ins Innere meiner besten Freundin gelangen, außer besagter Morgan hat die Absicht, sie zu heiraten und vor Gott zu meiner Schwägerin zu machen. Und wir wissen beide, dass das in absehbarer Zukunft nicht geschehen wird, wenn man bedenkt, was für eine männliche Schlampe du bist. Ich werde nicht zulassen, dass der größte Playboy unter meinen Brüdern meiner besten Freundin das Herz bricht und ich mich dann entscheiden muss, wen von euch beiden ich in Zukunft auf meine Geburtstagsfeiern einlade.« Ich war damals ein kleiner Junge von vierundzwanzig Jahren, und Kat hatte absolut recht damit, dass ich nicht im Traum daran dachte, mich fest an ein Mädchen zu binden – selbst nicht an ein so unglaubliches Mädchen wie Sarah Cruz. Also habe ich mich an die Regel meiner Schwester gehalten und ihre beste Freundin in Ruhe gelassen. Stattdessen habe ich mich im kommenden Jahr damit getröstet, mir immer wieder Frauen zu suchen, die Sarah ähnlich sahen. Aber keine von ihnen kam ans Original heran.

»Dann sehen wir uns gleich«, sagt Josh. »Ich schreib dir die Adresse.«

»Prima«, antworte ich. »Ich muss vorher nur noch kurz eine kleine Sache zu Ende bringen. Aber dann komme ich zu euch.«

»Ist alles in Ordnung?«

»Bald. Kein großes Ding.«

»Lass dir Zeit. Wir sind hier.«

Ich stecke mein Handy in die Tasche, zahle die Rechnung und will mich auf den Weg zu Olivia machen, um ihr klipp und klar zu sagen, dass es aus ist zwischen uns. Aber dann sehe ich zwei Frauen, und mir bleibt die Luft weg. In der Eingangstür stehen zwei Flugbegleiterinnen – eine kurvige Brünette und eine kleine Rothaarige, und die Brünette ist wirklich der absolute Wahnsinn. Dunkles Haar. Olivfarbene Haut. Kurven, die einen Mann in die Knie gehen und Gott dafür danken lassen, dass er dieses Geschöpf erschaffen hat.

Einen Augenblick lang stehe ich wie versteinert da und starre die brünette Granate in der Tür an. Mein Penis zuckt, meine Brust zieht sich zusammen, und vor meinem inneren Auge erscheint plötzlich das Bild, wie ich diese Frau von hinten nehme, während ich mit einer Hand ihr Haar und mit der anderen ihre Brust packe … Langsam trete ich einen Schritt zurück und lasse mich wieder auf meinen Barhocker fallen.

Ryan

Die scharfe Brünette sieht sich nicht im Raum um, aber ihre Freundin tut es sehr wohl. O ja, die kleine Rothaarige ist definitiv der Scout in diesem Duo. Sie checkt die Bar und jeden Mann darin ab wie eine hungrige Löwin ihre Beute. Ihr Blick wandert von einem zum anderen, sie überlegt, sie ist auf der Jagd. Und dann … *bam*. Die Augen der Löwin bleiben an mir hängen. Sie wirft mir ein strahlendes Lächeln zu, und ich lächle ganz leicht zurück.

Die Rothaarige packt den Arm ihrer heißen Freundin, als würde sie einem Verbrecher Handschellen anlegen, und flüstert ihr etwas ins Ohr. Die scharfe Brünette flüstert etwas zurück, hat ihren Kopf aber von mir abgewandt. Jetzt flüstert ihr die Rothaarige wieder irgendwas ins Ohr.

So geht es zwischen den beiden hin und her, und ich rutsche ungeduldig auf meinem Hocker herum. Ich bin mir hundertprozentig sicher, dass die zwei Frauen über mich reden. Zumindest hoffe ich das sehr.

Endlich verstummen sie, und die scharfe Brünette beginnt sich ebenfalls im Raum umzuschauen. Sie betrachtet alles und jeden außer mich. Dieses gerahmte Bild an der Wand von der Skyline von Seattle ist aber auch faszinierend. Okay, sie sieht absichtlich nicht zu mir – sie tut so, als ob ich ihren Blick nicht wie einen Magneten auf mich ziehen würde. Ist schon gut, Süße, spiel ruhig dein Spielchen. Ich kann warten.

Jetzt wandert ihr Blick doch ganz langsam zur Bar und in meine Richtung.

Immer näher.

Gleich sieht sie mich.

Moment. Was soll das denn? Sie hat bereits den kompletten Tresen abgecheckt, ohne dass ihr Blick an mir hängen geblieben wäre. Sie hat so schnell weggeschaut, dass ich ihr nicht einmal ein kleines Lächeln zuwerfen konnte.

Ich schaue nach links. Direkt neben mir sitzen ein Mann und eine Frau, die zwei Barhocker auf ihrer anderen Seite sind noch frei. »Entschuldigung, könntet ihr vielleicht zwei Plätze weiterrutschen?«, frage ich den Mann. »Ich bräuchte zwei freie Hocker neben mir.« Ich deute auf die beiden Frauen am Eingang, und der Mann grinst mich breit an.

»Na klar«, sagt er und steht auf. »Viel Glück.«

Eine deutlichere Einladung braucht die Rothaarige nicht. Ohne zu zögern, packt sie ihre Freundin wie ein ungezogenes Kleinkind am Arm und zieht sie zu den zwei freien Barhockern.

Komm zu Papa, Baby.

Die scharfe Brünette hält ihren Kopf gesenkt, während sie näher kommt. Das gibt mir die Möglichkeit, sie ungehindert zu betrachten. Als sie nur noch wenige Schritte von mir entfernt ist, blickt sie plötzlich auf und schaut mir direkt in die Augen. Verdammt. Sie sieht mich lange genug an, dass ich weiß, dass es um mich geschehen ist.

Ich lächle sie an, und das Herz schlägt mir bis zum Hals.

Die scharfe Brünette erwidert mein Lächeln und blickt dann schnell wieder weg. Ihre Wangen glühen. Ich habe in ihren Augen meine Zukunft so deutlich gesehen wie in einer Kristallkugel: Ich bin Captain Ahab, und diese wundervolle Frau ist mein Wal. Und es gibt nichts, was ich dagegen tun kann, verdammt.

Tessa

»Trotz all seiner Tätowierungen war er alles in allem doch ein reinlicher, schmucker Kannibale.«

Herman Melville, *Moby-Dick*

»Jackpot!«, brüllt mir Charlotte ins Ohr.

»Was?« Ich will meinen Kopf in die Richtung drehen, in die sie schaut, um herauszufinden, warum ihre Augen so leuchten. Aber sie packt meinen Arm und drückt ihn so fest, dass ich sofort in der Bewegung innehalte. »Autsch«, sage ich und verziehe das Gesicht. »Was zum …?«

»Nicht hinsehen!«, zischt Charlotte mit aufgerissenen Augen. »Der heißeste Kerl der Welt sitzt an der Bar. O mein Gott, *nicht hinsehen*!«

»Charlotte, du zerquetschst meinen Arm.«

»Sorry.« Sie lässt mich los. »Ich musste irgendetwas ganz fest drücken, um nicht ohnmächtig zu werden, weil es zwischen meinen Beinen so pocht.«

»Dann zerquetsch das nächste Mal gefälligst deinen eigenen Arm, wenn der heißeste Kerl der Welt dich feucht werden lässt.« Ich reibe mir über den Arm. »Das hat wehgetan.«

»Sorry.« Charlotte schnappt nach Luft und drückt erneut meinen Arm. »Tessa, er schaut direkt zu dir.«

»Oder zu dir. Wir stehen genau nebeneinander, Süße.«

»Nein. Er schaut definitiv zu *dir*. Du solltest den hungrigen

Ausdruck in den Augen dieses wunderbaren Mannes sehen. Er verschlingt dich förmlich mit seinen Blicken.«

»Mein Gott, Char. Jetzt sind wir beide feucht. Ich muss hinsehen.«

»Nein, nein, noch nicht. Lass ihn noch ein bisschen länger schmachten. Heilige Scheiße, er will dich. Er versucht nicht einmal sein Interesse an dir zu verbergen.«

»Nur ein flüchtiger Blick.«

»*Nein.* Männer sind Jäger – lass den Mann jagen. Er soll nicht denken, dass du ein williges Flittchen bist.«

»Ich bin kein williges Flittchen. Ich bin auch nicht leicht zu haben. Ich bin nicht einmal …«

»Okay. Ich hab schon verstanden. Du bist eine harte Nuss.« Charlotte beißt sich auf die Lippen, ihr Blick hängt immer noch an dem Mann in meinem Rücken. »Mir läuft das Wasser im Mund zusammen.«

»Also, jetzt bist du wirklich gemein, Charlotte McDougal. Sag mir wenigstens, wie er aussieht.«

»Wie ein Mann mit einem sehr großen Schwanz.«

Ich muss lachen. »Wie viele Martinis hattest du in der letzten Bar?«

»Nur zwei. Und einen Shot. Ach ja, und noch einen Shot.«

»Dann schalt mal einen Gang runter, Süße. Du kriegst ein loses Mundwerk, wenn du zu viel getrunken hast. Blamier mich nicht.«

»Niemals.« Sie kneift ihre Augen zusammen. »Er ist einfach perfekt.«

»Jetzt sag mir schon, wie er aussieht.«

»Er hat helle Haut. Hellbraunes Haar. Wangenknochen, für die man sterben könnte. Tattoos an beiden Armen. Muskeln an all den richtigen Stellen. Verdammt noch mal, er ist wirklich perfekt. Im Ernst, wozu braucht ein heterosexueller Mann solche Wangenknochen?«

»Vielleicht ist er nicht hetero.«

»Süße, er sieht dich an, als würde er am liebsten deine Pussy vernaschen. Er ist definitiv nicht schwul.«

»Ich gucke jetzt.«

»Okay. Aber nicht zu auffällig. Blick dich zuerst im Raum um.«

»Schon verstanden.«

Ich sehe mich im Raum um – sehe überallhin, nur nicht in die Richtung, in die Charlotte schon seit Minuten starrt. Schließlich lasse ich meinen Blick über die Bar schweifen, den kompletten Tresen entlang – vorbei an einem muskulösen Gott mit Tattoos auf den Armen. *Mann!* Mit klopfendem Herzen wende ich meinen Blick schnell wieder ab und flüstere Charlotte ins Ohr: »Verdammt, ist der scharf!«

»Hab ich doch gesagt.«

»Das kann ich nicht, Char. Ich bin vollkommen aus der Übung. Der letzte wirklich heiße Kerl, mit dem ich geflirtet habe, war Stu. Das Ende der Geschichte kennst du.«

»Tessa, du hast in der letzten Bar mit jeder Menge Typen geflirtet, und das hast du spitze gemacht.«

»Weil keiner von ihnen mich auch nur im Entferntesten interessiert hat. Aber *dieser* Kerl hier … nur ein Blick, und ich habe nicht bloß ein paar Schmetterlinge im Bauch, sondern einen ganzen Schwarm!«

»Das ist eine Willensfrage, Süße. Wer weiß, vielleicht ist dieser Kerl unter all seinen Muskeln ein totales Arschloch. Du sagst doch immer, dass die Gesellschaft viel zu viel Wert auf Äußerlichkeiten legt. Schon vergessen?«

»Nein, aber das sagt mein Verstand. Jetzt sagt mein Körper, dass mein Verstand die Klappe halten soll.«

»Mach dir keine Sorgen. Ich werde mit ihm sprechen, bis du deine Schmetterlinge unter Kontrolle bekommen hast, okay? Misch dich einfach ein, wann immer dir danach ist.«

Ich murmle etwas Unverständliches.

»Denk dran, du bist Samantha, die geile Flugbegleiterin, und nicht Tessa, die persönliche Assistentin. Und Samantha ist eine schamlose Draufgängerin.«

Ich blicke auf die Uniform, die ich trage, und mein Magen zieht sich zusammen. »Mist. Ich habe ganz vergessen, wie ich angezogen bin. Vielleicht sollte ich …«

Charlotte schnappt nach Luft und packt mich am Arm. »Mr Hottie hat gerade neben sich zwei Plätze für uns klargemacht!«, ruft sie.

Sie zieht mich durch den Raum. »Komm schon, *Samantha*! Lass uns dafür sorgen, dass dein Höschen zum ersten Mal seit neun Monaten wieder so richtig feucht wird.«

Ryan

»Da bläst er! – Da bläst er. Ein Buckel wie ein Schneeberg! Es ist Moby Dick!«

Die beiden Ladys setzen sich auf ihre Plätze, und Tim, der Barkeeper, nimmt ihre Bestellung entgegen. Ich bedeute ihm, die Getränke auf meine Rechnung zu setzen. Es dauert nicht lang, bis wir uns einander vorgestellt haben: Die süße Rothaarige ist Charlotte, und die sexy Brünette, die sich zum Glück auf den Hocker neben mich gesetzt hat, ist Samantha.

»Das ist Samantha, die geile Flugbegleiterin«, zwitschert die Rothaarige mit einem Zwinkern und beugt sich über die wundervoll üppige Brust ihrer Freundin, um mich am Unterarm zu berühren.

Samantha blickt verschämt drein. »Ignoriere bitte meine betrunkene Freundin.«

»Ich bin nicht betrunken«, sagt Charlotte strahlend. »Nur ein bisschen beschwipst. Obwohl ich zugeben muss, dass ich mein Gesicht und meine Zehen nicht mehr spüre.«

Ich hebe mein Glas. »Darauf, weder Gesicht noch Zehen zu spüren.«

Wir stoßen an. Und während wir das tun, gelingt mir ein kurzer Blickkontakt mit Samantha, bevor sie mit roten Wangen wieder auf ihre Hände schaut.

»Was hat euch zwei Hübschen denn in die *Pine Box* verschlagen?«, frage ich und blicke in Samanthas nach unten geneigtes Gesicht. »Die Bar ist ja nicht gerade in der Nähe des Flughafens.«

»Eine Freundin hat mir die Bar empfohlen«, antwortet Charlotte fröhlich. »Sie hat gesagt, hier hängen immer jede Menge scharfe Männer rum. Und bei Gott, sie hatte recht.« Sie mustert mich unverhohlen von Kopf bis Fuß. »Wie meine Namenspatronin, die Spinne, in E. B. Whites Klassiker sagen würde: Was für ein Schwein!«

Als ich Samantha einen amüsierten Blick zuwerfe, kichert sie und fügt erklärend hinzu: »Die betrunkene Charlotte liebt es, aus *Wilbur und Charlotte* zu zitieren.«

Ich muss lachen.

»Bist du öfter hier, Ryan?«, fragt Charlotte.

Ich reiße meinen Blick von Samantha los. O Mann, diese Frau zieht mich magisch an. »Äh, nein. Mein Kumpel hat diese Bar ausgesucht. Wir wollten uns eigentlich hier treffen, aber er musste in letzter Minute absagen.« Mein Handy piepst, eine neue Nachricht, und ich greife schnell in meine Tasche und schalte es ab. Falls mir Olivia jetzt schreibt, will ich es nicht wissen. »Wo kommt ihr zwei denn her?«, frage ich.

Charlotte zupft ihre Freundin am Arm. »Ryan will wissen, wo wir herkommen, Samantha.«

Samantha räuspert sich. »L. A.«

»Wir sind nur für eine Nacht hier«, sagt Charlotte. »Das Jetset-Leben einer Flugbegleiterin.«

Samantha rutscht auf ihrem Hocker umher. »Na ja, das Jetset-Leben von Charlotte, um genau zu sein. Sie ist hier die richtige Flugbegleiterin. Ich bin nur wie eine angezogen.«

Ich lache und bin erfreut, dass Samantha endlich auftaut und beginnt, Witze zu machen.

»Also, *Ryan*«, sagt die Rothaarige. »Willst du etwas wirklich Verrücktes hören?« Sie beugt sich wieder über die Brust ihrer Freundin zu mir und legt ihre Hand auf meine. Damit zwingt sie mich, meine Augen erneut von Samantha abzuwenden. »Samantha wurde schon seit *neun* Monaten nicht mehr geküsst!«

»Charlotte!«, ruft Samantha. *»Hör auf!«*

Charlotte macht eine wegwerfende Handbewegung. »Süße, wir haben nicht die ganze Nacht Zeit, um diese Sache ins Rollen zu bringen.« Sie schaut mich an. »Meine Freundin befindet sich schon seit einer Weile in einer Post-Trennungsphase, und ich habe mich gefragt, ob du mir einen Riesengefallen tun und mit ihr heute Abend hemmungslos flirten könntest. Du weißt schon, damit sie aus diesem Sumpf wieder rauskommt. Ich versuche sie immer wieder daran zu erinnern, dass es Spaß macht, auszugehen und neue Leute kennenzulernen.«

Samantha bedeckt ihr Gesicht mit den Händen. *»Charlotte!«*

»Ich bin dir einen Schritt voraus, Charlotte«, sage ich herausfordernd. »Ich flirte schon hemmungslos mit Samantha, seit sie durch diese Tür gekommen ist – und ich mache das definitiv *nicht*, um dir einen Gefallen zu tun.« Ich schenke Samantha mein verführerischstes Lächeln. »Also, was sagst du, Samantha? Darf ich dir noch einen Drink ausgeben und alles dafür tun, dass dir wieder einfällt, dass es Spaß macht, auszugehen und neue Leute kennenzulernen?«

Samantha beißt sich auf die Unterlippe.

»O mein Gott, Samantha«, quietscht Charlotte. »Sag Ja. Zwischen euch stimmt einfach die Chemie.«

Samantha wird rot. »*Ja*. Danke. Ich hätte gern noch einen Drink, und ich würde dich auch gerne näher kennenlernen, Ryan.«

»Fantastisch«, sagt Charlotte und erhebt sich von ihrem

Barhocker. »Mein Job ist hiermit erledigt. Ich werde mich zu diesen zwei netten Gentlemen in der Ecke dort drüben gesellen, die mir schon seit unserer Ankunft schmachtende Blicke zuwerfen.« Sie nimmt ihren Martini. »Ruf, wenn du mich brauchst, Süße, und ich komme gerannt.«

Mit diesen Worten stolziert Charlotte mit ihrem Glas in der Hand durch den Raum und lässt mich allein mit der kurvigen Flugbegleiterin, die mein Herz zum Klopfen und meine Haut zum Kribbeln bringt. Diese wunderschöne Frau schafft es, dass ich mich zum ersten Mal im Leben frage, ob das mit der »Liebe auf den ersten Blick« vielleicht doch nicht total an den Haaren herbeigezogen ist.

Ryan

»Charlotte ist eine Naturgewalt«, sage ich, während wir dabei zusehen, wie Samanthas Freundin durch die Bar stolziert, als würde ihr der Laden gehören.

»Sie war nicht immer so verrückt«, sagt Samantha. »Tut mir leid. Sie macht gerade diese Selbstfindungs- und Emanzipationsphase durch.«

»Du musst dich nicht für sie entschuldigen. Charlotte scheint eine echt gute Freundin zu sein.« Ich hole tief Luft und versuche mein wild schlagendes Herz zu beruhigen. *Verdammt, ich will mit dieser Frau schlafen.* »Erzähl mir doch ein bisschen über dich«, sage ich.

»Du zuerst«, sagt Samantha. »Um ehrlich zu sein, fehlen mir im Moment die Worte.«

Ich lächle sie ermutigend an. »Was willst du wissen?«

»Keine Ahnung«, sagt Samantha. »Vielleicht gibst du mir eine kurze Zusammenfassung von dir?«

»Eine ›kurze Zusammenfassung‹?«, sage ich. »Verdammt, da nehme ich *ein Mal* keine Power-Point-Präsentation über mich mit in eine Bar, und dann fragt mich die hübscheste Frau in dem Laden nach einer ›kurzen Zusammenfassung‹.«

Samantha grinst mich schüchtern an. »Ich klinge, als würde ich ein Bewerbungsgespräch führen, oder? Mist. Es ist schon eine Weile her, seit ich das zum letzten Mal getan habe.«

Ich berühre ihren Unterarm. »Ich mache nur Witze. Ich

komme mir in deiner Gegenwart wie ein verknallter Viertklässler vor. Als Nächstes packe ich dich wahrscheinlich an den Haaren.« Sie runzelt die Stirn, und plötzlich wird mir bewusst, was ich da gerade gesagt habe. *Scheiße.* »Ich meinte«, stammle ich, »du weißt schon, wie ein Junge, der ein Mädchen auf dem Spielplatz an den Haaren zieht, nicht …« Ich breche mitten im Satz ab. Verdammt. Jetzt kann ich nur noch daran denken, wie ich diese Frau an den Haaren packe, während ich sie von hinten nehme.

Samantha lächelt. »Ich weiß, was du gemeint hast. Und keine Sorge, ich komme mit Sticheleien zurecht – ich habe zwei Brüder.«

Ich hole noch mal tief Luft. Was ist das für eine krasse Chemie zwischen uns? »Ah, eine Frau mit Brüdern«, sage ich und rücke mit dem Barhocker noch ein Stückchen näher an sie heran. Ich habe das Gefühl, in Flammen zu stehen. »Da hast du bestimmt einiges fürs Leben gelernt. Ich habe drei Brüder und eine Schwester, und dank der Sticheleien von uns Brüdern ist meine Schwester heute der härteste Hund von uns allen.«

»Das ist doch ein guter Aspekt für die Zusammenfassung über dich«, sagt sie. »Du hast drei Brüder und einen harten Hund als Schwester. Wo stehst du in dieser Geburtenfolge?«

»Ich bin der Zweitälteste. Mein älterer Bruder ist der Thronfolger, und ich bin der Ersatz. Meine anderen Geschwister wurden nur zu unserer Unterhaltung gezeugt.«

Samantha lacht.

»Und was den Rest meiner Power-Point-Präsentation angeht: Ich bin achtundzwanzig, geboren und aufgewachsen in Seattle. Ich bin Stier – was ich nur weiß, weil meine Schwester früher beim Abendessen immer über Astrologie geplappert hat. Ach, und ich kann ein Spannbettlaken besser falten als ein Zimmermädchen. Im Ernst, das ist meine Superkraft.«

»Das ist eine beeindruckende Superkraft. Bei mir endet

jeder Versuch, ein Spannbettlaken zu falten, darin, dass es zerknüllt in meinem Schrank landet.«

»Da gibt es einen Trick. Den würde ich dir gerne eines Tages mal zeigen. Und wo wir schon dabei sind, ich könnte dir noch viel mehr Tricks zeigen, die mit Bettlaken zu tun haben. Du wärst beeindruckt.«

»Wow, wie großzügig von dir. Ich würde auf jeden Fall ›talentiert mit Bettlaken‹ in deine Präsentation einfügen.«

»Stimmt. Hier wäre noch etwas für meine Power-Point-Präsentation: Ich liebe Power-Point-Präsentationen.«

Sie kichert. »Ich auch.«

»Die sind doch unglaublich, oder? Sie bringen einem nur Vorteile im Leben. Als ich elf oder zwölf Jahre alt war, habe ich meine Mutter mit einer Power-Point-Präsentation davon überzeugt, einen Hund aus dem Tierheim holen zu dürfen.«

»Power-Point-Präsentationen lassen Träume wahr werden«, sagt sie.

»Sagt ein manipulatives Kind zum anderen«, füge ich hinzu.

Wir müssen beide lachen.

»Ich habe das Gleiche gemacht, als ich fünfzehn war«, sagt sie. »Ich habe eine Power-Point-Präsentation gemacht, um meinen Dad davon zu überzeugen, mich zum Highschool-Ball gehen zu lassen.«

»Du hast eine Power-Point-Präsentation gebraucht, um zu einem Ball gehen zu dürfen?«

»Ich durfte nicht mit Jungs ausgehen, bis ich sechzehn war.«

»O mein Gott, wie grausam.«

»Es war schon okay – ich war auf einer Mädchenschule und hatte sowieso nicht viele Gelegenheiten, mich mit Jungs zu verabreden. Aber als ich gerade fünfzehn geworden war, hat mich dieser Junge, der am Ende der Straße gewohnt hat, gefragt, ob ich mit ihm zum Schulball gehen will. Also habe ich diese Power-Point-Präsentation gemacht und mein Anliegen dargestellt. Und schließlich hat mein Dad eingewilligt und mich gehen lassen, eine einmalige Ausnahme.« Sie lacht. »Es war mit Sicherheit hilfreich, dass der Junge alles andere als aufregend war. Ich hätte mit dem armen Kerl alleine in einer Telefonzelle stehen können, ohne ihn überhaupt zu bemerken.«

Ich muss lachen. »Hattest du wenigstens Spaß beim Tanzen?«

»Es war nicht gerade der Oberhammer.«

»Kein erster Kuss?«

Sie schüttelt den Kopf. »Meinen ersten Kuss habe ich mit achtzehn bekommen.« Sie zuckt mit den Schultern. »Aber das hier ist nicht *meine* Power-Point-Präsentation. Wir sind eigentlich immer noch bei dir.«

»Ich habe dir bereits alles erzählt. Es sei denn, du hast noch Fragen.«

»Du meinst so was wie: Wo siehst du dich in fünf Jahren?«

Ich muss wieder lachen. »Wow. Das ist ja wirklich ein Bewerbungsgespräch.«

Sie kichert. »Das war nur ein Scherz. Aber da ich jetzt schon gefragt habe, würde ich die Antwort wirklich gerne hören.«

Ich halte kurz inne und überlege, wie ich darauf antworten kann, ohne wie ein totaler Spießer zu klingen. Schließlich entscheide ich mich dafür, ehrlich zu sein. »In fünf Jahren sehe ich mich mit Frau und Kindern und meiner eigenen Bar.«

Sie errötet. »Oh.« Sie öffnet und schließt den Mund wie ein Fisch an der Angel.

Plötzlich verspüre ich das dringende Bedürfnis, das Thema zu wechseln. »Ich habe den wichtigsten Punkt in meiner Präsentation vergessen: Ich mache die beste Guacamole der Welt.«

Sie beißt sich verführerisch auf die Unterlippe. *»Der Welt?«*

»Der Welt. Das ist eine weitere Superkraft von mir.«

»Das ist eine kühne Behauptung, Sir.«

»Kühn, aber wahr.«

»Also diese ›beste Guacamole der Welt‹ muss ich auf jeden Fall mal probieren. Ich *liebe* Guacamole.«

»Einen Löffel davon, und du wirst dich Hals über Kopf in mich verlieben.«

»Sorry, aber es braucht ein bisschen mehr als eine fantastische Guacamole, damit ich mich in dich verliebe. Ich lasse mich von meinem Verstand leiten, solltest du wissen. Ich brauche Fakten.«

»Okay, Fakten statt Guacamole. Verstanden. Hört sich an, als sollte ich besser eine Power-Point-Präsentation mit jeder Menge Tabellen und Grafiken und Statistiken erstellen, um dich davon zu überzeugen, dass du dich in mich verlieben wirst.«

»Nein, nein. Zeig mir eine Präsentation mit Zahlen und Grafiken, *während* ich deine Guacamole teste.« Sie wird plötzlich knallrot. »Das heißt … ich meine, *falls* du beabsichtigen solltest, dass ich … dass ich mich in dich verliebe.« Sie klatscht sich gegen die Stirn und nimmt einen großen Schluck von ihrem Drink.

Und in diesem Moment habe ich nur einen einzigen Gedanken im Kopf: *Ich will, dass diese Frau sich in mich verliebt.*

Die Musik in der Bar wechselt von »Shape of You« von Ed Sheeran – großartiger Song! – zu einem Lied, das ich nicht kenne. Aber so, wie Samantha darauf reagiert, mag sie den Song ohne Zweifel.

»Was ist das?«, frage ich.

»*Bailando* von Enrique Iglesias. Mein absolutes Lieblingslied.«

Sie singt ein paar Zeilen mit. Ich verstehe kein Wort, weil

der Song auf Spanisch ist, trotzdem raubt mir ihr Anblick beim Singen den Atem.

»Worüber singt Enrique Iglesias denn?«, frage ich.

»Ach, über das Übliche«, antwortet sie lächelnd. »Lust und Liebe. Er sagt, dass er mit ihr zusammen sein will, mit ihr leben, mit ihr tanzen, sie küssen, mit ihr schlafen will. Er sagt, ihr Anblick raubt ihm den Atem und dass es zwischen ihnen eine ganz besondere Chemie gibt. So was in der Art.«

Meine Haut kribbelt.

»Was ist dein Lieblingslied?«, fragt sie und nimmt ihr Glas in die Hand.

Mein Herz rast wie wild. »Vielleicht *Sex on Fire* von den Kings of Leon.«

»Ah, auch ein lustvolles Liebeslied.«

»Auf jeden Fall. Füge das meiner Power-Point-Präsentation bitte noch hinzu.«

»Geht klar. Noch etwas?«

Ich nehme einen großen Schluck von meinem Drink und hole tief Luft. Verdammt, diese Frau bringt mich um den Verstand. »Nein«, sage ich. »Ich glaube, wir sind fertig mit mir. Jetzt bist du an der Reihe.«

»Moment. Wir sollten vielleicht noch deine Tattoos erwähnen.« Sie deutet auf meine Arme.

»Guter Punkt. Ach ja, und ich bin ein großer Sportfan. Magst du Sport? Ich hoffe und bete …«

»Ich *liebe* Sport.«

»Was ist deine Lieblingssportart?«

»Fußball.«

»*Fußball?* Mist, das ist der einzige Sport, den ich nicht gucke. Aber das ist okay – bedeutet ja nur, dass ich ein unbeschriebenes Blatt auf dem Gebiet bin. Für welche Mannschaft werde ich in Zukunft mit dir jubeln? L.A. Galaxy?«

»Auf gar keinen Fall. River Plate, Baby. *Viva la banda.*«

Ich sehe sie verständnislos an.

»Eins der zwei größten Teams in Buenos Aires. Mein Dad wurde da geboren.«

»Wirklich? Das ist ja cool. Ich würde auch gern mal nach Argentinien reisen. Meine Schwester war gerade erst in Buenos Aires. Ihr hat es total gut gefallen dort.«

»Ja, das ist meine Stadt. Es ist die beste.« Sie stützt den Ellbogen auf dem Tresen auf und wirft mir ein sexy Lächeln zu. »Mann, du bist wirklich gut darin, Ryan.«

»Worin?«

»In diesem ganzen Flirt-Kram. Du schaffst es fast, dass ich den Schmetterlingsschwarm in meinem Bauch vergesse.«

Ich ahme ihre Körperhaltung nach. »Dass du dich entspannst, ist Teil meines Masterplans.«

»Ach, du hast einen Masterplan?«

»Natürlich.«

»Und wie sieht der aus, wenn ich fragen darf?«

Plötzlich gehen mir jede Menge verrückte Gedanken durch den Kopf, die ich auf keinen Fall laut aussprechen kann. »Na ja, dich ins Bett zu kriegen, natürlich«, sage ich ruhig. Das ist die krasse Vereinfachung dessen, was mir wirklich durch den Kopf geht, aber es ist trotzdem wahr. »Es gibt allerdings keinen festen Zeitplan für die Umsetzung meines Masterplans«, füge ich noch hinzu. »Was mich angeht, ist das hier ein Marathon und kein Sprint, Baby.«

Sie wirft mir einen langen, heißen Blick zu. Schließlich hebt sie ihr Glas und flüstert mit einem sexy Grinsen auf den Lippen: *»Auf Masterpläne.«*

Ryan

»Genug von mir«, sage ich und stelle mein Glas wieder auf den Tresen. »Jetzt gib mir eine kurze Zusammenfassung von dir.«

Samantha nimmt einen großen Schluck von ihrem neuen Drink, stellt das Glas auf die Theke und holt tief Luft. »Ich bin siebenundzwanzig, und mein Sternzeichen ist Jungfrau. Aber ich weiß nichts über Astrologie, nur dass Jungfrauen der Hammer sind – vorausgesetzt, man ist der Meinung, dass freundliche, perfektionistische, fleißige, zuverlässige und praktische Menschen der Hammer sind.«

»Das sind die Eigenschaften der Jungfrau?«

Sie nickt. »Wir Jungfrauen sind richtige Partylöwen, was?«

»Ach, Partylöwen werden überbewertet. Ich persönlich bin ein großer Fan von fleißigen und zuverlässigen Löwen.«

Sie grinst mich breit an.

»Treffen all diese Eigenschaften auf dich zu?«, frage ich.

»Hundertprozentig. Wie ich schon sagte, ich lasse mich von meinem Verstand leiten. Ich bin sehr strukturiert. Eine Perfektionistin. Ich liebe Fakten, und ich brauche jede Menge Zeit, um wichtige Entscheidungen zu treffen. Eine Jungfrau bis ins kleinste Detail.«

»Und ich bin zu hundert Prozent ein Stier: stur, unabhängig, materialistisch, ambitioniert, zuverlässig und – was am wichtigsten ist – sinnlich: ein wahrer Sexgott.«

»Und schon sind wir wieder bei deinem Masterplan.«

»Und bei meinen Bettlaken-Talenten.«

»Sehr clever von dir, dass du ›sinnlicher Sexgott‹ noch in deine Beschreibung hast einfließen lassen. Bravo.«

»Ich lasse gar nichts irgendwo einfließen. Das ist eine astrologische Tatsache: Männliche Stiere sind die besten Liebhaber. Schau nach – das steht in den Sternen, Baby.«

»Okay, das mach ich.« Sie holt ihr Handy raus und tippt etwas. »Oha, sieh sich das einer an!«, sagt sie nach einer Weile, ihr Blick ist immer noch aufs Display gerichtet. »Männliche Stiere sind wirklich Sexgötter.«

»Hab ich doch gesagt. Es ist kosmisch vorherbestimmt.«

Ihre Augen werden größer. »Treffen all diese Eigenschaften auf dich zu?«

»Ich weiß nicht. Zeig mal.« Sie gibt mir ihr Telefon, und ich lese den Text auf dem Display, der in etwa so lautet: Der männliche Stier liebt Sex (wahr); er nimmt sich sehr viel Zeit im Schlafzimmer, weil für ihn der Weg genauso wichtig ist wie das Ziel (Amen); er hat eine meisterhafte Ausdauer (jep); und ganz wichtig: Er ist sehr darauf aus, seine Partnerin zu befriedigen (ja, verdammt!). »Dieser Text beschreibt mich haargenau«, sage ich und gebe Samantha ihr Handy zurück.

Samantha zieht eine Augenbraue hoch, sagt aber nichts.

»Was steht da über die Sexualität der weiblichen Jungfrauen?«, frage ich.

Sie tippt wieder etwas und liest. Zehn Sekunden später hat sie einen bezaubernden Ausdruck im Gesicht, den ich als »beschämten Stolz« bezeichnen würde.

»Deinem Gesichtsausdruck nach zu urteilen stimmt alles, was da steht«, sage ich.

Sie nickt. »Erstaunlicherweise.«

Samantha gibt mir ihr Handy, und ich lese den Text laut vor: »Weibliche Jungfrauen haben einen ausgeprägten Sexualtrieb und sind für alles offen – mit dem richtigen Partner. Aufgrund ihrer vorsichtigen und perfektionistischen Art sind weibliche Jungfrauen extrem wählerisch, was ihre Sexualpartner angeht, und auf keinen Fall promiskuitiv. Eine weibliche Jungfrau würde eher lange Zeit ganz auf Sex verzichten, als mit einem Partner Sex zu haben, der in ihren Augen nicht zu hundert Prozent ihren Anforderungen entspricht.« Ich gebe Samantha das Handy zurück, mein Puls rast. »Hört sich an, als wäre es eine große Auszeichnung, grünes Licht von einer weiblichen Jungfrau zu bekommen. Ich sollte mir diesen Text ausdrucken und ihn an eine Pinnwand heften. Hashtag Lebensziele.«

Samantha kichert. »Ich bin nicht ganz so perfektionistisch, wie es in dem Text steht.« Sie grinst mich verführerisch an. »Aber fast.«

O Mann, ein Kribbeln durchfährt meinen ganzen Körper. Meine kleine Jungfrau hier hat also die letzten Monate auf einen Kerl gewartet, der es wert ist? Und wenn sie ihn endlich gefunden hat, ist sie für alles offen? »Erzähl mir mehr von dir«, sage ich mit zuckendem Schwanz. »Wir wurden von unseren kosmisch vorherbestimmten sexuellen Eigenschaften abgelenkt.« Ich lasse meinen Blick über Samanthas unglaubliche Kurven schweifen. »Zumindest ich.«

Sie betrachtet mich von Kopf bis Fuß. »Oh, ich wurde genauso abgelenkt, glaub mir.«

Heilige Scheiße, ich will diese Frau. »Mach weiter mit deiner Power-Point-Präsentation. Ich will alles über dich wissen.«

»Du weißt bereits alles. Und wie ich vorhin schon erwähnte – aber ich wiederhole es gern noch mal –, schlägt mein Herz für River Plate. *Viva la banda.*«

»Bist du in Argentinien geboren?«

»Nein, in L.A. Aber ich habe in meiner Kindheit viele Sommer bei der Familie meines Vaters in Argentinien verbracht. Ihr Winter, mein Sommer.«

»Und deine Mom kommt aus den USA?«

Sie nickt. »Aus L.A. Mein Dad kam nach L.A., um in Hollywood ein Tanzstudio zu eröffnen – er war in Argentinien Turniertänzer. Meine Mom und ihr Verlobter kamen kurz vor ihrer Hochzeit ins Studio meines Vaters, um dort einen Tanzkurs zu machen. So haben sich meine Eltern kennengelernt.«

»Uff. Hört sich an, als hätte dein Dad dem Verlobten deiner Mom gezeigt, wie man einen Cha-Cha-Cha direkt zur Tür raustanzt, oder?«

»Exakt.«

Ich muss lachen. »Heilige Scheiße, das ist hart.«

Ihre Wangen werden knallrot. »Mein Dad sagt immer, dass der Verlobte meiner Mom für ihn nur eine kleine Unannehmlichkeit war, er wollte sich ›das holen, was ihm rechtmäßig gehört‹.«

Ich beuge mich vor und verspüre den plötzlichen Drang, sie zu küssen. »Siehst du aus wie dein Vater?«

»Ich bin ihm wie aus dem Gesicht geschnitten.«

»Dann ist es kein Wunder, dass deine Mom ihren Verlobten abgelegt hat wie eine schlechte Angewohnheit, als sie deinem Dad begegnet ist. Sie ist schließlich auch nur ein Mensch.« Ich lege meine Fingerspitzen auf Samanthas Unterarm, und allein diese leichte Berührung verursacht mir Gänsehaut am ganzen Körper.

Unsere Blicke treffen sich für einen langen Moment.

Sie räuspert sich und nimmt einen Schluck von ihrem Drink. Ich nehme meine Hand von ihrem Arm und lege sie wieder auf den Tresen.

Langsam, Ryan. Sie signalisiert dir, nichts zu überstürzen.

»Sind deine Eltern noch verheiratet?«, frage ich.

»Ja«, sagt sie. »Seit fünfunddreißig Jahren.«

»Und immer noch verliebt?«

Sie wird wieder rot, nickt aber. »Mein Dad sagt immer, meine Mom hat den Mond für ihn an den Himmel gehängt.«

»Das klingt schön. Ich habe diesen Ausdruck noch nie zuvor gehört.«

»Was ist mit deinen Eltern? Sind sie auch noch verheiratet?«

Warum schlägt mein Herz plötzlich so laut wie ein Schlagzeug? »Ähm, ja. Und mein Dad denkt auch, dass meine Mom den Mond an den Himmel gehängt hat. Meine ganze Familie denkt das. Sie ist eine unglaubliche Frau.« O Gott, ich verstehe nicht, warum mein Herz so rast. Ich blicke auf ihre Hand auf dem Tresen und will sie plötzlich nicht nur berühren, sondern sie in meiner halten. Aber ich reiße mich zusammen, ich bin mir ziemlich sicher, dass sie ihre Hand wegziehen würde. Diese Frau ist noch nicht so weit.

»Also, habe ich den Job, Sir?«, fragt sie neckend und nimmt ihr Glas in die Hand.

»Noch nicht ganz«, antworte ich. »Mir fehlt noch eine kleine Information.« Ich stütze mich auf meinen Ellbogen und grinse sie so verführerisch an wie möglich. »Warum zum Teufel bist du neun Monate lang nicht mehr geküsst worden? Das ist mir ein Rätsel.«

Sie verdreht die Augen. »O mein Gott, ich werde Charlotte umbringen.«

»Du wirst doch bestimmt jeden Tag angemacht, vor allem bei deinem Job. Hast du etwas gegen Küssen?«

»Natürlich nicht. Ich liebe Küssen. Ich hatte nur sozusagen eine Ruhephase. Das passiert nach einer Trennung, wenn man nicht von einer Bar zur anderen springt und in keinem Online-Datingportal angemeldet ist.«

»Mit anderen Worten: wenn man eine Jungfrau ist.«

»Genau.«

»Aber warum denn nicht mal ein Kuss? Hattest du denn keine Dates?«

Sie schüttelt den Kopf.

»Wow. Und du hast diesen zwischenmenschlichen Kontakt gar nicht vermisst?«

»Natürlich habe ich das. Sehr sogar. Aber weißt du, heutzutage gibt es mechanischen Ersatz für Partner.«

»Baby, es gibt keinen Ersatz für das einzig Wahre.«

Sie wird rot. »Das stimmt.«

Ich beuge mich wieder nach vorn. »Du kannst mir alles sagen. Richtige Vertrautheit kann nur entstehen, indem wir unsere Verletzlichkeit offenbaren.«

Sie blickt mich überrascht an. »›Richtige Vertrautheit‹? Das sind nicht die Worte, die ich von einem tätowierten Typen in einer Bar erwartet hätte.«

»Na ja, ich *lebe* ja nicht in der Bar. Manchmal laufe ich auch durch die Straßen. Gehe zur Arbeit. Oder ins Fitnessstudio.«

»Du weißt, was ich meine.«

»Ja, weiß ich.«

Sie legt ihre Hand auf meinen Unterarm, und bei ihrer unerwarteten Berührung beginnt mein Schwanz wieder zu zucken. »Bist du auf der Suche nach ›richtiger Vertrautheit‹, Ryan?«

»Absolut«, sage ich, ohne zu zögern. »Ich bin durch mit diesem ganzen anderen Mist.« Ich blicke in ihre dunklen Augen. »Ehrlich gesagt, suche ich nach etwas wirklich Festem. Ich habe es nur noch nicht gefunden.«

Ihre Augen funkeln. »Ich auch.«

Wir schauen uns lange und intensiv an. Das Feuer zwischen uns ist deutlich spürbar, mein Schwanz ist hart. Ich will diese Frau.

»Bitte sag mir, warum du so lange kein Date mehr hattest, was ist in deiner letzten Beziehung vorgefallen?«, sage ich. »Ich will es verstehen, damit ich nicht den gleichen Mist wie dieser Blödmann mache.«

Sie zuckt mit den Schultern. »Es ist irgendwie peinlich.«

»Hm. Sehr peinlich oder nur etwas peinlich?«

Sie verzieht nachdenklich die Mundwinkel. »Etwas peinlich.«

»Also keine große Sache. Erzähl mir diese Geschichte jetzt, und eine sehr peinliche Geschichte, wenn ich dich zum Essen ausführe.«

Ein Lächeln breitet sich auf ihrem Gesicht aus. »Wann führst du mich zum Essen aus?«

»So schnell wie möglich. Morgen Abend?«

»Großartig.«

Ich grinse von einem Ohr zum anderen. »Magst du Steaks? Sushi? Italienisch? Indisch?«

»Überrasch mich. Ich hatte noch nie ein Date in Seattle. Da vertrau ich ganz auf dich.«

»Ich werde dich in mein Lieblingsrestaurant ausführen. Und nach dem Abendessen zeige ich dir meine Stadt – all die coolen Plätze. Und danach gehen wir zu dieser kleinen Bäckerei, in der es die besten Cupcakes der Stadt gibt. Die werden dich umhauen.«

»Wow. Danke. Das klingt fantastisch.«

Wir grinsen uns an, spüren die Spannung zwischen uns, unsere Brustkörbe heben und senken sich sichtlich. Verdammt, ich komme mir vor, als würde mein Herz jeden Moment explodieren. Ich will diese Frau. »Ich denke, wir sollten einen Shot trinken, was meinst du?«, sage ich. »Ich habe plötzlich das Gefühl, dass wir etwas zu feiern haben.«

»Auf jeden Fall«, antwortet sie prompt, was mich zum Lachen bringt. »Was feiern wir denn?«

Den Beginn von etwas ganz Großem, geht es mir durch den Kopf. Aber natürlich sage ich das nicht laut. »Dass es Spaß macht, auszugehen und neue Leute kennenzulernen«, sage ich.

Sie lacht. »Perfekt.«

Ich winke dem Barkeeper. »Tim? Bringst du uns zwei Tequila, bitte? Diese bezaubernde Dame hier und ich haben etwas zu feiern.«

Ryan

Samantha stellt ihr leeres Schnapsglas ab und grinst mich frech an. »Ich werde dir meine ›etwas peinliche‹ Geschichte erzählen – aber nur, wenn du mir zuerst eine von dir erzählst. Und wenn du mir eine Frage ganz ehrlich beantwortest.«

»Wieso darfst du eine Extrafrage stellen? Das ist nicht fair.«

»So was nennt man Angebot und Nachfrage. Ich habe ein Monopol auf die Information, die du haben willst, also nenne ich dir meinen höchsten Preis.«

»Das ist Preisbindung, Argentinien – und das ist illegal.«

»Vielleicht in Amerika. Aber ich habe die doppelte Staatsbürgerschaft.« Sie schlägt ihre sexy Beine übereinander und reckt ihre atemberaubende Brust. »Bei euch heißt das vielleicht Preisbindung, aber bei uns heißt das ›Mittwochabend‹.«

O Mann, sie ist die umwerfendste Frau, die es gibt. »Das ist Halsabschneiderei«, sage ich und grinse sie breit an.

Samantha zuckt mit den Schultern. »Na gut, dann reden wir halt übers Wetter. Gott, ich hoffe, dass es morgen Abend nicht regnet, wenn du mich zum Essen ausführst. Ich habe nämlich vor, ein Kleid zu tragen, das diese Stelle hier nicht besonders gut verdeckt.« Sie legt ihre Hand auf ihre wundervolle Oberweite, direkt unter den süßen Stewardessenschal ihrer Uniform, der um ihren Hals liegt.

Ich will sie so sehr! »Und dabei warst du anfangs so schüchtern und prüde«, sage ich heiser. »Was ist mit dir passiert? Anscheinend lauert da ein argentinischer Hai unter der hübschen Oberfläche. Du bist wahrscheinlich ein größerer Hai als alle Anwälte, die ich kenne.«

»Dann mach mir doch ein Gegenangebot.«

»Nein, ich muss dir kein Gegenangebot machen, Süße, ich willige in deine Bedingungen ein. Ich hätte allem zugestimmt. Ich habe nur geblufft.«

Sie kichert. »Gut zu wissen.«

»Aber nur weil ich so verdammt scharf darauf bin, dich – Entschuldigung, diesen *Deal* – unter Dach und Fach zu bringen.«

Sie wirft mir einen Blick zu, der einen Eiswürfel zum Schmelzen bringen könnte. »Und schon wieder sind wir bei deinem Masterplan angelangt.«

»Werden wir immer.«

»Also, erzähl du mir erst mal deine ›etwas peinliche‹ Geschichte«, sagt sie. »Zeig mir, wie man das macht.«

Ich erzähle ihr, dass mir beim Abschlussball in der Highschool vor allen Leuten die Hose runtergerutscht ist, weil ich zur Feier meiner Ernennung zum Ballkönig *Saturday Night Fever* nachspielen wollte. Mein Schwanz baumelte im Scheinwerferlicht für alle sichtbar herum.

Sie lacht sich ihren hübschen Hintern ab. »O mein Gott. Und das war dir nur *etwas* peinlich?«, fragt sie. »Ich wäre bis ans Lebensende traumatisiert.«

»Nein, das war keine große Sache. Zum Glück bin ich bis zu dem Zeitpunkt schon in vielen Umkleidekabinen gewesen und wusste, dass mir mein bestes Stück auf keinen Fall peinlich sein muss.« Ich zwinkere ihr zu.

Sie verdreht die Augen. »Und schon sind wir wieder bei deinem Masterplan.«

»Wie immer.«

»Und warum zum Teufel war dein bestes Stück überhaupt für alle sichtbar? Hattest du keine Unterhose an?«

»Natürlich nicht. Ein Kerl kann doch keinen Slip unter einer Lederhose anziehen.«

»O Gott, diese Geschichte wird ja immer besser. Du bist in Lederhose zum Abschlussball gegangen?«

»Ich dachte, ich sehe aus wie Lenny Kravitz – was witzig ist, weil Lenny genau zehn Jahre später das gleiche Problem mit seinen Klamotten hatte wie ich. Er hat mir meine Moves geklaut – mehr als nur einmal.«

»O ja. Ich habe das Foto vom armen Lenny gesehen.« Sie grinst. »Er musste sich aber auch für nichts schämen.«

»Siehst du? Selbstbewusste Kerle lassen ihr bestes Stück eben manchmal frei. Kein Grund, sich zu schämen.«

Sie kichert. »Bringst du morgen bitte, bitte ein Foto von deinem Abschlussball mit? Ich würde dich zu gern in Lederhosen sehen. Aber bitte nimm ein Foto, das *vor* der großen Enthüllung gemacht wurde – ich habe kein Bedürfnis, dein minderjähriges bestes Stück zu sehen.«

»Das wäre schon okay. Ich war damals gerade achtzehn – es wäre also kein Kinderporno.«

»Nein, danke. Ich habe kein Interesse an Teenager-Penissen. Auch wenn es legal sein sollte.«

»Ich mach doch nur Scherze. Ich habe gar kein Foto davon. Ich habe nur eins, auf dem ich komplett angezogen bin, und das bringe ich dir gerne mit, wenn du mir versprichst, dass du auch eins von dir mitbringst. Und wir dann tauschen.«

»Nein, das geht nicht. Ich war auf einer Mädchenschule, schon vergessen? Wir hatten keinen Abschlussball. Ich war nur auf diesem einen Schulball, von dem ich dir erzählt habe.«

»Warum das denn?«

»Ich wurde nicht noch mal gefragt. Aber meine besten

Freundinnen auch nicht, Charlotte eingeschlossen. Also habe ich mich nicht allzu sehr wie eine Verliererin gefühlt.«

»Du bist mit Charlotte zur Schule gegangen?«

»Seit der zweiten Klasse.«

»Wow, cool.« Ich werfe einen Blick rüber zu Charlotte, die an einem Tisch mit lauter Männern und Frauen sitzt.

Samantha folgt meinem Blick. »Heute ist es kaum zu glauben, dass sie nicht einfach einen armen Jungen dazu gezwungen hat, sie mit auf seinen Abschlussball zu nehmen.« Sie schmunzelt. »Aber Charlotte war tatsächlich ziemlich brav und schüchtern in der Highschool.«

»Und du?«

»Und wie!«

»War es eine katholische Schule?«

»Ja. Mit Schuluniform und Nonnen und allem Drum und Dran.«

Ich stütze meinen Ellbogen auf den Tresen und grinse sie breit an. »Hast du so einen süßen kurzen Rock getragen wie Britney Spears?«

»Genau, ich war die argentinische Britney Spears. Ich bin in der Schuluniform und mit meinen Zöpfen durch die Gänge getanzt und habe *Oops! I Did It Again* auf Spanisch gesungen. *Oops, lo hice otra vez.*«

Ich schmunzle. »O Mann, als Teenager wäre ich dir absolut verfallen. Natürlich hätte ich kein Wort von dem verstanden, was du gesungen hast, aber das wäre mir egal gewesen.«

»Du sprichst kein Spanisch?«

»Nein. Von den zwei Jahren Spanisch, die ich auf der Highschool hatte, sind nur ein paar Wörter hängen geblieben: *negro* bedeutet schwarz, *blanco* weiß, *cerveza* Bier und *baño* Bad.«

»Zwei Jahre Spanisch, und das ist alles, was du noch weißt? Schäm dich.«

»Es war nicht meine Schuld. Ich konnte mich nicht konzentrieren. Die Spanischlehrerin war unverschämt scharf.« Ich lache auf. »Ich hätte einfach einen Nachhilfelehrer gebraucht, das ist alles. O mein Gott, wenn du auf meiner Highschool gewesen wärst ... Was heißt ›Reis‹ auf Spanisch?«

»Arroz.«

»Wenn du auf meiner Schule gewesen wärst, dann hätte ich dich umschlungen wie ›das *blanco* den *arroz*‹ – das Weiß den Reis.«

»Du bist ein ganz schöner Charmeur. Aber das nehme ich dir nicht ab. Du warst doch der King der Schule. Wenn sich unsere Wege gekreuzt hätten, wärst du viel zu abgelenkt gewesen von den ganzen Cheerleaderinnen und extrovertierten Barbies, die sich dir an den Hals geschmissen haben. Du hättest das ruhige Mädchen, das mit einem Buch in der Ecke sitzt, überhaupt nicht bemerkt.«

»Blödsinn. Auch unter einer Million extrovertierter Barbies und Cheerleaderinnen würde ich immer dich wählen – gestern wie heute.«

Sie schenkt mir ein so umwerfendes Lächeln, dass ich dahinschmelze. *O Mann, zwischen uns stimmt die Chemie einfach. Ich will diese Frau hier rauszerren, ihr die Klamotten vom Leib reißen, sie überall küssen und lecken und dann mit ihr Sex haben, bis sie lauter verschiedene Sprachen spricht.*

Samantha räuspert sich. »Okay, jetzt musst du meine Frage beantworten. Du hast gesagt, du beantwortest mir eine Frage, stimmt's?«

Ich lehne mich auf meinem Barhocker zurück. »Natürlich. Leg los.«

»Und du bist absolut ehrlich?«

Ich nehme ihre Hand, ich muss sie einfach berühren. »Baby, ich kann gar nicht anders, als ehrlich zu dir zu sein.«

Ryan

Samantha blickt nachdenklich an die Decke. »Okay, meine Frage lautet, und denk dran, du hast versprochen, sie ehrlich zu beantworten: Was denkst du gerade?«

Ich runzle die Stirn.

»Das hast du nicht erwartet, oder?«

»Nein.«

Sie zuckt mit den Schultern.

»O Mann.« Ich nehme einen großen Schluck von meinem Drink. »Weißt du, diese Frage ist schwer zu beantworten, weil mir so viele Dinge gleichzeitig durch den Kopf gehen.«

»Na gut, dann erzähl mir alle Dinge.«

»Aber, na ja, einiges von dem, was ich denke – eigentlich sehr viel davon –, ist ziemlich …«

»Was?«

»Sexuell.«

Sie grinst. »Warum, denkst du, habe ich dir diese Frage gestellt, Sherlock?«

Mein Penis zuckt. Wow.

»Ist schon gut, Süßer«, sagt sie und wirft mir einen glühenden Blick zu. »Ich bin ein großes Mädchen. Solange du komplett ehrlich bist, will ich es hören. Ich glaube, du weißt gar nicht, wie viele verschiedene Gesichtsausdrücke ich schon bei dir gesehen habe. Ich wüsste wirklich gern, was dir durch den Kopf geht.«

Verdammte Scheiße. Diese Frau macht mich fertig. »Na gut. Jetzt gerade denke ich: Verdammte Scheiße, diese Frau macht mich fertig.«

Sie grinst.

»Und ich denke: Sie ist atemberaubend und sexy, und ihr Körper ist einfach der Wahnsinn.« Ich halte kurz inne, um zu sehen, wie sie reagiert. So weit, so gut. »Und wenn ich ehrlich bin, denke ich auch, dass ich ihren verdammt scharfen Körper liebend gerne nackt sehen würde.« Ich halte wieder inne. Es scheint ihr zu gefallen, was sie hört. »Und dieser Gedanke bringt mich sofort dazu, dich mir nackt vorzustellen.« Wieder eine kurze Pause. Es scheint noch alles in Ordnung zu sein. »Willst du wirklich, dass ich weitermache?«

Sie nickt. »Bitte.«

Mein Herz rast. »Und jetzt, da ich dich komplett nackt vor mir sehe, stelle ich mir bis ins kleinste Detail vor, was ich gerne mit dir machen würde.«

Sie beißt sich auf die Unterlippe, sagt aber nichts.

Im Hintergrund erklingt *Use Somebody* von den Kings of Leon. Nicht der Song, den ich vorhin von der Band erwähnt hatte, aber das Universum scheint mir trotzdem damit sagen zu wollen, dass ich weitermachen soll. Ich rutsche ein Stück nach vorne, sodass sich unsere Beine berühren, und flüstere: »Und ich denke, dass ich jeden Zentimeter deines Körpers berühren und küssen und lecken möchte – ohne Ausnahme, ohne Hemmungen …« Ich halte wieder inne und warte auf ihre Reaktion. Sie gibt mir grünes Licht. Mit klopfendem Herzen nehme ich ihre Hand in meine. »Ich will wissen, wie du schmeckst, Baby. Ich will dich in mir aufsaugen. An deiner Klit lecken. Ich will, dass du auf meinem Gesicht sitzt, während ich mit meiner Zunge so tief wie möglich in dich eindringe.«

Schockiert reißt sie ihre Augen auf, aber das ist mir egal. Sie hat gefragt, ich antworte.

»Süße, ich will dich direkt an deiner empfindlichsten Stelle lecken, bis du stöhnst und feuchter bist als jemals zuvor. Und wenn du es nicht mehr aushältst, rufst du meinen Namen, und ich bin so hart, dass ich nichts anderes mehr will, als tief in dir zu sein, und dann werde ich uns beide ins Paradies schicken.«

Sie schnappt nach Luft.

Ich streichle ihr über die Finger. »Aber vor allem denke ich: *Fuck*, ich habe noch nie in meinem ganzen Leben so eine intensive, verwirrende und erregende Verbindung zu einer Frau verspürt.«

Ihr Atem geht stockend.

»Und das nicht nur, weil du hammermäßig aussiehst, sondern auch, weil du klug und witzig und schlagfertig bist. Weil ich das Gefühl habe, dich schon mein Leben lang zu kennen.«

Wir schweigen einen Moment.

Unsere Blicke lassen nicht voneinander ab.

Ihre unglaubliche Brust hebt und senkt sich rasch.

Mein Schwanz ist steinhart.

»Das ist so ziemlich alles, was ich gerade denke«, sage ich. »Ach, und ich frage mich, warum du neun Monate lang nicht mehr geküsst worden bist. Aber das habe ich dir ja schon gesagt.«

»Heilige Scheiße«, sagt sie nach einer langen Pause.

»Bin ich zu weit gegangen?«, frage ich leise, und mein Magen verkrampft sich.

Sie schüttelt den Kopf.

»Bist du sicher?«

Samantha fährt mit ihren Fingerspitzen über das Schwert-Tattoo auf meinem Unterarm. »Was auch immer die weibliche Entsprechung dessen ist, was du gerade gesagt hast – ich denke es auch.«

Ich atme stockend aus. *»Ausgezeichnet.«*

Ihre Fingerspitzen fahren meinen Arm hoch und streifen

jetzt über das Piraten-Tattoo. *»Aber«,* sagt sie, und mein Körper verspannt sich sofort. »So unglaublich sexy das alles auch geklungen hat – und glaub mir, es klang total sexy –, muss ich trotzdem ein paar Dinge klarstellen, um dich nicht auf falsche Gedanken zu bringen.«

Ich nicke. Mein Schwanz ist hart, meine Brust eng.

»Erstens, ich habe keine Probleme mit Sex – ich liebe Sex.«

»Freut mich, zu hören. Ich bin auch ein großer Fan davon.«

»Das habe ich schon vermutet.« Sie grinst. »Und das finde ich fantastisch. Wirklich. Aber du musst wissen, dass ich keinen unverbindlichen Sex habe. Für mich gehört zum Sex eine feste Beziehung. Ich spreche nicht von einem Ring, keine Sorge. Ich muss nur sicher sein, dass es für uns beide keine anderen gibt.« Sie blickt mir tief in die Augen. »Aber die gute Nachricht für dich ist, wenn ich schließlich Ja sage, dann kannst du dir sicher sein, dass ich mich dir vollkommen hingeben werde – ohne Ausnahme.«

Mein Schwanz zuckt wieder. Ich kann kaum noch atmen. So verrückt das klingt, aber ich würde dieser Frau hier und jetzt sofort eine feste Beziehung versprechen, um sie heute Nacht in mein Bett zu bekommen. Genau das werde ich jetzt tun.

Moment.

Nein.

Das kann ich nicht machen.

Verdammt.

Olivia.

Scheiße. Dank dieser Verrückten werde ich heute Nacht nicht mit Samantha im Bett landen – ich kann sie heute nicht mal küssen, schließlich bin ich heute Morgen noch in Olivias Bett aufgewacht. Ich spüre Olivias Küsse noch auf meinen Lippen, unsere Trennung ist gerade mal ein paar Stunden alt (und vielleicht noch nicht einmal richtig vollzogen).

»Ich würde die Sache gern langsam angehen«, fährt Samantha fort. »Tut mir leid, aber so bin ich nun mal. Ich bin von Natur aus eine vorsichtige Person.«

Ich räuspere mich. »Das ist okay für mich.«

Samantha betrachtet mich eingehend. »Bist du dir sicher, dass dich das nicht abschreckt?«

»Wann immer für dich der richtige Zeitpunkt ist – ich bin überzeugt, wir zwei werden das achte Weltwunder sein.«

Sie kichert.

»Wir werden es langsam angehen, Süße. Aber nur um sicherzugehen, von welchem Zeitraum sprechen wir eigentlich? Von neun Monaten oder weniger?«

Sie lacht. »Viel weniger. Vielleicht von einem Neuntel der Zeit, höchstens.« Sie runzelt die Stirn. »Wäre das in Ordnung für dich?«

»Absolut«, sage ich, auch wenn ich in meinem gesamten Erwachsenenleben noch nicht länger als einen Monat ohne Sex ausgekommen bin. Aber wenn man bedenkt, dass ich mit einer viel längeren Zeitspanne gerechnet habe, dann bin ich richtig erleichtert. »Tust du mir bitte einen Gefallen«, sage ich. »Erzähl mir deine ›etwas peinliche‹ Geschichte, erzähl mir, warum du neun Monate lang nicht mehr geküsst worden bist. Das würde ich wirklich gerne wissen.«

»Ach ja, *das*!« Sie seufzt und ruft den Barkeeper zu uns. »Noch eine Runde, Tim!« Sie blickt mich schelmisch an. »Wenn ich so ehrlich sein soll, wie du es gerade warst, dann muss ich noch um einiges betrunkener werden.«

Ryan

Samantha und ich stellen unsere Schnapsgläser gleichzeitig lautstark auf der Theke ab.

»Sehr schön«, sagt sie.

»Geht es dir gut, Argentinien? Mir geht es nämlich verdammt gut.«

»Moment, Romeo.« Sie zwickt sich in die Wangen. »Taube Wangen. Alle Hemmungen längst verflogen. Mir ist total heiß. Urteilsvermögen stark beeinträchtigt.« Sie zwinkert mir zu und zeigt mit beiden Daumen nach oben. »Ja. Mir geht's gut.«

Ich muss lachen. »Hervorragend. Und jetzt erzähl mir bitte endlich deine ›etwas peinliche‹ Geschichte.«

Sie seufzt. »Es ist nicht fair, dass ich nach deiner aufregenden Abschlussballgeschichte von meinen langweiligen neun Monaten unbeabsichtigter Sex-Abstinenz erzählen muss. Das ist total abtörnend.«

»Jetzt komm schon«, sage ich. »Das nennt man Verzögerungstaktik.«

»Okay, okay«, sagt sie. Sie holt tief Luft. »Es ist einfach nur so dumm.«

»Das liebe ich. Warte, bis du meinen jüngeren Bruder kennenlernst.«

Sie denkt kurz nach. »Vor neun Monaten habe ich mit meinem damaligen Freund Schluss gemacht – sein Name ist Stu –, nachdem ich rausgefunden habe, dass er mich während unserer zweijährigen Beziehung unzählige Male betrogen hat.«

»O Mann, was für ein Blödmann.«

»Ein Riesenblödmann.«

»Hast du ihn geliebt?«

»Hab ich. Ich war am Boden zerstört, als ich von seinen außerplanmäßigen Aktivitäten erfahren habe. Ich hatte keine Ahnung. Ich habe ihm zu hundert Prozent vertraut und kam mir natürlich hintergangen und betrogen vor, aber ich glaube, am schlimmsten war das Gefühl, dass meine Menschenkenntnis versagt hat, weißt du? Dass ich meinen eigenen Gefühlen nicht mehr trauen konnte. Ich habe nicht verstanden, wie ich mich von ihm so blenden lassen konnte.«

Meine Brust zieht sich zusammen. Scheiße. Wenn Samantha von Olivia erfährt, wird sie dann denken, dass ich sie blenden wollte? Mist. Plötzlich habe ich das dringende Bedürfnis, ihr noch heute Abend von Olivia zu erzählen – nur, um späteren Missverständnissen vorzubeugen.

Samantha fährt fort. »Ich glaube, ich war total geblendet von Stus gutem Aussehen und dieser ganzen Fast-Berühmtheit und habe ihm einfach blind vertraut.«

»Warte mal. Stu war fast berühmt?«

»Er ist Sportler. Aber das ist egal. Diese Sache hat mich zutiefst erschüttert, ich konnte meinem eigenen Urteilsvermögen nicht mehr trauen. Und dann, drei Monate später …« Sie hält mitten im Satz inne.

Ich warte.

»Drei Monate später war mein Herz immer noch nicht geheilt, und ich habe beschlossen, eine Dating-Auszeit zu nehmen und eine Weile an mir selbst zu arbeiten. *Et voilà*, hier bin ich.«

Ich runzle die Stirn. Sie verschweigt mir was. Nach diesen drei Monaten ist sicher etwas anderes passiert, aber ich beschließe, es dabei zu belassen. »Und was an dieser Geschichte ist jetzt ›etwas peinlich‹?«, frage ich. »Dein idiotischer Freund hat dich betrogen, und du hast dir eine Auszeit gegönnt – eine lange Auszeit, okay, aber daran ist doch absolut nichts peinlich.«

»Es ist peinlich, dass er mich betrogen hat.«

»Warum? Dass er dich betrogen hat, ist ein Armutszeugnis für *ihn*, nicht für dich. Im Ernst. Jede andere Sichtweise ist total verrückt.«

Sie seufzt erleichtert auf.

»Und deshalb wolltest du mir die Geschichte nicht erzählen?«

»Ja. Ich meine, er hat mich *zwei* Jahre lang betrogen, und ich hab nichts mitgekriegt. Das spricht nicht gerade für mich. Aber ich wollte nicht, dass du denkst, ich wäre asexuell oder so was, weil ich so lange keinen Sex hatte. Glaub mir, ich bin definitiv nicht asexuell.«

»Ich bin mir total sicher, dass du absolut heiß bist. Du hast eine Wahnsinnsausstrahlung.«

Sie wird rot.

»Ich denke sogar, dass du eine kleine Nymphomanin bist, wenn du erst mal loslegst.« Ich rutsche näher zu ihr. »War es schwer für dich – neun Monate ohne?«

»Furchtbar. Aber du weißt ja, ich bin eine Jungfrau. Ich habe hohe Ansprüche. Und wie ich schon sagte, habe ich auch einen batteriebetriebenen Freund, der nur mich liebt und der mir absolut treu ist.«

»Aber hattest du während der ganzen Zeit nicht *ein Mal* das Bedürfnis, mit einem Kerl zu schlafen, der nicht deinen Ansprüchen entspricht? Einfach nur zum Spaß?«

Sie schüttelt den Kopf. »So bin ich einfach nicht gestrickt.«

»Wow. Es gab also keinen einzigen Mann, zu dem du dich in den letzten neun Monaten hingezogen gefühlt hättest?«

»Das habe ich nicht gesagt.«

»Ah. Interessant. Es gab also jemanden, den du interessant fandest? Und er hat dich nicht angemacht? Ist er schwul?«

»Nein, er ist nicht schwul – er ist mein Boss.«

Oh. Ich lehne mich schockiert zurück.

Sie fährt fort. »Versteh mich nicht falsch, er ist unerreichbar. Er hat nie auch nur mit mir geflirtet. Und jetzt wird er heiraten. Die Sache ist also absolut tabu. Aber ja, als ich mich von Stu getrennt habe, habe ich mich mal kurz gefragt, ob mein Boss mich jetzt nicht anmachen könnte. Schließlich waren wir seit sechs Jahren zum ersten Mal beide Single.« Sie kichert. »Es war nur eine kleine Schwärmerei, das ist alles. Und wie ich schon sagte, er heiratet jetzt. Aber das zeigt dir immerhin, dass ich kein Eisklotz bin, oder?«

Das Herz pocht laut in meinen Ohren. »Aber hoffst du immer noch, dass ihr etwas miteinander anfangt? Falls seine Ehe nicht funktionieren sollte, zum Beispiel? Oder hinter dem Rücken seiner Frau? Würdest du in dem Fall die Beziehung, die du vielleicht gerade hättest, wegwerfen?«

»Was? *Nein*! O mein Gott. Ich hätte ihn nicht erwähnen sollen. Vielen Dank, Tequila.« Sie schüttelt den Kopf. »Wie sind wir überhaupt auf das Thema gekommen? Ryan, hör mir zu, bei meiner kleinen Schwärmerei für meinen Boss ging es eigentlich gar nicht um ihn – er erfüllt nur so ziemlich alle Voraussetzungen eines Kerls, den ich gerne für mich selbst finden würde.«

Das beruhigt mich nicht im Geringsten. Ich fühle Eifersucht in mir aufsteigen. War sie die ganzen neun Monate nicht auf dem Markt, weil sie auf ihren Boss steht? Auf irgendeinen Piloten – oder vielleicht sogar den Besitzer einer ganzen Airline? Scheiße. Ich komme mir vor wie der letzte Höhlenmensch. Das ist lächerlich, ich weiß – aber was mich angeht, gehört diese Frau bereits mir. *Mir*. Und ich werde nicht hier sitzen und mir von irgendeinem bescheuerten Piloten meine zukünftige Freundin stehlen lassen …

»Ryan?«, sagt Samantha und reißt mich aus meinen Gedanken.

Ich blicke sie zähneknirschend an.

Sie sieht mich an, als wäre ich nicht zurechnungsfähig. »Geht es dir gut? Du wirkst verärgert.«

Ich versuche sie anzulächeln, aber es gelingt mir nicht. Wenn ich mich wie ein eifersüchtiger Gockel aufführe, dann ist es eben so. Ich habe noch nie in meinem Leben so eine intensive Verbindung zu einer Frau gespürt, und das werde ich mir sicher nicht von so einem hirnverbrannten Idioten kaputt machen lassen, bevor ich sie überhaupt zum Abendessen ausgeführt habe. »Tut mir leid«, presse ich hervor. »Ich habe kein Recht, so zu fühlen, aber ich bin jetzt schon total eifersüchtig auf deinen Boss. Ich habe Angst, dass du immer noch auf ihn stehst und ich mich gerade in eine ausweglose Situation bugsiere.«

»O Gott«, murmelt sie. »Ich hätte überhaupt nicht von ihm anfangen sollen. Hast du nie für ein Mädchen geschwärmt, das unerreichbar war? Eine Professorin? Die Freundin deines besten Freundes vielleicht?«

»Doch«, antworte ich und muss sofort an Sarah denken.

»Für diese unerreichbare Person zu schwärmen bedeutet doch nicht, dass du sie für die Liebe deines Lebens hältst, oder? Du findest diese Person lediglich anziehend und denkst dir: O Mann, so jemanden will ich auch kennenlernen.« Samantha schenkt mir ein umwerfendes Lächeln, mein Schwanz regt sich schon wieder. »Ehrlich gesagt, habe ich seit neun Monaten zum ersten Mal – vielleicht zum ersten Mal überhaupt – das Gefühl, dass ich eventuell jemanden kennengelernt habe, der neue Maßstäbe setzt für den Mann, nach dem ich suche.«

Und plötzlich hat sie es geschafft, mich komplett zu beruhigen. Scheiß auf ihren Boss, wer auch immer das sein mag. Ich bin ein Vollidiot. »Ich empfinde genauso«, sage ich. »Ich habe noch nie so eine intensive Verbindung zu einer Frau gespürt. Ich weiß überhaupt nicht, wie ich mit diesen Gefühlen umgehen soll.«

»Das verstehe ich«, flüstert sie. Sie beugt sich zu mir und küsst mich auf die Wange. Ich bekomme am ganzen Körper Gänsehaut. Ich nehme ihre Hand und beuge mich zu ihr, um sie zu küssen. Aber im letzten Moment fällt mir wieder ein, dass ich das nicht tun kann. *Nicht heute Abend.* Beim ersten Kuss mit der Frau, die vielleicht die Liebe meines Lebens sein wird, darf ich nicht auch nur den leisesten Hauch von Olivias Geschmack auf meinen Lippen haben.

Aber ich kann nicht widerstehen, mir wenigstens eine kleine Vorstellung von ihrer Haut zu geben. Nur eine ganz kleine – völlig harmlos. Ich drehe meinen Kopf und gebe Samantha einen sanften Kuss auf die Wange. Als ich ihren Duft einatme, pocht mein Schwanz sofort vor Verlangen.

»Ryan«, flüstert sie. Sie gibt mir noch einen Kuss auf die Wange und fährt mit ihrer Hand durch mein Haar.

»Ich will dich«, flüstere ich in Samanthas Ohr. »Ich will dich küssen. Ich will dich schmecken.«

Sie schnappt nach Luft und flüstert mir ebenfalls ins Ohr: *»Quiero besarte y lamerte, por todo el cuerpo.«*

»Was immer du auch gesagt hast, es hat sich total scharf angehört«, flüstere ich, und mein Körper zittert vor Erregung.

Ich spüre ihre warme, feuchte Zunge kurz an meinem Ohr und bin wie elektrisiert.

Sie küsst mich sanft auf die Wange, immer und immer wieder, und ich werde steinhart im Schritt. *»Quiero follarte, una y otra vez«,* flüstert sie mit heiserer sexy Stimme in mein Ohr.

Ich vergrabe meine Nase in ihrem Haar und atme ihren

Duft ein. Meine Fingerspitzen liebkosen ihren Nacken. *O mein Gott, ich will diese Frau.*

»Quiero sentir tu lengua entre las piernas.«

Mein Gehirn versteht zwar nicht, was sie sagt, aber mein Körper weiß es sehr wohl. Ich küsse ihre Wangen, vergrabe meine Nase wieder in ihrem Haar, küsse die weiche Haut neben ihrem Ohr – und sie zittert vor Erregung. »Wann immer du bereit bist für mich«, flüstere ich, »werde ich dafür sorgen, dass du dich verdammt gut fühlst, Baby. Die Lust, die ich dir bereiten werde, wird dein Leben verändern.«

Ihr entfährt ein leises Stöhnen.

Ich küsse sie direkt neben ihrem Ohr, dann auf ihre Wange, dann auf ihren Nacken, dieses Mal mit Zunge, und sie stöhnt und krallt ihre Finger in meinen Unterarm. Okay, ich kann nicht anders. Ich beiße sie sanft in den Nacken, und sie schnappt nach Luft.

»Küss mich, Ryan«, flüstert Samantha mir ins Ohr. Sie fährt mit ihren Lippen über meinen Dreitagebart. *»Bésame.«*

»Morgen Abend«, erwidere ich mit klopfendem Herzen. »Bei unserer Verabredung. Etwas, auf das wir uns freuen können, Baby.«

Sie seufzt enttäuscht.

Fuck. Ich muss mich zusammenreißen. Wenn diese Frau tatsächlich das ist, wofür ich sie halte, dann muss ich sicherstellen, dass hier keine Missverständnisse entstehen können. Ich ziehe mich von ihr zurück. »Ich muss dir etwas sagen.« Ich rutsche auf meinem Stuhl umher und versuche, meinen steifen Penis richtig hinzurücken. »Es ist keine große Sache, okay? Ich will nur, dass du weißt, dass du mir vertrauen kannst, Samantha.«

Wie aus dem Nichts verliert ihr Gesicht jegliche Farbe. Ihre Hand gleitet abwesend zu dem kurzen Schal um ihren Hals. »Verdammt, Ryan, ich muss dir auch etwas sagen – das hätte ich dir schon längst sagen sollen.«

In meinem Rücken ruft eine schrille Stimme meinen Namen und schneidet Samantha mitten im Satz das Wort ab.

»Ich wusste es!«, schreit die Stimme. »Du verdammter Betrüger!«

Ich schließe die Augen.

Fuck.

Olivia.

Ryan

*»Als Ahab mit seiner Seelenpein
die Hängematte teilte«*

Ich bin in Joshs beeindruckendem Haus – oder, wie Kat zu sagen pflegt, in ihrer »gemütlichen, kleinen Hütte«. Jonas, Josh, Sarah und ich spielen Billard – momentan spielt Josh gegen Jonas –, während meine arme, angeschlagene Schwester zusammengekrümmt auf einem Sofa in der Ecke sitzt. Um die Schultern hat sie sich eine Decke geschlungen, und ihr Gesicht hat die Farbe von Kermit dem Frosch.

»Braucht jemand noch was zu trinken?«, fragt Josh und geht zur Bar. »Was ist mit dir, Captain Morgan? Kann ich dich für einen kleinen Captain Morgan begeistern?« Er hält eine Flasche hoch. »Ich kann dir einen würzigen Mojito machen, der dein Leben verändern wird.«

»Danke, Lambo«, antworte ich und reiche ihm mein leeres Glas. »Ich werde heute nicht nur trinken, bis ich mein Gesicht und meine Zehen nicht mehr spüren kann, sondern bis sich dieser herzzerreißende Schmerz in Luft auflöst.«

»Das kriegen wir hin«, sagt Josh.

»Erzähl den Rest der Geschichte, Ryan«, sagt Sarah. Sie sitzt auf einem Hocker an der Bar. »Es ist wie bei einem schrecklichen Autounfall, man kann einfach nicht wegschauen.«

»Da gibt es nicht mehr viel zu erzählen. Olivia ist in die Bar gestürmt, hat mich wüst beschimpft, Samantha hat die Flucht ergriffen, und das war's. Ich dachte, ich hätte mit der Flugbegleiterin meiner feuchten Träume das Paradies gefunden, doch es entpuppte sich als die Hölle meines schrecklichsten Albtraums.«

»Tragisch«, sagt Josh, und auch alle anderen drücken mir ihr Mitgefühl aus.

»Na ja«, sage ich und versuche nicht den Eindruck zu erwecken, als würde ich am Rande eines Nervenzusammenbruchs stehen. »So ist das Leben. Manchmal ist es einfach beschissen. Ich muss mich zusammenreißen und nach vorne schauen, richtig? Mehr kann ich nicht tun.«

Das ist übrigens totaler Blödsinn. Ich bin überhaupt nicht in der Lage, mich zusammenzureißen und nach vorne zu schauen – aber das werde ich in dieser Runde nicht zugeben. Josh kenne ich gerade mal ein paar Wochen, und Jonas habe ich erst heute kennengelernt. Und keiner von beiden wirkt so, als ob er wegen einer Frau völlig zusammenbrechen würde. Also beiße ich vor meinem zukünftigen Schwager und seinem Bruder die Zähne zusammen, heule nicht weiter rum und nehme den Mojito, der mein Leben verändern wird, von Josh entgegen. Dann setze ich mich in den Sessel neben meine grüngesichtige Schwester.

»Hey, Kum Cake«, sage ich. Ich tätschle ihren Kopf, als wäre sie ein kleiner Welpe – das tue ich schon, seit Mom sie aus dem Krankenhaus mit nach Hause gebracht hat, ich war damals dreieinhalb.

»Hey, Rum Cake«, erwidert sie. »Danke, dass du nicht jedem erzählt hast, dass ich Olivia verraten habe, wo sie dich findet.«

Ich nehme einen großen Schluck von meinem Drink und sage nichts.

»Du hasst mich, oder?«, sagt Kat.

»Nein.«

»Doch, tust du. Wenn du mich nicht hassen würdest, dann würdest du mich jetzt ärgern. So drücken wir Morgans unsere Liebe füreinander aus. Durch Schweigen zeigen wir, dass wir bereit sind, jemanden zu ermorden.«

Ich nehme noch einen großen Schluck und widerstehe dem Drang, Kat vorzuwerfen, dass sie mein Leben ruiniert hat. »Dein Gesicht hat dieselbe Farbe wie Kermit der Frosch«, sage ich ruhig. »Und ich mache keinen Frosch fertig, wenn er leidet – schon gar nicht einen schwangeren.«

Kat zieht sich die Decke um die Schultern und holt tief Luft. »Es tut mir so leid, Ry. Ich habe auf Olivias Nachricht geantwortet, ohne nachzudenken. Ich wollte dein Leben nicht ruinieren, das schwöre ich.«

Ich seufze. »Ich weiß. Aber der simple Morgan-Bro-Code lautet: Wenn eine Frau fragen muss, wo sie deinen Bruder findet, dann stehen die Chancen gut, dass besagter Bruder *absichtlich* nicht erwähnt hat, wo er ist. Mann, Kum Shot.«

»Ich weiß. Ich habe nur … argh.« Sie fasst sich an ihren winzigen Babybauch. »Es ist nur sehr schwer, einen klaren Gedanken zu fassen, wenn das Lebewesen in dir versucht, dich zu vergiften.«

»Deshalb habe ich es ja auch nicht erwähnt, als ich den anderen erzählt hab, was heute Abend passiert ist.«

Kat zieht genervt die Luft ein. »Woher sollte ich auch wissen, dass sich Olivia in eine verrückte Psychopathin verwandelt hat? Du bist selbst schuld, wenn du nur Peen einweihst und mich nicht. Wer macht so was?«

»Wann hast du mit ihm gesprochen?«

»Leider erst dreißig Minuten nachdem ich auf Olivias Nachricht geantwortet habe. Es wäre hilfreich gewesen, wenn ich mit dem Blödmann geredet hätte, *bevor* ich Olivias schicksalsträchtige Nachricht bekommen habe.« Sie seufzt. »Es tut mir wirklich leid, Ryan.«

»Ist schon okay, Jizzy Pop.«

Kat schnaubt. »Peen hat übrigens hochtrabende Pläne mit deinen fünfzig Dollar. Man könnte meinen, er hätte im Lotto gewonnen, so wie er sich über seinen Gewinn freut.«

»*Fuck* Peen.«

»Normalerweise hat der Ausdruck ›*Fuck* Peen‹ immer seine Berechtigung. Aber dieses Mal kannst du Magic Mike nicht für dein Elend verantwortlich machen, mein Lieber. Keane *und* Colby haben dich gewarnt, und du hast sie beide ignoriert. Das ist nicht zu entschuldigen.«

»Ich hab's versaut.«

»Ich kann ja verstehen, dass du Peens Ratschlag ignorierst, aber *Colbys*? Das ist wirklich dumm, Bruderherz.«

»Ich hab ja gesagt, ich hab's versaut. Aber du kannst dir dein Heiligen-Getue sparen. Schließlich hast du Colbys Ratschlag auch ignoriert, als du damals im College diesen dämlichen Senatorensohn mit nach Hause gebracht hast.«

»Das ist nicht das Gleiche. Als *ich* Colbys weisen Rat ignoriert habe, war ich kein achtundzwanzigjähriger, erwachsener Mann, der bereits bei seiner dummen kleinen Schwester miterlebt hat, wozu es führt, wenn man Colbys weisen Rat ignoriert. Ein intelligenterer Mann als du hätte aus dem schrecklichen Fehler seiner Schwester bestimmt gelernt.«

Ich nehme ihre Hand und drücke sie. »Scheiße. Sorry, Jizz. Ich hätte den Kerl nicht erwähnen dürfen. Colby hat mir erzählt, wie niedergeschlagen du wegen dem Mistkerl warst.« Ich hole tief Luft. »Ich bin heute Abend eine tickende Zeitbombe. Tu dir selbst einen Gefallen und halte dich von mir fern.«

»Diese Flugbegleiterin hat es dir wirklich angetan, oder?«

Ich nicke.

»Ich wusste gar nicht, dass du auf Stewardessenuniformen stehst.«

»Tu ich nicht. Okay, als sie in ihrer sexy Uniform in die Bar kam, ging bei mir ehrlich gesagt sofort das Kopfkino los.«

Kat lacht. »O Mann, wir zwei teilen uns wirklich ein Gehirn.«

»Aber nachdem ich zwei Minuten mit ihr geredet hatte, habe ich meine Teenagerfantasien komplett vergessen und bin total auf sie abgefahren. Die Chemie zwischen uns hat mehr als gestimmt.«

»Auf einer Skala von eins bis zehn?«

»Achttausenddreiundsiebzig.«

»Heilige Scheiße.«

»Ich habe noch nie so etwas gefühlt – nicht mal annähernd. Es hat sich angefühlt wie …« Ich halte inne und schüttle den Kopf.

»Wie was?«

»Egal.«

»Was?«

»Ich klinge schon wie Dax.«

»Das muss ich hören.«

Ich zögere.

»Komm schon, Bacardi«, sagt sie. »Du weißt, dass ich Dax liebe. Ich werde dich nicht aufziehen.«

Ich schließe für einen Moment die Augen und bereite mich darauf vor, das Mädchenhafteste zu sagen, das ich je über eine Frau von mir gegeben habe. »Es hat sich angefühlt, als hätte ich Samantha *wiedergetroffen* und sie nicht zum ersten Mal gesehen. Es hat sich angefühlt, als wäre sie die lang verlorene Liebe meines Lebens.«

Kat schaut mich voller Mitgefühl an. »Wow.« Sie hält inne. »Das klingt wirklich wie etwas, das Dax sagen würde.« Schnell holt sie ihr Handy hervor. »Das werde ich Daxy gleich schreiben. Ich wette fünfzig Dollar, dass er es in seinem nächsten Song verwenden wird.«

»Ich wette nicht mit dir. Ich werde nie wieder wetten.«

Kat beginnt die Nachricht in ihr Handy zu tippen.

»Sag ihm, dass er mir danken soll, wenn er den Grammy für den besten Song gewinnt.«

»Natürlich.«

Jonas' Stimme hallt durch das Zimmer und lenkt meine Aufmerksamkeit auf das Billardspiel, das gerade im Gange ist. »Die Acht über die Bande, prallt an der Zwei ab und geht ins Seitenloch.«

»Das muss ich sehen«, murmle ich. Ich richte mich auf, um mir Jonas' komplizierten Stoß anzuschauen, und sehe gerade noch, wie er die Kugel im Loch versenkt. Daraufhin wirft seine frisch Angetraute die Arme um seinen Hals und küsst ihn leidenschaftlich zur Feier seines Sieges.

»Ich hasse es, gegen dich zu spielen, Jonas«, murmelt Josh und fängt an, seinen Bruder zu beschimpfen.

»Dann spiel nicht mehr gegen mich«, erwidert Jonas.

»Hey, Ryan«, sagt Kat.

Ich blicke zu ihr.

»Vergibst du mir, oder sinnst du auf Rache?«

Ich tätschle ihren Kopf. »Da gibt es nichts zu vergeben, Jizz«, antworte ich. »Wie ich schon sagte, ich bin derjenige, der es heute versaut hat. Für dieses Fiasko kann ich nur mich selbst verantwortlich machen.«

»Hey, Ryan, willst du spielen?«, ruft Josh mir zu. »Vielleicht hast du mehr Glück gegen Jonas als ich.«

»Nein, danke«, entgegne ich. »Ich schaue mir die Schlacht lieber von hier aus an.« Ich setze mich wieder in meinen Sessel. »Ich bin zu beschäftigt damit, in meinem Selbstmitleid zu baden.«

»Erzähl uns den Rest der Geschichte, Ryan«, sagt Sarah. »Was ist passiert, nachdem Samantha aus der Bar gestürmt ist?«

»Nichts. Das ist es ja, was mich so fertigmacht. Samantha ist abgehauen, als Olivia angefangen hat, mich als ›Betrüger‹ und sie als ›Schlampe‹ zu beschimpfen. Und als ich aus der Bar gekommen bin, nachdem ich Olivia überaus höflich gesagt habe, dass sie sich verpissen soll, waren Samantha und ihre Freundin schon weg.« Ich schwenke meinen Drink. »Und das Schlimmste an der ganzen Sache ist, dass ich weder Samanthas Telefonnummer noch ihren Nachnamen habe. Diese unglaubliche Frau, von der ich mir gut vorstellen kann, dass sie einmal die Mutter meiner Kinder wird, ist also irgendwo da draußen und denkt, dass ich ein lügendes, betrügendes Arschloch bin. Und ich kann absolut nichts dagegen tun.«

Alle sehen mich mitleidig an.

»Hmm«, sagt Sarah und runzelt die Stirn.

»O Sarah Cruz«, sagt Josh. »Ich kenne dieses ›Hmm‹. Hast du eine Idee?«

»Vielleicht«, antwortet Sarah. Sie wendet sich an mich. »Hat Samantha zufällig selbst für ihre Drinks gezahlt?«

Ich blicke sie verwirrt an. »Nein, ich habe gezahlt.«

»Mist. Ich bin natürlich froh, dass du so ein Gentleman bist, aber in diesem Fall wäre es hilfreich gewesen, wenn du ein knauseriger Bastard wärst. Hätte Samantha mit ihrer Kreditkarte gezahlt, könntest du zur *Pine Box* gehen und den Barkeeper überreden, dir anhand der Kreditkartenrechnung ihren Nachnamen zu verraten.«

»Tadaaa …«, sagt Josh. »Da ist sie wieder, unsere clevere Sarah Cruz.«

»Jetzt ärgere ich mich, dass ich kein knauseriger Bastard bin«, murmle ich.

»Mir gefällt dein Denkansatz«, sagt Jonas zu Sarah. »Das hätte zu etwas führen können.«

»Wahrscheinlich nicht«, sagt Sarah und winkt ab. »Der Barkeeper hätte Ryan ihren Nachnamen bestimmt nicht verraten.

Heutzutage ist das Risiko zu groß, dass er ein verrückter Stalker ist.«

»Ja, aber lasst uns das mal weiterdenken«, sagt Jonas. »Helfen wir Ryan, sie zu finden.« Er wirft seinem Bruder einen vielsagenden Blick zu. »Josh, warum fahren wir nicht die schweren Geschütze auf, um einem Bruder zu helfen?«

Sarah und Kat sind ganz euphorisch über Jonas' Idee, was auch immer das genau für eine Idee sein mag.

»Das ist eine verzwickte Sache«, gibt Josh zu bedenken. »Henn ist ein verdammtes Genie, aber er kann kein Wasser in Wein verwandeln.«

»Henn?«, frage ich.

Josh erzählt mir, dass er einen Hacker-Kumpel hat, der Peter Hennessey heißt und der ein Riesentalent dafür hat, Leute aufzuspüren – und zwar selbst dann, wenn er kaum Informationen über sie hat. »Frag Jonas«, sagt Josh. »Henn hat Sarah für ihn gefunden, obwohl er nur ihren Vornamen und eine anonymisierte E-Mail-Adresse hatte.«

Ich blicke Jonas und Sarah fragend an, aber sie sagen kein Wort. »Warum hatte Jonas nur ihren Vornamen und eine anonymisierte E-Mail-Adresse?«, frage ich neugierig. »Habt ihr zwei euch auf irgendeiner Pornoseite kennengelernt, oder was?«

Das habe ich natürlich nur als Scherz gemeint. Sarah ist schließlich Jurastudentin und Jonas ein hoch angesehener Geschäftsmann in Seattle. Aber als ich Sarahs Miene sehe, weiß ich, dass ich irgendwie ins Schwarze getroffen habe.

Ich presse die Lippen aufeinander und weiß nicht, wie ich da wieder rauskommen soll.

»Sarah und ich haben uns über ein Online-Datingportal kennengelernt«, sagt Jonas cool und legt seiner Frau beschützend den Arm um die Hüfte. »Sarah hat dort die Anmeldungen bearbeitet, und ich habe mich angemeldet. Als sie meine Anmeldung inklusive der unzähligen arroganten Bemerkungen darin gelesen hat, sah sie es als ihre Pflicht an, mir eine anonyme Mail zu schreiben und darin ein paar Dinge klarzustellen.« Er drückt Sarah und küsst sie auf die Stirn.

Sarah grinst. »Ich habe Jonas die Mail anonym geschrieben, weil es verboten war, mit den Kunden der Firma Kontakt aufzunehmen. Und plötzlich hat Jonas mich angerufen und gefragt, ob ich mit ihm essen gehen will – obwohl er nur meinen Vornamen kannte und ich eine anonymisierte E-Mail-Adresse benutzt habe.«

»Und das habe ich Henn zu verdanken, er hat mir ihre Telefonnummer besorgt«, fügt Jonas hinzu. Er lächelt Sarah mit strahlenden Augen an. »Ich habe Sarahs E-Mail gelesen und hatte sofort das Gefühl, mein Leben hinge davon ab, sie zu finden. Das Ganze war total verrückt, schließlich hatte ich nur diese blöde Mailadresse, aber ich hatte keine andere Wahl.«

Ich kriege plötzlich überall Gänsehaut. Verdammt. Jonas hat gerade genau meine Gefühlslage beschrieben. Ich habe keine andere Wahl – ich muss Samantha finden und ihr erklären, dass alles, was Olivia über mich gesagt hat, kompletter Blödsinn ist – auch ihre Behauptung, dass ich im Restaurant die Blondine am Nachbartisch angemacht hätte.

»Mich überkam ein Wahnsinnsgefühl«, fährt Jonas fort. »Es grenzte schon fast an Besessenheit.« Er schmunzelt. »Was rede ich da für einen Quatsch? Ich versuche nur, wie ein halbwegs normaler Mensch rüberzukommen. Es *war* Besessenheit. Absolute Besessenheit.«

Alle lachen.

»Ich habe von Anfang an eine unbeschreibliche Verbindung zu Sarah gespürt«, fügt Jonas hinzu. »So etwas habe ich noch nie erlebt. Aber ich kannte weder ihren Nachnamen, noch wusste ich, wo sie wohnt, wie sie aussieht oder sonst etwas von ihr. Ich hatte nur diese lächerlichen Informationen, die sie mir in ihrer E-Mail gegeben hat. Also habe ich Josh angerufen und ihn um Hilfe gebeten.«

»Weil ich weise und mächtig bin«, ergänzt Josh.

»Weil er weise und mächtig ist«, wiederholt Jonas brav. »Und weil er so ›weise und mächtig‹ ist, hat er seinen Collegefreund Henn angerufen – zum Glück. Und der Rest ist Geschichte.« Jonas hält seine Hand hoch und zeigt uns seinen Ehering.

Verdammt, ich habe das Gefühl, mein Herz zerspringt gleich. Es scheint, als hätte ich heute Abend gleich zwei Seelenverwandte kennengelernt: Samantha und Jonas Faraday. »Danke, dass du mir das erzählt hast, Jonas«, sage ich. »Ich habe richtig Gänsehaut bekommen.«

»Ich auch«, sagt Sarah und lächelt ihren Ehemann an.

»Ich kann nicht glauben, dass du Sarah nur wegen einer E-Mail unbedingt finden wolltest«, sage ich.

Jonas grinst. »Es war eine Wahnsinns-E-Mail.«

Sarah lacht.

Ich muss ebenfalls lachen. Ich habe schon all die Jahre über vermutet, dass die zugeknöpfte Sarah Cruz es faustdick hinter den Ohren hat. Und Jonas' Geschichte hat mir das soeben bestätigt. Ha! »Aber warst du nicht wenigstens ein bisschen skeptisch, schließlich hattest du sie ja noch nicht einmal mit eigenen Augen gesehen«, frage ich Jonas.

»Nein«, antwortet er. »Wie schon gesagt, ich war sofort besessen von ihr. Ich weiß, das war total irrational, aber es war mir egal. Ich hatte Sarah zwar noch nicht mit eigenen Augen gesehen, aber ich habe sie mit meiner Seele gesehen, was für mich persönlich viel wichtiger ist.«

Wow. Ich werfe einen Blick zu Josh, um zu sehen, wie er auf diese Bemerkung reagiert, und Josh schaut mich an, als wollte er sagen: Das ist Jonas Faraday.

Jonas fährt fort: »Und bevor du jetzt denkst, ich sei ein

Heiliger, dem das Äußere total egal ist – ich habe ein Foto von Sarah gesehen, bevor wir uns das erste Mal getroffen haben. Henn hat es mir aus ihrer Studentenakte besorgt.« Jonas schaut Sarah an und lächelt. »Und meine Augen waren entzückt von dem, was sie da gesehen haben – genau wie meine Seele.«

Sarah legt ihre Hand in die von Jonas und ihre Wange an seine Schulter.

Ich beiße mir auf die Lippe und lasse alles, was Jonas gesagt hat, sacken.

»Also, Ryan«, sagt Josh und lenkt meine Aufmerksamkeit auf sich. »Ich glaube, mein Bruder will dir auf seine einzigartige Art und Weise sagen – und bitte korrigiere mich, wenn ich falschliege, Bro –, dass er dich versteht.«

Wieder müssen alle lachen.

»Das ist korrekt, Sir«, sagt Jonas.

»Also, wenn du mit Henn reden willst, um herauszufinden, ob er dir helfen kann«, fährt Josh fort, »dann rufen wir ihn an.«

»Auf jeden Fall«, sage ich mit klopfendem Herzen. »Auch wenn ich keine Ahnung habe, wie euer Freund Samantha finden könnte. Ich habe schließlich keine Mailadresse oder sonst irgendwelche Onlinedaten, denen er nachgehen könnte.«

»Ich glaube nicht, dass er das unbedingt braucht«, sagt Sarah. »Richtig, Josh? Henny hat Oksana, die Puffmutter, auch ohne E-Mail-Adresse für mich ausfindig gemacht.«

»Ja, aber nur weil er all den Hinweisen nachgehen konnte, die wir von deiner Freundin bei der Post bekommen haben«, sagt Josh.

Also jetzt bin ich vollkommen verwirrt. Worüber reden diese Leute hier?

»Da hast du recht«, sagt Sarah. »Dann müssen wir halt selbst ein paar Hinweise finden, die wir Henn geben können. Lasst uns zusammen überlegen, wir finden schon etwas.« Sie schaut mich an. »Bist du bereit für eine Runde Brainstorming, um deine Flugbegleiterin zu finden, Ryan?«

»Ja, klar«, sage ich, auch wenn ich nicht weiß, was das bringen soll. »Danke.«

Wir setzen uns zu viert um die arme, bemitleidenswerte Kat und bereiten uns auf unser Brainstorming vor.

»Also gut, fangen wir an«, sagt Sarah in geschäftsmäßigem Ton. »Hat Samantha gesagt, wie alt sie ist?«

Mein Puls beschleunigt sich. »Siebenundzwanzig.«

Sarah grinst mich an. »Siehst du? Zwei Sekunden Brainstorming, und wir haben den Kreis der Flugbegleiterinnen namens Samantha schon enger gezogen.«

»Vorausgesetzt, das ist Samanthas richtiges Alter«, mischt sich Jonas ein. »Jeder weiß doch, dass Männer bei ihrer Größe und Frauen bei ihrem Alter gerne lügen.«

»Samantha hat nicht gelogen«, sage ich bestimmt. »Bei nichts. Das fand ich ja so toll an ihr: Sie ist durch und durch ehrlich.«

»Solche Frauen gefallen mir«, sagt Jonas und zwinkert Sarah zu.

»Ja, mir auch«, sagt Josh trocken und muss sich anscheinend zusammenreißen, um nicht laut loszulachen. »Ich liebe Frauen, die keinen Scheiß erzählen.«

»Fühl dich von mir geschlagen«, sagt Kat mit schwacher Stimme und lässt ihren Kopf zur Seite fallen.

Josh nimmt Kats Hand. »Ach, Baby, ich liebe den Scheiß, den du immer erzählst. Genau wie alles andere an dir, das weißt du doch, Partygirl.«

Kat lächelt schwach. »Ja, ich weiß, Playboy.«

Seltsamerweise klopft mein Herz jetzt wie wild vor Aufregung. Könnte das wirklich funktionieren? »Ich weiß nicht, ob das was bringt«, sage ich, »aber Samantha hat auch noch gesagt, dass ihr Sternzeichen Jungfrau ist.«

»Wunderbar«, sagt Sarah. »Jetzt haben wir ein Dreißig-

Tage-Fenster, in dem Samantha Geburtstag hat. Man kann nie wissen, welche Informationen für Henn bei seiner Suche nützlich sein könnten.«

»Aber wo soll er denn suchen?«, gibt Josh zu bedenken. »Das ist die Frage. Es gibt ja keine große Datenbank, in der alle Menschen nach Namen, Alter und Beruf aufgelistet sind.«

Sarahs Augen blitzen auf. »Dann probieren wir es vielleicht bei ihrem Arbeitgeber.«

»Genau«, sagt Jonas.

Sarah schaut mich an. »Ryan, hat Samantha gesagt, für welche Airline sie arbeitet?«

Ich lasse die Schultern hängen. »Nein, wir haben eigentlich überhaupt nicht über unsere Jobs geredet. Das war sehr angenehm.«

Joshs Handy vibriert, und er schaut aufs Display. »Das ist Henn. Er hat auf meine Nachricht geantwortet. In dreißig Minuten können wir ihn anrufen. Er muss erst noch etwas erledigen, dann redet er gerne mit uns.«

»Fantastisch«, sagt Sarah aufgeregt. »Hm. Ich glaube, selbst wenn Samantha ihre Airline nicht genannt hat, hat sie vielleicht trotzdem irgendetwas gesagt, das uns weiterhilft.«

»Zum Beispiel?«, frage ich.

»Vielleicht hat sie ihre übliche Flugroute genannt? Oder wann sie normalerweise abfliegt oder landet? Ich weiß, ich klammere mich hier an Strohhalme, aber ich glaube, dass wir Samantha am einfachsten über ihren Arbeitgeber finden.«

»Denke ich auch«, sagt Josh. »Henn braucht schon etwas Spezifisches, mit dem er arbeiten kann. Sonst ist es ja wirklich die Suche nach der Nadel im Heuhaufen.«

Ich denke kurz nach. »Sie hat erwähnt, dass sie aus L.A. hergeflogen ist«, sage ich zögerlich. Aber da ist noch etwas viel Wichtigeres, ich kann mich nur nicht richtig erinnern … *peng*. Plötzlich fällt es mir wieder ein. »Sie hatte ein Tuch um ihren Hals, das zu ihrer Uniform gehörte«, rufe ich aufgeregt. »Und da war ein Symbol drauf.« Ich schließe die Augen und versuche, mir das Zeichen wieder in Erinnerung zu rufen. »Kleine rote Dreiecke – ich glaube, es war ein Logo.«

»Ausgezeichnet.« Sarah nimmt ihr Handy und sucht mit gerunzelter Stirn nach etwas. »Solche Dreiecke?«, fragt sie und hält mir ihr Telefon unter die Nase.

»Vielleicht. Ich weiß nicht.«

»Warte mal.« Sarah tippt wieder etwas in ihr Handy. »Die vielleicht?«

»Ja«, sage ich, und mein Puls schlägt schneller. »Die sind es!«

»Heilige Scheiße!«, ruft Sarah aus. »O mein Gott, sieh nur.« Sie hält ihren Arm hoch, um zu zeigen, dass sie eine Gänsehaut hat.

Kat kichert. »Du bist so ein Genie, Sarah.«

»Gute Arbeit, Baby«, sagt Jonas.

»Unsere Sarah Cruz eben«, fügt Josh hinzu.

In Sarahs Blick liegt jetzt ein schelmisches Funkeln. »Leute, das wird funktionieren.« Sie holt tief Luft. »Also, das wissen wir bereits: Samantha ist siebenundzwanzig, ihr Sternzeichen ist Jungfrau, sie arbeitet als Flugbegleiterin für Delta Airlines und fliegt von L.A. aus. Das sind schon jede Menge Brotkrumen für Henn, denkt ihr nicht?«

»Genug Brotkrumen, um direkt vor Ryans Türschwelle zu landen«, sagt Jonas.

»Du wirst immer mein George Clooney sein, Sarah Cruz«, sagt Josh bewundernd.

Kat murmelt etwas davon, dass wir *Ocean's Eleven* mit Samantha spielen werden, hält aber mitten im Satz inne, legt sich die Hand auf den Mund, springt auf und rennt aus dem Zimmer.

Josh steht auch langsam auf und reibt sich die Stirn. »Das ist mein Zeichen, Leute. Die arme Kat hat für heute sicher genug. Jonas, tu mir einen Gefallen, und stell die Alarmanlage an, wenn ihr geht, okay, Bro?«

»Natürlich.«

»Du hast Henns Nummer?«, fragt Josh.

»Ja. Wir rufen ihn in fünfzehn Minuten an. Kümmer dich um Kat.«

»Ja, ich werde mich mit ihr hinlegen. Wenn Kat so richtig schlecht ist, mag sie es, wenn ich ihr den Rücken streichle und ihr James Bay vorsinge, bis sie einschläft.« Er schaut mich an. »Wir sehen uns auf der großen Eröffnungsfeier von Climb & Conquer nächste Woche, oder?«

»Das lasse ich mir nicht entgehen«, sage ich und umarme ihn zum Abschied. »Danke, dass du dich so gut um meine kleine Schwester kümmerst.« Ich senke meine Stimme zu einem Flüstern. »Und viel Spaß beim Ringkaufen mit meiner Mom morgen.«

»Oh, Mama Lou hat dir davon erzählt?«

»Sie hat gar nicht mehr aufgehört, darüber zu reden. Sie ist total aufgeregt.«

»Das bin ich auch. Ich hoffe, dass Kat Ja sagen wird.«

Wir versichern Josh alle, dass sie mit Sicherheit Ja sagen wird, und lassen ihn dann zu seiner Kat gehen.

»Zurück zum Brainstorming«, sagt Sarah und setzt sich wieder hin. »Hat Samantha ihren ethnischen Hintergrund erwähnt?«

»Sie hat gesagt, dass sie in L.A. geboren und aufgewachsen ist, ihr Vater aber aus Argentinien kommt.«

»Oh«, sagt Sarah. »Ich wette, dann ist Samantha sehr, sehr hübsch. Jede argentinische Frau, die ich kenne, ist unglaublich schön.«

»Ja, das stimmt voll und ganz«, sage ich. »Sie ist unglaublich schön. Sie hat mir vom ersten Augenblick an den Atem geraubt.«

Sarah tippt Jonas auf die Schulter. »Hey, kommt Theresas Familie nicht auch aus Argentinien?«

»Ja, sie hat Josh empfohlen, mit Kat nach Buenos Aires zu fliegen, erinnerst du dich?«

»Na also«, sagt Sarah. »Wie ich gesagt habe, argentinische Frauen sind unglaublich schön.«

»Wer ist Theresa?«, frage ich.

»Joshs persönliche Assistentin«, sagt Sarah. »Theresa Rodriguez.«

»Auch bekannt als T-Rod«, fügt Jonas hinzu. »Sie organisiert Joshs Leben.«

»Und T-Rod ist unglaublich schön«, sagt Sarah. »Hey, Liebster, hast du vielleicht ein Foto von T-Rod auf deinem Handy?«

»Warum sollte ich ein Foto von T-Rod auf meinem Handy haben?«

»Ich dachte, vielleicht von der Hochzeit? Vielleicht ist sie auf einem der Gruppenfotos zu sehen.«

»Ich habe keine Gruppenfotos auf meinem Handy – nur ein paar ausgewählte von dir und mir.«

»Ist schon gut«, unterbreche ich. »Ich bin mir sicher, dass T-Rod unglaublich schön ist, aber mir geht eine andere Argentinierin nicht mehr aus dem Kopf.«

»Baby, konzentrier dich«, sagt Jonas neckend. »Der arme Kerl verliert sonst seinen Verstand.«

»Tut mir leid«, sagt Sarah entschuldigend. »Ich wollte nicht vom Thema abkommen. Ich wollte nur klarstellen, dass alle argentinischen Frauen wunderschön sind.«

»Kein Problem«, sage ich zu Sarah und lächle sie an. »Ich bin mir sicher, ich werde T-Rod eines Tages kennenlernen und sofort merken, dass du absolut recht hast.«

Sarah kichert. »Okay, dann zurück zu der argentinischen Frau, die dich eigentlich beschäftigt. Weißt du, ob Samantha Spanisch spricht?«

Die Erinnerung an Samanthas Stimme lässt meinen Schwanz sofort zucken. »Ja, sie spricht Spanisch«, antworte ich und versuche, so sachlich wie möglich zu klingen.

»Das könnte auch hilfreich für Henn sein«, sagt Sarah. »Man kann nie wissen. Vielleicht steht in den Mitarbeiterakten von Delta auch etwas über zweisprachige Angestellte.«

Das Herz rutscht mir in die Hose. »In Deltas Mitarbeiterakten?«

Jonas und Sarah tauschen einen Blick, als hätte ich gerade gerufen: Schneide mir bitte jemand meinen Schwanz ab!

»Was hast du denn gedacht, wo Henn suchen soll?«, fragt Jonas langsam.

Ich fahre mir mit der Hand durchs Haar, und mein Magen zieht sich zusammen. »Facebook? Irgendeine Datenbank vom Statistikamt? Ich weiß nicht, ich habe noch nie zuvor mit einem Hacker zusammengearbeitet.«

»Also wäre es okay für dich, wenn Henn sich in die Datenbank des Statistikamtes einhackt, aber es ist nicht okay, wenn er sich die Mitarbeiterakten von einer Fluggesellschaft anschaut?«, fragt Jonas.

»Wahrscheinlich klingt es nur besonders illegal, die privaten Mitarbeiterakten eines Unternehmens zu hacken. Ich meine, da kann ich nicht mal so tun, als wäre es legal.«

Jonas zuckt unbeeindruckt mit den Schultern. »Was Henn tut, ist definitiv illegal. Aber ich kann dir versichern, dass dadurch niemand zu Schaden kommt. Henn wird sich in die Datenbank einhacken, sich umschauen, die notwendigen Informationen bekommen und, ohne eine Spur zu hinterlassen, wieder verschwinden. Das ist sein Job.«

»Aber …«, setze ich an. Ich fahre mir wieder mit den Fingern durchs Haar und versuche mich zu sammeln. »Findet ihr es nicht total verrückt, wenn ein Typ jemanden die Daten einer Airline hacken lässt, um eine Frau zu finden, mit der er sich in einer Bar unterhalten hat? Ich habe das Gefühl, damit eine Grenze zu überschreiten und es dann nicht mehr rückgängig machen zu können.«

»Und was für eine Grenze soll das sein?«, fragt Jonas ruhig.

»Die Grenze zwischen Zurechnungsfähigkeit und Wahnsinn?«

Jonas lacht. »Zurechnungsfähigkeit wird total überbewertet, mein Freund.« Er schaut Sarah an. »Ich habe sogar die Erfahrung gemacht, dass eine gewisse Portion Wahnsinn ziemlich gut ist.«

Sarah grinst.

Jonas wendet sich wieder mir zu. »Aber, hey, das ist nur die Meinung eines Mannes, der die Daten der Universität von Washington hat hacken lassen, um eine Frau zu finden, die er nie zuvor auch nur gesehen hat. Wie dem auch sei, wir sollten Henn anrufen und ihn wissen lassen, ob er etwas für uns unternehmen soll. Er ist nämlich ein viel beschäftigter Mann.« Er hält inne. »Also, Ryan, wirst du auf deinen Verstand oder auf dein Herz hören?«

Ich verziehe den Mund, überdenke die Situation und komme zu dem Entschluss, dass ich keine andere Wahl habe. »Ich werde auf mein Herz hören«, sage ich.

»Guter Junge«, sagt Jonas, und ein Grinsen legt sich über sein Gesicht. »Du wirst es nicht bereuen.«

Ich nicke zustimmend. »Wenn ich es nicht mache, werde ich mich immer fragen, was gewesen wäre, wenn …«

»Das sind die schlimmsten Worte, die es gibt, wenn du mich fragst«, sagt Jonas. Er beginnt durch die Kontaktliste auf seinem Handy zu blättern, anscheinend sucht er Henns Nummer. »Weißt du, was ich denke? Wenn dein Herz auch nur halb so laut nach Samantha schreit, wie meines nach Sarah geschrien hat, dann hast du wirklich keine andere Wahl.«

Tessa

»... und deshalb verkörpert die Marke Climb & Conquer Abenteuer, Fitness und vor allen Dingen das Streben nach Exzellenz«, sagt Joshs Bruder Jonas ins Mikrofon, und alle in der riesigen Halle klatschen euphorisch.

Ich bin bei der Eröffnungsfeier von Joshs und Jonas' neuer Kletterhallen-Kette, stehe hinten in ihrer Basishalle in Seattle und beobachte die Feierlichkeiten. Im Moment sind die Faraday-Zwillinge auf der Bühne, hinter ihnen wartet die Band, und sie erzählen von ihrer gemeinsamen Leidenschaft fürs Klettern und von ihren Plänen, die Welt zu einem besseren Ort zu machen. Nach dem, was letzte Woche in der *Pine Box* passiert ist, fühlt es sich wie Balsam für meine geschundene Seele an, unter all diesen aufgeregten, glücklichen Menschen zu stehen.

So beschäftigt ich letzte Woche auch damit gewesen bin, diese Feier zu organisieren, konnte ich doch nicht aufhören, an Ryan aus der *Pine Box* zu denken. Daran, wie charismatisch und ehrlich und *emotional intelligent* er mir vorgekommen ist. Daran, wie absolut sicher ich mir gewesen bin, dass ich endlich den Mann meiner Träume getroffen habe – und daran, wie komplett falsch ich wieder mit meiner Einschätzung gelegen habe – Überraschung! Jedes Wort, das Ryan gesagt hat, jedes Lächeln, das er mir zugeworfen hat, jede Berührung seiner Fingerspitzen und – in den letzten, köstlichen Momenten – jeder sanfte Kuss seiner wunderschönen Lippen auf meiner Wange und an meinem Ohr und an meinem Hals, jede Bewegung seiner Zunge auf meiner empfindlichen Haut unterm Ohr, und, o mein Gott, dieser zärtliche Biss in meinen Nacken – all das hat mich ganz schwindlig werden lassen vor Verlangen nach ihm. Egal, ob ich Ryan nun gesagt habe, dass wir es langsam angehen sollen oder nicht, ich bin mir sicher, wenn wir wie geplant am nächsten Tag zusammen essen gegangen wären, hätte ich mich nackt und breitbeinig als Nachtisch im Bett dieses Mannes wiedergefunden – und vergessen gewesen wäre die versprochene Stadtführung.

»… die individuelle Suche jedes Einzelnen nach der idealen Version von sich selbst …«, sagt Jonas zu der johlenden Menge, was ihm wieder tosenden Applaus einbringt.

Ich reibe mir die Stirn. Scheiße. Ich muss aufhören, an Ryan zu denken. Es bringt ja nichts. Wie ich letzte Woche in der *Pine Box* herausfinden musste, hat er eine *Freundin* – eine sehr blonde und extrovertierte Barbie-Freundin, die das komplette Gegenteil von mir ist. Und wie mir seine charmante Freundin so eloquent mitgeteilt hat, als sie in die Bar gestürmt ist, hat *Prince Charming* am selben Abend beim Abendessen mit ihr noch eine Blondine angemacht, und zwar in dem Moment, in dem seine tobende Freundin aufgestanden ist, um auf die Toilette zu gehen. Aber dabei hat er es nicht belassen. Nein, er ist dann später noch ganz alleine in eine Bar gegangen (ja klar, er hat auf einen Freund gewartet, der nicht aufgetaucht ist!), um noch eine Blondine hinter dem Rücken seiner Freundin anzugraben (nur hat er dort keine Blondine gefunden, sondern eine dunkelhaarige Idiotin in Stewardessenuniform).

Lieber Gott, warum haben Typen wie Ryan und mein Ex-Freund Stu überhaupt feste Freundinnen, wenn sie sie sowieso betrügen wollen? Das verstehe ich nicht. Haben sie eine Art Madonna-Huren-Komplex? Haben sie gern ein braves Mädchen daheim, während sie bei jeder Gelegenheit, die sich ihnen bietet, mit einer anderen Schlampe ins Bett steigen? Allerdings muss ich zugeben, dass mir Ryans Freundin nicht gerade wie eine Madonna vorkommt, also ist diese Psychoanalyse wahrscheinlich Quatsch.

Welche Gründe auch immer Ryan und andere Männer wie er haben mögen, unterm Strich sind sie alle Arschlöcher. Es bereitet mir körperliche Schmerzen, wenn ich daran denke, wie Ryan mich an dem Abend in der Bar umworben hat – wahrscheinlich genauso, wie er es zuvor mit der Blondine in dem Restaurant getan hat. Ich könnte schreien, wenn ich daran denke, wie er mich angelächelt und mich dazu gebracht hat, immer mehr von mir preiszugeben – im Namen »richtiger Vertrautheit«, natürlich! Ganz zu schweigen von dem ganzen Blödsinn, den er mir erzählt hat, dass er etwas Festes sucht, und: »Auch unter einer Million extrovertierter Barbies und Cheerleaderinnen würde ich immer dich wählen – gestern wie heute.« *Arschloch.*

»… es geht allein darum, mehr zu erreichen, als man je von sich gedacht hätte – im übertragenen und wörtlichen Sinn«, sagt Jonas auf der Bühne, und seine Augen leuchten. »… und besser zu werden, als man je geglaubt hat, werden zu können.«

Die Menge bricht in tosenden Applaus aus, und ich stimme mit ein – teils, weil ich hoffe, dass der physische Akt des Händeklatschens mein Gehirn auf wundersame Weise dazu bringen wird, nicht mehr an Ryan aus der *Pine Box* zu denken, teils, weil ich wirklich hingerissen bin von der Leidenschaft, mit der Jonas seine Rede hält.

Nachdem ich Jonas noch einen Moment lang beobachtet habe, wandert mein Blick von ihm zu seinem gut aussehenden Bruder und dann über die Hinterköpfe in der Menge. Ich glaube, einer der Hinterköpfe gehört Joshs langjährigem Hacker-Freund Henn.

Plötzlich kommt mir eine Idee.

Vielleicht sollte ich Josh fragen, ob es okay ist, wenn ich Henn frage, ob er mir dabei helfen kann, Ryan zu finden? Ich weiß, es ist total bescheuert, dass ich noch mal Kontakt mit Ryan aufnehmen will, erstens, weil er ein lügender, betrügender Mistkerl ist, und zweitens, weil ich diejenige bin, die aus der Bar gestürmt ist, ohne sich noch einmal umzudrehen, als seine tobende Freundin aufgetaucht ist. Aber aus irgendeinem Grund kann ich nicht aufhören, mir vorzustellen, noch mal mit ihm zu sprechen und ihm zumindest die Chance zu geben, mir alles zu erklären.

Die Wahrheit ist, jetzt, da ich eine Woche Zeit hatte, über alles nachzudenken, bereue ich es zutiefst, dass ich nicht noch kurz vor der Bar gewartet habe. Vielleicht wäre Ryan noch rausgekommen und hätte mir alles erklärt. Natürlich hätte Ryan dieses falsche Spiel um keinen Preis erklären können. Sein Versuch hätte mich trotzdem interessiert. Ich hätte zumindest mir die Möglichkeit geben sollen, dem Kerl zu sagen, was für ein Arschloch er ist. Vielleicht würde ich dann jetzt nicht das dringende Bedürfnis verspüren, mit Ryan sprechen zu wollen.

Ich werde Josh also fragen, ob ich Henn auf seiner Feier zur Seite ziehen kann und … *nein*. Bin ich total bescheuert? Ich kann Josh doch nicht um Erlaubnis bitten, Henn zu fragen, ob er mir bei der Suche nach Ryan hilft! Wie würde diese Unterhaltung denn bitte ablaufen? *Also, Josh und Henn, da gibt es diesen Kerl namens Ryan, den ich letzte Woche in der* Pine Box *kennengelernt habe, und den ich jetzt unbedingt finden will, um ihn zu fragen, ob wirklich jedes Wort aus seinem Mund eine Lüge war. Ihr wollt wissen, warum ich eure Hilfe brauche, um Ryan zu finden? Oh, weil Ryan mir weder seine Telefonnummer noch seinen Nachnamen nen-*

nen konnte, weil seine Freundin dann in die Bar gestürmt kam, ihn einen »verdammten Lügner« und mich eine »Schlampe« nannte. Ist das nicht toll? Glaubt mir, das war wirklich der Wahnsinn!

Natürlich kann ich Josh und Henn kein einziges Wort von meiner Begegnung mit Ryan erzählen.

Und was will ich mir denn vormachen? Selbst wenn Henn mir helfen würde, er könnte ihn sowieso nicht ausfindig machen, mit den wenigen Informationen, die ich über ihn habe. Welcher Hacker, egal, wie talentiert, kann schon einen Kerl namens Ryan finden, der achtundzwanzig und dessen Sternzeichen Stier ist, der drei Brüder und eine Schwester hat, in Seattle geboren und aufgewachsen ist, der fantastische Guacamole macht und Spannbettlaken zusammenlegen kann?

»Und als Teil unseres ernst gemeinten Beitrags zu außergewöhnlichem Streben«, fährt Jonas auf der Bühne der Kletterhalle fort, »hat Climb & Conquer einige Wohltätigkeitsorganisationen ausgesucht, die wir mit einem Teil unserer Erträge unterstützen werden.«

Mein Blick wandert weiter über die Köpfe in der Menge. Da sind lauter sportliche Leute in den Zwanzigern, aber auch viele Familienmitglieder und ältere …

O mein Gott. Ich erstarre. Mein Herz hört auf zu schlagen.

Ich lege mir die Hand über den Mund.

Der Hinterkopf des Kerls direkt vor der Bühne sieht aus wie der Kopf von Ryan aus der *Pine Box*!

Ich fasse mir an die Brust.

Kann das sein?

Ich verrenke meinen Hals und versuche einen besseren Blick zu erhaschen, aber die vielen Leute verdecken die Statur des Mannes. Ich kann noch nicht mal sehen, ob seine Arme tätowiert sind oder nicht.

Verdammt.

Das ist doch verrückt, oder? Bin ich auf dem besten Weg

in irgendeine Art von Psychose zu geraten? Ich meine, es ist doch total normal, zu glauben, dass der Mann, an den ich in diesem Moment denke, der Mann, an den ich die ganze Woche ununterbrochen gedacht habe, in einer Stadt mit dreieinhalb Millionen Einwohnern einer der vierhundert Leute in diesem Raum ist, oder nicht?

Ich öffne die Augen und hole tief Luft.

O Mann.

Ich tue es schon wieder.

Ich sehe schon wieder einen Ryan in irgendeiner Menschenmenge, so wie ich es in der letzten Woche schon zehnmal getan habe. Allein am Montagvormittag habe ich drei verschiedene Ryans gesehen – einen im Fitnessstudio, einen bei Starbucks und einen auf der Nebenspur im Stau. Und natürlich war keiner dieser Ryans der Ryan aus der *Pine Box*. Im Starbucks zum Beispiel war Ryan ein attraktiver Mann von ungefähr vierzig Jahren, der ein Kleinkind gehalten hat. Und am Dienstag, als mein jämmerlicher Verstand »Ryan« in eine Bank gehen sah, hat sich herausgestellt, dass es ein dunkelhäutiger Mann war. Ebenfalls sehr attraktiv, aber auf keinen Fall der Mann, von dem ich anscheinend besessen bin. Und so ging es die ganze Woche – Ryans überall, aber nie der richtige. Und dann habe ich auch noch überall den Song *Sex on Fire* gehört – in Banken, in Supermärkten, einfach überall, wo ich war. Argh!

»Ms Rodriguez«, sagt eine weibliche Stimme und reißt mich aus meinen Gedanken. »Clarissa Taylor, Channel Seven News.«

»Ja, natürlich«, sage ich und schüttle der Frau die Hand. »Ich bin froh, dass Sie es geschafft haben.«

»Es ist mir ein Vergnügen. Der Ansatz von Climb & Conquer ist inspirierend.« Die Reporterin grinst verschmitzt. »Und die Faraday-Brüder sind, wie wir in der Branche sagen, ein Fest für die Augen.« Sie wirft einen schmachtenden Blick zu Josh und Jonas auf der Bühne. »Sie werden im Fernsehen auf jeden Fall gut rüberkommen.«

Ich folge dem Blick der Reporterin zu den beiden Männern. »Sie sehen da oben aus wie Superhelden, richtig?«, sage ich. »Superman und Thor.«

Die Reporterin kichert. »Das gefällt mir. Vielleicht nehme ich das als Schlagzeile für meinen Beitrag: ›Seattles persönlicher Superman und Thor erklimmen Indoor-Berge im Handumdrehen‹.«

»Das klingt gut. Die beiden werden es lieben. Haben Sie alles, was Sie für die Story brauchen?«

»Fast. Wir haben die Kletterhalle und das Publikum und die Reden der beiden, aber ich hätte gerne noch ein persönliches Interview mit den zwei Brüdern – etwas, worin ihre Persönlichkeiten zum Ausdruck kommen.«

»Hört sich gut an. Dann werden wir sie mal von der Bühne holen. Folgen Sie mir.«

Ich führe die Reporterin und ihren Kameramann zur Bühne und bahne mir dabei meinen Weg durch die Menge, an Kletterwänden und Kletterern vorbei, bis wir an der Seite der Bühne angekommen sind.

Als Jonas und Josh ihre abschließenden Sätze gesagt, für ein paar Fotografen posiert und sich einen Moment mit ihren geliebten Frauen gegönnt haben – alles, während die Band eine fantastische Version von *Shout!* zum Besten gibt –, ziehe ich die Jungs zu der Reporterin. Puh, ich glaube, meine Arbeit hier ist erledigt. Zeit, den letzten »Ryan« zu finden (wahrscheinlich nur, um festzustellen, dass er ein achtzigjähriger Mann mit Krückstock ist), nach Hause zu fahren und es mir mit einer Flasche Wein, einem schmutzigen Buch und meinem batteriebetriebenen Freund gemütlich zu machen – dem einzigen Freund in den letzten drei Jahren, der sich nicht als totales Arschloch entpuppt hat.

Aber nein, mein unberechenbarer Boss folgt mir nicht zu der Reporterin. Im Gegenteil, er grinst Jonas zu und zwinkert verschmitzt in meine Richtung, biegt dann ab und verschwindet in der Menge.

Okay, jetzt bin ich sauer. Ich habe mir die ganze Woche den Arsch aufgerissen, um dieses Ereignis für Josh (und Jonas) auf die Beine zu stellen, und jetzt, da die berühmteste Reporterin Seattles ein Doppelinterview für ihre Superhelden-Story machen will, haut Josh einfach ab? »Josh!«, rufe ich. Aber es hat keinen Sinn. Er ist weg.

Mistkerl.

Ich schaue noch ein paar Minuten zu, wie Jonas die Fragen der Reporterin brav beantwortet, und als klar ist, dass die Reporterin bei Jonas gut aufgehoben ist, drehe ich mich um, um endlich nach Ryan Nummer elf zu suchen und dann nach Hause zu fahren.

Ich habe mich noch keine zwei Schritte von Jonas entfernt, da ruft er schon höflich meinen Namen. Ich drehe mich stirnrunzelnd zu ihm um.

»Kannst du bitte meinen Bruder suchen und ihn bitten, mir beim Interview Gesellschaft zu leisten?«, sagt Jonas. Seine Stimme klingt vollkommen ruhig, aber seine Augen flehen mich förmlich an. »Sag ihm, dass ich *Bitte* gesagt habe.«

»Natürlich, Jonas«, antworte ich und habe richtig Mitleid mit ihm. Armer Jonas. Ich kenne ihn nicht annähernd so gut, wie ich Josh kenne, aber es ist kein Geheimnis, dass er nicht besonders auf Reden oder Interviews steht. »Bin schon unterwegs.«

Ich entdecke Josh hinter einer der anspruchsvolleren Kletterwände, wo er mit einer blonden Frau Mitte fünfzig redet, die ich sofort als Kats hübsche Mutter identifiziere. Ich habe Mrs Morgan letzten Monat auf Jonas' und Sarahs Hochzeit kennengelernt und sie sofort in mein Herz geschlossen, als wir uns in der Schlange vor den Toiletten unterhalten haben. Später haben wir noch weitere zwanzig Minuten miteinander geredet. Ich kann mich nicht mehr an die komplette Unterhaltung mit Mrs Morgan an diesem Abend erinnern. Wir hatten ziemlich viel Champagner getrunken, und die Band war der absolute Hammer. Aber an zwei Dinge kann ich mich erinnern: Erstens konnte ich nicht aufhören zu kichern, als Mrs Morgan mir das Geheimnis ihrer glücklichen Ehe verraten hat (»Lachen, Verzeihen und jede Menge Techtelmechtel«), und zweitens habe ich bei unserer Verabschiedung gedacht, dass Mrs Morgan die menschliche Entsprechung von Hühnersuppe ist.

Ich gehe auf Josh und Mrs Morgan zu, fest entschlossen, meinen Boss notfalls mit eigenen Händen zu seinem kamerascheuen Bruder zu ziehen. Doch als ich sehe, dass die beiden anscheinend gerade etwas Persönliches zu bereden haben, halte ich inne. Josh wirft gerade einen Blick in eine Ringschatulle, während Mrs Morgan ihn aufgeregt anschaut.

Ich warte ab und beobachte, wie Josh die Schatulle in seine Tasche steckt und Mrs Morgan einen Kuss auf die Wange gibt. Mrs Morgan umarmt ihn. Josh sieht sie unsicher an, und sie scheint ihn beruhigen zu wollen.

Okay, jetzt muss ich die beiden unterbrechen – ich habe einen Job zu erledigen.

Ich tippe meinem Boss auf seine breite Schulter. »Josh.«

Josh dreht sich mit leuchtenden Augen um.

»Jonas hat mich gebeten, dich zu holen«, sage ich und tue mein Bestes, um Jonas' Flehen rüberzubringen. »Er will, dass du auch an dem Interview teilnimmst. Er hat *Bitte* gesagt.« Ich deute auf die andere Seite des Raums, wo Jonas immer noch mit der Reporterin redet und Josh immer wieder Blicke zuwirft, die besagen, dass er seinen hübschen Hintern jetzt besser in Bewegung setzen sollte. Und zwar *pronto*.

Josh grinst. »Okay, Josh eilt zu Hilfe.«

Josh verabschiedet sich mit einer innigen Umarmung und einem Kuss von seiner zukünftigen Schwiegermutter – eine Geste, so voller Zuneigung und Ehrlichkeit, dass mein Herz zu schmelzen droht. Dann schlägt er mit mir ein, zwinkert mir verschmitzt zu und macht sich auf den Weg, um seinen Bruder zu retten – Superheld, der er ist. Ich bleibe mit Kats Mutter allein zurück.

»Hi, Mrs Morgan«, sage ich und strecke ihr meine Hand entgegen. »Erinnern Sie sich an mich? Theresa Rodriguez? Wir haben uns bei Jonas' und Sarahs Hochzeit kennengelernt.«

»Natürlich erinnere ich mich an dich, Theresa«, sagt Mrs Morgan, ignoriert meine Hand und umarmt mich herzlich. »Ich habe unsere Unterhaltung an dem Abend sehr genossen – das war eines der Highlights für mich auf der Hochzeit.«

»Für mich auch.«

»Außerdem: Wie könnte ich vergessen, wer du bist, Josh hat doch gerade letzte Woche beim Ringkaufen so begeistert von dir gesprochen. Er konnte gar nicht aufhören, mir zu erzählen, wie unverzichtbar du für ihn bist – und wie loyal und freundlich.«

»Wirklich? Das hat er gesagt? Wow. Danke, dass Sie mir das erzählt haben, Mrs Morgan. Das bedeutet mir viel.«

»Bitte, nenn mich Louise. Oder Lou – so nennen mich meine Freunde und Familie. Und wenn du mir wirklich eine Freude machen willst, nennst du mich Mama Lou.« Sie kichert. »Josh hat mich vor Kurzem so genannt, und ich bin richtig rot geworden. Ich hoffe, er und Kitty werden dem Baby beibringen, mich Gramma Lou zu nennen.«

»Dann also Mama Lou. Aber nur, wenn du mich auch so nennst, wie meine Familie und Freunde mich nennen: Tessa.«

»Oh, das ist aber hübsch.«

»Danke. Ich wurde nach meiner Großmutter Teresa benannt, und um jegliche Verwirrung zu vermeiden, hat mich meine Familie immer Tessa genannt. Eigentlich hat mich noch nie jemand außerhalb der Arbeit Theresa genannt – ich war immer nur Tessa.«

»Tessa passt zu dir. Es klingt elegant und bodenständig zugleich, so wie du.«

Ich erröte. »Danke. Das Gleiche könnte ich über dich sagen, Mama Lou.«

Wir reden noch ein bisschen über den Erfolg der Party, dann schaut mich Mrs Morgan von der Seite her mit einem Funkeln in den Augen an.

»Also, Tessa«, beginnt sie. »Ich weiß, das klingt vielleicht etwas forsch, aber bist du zufällig Single? Ich wollte dich das auf der Hochzeit schon fragen, aber habe mich dann doch nicht getraut.«

Ich öffne meinen Mund, nur um ihn gleich wieder zu schließen.

»Der Grund, warum ich frage: Einer meiner Söhne hat letzte Woche mit seiner Freundin Schluss gemacht – zum Glück, denn sie muss wirklich anstrengend gewesen sein. Und ich glaube, ihr zwei würdet wirklich gut zusammenpassen. Ich wollte euch seit dem Moment einander vorstellen, in dem ich dich auf Jonas' und Sarahs Hochzeit kennengelernt habe, wenn ich ehrlich bin. Ich kenne den Frauengeschmack meines Sohnes, und ich bin mir sicher, dass er dich wirklich mögen würde, aber wie schon gesagt, er hatte vor einem Monat noch eine Freundin, also habe ich mich nicht eingemischt. Doch jetzt, da er Single ist – Gott sei Dank –, glaube ich, es ist Schicksal, dass ihr beide heute hier seid.« Sie beugt sich vor. »Ich bin eine gute Kupplerin. Da kannst du jeden fragen.«

Mir schießen gleich mehrere Gedanken durch den Kopf: Erstens, Kat hat einen Bruder? Wer hätte das gedacht? Ich muss sagen, wenn er auch nur annähernd so aussieht wie seine atemberaubende Schwester, dann würde ich ihn nicht von der Bettkante stoßen.

Zweitens, o mein Gott, Louise Morgan ist wirklich zuckersüß. Würde es mir gefallen, wenn meine Mutter sich so in mein Liebesleben einmischen würde? Nein, verdammt. Aber Mrs Morgan ist nicht meine Mutter, also finde ich ihre Verkupplungsversuche einfach nur bezaubernd.

Drittens, ohne Louise zu nahe treten zu wollen, aber was auch immer sie für den Frauentyp ihres Sohnes hält, ich kann mit fast hundertprozentiger Sicherheit sagen, dass er insgeheim das Gegenteil bevorzugt. Meiner Erfahrung nach kennen Mamis ihre erwachsenen Söhne nicht annähernd so gut, wie sie denken.

Und viertens werde ich mich auf keinen Fall mit Mrs Morgans Sohn verabreden, egal, wie gut er aussehen mag. Auch nicht, wenn sie recht haben und ich sein Typ Frau sein sollte. Warum nicht? Weil er Kats Bruder ist, verdammt. Was, wenn der Kerl und ich uns tatsächlich verlieben und heiraten und drei süße Babys bekommen und ich mich daran gewöhne, mit Josh und Kat verwandt zu sein? Ha! *Nein.* Allein bei dem Gedanken stellen sich mir die Nackenhaare auf. Und außerdem habe ich im Moment wirklich nicht das geringste Bedürfnis, Mrs Morgans Sohn kennenzulernen, wie umwerfend und wunderbar er auch sein mag, denn ich bin immer noch viel zu besessen von der Idee, »Ryan« Nummer elf zu finden.

»Wow, danke, Mrs Morgan – *Mama Lou*«, sage ich. »Ich fühle mich wirklich geehrt, dass du mich mit deinem Sohn zusammenbringen willst. Die Sache ist nur die, ich bin momentan Single, weil ich es sein möchte. Ich hatte in letzter Zeit wirklich kein Glück mit Verabredungen. Mein letzter Freund war ein richtiger Mistkerl, und dann habe ich letzte Woche einen Typen kennengelernt, den ich wirklich nett fand und der mich zum Essen einladen wollte. Aber dann hat sich herausgestellt, dass er eine Freundin hat.«

»O nein.«

Ich muss lachen. »Ja, der Kerl von letzter Woche hat mir wirklich den Wind aus den Segeln genommen. Also werde ich mir bei der Suche nach der großen Liebe mal für eine Weile eine Auszeit nehmen.« Mein Blick wandert durch den Raum, um sicherzugehen, dass Josh es zum Interview mit Jonas geschafft hat. Hat er. »Also, bei allem Respekt, Mama Lou, aber ich denke, ich werde es erst mal langsam angehen lassen. Zumindest, bis ich herausgefunden habe, warum ich mich immer von lügenden Mistkerlen angezogen fühle.«

»Verzeih mir, wenn ich das so sage, aber ich denke, du gehst es falsch an, Liebes«, sagt Mrs Morgan. »Wenn du in letzter Zeit bloß Mistkerle kennengelernt hast, solltest du meinen Sohn erst recht treffen. Er gehört zu den Guten, Liebes – und wie ich schon sagte, er ist auch mit Sicherheit Single. Er und seine Freundin haben sich letzte Woche getrennt. Zum Glück.«

Ich muss grinsen. Sie sieht so ernst und hoffnungsvoll aus – aber wenn ihr Sohn und seine Freundin sich erst letzte Woche getrennt haben, sollte ich ihn erst recht meiden wie die Pest: Ich will schließlich keine Übergangslösung nach einer gescheiterten Beziehung sein. »Danke, Mrs Morgan. Mama Lou. Das ist wirklich nett. Aber ich bin im Moment wirklich noch nicht so weit. Geben wir deinem Sohn etwas Zeit, sich nach seiner Beziehung auszutoben, und mir, mein Vertrauen in die Männerwelt wiederzugewinnen, und dann lernen wir uns vielleicht kennen, okay?«

Mrs Morgan grinst. »Na gut, Liebes. Wir verschieben das. Wir werden uns ja anscheinend bald bei einer weiteren Hochzeit wiedersehen. Dann kann ich dir ja da meinen wundervollen Sohn vorstellen.«

»Das klingt nach einem Plan.«

Wir verabschieden uns, als die Band eine stimmungsvolle Version meines Lieblingsliedes *Bailando* von Enrique Iglesias anstimmt – Mitspracherecht bei der Setlist ist einer der Vorteile davon, das Mädchen zu sein, das die Party organisiert. Ich schaue Louise nach, wie sie zu ihrem Mann geht, der neben einem Gott in menschlicher Gestalt auf Krücken steht. O Mann! Ist das Mrs Morgans »wundervoller« Sohn? Ich würde am liebsten laut rufen: Warte, Mama Lou. Ich nehme alles zurück! Stell mich ihm gleich vor! Ich muss über mich selbst lachen. Ganz offensichtlich bin ich momentan ein bisschen neben der Spur. Und dieser Kerl auf Krücken sieht wirklich toll aus! Ja, jetzt, wo ich mir Mr Perfect genauer anschaue, erinnert er mich total an Ryan aus der *Pine Box*.

O Gott, nicht schon wieder. Ryan Nummer zwölf!

Das muss aufhören.

Schließlich sind Ryan und ich keine Seelenverwandten, auch wenn es sich so angefühlt hat. Ich muss mich daran erinnern, dass Ryan eine Freundin hatte, als er all diese unglaublichen Dinge zu mir gesagt hat – unter anderem, dass er auf der Suche nach etwas Festem ist. Und das bedeutet, Ryan aus der *Pine Box* ist ein Lügner und Mistkerl und Hochstapler, und ich sollte ihm kein Wort glauben von dem, was er gesagt hat. Deshalb werde ich den Kerl aus meinem Gedächtnis streichen und nie wieder an ihn denken – gleich nachdem ich Ryan Nummer elf gefunden habe.

Während die feiernden Leute um mich herum die letzten Worte von *Bailando* mitsingen, werfe ich einen Blick in jeden Winkel der Kletterhalle. Aber Ryan Nummer elf ist nirgends zu sehen. Mist. Er ist wohl schon gegangen. Das muss ein Zeichen von oben sein: Es hat nicht sollen sein.

Zeit für mich, es genau wie Ryan Nummer elf zu machen und ebenfalls zu verschwinden. Ich hole mein Handy aus der Tasche und schreibe eine kurze Nachricht an Josh und

Jonas: Gratuliere zu der fantastischen Eröffnungsfeier, Jungs! Ich gehe jetzt. Die Bühne, Tische, Stühle etc. werden um sechs Uhr abgeholt, die Putzleute kommen gleich danach. Ich bin so stolz auf euch beide und freue mich schon darauf, wie ihr mit Climb & Conquer die Welt erobert! XO T-Rod!

Ryan

*»Sie ist auf keiner Karte verzeichnet;
die wahren Orte sind das nie.«*

»Das sind die Mitarbeiterakten aller fünfzehn Samanthas, die momentan als Flugbegleiterin bei Delta arbeiten«, sagt Henn. »Da ich keine perfekte Übereinstimmung gefunden habe – Name, Alter, Sternzeichen: Jungfrau, Haarfarbe, Augenfarbe, Spanisch sprechend, wohnhaft in L.A. –, habe ich beschlossen, Screenshots von jeder Samantha zu machen, nur, um auf der sicheren Seite zu sein.«

Ich stehe mit Henn und Kat in einem kleinen Büro am Ende der Kletterhalle von Climb & Conquer und sehe mir die Fotos von jeder unbekannten Samantha an, die Henn auf seinem Handy hat. Durch die geschlossene Tür dringen die Geräusche von Joshs und Jonas' großer Eröffnungsfeier. Gerade spielt die Band *Bailando*, damit ich auch ja mit noch mehr Erinnerungen an Samantha gequält werde.

»Danke, dass du es versucht hast, Henn«, sage ich und schüttle bei jedem Foto den Kopf. Seufzend gebe ich Henn das Telefon zurück. »Wie erwartet, ist Samantha nicht dabei.«

»Ja, das habe ich mir schon gedacht. Tut mir leid, Mann«, sagt Henn.

»Mir tut es leid«, sage ich. »Ich habe dich in ein sinnloses

Unterfangen geschickt. Und ich war mir so sicher, dass kleine rote Dreiecke auf Samanthas Halstuch waren. Ich hätte auf die Bibel geschworen, dass ich richtiglag.«

»Ja«, sagt Henn. »Die Erinnerung kann manchmal trügen. Nicht so schlimm. Jetzt, da wir wissen, dass Samantha sicher nicht bei Delta arbeitet, werden wir unsere Suche einfach ausweiten. Das ist alles.«

»Aber worauf sollen wir unsere Suche ausweiten?«, mischt sich Kat ein und nimmt mir damit die Worte aus dem Mund. »Es gibt doch Hunderte von Airlines auf der Welt?«

»Fünftausend, um genau zu sein«, antwortet Henn. »Aber nur neun von ihnen – Delta eingeschlossen – sind an besagtem Tag von L.A. nach Seattle geflogen.«

»Oh«, sagt Kat. »Brillant, Henn.«

»Ich bin verwirrt«, stammle ich. »Auch wenn wir die Airlines auf acht infrage kommende einschränken können – woher willst du wissen, in welche von den acht du dich einhacken sollst?«

»Das weiß ich nicht«, sagt Henn trocken. »Und deshalb werde ich mich in alle acht einhacken. Ich fange mit der größten an und arbeite dann die Liste ab.«

Mein Herz macht einen Sprung. »Das würdest du für mich tun?«

»Natürlich.«

»Aber das ist doch eine Menge Arbeit?«

Henn winkt ab. »Alles gut, Captain Morgan. Kat erzählt mir die ganze Zeit, was für ein toller Bruder du bist und wie schlecht sie sich fühlt, weil sie an diesem Abend deiner Ex-Freundin geschrieben hat, wo du bist. Und außerdem kann ich voller Stolz sagen, dass mein Leben absolut klasse ist dank Kat, die mich mit ihrer Freundin verkuppelt hat. Also freue ich mich wirklich, Kats großem Bruder helfen zu können.« Er zwinkert meiner Schwester zu, und sie strahlt ihn an.

»Danke, Henny«, sagt Kat. »Ich hasse es, Ryan so traurig zu sehen und zu wissen, dass ich dafür verantwortlich bin.«

»Ich hab dir doch gesagt, du sollst dir keine Gedanken mehr darüber machen, Kat«, sage ich. »Und ich bin nicht traurig – ich bin besessen und leide, wie kein anderer Mann je zuvor gelitten hat. Aber ich schwöre, ich bin nicht traurig.«

Wir müssen alle lachen.

»Dummerweise ist das kein Scherz«, murmle ich.

»Dann sehen wir zu, dass wir diese unglaubliche Frau für dich wiederfinden«, sagt Henn. »Ich will auf keinen Fall dafür verantwortlich sein, dass du ›leidest, wie kein anderer Mann je zuvor gelitten hat‹.«

»Danke, Henn. Aber dieses Mal werde ich dich dafür bezahlen.«

»Ich will dein Geld nicht, Captain«, entgegnet Henn. »Kat ist für mich wie Familie – und das bedeutet, dass du es auch bist.«

»Aber dich in *acht* Airlines zu hacken?«, sage ich. »Komm schon, das ist zu viel Arbeit, ohne dafür bezahlt zu werden.«

»Nein, nein. Wahrscheinlich muss ich mich ja gar nicht in alle acht einhacken, um dein Mädchen zu finden. Mit ein bisschen Glück finde ich Samantha gleich bei der ersten Airline. Und wie ich schon sagte, ich schulde Kat einen Gefallen. Ich könnte mich in tausend Airlines einhacken und hätte meine Schuld bei Kat immer noch nicht beglichen.«

Kat grinst mich stolz an. »Siehst du, Ryan? Im Gegensatz zu dir schätzt Henn meine Verkupplungsfähigkeiten.«

Ich verdrehe die Augen. »Kitty, ich will ja nichts sagen, aber ich habe davon noch nicht profitiert. Das *eine* Mal, als ich dich angefleht habe, mich zu verkuppeln, hast du dich geweigert und gesagt, dass wir nicht zusammenpassen.«

Kat schnaubt. *»Weil du eine männliche Schlampe warst.«*

»Wie auch immer. Der Punkt ist, Henn, ich will dich dafür bezahlen, Mann. Bitte. Sonst komme ich mir mies vor.«

Henn schüttelt den Kopf. »Würde es dir besser gehen, wenn ich dir erzähle, dass ich erst vor Kurzem viel Geld für einen Job bekommen habe, den ich für Josh und Jonas in Vegas erledigt habe? Ich kann es mir leisten, nichts von dir zu verlangen.«

»Henny ist jetzt Millionär«, sagt Kat stolz.

»Heilige Scheiße«, sage ich verblüfft. »Josh und Jonas haben dir eine Million Dollar für einen Job gezahlt?«

Henn zuckt mit den Schultern. »Es war ein wichtiger Job.«

»Was war es denn?«

»Die Welt retten«, antwortet Henn.

»Vor dem Bösen«, fügt Kat hinzu, und beide kichern vor sich hin.

Ich weiß nicht, ob die beiden sich über mich lustig machen, aber plötzlich ist mir das total egal. »Na gut, cool. Vielen, vielen Dank. Denkst du wirklich, du kannst sie finden?«

»Ich wüsste nicht, warum nicht«, sagt Henn. »Wenn sie eine Flugbegleiterin ist, die an dem Tag von L.A. nach Seattle geflogen ist, ist es nur eine Frage der Zeit, bis ich sie finde.«

»Also, entweder ist sie Flugbegleiterin oder sie hat einen wirklich seltsamen Modegeschmack«, sage ich.

Wir müssen wieder lachen.

»Keine Sorge, ich finde sie«, sagt Henn. »Aber ich muss dich warnen. Es kann eine Weile dauern, bis ich mich darum kümmern kann. Ich muss noch ein paar andere Projekte erledigen.«

»Oh, das verstehe ich vollkommen.«

Kat blickt auf ihre Uhr und macht plötzlich große Augen. »Heilige Scheiße, ich hab total die Zeit vergessen!«, ruft sie.

Sie rennt zur Bürotür, reißt sie schwungvoll auf, und die letzten Akkorde von *Bailando* dringen laut ins Zimmer. »Dieses Meeting ist offiziell beendet, Jungs. Josh wird jede Minute hier sein, damit wir unsere ganz private Eröffnungsfeier feiern können. Und ihr zwei habt hier definitiv nichts zu suchen, wenn er kommt.«

Ryan

»Ich gebe eure Essensbestellung auf und bin gleich mit euren Drinks zurück«, sagt die Kellnerin.

»Danke«, sage ich. Ich drehe mich um, um etwas zu der sehr attraktiven Frau zu sagen, die mir gegenübersitzt – eine Hypothekenmaklerin in einem kurzen schwarzen Kleid, die ich vorhin auf einer Party von der Arbeit aus kennengelernt habe. Aber ich weiß einfach nicht, was ich zu ihr sagen soll. *Warum habe ich mich noch mal einverstanden erklärt, mit dieser Frau essen zu gehen*? Nach nur zehn Minuten in diesem Restaurant wünschte ich, ich hätte Keanes Einladung angenommen, stattdessen mit ihm und Zander zu kiffen und *Call of Duty* zu spielen.

»Ich liebe deine Tattoos, Ryan«, raunt mir meine Verabredung von der anderen Seite des Tisches her zu.

Scheiße. Mir fällt nicht einmal mehr ein, ob die Frau Kylie oder Kayla oder Kiera heißt, und es ist mir auch zu peinlich, sie zum vierten Mal danach zu fragen. »Danke«, sage ich, und weil meine Mutter mir die Eier abschneiden würde, wenn ich auf das Kompliment einer Frau nicht ebenfalls mit einem Kompliment antworten würde, füge ich noch hastig hinzu: »Äh, mir gefällt dein Kleid.«

Kayla-Kylie-Kiera schaut an ihrem kurzen schwarzen Kleid hinab. »Danke. Ich habe es erst seit gestern.« Sie sieht wieder mich an und spielt dabei mit einer ihrer dunklen Haarsträhnen. »Habe ich schon erwähnt, dass ich total auf Tattoos stehe?«

Ich nicke. Tatsächlich habe ich das in der letzten Stunde schon bestimmt siebenmal gehört. »Hast du welche?«, frage ich, weil ich schließlich irgendetwas sagen muss, um die Unterhaltung am Laufen zu halten – so uninteressant sie auch sein mag.

»Nein, aber vielleicht lasse ich mir bald eins stechen. Vielleicht einen kleinen Engel, dem eine Träne die Wange runterrinnt? Ich muss mich nur noch entscheiden, wohin. Hast du auch Tattoos auf dem Oberkörper oder nur an den Armen?«

Warum fühle ich nichts? Sie ist wirklich sehr hübsch – was ist also mein Problem? »Ähm. Ich habe ein paar auf der Brust und eins an der linken Hüfte.«

Sie deutet auf das an meinem linken Unterarm. »Haben alle etwas mit Piraten zu tun?«, fragt sie.

»Nicht alle. Aber viele, ja. Über den Rippen habe ich eine große Flasche Rum.«

»Jo-ho-ho und 'ne Buddel voll Rum?«, sagt sie.

»So in etwa.« Wenn ich auch nur ein kleines bisschen an dieser Frau interessiert wäre, würde ich ihr natürlich erzählen, warum so viele Piraten-Tattoos meinen Körper zieren, aber dazu verspüre ich nicht die geringste Lust.

»Verdammt sexy«, sagt meine Verabredung. Sie beißt sich auf die Unterlippe. »Ich würde deine Rumflasche nur allzu gerne sehen.« Und wieder beißt sie sich auf die Lippe. »Und berühren.« Sie greift über den Tisch und berührt meine Hand mit ihren Fingerspitzen. »Jederzeit.«

Wow, das war eindeutig. Wenn es einen Kurs im Männerklarmachen gäbe, dann könnte diese Frau die Kursleiterin sein.

»Du stehst also auf Piraten?«, fragt sie schließlich, um die peinliche Stille zu füllen.

»Ja«, sage ich einfach nur.

»Cool«, antwortet sie, als hätte ich etwas sehr Interessantes geantwortet.

Innerlich muss ich grinsen. Das Ganze wäre zum Lachen, wenn es nicht so verdammt peinlich wäre.

Ich öffne meinen Mund und schließe ihn gleich wieder, weil ich einfach nicht die Energie für Small Talk aufbringen kann.

Sie lächelt mich an. »Bist du schüchtern, Ryan?«

Ich lächle zurück. Noch nie hat mich jemand schüchtern genannt. Aber Schüchternheit wäre vielleicht die netteste Entschuldigung für die fehlende Chemie zwischen uns. Also beschließe ich, die Frau in dem Glauben zu lassen. »Ja, ich bin sehr schüchtern.«

»Das macht gar nichts – zufällig liebe ich schüchterne Männer.« Sie zwinkert mir zu. »Und du schlägst dich wirklich gut.«

Gott sei Dank erscheint in dem Moment die Bedienung und bringt unsere Getränke. Hastig nehme ich einen großen Schluck von meinem flüssigen Schmerzmittel.

Nach einem Augenblick stellt Wie-auch-immer-ihr-Name-ist ihren Margarita ab und schenkt mir ein verführerisches Lächeln. »Das hörst du wahrscheinlich die ganze Zeit«, sagt sie, »aber du hast wunderschöne Augen.«

O mein Gott. Ich muss mich zusammenreißen, damit ich meine »wunderschönen« Augen nicht verdrehe und schreiend aus dem Restaurant laufe. Das ist keine Unterhaltung, das ist ein verlängerter Instagram-Post. »Danke«, sage ich. Ich hole tief Luft. »Du hast, ähm, wirklich schöne Haare.«

Kaylie-Kyla-Katie streichelt sich über ihr Haar, als säße eine Katze auf ihrem Kopf. »Danke. Ich benutze eine Spülung aus Brasilien mit Nussbaumöl. Das stärkt die Wurzel.« Sie zieht an einer dicken Haarsträhne, um mir die Wirksamkeit ihrer brasilianischen Spülung zu demonstrieren. Entweder das, oder sie will mir demonstrieren, wie sie an meiner »Wurzel« ziehen würde, wenn sie die Gelegenheit dazu bekäme.

Ich rutsche auf meinem Stuhl umher. »Also, erzähl mir doch ein bisschen von dir … bitte?« Dieses »bitte« am Ende habe ich nur hinzugefügt, weil mir plötzlich klar geworden ist, dass ich sie gerade »Kendra« nennen wollte und das wahrscheinlich nicht ihr Name ist.

Zum Glück beißt mein uninteressantes Date an und beginnt einen langen, qualvollen Monolog, der mir die Gelegenheit verschafft, mich zu sammeln.

Also gut, meine Besessenheit von Samantha in den letzten sechs Wochen war nicht normal – welcher Idiot fühlt sich schon sechs Wochen lang zu keiner einzigen attraktiven Frau hingezogen, weil er nicht aufhören kann, jede Frau, die er trifft, mit einer Flugbegleiterin zu vergleichen, die er ein einziges Mal in einer Bar getroffen hat? Zu meiner Verteidigung muss ich sagen, dass meine komplette Zurückhaltung anderen Frauen gegenüber wahrscheinlich nichts mit Samantha persönlich zu tun hat, sondern vielleicht einfach daher kommt, dass ich mich nach diesem ganzen Fiasko mit Olivia erst einmal erholen musste. Es war schon sehr dumm von mir, mich mit dieser Frau einzulassen. Eine vorübergehende Unzurechnungsfähigkeit, die ich nie verstehen werde. Es ist also nur vernünftig und erwachsen, dass ich mir danach die Zeit genommen habe, über alles nachzudenken. Ja genau, ich bin einfach vernünftig und erwachsen.

Je mehr ich darüber nachdenke, desto sicherer bin ich mir, dass diese gewaltige Anziehungskraft zwischen Samantha und mir gar nicht so viel mit Samantha selbst zu tun hatte, sondern eher etwas mit meiner instabilen Verfassung an jenem Abend. Wenn ich Samantha heute zum ersten Mal getroffen hätte – vielleicht auf der Party –, hätte ich wahrscheinlich auch nicht mehr Chemie zwischen uns gespürt als zwischen Kiera-Kylie-Kendra und mir.

Wie-auch-immer-sie-heißt kichert laut und lenkt meine Aufmerksamkeit wieder auf ihren Monolog. »Und da habe ich mich dazu entschieden, Hypothekenmaklerin zu werden, weil mein Traum von der Ballerina wohl nicht wahr werden würde – vor allem nicht mit diesen Brüsten!«

Ich werfe einen Blick auf ihre Brüste, nehme deren objektive Schönheit zur Kenntnis und schalte dann wieder ab.

Das ist doch verrückt. Was erhoffe ich mir denn davon, wie ein Mönch zu leben? Ja klar, ich bevorzuge Sex mit einer Partnerin, die ich gerne wiedersehen und näher kennenlernen würde, aber das ist nicht unbedingt eine Voraussetzung. Früher war ich auch ein ganz normaler Frauenheld. Was ist mit diesem Kerl passiert? Ich weiß doch genau, dass Sex manchmal einfach nur Sex sein kann, und dass daran nichts falsch ist. Ich muss doch nicht noch sechs weitere Wochen rumsitzen – geschweige denn sechs *Monate* – und mich für eine Frau aufsparen, die Henn vielleicht nie finden wird.

Nein, verdammt.

Es ist an der Zeit, aufzuerstehen!

Ich richte meine Aufmerksamkeit wieder auf die Worte meiner Begleitung und bin fest dazu entschlossen, ihr vorzuschlagen, dass wir unser Essen zum Mitnehmen bestellen und es vielleicht bei mir zu Hause essen. Aber in dem Moment, in dem ich höre, was sie sagt – »… und deshalb ziehe ich Chihuahuas Huskys vor!« –, schüttelt mein Schwanz seinen kleinen Kopf, zeigt mir den Mittelfinger und sagt: Nein, verdammt, auf keinen Fall.

»Entschuldige mich, Kendra«, rufe ich und springe vom Stuhl auf.

Ihr entgleiten die Gesichtszüge. *»Kelsey.«*

Ich verziehe die Mundwinkel. O Mann, ich bin so ein

Arschloch. »Tut mir leid. Mir ist gerade eingefallen, dass ich noch einen dringenden Anruf tätigen muss. Ich bin gleich wieder da.« Ohne eine Antwort abzuwarten, gehe ich Richtung Ausgang und suche dabei nach Henns Nummer auf meinem Handy. Da wird im Restaurant ein neues Lied gespielt: *Bailando* von Enrique Iglesias.

Ryan

»Ahab bleibt für immer Ahab, Mann.
Was hier geschieht, ist unabänderlich bestimmt.«

»Hey, Captain Morgan«, sagt Henn, als er meinen Anruf entgegennimmt. »Wie geht es Ihnen, Sir?«

»Hey, Henn Star. Fantastisch. Es könnte nicht besser gehen. Wie geht's dir?«

»Lass es mich so sagen: Wenn ich ein Superheld in einem Comic wäre, würde ich ›Captain mir geht's verdammt gut‹ heißen!«

Ich schmunzle. »Das ist großartig, Henn.«

»Also, ich nehme an, du rufst an, weil du wegen deiner Samantha den Verstand verlierst?«

»Woher weißt du das?«

»Na ja, erstens hörst du dich im Moment an wie das Duracell-Häschen auf Crack, und zweitens – warte, du bist nicht auf Crack, oder?«

»Nein. Im Moment bin ich nur high von Enrique Iglesias.«

»Oh, gute Wahl. Ich liebe den Kerl. Und zweitens, als ich dich auf der Eröffnungsfeier von Climb & Conquer getroffen habe, hast du ausgesehen wie ein Mann kurz vor einem Nervenzusammenbruch. Ich kann mir gut vorstellen, dass du ganze vier Wochen später gefährlich nah am Rande des Wahnsinns stehst.«

»Ehrlich gesagt, ist die Feier *sechs* Wochen her und nicht vier. Aber wer zählt schon die Wochen? Und ich stehe nicht ›gefährlich nah am Rande des Wahnsinns‹, ich hänge über dem Abgrund und halte mich nur noch mit dem kleinen Finger an einer Wurzel fest.«

»O Mann, die Feier ist schon *sechs* Wochen her? Wow, wie die Zeit vergeht. Es tut mir leid, Mann, ich hatte viel zu tun mit ein paar anderen Projekten für die Behörden. Und direkt nach der Party habe ich alles auf Eis gelegt, um Josh bei seinem Antrag für Kat zu helfen.«

»Du hast Josh beim Antrag geholfen? Das hat mir Kat gar nicht erzählt. Alles, was sie gesagt hat, war, dass der Antrag ein ›fantastisches Porno-Märchen‹ war.«

Henn lacht. »Ich war nicht dabei – ich habe meine magischen Hände hinter den Kulissen im Spiel gehabt. Und dann ist Hannah auch noch endlich nach L.A. gezogen, und ich musste mich ihr widmen. Wenn deine atemberaubende Freundin endlich in der gleichen Stadt lebt wie du, merkst du plötzlich, dass es gar nicht so aufregend ist, zwanzig Stunden am Tag zu arbeiten.«

»Das glaub ich dir. Und ich freue mich für dich, Bro.«

»Danke. Aber deine Freude für mich hält dich auch nicht davon ab, langsam, aber sicher verrückt zu werden, oder?«

»In keiner Weise.«

»Du bist total besessen, richtig?«

»Ich bevorzuge den Ausdruck *überfokussiert*.«

Wir müssen lachen.

»Wie schlimm ist es?«, fragt Henn.

»Mal sehen, ob diese Geschichte dir meine momentane Verfassung beschreiben kann: Ich habe gerade ein Date mit einer verdammt scharfen Frau mit perfekten Brüsten in einem kurzen schwarzen Kleid, die mir vor nicht mal fünf Minuten gesagt hat, dass sie mein Tattoo berühren will, das momentan noch von meinem Shirt bedeckt ist, und zwar will sie das ›jederzeit‹ tun. Und direkt nachdem sie all das gesagt hat, bin ich vom Stuhl aufgesprungen, um dich anzurufen, weil ich den Gedanken nicht ertrage, von irgendeiner anderen Frau angefasst zu werden als von Samantha.«

»Wow, dein bestes Stück spart sich für Samantha auf.«

»Stures bestes Stück«, sage ich.

»*Idealistisches* bestes Stück.«

»Mann, ich will keine andere als sie. Das ist die reinste Qual.«

»Das ist so cool«, sagt Henn.

»*Cool*? Ich habe gerade gesagt, es ist die reinste Qual.«

»Wir sollten alle das Glück haben, so gequält zu werden.«

»Aber ich habe sie nur ein Mal in einer verdammten Bar getroffen. Diese Reaktion ist mehr als übertrieben. Sie ist verrückt.«

»Ich finde das cool. Im Zweifel immer auf dein bestes Stück hören – es ist allwissend.«

»Hm, ich bin mir ziemlich sicher, mein Vater hat mir als Teenager genau das Gegenteil geraten.«

Henn lacht.

»Im Ernst, Mann. Ich glaube, ich habe den Verstand verloren«, sage ich. »Ich habe mich sechs Wochen lang wie Captain Ahab wegen dieser Frau verhalten – einer Frau, die ich nicht einmal geküsst habe. Es ergibt keinen Sinn, aber ich kann nicht aufhören, an sie zu denken. Ich *sehne* mich nach ihr.«

»Na ja, sie hat ihren Glasschuh auf der Treppe für dich hinterlassen, und du hast ihn gefunden. Wer könnte da schon widerstehen? Diese Märchen sind aus gutem Grund Klassiker, Mann. Sie treffen genau ins Schwarze.«

»Henn Star, du bist ein Mann nach meinem Geschmack.«

»Danke, Captain Ahab«, sagt Henn freundlich. »Hör zu. Was

ich sagen will: Wenn du der Glückliche bist, der Cinderellas Glasschuh auf den Palaststufen gefunden hat, dann ist es deine verdammte Pflicht, das ganze Königreich bei der Suche nach ihr auf den Kopf zu stellen.«

Wow. Dieser Nerd verschafft mir am Telefon mehr Klarheit, als ich in den letzten sechs Wochen hatte. »Du bist ein Genie, Henn«, sage ich. »Danke.«

»Hey, das ist keine große Wissenschaft. Das Herz will, was das Herz will. Oder vielleicht auch das beste Stück. Manche Dinge sind einfach nicht zu ändern.«

»Ohne Zweifel?«

»Zweifelsohne.«

Ich muss lachen.

»Ist dir so etwas schon mal passiert?«, fragt Henn.

»Nein, verdammt. Ich schwöre bei Gott, normalerweise bin ich der vernünftigste Morgan-Bruder von allen. Na ja, vielleicht der zweitvernünftigste. Es ist schwer, vernünftiger zu sein als Colby Morgan.« Ich seufze. »Denkst du immer noch, dass du sie finden wirst?«

»Ich werde sie finden, Mann. Es gibt nur so viele Airlines und so viele Samanthas. Sag deinem besten Stück einfach, dass es ein Kreuzworträtsel machen und Geduld haben soll. Ich schaff das. Ich verspreche dir, dass ich in den nächsten zwei Wochen einen Erfolg bei der Suche nach Samantha verbuchen kann – spätestens in drei Wochen. Ich werde dich auf jeden Fall anrufen, bevor wir in einem Monat für Joshs und Kats Hochzeit nach Hawaii fliegen. Ich will auf keinen Fall, dass dein bestes Stück im Paradies noch leiden muss.«

»Danke, Henn. Das weiß ich sehr zu schätzen. Ich will auf keinen Fall auf Hawaii immer noch so besessen sein.«

»Das wird bestimmt eine fantastische Woche«, sagt Henn. »Aber das ist typisch Josh Faraday – er macht keine halben Partys.«

»Meine Schwester hat mir erzählt, dass seine Assistentin – wie ist noch mal ihr Name?«

»T-Rod.«

»Richtig. Meine Schwester hat mir erzählt, dass T-Rod die ganze Woche geplant hat und jede Menge Aktivitäten wie Luaus und Helikopterrundflüge und …«

Henn unterbricht mich. »Hey, Ryan? Tut mir leid, dass ich dich unterbreche, aber hast du nicht gesagt, dass eine Frau mit perfekten Brüsten drinnen an einem Tisch sitzt und auf dich wartet?«

Plötzlich stellen sich mir die Nackenhaare auf. »O scheiße«, entfährt es mir. »Gott, ich bin so ein Arschloch. Wir sprechen uns wieder. Danke noch mal.«

Henn lacht. »Jederzeit, Captain Ahab. Ach, und Ryan? Sei nicht zu hart zu ihr. Ich glaube nicht, dass dir bewusst ist, wie attraktiv du auf Frauen wirkst. Ich sag es nur ungern, aber du bist der absolute Hammer. Also versuch, nett zu ihr zu sein, wenn du sie abblitzen lässt.«

»Das werde ich. Danke.«

Ich lege auf und gehe zurück zum Tisch, an dem Kayla-Kylie-Katrina immer noch wartet.

Als ich bei ihr bin, blickt sie von ihrem Handy auf und lächelt mich an. »Alles in Ordnung?«

»Nein, eigentlich nicht.« Ich bedeute der Bedienung, dass ich die Rechnung haben möchte. »Es tut mir leid, Kendra, aber …«

»Kelsey«, korrigiert sie mich mitten im Satz.

»*Kelsey*. Sorry. Du bist unglaublich hübsch, und man kann sich gut mit dir unterhalten, und es hat absolut nichts mit dir zu tun, aber ich muss unser Date jetzt beenden.«

Ryan

»… dann brach alles ein, und das große Leichentuch des Meeres wogte weiter …«

»Fuck«, sage ich leise und drücke das Handy mit weißen Knöcheln an mein Ohr. Ich liege nackt und alleine in meinem Bett. In den letzten zweieinhalb Monaten ist das zu einem Normalzustand für mich geworden. Henns Worte hallen in meinem Ohr wieder.

Kurz bevor Henn mich angerufen hat, war ich gerade damit fertig geworden, mir zum spanischen Musikvideo von *Bailando* einen runterzuholen – die Tänzerin erinnert mich in ihrem roten Kleid dermaßen an Samantha! –, und kurz davor, in einen seligen Schlaf zu fallen. Schließlich wusste ich, dass ein genialer Hacker da draußen meine Traumfrau für mich findet. Und jetzt, keine dreißig Sekunden nachdem ich ans Telefon gegangen bin, bin ich hellwach und fühle mich, als hätte mir jemand in den Magen geschlagen.

»Es tut mir wirklich leid, Ryan«, sagt Henn. »Ich war mir so sicher.« Er seufzt. »Mittlerweile denke ich, dass ihr richtiger Name womöglich nicht Samantha ist. Das ist gar nicht so unüblich. Wusstest du, dass Miley Cyrus' richtiger Name Destiny Hope ist? Aber glaubst du, Miley würde sich jemals in einer Bar einem Typen als ›Destiny Hope‹ vorstellen? Ich denke nicht.«

Ich reibe mir über die Stirn. Das muss es sein. Vielleicht hat sie auch ihren Spitznamen genannt.

»Das ist Ironie des Schicksals. Ich habe die Datenbanken von neun Airlines durchsucht, und wahrscheinlich hattest du mit Delta von Anfang an recht. Wir hatten nur nicht den richtigen Namen.«

Ich seufze erneut. »Können wir dann die Datenbank von Delta noch mal durchsuchen? Vielleicht die Akten von allen siebenundzwanzigjährigen Flugbegleiterinnen?«

»Die Datenbank ist nicht so aufgebaut, dass man sie nach dem Alter durchsuchen kann. Ich könnte meine Suche wahrscheinlich auf Flugbegleiterinnen beschränken, aber ohne Name oder Angestelltennummer würden das eine Menge Akten sein.«

»Okay, ich bin zu allem bereit. Ich werde an irgendeinem Wochenende nach L.A. fliegen – wann immer du Zeit hast – und sie alle sichten.«

»Ha! Denkst du, ein Wochenende genügt, um all die Akten zu sichten? Delta hat ungefähr achttausend Angestellte. Selbst wenn ich die Suche auf Flugbegleiterinnen beschränken kann, dauert es bestimmt einen ganzen Monat, alle Akten zu sichten. Und zwar, wenn du jeden Tag daran arbeitest.«

»Oh.«

»Es tut mir leid, Mann. Ich weiß, wie sehr du dir das gewünscht hast.«

»Ist schon gut. Ich hätte es wissen müssen. Captain Ahab kriegt den Wal nicht.«

»Ich habe wirklich gehofft, dieses Mal kriegt er ihn. Aber die Sache mit dem Namen hat sich als unvorhergesehenes Hindernis herausgestellt.«

»Ja, ich weiß. Ist schon okay. Es war dumm von mir, einem Mädchen zu sagen, dass ich sie umschlungen hätte wie ›das *blanco* den *arroz* – das Weiß den Reis‹.«

Henn lacht. »Das hast du zu ihr gesagt?«

»Ja. So schlimm stand es um mich.« Ich schließe die Augen und hole tief Luft. »Aber gut. Genug gejammert. Ich habe keine andere Wahl, als nach vorne zu schauen. Aber das Ganze hat auch was Gutes, oder? Ich werde wieder Sex haben. Mit einer Frau, die nicht annähernd so toll ist wie Samantha, aber immerhin.«

»Das ist doch etwas.«

»Und das kommt keinen Moment zu früh, Mann. Kann ein Mann durch Sexentzug sterben? Wenn dem so ist, dann gibst du mir besser die Letzte Ölung.«

»Nein, ich bin mir sicher, dass Sexentzug nicht tödlich ist. Sonst wäre ich schon längst tot. Mittlerweile natürlich nicht mehr, dank Hannah, aber ich hatte so meine Trockenperioden in den letzten Jahren. Wenn du vorhast, jetzt wieder mit jeder Frau ins Bett zu gehen, dann sag es lieber Kat. Auf der Eröffnungsfeier hat sie mir nämlich verraten, dass sie dich mit T-Rod verkuppeln will, wenn bei der Suche nach Samantha nichts rauskommt.«

Ich verdrehe die Augen. »Großartig. Genau das brauche ich jetzt.«

»Hey, ich wäre da nicht so voreilig. T-Rod ist bezaubernd.«

»Ja? Ich glaube, Sarah hat auch so etwas in der Art über sie gesagt.«

»Kennst du Reed Rivers? Den Kerl, mit dem Josh und ich zur Uni gegangen sind?«

»Ja, ich meine, nein. Ich habe ihn noch nicht kennengelernt, aber mein kleiner Bruder Dax hofft, dass Reed Rivers seine Band unter Vertrag nimmt. Warum?«

»Ich will dir nur erklären, wie T-Rod so tickt. Reed Rivers kann jede Frau haben, die er will – wirklich. Er ist sogar eine Zeit lang mit Isabel Randolph ausgegangen. Und er hatte schon immer etwas für T-Rod übrig.«

»Warum will meine dämliche Schwester dann *mich* mit ihr verkuppeln?«, rufe ich. »Ich werde doch Reed Rivers nicht in die Quere kommen.«

»Nein, nein. Reed *würde* gerne mit T-Rod ausgehen – aber dazu wird es niemals kommen.« Henn lacht. »T-Rod ist für Josh wie eine Schwester. Da sind keine Weiberhelden erlaubt. Schon gar nicht so ein Draufgänger wie Reed Rivers. Reed ist ein toller Kerl, der beste, aber was Frauen angeht, ist er eine wirkliche Gefahr, glaub mir.«

»Wie alt ist T-Rod?«

»Ein paar Jahre jünger als Josh, glaube ich. Sechsundzwanzig oder siebenundzwanzig, würde ich sagen. Sie hat gleich nach dem College angefangen, für ihn zu arbeiten. Sie ist total direkt und damit genau die richtige Person, um Josh auf Linie zu halten. Deshalb hat er auch so einen Beschützerinstinkt entwickelt, was sie angeht. Du hättest Josh sehen sollen, als ihr letzter Freund sie betrogen hat. Josh hätte am liebsten einen Killer engagiert, um ihn umbringen zu lassen.«

»Interessant«, sage ich. »Ich werde auf Hawaii ein Auge auf sie werfen. Aber was auch immer Kat denken mag, ich lasse lieber meine Finger von T-Rod. Ich will ja Josh nicht sauer machen.«

»Ja, das ist wahrscheinlich das Beste. Es sei denn, du hast vor, sie zu heiraten.«

»Nein. Ich bin durch mit der Suche nach der wahren Liebe. Im Paradies nächste Woche gibt es für mich jede Menge Mai Tais und unverbindlichen Sex mit Kellnerinnen. Ich hab's aufgegeben.«

»Nicht aufgeben. Jetzt machst du mich traurig.«

»Tut mir leid, aber ich gebe auf.«

»Wenn du das sagst. Falls dir doch noch eine Idee kommt, wie wir deine Cinderella finden können, dann ruf mich an. Ich bin sofort zur Stelle, okay, Captain Ahab?«

»Danke, Henn Star. Aber nein. Ich bin offiziell durch mit der Suche nach Samantha. Ich bin offiziell durch mit der Liebe. Das ist doch alles sinnlos.«

»Scheiße, Mann. Es tut mir wirklich leid.«

»Ach, es gibt Schlimmeres als jede Menge unverbindlichen Sex für einen Mann.«

»Das stimmt.«

Ich muss lachen. »Wir sehen uns in einer Woche, Henn Star. Ich spendiere dir auf Maui einen Drink.«

»Josh lässt niemanden auch nur einen Cent zahlen während dieser Woche.«

»Ich weiß. Deshalb sage ich das ja auch.«

Henn lacht. »Wir sehen uns bald, Captain. Aloha.«

Ich lege auf, lehne mich zurück und starre an die Decke. Ich durchsuche mein Gehirn nach irgendetwas, das ich bisher vergessen haben könnte. Irgendetwas, das Henn bei der Suche nach Samantha nützlich sein könnte. Aber mir fällt nichts ein. Also schalte ich meinen Laptop an. Ich will mir noch ein letztes Mal das verdammte Lied von Enrique Iglesias anhören.

Tessa

Ich stoße mit der Spitze meiner Keilsandalette gegen die Tür von Joshs und Kats Bungalow, im Arm halte ich einen großen Pappkarton. Ich werfe einen Blick auf die Uhr. Punkt zwei. Verdammt, bin ich gut.

Eine warme, nach Tempelbaum duftende Brise weht über mich hinweg und lässt mein Sommerkleid im Wind flattern. Ich schließe die Augen und atme tief ein. Einen kurzen Augenblick gönne ich mir den Luxus, im Paradies zu schwelgen.

Ich öffne die Augen wieder.

Pause vorbei.

Keine Zeit für so etwas.

Vor genau zwei Monaten habe ich eine Nachricht von Josh bekommen, in der stand, dass Kat seinen Heiratsantrag angenommen hat – Überraschung! – und dass ich eine einwöchige Hochzeitsorgie auf Hawaii mit zweihundert von Joshs und Kats engsten Freunden und Familienmitgliedern planen soll. Die Insel und das Resort sollte ich aussuchen.

Nichts davon hätte meinen Puls in die Höhe schnellen lassen, wäre da nicht am Ende der Nachricht diese kleine Bemerkung gewesen: Josh wollte, dass all das in genau zwei Monaten passiert.

Und jetzt stehe ich hier, genau zwei Monate nachdem ich Joshs verrückte Nachricht bekommen habe, und es scheint, als hätte ich das Unmögliche geschafft. Allerdings habe ich währenddessen auch ein bisschen von meinem Verstand eingebüßt.

O mein Gott, wenn diese Woche vorüber ist und Mr und Mrs Joshua William Faraday in den Sonnenuntergang gesegelt sind, wird das brave Mädchen, das ich ein Leben lang war, endlich ausflippen. In dem Moment, in dem meine Arbeit hier erledigt ist, werde ich etwas tun, das ich noch nie zuvor getan habe: Ich werde das Resort nach diesem gut aussehenden Barkeeper absuchen, der gestern Abend nach der Ankunft bestimmt eine Stunde mit mir geflirtet hat – ein wirklich scharfer Kerl, der absolut klargemacht hat, dass er während meines Aufenthalts hier nur allzu gerne mit mir ins Bett gehen würde. Und dann werde ich total unverbindlichen Urlaubssex mit einem komplett fremden Mann haben. O mein Gott, ich kann es kaum erwarten. Ich werde zum ersten Mal seit ungefähr einem Jahr wieder sexuellen Kontakt zu einem Menschen haben – und ich sehne mich wirklich danach.

Aber ich schweife ab. Der Sex mit einem Fremden muss noch eine Woche warten. Jetzt habe ich noch tausend Dinge zu erledigen, damit diese Woche reibungslos abläuft. Und ich sollte mich sofort an die Arbeit machen.

Ich nehme mein Handy aus der Tasche und schreibe eine kurze Nachricht: ***Aloha, Boss. Ich stehe vor der Tür eures Bungalows. Haben Sie unser Zwei-Uhr-Meeting vergessen, Mr Faraday? Ich muss euch noch eine Menge erklären, bevor der Morgan-Clan in einer Stunde hier eintrifft.***

Dreißig Sekunden später bekomme ich eine Antwort von meinem ach so zuverlässigen Boss: **Sorry, Ms Rodriguez. Die zukünftige Mrs Faraday und ich wurden abgelenkt.** Zwinkerndes Smiley. **Wir springen nur schnell unter die Dusche. Komm schon mal rein, hol dir einen Rum Punch aus der Bar, wir sind in einer hawaiianischen Minute bei dir. JWF.**

Ryan

»Der Weg zu meinem fest gefügten Vorsatz läuft auf Eisenschienen, den Gleisen meiner Seele.«

»Willst du einen Film anschauen?«, fragt Colby und hält sein iPad hoch. »Ich hab *The Drop – Bargeld* runtergeladen. Tom Hardy.«

»O ja, Dax hat gesagt, der ist richtig gut«, antworte ich. »Ich geh nur schnell auf die Toilette.« Ich schnalle mich ab und gehe den Gang entlang. Auf meinem Weg schlage ich mit jedem einzelnen Passagier ein. Das klingt seltsamer, als es ist, da ich mit einem Privatjet fliege, in dem ausschließlich meine Familie und ihre Begleitungen sitzen. Aber die Toilette ist besetzt, also plaudere ich ein bisschen mit meiner Cousine Julie, ihrem neuen Ehemann und ihrer Stieftochter, Coco.

»Wie alt bist du noch mal, Coco?«, frage ich.

»Acht.«

»Ach ja. Ich war gerne acht – ich habe das Leben richtig genossen, als ich acht war.« Ich bemerke das Buch auf Cocos Schoß: *Wilbur und Charlotte.* »Gefällt dir das Buch?«

»Es ist mein Lieblingsbuch. Ich habe es schon dreimal gelesen.«

»Was ist deine Lieblingsstelle?«

»Als Charlotte Wörter wie ›bescheiden‹ und ›wunderbar‹ in ihr Netz schreibt, um Wilbur das Leben zu retten.«

»Ja, diese Stelle ist cool. Die mag ich auch.« Ich blicke zur Toilettentür. Immer noch besetzt. »Hey, Coco, kann ich dich um einen Gefallen bitten? Würdest du kommende Woche meine Partnerin im Pool beim Hahnenkampf sein? Mein Bruder Keane hat gesagt, er und sein bester Freund Zander werden mich beim Hahnenkampf schlagen, egal, wen ich als Partner habe. Also brauche ich eine wirklich gute Partnerin, um ihnen zu zeigen, wo der Hammer hängt.« Ich beuge mich zu ihr runter. »Ich weiß nicht, ob du schon mit Keane geredet hast, aber lass es mich so sagen: Wenn er Wilbur wäre, würde Charlotte nicht so etwas wie ›bescheiden‹ über ihn in ihr Netz schreiben.«

Coco grinst mich an. »Ich weiß. Als Keane vor einer Minute hier an der Toilette angestanden hat, hat er zu mir gesagt, dass er mich im Hula-Tanzen schlagen wird.« Sie verdreht die Augen.

»Und was hast du gesagt?«

»Ich habe gesagt, dass Hula-Tanzen kein Wettkampf ist. Aber er meinte, das würden Verlierer beim Hula-Tanzen immer sagen.«

Ich lache laut auf. »Ja, das ist typisch Keane. Noch ein Grund mehr, ihn diese Woche zu schlagen, richtig?«

Sie nickt.

»Dann ist es beschlossene Sache: Du und ich, Coco Puff, werden es diesem Clown und seinem besten Freund schon zeigen. Wir werden sie so richtig zur Sau machen.«

Coco kichert, und wir schütteln einander die Hand, um unser Abkommen zu besiegeln.

In dem Moment öffnet sich die Toilettentür und Keane-The-Peen-Morgan höchstpersönlich steht in all seiner Pracht, mit den Grübchen und den starken Muskeln unter seinem engen T-Shirt, vor uns und schaut uns mit funkelnden Augen an. »Yo, Captain«, sagt er und tätschelt meine Wange. »Hey,

Coconut.« Er schlägt mit ihr ein. »Bereitest du dich mental darauf vor, von mir im Hula-Tanzen geschlagen zu werden?«

Coco kichert wild drauflos. »Das geht nicht Keane. Hula-Tanzen macht man nur zum Spaß.«

»Wenn du das wirklich denkst, dann solltest du dir lieber deinen Hula-Rock enger schnallen, Baby Doll, denn du wirst gnadenlos untergehen gegen mich.«

»Hey, ich würde ›Baby Doll‹ nicht wütend machen«, sage ich. »Coco Puff hat sich gerade einverstanden erklärt, meine Partnerin im Hahnenkampf zu sein. Und wir werden dir und Zander den Arsch aufreißen.«

Keane fasst sich an die Brust. »Sag das nicht, Coco Chanel Nummer fünf. Ich wollte, dass du *meine* Partnerin im Hahnenkampf wirst. Ich habe nur so blöde Sprüche gerissen, weil ich umgekehrte Psychologie anwenden wollte, damit du in *mein* Team kommst.«

»Nein«, sagt Coco und reckt ihr Kinn. »Ryan und ich werden dich und Zander plattmachen wie Mortadella.«

Keane wirft seinen Kopf in den Nacken und lacht aus vollem Hals. »Hör dir das an! Sie redet schon wie eine richtige Morgan. Cool!«

Meine Cousine Julie dreht sich zu ihrem neuen Ehemann Travis um. »Sorry, Baby. Ich habe dich gewarnt.«

»Ach, mach dir keine Sorgen, Jules«, sagt Keane und winkt ab. »Wir bringen der kleinen Schnecke hier nur jugendfreies Zeug bei, das schwöre ich.« Er klopft Coco auf den Oberschenkel. »Rutsch rüber, Hot Coco. Ich werde dir alles beibringen, was du wissen musst, um dich bei den Morgans wie ein Profiboxer zu schlagen.«

Coco öffnet kichernd ihren Gurt und rutscht auf den Schoß ihres Vaters, damit Keane sich neben sie setzen und mit seinem komischen Unterricht weitermachen kann.

Ich beobachte den Professor und seine begeisterte Studentin noch ein paar Minuten lang und amüsiere mich königlich. Aber als das Thema von der »Kunst, Spitznamen zu geben« zu dem Buch auf Cocos Schoß wechselt, erinnert mich meine Blase daran, warum ich überhaupt aufgestanden bin, und ich gehe schleunigst auf die Toilette.

»Was ist deine Lieblingsstelle?«, höre ich Keane Coco in meinem Rücken fragen.

»Wenn Charlotte Sachen über Wilbur in ihr Netz schreibt.«

»Und welche ihrer Beschreibungen gefällt dir am besten?«

»›Was für ein Schwein!‹«

Keane lacht. »Lustig. Genau das hat meine letzte Freundin über *mich* in *ihr* Netz geschrieben!«

Kichernd verschwinde ich in der Toilettenkabine – der verdammte Peen. Ich schließe die Tür hinter mir, mache meine Hose auf und … plötzlich erstarre ich mit meinem Penis in der Hand.

O mein Gott.

In Lichtgeschwindigkeit beende ich mein Geschäft, renne aus der Toilette und kralle mir die nächstbeste Flugbegleiterin. »Entschuldigen Sie«, sage ich mit klopfendem Herzen. »Gibt es auf diesem Flug WLAN?«

»Natürlich, Sir.« Sie nennt mir die Zugangsdaten, und ich eile zurück zu meinem Platz.

»Ist alles in Ordnung?«, fragt Colby, als ich mich wieder neben ihn setze.

»Alles in bester Ordnung«, antworte ich und hole meinen Laptop raus. »Ich muss nur schnell eine Mail schreiben, dann werden all meine Träume wahr.«

»Wow, wenn nur alles im Leben so einfach wäre.«

Mit klopfendem Herzen tippe ich eine Mail an Henn:

Henn Star! Samantha war mit einer Freundin in der Bar! Einer Rothaarigen namens Charlotte. Sie trug die gleiche Uniform wie Samantha,

mit dem Delta-Logo auf dem Halstuch. Sie muss auch siebenundzwanzig oder so sein, weil Samantha gesagt hat, dass sie seit der zweiten Klasse befreundet sind. O mein Gott! Ich weiß nicht, ob du schon im Flieger sitzt, aber falls du diese Nachricht bekommst, bevor du zum Flughafen fährst, und es irgendwie schaffst, mir so schnell wie möglich Charlottes Telefonnummer zu besorgen, dann werde ich mein Erstgeborenes nach dir benennen, das schwöre ich. Danke!

Ich sende die E-Mail ab und blicke dann Colby mit funkelnden Augen an. *»Captain Ahab ist zurück!«*

»Was ist denn los? Du hast einen ganz irren Blick.«

»Die Einzelheiten sind egal, Bee. Alles, was zählt, ist, dass ich wieder auf der Jagd nach meinem argentinischen Wal bin und gerade herausgefunden habe, wie ich ihn fangen kann.«

»Wer ist sie?«

»Die schärfste Frau der Welt.«

»Ach komm, du musst mir schon ein bisschen mehr erzählen. Was ist los?«

Also erzähle ich Colby alles, bis ins kleinste Detail. Als ich fertig bin, sagt Colby: »Heilige Scheiße, Ry. Du bist ja total verrückt geworden.«

»Ich weiß. Aber vielleicht nicht annähernd so verrückt, wie es scheint. In den letzten Monaten habe ich mir immerhin auch für den größten Deal meines Lebens den Arsch aufgerissen. Das hat mich abgelenkt.« Ich erzähle Colby schnell noch von dem Geschäft – dem Verkauf eines riesigen Industriekomplexes – und der fetten Kommission, die mich meinem Lebenstraum von einer eigenen Bar ein gutes Stück näher gebracht hat. Colby gratuliert mir. »Außerdem«, fahre ich fort, »konnte ich mir in der monatelangen sexuellen Enthaltsamkeit in Ruhe die Wunden lecken nach meiner Beziehung mit Olivia. Ehrlich gesagt, bin ich mittlerweile ziemlich wählerisch, Bro. Ich will nicht wieder an so eine Soziopathin geraten.«

Colby schüttelt seinen Kopf. »Siehst du, was passiert, wenn du nicht auf mich hörst?«

»Ich werde deinen Rat nie wieder missachten, Meister Yoda.«

Colby sieht mich einen Moment lang nachdenklich an. »Im Ernst, Mann, diese Suche, auf die du dich begeben hast, klingt wirklich verrückt. Das weißt du, oder?«

»Ja, weiß ich. Aber ich hatte keine andere Wahl. ›Der Weg zu meinem fest gefügten Vorsatz läuft auf Eisenschienen, den Gleisen meiner Seele.‹«

Colby sieht mich fragend an.

»Moby Dick«, sage ich und beantworte damit seine unausgesprochene Frage.

»Warum zum Teufel zitierst du aus *Moby Dick*?«

»Ich habe es vor Kurzem mal wieder gelesen.«

»Aha … das ist ganz bestimmt kein Zeichen dafür, dass du den Verstand verloren hast.«

Ich zucke mit den Schultern.

»Jetzt hör mir mal zu, okay?«, sagt Colby. »Wann immer du diese Frau findest – was dir bestimmt gelingt, denn du bist der Beharrlichste von uns Morgans, ich empfehle dir, dass du ihr nicht sofort von dieser verrückten Captain-Ahab-Suche erzählst, die du veranstaltet hast. Jeder, der dich kennt, weiß, dass das eine einmalige Sache für dich ist, aber sie kennt dich nicht. Wenn sie herausfindet, dass du einen Hacker auf mehrere Fluglinien angesetzt hast, um sie zu finden, wird sie dich für total irre halten. Also hör bitte dieses Mal auf mich. Wenn du deinen Wal findest, dann behalte diese Geschichte für dich, bis sie dich wenigstens ein bisschen kennengelernt hat.«

»Wie soll das funktionieren? Wenn ich sie endlich finde und nach drei Monaten aus heiterem Himmel kontaktiere, wird sie wissen wollen, wie ich sie ausfindig gemacht habe. Und was sage ich dann? Ich kann ihr nur die Wahrheit erzählen.«

Colby denkt darüber nach. »Ja, du hast recht. Verdammt. Wahrscheinlich führt kein Weg daran vorbei. Na gut, dann hoffen wir mal, dass sie nicht schreiend davonläuft, wenn du ihr erzählst, dass du ein total verrückter Bastard bist.«

»Darüber kann ich mir jetzt keine Gedanken machen. Eins nach dem anderen. Zuerst muss ich den Wal finden. Und dann werde ich alles in meiner Macht Stehende tun, um ihn zu fangen.« Ich klopfe Colby auf den Oberschenkel. »Und jetzt mach den Film an, alter, weiser Mann. Lenk Captain Ahab von seinen verdammten ›Eisenschienen‹ ab.«

Tessa

Puh. Ich bin gerade damit fertig geworden, Josh und Kat den genauen Ablauf für die nächste Woche zu erklären – eine bunte Mischung aus Wassersport, Touren, Luaus, Bootsfahrten und vielen anderen Aktivitäten, die ich geplant habe. Zum Glück sind die beiden von allem hellauf begeistert.

»Fantastisch«, sage ich und atme erleichtert auf. »Dann besprechen wir jetzt die Menüs, die ich mit dem Chefkoch zusammengestellt habe.«

»Ich bin mir sicher, das Essen wird großartig sein«, sagt Josh fröhlich. »Wir vertrauen auf dich, T-Rod. Aber jetzt will ich endlich wissen, was in diesem Karton ist.« Er deute auf die große Pappschachtel, die ich vorhin neben der Eingangstür abgestellt habe.

Kat quietscht auf. »O mein Gott, sind das die Shirts, Tessa?«

Ich lege mein iPad weg. Ich hätte mir denken können, dass die beiden all meine Planungen für diese Woche absegnen – so wie sie es schon die ganzen letzten zwei Monate getan haben. »Ja«, antworte ich. »Sie sind gerade noch rechtzeitig angekommen. Es gab eine kleine Verzögerung, aber ich habe alles geregelt.«

Auf Kats Wunsch hin holt Josh die Schachtel und öffnet sie. Darin sind zweihundert farbige Sport-T-Shirts mit UV-Schutz, die man in zwei Farben tragen kann und auf denen *Team Josh und Kat* über der Brust geschrieben steht.

»Ich dachte, das wäre ein nettes Geschenk für die Gäste«, sagt Kat stolz. »Und sie sind sehr praktisch. Wir können beim Volleyball und beim Sackhüpfen und bei allen anderen Spielen die Teams farblich unterscheiden.« Josh will seine Begeisterung zum Ausdruck bringen, da unterbricht Kat ihn. »Warte, da ist noch was!«, ruft sie. »Spitznamen!« Kat dreht die zwei Shirts in ihren Händen um, um die Aufschrift auf der Rückseite zu präsentieren: *Playboy* und *Partygirl*.

»Sie sind großartig!«, sagt Josh. Er zieht sich sein weißes Baumwoll-T-Shirt aus und schlüpft in das brandneue Shirt. Dabei entblößt er für einen kurzen Moment seinen Oberkörper mit den Tätowierungen, und ich muss zugeben, dass es zwischen meinen Beinen pulsiert, als hätte ich mir gerade einen Vibrator dagegengedrückt.

Vielleicht werde ich diesen scharfen Barkeeper gleich heute nach der Begrüßungsparty aufsuchen, anstatt bis zum Ende der Woche zu warten.

»Sie sind perfekt!«, ruft Kat und strahlt Josh in seinem hellblauen Shirt an. Sie springt von der Couch auf und wirft sich mit gewölbtem Babybauch in seine Arme. Natürlich küsst Josh sie gleich leidenschaftlich, und die nächsten zwei Minuten sind die beiden komplett miteinander beschäftigt.

O Mann, mein Boss und seine Verlobte verschlingen einander förmlich vor meinen Augen.

Ich zwinge mich dazu, den Blick von diesem heißen Kuss abzuwenden. Meine Wangen sind feuerrot, in meinem Schritt pocht es. *Verdammt*, das ist wirklich ein scharfer Kuss. Ich will genau das Gleiche mit einem scharfen Kerl tun – *egal*, mit welchem.

Als ich Josh sagen höre: »Zeig mir alle Shirts, Baby«, schaue ich sie schließlich wieder an. Sie sitzen mit verschränkten Beinen nebeneinander auf der Couch.

Ich räuspere mich. »Ja, Kat, lass mal sehen«, sage ich betont fröhlich, obwohl ich nicht das geringste Bedürfnis danach verspüre, mir die Shirts anzuschauen. Die Spitznamen sind ja witzig und niedlich, aber ich habe noch einen Berg voll Arbeit zu erledigen, bevor die Morgans in dreißig Minuten hier ankommen. Und außerdem werden mir die Spitznamen sowieso nichts sagen. Neunzig Prozent der Leute, die Josh und Kat hierher eingeladen haben, habe ich noch nie in meinem Leben gesehen. Ich habe mir noch nicht einmal ihre Gästeliste angeschaut, denn sämtliche Reiseplanungen hat der Reiseveranstalter übernommen und die Hochzeitsvorbereitungen hat die Hochzeitsplanerin organisiert. Aber natürlich ist es egal, dass ich mich nicht für die Spitznamen interessiere.

»Suzy B, Issy, Coco Puff, Soph-a-Loph, Perv, Hockey-Makeup, Dripper, Cha-Cha, Lala!«, ruft Kat, zieht jedes Shirt aus dem Karton und legt es auf einen Stuhl. »Brooklyn Bridge, Silverback, Selina-Bellina, Rocky, Trishy-Whishy, KC, Ketchup, Jacky-V!«

O Mann, ich hatte recht. Ich erkenne keinen dieser Spitznamen. Verstohlen blicke ich auf meine Uhr und kriege fast einen Herzinfarkt. Die Morgans werden in zwanzig Minuten hier sein. Aber Kat liest weiter vor:

»Baby Cuz, Cheese, Rock Star, Peen, Captain …«

Da muss ich jetzt doch mal nachfragen. *»Peen?«,* rufe ich. »Wer ist das denn?«

Kat kichert. »Mein Bruder Keane.«

»Wird Keane nicht sauer sein, wenn du ihn die ganze Woche mit ›Peen‹ auf dem Rücken herumlaufen lässt?«

»Nein, überhaupt nicht. Jeder nennt ihn ›Peen‹. Keane hat mal Baseball gespielt – er war der Star-Pitcher der Cubs in der Minor League –, und seine Fans sind immer aufgesprungen, wenn er an der Reihe war, und haben gerufen: ›Wir lieben Peen!‹«

»Wirklich?«, sagt Josh. »Ich wusste gar nicht, dass Peen tatsächlich Fans hatte.«

»Machst du Witze?«, sagt Kat. »Keane war ein Star. Er konnte nicht nur wahnsinnig gut Baseball spielen, er wusste auch genau, wie er die Menge zum Johlen brachte.« Sie wendet sich mir zu. »Er sollte gerade zur Major League wechseln, als er sich verletzt hat. Das war ein harter Schlag für ihn.«

Ich erinnere mich zurück an die Eröffnungsfeier von Climb & Conquer vor drei Monaten, als ich diesen gut aussehenden Typen auf Krücken neben Mr Morgan gesehen habe. Wow. Dieser Kerl sollte also für die Cubs spielen? Er hat definitiv ausgesehen wie ein Sportler. »Ich habe Keane bei der Eröffnungsfeier gesehen«, sage ich. »Er stand auf Krücken neben deinem Vater. Ist es nicht möglich, dass er wieder ganz gesund wird und nächste Saison spielen kann?«

»O nein, nein, der Kerl auf Krücken war nicht Keane – das war mein ältester Bruder Colby. Er ist Feuerwehrmann. Colby hatte vor einigen Monaten einen schrecklichen Unfall. Er kann von Glück sagen, dass er noch lebt.«

»Oh. Das tut mir sehr leid.«

»Und um deine Frage zu beantworten: Nein, Keane wird leider nicht mehr Baseball spielen können. Er hat sich am Ellbogen verletzt, und die Operation ist nicht so verlaufen wie geplant.«

»O nein«, sage ich. »Das tut mir wirklich leid. War Keane auch auf der Eröffnungsfeier? Ich denke nicht, dass ich ihn da gesehen habe.«

»Nein, er hat gesagt, er würde kommen, ist dann aber nicht aufgetaucht. Typisch. Er war bestimmt am Abend vorher damit beschäftigt, seinen Hintern für ein paar Dollar zu schütteln, und hat es dann nicht aus dem Bett geschafft.«

Ich blicke Kat verwirrt an und weiß nicht genau, was ich mit dieser Information anfangen soll.

»Keane ist Stripper«, erklärt Kat und scheint meine Gedanken zu lesen. »Seattles Antwort auf *Magic Mike*. Und rate mal, wie sein Bühnenname lautet.«

»Peen?«, tippe ich.

Kat kichert. »Peen Star!«

»Nein, nicht mehr, Baby«, mischt sich Josh ein. »Peenie hat seinen Strippernamen vor ein paar Wochen geändert. Er heißt jetzt Ball Peen Hammer.«

»Was?«, sagt Kat und lacht laut auf. »Nein.«

»Doch.«

»Warum hat Keane mir das nicht selbst erzählt? Was für ein lächerlicher Name.«

»Er hat einen neuen gebraucht. Anscheinend musste dein dämlicher Bruder in so etwas wie das Zeugenschutzprogramm der Stripper aufgenommen werden.« Josh erklärt Kat, dass Keane wohl Ärger in der Stripperszene bekommen hat, weil er mit zu vielen Kundinnen ins Bett gegangen ist. Mein Magen zieht sich zusammen. Was ist das nur mit gut aussehenden Männern und bedeutungslosem Sex? Ich verstehe es wirklich nicht. Gibt es auf dem ganzen Planeten keinen scharfen Kerl, der sich zu einer einzigen Frau bekennt und ihr dann treu ist und sie liebt, in guten wie in schlechten Zeiten? Ist das heutzutage wirklich zu viel verlangt, Herrgott? Gibt es nicht wenigstens *einen* solchen Mann, der noch zu haben ist?

Josh fährt fort. »Aber sag Peen nichts davon, okay? Ich weiß, ihr Morgans seid brutal, wenn es darum geht, die anderen zu verarschen. Und anscheinend ist es Keane wirklich peinlich, er will nicht, dass jemand von der ganzen Sache erfährt.«

Kat zieht einen Schmollmund. »Warum weißt du eigentlich über all die schlüpfrigen Familiengeheimnisse Bescheid, und ich nicht? Du bist noch nicht mal ein offizielles Mitglied dieser Familie, und trotzdem vertraut dir schon jeder mehr an als mir. Das trifft mich zutiefst.«

Josh lacht. »Ich weiß nur von Peens Ärger, weil er Rum Cake angerufen und ihn um Hilfe gebeten hat. Und dann hat Rum Cake mich angerufen. Und natürlich haben wir dann Henn zur Hilfe geholt, und der hat die Sache wieder geradegebogen.«

»Also das musst du mir erzählen.«

»Später, Baby.« Er deutet auf mich. »T-Rod ist wahrscheinlich schon ganz nervös, weil sie gerade an die tausend Dinge denkt, die sie in diesem Moment tun sollte.«

Ich werfe Josh einen Blick zu, der besagt, dass er meine Gedanken lesen kann, und er zwinkert mir zu.

»Und wie ich schon sagte«, fährt Josh fort. »Keane will nicht, dass alle von seinen Problemen erfahren, also ersparen wir T-Rod die Details.«

»Ich denke, so ist es am besten«, sage ich. »Ich habe das Gefühl, deine Familie steht auf Spitznamen, Kat?«

Kat kichert. »Ach, das hast du bemerkt?«

Ich lache mit ihr. »Welcher Bruder ist ›Rum Cake‹? Der ältere auf Krücken oder der jüngere, dessen Band morgen Abend spielen wird?«

»Keiner von beiden. Der zweitälteste. Ich habe vier Brüder.«

»Du hast vier Brüder?«, sage ich. »Wow. Ich freue mich schon darauf, sie alle kennenzulernen – und den ganzen Rest deiner Familie auch.« Ich werfe einen Blick auf die Uhr. »Was in genau zwölf Minuten der Fall sein wird, denn dann kommt der Bus mit den Morgans hier an.« Ich stecke mein iPad in die Tasche und stehe auf. »Wollen wir in die Lobby gehen, um die Morgans zu begrüßen? Wenn es für euch in Ordnung ist, würde ich ihnen gern etwas über den Ablauf der Woche erzählen, wenn ihr sie begrüßt habt.«

»Eigentlich gibt es da noch etwas, über das Josh und ich mit dir reden wollen, bevor wir rübergehen und alle begrüßen, Tessa«, sagt Kat.

Plötzlich stellen sich mir die Nackenhaare auf. »Natürlich.« Ich setze mich wieder auf meinen Stuhl. Verdammt. Jetzt kommt's. Ich weiß es einfach. Das ist der Moment, den ich die letzten zwei Monate gefürchtet habe: Kat wird mir jetzt sagen, dass meine Dienste nach der Hochzeit nicht mehr gebraucht werden. Ja, sie war in den letzten zwei Monaten unglaublich nett zu mir, und ja, sie hat angefangen, mich Tessa zu nennen – weil sie gehört hat, wie ihre Mutter mich so nannte, während wir zusammen mit Sarah das Brautkleid ausgesucht haben. (Sie hat darauf bestanden, dass ich mitkomme, weil ich Joshs Geschmack besser kennen würde als sie.) Aber ich bin keine Idiotin. Tief in mir drin habe ich immer gewusst, dass Kat mich nur in falscher Sicherheit wiegt mit ihrer Freundlichkeit – bloß um mich dann fallen zu lassen wie eine heiße Kartoffel, wenn sie Mrs Faraday ist. Und ich muss sagen, ich kann es ihr nicht mal verübeln. Welche Frau würde es schon wollen, dass eine andere Frau das Leben ihres Mannes managt? Natürlich will Kat jetzt alles selbst für ihren neuen Ehemann tun.

»O mein Gott, Tessa«, sagt Kat mitfühlend. »Schau nicht so besorgt, Süße. Ich will dir nur das letzte T-Shirt im Karton zeigen.« Ohne ein weiteres Wort holt sie das letzte Shirt heraus und hält es hoch. Auf der Rückseite steht der Spitzname *T-Rod.*

Eine unglaubliche Erleichterung überkommt mich. »Wow, danke«, sage ich und nehme das Oberteil von Kat entgegen. »Das ist total nett von dir, dass du mir auch eins bestellt hast.« Ich versuche zu lächeln, aber mein Gesicht ist ganz verkrampft. »Wie hast du das denn unter die Bestellung geschummelt? Das war wirklich hinterlistig von dir, Kat.«

Kat schaut Josh an und grinst. »Sie versteht es nicht.«

»Dann musst du es ihr wohl erklären.«

Kat schaut mich an. »Du verstehst es nicht, oder?«

Ich blicke Kat fragend an. »Was verstehen?«

»Süße, das ist kein Geschenk für dich, das ist eine *Einladung*.«

Jetzt bin ich noch verwirrter, was sich wohl auch in meinem Gesichtsausdruck widerspiegelt.

Josh lacht. »Theresa, Kat und ich wollen, dass du diese Woche unser Gast bist.«

»Hä?«, sage ich dümmlich.

Kat legt ihre Wange an Joshs Schulter und ihre Hand auf seine Brust. »Du hast so wahnsinnig viel gearbeitet, um diese Party hier möglich zu machen, und jetzt wollen wir, dass du dich entspannt zurücklehnst und die Früchte deiner Arbeit genießt.« Sie droht mir mit dem Zeigefinger. »Wir wollen, dass du unser Gast bist, und wir werden kein Nein als Antwort akzeptieren, Tessa.«

»Aber …«, stammle ich. »Es gibt noch so viel zu tun.«

Josh schnaubt. »Wenn es immer noch viel zu tun gibt, dann delegier die Arbeit an das Dream-Team, das du angeheuert hast. Du hast doch ein Dream-Team angeheuert, oder? Ansonsten muss ich dich wegen Geldunterschlagung feuern.«

Ich verdrehe die Augen. »Ich unterschlage nichts, Josh.«

Josh lacht. »Ja, wenn man bedenkt, dass du das viele Geld, das ich dir eh schon zahle, nicht auszugeben scheinst, dann wüsste ich nicht, warum du mir noch mehr Geld aus der Tasche ziehen solltest.« Er grinst mich breit an. »Was machst du überhaupt mit all dem Geld, das ich dir zahle? Das wollte ich dich schon immer mal fragen.«

»Ich kaufe mir Schuhe«, sage ich. »Viele Schuhe.«

Josh grinst.

»Mir gefallen übrigens deine Sandalen«, sagt Kat. »Sie sind fantastisch.«

»Was hast du für eine Größe? Ich bestell dir ein Paar. Willst du diese Farbe oder …«

»Netter Versuch, T-Rod«, sagt Josh. »Aber du kommst mir nicht raus.«

Ich seufze. »Hört mal her, Leute. Ich weiß es wirklich zu schätzen, dass ihr an mich denkt – das bedeutet mir mehr, als ihr euch vorstellen könnt –, aber ich kann kein Gast sein wie jeder andere. Ich muss mich um so viel kümmern, wie sollte das denn funktionieren?«

Josh zuckt mit den Schultern. »Ganz einfach. Du sagst ›YOLO‹, kippst ein paar Shots runter, vertraust dem Team, das du angestellt hast, und hast den Spaß deines Lebens. Nichts leichter als das, wenn du mich fragst.«

Ich widerspreche noch ein bisschen, aber es bringt nichts. Josh und Kat haben ihre Entscheidung getroffen.

»Du gehörst zur Familie, T-Rod«, sagt Josh und schockiert mich damit zutiefst. So etwas hat er noch nie zu mir gesagt. »Es wäre komisch, wenn du die ganze Woche hier arbeiten würdest – und ein Armutszeugnis für mich. Willst du, dass die Leute denken, dass ich ein Vollarsch bin, weil ich dich die ganze Woche hier arbeiten lasse? Komm schon, lass mich nicht so schlecht dastehen.«

»Tessa, wir bestehen darauf«, sagt Kat und scheint es todernst zu meinen.

Meine Brust wird eng. Das überwältigt mich, um ehrlich zu sein. Ich gehöre für Josh zur Familie? Und seine Braut besteht darauf, dass ich an ihrer einwöchigen Hochzeitssause als Gast teilnehme? Ich muss schlucken. »Danke«, sage ich leise. »Ich nehme eure Einladung an. Wenn alle eure Gäste sicher im Resort angekommen sind, werde ich alles Weitere abgeben und nur noch für Notfälle bereitstehen. Versprochen.«

»Perfekt«, sagt Josh. »Fangen wir mit der Willkommensfeier heute Abend an. Ich will dich trinken und Spaß haben sehen. Haben Sie das verstanden, Ms Rodriguez?«

Ich seufze. »Ja, Mr Faraday.«

»Du kriegst einen Bonus, wenn du dich heute Abend betrinkst.«

»Ich betrinke mich nie. Und ich brauche keine Bonuszahlungen von dir, aber danke.«

»Hey, es gibt für alles ein erstes Mal.«

»Ich kann nichts versprechen.«

»Betrink dich total«, sagt Josh. »Bitte.«

»Ich werde mich höchstens ein bisschen betrinken«, sage ich.

»Betrink dich mittelmäßig – betrachte es als Hochzeitsgeschenk für mich.«

»Na gut, ich werde mich mittelmäßig betrinken. Aber du weißt, dass ich normalerweise kaum was trinke.«

»Deshalb will ich ja, dass du es für mich tust. Starte die Woche mit einem großen Knall.«

»Ja, Sir. War's das? Mir wird befohlen, dass ich aufhöre zu arbeiten und mich betrinke, sobald alle im Resort angekommen sind?«

Josh schaut Kat an. »War das alles, meine zukünftige Mrs Faraday?«

Kat lächelt. »Das war alles, mein zukünftiger Ehemann. Danke noch mal, T-Rod. Du warst die ganze Zeit über Lebensretterin und tolle Freundin in einem. Jetzt weiß ich, warum Josh dich so anbetet.«

Ich werde rot. »Das habe ich gern gemacht. Ich freue mich riesig für euch zwei.«

Das ist die Wahrheit.

Ich hätte es zwar vorgezogen, Kat genauso zu verabscheuen wie die Frauen vor ihr – ganz besonders seine schreckliche Ex-Freundin –, aber Kat ist Charlotte so ähnlich, dass es mir unmöglich ist, sie nicht aus vollstem Herzen zu mögen.

»Wollen wir dann in die Lobby gehen, um die Morgans zu begrüßen?«, fragt Josh.

Ich schaue auf die Uhr. »Auf jeden Fall. Wir sollten uns beeilen, Leute.«

Kat quietscht verzückt auf und springt von der Couch. Ihr süßer Babybauch weist ihr den Weg. »Lasset Joshs und Kats einwöchige Hochzeitssause beginnen!«

Ryan

*»Er sprach ein Gebet von so tiefer Inbrunst,
als kniete und betete er auf dem Meeresgrund.«*

Gerade bin ich mit dem gesamten Morgan-Clan aus dem gecharterten Bus gestiegen, der uns vom Kahului Airport abgeholt hat. Jetzt laufen wir hinter einer hübschen Dame in hawaiianischem Kleid her, die uns zum Haupteingang des riesigen Strandresorts bringt, in dem wir die nächste Woche wohnen werden.

Ein paar Meter vorm Eingang zur Lobby piepst mein Handy, weil ich eine Nachricht von Henn bekommen habe, die mich innehalten lässt. **Charlotte McDougal**, steht darin, gefolgt von einer Telefonnummer und folgenden Worten: **Bitte nenn dein Erstgeborenes lieber Hennessey als Peter. Danke.**

Ich bleibe abrupt stehen und lasse die anderen zu beiden Seiten an mir vorüberziehen. Das Herz schlägt mir bis zum Hals.

»Ist alles in Ordnung, Liebling?«, fragt meine Mutter und bleibt neben mir stehen.

»Ja, ich muss nur schnell einen wichtigen Anruf tätigen.« Ohne auf die Antwort von meiner Mutter zu warten, renne ich davon und rufe ihr noch über die Schulter hinweg zu: »Nimmst du bitte meinen Zimmerschlüssel für mich entgegen, Mom? Danke! Du bist die beste Frau der Welt!«

Nur wenige Meter vom Hotel entfernt sehe ich eine kleine Bank neben einem Koiteich und setze mich darauf. Mit klopfendem Herzen und zittrigen Fingern wähle ich die Nummer, die mir Henn geschickt hat.

»Hallo?«, sagt eine Frauenstimme.

Mir bleibt fast das Herz stehen. »Charlotte?«

»Ja?«

»Charlotte, die Flugbegleiterin mit den roten Haaren?«

»Ja? Wer ist da?«

Ich räuspere mich. »Hi, Charlotte.« Ich muss schlucken. Verdammt, ist mein Hals trocken. »Das klingt vielleicht verrückt, aber hier ist Ryan Morgan, der Kerl, den du und deine Freundin Samantha vor drei Monaten in der *Pine Box* kennengelernt habt.«

Totenstille am anderen Ende der Leitung.

»In Seattle«, füge ich hinzu.

Immer noch Stille.

Scheiße. Hat Henn die falsche rothaarige Charlotte, die als Flugbegleiterin bei Delta arbeitet, gefunden? Ich räuspere mich erneut. »Ich habe dir und Samantha Drinks an der Bar gekauft, und dann bist du zu einem Tisch in der Ecke mit ein paar anderen …«

Charlotte unterbricht mich. »Ja, ich erinnere mich an dich, Ryan. Ich bin nur schockiert, nach der ganzen Zeit von dir zu hören.«

»Aber du erinnerst dich an mich?«

»Natürlich. Du hast überall an den Armen Piraten-Tattoos. Blaue Augen. Markante Gesichtszüge. Lächerlich große Muskeln. Freches Grinsen. Frauenheld von vorne bis hinten.«

Ich atme erleichtert aus. »Ja, das bin ich. Na ja, ich weiß nicht, ob das mit dem Frauenheld … aber ja, ich …«

Sie unterbricht mich wieder. »Willst du wissen, warum ich mich so gut an dich erinnere, Ryan?«

Oh-oh. Ihr Tonfall gefällt mir gar nicht.

»Weil es nicht jeden Tag vorkommt, dass meine beste Freundin Ja sagt zu einem Date mit einem Kerl – sie hat dieses magische Wort ein ganzes Jahr lang zu niemandem mehr gesagt, abgesehen von dir. Und glaub mir, sie wird oft um ein Date gebeten.«

Ich weiß, ich sollte mich bei diesen Worten schlecht fühlen, aber ich bin einfach nur erleichtert. »Wow, das ist …«, setze ich an, aber Charlotte unterbricht mich schon wieder.

»Lass mich eins klarstellen, Ryan«, zischt sie. »Ehrlich gesagt, denkt meine Freundin, dass du ein Riesenarschloch bist, und ich denke das auch. Du …«

»Aber deshalb rufe ich ja an«, falle ich ihr ins Wort. »Wenn du mich erklären lässt …«

Charlotte lässt mich nicht ausreden. »Nein, *Arschloch*. Du lässt mich jetzt reden, oder ich lege auf.«

Ich hole tief Luft. »Okay.«

»Wie ich schon sagte, meine Freundin und ich denken, dass du ein Riesenarschloch bist. Du hast so getan, als wärst du ein charmanter Kerl, um meine Freundin dazu zu bringen, mit dir ins Bett zu gehen – nur um sie dann vor deiner wasserstoffblonden Freundin bloßzustellen! Glaubst du, meine Freundin hat vergessen, was deine Freundin zu ihr gesagt hat? Und dass du am gleichen Abend schon eine andere Frau angemacht hast, als deine Freundin auf die Toilette gegangen ist? Dass du deine Freundin belogen und ihr erzählt hast, dass du dich an dem Abend mit dem Freund deiner Schwester treffen würdest? Nicht zu vergessen die freundlichen Sachen, die deine Wasserstoff-Barbie meiner Freundin an den Kopf geworfen hat! Sehr gute Umgangsformen, wirklich. Eine sehr elegante Freundin hast du da, Ryan. Kein Wunder, dass meine Freundin weinend aus der Bar gelaufen ist.«

»Samantha hat *geweint*?«

»Ja, verdammt, sie hat geweint. Sie dachte, sie hätte einen tollen Kerl kennengelernt, der auf der Suche nach etwas Ernstem ist. Und dann taucht plötzlich seine Freundin auf und beschimpft sie in einer Bar vor allen Leuten als Schlampe. Und obendrein findet sie auch noch heraus, dass du ein Arschloch bist, das während eines Dates Telefonnummern mit anderen Frauen austauscht …«

Jetzt unterbreche ich sie. Ich kann nicht anders. »Nein, nein. Das war Blödsinn. Ich habe mit niemandem Telefonnummern ausgetauscht. Bitte, hör mir zu …«

Aber Charlotte hört mir nicht zu. Stattdessen redet sie einfach wütend weiter. »Wenn du also denkst, dass du mich nach all der Zeit einfach anrufen und erwarten kannst …« Sie hält abrupt inne. »Wie zum Teufel kannst du mich überhaupt nach all der Zeit anrufen? Ich habe dir meine Nummer gar nicht gegeben!«

Scheiße. Warum habe ich diese Frage von Charlotte nicht kommen sehen? »Ähm …«, setze ich an.

»Woher hast du meine Nummer, Ryan?«

O verdammt. Ich bin am Arsch.

Soll ich Charlotte erzählen, dass ich einen Kumpel habe, der bei Delta arbeitet? Oder dass Samantha mir ihre Nummer gegeben hat, oder dass … scheiße. Meine Gedanken rasen. Welche Lüge wird sie mir abnehmen? Ich starre einen langen Moment auf den Koiteich vor mir. Wenn ich Charlotte die Wahrheit erzähle, wird sie denken, dass ich ein Stalker bin, und mich nicht in die Nähe ihrer Freundin lassen. Vielleicht legt sie sogar auf und ruft die Polizei. Aber wenn ich ihr nicht die Wahrheit erzähle, dann werde ich sie nicht davon überzeugen können, dass sie mir vertrauen und mir Samanthas Nummer geben kann.

Ich hole Luft. Tief in mir drin weiß ich: Wenn ich auch nur die geringste Chance haben will, dass diese Frau mich zu

Samantha führt, dann muss ich ihr vertrauen und die ganze Wahrheit erzählen. Also tue ich genau das.

Ich erzähle Charlotte die komplette Geschichte der letzten drei Monate, lasse aber Henns Namen aus dem Spiel und woher ich ihn kenne. Ich beginne mit der Wahrheit über das, was in dem Restaurant passiert ist, und ende mit meiner plötzlichen Idee, Charlottes Nummer ausfindig machen zu wollen.

Als ich fertig bin, warte ich mit klopfendem Herzen auf Charlottes Reaktion und bete, dass sie nicht ausflippt und auflegt.

Aber am anderen Ende der Leitung herrscht nur Stille.

»Hallo?«, sage ich mit flachem Atem. »Bist du noch da?«

»Ja«, antwortet Charlotte – Gott sei Dank. »Tut mir leid, ich bin nur … wow. Wer ist dieser Hacker? Woher kennst du ihn?«

»Er ist ein Freund von einem Freund. Mehr kann ich darüber nicht sagen.«

»Und du hast die ganze Zeit nach meiner Freundin gesucht? Die ganze Zeit auf sie gewartet?«

»Ja, aber es ist nicht so verrückt, wie es sich anhört. Ich denke, ich musste mir sowieso eine Dating-Auszeit nehmen, um meine Wunden zu lecken nach der Geschichte mit der Kaninchen-Killerin.«

»Kaninchen-Killerin?«

»Meine Ex-Freundin. Die Wasserstoffblondine. Du weißt schon, wie in *Eine verhängnisvolle Affäre*.«

»Habe ich nie gesehen.«

»Oh. Na ja, Michael Douglas betrügt seine wundervolle Frau mit einer Psychopathin, die dann in sein Haus einbricht und das Kaninchen seiner Tochter kocht.«

»Uff.«

»Charlotte, bitte glaub mir. Ich habe noch nie in meinem Leben so etwas Verrücktes getan.« Ich fahre mir mit einer

Hand durchs Haar und drücke mit der anderen das Handy ans Ohr. »Ehrlich gesagt weiß ich nicht, warum ich so auf diese eine Frau fixiert bin, wo ich doch genug andere Optionen habe. Ich weiß nur, dass ich keine andere will. Ich kann nicht aufhören daran zu denken, dass sie vielleicht die Richtige ist.« Ich halte inne, sammle meine Gedanken und versuche, mich zu beruhigen. »Na gut, vielleicht ist sie am Ende doch nicht die Richtige für mich – ich weiß, dass diese Möglichkeit durchaus besteht –, aber ich habe das Gefühl, dass ich es mir selbst schulde, das herauszufinden. Sonst kann ich einfach nicht weitermachen. Zumindest will ich Samantha die Wahrheit über diesen Abend erzählen, damit sie weiß, dass alles, was ich zu ihr gesagt habe, ernst gemeint war, und dass der Mist, den Olivia über mich erzählt hat, nicht stimmt. Ich bin kein lügendes, betrügendes Arschloch. Ich schwöre bei Gott, Charlotte, ich bin nicht perfekt, aber ich bin ein guter Kerl.«

»Warum hast du ihr das alles an diesem Abend nicht selbst gesagt? Du hättest ihr nachlaufen können. Nach all dieser Zeit könnte es sie ziemlich verunsichern, wieder von dir zu hören.«

»Ich bin ihr hinterhergelaufen! Ich habe nicht länger als neunzig Sekunden in der Bar mit der Wasserstoffblondine geredet, dann bin ich rausgelaufen, um euch zu suchen, aber ihr wart schon weg.«

»O verdammt. Das stimmt. Wir waren wirklich schnell weg.«

»Es war, als hättet ihr euch in Luft aufgelöst.«

»Ja, in dem Moment, in dem wir rauskamen, hat gerade ein Taxi vor der Bar gehalten und jemanden abgesetzt, und wir sind ganz schnell eingestiegen.«

»Na toll, das ganze Universum hat sich also an diesem Abend gegen mich verschworen.«

»Oder meiner Freundin einen Gefallen getan. Sie hat in

dieser Nacht noch wirklich schlimm geweint, Ryan – nicht nur wegen dir. Ihr vorheriger Freund hat sie wirklich zutiefst verletzt, und die ganze Situation hat ihr das Gefühl gegeben, dass sie bei Männern einfach nicht den richtigen Riecher hat. Sie hat gemeint, am besten geht sie ins Kloster.«

»Charlotte, ich schwöre bei Gott, ich habe mich noch nie so zu einer Frau hingezogen gefühlt wie an diesem Abend. Noch nie. Ich habe nicht aufgehört, nach ihr zu suchen.«

Wieder eine lange Pause.

»Charlotte. Bitte. Ich bin total am Ende. Sie ist Cinderella, und ich halte den gläsernen Schuh in meiner Hand.«

Charlotte seufzt laut auf. »Ich will dir helfen«, sagt sie zögerlich. »Aber weißt du, ich bin mir nicht sicher, ob Cinderella noch mal etwas von dir hören will. Der Betrug von Mr Fußballstar und dann die Demütigung von dem Arschloch Ryan aus der *Pine Box* haben sie ziemlich mitgenommen.«

»Mr Fußballstar?«

»Ja. Ihr Ex hat für L.A. Galaxy gespielt.«

Mein Herz macht einen Sprung. Heilige Scheiße. Ich hatte schon vermutet, dass Samantha jeden Kerl haben kann, aber diese Enthüllung lässt meine Vermutung harte Realität werden. »Charlotte, bitte«, flehe ich sie an. »Du musst mir helfen. Ich weiß, du hast gesagt, sie hatte seit einem Jahr keine Verabredung mehr, aber was, wenn irgendein sportlicher, reicher Kerl in der ersten Klasse im Flugzeug sie um ein Date bittet? Was, wenn er ihr die Dinge sagt, die sie hören will, und sie dann doch nach einem Jahr endlich Ja zu einem sagt?«

Charlotte schnaubt. »Das wird momentan garantiert nicht passieren.«

»Man kann nie wissen. Sie wird nicht ewig Nein sagen zu den Männern. Was, wenn sie genau heute irgendeinen charmanten Geschäftsmann auf ihrem Flug kennenlernt? Komm schon, Charlotte. *Bitte.*«

Charlotte seufzt. »Na gut, ich sag dir was, kleiner Pirat. Ich werde dir die Nummer meiner Freundin nicht geben – glaub mir, das wäre ein fataler Fehler –, aber ich geb ihr deine.«

»Nein, nein, nein. Bitte«, flehe ich sie an. »Ich habe schon eine gefühlte Ewigkeit nur herumgesessen und auf einen Anruf von meinem Hacker-Freund gewartet. Ich muss die Sache jetzt selbst in die Hand nehmen.«

»Sorry, aber mehr kann ich dir nicht anbieten. Ich bin immer noch nicht ganz davon überzeugt, dass du nicht verrückt bist.«

»Ich auch nicht«, murmle ich, und Charlotte lacht. »Wirst du ihr wenigstens die ganze Geschichte erzählen? Und versuchen, sie davon zu überzeugen, dass ich es ernst meine?«

»Nein, verdammt. Das ist deine verrückte Geschichte, nicht meine. Ich werde ihr deine Nummer geben, ihr sagen, dass sie dich anrufen soll, und damit ist mein Part erledigt.«

»Aber sie wird mich nicht anrufen, wenn du dich nicht für mich einsetzt, Charlotte.«

»Nein, tut mir leid. Ich werde mich nicht für dich einsetzen. Ich gebe ihr deine Nummer, sage ihr, dass sie dich anrufen soll, und dann bin ich raus.«

Ich stöhne frustriert auf. »Willst du, dass ich dich anflehe? Dann werde ich das tun. Ich habe noch nie in meinem Leben eine Frau angefleht, aber jetzt flehe ich dich an, Charlotte McDougal.« Obwohl Charlotte mich nicht sehen kann, knie ich mich auf das weiche Gras vor dem Koiteich und lege meinen Kopf in den Nacken. »Bitte, Charlotte McDougal. Ich habe mich gerade am Rand eines Koiteichs hingekniet. Ich flehe dich an, Charlotte. Ich bete zu den Fischgöttern, dass du mir hilfst. Oh, einer der Kois betet mit mir. Er legt seine kleinen Fingerchen zusammen.«

Sie lacht. »Du bist sehr seltsam, Ryan. Ich bin mir nicht sicher, ob du dir damit gerade selbst einen Gefallen tust. Oder ist es Teil deiner Strategie, einen Verrückten zu imitieren?«

»Ich knie am Rand eines Koiteiches.«

»Okay, das ist ja wirklich total normal. Du kannst so viel zu deinen Fischgöttern beten, wie du willst, Mann. Aber ich werde dir die Nummer meiner besten Freundin nicht geben, und ich werde auch nicht versuchen, sie von irgendetwas zu überzeugen. Sie denkt, du bist ein Vollidiot und ein Arschloch, und soweit ich weiß, hat sie damit recht. Es ist also ganz allein ihre Sache, was sie mit deiner Nummer anfangen wird.«

»Und wenn sie mich nicht anruft? Was dann?«

»Dann musst du wohl oder übel wieder normal werden und weitermachen.«

Ryan

»... die großen Schleusentore der Wunderwelt schwangen auf ...«

Ich taumle in die Lobby, meine Gedanken drehen sich wie wild um das Telefonat mit Charlotte. Samantha ruft mich *vielleicht* an, vielleicht auch nicht. Drei Monate des Wartens und Suchens und der Besessenheit – und das ist alles? Verdammt. Blöde Charlotte.

Eine lächelnde Frau in hawaiianischem Kleid legt mir einen Blumenkranz über den Kopf, während mir ein Typ ein Tablett mit Mai Tais entgegenhält. Ich nehme mir gleich zwei Gläser, trinke das erste in einem Zug aus und werfe einen Blick durch die riesige Lobby, während ich den zweiten trinke.

Ungefähr die Hälfte unserer Gruppe steht immer noch in der Schlange an der Rezeption, die andere Hälfte unterhält sich und nippt fröhlich an ihren Drinks. Ich sehe meine Mom und meinen Dad ganz in der Nähe mit meinem Onkel reden und mache mich auf den Weg zu ihnen. Wow, dieses Hotel ist wirklich ...

Heilige Scheiße.

Ich verschlucke mich an meinem Mai Tai. Am anderen Ende der Lobby steht eine Frau mit dem Rücken zu mir, die sogar aus der Entfernung und von hinten genauso aussieht wie *Samantha*. Falls ich mich nach all der Zeit noch richtig an Samantha erinnern kann. Aber ich könnte schwören, sie ist es.

Einen Augenblick kann ich mich nicht bewegen. Habe ich einen Nervenzusammenbruch? Ich könnte schwören, dass das Samanthas Hintern ist. Und ihr Haar. Und ihre Haut. Und ihre Art, den Kopf nach hinten zu werfen, während sie redet. Kann sie es tatsächlich sein? Sie unterhält sich mit einer anderen Frau, die ein Clipboard in der Hand hat, und so, wie sie beim Reden gestikuliert, während sie redet … das ist verrückt, ich weiß, aber plötzlich habe ich keinen Zweifel mehr. *Das ist Samantha.*

Wie von allein bewege ich mich auf die mysteriöse Frau zu, und mein Herz klopft plötzlich wie wild. Jede Zelle meines Körpers vibriert. Meine Haut ist wie elektrisiert. Ich fühle mich genauso wie damals, als ich Samantha zum ersten Mal in der *Pine Box* gesehen habe – als stünde ich komplett in Flammen. Scheiße, auch wenn diese Frau nicht Samantha ist: Ich werde sie heute Abend trotzdem verführen, denn das ist die erste Frau seit drei Monaten, die es geschafft hat, meinen Schwanz wieder zum Leben zu erwecken.

Ich bin nur noch wenige Meter von der Frau entfernt – nah genug dran, um ihre Stimme zu hören.

Diese Stimme! »Samantha«, presse ich hervor, aber sie reagiert nicht. »Samantha?«, rufe ich, jetzt nur noch zwei Schritte hinter ihr. Aber sie dreht sich immer noch nicht um. Ich gehe um sie herum – und kriege augenblicklich einen Herzinfarkt.

Die Welt um mich herum dreht sich.

O mein Gott.

Sie ist sogar noch schöner, als ich sie in Erinnerung habe.

Wie konnte ich auch nur in Erwägung ziehen, dass mein Mönchsleben die letzten drei Monate *nicht* zwangsläufig etwas mit ihr zu tun hatte? Sie ist die Frau meiner Träume. *Ich will sie.*

»Samantha!«

Ryan

»Ryan?«, stammelt Samantha und sieht mich so schockiert an, wie ich mich fühle. »Wie …?«

»Ich kann es nicht glauben«, sage ich mit klopfendem Herzen. »Was zum Teufel machst du hier?« Ich blicke auf das Clipboard in ihren Händen – und plötzlich ergibt die Odyssee der letzten drei Monate einen Sinn. »Du *arbeitest* hier? O mein Gott, du hast bei Delta gekündigt und arbeitest jetzt in diesem Resort?«

Samantha sieht total verwirrt aus. Panisch, würde ich fast schon sagen. Sie dreht sich zu der Frau um, die neben ihr steht. »Würdest du uns einen Moment entschuldigen, Marnie?«

Die Frau dreht sich um und geht.

Samantha blickt mich panisch an. »Ich verstehe nicht, warum du hier bist.«

Ich kann plötzlich nicht anders, als zu grinsen. »Das ist Schicksal. Meine Schwester heiratet hier. Ich werde die ganze Woche in dem Hotel sein, um …«

»Ryan!«, höre ich plötzlich die Stimme meiner Mutter hinter mir.

Ich drehe mich um und sehe, wie meine Mutter mit einer Keycard in der Hand und einem breiten Grinsen auf ihrem hübschen Gesicht auf mich zukommt. »Ich habe deine Zimmerkarte, Rummy-o«, sagt Mom fröhlich. »Dein Dad ist da drüben und redet mit Onkel Mikey über Golf, also dachte ich, ich …« Dann landet ihr Blick auf Samantha, und sie quietscht vor Freude auf und nimmt sie in die Arme. Zum zweiten Mal in dreißig Sekunden fängt die Welt um mich herum an, sich zu drehen.

Meine Mutter kennt Samantha?!

»Schön, dich zu sehen, Liebes!«, sagt Mom und drückt Samantha herzlich.

Ich war noch nie in meinem Leben so verwirrt. Woher zum Teufel kennt meine Mutter Samantha?

»Hallo, Mrs Morgan«, sagt Samantha und erwidert die Umarmung meiner Mutter, während ich völlig fassungslos neben den beiden stehe.

»Mama Lou, schon vergessen?«, sagt Mom und deutet gespielt drohend mit dem Finger auf Samantha. »Wir hatten einen Deal.«

Samantha blickt schnell zwischen meiner Mutter und mir hin und her. »Ja, natürlich«, sagt sie und sieht aus wie ein gefangenes Tier. »Mama Lou.«

Mom stellt sich neben mich, legt mir den Arm um die Taille und drückt mich fest. »Ich bin froh, dass du endlich meinen wunderbaren Sohn kennengelernt hast, von dem ich dir erzählt habe.«

Samantha schaut wieder nervös von mir zu meiner Mutter. »Habe ich noch nicht. Er ist gerade erst rübergekommen, um sich vorzustellen.«

Moms Augen leuchten auf. »Du meinst, Ryan hat dich in dieser vollen Lobby entdeckt und ist direkt auf dich zugegangen? Ha! Kenne ich meinen Sohn oder nicht?« Sie kichert. »Das ist der Sohn, von dem ich dir auf der Party erzählt habe – der eine, den ich dir vorstellen wollte.« Mom schaut mich an und schenkt mir ein breites Lächeln. »Du hast also diese wunderschöne Frau gesehen und bist direkt auf sie zugegangen?«

Samantha wird rot.

»Also, jetzt will ich euch aber endlich einander vorstellen«, sagt Mom. Sie dreht sich grinsend zu Samantha um. »Tessa, das ist mein Sohn Ryan.«

Tessa? Hat meine Mom Samantha gerade Tessa genannt?

Mom fährt fort. »Ryan ist ein sehr erfolgreicher Immobilienmakler in Seattle, und wie ich dir bereits auf der Party gesagt habe, ist er wirklich ein wunderbarer Mensch – und das sage ich nicht nur, weil er mein Sohn ist. Jeder schließt ihn sofort ins Herz.« Sie lächelt mich liebevoll an. »Ryan, Liebling, das ist meine liebenswerte Freundin Tessa. Sie ist …«

Lauter Applaus ertönt, und die Menge hinter uns beginnt zu johlen. Wir drehen uns alle drei um und sehen Josh mit einem Drink in der Hand auf einer Bank stehen. »Aloha, Morgans!«, ruft er und hält mit einem breiten Grinsen im Gesicht den Drink in die Höhe.

»Aloha!«, rufen alle und halten ebenfalls ihre Gläser hoch.

Josh sagt vieles, dem ich kaum folgen kann, aber es hat etwas damit zu tun, dass wir die coolste Familie der Welt sind. Dann schließt er seine Begrüßung mit folgenden Worten: »Und jetzt wollen wir endlich die allwissende T-Rod auf die Bühne holen, die euch erzählen wird, was uns diese Woche alles erwartet!«

Ich schaue mich im Raum um und bin gespannt, wer die angeblich so wundervolle persönliche Assistentin von Josh ist, von der ich schon so viel gehört habe. Zu meiner absoluten Verblüffung geht keine andere als Samantha auf Josh zu.

Heilige Scheiße. Mir klappt die Kinnlade runter. Samantha ist *T-Rod*?!

Samantha stellt sich neben Josh auf die Bank und wirft der Menge ein gequältes Lächeln zu. »Hallo zusammen«, sagt sie betreten. Sie winkt und hält ihr Glas hoch. Aber in ihrem Blick liegt immer noch totale Panik.

»Hi, T-Rod«, antworten ihr alle. Das heißt, alle außer mir natürlich. Ich bringe kein Wort raus. Ich kann mich nicht bewegen. Ich kann nicht atmen. Ich kann meinen Mund nicht schließen. Ich kann nicht einmal genug Willenskraft aufbringen, um zu blinzeln.

Samantha oder T-Rod oder *Tessa* oder wie auch immer sie heißt, beginnt etwas zu erzählen, von dem ich kein Wort mitkriege. *Verdammt. Fuck.* Samantha ist T-Rod? Joshs persönliche Assistentin? *Verdammt!* Warum zum Teufel hat sie dann an dem Abend eine Stewardessenuniform getragen? Ist sie eine Soziopathin? Hat sie gedacht, sie ist Leonardo DiCaprio in *Catch Me If You Can*, verdammt?

Ich knirsche mit den Zähnen.

Kein Wunder, dass Charlotte mir Samanthas Telefonnummer nicht geben wollte. Sie muss zuerst ihre soziopathische Freundin warnen, damit die sich eine Geschichte für mich zurechtlegen kann, bevor sie mich kontaktiert.

Plötzlich steigt Wut in mir auf. Mein Blut gerät in Wallung. Wie viele andere Männer hat diese Frau mit demselben Trick verarscht? Vertreibt sie sich so die Zeit, während sie rumsitzt und darauf wartet, dass ihr scharfer Boss sie endlich anmacht?

O mein Gott.

Ich reiße den Kopf hoch und blicke in Joshs grinsendes Gesicht.

Josh ist Samanthas Boss!

Heilige Scheiße.

Was hat Samantha noch mal über ihren Boss gesagt? Hat sie nicht erzählt, dass sie für ihn geschwärmt und sich Hoffnungen gemacht hat, dass er sie mal anmacht? Ich fühle mich, als würde mich ein Stromschlag durchfahren.

Samantha will mit Josh ins Bett – mit dem zukünftigen Ehemann meiner Schwester.

Ich schaue wieder zu Josh und höre das Blut förmlich in

meinen Ohren rauschen. Dann schaue ich zu Samantha. Und dann zu meiner Schwester. Und plötzlich muss ich mich sehr zusammenreißen, damit ich nicht zu der Bank stürme, Samantha am Arm packe und sie von meiner armen, unwissenden, schwangeren Schwester wegziehe.

Kat.

Meine Schwester steht neben der Bank – direkt neben dem Mann, den sie liebt, und seiner ach so ergebenen persönlichen Assistentin und schaut bewundernd zu den beiden auf. Ihre Hände liegen auf dem Babybauch, und auf ihrem Gesicht liegt ein ahnungsloses Lächeln. Hat meine Schwester unwissentlich einer Frau ihr Herz geöffnet, die eine Soziopathin ist und es auf Josh abgesehen hat?

Mein Blick wandert wieder zu Josh. Ich betrachte ihn genau. Ich habe keinen Zweifel, dass er momentan Hals über Kopf in meine Schwester verliebt ist. Aber was passiert, wenn Josh und Kat das erste Mal einen handfesten Streit haben (was unausweichlich ist, wenn man mit meiner Schwester verheiratet ist)? Wird sich Josh dann von seiner loyalen, persönlichen Assistentin trösten lassen, nachdem Kat ausgeflippt ist und in der Hitze des Gefechts schlimme Sachen zu ihm gesagt hat? Ja, Josh scheint ein toller Kerl zu sein – der beste, den ich kenne, ehrlich gesagt. Und er scheint unendliche Geduld mit meiner verrückten Schwester zu haben. Aber auch tolle und geduldige Menschen werden schwach, wenn sich die passende Gelegenheit ergibt. Vor allem, wenn die »passende Gelegenheit« eine sexy argentinische Soziopathin ist, die schon seit Jahren auf den richtigen Moment wartet, um ihren Boss zu bekommen.

Ich schaue zu Samantha, und eine überwältigende Mischung aus Adrenalin, Wut und Abneigung durchströmt mich. Wer zum Teufel ist diese Frau? Ich dachte, sie wäre die Richtige. Habe ich nicht zu den Faraday-Brüdern gesagt, dass sie ein von Grund auf ehrlicher Mensch ist? Und jetzt muss ich herausfinden, dass sie mich bei etwas so Grundlegendem wie ihrem Namen und ihrem Beruf angelogen hat. Was war noch alles eine Lüge?

»Ihr solltet euch also auf jeden Fall die App runterladen, die wir entworfen haben«, sagt Samantha zu den Leuten und hält zur Demonstration ihr iPad hoch. »So könnt ihr sehen, welche Aktivität für den Tag geplant ist und …«

»Entschuldigung«, rufe ich durch den Raum, und mein Arm schießt nach oben.

Alle drehen sich zu mir um.

»Tut mir leid, wenn ich unterbreche«, sage ich und versuche, nicht allzu aggressiv zu klingen. »Aber ich habe deinen Namen nicht verstanden.«

Samantha wird rot. Sie presst die Lippen zusammen.

»Sie ist die allwissende T-Rod!«, ruft Josh, und jeder lacht.

Samantha sieht mich unverwandt an. »Theresa«, antwortet sie leise.

»Tut mir leid, wie war das?«, frage ich und lege die Hand hinter mein Ohr. »Hast du gesagt …«

»Theresa!«, brüllt sie jetzt und schneidet mir das Wort ab. Sie knirscht mit den Zähnen. »Aber du darfst mich auch T-Rod nennen.«

»Ah, Theresa«, sage ich und lasse sie nicht aus den Augen. Jeder Muskel in mir ist angespannt. »Danke, dass du das für mich wiederholt hast. Ich dachte, ich hätte etwas komplett anderes verstanden. Mein Fehler.« Ich verziehe das Gesicht. »Ich will dich ja nicht die ganze Woche mit dem falschen Namen anreden.«

Samantha wirft mir ein aufgesetztes Lächeln zu, dann wendet sie sich wieder an die anderen. »Also, falls ihr Probleme beim Runterladen der App habt, dann …«

»Und wie ist dein Nachname, *Theresa*?«, rufe ich.

»Ryan«, zischt Kat mich an. »Was soll das?«

Samantha ignoriert meine Schwester. »Rodriguez«, sagt sie mit fester Stimme, und in ihren Augen blitzt Wut auf. »Mein Name ist Theresa Rodriguez. *T-Rod*. Und du bist Ryan Morgan, richtig?«

»Ja, so nennt man mich hier. Ich habe mich noch nie im Leben mit einem anderen Namen vorgestellt. Also ja, das muss mein Name sein.«

Sie blickt mich mit bebenden Nasenflügeln an, und ich muss zugeben, dass bei diesem Anblick mein Schwanz zuckt.

»Hey«, sage ich. »Jetzt habe ich endlich verstanden, warum du T-Rod genannt wirst. So wie A-Rod, der Baseballspieler.«

»Alex Rodriguez wünschte, er wäre nur halb so gut wie Theresa Rodriguez«, sagt Josh, und alle lachen.

»Aber hast du nicht auch noch einen anderen Namen, Theresa-T-Rod?«, frage ich unschuldig. »Ich bin mir sicher, dass du dich schon unter einem anderen Namen vorgestellt hast. Du bist das Mädchen mit den unzähligen Namen, oder?«

»Tessa«, ruft meine Schwester. »Aber du musst dir erst das Recht verdienen, sie so zu nennen, Rum Cake.« Sie grinst Samantha an. »Hat mein Bruder sich schon das Recht verdient, dich Tessa zu nennen, Liebes?«

»Nein«, erwidert Samantha schnell, und wieder lachen alle.

Kat grinst mich an. »Geduld, Rum Cake.« Sie zwinkert mir zu. »Bezirze sie mit deinem Charme – wer weiß, was dann passiert?«

Und wieder müssen alle lachen.

Samanthas Augen funkeln. »Noch Fragen, Ryan?«

»Ja. Eine hab ich noch.« Die Leute drehen sich mit einem breiten Grinsen zu mir um. Anscheinend genießen sie diesen unerwarteten Schlagabtausch. »Was genau bist du von Beruf, T-Rod? Das habe ich nicht ganz verstanden. Ich hätte schwören können, du hast mal gesagt, du seist eine …«

»Ach, komm schon, Ryan!«, ruft Kat. »Hör jetzt auf, Captain. Wir alle können sehen, dass T-Rod scharf ist, aber du wirst doch wohl noch bis zur Eröffnungsfeier warten können!«

Die Menge bricht in schallendes Gelächter aus, jemand ruft, dass T-Rod einen Bodyguard brauche und ich der größte Frauenheld der Familie sei und sie sich besser in Acht nehmen solle – bla, bla, bla. Wenn es je einen Moment gab, in dem ich lieber zu einer normalen Familie gehört hätte, dann ist es dieser. Und die ganze Zeit kann ich meinen Blick nicht von Samantha abwenden. Es ist verrückt, sie ist eine verdammte Soziopathin und eine Lügnerin und eine Hochstaplerin sondergleichen, doch je länger ich sie anschaue, je mehr sie errötet und je unruhiger sie von einem Fuß auf den anderen tritt, je mehr sie wirkt wie eine Frau, die gerade auf die Planke eines Piratenschiffes geführt wird, desto mehr will ich sie in die Arme nehmen und ihr sagen, dass alles gut wird. Und dann will ich sie erwürgen. Und dann will ich mit ihr schlafen, bis sie mich anfleht, bloß nicht aufzuhören.

Fuck!

Samantha sieht lange auf ihre Füße hinunter. Als sie schließlich den Kopf hebt, ist ihr Blick hart und unfreundlich – und mein Schwanz beginnt bei diesem Anblick sofort wieder zu zucken.

»Nein, ist schon gut«, sagt T-Rod mit fester Stimme, ihre dunklen Augen auf mich gerichtet. »Ich denke, ich habe noch nicht allen von euch erzählt, was ich eigentlich arbeite.« Sie lächelt, aber in ihrem Blick liegt mörderische Wut. »Ich bin Joshs persönliche Assistentin. Ich arbeite seit sechs Jahren für ihn – ich habe gleich nach dem College angefangen, für ihn zu arbeiten, und er ist wie ein Bruder für mich. Ich freue mich also riesig für ihn, dass er eine so wundervolle Frau wie Kat heiraten wird.«

Alle jubeln und heben ihre Gläser, während Samantha mich nicht aus den Augen lässt. »Beantwortet das deine Frage, *Ryan*?«

Ich nicke unmerklich und schenke ihr ein falsches Lächeln. »Ja. Das tut es. Vielen Dank.«

Samantha holt tief Luft, blickt wieder in die Menge und versucht erneut, zwanghaft zu lächeln. »Großartig. Wenn ihr noch Fragen habt, ruft einfach die Nummer an, die ganz oben auf dem Plan steht.«

Ich verdrehe die Augen. *Jetzt* gibt mir Samantha ihre Telefonnummer? Das darf doch wohl nicht wahr sein!

Samantha-T-Rod-Tessa fährt fort. »Wenn ihr irgendwas in der kommenden Woche braucht, dann zögert nicht, mich anzurufen oder …«

»Nein, verdammt«, ruft Josh und unterbricht sie. »Von heute Abend an wird T-Rod ein Gast sein wie jeder andere hier auch. Wenn ihr Hilfe braucht, dann wendet euch bitte an – T-Rod, wen sollen sie anrufen?«

»Marnie oder Laila.« Sie zeigt auf zwei Frauen in der Menge. Beide winken und bestätigen, dass sie für alle Fragen offen sind. Sie würden jeden Wunsch erfüllen, und T-Rod solle einfach nur ein Gast sein.

»Okay, hat das jeder verstanden?«, sagt Josh. Er legt seinen Arm um Samanthas Schultern. »T-Rod hat Kat und mir versprochen, dass sie sich zurücklehnen und Spaß haben wird. Und dass sie heute Abend viel zu viele Mai Tais trinken wird. Ich hoffe, ich kann auf euch Morgans zählen, und ihr helft T-Rod dabei, ihre Versprechen zu halten.«

Von den Morgans erklingen enthusiastische Zurufe, überwiegend von den männlichen Mitgliedern der Familie, die allesamt versprechen, T-Rod höchstpersönlich zum Trinken zu verführen. Am lautesten verspricht mein kleiner verdorbener Bruder, der Stripper, T-Rods Namen in den Dreck zu ziehen. Ich kann nicht jedes Wort verstehen, das er dem Objekt seiner Begierde zuruft, aber ich verstehe das Wort »Vergnügen« und sehe das teuflische Grinsen auf seinem Captain-America-Gesicht.

Arschloch.

Samantha oder T-Rod oder Tessa oder wie immer sie auch heißt steigt von der Bank und wird sofort von Kat, meiner Mom und weiteren Morgans umschwärmt. Ich gehe schnurstracks zu meinem notgeilen kleinen Bruder, packe ihn ohne Vorwarnung im Nacken, ziehe brutal seinen Kopf zurück und flüstere ihm mit knirschenden Zähnen ins Ohr: »Denk nicht einmal dran, Peen Star – sie ist absolut tabu, Arschloch. *Sie gehört mir.*«

Ryan

Keane befreit sich aus meinem Griff und stolpert ein paar Schritte vorwärts. Er reibt sich seinen Nacken. »Herrgott. Chill mal, Alter.« Er schaut mich wütend an. *»Au.«*

Zur Antwort schlage ich Keane fünf- oder sechsmal schnell nacheinander auf den Hinterkopf, und er hebt schützend seine muskulösen Arme, während er sich halb totlacht. »Mein Gott, Rum Jungle. Hast du was genommen? Beruhig dich, du Verrückter.«

Aber ich bin noch nicht fertig. Ich packe Keane an seinem T-Shirt und beuge mich ganz nah an sein Gesicht. »Ich habe gesehen, wie du sie angeschaut hast, du Bastard. Pack deinen Schwanz zurück in deine Hose, und dann leg den Rückwärtsgang ein, *Ball Peen Hammer.*«

»Ich habe nur ihre Vorzüge bewundert, die jeder Mann hier dank dieses netten Sommerkleides, das sie trägt, sehen kann. Du musst nicht …«

Ohne Vorwarnung packe ich Keane an seinem blonden Schopf. »Sie ist tabu, Blödmann. Das ist meine letzte Warnung.«

Keane schlägt meinen Arm weg, drückt gegen meine Brust und befreit sich so aus meinem Griff. Sein Gesicht ist rot vor lauter Schreck. »Mein Gott, Ry. Jetzt beruhig dich aber mal. Im Ernst.« Er zieht sein T-Shirt runter und streicht sein Haar glatt. »Ich hab's schon verstanden, Captain. Das Mädchen ist tabu. *No problemo, señor.*«

Ich nicke zustimmend.

Keane grinst mich an, was seine Grübchen zum Vorschein bringt. »Nur aus Neugier: Was ist der Grund für deine Ansage? Ist es, weil sie Joshs Assistentin ist? Denn das reicht definitiv …«

Ich reiße den Blumenkranz von Keanes Hals, öffne meine Hand vor seiner Nase und lasse die Blütenblätter langsam auf den Boden rieseln. »Ganz einfach, Peeno Noir. Das Mädchen ist tabu, weil ich es sage.«

Keane lacht. »So viel zu Rum Cakes Aloha-Spirit, wie?«

»Ich meine es ernst, Peen. Sie gehört mir. Keine Diskussion, okay?«

»Okay, okay. Schon verstanden.« Er klopft mir auf die Schulter. »Aber verrat mir eins: Hattest du schon was mit ihr, oder hast du sie in der Menge gesehen und bist vom Blitz getroffen worden?«

Ich sehe zu ihr hinüber, und mein Kiefer verkrampft sich. Sie redet gerade mit meiner Cousine Julie und ihrem neuen Mann – heilige Scheiße, sieht Samantha scharf aus in diesem Sommerkleid. »Ich hatte noch nichts mit ihr«, antworte ich und beschließe, es dabei zu belassen.

Keane zuckt mit den Schultern. »Also, wenn das so ist, dann gibt es wirklich keinen Grund für deine Ansage, Captain. Wir haben uns noch nie eine Frau geteilt, aber das …«

Ich schlage Keane wieder auf den Hinterkopf, dieses Mal noch fester als zuvor, und unterdrücke das Bedürfnis, ihm seine hübschen Zähne auszuschlagen. Er bedeckt schützend seinen Kopf mit den Händen.

»Das war ein Witz!«, ruft er lachend. »Mann, hast du denn keinen Sinn für Humor? Das war ein Witz.«

»In dem Fall habe ich keinen Sinn für Humor, Keane.«

»Ganz offensichtlich nicht, Mann.« Keane reibt sich seinen Hinterkopf. »Das hat wirklich wehgetan.« Er seufzt. »Jetzt hör aber mal auf. Du weißt genau, dass ich nie was mit derselben Frau wie du haben würde.« Er schüttelt sich. »Ekelhaft. Und außerdem bin ich nicht total blöd. Dich hat es ganz offensichtlich höllisch erwischt, und ich würde dir nie dazwischenfunken. Ich bin ein Arschloch, aber kein Mistkerl.«

Ich hole tief Luft und versuche mich zu beruhigen. »Danke. Tut mir leid, dass ich so fest zugeschlagen habe.«

»Kein Problem. Lass das nächste Mal einfach die Haare in Ruhe, okay?« Er schüttelt seinen Kopf wie in einer Shampoowerbung. »Sie sind mein ganzer Stolz.«

Ich greife wieder nach seinem Haar, gebe ihm einen Klaps auf die Wange, und er weicht lachend zurück.

»Hör auf damit! Was ist denn mit dir los? Ich habe dich in meinen ganzen zweiundzwanzig Jahren noch nie so brutal erlebt – dabei hast du mich sogar mal mit einer Kettensäge angegriffen.«

»Ich habe dich nicht mit einer Kettensäge angegriffen, du Blödmann – das war ein *Flowbee*!«

»Was auch immer. Es war ein lautes, Angst einflößendes Gerät, mit dem du auf meinen Kopf gezielt hast. Sehr traumatisch.«

Ich kann mir das Lachen nicht verkneifen. Verfickter Peen. »Halt dich einfach von ihr fern, kleiner Bruder, sonst greife ich dich das nächste Mal wirklich mit einer Kettensäge an.«

»Ich habe doch schon gesagt, dass ich es kapiert habe, Mann. Im Ernst, schmeiß dir mal 'ne Valium ein oder so. Du bist ja total verrückt geworden.« Er zwinkert mir zu, zeigt mir den Mittelfinger und geht zu Zander, der gerade mit Dax und dessen zwei besten Freunden und Bandkollegen Colin und Fish redet. »Kommt schon, Jungs!«, ruft Keane und hält die Überreste seines Blumenkranzes in die Luft. »Ich brauche einen neuen Lei!«

Ich sehe Samantha in der Ecke mit der Frau mit dem Clipboard reden und gehe auf sie zu. Mein Herz schlägt wie wild, mein Schwanz zuckt.

Als ich bei ihr angekommen bin, packe ich sie am Arm und passe auf, dass mein harter Penis sie nicht an der Hüfte streift. »Hey, Argentinien«, flüstere ich ihr heiser ins Ohr und vergrabe dabei meine Nase in ihrem Haar. Ich atme ihren Duft ein, und mein Penis wird hart wie Stahl. »In zehn Minuten in meinem Zimmer, du kleine Soziopathin – und komm bloß nicht zu spät!«

Tessa

»Arschloch!«, zische ich, während ich einen schönen, geschwungenen Pfad entlanglaufe, der von Hibiskus- und Tempelbäumen gesäumt ist und zu Ryans Zimmer führt. Ich koche innerlich. »Mistkerl!«

Ich bekomme eine Nachricht aufs Handy und werfe einen Blick darauf. Es ist Marnie, meine rechte Hand für diese Woche. Sie schreibt irgendetwas von der Ankunft weiterer Gäste.

Ich schreibe ihr knapp zurück: ***Mir ist etwas dazwischengekommen. Bitte kümmere du dich für mich um die neuen Gäste. Danke.***

Ich will mein Handy gerade wieder in die Tasche stecken, da sehe ich, dass Charlotte mir vor einer halben Stunde eine Nachricht geschickt hat. **Hi, du Verrückte. Ich weiß, du hast heute superviel zu tun, aber ruf mich an, sobald es geht. Du wirst nicht glauben, wer mich gerade angerufen hat! O mein Gott!**

Ich muss grinsen. Charlottes Liebesleben ist nie langweilig, das steht fest. Ich stecke das Handy wieder in die Tasche. Ich bin mir sicher, dass Charlottes Geschichte ungeheuer spannend ist, aber im Moment habe ich keine Zeit, sie mir anzuhören. In diesem Moment muss ich einen Lügner und Mistkerl davon überzeugen, nicht mein gesamtes Leben zu ruinieren, indem er Josh und Kat diese blöde Sache verrät, die ich ihm vor drei Monaten in der *Pine Box* erzählt habe. *Blödmann*!

Warum regt sich Ryan überhaupt so über diese ganze Samantha-Sache auf? Okay, ich habe ihm einen falschen Namen und Beruf genannt, aber das war ein Verbrechen ohne Opfer, Mann! Es ist ja nicht so, als hätte ich während unserer Unterhaltung mit meiner ruhmvollen Karriere geprahlt. Im Gegenteil, ich habe kein einziges Mal über meinen Beruf gesprochen. Ich habe ihm auch keine günstigeren Flüge für Familie und Freunde versprochen. Was führt er sich also so auf? Mein Gott, so wie Ryan mich in der Lobby angeschaut hat, könnte man meinen, er wollte mich mit seinen bloßen Händen erwürgen. Oder mich flachlegen. Aber vielleicht habe ich auch nur meine eigenen Gefühle auf ihn projiziert, denn das ist genau das, was ich wollte: Ihm seine Klamotten vom Leib reißen, ihn flachlegen und ihn dann mit meinen bloßen Händen erwürgen. Das ist doch nicht normal.

Reiß dich zusammen, Tessa. Konzentrier dich auf deine Aufgabe. Ignorier die Tatsache, dass es zwischen deinen Beinen pocht und tobt. Du hast nur zwei Dinge zu erledigen: Erstens, hör sofort damit auf, mit diesem Lügner Sex haben zu wollen, und zweitens, überzeug besagten Lügner davon, seine große Klappe zu halten und nichts von der kleinen Schwärmerei zu verraten, von der du ihm erzählt hast.

Ich komme an Ryans Zimmer an.

Ich werde einfach Ruhe bewahren und ihm die Sache erklären. Nichts weiter. Ich werde cool und sachlich bleiben und ihn davon überzeugen, dass es überhaupt keinen Grund gibt, Josh und Kat davon zu erzählen. Oder nein, ich hab's! Ich werde ihm drohen, seiner Familie zu verraten, dass er ein lügendes, betrügendes Arschloch ist, das hinter dem Rücken seiner Freundin Telefonnummern von anderen Frauen sammelt.

Ja. Das ist mein Plan. Ruhig und cool und sachlich bleiben und wenn nötig Feuer mit Feuer bekämpfen.

Ich hole tief Luft, verlagere mein Gewicht von einem Bein aufs andere, um den unnachlässigen Druck zwischen meinen Beinen zu verringern, und klopfe zweimal an die Zimmertür des sexy Arschlochs.

Tessa

Ryans Zimmertür öffnet sich, und da steht er: der lügende Mistkerl höchstpersönlich – eine atemberaubende Mischung aus funkelnden blauen Augen, angespannten Muskeln und jeder Menge Tinte auf der Haut.

Ryan beugt sich im Türrahmen leicht nach vorne, und der Geruch seines Aftershaves dringt in meine Nase. »Hallo, *T-Rod*«, sagt er bissig.

Ich atme tief ein, sein Duft erregt mich angenehm. »Hallo, Kats Bruder«, sage ich und ahme seinen bissigen Tonfall nach. Verdammt noch mal, ich habe noch nie im Leben so eine seltsame Mischung aus Hass und Erregung gleichzeitig verspürt.

Ryans Blick bleibt einen Moment lang auf meinem Busen haften, dann sieht er mir wieder ins Gesicht. »Gott, T-Rod«, sagt er mit funkelnden Augen. »Danke, dass du für diese kleine Unterhaltung zu mir gekommen bist.« Dabei grinst er böse. »Ich weiß, du hast gerade sehr viel um die Ohren. Zum Beispiel musst du planen, deinen *Boss rumzukriegen.*«

Mein Herz setzt aus. *Nein, das hat er jetzt nicht tatsächlich gesagt*!

Ryan macht fröhlich weiter: »Hast du schon einen Plan ausgearbeitet, wie du den Verlobten meiner Schwester ins Bett bekommst? Wartest du vielleicht, bis Josh diese Woche einmal so betrunken ist, dass er zu einem kleinen Quickie nicht Nein sagt, bevor er vor den Traualtar tritt?«

Ich balle meine Hände zu Fäusten.

»Oder bist du gleich zur Stelle, nachdem meine Schwester Joshs kleine Tochter auf die Welt gebracht hat und …«

Ich kann mir diese widerlichen Sachen nicht länger anhören. Wutentbrannt stürze ich mit geballten Fäusten und rasendem Herzschlag auf ihn zu und will ihn mit allen Mitteln zum Schweigen bringen. Aber er ist viel zu stark und zu schnell, als dass ein unerfahrener Straßenkämpfer wie ich ihm den Arsch aufreißen könnte. Mit hitzigem Blick packt der Mistkerl meine Handgelenke, zieht mich in sein Zimmer und kickt die Tür hinter uns zu.

»Arschloch!«, brülle ich und versuche, mich aus seinem eisernen Griff zu befreien.

»Soziopathin«, zischt er zurück.

In einer fließenden Bewegung drückt er mich mit dem Rücken gegen die Wand, hält meine Arme über meinem Kopf fest und presst sich an mich. Als ich seinen harten Penis in meinem Schritt spüre, genauer gesagt, direkt auf meiner Klit, löst sich all mein Widerstand in Wohlgefallen auf. Ich reibe mich an der harten Beule in seiner Hose und lege den Kopf in den Nacken, um ihn zu küssen. In dem Moment, in dem sich unsere Lippen treffen, stöhnt er laut auf, lässt meine Arme los, nimmt mein Gesicht in seine Hände und presst seinen Mund auf meinen, als wäre er besessen.

Ryans Zunge gleitet in meinen Mund, und mein ganzer Körper zuckt zusammen, als hätte ich gerade in eine Steckdose gelangt. Ich werfe meine Arme um seinen Hals, presse meinen Körper an seinen und lasse seine Zunge und seine Lippen das tun, was sich als der beste Kuss meines Lebens herausstellt. Vielleicht ist es aber auch einfach nur zu lange her, dass ich so etwas gespürt habe, und ich bin gerade leicht zu beeindrucken. Jedenfalls würde ich in diesem Moment auf einen Stapel Bibeln schwören, dass es der leidenschaftlichste Kuss meines Lebens ist. Wenn ich es nicht besser wüsste, würde ich sagen, dieser Mann hat gerade die Liebe seines Lebens wiedergefunden – entweder das, oder er ist gerade aus zehnjähriger Haft entlassen worden.

»Samantha«, haucht Ryan, und jede Zelle meines Körpers explodiert vor Erregung, als er mich so nennt. Verdammt, ist das scharf. Und unwahrscheinlich befreiend. Er küsst Samantha, die geile Flugbegleiterin, und nicht Tessa Rodriguez? Soll mir recht sein. Denn ich küsse auch nicht ihn – ich küsse die vage Erinnerung an meinen perfekten Prinzen, den heißen, intelligenten, *ehrlichen* Kerl, den ich glaubte, in der *Pine Box* kennengelernt zu haben.

Ganz unerwartet bricht Ryan den Kuss ab, nimmt mein Gesicht wieder in beide Hände und sieht mich eindringlich an. »Geh jetzt, wenn du es immer noch langsam angehen lassen willst«, sagt er mit wildem Blick. »Ich weiß, ich habe gesagt, ich kann das, aber ich kann es doch nicht – nicht mehr. Wenn ich dich noch einmal schmecke, dann …«

Ich drücke mich fest gegen seinen harten Schwanz und bringe ihn damit zum Schweigen. »Hast du Kondome hier?«, frage ich.

Er nickt heftig.

»Dann lass sie uns benutzen.«

»Danke, lieber Gott.«

Innerhalb weniger Sekunden hat er uns beide bis auf die Unterwäsche ausgezogen, und ich bewundere seine atemberaubenden Muskeln und Tattoos und – o mein Gott – seine zwei gepiercten Nippel! Heilige Scheiße, ich werde beim bloßen Anblick dieses Mannes gleich ohnmächtig vor Erregung. Wir drücken uns an die Wand und verschlingen uns förmlich. Unser Atem geht schnell, Worte wie »o mein Gott« und »du bist so verdammt scharf« und »ich habe so lange darauf gewartet« dringen in mein Ohr.

Er zieht mir ungeduldig den BH aus, und in dem Moment, in dem er meine Brüste freilässt, beugt er sich runter und saugt gierig an meinem linken Nippel. Dann flüstert er mir ins Ohr, wie perfekt er meine Brüste findet und dass er sein ganzes Leben auf diesen Moment gewartet hat.

Ich fahre wild mit meinen Fingern durch sein Haar und halte mich an seinen breiten Schultern fest. Als ich es schließlich nicht mehr aushalten kann, reiße ich seinen Kopf nach hinten, beuge mich runter und nehme ebenfalls einen seiner wundervollen, gepiercten Nippel in den Mund. O Gott, das ist der Himmel auf Erden. Warum zum Teufel habe ich bis jetzt gedacht, ich könnte das nur in einer festen Beziehung mit einem Mann machen? Ich war eine unfassbare Idiotin.

Ryan drückt mich wieder gegen die Wand, zieht meinen Slip nach unten und kniet sich vor mich. Seine großen Hände packen meinen Hintern, als wäre er ein Rettungsring, der einem Ertrinkenden zugeworfen wurde, und seine warme, feuchte Zunge umspielt meine pochende Klit.

Heilige Mutter Gottes, ich kann mich gleich nicht mehr beherrschen.

Ein seltsamer Laut entfährt meiner Kehle.

Ryan stöhnt zwischen meinen Beinen. »Komm für mich, du Wahnsinnige«, flüstert er. »Komm schon, Baby.«

Er dringt mit seinen Fingern tief in mich ein, während seine Zunge weiter meine Klit liebkost, und mein Körper verkrampft sich heftig um seine Finger.

»Das ist es, du Wahnsinnige«, sagt er. »Komm, Baby. O Gott, ich bin so scharf auf dich.« Er bewegt seine Finger und seine Zunge schneller, und plötzlich kommt es mir so vor, als hätte er eine Flamme in mir entfacht.

Ich packe Ryans Haar und presse meinen pochenden Schritt gegen seinen gierigen Mund. Dabei dringen die seltsamsten Geräusche und Ausrufe aus meinem Mund.

»Das ist es, du Soziopathin«, murmelt er. »O Gott, du schmeckst so gut.«

Meine Haut kribbelt.

Meine Zehen krümmen sich.

Hitze strömt zwischen meine Beine.

Mein Unterleib steht in Flammen.

Und das war's.

Eine Woge der Lust überkommt mich, ein köstlicher Strom aus Erregung, und jeder Muskel zieht sich um Ryans Finger heftig zusammen.

Ich drücke meinen Kopf gegen die Wand und bin total außer mir – danke, lieber Gott! Nach einem ganzen Jahr ohne dieses fantastische Gefühl bin ich mir plötzlich sicher, dass ich keinen einzigen Tag mehr ohne es leben kann.

In Sekundenschnelle spüre ich Ryans Lippen wieder auf meinen, und wir halten und küssen uns und keuchen, als würde unser Leben davon abhängen. Ich greife in seine Unterhose und will ihn ebenfalls liebkosen. Als ich seinen harten Penis anfasse, spüre ich etwas Unerwartetes: einen kleinen Metallring am Schaft seines Schwanzes.

Ich erstarre.

»Ich bin gepierct«, flüstert er heiser. Er zieht seine Unterhose aus, wirft sie auf den Boden, und ich komme in den Genuss, Ryan Morgan in all seiner nackten Pracht bewundern zu können: unglaubliche Muskeln, sexy Tattoos, gepiercte Nippel und – o mein Gott! – ein außergewöhnlich großer Schwanz, der genau an der Stelle gepierct ist, wo er auf den Unterkörper trifft.

Ich starre Ryans harten, gepiercten Penis einen Augenblick lang an, und mein Herz und meine Klit pochen wie wild. Wow. Sein Piercing ist ein kleiner Metallring von der Größe eines Fünfundzwanzig-Cent-Stücks mit einer kleinen Kugel in der Mitte. Faszinierend. Ich habe noch nie zuvor ein

Schwanzpiercing gesehen. Und ehrlich gesagt war ich auch nie besonders scharf darauf. Aber jetzt, da ich Ryans Piercing sehe, muss ich zugeben, dass es verdammt sexy ist. Er ist ein Kunstwerk von Kopf bis Fuß – von seinen Armen über die Brust und die Nippel bis hin zu seinem Schwanz. Ich keuche laut auf, und zwischen meinen Beinen kribbelt es. »Hat das wehgetan?«, frage ich.

Ryan schnappt förmlich nach Luft. »Als ich es habe machen lassen? Nein, nicht schlimm. Und der Schmerz war es auf jeden Fall wert.«

»Weil es deine Lust erhöht?«

Er grinst diebisch. »Nein, Süße. Weil es deine Lust erhöhen wird.« Mit diesen Worten hebt er seine Hose vom Boden auf, greift in die Tasche und zieht ein Kondom heraus. Zehn Sekunden später blickt er von seiner latexbedeckten Erektion auf, und in seinem Blick liegt pures Verlangen. »Ich habe so lange darauf gewartet, in dich einzudringen.«

Ich schaue ihn zweifelnd an. »Ja, ich bin mir sicher, die zehn Minuten, die ich von der Lobby zu deinem Zimmer gebraucht habe, waren schrecklich für dich.«

Sein Blick verfinstert sich. »Du hast keine Ahnung, wovon du redest.« Ohne Vorwarnung dreht er mich um, drückt mich gegen die Wand und packt meine Haare, während er seinen Körper von hinten an mich drückt.

Ich stöhne auf und bin überwältigt davon, wie sehr ich ihm in dieser Position ausgeliefert bin – und wie sehr es mir gefällt.

Er beugt sich an mein Ohr und flüstert: »Du bist eine Soziopathin, weißt du das?«

Vielleicht sollte ich vor der Wut in seiner Stimme Angst haben. Aber das Gegenteil ist der Fall: Alles, was ich im Moment spüre, ist totale Erregung – und das plötzliche Bedürfnis, in der Wunde zu bohren. »Kleine, unschuldige Lügen«, presse ich hervor und stemme mich gegen ihn. »Es war ein

Verbrechen ohne Opfer, Arschloch. Zumindest bin ich kein verlogener, betrügender Mistkerl wie du.«

Er packt meinen Hintern, und ich fühle seine Erektion an meinem Po. »Du hast keine Ahnung, wovon du da redest, du kleine Soziopathin.« Er fährt mit der Hand zwischen meine Beine und beginnt mich zu streicheln. Mein Körper zuckt vor Lust. »Wärst du am nächsten Tag überhaupt zum Abendessen aufgetaucht?«, flüstert er. »Oder war ich nur eine spaßige Unterhaltung für dich?«

Ich öffne meinen Mund, um ihm zu antworten, aber es kommt nur ein Stöhnen heraus. O Mann, ich weiß nicht, was er da zwischen meinen Beinen tut – niemand hat mich je zuvor so angefasst –, aber es fühlt sich fantastisch an. »Fick dich«, flüstere ich. »Wenn hier jemand ein Soziopath ist, dann du, Arschloch.« O Gott, seine Hand zwischen meinen Beinen ist magisch. Und ich muss zugeben, dieses Streitgespräch macht mich ziemlich an. Es ist total verrückt, aber es ist gleichzeitig das Schärfste, was ich je erlebt habe.

»Hat es dir Spaß gemacht, mich zu verarschen, Baby?«, flüstert er mir ins Ohr.

Die Hand zwischen meinen Beinen macht unbeirrt weiter, während seine andere Hand immer noch fest mein Haar packt und sein Schwanz sich gierig an meinem Hintern reibt.

»Ich fand es toll«, antworte ich.

Ohne Vorwarnung gibt er mir einen Klaps auf den Hintern – und zu meinem Erstaunen zuckt meine Klit und alles um sie herum heftig zusammen. Ich stöhne laut auf.

»Ach, es gefällt dir, wenn ich dir auf den Arsch haue, du Wahnsinnige? Das überrascht mich nicht«, sagt er und schlägt ein weiteres Mal zu.

Ich öffne meinen Mund, um ihm zu widersprechen – um ihm zu sagen, dass er nicht das Recht hat, mir auf den Hintern zu schlagen, und dass es entwürdigend ist und auch irgendwie wehtut. Aber die Worte kommen nicht aus meinem Mund. Stattdessen entfährt mir wieder dieser seltsame Laut, der mich gleichzeitig schockiert und erleichtert und befreit. Nach einem weiteren Schlag auf den Hintern durchströmt mein Körper der beste Orgasmus meines Lebens. Mit Abstand der beste. Ich erschaudere an Stellen, die so tief in mir drin liegen, dass ich nicht einmal wusste, dass sie existieren.

Dann dringt er von hinten in mich ein. Er umfasst noch immer meine Haare und stößt fest zu, bis ich keuche und stöhne und ihn anflehe, nicht aufzuhören.

»Sag meinen Namen, Soziopathin«, befiehlt er, und ich gehorche. O Gott, ja, ich gehorche. In diesem Moment würde ich alles zu dem Mann sagen, was er von mir hören will – wirklich alles –, nur damit er nicht aufhört, mich so zu nehmen.

Ich komme. Schon wieder. Es ist unglaublich, aber wahr.

Meine Knie zittern.

Ich ringe nach Luft.

Aber er ist noch nicht mit mir fertig.

Er dreht mich um, damit er mich ansehen kann, drückt meinen verschwitzten Rücken unsanft gegen die Wand und dringt – Gott sei Dank – wieder in mich ein. Ganz tief.

»Samantha«, keucht er, während er mich gegen die Wand presst. »Ich habe so lange gewartet.«

Ich schlinge meine Arme um seinen Hals und meine Beine um seine Hüfte. Er packt mich am Hintern, hebt mich hoch und drückt mich immer wieder gegen die Wand. Dabei küsst er mich leidenschaftlich und stößt fest zu.

»Was tust du mit mir?«, keucht er unter den heftigen Stößen.

Ich stöhne laut auf, sein Piercing treibt mich in dieser neuen Position total in den Wahnsinn. Dieser kleine Metallring, der gegen meine Klit stößt, fühlt sich so gut an, verdammt, das sollte verboten werden. O Gott, ich habe noch nie so etwas gefühlt. Es bringt mich um den Verstand. Ich komme mir vor wie ein wild gewordenes Tier, völlig außer Kontrolle. Warum habe ich mein ganzes Leben in dem Glauben verbracht, dass es sexuelle Befriedigung nur zwischen Seelenverwandten geben kann? Das ist hier nämlich eindeutig nicht der Fall.

»Gefällt dir das, Baby?«, stöhnt Ryan mir ins Ohr.

Ich murmle etwas Unverständliches, und er presst seine Lippen auf meine, packt mein Haar noch fester und dringt immer wieder heftig in mich ein, wobei mich die kleine Metallkugel meiner Erlösung immer näher bringt. Es ist unbeschreiblich. Ich schwöre, wenn dieses Arschloch mich jetzt fragen würde, ob ich ihn heirate, dann würde ich Ja, verdammt, sagen, nur damit er mir verspricht, mich für den Rest meines Lebens mindestens zweimal am Tag so zu nehmen.

»Neue Position«, flüstert er. »Du brauchst eine neue Position, um noch mal zu kommen.«

Das bezweifle ich, aber meine Meinung zählt hier gerade nicht.

Schnell legt Ryan meinen erschöpften Körper auf den Boden, seine Augen funkeln und seine Stirn ist schweißbedeckt. Er legt meine Beine um seine Schultern und dringt erneut in mich ein. Als er anfängt, mit seinen Hüften zu kreisen, und der kleine Metallring meine Klit dabei immer wieder berührt, komme ich unter ihm und zucke und stöhne.

»Samantha«, flüstert er wieder in mein Ohr, und die Leidenschaft und Intensität in seiner Stimme rauben mir den Atem. Warum klingt es wie ein heiliges Gebet für mich, wenn er mich bei meinem falschen Namen nennt? »*Samantha*. Baby. Ich komme. O verdammt, *Samantha*.«

Er zuckt und zittert und stöhnt laut auf, anscheinend erlebt er einen Wahnsinnsorgasmus. Ich lege meine Beine fest um ihn, packe seinen Hintern und küsse ihn auf den Mund. Dabei komme ich mir vor, als wäre ich total high.

Als Ryans Körper schließlich aufhört zu zucken und sich zusammenzuziehen, küsst er mich auf die Wange, rollt sich von mir runter und legt sich auf den Rücken. Einen Augenblick lang liegen wir beide still nebeneinander auf dem Boden wie zwei verschwitzte Ölsardinen in der Dose und ringen verzweifelt nach Luft.

»Heilige Scheiße«, murmelt Ryan schließlich. »Samantha, die geile Flugbegleiterin, ist verdammt scharf.«

Ich muss lachen. »Und Kats Bruder ist ein verdammter Sexgott.«

Ryans Atem geht abgehackt. »Bist du schon jemals so heftig gekommen?«

»Nein, Arschloch. Bin ich nicht. Nicht einmal annähernd.«

Ryan holt tief Luft. »Ich auch nicht. Bei Weitem nicht. Verdammte Scheiße, das war Wahnsinn. Ich habe gedacht, ich muss sterben.«

Ich traue meinen Ohren nicht. Ryan ist noch nie zuvor so heftig gekommen? Bei Weitem nicht? Wie ist das möglich? Ich hätte gedacht, diese männliche Schlampe würde nichts anderes tun, als es darauf anzulegen, so heftig zu kommen. Er ist schließlich der Kerl, der mit einer Frau Telefonnummern austauscht, während seine Freundin auf der Toilette ist, und der dann am gleichen Abend in eine Bar geht, nur um dasselbe noch mal zu tun. Ich will mir also gar nicht vorstellen, mit wie vielen Frauen dieser Mistkerl in einer Woche so schläft. Hinzu kommt, dass er ein Piercing an seinem Schwanz hat, das nur dazu gemacht wurde, Frauen zum Orgasmus zu verhelfen. Ryan Morgan ist eine Sexmaschine.

Ryan zieht das Kondom von seinem Penis, verknotet es und gibt ein langes, zufriedenes Seufzen von sich. »Und das verstehe ich unter der Vollendung meines Masterplans, Baby.«

Ryan

»O Gott, bist du ein Arschloch«, sagt Samantha – oder T-Rod oder Tessa oder wie auch immer sie heißen mag – mit zusammengepressten Lippen und setzt sich plötzlich aufrecht hin.

Ich muss lachen. »Das war ein *Scherz.*«

Sie starrt mich an.

»Du denkst ernsthaft, dass ich vor drei Monaten in der *Pine Box* den Plan ausgeheckt habe, dich hier auf Hawaii ins Bett zu kriegen, in dem Hotel, in dem meine Schwester heiratet? Und zwar, nachdem ich herausgefunden habe, dass du mir den Leonardo DiCaprio gegeben hast?«

Sie kann nicht anders, als zu grinsen.

»Wenn ich diese komplett verrückte Show hier abgezogen hätte, um dich ins Bett zu kriegen, dann sollte ich meine Superkräfte wirklich für etwas Größeres nutzen als dafür, mit einer Frau schlafen zu können. Vielleicht für den Weltfrieden oder die Manipulation der Aktienmärkte, meinst du nicht?«

Samantha-T-Rod-Tessa zieht eine umwerfende Grimasse. »Eigentlich hast du deinen Masterplan gar nicht in die Tat umgesetzt«, schnaubt sie. »Jedenfalls nicht so, wie du ihn beschrieben hast.«

»Bitte? Leidest du an durch Lust und Leidenschaft verursachter Amnesie? Ich habe dich gerade ungefähr viermal zum Orgasmus gebracht, oder nicht?«

Sie schmunzelt. »Ja, aber du hast gesagt, dein Masterplan ist es, mich in dein Bett zu kriegen.« Sie deutet auf das frisch gemachte weiße, gemütliche Bett am anderen Ende des Raumes. »Wenn du schon so angibst und deinen nächsten Schachzug voraussagst, dann solltest du den Schachzug auch exakt ausführen.«

Wir müssen beide lachen.

Verdammt. Während ich mir die letzten drei Monate das blöde Video von Enrique Iglesias angeschaut und mir vorgestellt habe, wie sexy Samantha ist, habe ich ganz vergessen, dass sie auch unglaublich lustig ist. »Ist schon gut«, sage ich. »Nächstes Mal werde ich meinen Schachzug exakt so ausführen, wie ich ihn vorhergesagt habe, Argentinien.«

»Es wird kein nächstes Mal geben, Romeo«, sagt sie. »Das war ein einmaliger Ausrutscher, der von diesem Moment an nie geschehen ist.«

Ich nehme das volle Kondom, das neben mir liegt, und halte es hoch. »Bist du dir sicher, dass es nie geschehen ist?«

Sie zuckt mit den Schultern. »Ich habe keine Ahnung, wie dieses Sperma in das Kondom gekommen ist. Wer bist du eigentlich? Kennen wir uns? Und warum pocht es zwischen meinen Beinen so?«

»Was soll denn der ganze postkoitale Blödsinn? Wir wissen doch beide, dass wir gerade die Welt des anderen auf den Kopf gestellt haben und es kaum erwarten können, es wieder zu tun. Warum wertvolle Zeit verschwenden und es leugnen, wenn wir genauso gut darüber reden könnten, wo die zweite Runde geschehen soll – in meinem oder in deinem Zimmer?«

»Sorry, Colby. Ich habe keine Ahnung, wovon du redest. Moment, es tut mir leid. Du bist *Keane*. Verdammt, ihr Morgan-Brüder seht alle gleich aus.«

»Kannst du diesen Blödsinn bitte lassen? Danke.«

»Ach, *du* willst, dass *ich* diesen Blödsinn lasse? Soll ich dir was sagen? Ich hätte diesen Blödsinn gerne schon vor drei Monaten gelassen, als deine Freundin in die Bar gestürmt kam und mich als Schlampe bezeichnet hat.«

»Aha, darum geht es. Olivia war da schon nicht mehr meine Freundin. Ich hatte früher an diesem Tag mit ihr Schluss gemacht. Und wenn du über den Abend in der Bar reden willst, dann gehen wir doch ein bisschen zurück und fragen uns, warum zum Teufel du eine Stewardessenuniform angehabt hast, Leonardo DiCaprio?«

»Es war ein Verbrechen ohne Opfer, du Riesenbaby«, sagt sie, aber bevor ich etwas antworten kann, klingelt ihr Handy in der Tasche, die ein paar Schritte von uns entfernt auf dem Boden liegt, und sie nimmt es heraus. »Scheiße«, ruft sie, als sie auf ihr Handy blickt. Sie steht eilig auf und nimmt ihre Unterwäsche vom Boden. *»Fuck!«*

»Was ist los?«

»Du meinst, außer dass ich gerade mit einem betrügenden, lügenden Mistkerl geschlafen habe, der in seinem tätowierten, gepiercten, perfekten Körper nicht einen einzigen Funken Integrität besitzt?«

»Ja, davon mal abgesehen.«

»Und abgesehen von der Tatsache, dass ich eine ganze Woche lang mit einer männlichen Schlampe auf einer Insel gefangen bin und dich wahrscheinlich den Rest meines Lebens mindestens einmal im Jahr auf der Geburtstagsfeier der kleinen Gracie Louise sehen werde?«

»Ja, auch abgesehen davon.«

Sie schließt ihren BH und bückt sich, um ihr Sommerkleid aufzuheben. »Die Reiseleiterin hat mir gerade geschrieben. Es gibt ein Problem mit dem Flughafentransfer von Joshs Verbindungsbrüdern und ihren Begleitungen, die jede Minute landen werden.« Sie zieht sich das Kleid über den

Kopf. »Ganz zu schweigen davon, dass diejenige, die für die geplanten Aktivitäten zuständig ist, mir geschrieben hat, dass Joshs Onkel William und der Faraday-Clan in diesem Moment auf dem Weg vom Flughafen hierher sind und ich die Gruppe persönlich begrüßen muss, da ich aus eigener Erfahrung weiß, dass William Faraday mit Sicherheit tausend Änderungswünsche bezüglich seiner Unterkunft haben wird, ganz egal, wie perfekt ich auch alles vorbereitet habe und wie kleinlich ich es mit ihm zusammen vorher durchgegangen bin. Wenn ich meinen Arsch also jetzt nicht sofort zur Lobby bewege, werde ich mindestens die nächste Stunde damit verbringen, mit Onkel William Bungalow-Bingo zu spielen, bis alles zu seiner vollkommenen Zufriedenheit erledigt ist.« Sie dreht mir ihren Rücken zu, damit ich den Reißverschluss ihres Kleids zumache, was ich natürlich tue. »Gott, ich hätte das hier niemals tun dürfen«, murmelt sie.

Ich gehe zu meinem Koffer, hole mir eine Badehose raus und ziehe sie mir an. »Ach, komm schon. Du wirst ja wohl nicht bereuen, den besten Sex deines Lebens gehabt zu haben.«

Sie verdreht die Augen. »Das tue ich nicht. Aber warum musste es heute sein? Ich hätte mir einen besseren Zeitpunkt aussuchen sollen, um zum ersten Mal in meinem Leben ein Risiko einzugehen, ganz zu schweigen von einem anderen Kerl, aber das ist eine andere Geschichte.«

»Du bestreitest also nicht, den besten Sex deines Lebens gehabt zu haben? Ich sag dir was, Süße. Du bist nicht so heftig gekommen, weil du zum ersten Mal in deinem Leben ein Risiko eingegangen bist, du bist so heftig gekommen, weil du es mit *mir* getan hast. Ich bin die geheime Zutat. Kein anderer hätte das bei dir geschafft.«

Sie setzt sich auf einen Stuhl und beginnt ihre Sandalen zuzuschnüren. »Okay, wenn ich das nächste Mal bedeutungslosen Sex mit einem Kerl habe, werde ich dich wissen lassen, ob du damit recht hattest.«

Bei dem Gedanken daran, dass sie mit einem anderen Kerl als mir ins Bett geht, krampft sich mein Magen zusammen und ich zwinge mich, nicht auszurasten. Ich nehme ein T-Shirt aus meinem Koffer, ziehe es mir über und atme tief ein, um mich zu beruhigen. »Du hast meine Frage noch nicht beantwortet. Warum hast du diese Uniform getragen?«

»Ach bitte, du willst mich bei der ganzen Sache zum Buhmann machen? Ha! Ich habe dir eine kleine, unschuldige Lüge in der Bar aufgetischt – du bist derjenige, der unter seinem perfekten Äußeren ein dummer Lügner ist.«

»Ich verliere langsam die Geduld mit dir, meine kleine Soziopathin. Ich bitte dich jetzt höflich, mir die Wahrheit über diese Sache mit der Uniform zu erzählen. Denn wenn sich rausstellen sollte, dass du wirklich eine Soziopathin bist, dann fände ich es nicht so toll, dass du an der Seite des zukünftigen Ehemanns meiner Schwester arbeitest – vor allem nicht, da ich weiß, dass du alles geben würdest, um bei der erstbesten Gelegenheit mit ihm ins Bett zu hüpfen.«

Sie funkelt mich böse an. »Du bist ekelhaft.«

»Du beantwortest meine Frage nicht.«

Sie holt tief Luft und verschränkt die Arme vor ihrer wunderschönen Brust. »Ich finde es ziemlich seltsam, dass du derjenige bist, der von mir die Wahrheit verlangt, obwohl du mich um ein Date gebeten hast, während du die Telefonnummer einer anderen Frau in der Tasche und eine Freundin zu Hause sitzen hattest.«

»Das ist kompletter Blödsinn. Aber wir reden jetzt nicht über mich – wir reden über dich. Warum hast du diese Uniform getragen? Und hattest du vor, dich am nächsten Abend mit mir zu treffen, oder gehört das auch zu deiner Show – in Bars zu gehen, einem Kerl den Mund wässrig zu machen, sich zu einem Date einladen zu lassen und hinterher über den armen Trottel zu lachen?«

Sie verdreht wieder die Augen und schüttelt den Kopf. »Ich habe dir in der Bar einen falschen Namen und einen falschen Beruf genannt, Ryan – ich habe dich nicht mit Ebola angesteckt. Es war eine einmalige verrückte Sache an einem Partyabend mit meiner noch verrückteren Freundin – kein Verbrechen an der Menschheit. Das passiert wahrscheinlich jeden Abend in Bars auf der ganzen Welt.«

Langsam verliere ich die Geduld. Mein Herzschlag beschleunigt sich. »Blödsinn. Menschen fühlen nicht jeden Abend in Bars diese Chemie, die wir gefühlt haben zwischen uns. Vielleicht nennen Frauen irgendwelchen Schwachköpfen falsche Namen und Berufe, aber wenn nicht gerade Halloween ist, dann ziehen sie sich bestimmt keine Stewardessenuniformen an. Und wenn sie nicht total herzlos sind, dann bleiben sie bestimmt auch nicht den ganzen Abend bei ihrer erfundenen Geschichte. Vor allem nicht, wenn der Typ, den sie gerade verarschen, ihnen absolut klarmacht, dass er etwas Besonderes zwischen ihnen fühlt – etwas, das er nie zuvor gefühlt hat.« O mein Gott, meine Stimme bricht. Ich kann nicht verbergen, dass mein Herz schmerzt, während ich spreche. »Wenn du wirklich denkst, dass ich mit dir gespielt habe«, sage ich, »wenn du denkst, ich habe das alles nur gesagt, um dich ins Bett zu kriegen, dann beweist das lediglich, dass du wirklich eine verdammte Soziopathin bist.«

Sie blickt mich gequält an. »Ryan, nein. Ich …« Sie schluckt. »Ich schwöre dir, das war eine einmalige Sache. Ein blöder Scherz. Das ist alles.«

Meine Brust zieht sich zusammen. Ich habe das Gefühl, keine Luft mehr zu kriegen. »Aber warum hast du mir nicht die Wahrheit gesagt? Hast du nicht gesehen, dass ich dir total verfallen war?«

Sie schließt ihre Augen und holt tief Luft. »Ich kann das jetzt nicht tun. Onkel William und die Faradays werden jede Minute hier ankommen, und ich muss meine Arbeit erledigen. Ich verstehe wirklich nicht, wie du dich wegen meiner blöden Uniform so aufregen kannst, wo doch alles, was du erzählt hast, eine Lüge war. Du warst kein Single, Ryan. Du hast so getan, als hättest du dich Hals über Kopf in mich verliebt, obwohl du eine Freundin hattest, die zu Hause auf dich gewartet hat, verdammt. Ich habe dir erzählt, dass mein Freund mich betrogen hat und wie sehr mich das verletzt hat, und trotzdem hattest du keine Skrupel, mich dazu zu benutzen, deine Freundin zu betrügen? Wie konntest du mir das antun? Du spinnst doch, wenn du denkst, dass es auch nur annähernd so schlimm ist, dass ich eine falsche Uniform getragen habe.«

»Wir werden über alles reden. Aber zuerst muss ich verstehen, warum du nicht das Bedürfnis verspürt hast, mir die Wahrheit zu sagen.«

Sie blickt mich genervt an. »O mein Gott. Du bist doch verrückt. Okay. Nicht dass ich dir eine Erklärung schulde, aber hier ist die ganze, blöde Geschichte, du Nervensäge: Ich bin gerade erst nach Seattle gezogen und habe Charlotte schrecklich vermisst, und als sie …«

»Moment. *Du wohnst in Seattle*?«

»Ja, ich bin ein paar Wochen vorher von L.A. nach Seattle gezogen, weil Josh wegen Climb & Conquer zurückgekommen ist.«

Meine Gedanken spielen verrückt. »Aber du hast doch gesagt, du wohnst in L.A.«

»Nein, ich habe dir gesagt, ich komme aus L.A., was die Wahrheit ist. Ich bin dort geboren und aufgewachsen.«

»Aber du hast gesagt, du bist von L.A. hergeflogen und kämst direkt vom Flughafen.«

»Nein. Charlotte hat gesagt, sie ist von L.A. hergeflogen,

und du hast einfach angenommen, sie meinte uns beide. Ich habe das nie gesagt. Tatsächlich habe ich sogar ziemlich zu Beginn gesagt, dass *Charlotte* die Flugbegleiterin ist, nicht ich, und dass ich nur wie eine angezogen bin.«

Ich habe das Gefühl, mein Herz explodiert. Heilige Scheiße, das hat sie tatsächlich gesagt. Wie konnte ich dieses Detail vergessen, als ich Henn auf diese verrückte Suche geschickt habe?

Sie fährt fort: »Seit meiner Trennung hat Charlotte mich immer wieder angefleht, mit ihr auszugehen und eine ihrer Uniformen anzuziehen. Also habe ich schließlich nachgegeben und es getan. Und dann habe ich gleich beim ersten Mal, als ich so etwas getan habe, dich kennengelernt – den tollsten Mann, den ich je gesehen hatte. In dem Moment, in dem mein Blick auf dich fiel, habe ich sofort bereut, dass ich dieses dumme Ding anhatte. Deshalb bin ich auch sofort mit der Wahrheit rausgerückt. Ich weiß, du dachtest, es sei ein Scherz, aber ich habe mich trotzdem besser dabei gefühlt, es laut ausgesprochen zu haben. Und dann haben wir angefangen zu reden. Und ich war so in unsere Unterhaltung vertieft, dass ich ganz vergessen habe, dass ich diese blöde Uniform trage. All die Martinis und Shots, mit denen du mich abgefüllt hast, haben nicht gerade zu meinem Erinnerungsvermögen beigetragen, nehme ich an.« Sie bekommt einen wehmütigen Gesichtsausdruck. »Und dann, als wir uns gerade küssen wollten … als deine Lippen an meiner Wange lagen und du mir ins Ohr geflüstert hast …« Sie schließt einen Moment ihre Augen und scheint sich in ihren Gedanken zu verlieren. »Du hast mich Samantha genannt, und plötzlich wurde mir bewusst, dass ich es dir sagen muss. Also sagte ich, dass es etwas gibt, was ich dir sagen muss – und genau in dem Moment kam deine Freundin in die Bar gestürmt, hat dich einen Betrüger und mich eine Schlampe genannt und irgendetwas von einer Blondine beim Abendessen geschrien, und ich habe nur noch das Weite gesucht.«

»O mein Gott«, sage ich leise und bin total baff. Alles, was sie mir gerade erzählt hat, klingt plausibel. Mann, ich war so ein Idiot. »Samantha. Ich meine, T-Rod. Hör mir zu. Ich kann alles erklären.«

»Ja, ich bin mir sicher, dass du das kannst. Du bist richtig gut im Erklären, stimmt's?« Ihre Gesichtszüge werden hart. »Beschimpf du mich nur als Soziopathin, aber ich würde zuerst in den Spiegel schauen, bevor ich mit diesem Wort um mich werfe. Ich war nicht diejenige, die hinter dem Rücken ihres Partners Telefonnummern und One-Night-Stands angehäuft hat.«

»Theresa, du verstehst das alles falsch«, sage ich. »Hör mir bitte zu, okay? Ich hatte vorher an diesem Abend schon mit meiner Freundin Schluss gemacht, lange bevor ich in die Bar gekommen bin. Und der ganze Mist, den sie über mich erzählt hat, stimmt von hinten bis vorne nicht.«

Theresa schnaubt. »Ach, du hattest bereits mit der Psycho-Barbie Schluss gemacht? Das ist komisch, denn offensichtlich hat sie diese Info nicht gehabt. Du weißt schon, dass du die magischen Worte ›ich trenne mich von dir‹ laut aussprechen und nicht nur denken musst, wenn du mit jemandem Schluss machst, oder?«

»Ich habe nicht nur in Gedanken mit ihr Schluss gemacht«, sage ich. »Ich habe es ihr laut und deutlich gesagt. Wenn sie es nicht verstanden hat, dann ist das nicht meine Schuld.«

Jetzt funkelt Theresa mich wütend an. »Das ist ja wohl das Erbärmlichste, was ich je in meinem Leben von einem Mann gehört habe. *›Wenn sie es nicht verstanden hat, dann ist es ihre Schuld‹*?« Sie lacht spöttisch auf. »Okay, Ryan, du hast recht. Mein Fehler. Ich habe dich komplett falsch eingeschätzt. So, wie ich meinen Ex-Freund total falsch eingeschätzt habe, nehme ich an. Du hast mir alles erklärt und bist ein verdammter Heiliger.«

»Ich habe nicht gesagt, dass ich ein Heiliger bin. Ich habe nur gesagt …«

»Egal«, sagt sie. »Das ist nicht wichtig. Ob du ein Heiliger oder ein Sünder oder irgendwas dazwischen bist – diese Sache zwischen uns geht auf keinen Fall, wie du mir zustimmen wirst.«

»Nein, verdammt, ich stimme dir nicht zu. Ich könnte dir gar nicht *mehr* widersprechen.«

»Bist du high? Selbst, wenn du Mr Perfect wärst, was du offensichtlich nicht bist, du bist Kats Bruder.«

»Ich sehe das Problem nicht.«

Sie schnaubt. »Wenn ich bedeutungslosen Sex mit einem Mann habe, dann bevorzuge ich es, ihn nicht ständig bei Kindergeburtstagen und auf Eröffnungsfeiern von Kletterhallen zu sehen.«

»Was, wenn wir keinen bedeutungslosen Sex haben werden? Was, wenn ich mehr will als nur eine Affäre?«

Sie lacht. »Okay, gut. Lass uns das für einen Moment durchspielen. Lass uns so tun, als wäre die Nummer mit der Psycho-Barbie nie passiert, und du bist tatsächlich ein charmanter Kerl mit moralischen und ethischen Werten. Was sollen wir tun? Auf Doppel-Dates mit Josh und Kat gehen, und wenn wir zu viert im Kino sitzen und Josh Popcorn will, dann springe ich auf und hole es ihm? Ich habe in meiner Freizeit noch nie etwas mit Josh unternommen. Ich bin seine *Angestellte*. Ich arbeite für ihn.«

Ich muss lachen. »Du bist seine Assistentin, nicht seine Dienerin. Wenn ich etwas mit ihm unternehmen kann, dann kannst du das auch. Ich bin schließlich auch kein Multimillionär.«

»Du verstehst mich nicht.«

»Nein, das tue ich nicht. Du musst einfach vergessen, dass du seine Angestellte bist, und nur du selbst sein. Stellen wir uns beispielsweise mal vor, wir sind im Kino und Josh will Popcorn. Dann würde ich ihm natürlich eins mitbringen, wenn ich unser Popcorn hole. Und wenn Josh deswegen Theater macht, dann würden wir ihm den Mittelfinger zeigen und ihm sagen, dass er sich sein Popcorn selbst holen kann. Das ist keine Wissenschaft, Theresa. Du würdest ihn behandeln wie jeden anderen auch.«

»Und was dann? Gefeuert werden? Oder mich deswegen schlecht fühlen? Nach sechs Jahren soll ich meinem Boss sagen, dass er sich sein verdammtes Popcorn selbst holen soll?« Sie schüttelt den Kopf. »Das ist lächerlich. Ich werde nicht mit dir über Joshs Popcorn streiten. Das war bloß eine Metapher. Ich will damit nur sagen, dass das mit uns nicht geht, okay? Es hat Spaß gemacht, und was du mit mir gemacht hast, hat sich verdammt gut angefühlt – das will ich nicht leugnen. Es war der beste Sex meines Lebens, und dafür danke ich dir. Aber es war nur Sex, Ryan. Ich werde mich nicht Hals über Kopf in dich verlieben, bloß weil du unheimlich geschickt bist mit deinen Fingern und deinem Schwanz und deiner Zunge.«

»Mein Gott.«

»Sorry. Es ist, wie es ist. Das einzig Vernünftige, was wir von jetzt an tun können, ist zu sagen, dass es der Wahnsinn war, und dann so zu tun, als wäre es nie passiert. Ich schwöre, der nächste Kerl, mit dem ich schlafe, wird jemand sein, den ich danach nie wiedersehen werde.«

Ich knirsche mit den Zähnen. »Ich würde es sehr schätzen, wenn du nicht ständig davon reden würdest, dass du mit einem anderen Kerl schlafen wirst, wo mein Schwanz vor ein paar Minuten noch in dir war.«

»Ich rede, worüber ich will. Du kannst mir nicht befehlen, was ich zu tun und zu lassen habe.«

»Doch, das kann ich.«

Ein Schatten legt sich über ihr Gesicht. »War das eine Drohung? Drohst du mir, Josh und Kat zu erzählen, was ich dir in der Bar verraten habe?«

»Was? Nein«, sage ich. »So habe ich das nicht gemeint.«

Plötzlich wirkt sie panisch. »Sag es mir gleich: Wirst du Josh und Kat von dieser blöden Sache erzählen?«

Ich zucke mit den Schultern. »Ich weiß es ehrlich gesagt nicht. Ich habe eigentlich nicht vor, ihnen irgendeinen Blödsinn zu erzählen. Aber ich weiß im Moment noch nicht, ob ich meinem Bauchgefühl trauen kann. Ich muss erst schauen, wie sich das alles anfühlt. Wenn sich rausstellt, dass du planst, meiner Schwester irgendwann den Mann auszuspannen, dann würde ich nicht gerne zurückdenken und mich fragen, warum zum Teufel ich meine Schwester nicht gleich vor dir gewarnt habe.«

Ihre Gesichtszüge verhärten sich wieder. »Du bist wirklich ein Arschloch, weißt du das? Ich schwöre bei Gott, dass ich nichts von Josh will. Ich schwöre auf die Leben meiner Brüder und Eltern und meiner Nichte. Ja, ich habe vor einer Weile ein bisschen für meinen Boss geschwärmt. Das war zu einer Zeit, als ich mich gefühlt habe wie ein Stück Scheiße. Und ja, dieses Jahr war schwer für mich, und mit einer kleinen fantastischen Schwärmerei fühlte ich mich sicherer als damit, mich gleich wieder in die grausame Realität zu stürzen. Aber, wie ich dir an diesem Abend schon gesagt habe, es ging bei meinen Gefühlen nicht explizit um Josh, sondern mehr um die Art Mann, die er verkörpert.« Sie reckt ihr Kinn. »Und außerdem habe ich Kat wirklich schrecklich gern und würde ihr nie wehtun. Das ist die Wahrheit, verdammt. Und wo ich schon von der Wahrheit spreche, kann ich auch zugeben, dass ich Josh *liebe*. Ja, verdammt, ich liebe ihn. Aber nicht so, wie du denkst. Er ist für mich wie ein Bruder oder ein Cousin.

Ich kann ihn scharf finden und trotzdem wissen, dass er tabu ist, weil wir dreiköpfige Kinder auf die Welt bringen würden, okay?«

Ich kann mir das Lachen nicht verkneifen. Sie ist so verdammt lustig.

Theresa fährt fort. »Willst du mir sagen, dass du deine Cousinen oder Kat objektiv betrachtet nicht scharf findest?«

Ich zucke zusammen. »Bitte nicht.«

»Aber du weißt, dass deine Schwester objektiv betrachtet scharf ist, oder?«

»Nein, bitte hör auf.«

»Was ich sagen will, ist: Gerade weil ich Josh so aufrichtig liebe, will ich, dass er glücklich ist – was bedeutet, ich will, dass er mit Kat zusammen ist. Natürlich. Jeder Idiot kann sehen, dass Josh und Kat die Liebe gefunden haben, die sich jeder von uns – ich eingeschlossen – wünscht.« Sie wirft einen schnellen Blick auf ihre Uhr. »Scheiße. Ich muss gehen. Ich hätte das niemals tun dürfen.«

Plötzlich überkommen mich alle Gefühle, die ich vor drei Monaten in der Bar für diese Frau empfunden habe, noch einmal. Nur dieses Mal noch stärker als damals. »Theresa, hör mir zu«, keuche ich. »Wir müssen reden. Ich will dir alles erklären.«

»Scheiß auf dich und deine Erklärungen, Ryan. Ich bin fertig mit Männern voller Ausreden und Erklärungen. Wenn du Josh und Kat erzählen willst, was ich dir in der Bar verraten habe, wenn du mein Leben zerstören willst, nur weil du dich dadurch wie ein Superbeschützer deiner Schwester fühlst, dann kann ich dich nicht davon abhalten. Das sagt mehr über dich und deine miese Moral und dein selbstherrliches Ego und deine Unfähigkeit aus, in die Liebe zu vertrauen, als es über mich und eine blöde Schwärmerei aussagt, die ich vor Monaten mal für meinen Boss hatte – mit dem ich übrigens nie auch nur einmal außerhalb der Arbeit etwas unternommen habe. Aber was immer du auch tun wirst, ich muss meine Arbeit erledigen. Und das werde ich so gut wie irgend möglich machen, denn ich bin stolz darauf, wie gut ich in meinem Job bin – unendlich stolz!« Plötzlich füllen sich ihre Augen mit Tränen. »Ich bitte dich nur um zwei Dinge: Bitte erzähl niemandem, dass wir Sex hatten, denn das wäre mir unendlich peinlich. Und ganz besonders will ich nicht, dass Josh und Kat es erfahren und dadurch ihre Hochzeitsfeier irgendwie beeinträchtigt wird. Und zweitens: Bitte verhalte dich die kommende Woche mir gegenüber einfach höflich und normal, um keinen Verdacht zu erregen. Und ansonsten lass mich bitte in Ruhe, verdammt.«

O mein Gott. Sie ist außer sich. Sie hasst mich. Sie hasst mich, und das bringt mich um. »Theresa, warte. Du führst dich auf wie eine Verrückte. Du musst mich …«

Ohne ein weiteres Wort zeigt sie mir den Mittelfinger, reckt ihr Kinn, öffnet die Tür und marschiert aus dem Zimmer.

Ich stehe eine Minute lang stocksteif da, und mein Herz klopft wie wild. Ich kann ihr nicht folgen – sie geht in die Lobby, um den Faraday-Clan zu begrüßen. Soll ich … verdammt, was soll ich tun? Ich habe keine Ahnung. Im Moment weiß ich nur zwei Dinge: Erstens, ich will sie. Mehr als je zuvor. Und zweitens werde ich diese Frau zu meiner machen, bevor diese Woche rum ist – egal, was ich dafür auch tun muss.

Tessa

Als ich den geschwungenen Pfad Richtung Hauptlobby englanglaufe, kann ich nicht aufhören, mich selbst zu verteufeln. Was ist bloß los mit mir? *Ich habe mit Ryan Morgan geschlafen*! Und dann bin ich völlig ausgeflippt und habe ihn angeschrien. Scheiße! Warum habe ich ihn nicht ausreden lassen? Stärke entspringt aus Ruhe und nicht aus Schreien und Weinen. Verdammt! Er wollte mir ganz offensichtlich etwas sagen. Warum habe ich ihn nicht gelassen? Vielleicht hätte ich ihn mit seinen eigenen Worten davon überzeugen können, dass er die ganze Woche lang seinen Mund hält.

So ein Mist! Ich hätte nie in sein Zimmer gehen sollen. Ich hatte wichtige Arbeit zu erledigen, aber stattdessen habe ich beschlossen, während der Ankunft der Gäste *Versteck die gepiercte Salami* mit Kats verdammtem Bruder zu spielen. Dafür gibt es keine Entschuldigung. Laut Definition soll eine Frau ihren One-Night-Stand nie wiedersehen. Und ich habe unverbindlichen Sex mit einem Mann, den ich die ganze Woche hier auf Hawaii und für den Rest meines Lebens mindestens einmal im Jahr in Seattle sehen werde? Argh …

Mein Handy vibriert, und ich ziehe es aus der Tasche, während ich weiter Richtung Lobby laufe. Der Fahrer von Onkel William, Jonas, Sarah und Sarahs Mutter wird jeden Moment ankommen. Ich antworte, dass ich sie in der Lobby in Empfang nehmen werde und scrolle dann weiter durch meine Nachrichten. Eine ist von Marnie, die mir mitteilt, dass die Morgan-Familie zum Privatstrand gegangen ist und ein bisschen Spaß in der Sonne hat. Dann sehe ich eine Nachricht von Reed Rivers, der eine Frage hat zur Hochzeitszeremonie – wegen einer musikalischen Überraschung, die er als Geschenk für Josh und Kat organisieren will. Ich antworte Reed, dass das kein Problem ist und wir darüber reden, wenn er hier ist.

Als ich die weitläufige Lobby betrete, stecke ich mein Handy zurück in die Tasche und werfe einen Blick durch den Raum. Puh. Noch kein Zeichen von den Faradays.

Mein Handy vibriert schon wieder, und ich ziehe es erneut aus der Tasche.

Hey, du Verrückte!, schreibt Charlotte. **Kannst du jetzt reden? Ich habe noch dreißig Minuten, bevor ich in den Flieger muss. Wenn nicht jetzt, dann morgen?**

Ich tippe eine kurze Antwort: ***Hey Süße, jetzt ist ganz schlecht. Sorry. Morgen. Es gibt viel zu erzählen!*** Ich verschicke die Nachricht und beiße mir auf die Lippe. O Gott, ich würde Charlotte so gern von der ganzen Sache mit Ryan erzählen. Sie wird ausflippen, wenn sie davon erfährt. Ich kann nicht widerstehen, ihr einen kleinen Hinweis zu geben. ***Deine verrückte Freundin hat eine ganz verrückte Geschichte auf Lager, wenn wir telefonieren!***, schreibe ich. ***ICH HATTE SEX! (Zünde das Feuerwerk, lass die Korken knallen und den Chor singen!) Und es war guuuuuut. Der beste Sex meines Lebens! Ich sage dir erst, wer es war, der mir (VIERMAL!) das Paradies gezeigt hat, wenn wir telefonieren (weil ich deine Reaktion HÖREN will!), aber lass mich eins sagen: Der Kerl ist jemand aus meiner Vergangenheit und ein komplettes Arschloch, und ich hatte keine Ahnung, dass er hier ist, aber das ist er. Ich hätte es nicht tun sollen, aber ich habe alle Bedenken in den Wind geschlagen und mich von ihm flachlegen lassen, nur weil ich flachgelegt werden wollte! Jey! Ich glaube, du hast doch recht, was diesen ganzen bedeutungslosen Sex angeht. Wow, das war wirklich gut. Wir reden morgen. Alles, Liebe, T.***

Ryan

Ich werfe einen Blick über den Privatstrand. Weißer Sand. Türkises Wasser. Palmen, die sich im Wind wiegen. Und das alles unter dem berühmten hawaiianischen Sonnenschein. Ein paar der Morgans schnorcheln in den Wellen an der Küste, aber der Großteil – darunter auch Josh und Kat und Dax und seine zwei Kumpel – haben ihren Spaß in den Wellen. Ich glaube, Coco und Keane buddeln gerade Zander bis zum Hals im Sand ein, und Mom und Dad relaxen mit anderen Familienmitgliedern am Strand. Das ist das *Paradies*.

Wenn es je einen perfekten Platz gab, um mich zu sammeln, dann ist es dieser hier. Die letzten Stunden waren eine emotionale und körperliche Achterbahnfahrt für mich, wie ich sie noch nie zuvor erlebt habe. Samantha ist T-Rod? Wie konnte das passieren? Und wie konnte es zwischen ihr und mir so weit kommen, dass wir es erst getrieben haben wie die wilden Tiere und sie mir dann mit Tränen in den Augen gesagt hat, dass ich sie in Ruhe lassen soll?

Verdammt, in meinem Kopf dreht sich alles. Was ich jetzt brauche, ist eine sofortige Sitzung mit meinem lebenslänglichen Therapeuten, der mir hilft, meine Gedanken wieder zu ordnen. Ich suche den Strand ab und finde ihn schnell ganz alleine mit blauer Badehose in einem Liegestuhl sitzend. Neben ihm stehen ein paar Bierdosen, und er hält ein Buch in den Händen.

»Hey, Bee«, sage ich und ziehe den nächstbesten Liegestuhl neben meinen großen Bruder.

Colby blickt von seinem Buch auf. »Warum hast du so lange gebraucht? Mom hat gesagt, sie hat dir schon vor über einer Stunde geschrieben, dass du an den Strand kommen sollst.«

»Ich habe ein bisschen geschlafen.« Ich deute auf die Bierdosen neben ihm. »Kannst du mir eins geben, bitte? Was liest du da?«

Colby zeigt mir das Cover seines Buches: *Hillbilly-Elegy*.

»Dad hat das im Flugzeug gelesen. Ist es gut?«

»Bis jetzt schon, ja. Interessant.«

Der unverkennbare Klang unserer Schwester, die vor Freude quietscht, hallt durch die Luft. Wir schauen beide in ihre Richtung und sehen, dass Josh mit Kat in den Armen zurück ins Meer rennt.

»Sieht so aus, als würde es Kat mittlerweile viel besser gehen«, sage ich. »Eine Zeit lang dachte ich, unsere arme Schwester würde ihr Baby auskotzen.«

»Schau dir ihren Babybauch in diesem Bikini an«, sagt Colby. »Sie ist verdammt süß.«

»Ja, man könnte sagen, sie ist ein total heißer Feger«, antworte ich und versuche, Keane zu imitieren, so gut ich kann. Wir müssen beide lachen. »Gehst du rein?«, frage ich und deute auf das hellblaue Meer.

»Nein.« Colby deutet auf sein linkes Bein, und ich sehe die langen Narben, die seinen Oberschenkel und sein Schienbein verunstalten – und sofort erinnere ich mich wieder an diese schreckliche Nacht vor ein paar Monaten, als mein Bruder bewusstlos in einem Krankenhausbett gelegen hat, meine ganze Familie an seinem Bett saß und wir alle gebetet haben, dass er die Nacht überlebt.

»Ich dachte, Schwimmen sei gut für das Bein?«, sage ich.

»In einem Swimmingpool. Meine Physiotherapeutin hat gesagt, sie will nicht, dass ich jetzt schon auf unebenem Boden mit den Wellen kämpfe.«

»Ah.« Ich blicke einen Moment lang auf den Ozean vor uns. Ich bin nicht hierhergekommen, um mit Colby Small Talk zu halten, aber ich weiß nicht genau, wie ich ihm von den lebensverändernden Ereignissen des heutigen Tages erzählen soll. Ich bin mir ja nicht einmal sicher, dass ich das Ganze selbst verstehe.

»Okay, schieß los«, sagt Colby und reißt mich aus meinen Gedanken. Ich schaue ihm ins Gesicht.

»Du hast schon wieder diesen verrückten Ausdruck im Gesicht, Ry. Ich nehme an, es geht um deinen argentinischen Wal?«

Ich muss lachen. Der verdammte Colby. »Ja«, gebe ich zu. »Du wirst es nicht glauben, aber sie ist hier.«

»Auf Maui?«

»Nein, hier – in diesem Resort.«

Colby sieht verwirrt drein. »Aber Josh hat das ganze … Moment, sie arbeitet hier?«

Ich beiße mir auf die Lippe und muss mich zwingen, nicht zu grinsen. »Sie ist T-Rod.«

Colbys Gesichtsausdruck ist unbezahlbar. *»Was?«*

»Der Wal ist T-Rod.«

»Wovon redest du überhaupt?«

Ich muss lachen. »Wie sich herausgestellt hat, hat mir Samantha einen falschen Namen und Beruf genannt, als ich sie in der Bar kennengelernt habe. Das musste ich feststellen, als ich in die Lobby gekommen bin.«

»Aber was ist mit der Stewardessenuniform?«

»Ihre Freundin ist Flugbegleiterin. Ich glaube, es war so ein Mädelsding.«

Colby überlegt kurz, dann wirft er seinen Kopf in den Nacken und bricht in hysterisches Gelächter aus. Auf einer Colby-Morgan-Lachskala ist das eine Zehn von zehn, und sogar in meiner momentanen verwirrten Verfassung muss ich bei seinem lauten Gelächter grinsen.

»Deshalb warst du so unverschämt zu T-Rod, als wir hier ankamen?«, sagt Colby und wischt sich die Tränen aus den Augen.

»Ich war sauer«, sage ich. »Sie hat mich auf diese aussichtslose Suche geschickt, Mann.«

»Blödsinn. Nicht T-Rod hat dich auf diese Schnitzeljagd geschickt, sondern du. Das Mädchen wollte sich einfach nur einen Spaß mit dir erlauben, wie es schon immer in Bars geschieht, seit sie erfunden wurden.«

»Das hat sie auch gesagt.«

»Ach, dann hast du schon mit ihr darüber geredet? Wusste sie, dass du Kats Bruder bist, bevor du ankamst, oder war das eine totale Überraschung für sie?«

»Eine totale Überraschung und ein totaler Schock. Und ja, wir haben geredet, aber nur kurz. Ich war zu sauer auf sie, um ihr all die herzzerreißenden Dinge zu sagen, die ich eigentlich zu Samantha sagen wollte. Also habe ich sie im Grunde nur wegen dieser blöden Uniform befragt. Und dann musste sie gehen.«

»Du hast ihr also nichts von deiner verrückten Suche erzählt?«

Ich schüttle den Kopf.

»Gott sei Dank. Was hat sie zu der Uniform gesagt? Dass sie bloß Spaß haben wollte?«

»Ja.«

Ich erzähle Colby alles, was T-Rod zu mir gesagt hat. Dabei erwähne ich nicht, dass die Unterhaltung in meinem Hotelzimmer stattfand – gleich nachdem wir den besten Sex unseres Lebens gehabt haben. Als ich fertig bin, sagt Colby: »Frauen sind schon amüsant. Weißt du noch, wie Kat immer in Bars gegangen ist und so getan hat, als wäre sie Matilda Blackburn aus Australien?«

»Das werde ich nie vergessen«, sage ich. »Ich wünschte, das wäre mir eingefallen, bevor ich Henn auf die gesamte Airline-Industrie losgelassen habe.«

Colby lacht. »Wie konnten die Kerle Kat glauben, dass sie Australierin sei, mit ihrem lächerlichen Crocodile-Dundee-Akzent, das verstehe ich bis heute nicht.«

»Niemand hat Kat je geglaubt«, sage ich. »Die Typen haben einfach nur mitgespielt, weil sie gehofft haben, das scharfe Mädchen mit dem falschen australischen Akzent ins Bett zu kriegen.«

Colby lacht. »Wahrscheinlich.«

»Du denkst also nicht, dass T-Rod eine Verrückte ist, weil sie diese Uniform getragen hat«, frage ich.

»Nein«, sagt Colby. »Sie hat gesagt, es sei eine einmalige Sache gewesen, oder? Kat hat so etwas bestimmt schon fünfzigmal getan, und ich würde sagen, sie ist immer noch ziemlich zurechnungsfähig. Für mich klingt es danach, als hätte T-Rod einfach eine Freundin, die gerne feiert und Spaß hat – wie Kat. Das ist alles. Außerdem arbeitet T-Rod schon seit Jahren für Josh, oder? Und er vertraut ihr offensichtlich sein Leben an.«

»Da hast du recht.«

»Ich meine, ich habe die Frau nur fünfzehn Minuten in der Lobby gesehen, also könnte ich falschliegen, aber mein erster Eindruck von ihr war sehr gut. Wenn ich in der kommenden Woche das Gefühl habe, dass sie eine Verrückte ist, dann lass ich es dich wissen, okay?«

»Danke, Mann.«

»Und in der Zwischenzeit tu dir selbst einen Gefallen, und geh die Sache langsam an«, rät Colby mir. »Du hast Glück gehabt, dass du T-Rod nicht die ganze verrückte Geschichte von der Suche nach ihr erzählen musstest. Jetzt kannst du dir Zeit lassen.« Er hält kurz inne und denkt nach. »Ich empfehle dir, dass du ihr erzählst, dass Olivia total verrückt war, und dass du klarstellst, was in diesem Restaurant wirklich mit der anderen Frau passiert ist. Du willst schließlich nicht, dass Theresa denkt, du wärst ein kompletter Vollidiot. Ach, und noch eine Sache: Du solltest sichergehen, dass sie nicht tabu für dich ist, weil sie so etwas wie Joshs kleine Schwester ist, bevor du etwas mit ihr anfängst. Du willst dich bestimmt nicht mit ihm anlegen, oder? Was?«

Ich verziehe das Gesicht, und mein Magen verkrampft sich.

»Warum guckst du so, Ryan?«, fragt Colby.

»Wie?«, frage ich.

»So verdammt schuldig.«

»Weil … weil ich bereits mit ihr geschlafen habe.«

»Was?« Er sieht mich mit offenem Mund an. »Wann? Ryan, wir sind erst seit eineinhalb Stunden hier!«

»Ich habe zehn Minuten nachdem wir hier angekommen sind, mit ihr geschlafen. Tut mir leid, ich habe gelogen: Ich habe kein Nickerchen gemacht – ich habe es mit T-Rod getrieben.«

Colby bricht erneut in schallendes Gelächter aus. Als er endlich wieder sprechen kann, seufzt er fröhlich, reibt sich seine Augen und sagt: »Captain Morgan, du bist mein Held.«

Ryan

»Wie zum Teufel hast du denn das geschafft?«, fragt Colby und setzt sich in seinem Liegestuhl auf.

»Es war seltsamerweise ganz einfach«, sage ich. »Als T-Rod mit ihrer Ansprache über den Wochenplan fertig war, bin ich zu ihr rübergegangen und habe ihr ins Ohr geflüstert, dass sie in zehn Minuten in meinem Zimmer sein soll.«

»Und?«

»Und dann kam sie zehn Minuten später in mein Zimmer, und wir hatten Sex.«

Wir müssen beide lachen.

Ich schaue einen Moment lang aufs Meer und schüttle den Kopf. »Ich habe nicht einmal versucht, ein Gentleman zu sein. Ich war sauer wegen der Sache mit der Uniform und wollte ihr unter vier Augen die Leviten lesen. Sie hat also an meine Zimmertür geklopft und war total wütend wegen der Sache mit Olivia, und ich habe die Tür geöffnet und etwas total Bescheuertes zu ihr gesagt. Dann hat sie versucht, mich zu schlagen, was natürlich nicht funktioniert hat, und plötzlich haben wir uns die Kleider vom Leib gerissen und hatten Sex.« Ich schnippe mit den Fingern. »Einfach so. Das war das Verrückteste, was mir je passiert ist.« Ein breites Grinsen legt sich über mein Gesicht. »Und das Beste.«

Colby runzelt die Stirn. »Also konnte es die Realität mit deinen Fantasien von deinem argentinischen Wal aufnehmen?«

»Die Realität war tausendmal besser, Mann.«

Colby grinst. »Cool.«

»Der beste Sex, den ich je hatte«, sage ich. »Für sie auch. Sie hat nicht mal versucht, es zu leugnen. Verdammt, Bee, ich dachte, ich wüsste, was guter Sex ist – ich hatte schon viel davon, wie du weißt –, aber ich hatte ja keine Ahnung, dass es *so* gut sein kann.«

»Verdammt, Ry, hör auf damit. Ich hatte schon seit Monaten keinen Sex mehr. Ich freue mich für dich, aber du kannst nicht mit einem saftigen Hamburger vor der Nase eines verhungernden Mannes herumwedeln.«

»Tut mir leid, ich kann nicht anders: Ich hatte schon schmutzigeren und verrückteren Sex, aber noch niemals besseren. Nicht einmal annähernd.«

Colby grinst. »Willst du etwas Lustiges hören? Als ich heute in der Lobby gesehen habe, wie du T-Rod angeschmachtet hast, war ich fast ein bisschen sauer.«

»Warum?«

»Ich dachte mir: Seit drei Monaten führst du dich auf wie Captain Ahab auf der Suche nach deinem argentinischen Wal, und dann wirfst du einen Blick auf T-Rod, und der Wal ist vergessen.«

Ich lache laut auf. »O mein Gott, das ist so typisch für dich, Colby. Natürlich musst du die Ehre des Wals verteidigen.«

Colby zuckt mit den Schultern und nippt an seinem Bier.

»Das Lustige ist, selbst wenn T-Rod nicht der Wal wäre, hätte ich sie heute trotzdem flachgelegt. Ich meine, hast du T-Rod in diesem Kleid gesehen, Mann? Ich bin auch nur ein Mensch.«

»Ich muss zugeben, sie ist verdammt scharf«, stimmt Colby mir zu. »Aber wie ich schon sagte, ich hätte an deiner Stelle das Glück nicht herausgefordert.«

Wir müssen lachen. Colby redet natürlich Blödsinn, aber das ist es, was wir immer tun. Wir reden über Mädchen und halten uns dabei nicht zurück – egal, ob es dem anderen passt oder nicht.

»Aber so scharf sie auch ist«, fahre ich fort, »ich fühle mich nicht deswegen so zu ihr hingezogen. Natürlich schadet es nicht, dass sie aussieht wie ein feuchter Männertraum, das will ich nicht leugnen, aber es ist viel mehr als das. Eher eine Art *Reflex*.«

»Ja, das nennt man einen Ständer.«

»Nein, nein, ich meinte das eher im spirituellen Sinne. Wie etwas Vorherbestimmtes. Sie hat irgendeinen Reflex in meiner Seele ausgelöst.«

»O Gott, sie hat dich in Dax verwandelt.«

»Ich weiß – bestraf mich später dafür.«

»Erklär es mir.«

Ich denke kurz nach. »Du weißt schon, wenn der Arzt mit diesem kleinen Hammer auf dein Knie schlägt und dein Bein nach oben kickt?«

Colby nickt.

»Hast du als Kind schon mal versucht, dein Bein nicht zu bewegen? Um zu sehen, ob das geht?«

Colby lacht. »Jedes Mal.«

»Ich auch. Aber ich musste immer mit dem Bein kicken.« Ich zucke mit den Schultern. »So kann ich es am besten beschreiben. Diese Frau ist der Hammer auf meinem Knie, nur dass mein Verstand, mein Körper und meine Seele das Knie sind. Sie schaut mich an – und *kick*.« Ich kicke mit meinem Bein.

Colby lacht. »Wie hast du es bis jetzt geschafft, dass wir dich alle für so normal gehalten haben?«

»Das ist ganz einfach. Ich habe mich immer gefragt: Was würde Colby tun? Und das habe ich dann getan.«

Colby grinst mich an. »Ich bin nicht annähernd so normal, wie du denkst.«

»O doch, das bist du. Du bist der Vernünftigste von uns allen. Hey, kann ich dir etwas Verrücktes erzählen?«

»Du meinst, etwas Verrückteres als das, was du mir bereits erzählt hast?«

Ich ignoriere seinen Seitenhieb. »In dem Moment, in dem ich Samantha – oder T-Rod oder Tessa – zum ersten Mal gesehen habe, hatte ich das Gefühl, dass wir uns in einem vorherigen Leben leidenschaftlich geliebt haben – du weißt schon, dass wir total besessen voneinander gewesen sind. Und dann sind wir gestorben, und unsere Seelen wurden wiedergeboren – oder was auch immer mit den Seelen passiert –, und wir sind als zwei völlig neue Menschen auf die Welt gekommen, ohne Erinnerung an unser gemeinsames Leben in der Vergangenheit. Und dann sind wir uns in dieser Bar über den Weg gelaufen, und unsere Seelen haben sich sofort an alles erinnert, nur unsere Gehirne nicht. Und jetzt, da wir uns geküsst und berührt und miteinander geschlafen haben, sagt mir meine Seele, dass sie niemals wieder von dieser Frau getrennt sein möchte.« Ich presse meinen Mund zusammen und bin selbst von meinen Worten überrascht. »O Gott, das war vielleicht verrückt.«

Aber Colby sieht unbeeindruckt aus. Er nippt an seinem Bier, schaut aufs Meer hinaus und nickt, als würde alles, was ich gerade gesagt habe, absolut Sinn ergeben.

Ich warte, aber er sagt nichts. »Mach schon. Sag mir, dass ich total verrückt bin«, sage ich.

Colby lächelt mich an. »Warum solltest du verrückt sein? Du weißt ganz genau, dass ich genauso denke. Ich hätte es nicht besser sagen können. Um ehrlich zu sein, Ry, wegen dieser kleinen Rede habe ich dich am liebsten.«

Ich werde rot. »Danke, Bee.«

»Und außerdem sagt Dad solche Sachen auch immer über Mom.«

»Dad sagt so etwas? Das habe ich noch nie gehört.«

»Geh mal mit ihm alleine angeln, und du wirst überrascht sein. Er drückt die Dinge nicht ganz so aus, wie du es gerade getan hast, aber ja, auf seine Art sagt er genau das Gleiche über Mom. Er sagt oft, er wurde geboren, um sie zu lieben. Cool, oder?«

Plötzlich verspüre ich das dringende Bedürfnis, T-Rod zu suchen, mich vor ihr auf die Knie zu werfen und ihr begreiflich zu machen, dass ich kein Frauenheld bin, der nur mit ihr ins Bett will – dass ich Berge versetzt habe, um sie zu finden, weil ich vom ersten Moment an gewusst habe, dass sie für mich bestimmt ist. Aber ich weiß, das kann ich nicht tun. Sie wird mir nicht glauben. Und wahrscheinlich wird sie mich zum Teufel schicken. »Also, was soll ich mit dieser Frau machen, Bee? Ich will sie, Mann – so, wie ich noch nie eine Frau gewollt habe. Und zum ersten Mal in meinem Leben weiß ich nicht genau, wie ich bekommen soll, was ich will.«

»Also für mich hört es sich so an, als hättest du sie schon bekommen«, sagt Colby. »Du hast zu ihr gesagt, sie soll in zehn Minuten in dein Zimmer kommen, und sie kam angerannt.«

»Nein, du verstehst nicht. Sie hat mir klargemacht, dass das, was wir getan haben, bedeutungslos für sie war – was verständlich ist, wenn man bedenkt, dass sie mich wegen der Sache mit Olivia abgrundtief hasst.«

»Ja, das finde ich etwas verwirrend. Sie hat mit dir geschlafen, obwohl sie dich *hasst*?«

»Richtig. Sie hat mit mir geschlafen, obwohl sie mich für ein lügendes, betrügendes Arschloch hält. Ich habe versucht, das Missverständnis mit Olivia aufzuklären, aber sie hat mir nicht geglaubt. Also habe ich es bleiben lassen. Außerdem war ich noch zu sehr auf die Sache mit der Stewardessenuniform konzentriert, um mir über etwas anderes Gedanken zu machen.«

Colby schaut mich verständnislos an. »Aber …« Er schüttelt den Kopf, als wäre ich ein Psychopath. »Das ist verrückt.«

»Ich weiß. Deshalb wollte ich ja mit dir reden. Diese Frau ist eine Wahnsinnige. Vor drei Monaten in der *Pine Box*, als sie noch gedacht hat, ich wäre ihr Prinz in der schimmernden Rüstung, wollte sie es unbedingt langsam angehen lassen. Und das war ihr Ernst, das schwöre ich. Und jetzt, wo sie denkt, dass ich der größte Mistkerl bin, springt sie innerhalb von zehn Minuten mit mir in die Kiste.«

Colby nippt an seinem Bier und schaut gedankenverloren drein.

»Was denken Sie, Dr. Colby? Ich kann sehen, wie sich Ihre Gedanken überschlagen.«

»Du denkst, sie hat große Probleme damit, jemandem zu vertrauen, oder?«

»Auf jeden Fall.« Ich erzähle Colby alles über T-Rods Trennung von Mr Fußballstar.

»Okay, ich denke Folgendes«, sagt Colby. »Mit einem offensichtlichen Arschloch ins Bett zu gehen ist keine riskante Sache für sie. Sie ist sich deines miesen Charakters nur allzu bewusst. Zumindest glaubt sie das. Und deshalb glaubt sie auch, dass sie von dir nicht verarscht werden kann. Also nimmt sie an, sie kann zum Spaß bedeutungslosen Sex mit dir haben, ohne dass du sie verletzen kannst. Das stimmt natürlich nicht – Frauen wie sie können Sex und Gefühle nicht voneinander trennen, aber das weiß sie nicht, weil sie es noch nie probiert hat. Sie schafft es vielleicht, ihre Gefühle für dich nach einem einzigen One-Night-Stand zu unterdrücken, aber ich garantiere dir, wenn du die ganze Woche mit ihr Sex hast, dann wird sie sich in dich verlieben, ob es ihr gefällt oder nicht. Mein Rat: Besorg es ihr nachts wie ein Rockstar, häng mit ihr tagsüber ab, und sei einfach nur du selbst, und dann nimmt die Sache ihren natürlichen Lauf. Wenn sie aus der Überzeugung heraus, dass du ein Arschloch bist, mit dir geschlafen hat, dann lass sie in dem Glauben, du seiest ein Arschloch, bis sie vertrauensselig genug ist, dir zuzuhören.«

»Dein Bauchgefühl sagt dir also, ich soll ihr nicht sofort von meiner Suche nach Samantha erzählen?«

»Auf keinen Fall. Natürlich verdient sie es, die ganze Wahrheit zu erfahren, aber nicht jetzt sofort. Zuerst gibst du ihr, was sie glaubt zu wollen – unverbindlichen Sex. Sag ihr, dass ihr diese Woche lang einfach Spaß haben und es euch gut gehen lassen könnt, ohne Verpflichtungen, keiner wird davon erfahren, bla, bla, bla. Bring sie dazu, dass sie sich sicher bei dir fühlt und dir glauben kann, dass du es niemals jemandem erzählen wirst. Oder noch besser: Fleh sie an, dass *sie* es niemandem erzählt. Ha! Sag ihr, du willst nicht, dass Josh davon erfährt und sauer auf dich wird, weil du mit seiner ehrenwerten kleinen Schwester ins Bett gehst. Wenn sie denkt, dass sie die Oberhand hat, wird sie sich noch sicherer mit dir fühlen, und dann kommt auch bald das Vertrauen.«

»Brillant.«

»Irgendwann wird sie merken, dass sie nicht der Typ für unverbindlichen Sex ist. Und dann erzählst du ihr von deiner verrückten Suche und all dem anderen Zeug von wiedergefundenen Seelen und so. Sie wird sich riesig freuen, dass du nicht das Arschloch bist, für das sie dich gehalten hat.«

»Verdammt, Bee. Du bist ein Genie.«

»Halte dich einfach die ganze Woche lang bedeckt und erzähl ihr …«

»O Scheiße, Colby!«, falle ich ihm ins Wort. »Ihre Freundin! Ich habe T-Rods Flugbegleiterinnen-Freundin angerufen, ihr die ganze Sache erzählt und sie angefleht, Samantha alles zu sagen!«

»Dann solltest du diese Freundin sofort noch einmal anrufen und ihr sagen, dass sie kein Wort verraten soll. Wenn jemand T-Rod davon erzählt, dann solltest du derjenige sein – und das auch nur, wenn du bereit dazu bist.«

Ryan

»Ach, komm schon!«, ruft Charlotte ins Telefon. »Muss ich eine einstweilige Verfügung gegen dich beantragen, Ryan aus der *Pine Box*? Ich konnte noch nicht mit meiner Freundin reden, okay? Es ist erst drei Stunden her, seit wir gesprochen haben. Komm mal runter, Kleiner.«

Ich öffne meinen Mund, um zu antworten, doch Charlotte redet weiter, bevor ich auch nur ein Wort sagen kann.

»Aber vielleicht ist es gar nicht schlecht, dass du anrufst. Ich hätte dich deswegen nicht extra angerufen, aber wenn ich dich schon an der Strippe habe … Es ist etwas Interessantes passiert, seit wir telefoniert haben. Du solltest dir nicht mehr allzu große Hoffnungen machen, dass meine Freundin dich anruft.«

Colby sieht mich fragend an, als ich das Telefon ans Ohr presse. Er bedeutet mir, dass er nur allzu gerne wissen würde, was Charlotte gesagt hat, doch ich hebe den Zeigefinger, er muss sich gedulden.

Charlotte fährt fort: »Ich habe eine Nachricht von meiner Freundin bekommen. Es tut mir leid, dass ich dir die schlechten Neuigkeiten überbringen muss, Ryan, aber es scheint, als wäre genau das passiert, was du befürchtet hast.«

»Was?«, frage ich.

»Du hast dir doch Sorgen gemacht, dass sie nach dem knappen Jahr, in dem sie immer Nein zu den Männern gesagt hat, plötzlich zu einem Kerl Ja sagen könnte, bevor du die Chance hast, mit ihr zu sprechen. Du hast anscheinend einen sechsten Sinn oder so etwas. Denn es sieht so aus, als wäre genau das passiert.«

»Was hat sie geschrieben?«

»Na ja, ihre Nachricht war etwas vage, aber ich kenne sie wirklich gut, und ich bin mir zu neunundneunzig Prozent sicher, dass sie wieder mit ihrem Ex-Freund zusammenkommen wird.«

Das Herz rutscht mir in die Hose. »*Was?* Du meinst, mit dem Fußballspieler?«

»Ja, mit Stu.«

Plötzlich kriege ich Panik. »Warum glaubst du das? Hat sie es dir geschrieben?«

Colbys Augen werden immer größer, während er mich beobachtet.

»Nein, aber alles andere ergibt keinen Sinn. Sie hat geschrieben, dass sie mit einem Kerl aus ihrer Vergangenheit, der ein komplettes Arschloch ist, etwas hatte. Sie ist gestern erst wegen einer Hochzeit nach Hawaii geflogen, und das einzige Arschloch aus ihrer Vergangenheit, das ebenfalls dort auf dieser Hochzeit sein könnte, ist ihr Ex-Freund. Und wenn sie Sex mit ihrem Ex-Freund hatte, dann kann das nur bedeuten, dass sie wieder zusammenkommen. Denn meine Freundin hätte niemals im Leben unverbindlichen Sex. *Niemals*.«

Ich muss all meine Willenskraft aufbringen, um nicht laut loszulachen. »Warum sollte Stu auf der Hochzeit auf Hawaii sein?«, frage ich.

Colby schaut mich verwirrt an. Wahrscheinlich wüsste er nur allzu gerne, worüber wir gerade reden. Aber ich winke ab, um ihm zu zeigen, dass alles gut ist.

»Er war mal mit dem Bräutigam befreundet – diesem Josh«, sagt Charlotte. »Ich hätte zwar nicht gedacht, dass Josh Stu zu seiner Hochzeit einlädt, nach dem, was er meiner Freundin angetan hat, aber es gibt keinen anderen Kerl in ihrem Leben, zu dem die Beschreibung ›aus ihrer Vergangenheit‹ und ›Arschloch‹ passt.«

»Na ja, zu *mir* passt diese Beschreibung auch«, sage ich.

Ich kann mir vorstellen, wie Charlotte jetzt die Augen verdreht. »Ich meinte, es gibt niemanden, auf den diese Beschreibung zutrifft *und* der auf Joshs Hochzeit sein könnte.«

Okay, ich hatte meinen Spaß. »Charlotte, ich bin es. Ich bin das Arschloch aus der Vergangenheit. Ich bin gerade mit deiner besten Freundin auf Hawaii. Ach, und wenn ich von deiner besten Freundin rede, dann meine ich nicht Samantha, die geile Flugbegleiterin, sondern *Theresa Rodriguez*, die persönliche Assistentin meines zukünftigen Schwagers Joshua William Faraday.«

Am anderen Ende der Leitung herrscht Totenstille.

»Ich bin Kat Morgans Bruder«, sage ich grinsend. »Ryan *Morgan*. Und – Überraschung! – ich hatte Sex mit Theresa, vor ungefähr drei Stunden, gleich nachdem ich hier angekommen bin und Samantha in der Lobby gesehen habe.«

»O mein Gott.«

»Verrückt, nicht wahr?«, sage ich.

»Total *crazy*. Wie hast du Theresa so schnell dazu gebracht, mit dir zu schlafen? Hast du ihr von deiner Suche nach Samantha und deinem selbst auferlegten Zölibat erzählt?«

»Nein. Ich habe ihr nichts von den letzten drei Monaten erzählt. Und genau deswegen rufe ich dich an: Ich werde ihr noch nichts von dieser ganzen Sache erzählen, und ich bitte dich, es ebenfalls nicht zu tun.«

Ich erzähle Charlotte von meinen Überlegungen, und als ich fertig bin, macht sie ein unbestimmtes Geräusch.

»Das kannst du ihr nicht alles verschweigen«, sagt sie. »Sie verdient es, die Wahrheit zu erfahren.«

»Natürlich. Und ich verspreche dir, ich werde ihr alles erzählen, bevor wir Maui wieder verlassen. Aber muss ich ihr alles *heute* erzählen? Sei nachsichtig mit mir. Ich habe drei Monate nach einer Flugbegleiterin namens Samantha gesucht. Ich muss erst mal ein bisschen klarkommen, bevor ich einer Frau, von der ich gerade erst erfahren habe, dass sie Theresa heißt, meine Seele offenbare.«

Charlotte antwortet nicht.

»Charlotte, ich habe für Tessa dieselben Gefühle, die ich in der Bar für Samantha hatte, nur sind sie jetzt noch stärker – und ihr scheint es ähnlich zu gehen, sonst hätte sie nicht Ja gesagt. Gib uns diese Woche, damit wir uns kennenlernen können – und zwar, ohne diese ganze verrückte Geschichte im Hinterkopf zu haben.«

»Du sagst es ihr noch diese Woche, bevor du wieder abreist?«

»Ich verspreche es.«

Charlotte holt tief Luft. »Okay, ich werde ihr diese Woche nichts davon sagen. Ich weiß nicht, warum ich dir vertraue, aber ich tu es.«

»Danke, Charlotte.«

»Aber es gibt drei Bedingungen für mein Schweigen«, sagt Charlotte. »Und du musst auf einen Stapel Bibeln schwören, dass du dich daran hältst.«

»Alles, was du willst.«

»Schwör es.«

»Ich schwöre.«

»Erstens: Du musst es ihr noch diese Woche sagen.«

»Geht klar.«

»Zweitens: Wenn du es ihr erzählst, dann lass meinen Namen da raus. Sie muss nie erfahren, dass ich mich einverstanden erklärt habe, den Mund zu halten. Wenn sie das herausfindet, wird sie total sauer auf mich sein.«

»Ich werde deinen Namen nicht erwähnen, das schwöre ich. Danke.«

»Das ist wirklich wichtig, Ryan. Fall mir nicht in den Rücken. Ich kenne Theresa seit der zweiten Klasse, und ich habe sie noch nie belogen. Im letzten Jahr fühlte sie sich betrogen und war am Boden zerstört. Sie hat immer fest an Ehrlichkeit und Integrität geglaubt, aber im Moment ist sie da total sensibel.«

»Ich verstehe. Ich verspreche dir, dass ich deinen Namen da rauslassen werde. Wie lautet deine dritte Bedingung?«

»Zu guter Letzt: *Wage es ja nicht*, meiner Freundin das Herz zu brechen. Wenn hier ein Herz gebrochen wird, dann sorg lieber dafür, dass es *deins* ist.«

Ryan

Charlotte und ich beenden unser Telefonat, und Colby will sofort alles wissen, was sie gesagt hat. Doch bevor ich ihm antworten kann, nähert sich Josh unseren Liegestühlen, und wir sind augenblicklich still.

»Hey, hey, da kommt ja der Mann der Stunde«, sage ich zu Josh. »Was geht ab, Bro?«

»Hey, Jungs.« Josh schaut mich an. »Kat hat gesagt, ich soll dich ins Wasser holen, Ryan. Wir wollen mit deinen Eltern und noch ein paar Morgans ein bisschen schnorcheln, bevor wir zum Abendessen gehen.«

»Cool. Kommst du klar, Cheese?«

Colby hält sein Buch und sein Bier hoch. »Viel Spaß, Jacques Cousteau.«

Josh und ich laufen über den Strand auf eine Strohhütte zu, in der sich die Schnorchelausrüstung befindet. Dabei unterhalten wir uns über die anstehenden Aktivitäten der kommenden Woche.

»T-Rod hat die ganze Woche für uns geplant«, sagt Josh. »Dieses Mädchen lässt mich nie im Stich. Sie ist nicht nur meine rechte Hand, sie ist auch mein rechter Arm und mein rechtes Bein.«

Ich nicke lächelnd, doch plötzlich kriege ich ein mulmiges Gefühl in der Magengegend. »Sie scheint extrem organisiert zu sein«, sage ich beiläufig.

Josh fährt fort: »Ich konnte heute kurz mit Henn reden, bevor er abgeflogen ist.«

»Ach ja? Wie geht es ihm?«

»Gut. Er hat gesagt, du bist immer noch auf der Suche nach dieser Flugbegleiterin aus der *Pine Box*?«

Mein Magen verkrampft sich. *Scheiße.* »Ja, äh, ich hatte heute noch mal eine Idee. Das ist jetzt so was wie mein letzter Versuch.«

»Henn hat mir auch erzählt, dass sie Argentinierin ist. Das wusste ich gar nicht. Ich muss wohl schon bei Kat gewesen sein, als dieses Detail zur Sprache kam.« Josh legt seinen Kopf schief. »Hast du eine Schwäche für Argentinierinnen, Captain?«

Jetzt dreht sich mir förmlich der Magen um. »Nein, nicht wirklich. Das kann man so nicht sagen.«

»Ich habe bemerkt, wie du heute in der Lobby T-Rod begutachtet hast. Wusstest du, dass sie Argentinierin ist?«

»Ach, ist sie das? Cool.« Okay, jetzt wird es wirklich unangenehm. »Ich habe sie eigentlich gar nicht begutachtet. Ich war nur ein Klugscheißer. Tut mir leid, wenn ich sie damit beleidigt habe. Oder dich.«

»Überhaupt nicht. Keine Sorge. Hey, du solltest dir ein bisschen Sonnencreme ins Gesicht schmieren, Rum Cake. Du wirst schon ganz rot.« Er grinst.

»Danke. Blödes Seattle, stimmt's? Ich werde in der Woche hier rot wie ein Hummer werden.«

Wir kommen an der Hütte mit der Schnorchelausrüstung an, und Josh tauscht »Alohas« mit dem Typ hinter dem Tresen aus. »Mein zukünftiger Schwager hier braucht bitte seine Ausrüstung.«

»Kein Problem, Mr Faraday. Und für Sie, Sir?«

»Ich habe meine schon«, antwortet Josh.

Der Typ dreht sich um, um meine Ausrüstung zusammenzusuchen, und Josh stützt sich mit dem Ellbogen auf den Tresen und schaut mich unverwandt an. »T-Rod ist für mich wie eine Schwester, Ryan. Sie ist seit sechs Jahren bei mir. Ich kann nicht anders, als mich um sie zu sorgen. Vor allem, nachdem dieser Kerl, mit dem ich so etwas wie befreundet war, ihr letztes Jahr das Herz gebrochen hat.«

Ich öffne meinen Mund und schließe ihn gleich wieder. *Scheiße.*

»Bitte, Sir«, sagt der Typ hinter dem Tresen und reicht mir Maske, Schnorchel und Flossen. »Wissen Sie, wie man das alles benutzt?«

Ich wende meinen Blick von Josh ab und lächle den Typen an. »Ja, danke.«

Josh nimmt seine Ausrüstung von einem Stuhl, und wir laufen los Richtung Meer, wo alle meine Familienmitglieder – außer Colby – im seichten Wasser stehen und sich ihre Masken aufsetzen.

Josh redet weiter: »T-Rod hat diesen Mistkerl durch mich kennengelernt, also bin ich indirekt an ihrem gebrochenen Herzen schuld. Ich habe T-Rod damals gebeten, ein paar signierte Sportartikel für diesen Wohltätigkeitsverein für Kinder zu besorgen – du weißt schon, signierte Trikots, Bälle, so etwas. Sie sammelt die Sachen also bei verschiedenen Mannschaften in L.A. ein, und plötzlich kriege ich eine Nachricht von diesem Fußballspieler, den ich kannte: ›Du hast mich die ganze Zeit hingehalten, Faraday!‹ Ich habe T-Rod gefragt, was das zu bedeuten hat, weil sie nie auch nur ein Wort über ihr Privatleben zu mir gesagt hat, und es hat sich herausgestellt, dass sie am selben Abend ein Date mit dem Kerl hatte. Spulen wir ein paar Monate vor, die beiden sind zusammengezogen und haben über Heirat und Kinder geredet. Nach einem weiteren Jahr hat sich rausgestellt, dass er sie so ziemlich vom ersten Tag an betrogen hat – in jeder Stadt, in der er gespielt hat.

Und die ganze Zeit hat er ihr erzählt, dass sie die Mutter seiner Kinder werden soll.«

Ich verspüre ein Stechen in der Brust. Kein Wunder, dass T-Rod mir nicht traut.

Wir kommen am Ufer an, und Josh bleibt stehen, um seine Flossen anzuziehen. Ich tue es ihm gleich, während mein Herz wie wild klopft und meine Gedanken sich drehen.

Mit Flossen an den Füßen stellt Josh sich wieder aufrecht hin und verschränkt seine muskulösen Arme vor der Brust. Seine Unterarme bedecken das *Grace*-Tattoo auf seinen Brustmuskeln. »Ich muss wohl nicht sagen, dass ich mit diesem Stück Scheiße nicht mehr befreundet bin.«

Und wieder dreht sich mir fast der Magen um. »Verständlich.«

Für einen Moment schaut Josh mich an, als hätte ich ein Kondom in der Tasche, auf dem steht: Nimm das, T-Rod! Dann grinst er und sagt: »Bist du bereit?«

Ich nicke.

Langsam watscheln wir ins Wasser zu der kleinen Gruppe, die bereits in Ufernähe schnorchelt. »Bist du schon mal geschnorchelt?«, fragt Josh betont locker, als hätte es die letzten fünf Minuten nie gegeben.

»Äh, ja, ein paarmal in Mexiko.«

»Kat macht ständig Witze darüber, dass ihr Babybauch sie wie ein Anker nach unten ziehen wird. Ich sage ihr, dass er sie oben halten wird wie eine Luftmatratze. Gott, ich hoffe, ich habe recht.« Er grinst.

Ich lächle, aber ich bin zu durcheinander, um seine Fröhlichkeit zu teilen.

»Spuck auf die Scheibe, damit sie nicht beschlägt«, sagt er und deutet auf meine Maske. »Das ist ein alter Trick.« Zur Demonstration spuckt er auf seine Scheibe, verschmiert die Spucke auf dem Glas und taucht seine Maske dann im Meer unter – ich tue das Gleiche. »Ach, Ryan«, sagt Josh lässig, während er immer noch mit seiner Maske beschäftigt ist. »Was ich dich noch fragen wollte: Wolltest du mir an dem Abend damals, als wir uns in der *Pine Box* auf ein paar Drinks treffen wollten, etwas Bestimmtes sagen?«

Ich muss ein Grinsen unterdrücken. *Bravo*. Diese Unterhaltung ist ein ziemlich gutes Beispiel für zwei Männer, die etwas klarstellen wollen. Sehr beeindruckend. »Nichts Wichtiges«, antworte ich. »Ich wollte dich nur in der Morgan-Familie willkommen heißen und dir sagen, dass du jetzt vier Brüder hast, die dir helfen werden, wann immer du Hilfe brauchst. Egal, was es auch sein mag.« Meine Mundwinkel zucken. »Und natürlich wollte ich eins klarstellen, und das will ich immer noch, um ehrlich zu sein: Wenn du meiner Schwester wehtust, dann werden sich die Morgan-Brüder schneller in die Morgan-Mafia verwandeln, als du blinzeln kannst.«

Ein breites Grinsen legt sich auf Joshs Gesicht. »Ich kann deine Gefühle verstehen, Ryan. Nichts anderes würde ich von einem Mann erwarten, dem seine kleine Schwester am Herzen liegt.«

Ich nicke. »Mir geht es genauso.«

»Gut, ich bin froh, dass wir uns da einig sind.« Er klopft mir auf die Schulter und deutet auf meine Maske. »Und jetzt zieh deine Maske an, Bro. Deine Mami fragt schon seit über einer Stunde nach ihrem geliebten Rum Cake, und Gott behüte, wir wollen unsere süße Mama Lou doch nicht enttäuschen.«

Tessa

Fangen wir mit den guten Neuigkeiten an: Onkel William wurde anscheinend einer Gehirnwäsche unterzogen. Ich habe ihn und seine langjährige Gefährtin Katya zusammen mit Jonas, Sarah und Sarahs Mutter in der Lobby in Empfang genommen und dem Faraday-Patriarchen angeboten, ihn höchstpersönlich zu seinem Bungalow zu geleiten (damit ich alle Änderungswünsche sofort erfüllen kann), aber zu meiner großen Verwunderung und Freude hat Onkel William einen Arm um Katyas Schultern und den anderen um seine neue Nichte Sarah gelegt, mich strahlend angegrinst und gesagt: »Ich werde von jeder Unterkunft, die du für uns ausgesucht hast, begeistert sein, Theresa.«

Ich musste mich sehr zusammenreißen, um nicht an Ort und Stelle einen Freudentanz aufzuführen – ich hatte gerade eine volle Stunde Freizeit gewonnen! »Prima«, habe ich gesagt und wollte gerade hinzufügen: Dann sehen wir uns alle auf der Willkommensparty? Da meinte Onkel William, er würde gerne als Erstes schnell Hallo sagen zu Josh und Kat und Kats »wundervollen Eltern«, die er auf Jonas' und Sarahs Hochzeit kennengelernt hat. »Natürlich!«, habe ich gesagt. »Folgt mir.«

Und deshalb führe ich jetzt Onkel William, Katya, Jonas, Sarah und Sarahs Mutter zu dem Privatstrand, wo wir mit Sicherheit nicht nur Josh und Kat und Kats »wundervolle Eltern« vorfinden werden, sondern auch das arrogante Arschloch Ryan Morgan.

Womit wir zu den schlechten Neuigkeiten kommen. Den sehr, sehr schlechten Neuigkeiten. Ich muss *schon wieder* Ryan gegenübertreten – dem Arschloch auf diesem Planeten, das ich im Moment am allerwenigsten sehen möchte.

Unsere sechsköpfige Gruppe kommt am Strand an, und während alle die atemberaubende Landschaft bestaunen, schaue ich mich nach Josh und Kat und dem Arschloch um.

»Josh und Kat sind wahrscheinlich im Wasser«, sage ich.

»Ah, ich sehe Mr und Mrs Morgan«, sagt Sarah und deutet auf das Ufer. Und tatsächlich kommen Louise und Thomas Morgan gerade Hand in Hand aus dem Wasser.

Also geht unser fröhliches kleines Grüppchen auf das Ufer zu.

Warum nur fühle ich mich gerade wie dieses arme, unwissende Mädchen am Anfang von *Der weiße Hai,* das betrunken in der Nacht schwimmen will und unfreiwillig zu einem menschlichen Hähnchennugget verarbeitet wird?

Wir kommen bei Mr und Mrs Morgan an. Herzliche Begrüßungsfloskeln werden ausgetauscht, und schnell gesellen sich noch mehr Morgans zu unserer kleinen Gruppe – darunter auch Josh und Kat. Und obwohl ich mich darauf konzentriere, zurechnungsfähig und entspannt und konzentriert auf die Menschen um mich herum zu wirken, verliere ich innerlich fast den Verstand vor lauter Anspannung.

O Gott, da ist er, am anderen Ende des Strandes. Er kommt gerade mit Dax, Keane und ein paar anderen Kerlen, die ich nicht kenne, in Schnorchelausrüstung aus dem Wasser.

Wow. Ich muss sagen, Ryan sieht umwerfend aus, so triefnass. *Heilige Scheiße.* Normalerweise gaffe ich ja nicht – ich bin gut darin, meine Augen unter Kontrolle zu haben, ganz egal, wie attraktiv mein männliches Gegenüber auch sein mag.

Aber jetzt sind mir die Augen gerade förmlich aus dem Kopf gefallen und im Sand gelandet.

Ich zwinge mich, den Blick von Ryan abzuwenden, als er auf unser Grüppchen zukommt, und beschließe, ihn nicht mehr anzusehen, so lange ich lebe. Aber zwei Sekunden später, als ich sicher bin, dass mich keiner beobachtet, kann ich nicht widerstehen und blicke wieder zu ihm – nur für einen ganz kurzen Moment.

O Gott, der Körper dieses Mannes ist ein Kunstwerk. Im wahrsten Sinne des Wortes. Es ist komisch, aber als Ryan und ich vorhin Sex hatten, ging alles so schnell und war so leidenschaftlich, dass ich ihn mir gar nicht richtig anschauen konnte. Doch jetzt, da ich Zeit habe, ihn genauer unter die Lupe zu nehmen, während er auf uns zukommt, fallen mir alle möglichen Details auf, die mir vorhin entgangen sind. Zum Beispiel konnte ich vorhin das große Rumflaschen-Tattoo auf seiner Hüfte gar nicht richtig sehen. Und die V-förmigen Muskelstränge, die aus seiner Badehose reichen. Lecker. Ich würde sie gerne mit meiner Zunge …

»… richtig, Theresa?«, fragt Josh.

Augenblicklich reiße ich meinen Blick von Ryan los und sehe meinen Boss an. »Ja«, sage ich selbstbewusst, als hätte ich die ganze Zeit zugehört. Ich lächle Josh an wie eine Flugbegleiterin, die gerade von einem Passagier gefragt worden ist: Entschuldigen Sie, Ms. Warum sind denn die Sauerstoffmasken plötzlich runtergekommen?

»Wusste ich es doch.« Josh dreht sich wieder zu Jonas um. »T-Rod hat den gesamten Wochenplan in ihrem Kopf – diese Frau ist ein menschlicher Terminkalender, genau wie du, Bro. Also, was ich sagen wollte, morgen biken wir den Vulkan runter und übermorgen …«

Ich höre schon wieder nicht mehr zu.

Zwischen meinen Beinen kribbelt es.

Meine Brust zieht sich zusammen.

Ryan nähert sich uns, und ich muss mich zusammenreißen und mich normal verhalten. Aber was bedeutet schon »normal« in Ryan Morgans Gegenwart? Wenn wir vorhin nicht miteinander geschlafen hätten und ich ihn erst heute kennengelernt hätte, würde ich Ryan dann bewundernd ansehen oder die ganze Zeit meinen Blick abwenden, während er sich nähert? Würde ich locker mit ihm plaudern oder stottern? Oder würde ich einfach schreiend davonlaufen und wäre total überwältigt von dem prachtvollen Anblick? Ich weiß ehrlich nicht, wie man sich in Gegenwart eines Mannes, der so fantastisch aussieht wie Ryan das Arschloch Morgan, normal verhält.

O Gott, Ryan und die anderen sind bei uns angekommen und begrüßen jetzt alle mit Umarmungen und Küsschen – und obwohl mein Gehirn mich förmlich anschreit, wegzuschauen, kann ich meinen Blick einfach nicht von diesem rattenscharfen, lügenden Mistkerl abwenden. Er ist so verdammt *heiß*.

Nachdem sich alle begrüßt haben und einander vorgestellt wurden, trifft Ryans schmachtender Blick auf meinen – und in dieser Sekunde fühle ich mich wie vom Blitz getroffen. *Ich will ihn.* Ich versuche, wegzuschauen. Aber ich kann nicht. *Ich will ihn*. Er hat mich total verhext. *Ich will ihn.*

Ryan bahnt sich langsam seinen Weg um die Gruppe herum zu mir, bis er schließlich direkt neben mir steht, Schulter an Schulter. Er blickt mich nicht an und tut so, als würde er gespannt den Gesprächen um uns herum lauschen.

»Oh, hi, T-Rod«, sagt Ryan schließlich, als hätte er mich gerade erst bemerkt.

»Ach, hi, Colby«, sage ich und starre seine Mutter an, die gerade mit Onkel William redet.

Ryan dreht sich zu mir, legt eine Hand auf seine atemberaubende Brust und schenkt mir ein strahlendes Lächeln.

»Ich bin *Ryan.*« Er deutet den Strand entlang zu seinem Bruder hinüber. »Das da drüben ist Colby.« Dann zeigt er auf seine anderen beiden Brüder. »Und der mit der knallorangen Badehose ist Keane, und neben ihm steht Dax.«

»Tut mir schrecklich leid«, sage ich bittersüß. »Es ist unmöglich, euch auseinanderzuhalten. Ich war schon immer schlecht mit Namen.«

Ryan beugt sich zu mir runter, grinst mich spitzbübisch an und flüstert: »Was du nicht sagst, *Samantha.*«

Ich kneife meine Augen zu Schlitzen zusammen und blicke in die Gruppe. »Verbrechen ohne Opfer, Arschloch«, flüstere ich.

»Hey, T-Rod!«, sagt Josh.

Ich runzle die Stirn und blicke zu meinem Boss.

»Wie viele Leute pro Hubschrauber?«

»Sechs«, antworte ich wie aus der Pistole geschossen. »Wir haben fünf gemietet, die uns alle den ganzen Mittwoch über in Gruppen fliegen werden.«

»Das ist so aufregend!«, ruft Kat, und dann umarmen sie und Sarah sich voller Freude.

Ich schaue zu Ryan und sehe, dass er mich immer noch förmlich verschlingt mit seinen Blicken.

Ich starre ihn wie in Trance ebenfalls an. Ich habe noch nie in meinem Leben ein hübscheres Gesicht gesehen. Zu schade, dass es zu so einem Arschloch gehört.

Ryan leckt sich über die Lippen und begutachtet mich von Kopf bis Fuß. Sein Blick bleibt einen Moment auf meiner Brust haften. Das überrascht mich ehrlich gesagt nicht, denn ich habe dieses Sommerkleid gekauft, weil es meine Kurven so betont. O Mann, Ryan reißt mir zweifellos gerade mit seinen Blicken das Kleid vom Leib, und ich muss zugeben, genau das wünsche ich mir von ihm gerade – was bedeutet, dass ich mich schleunigst vom Acker machen muss. Sonst frisst er mich gleich auf und verarbeitet mich zu einem menschlichen Hähnchennugget. Ich blicke betont auffällig auf mein Handy. »Wow, wie die Zeit vergeht. Ich muss gehen. Wir sehen uns heute Abend auf der Party.«

Keiner reagiert. Keinen kümmert es. Sie sind zu vertieft in ihre Unterhaltungen mit den Menschen, die sie am meisten auf der Welt lieben, als dass sie sich um Joshs persönliche Assistentin scheren würden. Und das kommt mir nur gelegen. Ich kann gehen.

Ohne ein weiteres Wort und ohne Ryan noch einmal anzusehen, drehe ich mich auf dem Absatz um und stehle mich von der Gruppe fort. O mein Gott, ich muss hier weg. Weg von diesem atemberaubenden Weißen Hai, bevor ich meinen animalischen Trieben nachgebe und mich (wieder) von ihm verschlingen lasse.

»Warte mal«, höre ich Ryans Stimme hinter mir. »Warte kurz, Theresa.«

Ich bleibe stehen. Verdammt. Ich drehe mich um und grinse ihn an wie eine Cheerleaderin des Verliererteams. »Ja?«, sage ich nur. »Was kann ich für dich tun, Dax?«

Ryan lacht und legt seine Hand auf seine tätowierte Brust. »Ich bin *Ryan*. Dax ist der Typ mit der Band – *Ryan* ist der Typ, der dich vorhin flachgelegt hat.«

Ich schnappe nach Luft und stelle sicher, dass ihn keiner gehört hat. »Ryan«, sage ich schockiert. »Jemand könnte dich hören.«

Er grinst mich frech an.

»Komm mit, Romeo. Herrgott noch mal.«

Wir laufen durch den Sand Richtung Hotel. »Willst du mich die ganze Woche so quälen?«, flüstere ich. »Bitte tu das nicht. Ich bin nicht zu deinem kranken Vergnügen hier – ich habe einen Job zu erledigen.«

»Wir wissen beide, dass du gerade etwas anderes als deinen

Job erledigen willst, Argentinien.« Er schmunzelt. »Also, für wann sollen wir Runde zwei ansetzen?«

»Das wird nicht passieren«, sage ich. »Wie ich schon sagte, das war eine einmalige Sache.«

»Warum hast du mich dann die letzten zehn Minuten angesehen wie ein Kind ein schmelzendes Eis – als ob du jeden Tropfen einzeln auflecken wolltest?«

Ich bleibe stehen und starre ihn an. O Gott, ja. Ich würde liebend gern jeden Tropfen auflecken. »Ich versichere dir, ich habe dich die letzten zehn Minuten nicht anders angesehen, als ein Hundebesitzer einen dampfenden Haufen Hundekacke betrachten würde. *Bäh.*«

Ryan lacht laut auf. »Gott, ich liebe es, wenn eine schöne Frau auch noch lustig ist. Da passt einfach alles. *Verdammt.*«

Ich stöhne frustriert auf, und mein Blick fällt auf seine gepiercten Nippel. »Mir gefällt dieses Spiel nicht«, schnaube ich. »Ich muss arbeiten, und ich will nicht, dass jeder sieht, wie wir uns unterhalten. Jemand könnte denken, dass da was zwischen uns ist. Wenn ich noch eine Runde bedeutungslosen Sex haben will, dann mache ich es mit dem tätowierten Barkeeper und nicht mit Kats Bruder.«

»Okay, das reicht jetzt. Sag so etwas nicht noch mal. Verstanden? Nie wieder.« Er knirscht mit den Zähnen. »Wenn du diese Woche Sex hast – bedeutungslos oder nicht –, dann mit mir und mit keinem anderen.«

Meine Klit fängt zu pochen an. Ich bin total angetörnt. »Hör mal, Ryan, ich mach da nicht mehr mit. Sag mir einfach, was du willst, damit ich lächeln und nicken und dann davongehen kann. Wir werden nichts von dem tun, was du gerade gesagt hast.«

Ryan verschränkt seine muskulösen Arme vor der Brust und schaut mich unverwandt an. »Du hasst mich wirklich, oder?«

Ich bin überrascht von seinem ernsten Gesichtsausdruck. »Ja«, sage ich, aber sobald ich es ausgesprochen habe, weiß ich selbst nicht, ob das alles ist, was ich für ihn fühle. »Und zu Recht«, füge ich noch hinzu. »Du bist ein lügendes, betrügendes, überhebliches Arschloch. Und jetzt sag bitte einfach, was du willst.«

Ryan seufzt und fährt sich mit einer Hand durchs Haar. »Okay, Schluss mit dem Verarschen und dem Flirten und dem Geplaudere. Ich will einfach nur, dass du mir versprichst, niemandem zu erzählen, was zwischen uns passiert ist.«

Ich bin total baff, und das sieht man mir mit Sicherheit an. »Natürlich«, sage ich. »Es überrascht mich, dass du ... Ah, jetzt verstehe ich. Du willst nicht, dass ich dir am Pool deine Tour mit den Bedienungen versaue?«

Er verdreht die Augen. »Könntest du mal für einen Moment aufhören, mich fertigzumachen? Ich meine es ernst. Ich will nicht, dass Josh von uns erfährt. Er hat offensichtlich eine Art Beschützerinstinkt entwickelt, was dich angeht, und wenn er herausfindet, dass ich mich bereits an deiner köstlichen Pussy bedient habe, dann wird er sauer sein.«

Ich muss zugeben, das hätte ich nicht erwartet. Ich dachte wirklich, ich müsste ihn anflehen, ihm vielleicht sogar drohen, damit er nichts von unserem kleinen Techtelmechtel erzählt. »Das versteht sich ja wohl von selbst, natürlich erzähle ich nichts«, sage ich. »Ich will genauso wenig wie du, dass Josh oder Kat oder irgendjemand sonst davon erfährt. Wahrscheinlich will ich das sogar noch mehr als du.«

»Gut«, sagt Ryan. Er seufzt, als hätte ich ihm gerade eine schwere Last von den Schultern genommen. »Josh hat mir vorhin klargemacht, dass er dich als seine kleine Schwester ansieht, und ich will nicht, dass er denkt, ich hätte keinen Respekt vor dem Bro-Code.«

»Josh hat gesagt, er sieht mich als seine kleine Schwester an?«

»Ja, und deswegen musst du dir keine Sorgen machen, dass ich meiner Schwester oder Josh etwas von deiner kleinen Schwärmerei für ihn erzähle. Das hatte ich wie gesagt sowieso nicht vor, aber wenn Josh dich als seine kleine Schwester ansieht, dann besteht ja überhaupt keine Gefahr, dass jemals etwas zwischen euch laufen wird. Also, mach dir keine Sorgen. Für mich ist die Sache erledigt. Ich werde schweigen wie ein Grab.«

O mein Gott, ich bin so erleichtert, dass ich fast ohnmächtig werde. »Danke«, keuche ich.

»Und auch diese Affäre zwischen uns geht niemanden etwas an«, fügt er hinzu. »Was auf Maui passiert, bleibt auf Maui.«

Ich kann gar nicht beschreiben, wie froh ich bin. »Vielen Dank. Aber wie ich schon gesagt habe, es gibt hier keine ›Affäre‹. Das war ein einmaliger Ausrutscher von mir, der nie wieder passieren wird. Zumindest nicht mit dir.«

»Ich habe dir doch gesagt, du sollst aufhören, so zu reden.« Er funkelt mich böse an. »Was ist denn los mit dir? Vor ein paar Stunden hast du mit mir geschlafen. Denkst du etwa, ich habe keine Gefühle?«

Jetzt verstehe ich gar nichts mehr. Dieser Mann ist ein Frauenheld sondergleichen, der andere Frauen anmacht, während seine Freundin auf die Toilette geht, und wenn ich von einem *hypothetischen* anderen Mann rede, mit dem ich vielleicht irgendwann Sex haben werde, dann verletzt das seine Gefühle? Lächerlich. »War's das dann, Ryan?«, frage ich schnippisch. »Du hast mich aufgehalten, um mich zu bitten, niemandem von unserem kleinen Techtelmechtel zu erzählen?«

Er macht einen Schritt auf mich zu, und mein Körper reagiert sofort auf seine bloße Präsenz. »Nein, das war noch annähernd nicht alles. Aber für den Moment reicht es.«

»Gut. Ich verspreche dir, dass ich nichts erzähle.« Ich strecke ihm meine Hand entgegen, und er schüttelt sie. Als wir uns berühren, spüre ich schon wieder einen Stromschlag durch meinen Körper jagen. Schnell ziehe ich meine Hand wieder weg, mein Herz rast. »Gut, wenn das für den Moment alles war, dann würde ich gerne arbeiten gehen.«

Ryan macht eine Handbewegung, als würde er mir erlauben, wegzutreten. »Du kannst gehen, Theresa Rodriguez. Geh, und sei die persönliche Assistentin, die du bist. Und nicht die Flugbegleiterin, die du vorgegeben hast zu sein.«

Ich verdrehe die Augen und murmle: »Ein Verbrechen ohne Opfer, Mann.«

»Ach, eins noch, Samantha-T-Rod-Theresa-Tessa«, sagt Ryan höflich.

Ich atme genervt ein. »Was, Colby-Dax-Keane-Ryan?«

»Habe ich es mir schon verdient, dich Tessa zu nennen? Du bist einfach keine ›Theresa‹ für mich.«

»Klar«, sage ich. »Nenn mich, wie du willst.«

»Cool. Danke. Dann ist es Tessa.«

»Ehrlich gesagt, werde ich nur bei der Arbeit Theresa genannt. Jeder sonst nennt mich Tessa.«

»Warum heißt du bei der Arbeit Theresa?«

»Ich muss jetzt wirklich gehen, Ryan.«

»Beantworte nur noch diese Frage.«

Ich seufze. »Als ich nach dem College meine Bewerbung bei der Zeitarbeitsagentur abgegeben habe, dachte ich, es sei professioneller, meinen vollen Namen anzugeben. Also hat Josh mich natürlich Theresa genannt, als ich bei ihm angefangen habe, und ich habe ihm nicht widersprochen. Am Anfang habe ich nur zehn Stunden pro Woche für ihn gearbeitet, und es war mir egal, wie man mich dort genannt hat. Und mit der Zeit habe ich mich einfach daran gewöhnt und ihn nie berichtigt. Wenn ich mich heute für einen Job bewerben würde, würde ich natürlich Tessa auf den Lebenslauf schreiben. Ich habe also daraus gelernt. War's das jetzt? Ich muss nämlich wirklich los.«

Ryan grinst, sagt aber nichts.

»Kann ich gehen?«, zische ich.

»Klar.«

»Danke. Ich wünsche dir noch einen schönen Tag.« Ich drehe mich um und will gehen.

»Ach, warte noch kurz. Eine Frage hätte ich noch, Tessa.«

Genervt drehe ich mich noch einmal zu ihm um. *»Was?«*

»Willst du nach der Party in deinem oder in meinem Zimmer mit mir schlafen? Du hast die Wahl.«

Ich werfe ihm einen bitterbösen Blick zu. »Tut mir leid. Kennen wir uns? Bist du Keane oder Colby oder Dax? Ihr Morgan-Jungs seht euch alle so ähnlich.«

Ryan geht einen Schritt auf mich zu. Er blickt mich mit funkelnden Augen an, ich kann seine Körperwärme spüren, und alles in mir zieht sich vor Verlangen zusammen. »Mein Name ist Ryan Ulysses Morgan, Süße«, sagt er mit eindringlicher Stimme. »*Captain Morgan*. Und glaub mir, Baby, du wirst meinen Namen bis zum Morgengrauen nicht nur kennen, du wirst ihn auch aus voller Kehle rufen.« Ohne eine Antwort abzuwarten, zwinkert er mir zu, schenkt mir ein umwerfendes Lächeln, läuft zu seiner Familie und seinen Freunden und lässt mich mit offenem Mund und einem Kribbeln zwischen den Beinen zurück.

Tessa

Die Willkommensparty findet auf einer großen Terrasse mit Blick auf den Strand im Mondschein statt. Mittlerweile sind alle Gäste angekommen, außer Henn und seiner Freundin Hannah (die bald hier sein sollten) und Reed Rivers (der aufgrund seiner Arbeit erst spät heute Nacht ankommen wird).

Jeder – mich eingeschlossen – trinkt den Rum Punch, als wäre er Wasser, wir unterhalten uns und bewegen uns fröhlich zu den hawaiianischen Klängen, die von einer fünfköpfigen Band kommen. Es ist alles sehr schön, die perfekte Umgebung für mich, um zumindest zu versuchen, etwas zu relaxen – genauso, wie ich es Josh und Kat versprochen habe.

Ich habe heute Abend noch nicht mit Ryan gesprochen und es auch irgendwie geschafft, ihn nicht einmal anzuschauen. Allerdings weiß ich nicht, wie lange ich es noch aushalten kann, nicht in sein hübsches, verlogenes Gesicht zu schauen. Das war's, jetzt muss ich hinsehen.

Ich werfe einen Blick in die Menge und sehe ihn mit ein paar von Joshs Verbindungsbrüdern reden – und keine drei Sekunden nachdem ich in seine Richtung geschaut habe, trifft sein Blick auf meinen, und seine Augen leuchten auf. Ryan neigt den Kopf, grinst mich anzüglich an, zwinkert mir zu und berührt seine Uhr, als wolle er sagen: Es ist nur eine Frage der Zeit, Baby.

Ich schaue weg. *Arroganter Mistkerl.*

Zum Glück kommt jetzt Mrs Morgan auf mich zu, stellt mir ein paar ihrer Familienmitglieder vor, und schon bin ich in eine Unterhaltung mit netten Leuten vertieft. Natürlich sind mir diese netten Leute im Moment herzlich egal – ich habe nur Augen für Ryan, das lügende, betrügende Arschloch Morgan, und möchte sehen, was er gerade tut. Mann, ich hasse mich selbst dafür, dass mich das interessiert. Nein, eigentlich hasse ich *ihn*. Was zum Teufel stimmt nicht mit mir? Wie kann ich mit einem Mann ins Bett gehen wollen, den ich nicht einmal mag? Mit einem Mann, den ich nicht respektiere? Bin ich so fertig, dass ich mich von einem Mann flachlegen lassen will, nur weil er scharf ist?

Ja, verdammt.

Ich schließe die Augen und schwelge einen Moment lang in meinen sexy Erinnerungen. Ich glaube, Ryan hat mich nach nur einem Mal Sex mit ihm in eine Art Nymphomanin verwandelt. Ich war noch nie in meinem Leben so scharf auf Sex. Hätte das erste Mal Sex nach einer fast einjährigen Abstinenz mein Verlangen danach nicht eigentlich stillen sollen, anstatt es zu vergrößern?

»Da kommst du her, richtig, Tessa?«, fragt mich Mrs Morgan.

Ich öffne die Augen, schaue sie an und nicke, obwohl ich nicht weiß, was sie gerade gesagt hat.

»Welcher Teil?«, fragt Mrs Morgans Schwester.

»Von …?«, frage ich.

»Los Angeles.«

Puh. Noch mal Glück gehabt, aber ich muss wirklich aufhören, mich ständig aus Unterhaltungen auszuklinken, um von Ryan und seinem gepiercten Schwanz zu träumen.

Ich beantworte die Fragen, und wir reden eine Weile über Los Angeles. Dann erzählt Mrs Morgan zum Glück eine Geschichte, die mir erlaubt, mich wieder auszuklinken und an das pure Verlangen auf Ryans Gesicht zu denken, als er sich in mir bewegt hat – wie er mein Haar gepackt und seine Hüften so sicher bewegt hat, so leidenschaftlich. Oh, und dieser heisere, fast verzweifelte Klang seiner Stimme, als er mir »Samantha« ins Ohr geflüstert hat. Es war schon ein bisschen seltsam, dass er mich so genannt hat, aber es hat mir gefallen.

»Hey, Mama«, sagt Ryan, der mit Colby plötzlich neben uns steht. Er küsst Mrs Morgan auf die Wange. »Du siehst sehr hübsch aus.«

Mrs Morgan umarmt Ryan und Colby, während ich die Szene beobachte und mich darauf konzentriere, nicht laut zu rufen: Ich hasse dich, Ryan! Lass uns Sex haben!

»Hi, Tessa«, sagt Ryan beiläufig. Er umarmt mich leicht, als würde er mich kaum kennen – guter Junge! – und küsst mich flüchtig auf die Wange. »Du siehst auch sehr hübsch aus.«

O Gott, der Duft von Ryans Aftershave steigt mir in die Nase. *Ich will ihn.* Ich räuspere mich. »Hi, Keane«, sage ich. »Vielen Dank. Du siehst auch gut aus.«

Colby lacht.

Ryan legt seine Hand auf die Brust. »*Ryan.* Keane ist der da drüben in dem blauen Hemd.« Er deutet zu seinem Bruder auf der anderen Seite der Terrasse. »Und neben ihm im schwarzen Hemd steht Dax. Und das hier ist Colby.«

Colby schenkt mir ein strahlendes Lächeln. »Du bist nicht die Einzige, die uns durcheinanderbringt. Unsere eigene Mutter hat uns in unserer Kindheit mindestens fünfzigmal am Tag verwechselt.«

»Das stimmt«, sagt Louise lachend. »Ich habe immer gerufen: ›Ry-De-Da-Col-*Kitty*, wie immer du heißt, komm sofort her, und räum das auf!‹«

Wir alle lachen.

»Ja, mach dir keine Gedanken über Namen«, sagt Ryan und

blickt mir direkt in die Augen. »Namen sind irrelevant, wenn ich es mir recht überlege. ›Was uns Rose heißt, wie es auch hieße, würde lieblich duften.‹« Er zwinkert mir zu.

Wow. Hat Ryan mir gerade gesagt, dass er nicht mehr sauer wegen der ganzen Samantha-Sache ist? Ich glaube, das hat er. Und hat er rein zufällig aus *Romeo und Julia* zitiert, oder war das eine Anspielung darauf, dass ich ihn immer Romeo nenne?

»Übrigens«, sagt Colby und streckt mir seine Hand entgegen. »Wir wurden einander noch gar nicht offiziell vorgestellt. Ich bin Colby.«

Ich schüttle Colbys Hand. »Schön, dich kennenzulernen. Ich habe schon tolle Dinge über dich gehört.«

»Alles wahr«, sagt Ryan.

»Du bist Feuerwehrmann?«, frage ich.

Colby bestätigt das, und wir reden ein paar Minuten lang über seine Leidenschaft für den Job, den er momentan wegen eines »Unfalls«, den er in diesem Jahr hatte, nicht ausüben kann. Ich würde gern mehr darüber erfahren, aber etwas an Colbys Tonfall sagt mir, dass ich ihn besser nicht nach den Einzelheiten fragen sollte. Also lasse ich es.

Nach einer Weile entschuldigt sich Colby, um auf die Toilette zu gehen, und in dem Moment, in dem er weg ist, bemerke ich, dass bis auf Ryan auch die anderen verschwunden sind.

Ryan beugt sich an mein Ohr und flüstert: »O Mann, ich kann nicht aufhören, daran zu denken, was ich heute Nacht mit dir anstellen werde.«

Bei seinen Worten läuft mir ein wohliger Schauer über den Rücken, aber ich versuche, so desinteressiert wie möglich zu schauen. »Wie ich dir schon gesagt habe, es wird keine zweite Runde geben, Romeo.«

»Ich wette, du bist bereits ganz feucht«, flüstert Ryan. »Ich wünschte, ich könnte meine Hand unter dein Kleid schieben und in deinen Slip stecken, um es herauszufinden.«

Puh. Es pocht in meinem Schritt. »Ich brauche einen Drink«, sage ich und gehe ohne ein weiteres Wort auf die Bar zu.

Sofort ist er neben mir.

»Das war keine Einladung an dich, mitzukommen«, flüstere ich. »Das war eigentlich eine Abfuhr.«

»Kann ich ganz ehrlich zu dir sein?«

»Ich weiß nicht, kannst du das, Ryan?«

»Ich bin süchtig nach dir. Ich kann nicht aufhören, daran zu denken, wie sehr ich dich noch mal schmecken möchte.« Er leckt sich über die Lippen.

»Das ist seltsam, denn ich denke überhaupt nicht an dich.«

»Du siehst heute Abend besonders schön aus.«

»Und du siehst heute Abend besonders stark aus wie ein Lügner.«

»Wie sieht denn ein Lügner aus?«

»Wenn ich das wüsste. Meine Ahnungslosigkeit, was das betrifft, ist anscheinend mein größtes Problem im Leben.«

Wir erreichen die Bar und bestellen unsere Getränke.

Ryan beugt sich zu mir und flüstert mir ins Ohr: »Ich muss die ganze Zeit daran denken, wie süß du geschmeckt hast. Und wie unglaublich gut du dich angefühlt hast, als ich in dir war. Es war, als seiest du wie geschaffen für mich. Und als du um meinen Schwanz herum gekommen bist? O Gott, ich dachte, ich werde ohnmächtig vor lauter Lust. So verdammt scharf.«

»Es freut mich, wenn ich dir den Tag versüßt habe. Und jetzt lass mich in Ruhe.«

Er ist total unbeeindruckt. »Jetzt, da ich deine Reaktionen und Laute kenne, werde ich das nächste Mal sechs anstreben.«

Ich schaue ihn verwirrt an. »Sechs?«

»Orgasmen. Für dich. Mindestens sechs. Vielleicht auch sieben. Kommt darauf an, ob ich es so lange aushalte. Ein Mann muss Ausdauer haben, richtig?«

Ich spüre, wie ich rot werde. Ich würde das Ryan natürlich nie sagen, aber dass er mich mehr als einmal zum Orgasmus gebracht hat, war absolutes Neuland für mich – der Wahnsinn. Ich habe schon von Frauen gehört, die mehrmals hintereinander kommen, aber vor Ryan ist mir das selbst noch nie passiert – auch nicht, wenn ich total angetörnt war und den Mann wirklich mochte. Und ich hatte noch nie einen Orgasmus beim Geschlechtsverkehr selbst. Aber Ryan hat irgendeinen Schalter in mir umgelegt. Und ich bin nicht nur sehr oft gekommen, ich bin auch unglaublich heftig gekommen. Das hat mich total umgehauen. O Gott, so etwas habe ich noch nie zuvor erlebt – als wären meine früheren Sexualpartner alle Anfänger gewesen und erst jetzt hätte ich einen Profi kennengelernt. »Sechs sind unmöglich«, sage ich.

»Herausforderung angenommen«, sagt Ryan cool.

»Ich bin nie auch nur annähernd so oft gekommen«, sage ich.

»Weil du nicht mit mir zusammen gewesen bist«, sagt er.

Ich öffne und schließe meinen Mund. Scheiße. Hat er vielleicht recht damit? Ist er wirklich der einzige Mann auf der Welt, der weiß, wie man meinen Schalter umlegt? Wenn das der Fall ist, dann gnade mir Gott – und jedem zukünftigen Mann, mit dem ich schlafen werde, denn ich glaube nicht, dass ich mich je wieder mit weniger zufriedengeben kann.

»Wie viele Orgasmen hattest du bisher, wenn du mit jemandem geschlafen hast?«, fragt er.

Ich nehme einen Schluck von meinem Drink.

»Einen, richtig?«, sagt er. »Ich nehme an, du hast immer gedacht, dass du eine Frau bist, die nur einen Orgasmus haben kann.«

Ich nicke, und meine Wangen brennen.

»Du bist nicht die Einzige«, sagt Ryan locker. »Du weißt gar nicht, was du verpasst, also strebst du auch nicht nach mehr. Und die meisten Kerle kommen sich wie Rockstars vor, wenn sie es schaffen, ihr Mädchen einmal zum Orgasmus zu bringen. Das ist ein Teufelskreis. Total erbärmlich.«

Ich leere mein Glas und versuche, nicht so zu schauen, als würde ich jedes Wort in mir aufsaugen.

Ryan nimmt einen großen Schluck von seinem Drink. »Ehrlich gesagt, bin ich ein bisschen besessen von weiblichen Orgasmen. Das törnt mich total an.« Er grinst. »Je besser ich dich kenne, desto mehr weiß ich, was deinem Körper am besten gefällt. Je mehr ich über die Reaktionen und die Laute deines Körpers weiß, desto heftiger kann ich dich zum Orgasmus bringen – und das macht mich zu einem sehr glücklichen Jungen.« Er leckt sich wieder über die Lippen. »Ich kann es kaum erwarten, zu sehen, wie weit ich dich bringen kann, Baby.«

Ich verlagere mein Gewicht von einem Fuß auf den anderen und versuche, das unbarmherzige Pulsieren zwischen meinen Beinen unter Kontrolle zu bekommen.

»Weißt du, was ich jetzt nur allzu gerne mit dir machen würde?«, sagt er, und sein Blick wandert langsam von meinem Gesicht zu meinen Brüsten. »Ich will an deinen umwerfenden Nippeln lecken und an ihnen saugen, bis du allein davon kommst.«

»Ryan!«, ertönt Kats Stimme, und ich erstarre wie ein Dieb, der auf frischer Tat ertappt wurde. »Sieh mal, wer endlich hier ist! *Henny!*«

Tessa

Kat hat nicht nur Henn und seine Freundin dabei – eine niedliche Brünette mit Brille, die Kat als »Hannah Banana Montana Milliken« vorstellt –, sondern auch noch Josh, Jonas und Sarah. Alle umarmen Ryan und mich, und Josh fragt, ob ich mein Versprechen halte und mich so richtig »gehen lasse«. Als ich meinem verehrten Boss versichere, dass ich schon den ganzen Abend Rum Punch trinke, scheint Mr Faraday nicht sonderlich beeindruckt, und er verlangt, dass wir alle einen Tequila trinken. Später, als alle witzige Geschichten erzählen und rund um mich herum lachen, merke ich plötzlich, dass ich mir gar nicht mehr komisch dabei vorkomme, mit meinem mächtigen Boss und seinen glamourösen Freunden zu feiern. Ich würde sogar sagen, es fühlt sich fast so an, als würde ich mit meinen eigenen guten Freunden zusammen sein. *Und das ist ein tolles Gefühl.*

Vor allem gefällt es mir, Ryan dabei zu beobachten, wie er sich in Gegenwart der anderen verhält. Er ist unglaublich lustig und charmant. Und ehrlich gesagt, wenn ich ihn heute Abend so betrachte, kommen wieder dieselben Gefühle in mir hoch wie damals in der *Pine Box*. *Seufz*. Moment. Nein. Was ist denn bloß los mit mir? *Ryan ist ein Lügner. Ein Betrüger. Ein Arschloch.* Ich kann mich nicht schon wieder von ihm einwickeln lassen, nur weil er so einen perfekten Körper hat und so charmant ist. Bin ich denn verrückt geworden?

»Ähm, entschuldigt mich«, sage ich, während Sarah gerade eine Geschichte erzählt. Ich eile davon und will nur noch in mein Zimmer, mich ins Bett legen und den Rest der Woche nicht mehr aufstehen (scheiß auf das Versprechen, das ich Josh und Kat gegeben habe).

»Die mächtige T-Rod!«, ruft Keane, als ich an ihm vorbeigehe. »Komm doch kurz mal her.«

Mist. So viel zu einer schnellen Flucht. Ich bleibe stehen und lächle Keane an. Er steht bei seinem besten Freund Zander, seinem Bruder Dax und dessen zwei Freunden Fish und Colin – die anderen zwei Drittel aus Dax' Band 22 Goats.

Ich erzähle Dax und seinen Bandkollegen, dass ich mir ein paar ihrer Videos auf Youtube angesehen habe und sie mir sehr gefallen haben. Und das stimmt. Nachdem Kat mir gesagt hat, dass sie will, dass ihr jüngerer Bruder und seine Band ein Konzert auf Hawaii geben, habe ich mir einige Shows von 22 Goats angeschaut, um zu wissen, was auf mich zukommt. Und ich muss sagen, die Band ist wirklich fantastisch. Ich frage die Jungs, wie alles angefangen hat, und sie erzählen mir, dass sie schon seit der Highschool befreundet sind. Schließlich will ich noch wissen, woher der Name 22 Goats kommt.

»Das ist eine wirklich dämliche Geschichte«, antwortet Dax, aber als ich ihm versichere, dass sie mich wirklich interessiert, zeigt er mir einen BuzzFeed-Artikel über lächelnde Ziegen auf seinem Handy.

Während Dax erzählt, muss ich immer mehr lachen und bin total eingenommen von seinem Charme. Er ist wirklich süß. »Es freut mich, dass ihr morgen Abend spielt«, sage ich. »Kat hatte nicht viele Wünsche für diese Woche, aber ein Konzert von 22 Goats stand ganz oben auf ihrer Liste.«

Dax kichert. »Irgendetwas sagt mir, dass meine große Schwester Hintergedanken hatte, als sie auf ein Konzert von 22 Goats auf Hawaii bestanden hat.«

»Ach, du meinst Reed Rivers?«, frage ich.

Dax nickt. »Josh hat ihm vor ein paar Monaten ein Demoband von uns geschickt, aber bis jetzt hat er uns noch nie live spielen sehen.«

»Hat Reed sich das Demo angehört?«

»Ja. Er hat gesagt, es hat ihm sehr gefallen, aber er will erst ein Konzert von uns sehen, bevor er eine Entscheidung trifft – aber dann war er zu beschäftigt oder was auch immer, und er hat es noch nicht nach Seattle geschafft.«

»Also hat deine kluge Schwester das Konzert einfach zu ihm gebracht«, sage ich.

»Das ist halt unser Jizz-i-nator«, mischt sich Keane ein. »Nichts und niemand kann dieses Mädchen stoppen, wenn sie sich etwas in den Kopf gesetzt hat.«

»Jizz-i-nator?«, sage ich.

Dax lacht. »Das ist ein Wortspiel mit Jizz, ihrem lebenslangen Spitznamen.«

»Ihr nennt Kat *Jizz*?«

»Wir geben unserer Schwester jede Menge Spitznamen, die etwas mit Sperma zu tun haben«, sagt Keane. »Jizz, Kum Shot, Baby Gravy und so weiter.«

Ich verziehe das Gesicht. »Das klingt höchst traumatisierend.«

»Unsere Mutter würde dir zustimmen«, sagt Dax.

»Aber warum tut ihr das der armen Kat an? Aus Boshaftigkeit?«

»Auf keinen Fall«, sagt Keane und tut beleidigt. »Morgan-Jungs sind nie *boshaft* – nur extrem gemein.«

»Wir sind netterweise gemein«, fügt Dax hinzu. »Es ist nicht so schlimm, wie es scheint. Kats Initialen lauten K-U-M. Wenn wir sie unter diesen Umständen nicht Kum Shot oder Jizz nennen würden, dann würden wir unseren brüderlichen Pflichten nicht nachkommen.«

Keane fügt noch hinzu: »Das ist die Schuld unserer Eltern. Wenn sie Kat zum Beispiel ›*Rachel* Ulla Morgan‹ genannt hätten, hätte sie jetzt auch jede Menge Spitznamen, die etwas mit Rum zu tun haben – wie Ryan. Aber haben meine ahnungslosen Eltern daran gedacht? Natürlich nicht.«

»Oh«, sage ich, und plötzlich wird mir einiges klar. »Ryan *Ulysses* Morgan. R-U-M. Deswegen nennt jeder Ryan ›Rum Cake‹?«

»Ja«, sagt Dax. »Rum Cake, Captain Morgan, Bacardi, Rum Jungle …«

»Und deshalb die tätowierte Flasche auf seiner linken Hüfte?«, frage ich. »Das ist doch eine Rumflasche?« Ich werde rot. »Ähm, ich hab sie am Strand gesehen.«

»Ja«, antwortet Dax. »Mein Dad sagt, Ryan hat ›Jo-ho-ho und 'ne Buddel voll Rum‹ als Kleinkind gehört und ist seitdem besessen von allem, was mit Piraten zu tun hat.«

In meinem Kopf dreht sich alles. Ich schaue zu Ryan, der immer noch bei den Faradays und Henn steht. *Captain Morgan*. Mir wird ganz warm ums Herz. *O Captain, mein Captain*.

Nach einem Moment reißt mich Keanes Stimme aus meinen Träumereien. »Mach dir keinen Stress, kleiner Bruder«, sagt Keane zu Dax. »In der Mitte eures ersten Songs morgen Abend wird Reed 22 Goats anflehen, einen Vertrag bei ihm zu unterschreiben. Und wenn er das tut, schickt ihn direkt zu mir, damit ich die Bedingungen für euch aushandeln kann. Ich werde ein paar Extradollar für euch rausschlagen.«

»Ja, in zerknitterten Ein-Dollar-Scheinen, die nach deinen Eiern riechen«, sagt Fish, und alle lachen.

»Hey, nichts gegen Ein-Dollar-Scheine, die nach meinen Eiern riechen«, sagt Keane. »Die bezahlen meine Miete.«

»Du weißt, dass ich dich am liebsten von allen habe, Peenie – und das ist nicht nur so dahingesagt«, wirft Dax ein.

»Aber du bist die letzte Person auf der Welt, die ich meinen Vertrag verhandeln lassen würde.«

Keane lacht. »Wahrscheinlich eine weise Entscheidung. Frag besser Ryan.« Als mein Blick instinktiv zum hundertsten Mal auf Ryan fällt, folgt Keane meinem Blick und drückt meinen Arm. »Dieser Mann dort ist der tollste Kerl, den es gibt, T-Rod. Jede Frau würde töten, um ihn zu kriegen.« Er wird leiser. »Und weißt du was? Ich habe aus verlässlichen Quellen gehört, dass Rum Cake wirklich eine Ahnung von dem hat, was er tut, wenn du weißt, was ich meine. Ich würde also auf jeden Fall auf den Zug aufspringen, wenn ich die Chance dazu hätte.« Er zwinkert mir zu.

Ich bin total baff. *Was hat Keane da gerade zu mir gesagt*? Und noch wichtiger, *warum* hat er es zu mir gesagt? Ryan muss Keane von uns erzählt haben. O mein Gott, ich werde diesem Mistkerl alle Gliedmaßen ausreißen!

»Juhu!«, ruft Keane laut und schlägt mit Zander ein, was mich aus meinen mörderischen Gedanken reißt. »Hast du das gehört, Z? Daxy hat mich am liebsten von allen.«

»Natürlich hat er das, Süßer«, sagt Zander. »Wir haben dich alle am liebsten.«

»Weil ich so ein weiches Herz habe, Liebling – Fluch und Segen zugleich.«

»Süßer?«, mische ich mich ein und verstehe gar nichts mehr. »Liebling?«

»Ach, da ist nichts zwischen den beiden«, sagt Dax. »Sie nennen sich auch Darling und geben sich alle möglichen Kosenamen, die sich zwei Kerle in einer Männerfreundschaft niemals geben würden. Aber du gewöhnst dich daran, wenn du länger mit den beiden zu tun hast.«

»Ich schäme mich nicht dafür«, sagt Zander. »Wo die Liebe hinfällt. Ich sage es gern auch laut: *Ich liebe Peen!*«

Wir müssen alle lachen.

Und plötzlich habe ich wieder viel zu viel Spaß, um weiterhin Ryans Mord zu planen. Aber das werde ich später nachholen. »Wie hat diese Männerliebe zwischen euch denn angefangen?«, will ich von Keane und Zander wissen. »Arbeitet ihr zusammen?«

»Nein, verdammt«, sagt Zander. »Ich bin Personal Trainer, kein professioneller Hinternwackler. Eigentlich haben Peen und ich uns …«

»Warte, Choco Nana«, sagt Keane und hält seine Hand hoch. »Lass mich T-Rod unsere Geschichte erzählen.«

»Ach, du willst T-Rod erzählen, wie wir uns kennengelernt haben, ja?«, fragt Zander und hat ein Funkeln in den Augen. »Klar, Peenie Weenie, nur zu.«

Tessa

Keane grinst, dass seine Grübchen zum Vorschein kommen, und räuspert sich. »Also, Tessa – darf ich dich Tessa nennen?«

»Natürlich.«

»Zander und ich haben uns vor einem Jahr im Fitnessstudio kennengelernt. Ich war gerade mit dem Training fertig und bin in die Umkleide gegangen, um zu duschen. Und was sahen meine Augen? Einen nackten schwarzen Mann mitten in der Umkleidekabine.«

Zander lacht.

Keane fährt fort. »Ich gehe also zu meinem Spind und ziehe mich aus, bis ich nur noch in meinem Geburtsanzug dastehe – übrigens ein Anblick, der schon viele Frauen spontan zum Orgasmus gebracht hat. Aber bevor ich in die Dusche gehe, erhasche ich zufällig einen Blick auf Zanders schlaffen Penis. Und rate mal, was mir da aufgefallen ist.«

Ich verziehe das Gesicht. »Ähm, ich weiß, ehrlich gesagt, nicht, ob ich das überhaupt wissen will.«

»Zander und ich haben das gleiche Schwanztattoo!«, ruft Keane.

Wir brechen alle in schallendes Gelächter aus.

»O mein Gott, Peenie«, sagt Zander lachend und schüttelt den Kopf.

Keane erzählt weiter und hat ein verschmitztes Funkeln in den Augen. »Du musst wissen, in dem Moment haben unsere beiden Schwänze gerade Verstecken gespielt, also hat man von den Tattoos nur ›W-D-Y‹ gesehen.« Er beugt sich zu mir, als wolle er mir ein Geheimnis verraten. »Wenn er sich nicht versteckt, steht da ›Wendy‹.«

»Wendy?«, frage ich kichernd.

Keane nickt. »Meine Highschool-Freundin und erste Liebe – das Mädchen, das mein Herz zusammen mit meiner Unschuld gestohlen hat. Die wunderschöne und überraschend gelenkige Wendy *Johnson*.«

Wieder brechen alle in schallendes Gelächter aus.

Ich weiß nicht, wohin Keanes Geschichte noch führen wird, aber ich amüsiere mich königlich. »Wow, Keane«, sage ich. »Was für eine romantische Geste. Der Kerl, der mir meine Unschuld gestohlen hat, hat mir eine Tüte mit Salzbrezeln und eine Cola geschenkt.« Die anderen lachen laut auf. Ich freue mich, dass ich diese witzigen Leute auch zum Lachen bringen kann. »Ich wünschte, das wäre ein Witz«, füge ich trocken hinzu, und wieder müssen alle lauthals loslachen.

»O Mann, Peen«, sagt Dax. »Ich hoffe, Wendy Johnson wusste dein Geschenk zu schätzen.«

»Ehrlich gesagt, wusste Wendy Johnson meine ihr gewidmete Peniskunst ganz und gar nicht zu schätzen«, sagt Keane und schaut ganz traurig drein. »Eine Woche nachdem ich mein bestes Stück für sie habe tätowieren lassen, hat Wendy mich für einen anderen Kerl in die Wüste geschickt.«

»O nein«, sage ich, aber natürlich habe ich dabei ein breites Grinsen auf dem Gesicht. »Du warst bestimmt am Boden zerstört.«

»Das war ich. Aber ich muss sagen, ich habe meinen Hut gezogen vor ihrem Abschlussball-Date. Weißt du, was *dieser* Kerl auf seinen Schwanz tätowiert hatte?«

Ich schüttle den Kopf und muss jetzt schon lachen.

Keane macht eine dramatische Pause, bevor er sagt: »›Ball‹?«

Wir können uns wieder kaum halten vor Lachen.

»Egal«, sagt Keane, als wir uns wieder beruhigt haben. »Zurück zu Zander und mir und dem Beginn unserer Männerliebe. ZZ Top und ich stehen also nackt nebeneinander in dieser Umkleide und bekämpfen uns förmlich mit Blicken, da schaue ich auf seinen schlaffen Schwanz mit dem ›W-D-Y‹-Tattoo und sage so etwas wie: ›Zwillinge, Mann!‹«

Herrje, ich glaube, Keane Morgan ist der komischste Mann, den ich je kennengelernt habe. Wie kann so ein urkomischer Typ in einem Körper von Captain America versteckt sein?

Keane fährt fort: »Also sage ich: ›Hey, Mann, ich glaube, wir sollten beste Freunde werden.‹ Und Zander sagt: ›Lass uns zusammenziehen!‹ Und am nächsten Tag haben wir eine gemeinsame Wohnung gefunden, und ich habe mir gedacht, das Leben kann nicht besser werden. Es sei denn, es geht um Sex, natürlich.«

»Nur um das klarzustellen, diese Beziehung ist allein auf der Grundlage eurer gleichen Schwanztattoos entstanden?«, frage ich.

»Korrekt. Also wurden Z und ich beste Freunde. Wir waren gut aussehende und fröhliche Kerle, die jede Menge Mädchen mit nach Hause gebracht haben, bis eines Nachts etwas sehr Tragisches passierte.«

»O nein«, sage ich. »Was ist passiert?«

»Danke, dass du fragst«, antwortet Keane. Er beugt sich zu mir und zwinkert mir verschwörerisch zu. »Das funktioniert am besten vor einem interaktiven Publikum.«

Ich muss lachen.

»Folgendes ist passiert«, sagt Keane. »Z und ich lagen auf unserer Couch, haben über Mädchen geredet, gekifft, und ich hatte plötzlich etwas auf dem Herzen: ›Hey, Z, ich habe dich noch nie nach deinem Wendy-Tattoo gefragt.‹ Und Zander sagt: ›Wendy?‹ Also fahre ich fort: ›Du weißt schon, welche

Wendy hat dich zu dem Wendy-Tattoo auf deinem Schwanz inspiriert?‹ Und Zander antwortet: ›Auf meinem Schwanz steht nicht *Wendy*.‹ Und ich sage: ›Aber dein Tattoo hat doch wie meins die Buchstaben W-D-Y!‹« Keane hält kurz inne, grinst und hat ein Funkeln in den Augen. »Und wollt ihr wissen, was Z dann gesagt hat?«

»Nein, Peen«, sagt Dax trocken. »Wir haben dieser blöden Geschichte so lange zugehört, dass wir jetzt *nicht* wissen wollen, was Zanders Schwanztattoo bedeutet.«

Keanes Grinsen wird breiter, und seine Grübchen kommen zum Vorschein. »Z hat gesagt: Mein W-D-Y-Tattoo bedeutet nicht ›Wendy‹, Süßer. Es bedeutet *›Willkommen in Seattle. Mein Name ist Zander Shaw, und mein Lebensmotto lautet YOLO!‹*«

Ich breche in schallendes Gelächter aus, und alle stimmen ein.

Als wir uns wieder einigermaßen beruhigt haben, grinst Keane mich mit seinen unwiderstehlichen Grübchen an, tätschelt mir den Kopf wie einem jungen Hund und sagt: »Z und ich haben uns in der achten Klasse kennengelernt. Ich habe zu ihm gesagt: ›Hey, kluges Kerlchen, könntest du mir bei diesem Scheiß hier helfen?‹ Und seitdem sind wir beste Freunde.«

Ryan

Verdammt.

Ich stehe hier und unterhalte mich mit Josh, Kat, Jonas, Sarah, Henn und Henns Freundin Hannah – die Kat die ganze Zeit »Hannah Banana Montana Milliken« nennt –, und zu meinem Entsetzen erzählt Henn gerade allen von der E-Mail, die ich ihm heute Morgen noch geschrieben habe. Und während er das tut, kommt es mir so vor, als ob Kat bei den Worten »Charlotte McDougal« und »Rothaarige« und »Delta« ganz besonders die Ohren spitzt.

»Hast du Charlotte schon angerufen?«, fragt Henn mich.

»Ja, ich habe ihr eine Nachricht hinterlassen, aber sie hat noch nicht zurückgerufen«, lüge ich ihm ins Gesicht – aber was habe ich für eine Wahl?

»Halt uns auf dem Laufenden«, sagt Henn. »Hoffentlich führt dich Charlotte McDougal endlich zu deinem argentinischen Wal, Captain Ahab.«

»Würdet ihr mich einen Moment entschuldigen?«, sagt Kat. »Ich sehe gerade Tessa mit Dax reden, und ich will sichergehen, dass für das große Konzert morgen alles geregelt ist.« Ohne eine Antwort abzuwarten, bahnt sich Kat ihren Weg durch die Menge zu Dax und Tessa – und mir stellen sich sämtliche Nackenhaare auf. *Was hat meine teuflische Schwester vor?*

»Du bist also immer noch vernarrt in deine Flugbegleiterin?«, fragt Josh und sieht mich stirnrunzelnd an.

Ich erwidere seinen Blick, und mein Magen verkrampft sich bei der Art, wie er mich anschaut. Anscheinend gefällt es ihm gar nicht, dass ich immer noch von Samantha besessen bin und gleichzeitig seine »kleine Schwester« umgarne.

»Ich bin nicht vernarrt in die Flugbegleiterin«, antworte ich lapidar. »Ich will sie nur finden, um meinen guten Ruf wiederherzustellen, das ist alles. Sie denkt, ich bin irgend so ein verlogenes Arschloch, und das könnte nicht weiter von der Wahrheit entfernt sein.«

»Wie bitte?«, ruft Henn und zieht meine Aufmerksamkeit auf sich. »Du willst Samantha finden, um deinen ›guten Ruf wiederherzustellen‹, und nicht, weil sie deine Cinderella ist? Deshalb hackt man sich doch nicht in neun Airlines ein!«

Fuck.

Henn blickt Jonas an. »Klär mich auf, großer Junge: Ryan hat gesagt, er hat so etwas wie eine ›Seelenverwandtschaft‹ zu der Flugbegleiterin gefühlt. Es ging nie darum, seinen guten Ruf wiederherzustellen.«

»Ja«, sagt Jonas. »Das hat er gesagt. Seine Seele hat danach geschrien, sie zu finden.«

O Gott, jetzt blickt Jonas mich an, als sei ich ein komplettes Arschloch.

»Nein. Ja. Das habe ich gesagt«, presse ich hervor. *Verdammt!* »Und ich habe jedes Wort davon ernst gemeint. Es war alles wahr. Es ist nur mittlerweile schon so lange her, dass ich meine Erwartungen runterschrauben muss, wisst ihr? Um meinen Verstand nicht zu verlieren. Also habe ich beschlossen, wenn Charlotte McDougal mich nicht innerhalb der nächsten achtundvierzig Stunden anruft, dann werde ich mich selbst dazu zwingen, weiterzumachen und nicht mehr an Samantha zu denken – alles andere wäre einfach zu verrückt.«

Jetzt blickt mich Jonas nicht mehr nur so an, als wäre ich ein komplettes Arschloch, sondern als wäre ich obendrein auch ein totaler Verräter. »Respekt, wenn du einfach so weitermachen kannst, Mann«, sagt Jonas. »Verrückt oder nicht, aber ich hätte auf meiner Suche nach Sarah nicht einfach aufgeben können, vor allem nicht, wenn ich so viel Mühe und Zeit reingesteckt hätte und so kurz vor dem Ziel gewesen wäre wie du.« Jonas sieht seinen Bruder an, und die beiden tauschen vielsagende Blicke. Dann wendet Jonas sich wieder mir zu und lächelt. »Aber hey, ich nehme an, du bist einfach nicht so verrückt wie ich.«

Tessa

»Z und ich haben uns in der achten Klasse kennengelernt«, sagt Keane. »Ich habe zu ihm gesagt: ›Hey, kluges Kerlchen, könntest du mir bei diesem Scheiß hier helfen?‹ Und seitdem sind wir beste Freunde.«

Ich schmunzle. »O mein Gott, Keane. Hast du dir diese lächerliche Geschichte gerade ausgedacht, oder erzählst du sie immer, wenn dich jemand fragt, wie ihr euch kennengelernt habt?«

»Gerade ausgedacht«, sagt Keane. »Blödsinn erzählen ist so etwas wie meine Superkraft.«

Zander kichert. »Wenn Blödsinn erzählen Rechnungen bezahlen könnte, würden Peenie und ich in der Penthouse Suite wohnen.«

»Blödsinn erzählen kann heutzutage tatsächlich Rechnungen bezahlen«, sage ich. »Das nennt man Reality TV. Im Ernst, ich wette, wenn ein Castingagent …«

Ich spüre einen Arm um meinen Schultern und halte inne – und als ich mich umdrehe, sehe ich Kats hübsches, grinsendes Gesicht nur ein paar Zentimeter von meinem entfernt.

»Hey, Ms Rodriguez«, schnurrt Kat. »Hast du wie versprochen Spaß?«

Ich halte mein fast leeres Glas in die Höhe. »Ja, Mrs-Fast-Faraday. Der Rum Punch fließt, und Keane hat mir gerade die höchst unterhaltsame Geschichte erzählt, wie er und Zander sich dank eines Schwanztattoos kennen- und liebengelernt haben.«

Kat lacht. »Das ist mir neu. Ich dachte, Peenie und Z wurden beste Freunde, nachdem sie mit einem Pornostar im Fahrstuhl festsaßen.« Sie grinst Keane an, und er lacht aus tiefstem Herzen. »Verdammter Peen«, murmelt sie, grinst aber dabei. »Also, Tessa, ich bin hergekommen, um sicherzugehen, dass für das Konzert morgen alles nach Plan läuft.«

»Ja, alles ist geregelt, meine Liebe. Die Soundfirma wird um drei hier sein und alles aufbauen. Soundcheck für die Jungs ist dann um fünf, direkt vor dem Luau. Und wenn das Luau vorüber ist, machen wir eine Ansage, damit jeder zu dem Konzert in den Club geht. Und mach dir keine Sorgen, ich werde Reed Rivers höchstpersönlich zu dem Konzert begleiten.«

»Ah, du hast also meinen Plan durchschaut, richtig?«, sagt Kat.

Ich zwinkere ihr zu.

»Bitte sieh zu, dass Reed seinen Arsch wirklich zu dem Konzert bewegt«, sagt Kat. »Mein schlimmster Albtraum wäre es, wenn Reed plötzlich beschließt, nach dem Luau mit einer Hula-Tänzerin am Strand spazieren zu gehen.«

»Ich werde ihn auf jeden Fall dort hinbringen, komme, was wolle«, sage ich. »Versprochen.«

»Du bist fantastisch, Tessa. Hey, kommst du mit mir an die Bar, Süße? Ich brauche noch ein Club Soda, und es sieht so aus, als sei dein Glas auch leer.«

»Klar.« Ich halte ihr meinen Arm hin, und wir gehen zusammen in Richtung Bar, als wäre sie eine Herzogin und ich ihre glückliche Maid. Dabei kichern wir die ganze Zeit.

»Hab ich dir schon mal erzählt, wie sehr du mich an Sarah erinnerst?«, sagt Kat.

»Ja, das hast du mir gesagt, als wir dein Brautkleid gekauft haben.«

»Stimmt. Und was hast du mir geantwortet?«

»Ich sagte, das ist lustig, weil du mich so sehr an *meine* beste Freundin erinnerst.«

»Ach ja«, sagt Kat. »Und was hast du dann zu mir gesagt? Irgendetwas Lustiges, richtig?«

»Ich sagte, meine beste Freundin Charlotte könnte deine Zwillingsschwester sein, wenn sie nur blondes anstatt rotes Haar hätte und ein bisschen größer wäre.«

Kat kichert. »Ich finde es großartig, dass ich eine süße, kleine rothaarige Doppelgängerin habe. Wie war noch mal Charlottes Nachname? Es war doch irgend so ein witziger irischer Name, oder?«

»Wow, du hast aber ein gutes Gedächtnis. Charlotte McDougal.«

Kat quietscht auf. »*Charlotte McDougal!* Ja, richtig. O Mann, ich liebe diesen Namen.«

»Charlottes Name passt zu ihr. Sie ist eine freche, rothaarige Hexe.«

»Auf freche Hexen!«, sagt Kat und hebt ihr Glas.

»Prost«, sage ich.

»Lass uns dahinten hingehen, Süße«, sagt Kat und deutet auf einen ruhigen Platz mit Blick auf den mondbeschienenen Strand. »Ich will dich einen Moment ganz für mich allein haben.«

Wir gehen ein paar Schritte, und ich muss zugeben, ich fühle mich geehrt, dass Kat mit mir allein sein will. Auch wenn es nur für ein paar Minuten ist. Besonders wenn man bedenkt, dass hier lauter Leute sind, die alle Tausende von Meilen geflogen sind, um bei ihr zu sein.

»So wunderschön«, sagt Kat und schaut aufs Meer. »Das ist wirklich das Paradies, nicht wahr?«

»Auf jeden Fall«, stimme ich ihr zu. »Danke, dass ihr mich als Gast daran teilhaben lasst. Ich dachte zuerst, es würde mir schwerfallen, meine Arbeit zu vergessen, aber es war schockierend einfach.« Ich nehme noch einen großen Schluck von meinem Drink und lache in mich hinein, weil ich so beschwipst bin.

»Geht's dir gut, Süße?«, fragt Kat. »Du scheinst ein bisschen angetrunken zu sein.«

»Mir geht es großartig. *Fantastisch.* Aber ja, ein bisschen angetrunken bin ich schon.«

»Halt dich an meinem Bauch fest – er ist wie ein Rettungsanker.«

Ich lege beide Hände auf Kats straffen Babybauch. »Ah. Viel besser, danke.«

»Du lässt nicht so oft die Sau raus, oder?«

Ich schüttle den Kopf. »Ich bin eine Jungfrau.«

»Eine *Jungfrau*? Wusstest du, dass ich Astrologie liebe?«

»Nein, das wusste ich nicht.«

»Doch, ich habe schon Millionen Bücher darüber gelesen. Ich bin Expertin auf diesem Gebiet.« Sie betrachtet mich einen Moment lang. »Jungfrauen sind sehr vorsichtig – sanft und sensibel, aber auch sehr zurückhaltend.«

Ich nicke. »Das bin ich. Sensibel und zurückhaltend.«

»Sie legen viel Wert aufs Detail. Sie sind präzise. Sie sind unglaublich loyal, lieben es, anderen Menschen zu helfen, und hassen es, die Kontrolle zu verlieren.«

»Das trifft es auf den Punkt.«

»Ist das nicht manchmal schlimm?«

Ich muss lachen. »Manchmal, ja.«

»Ich kann mir nicht vorstellen, die ganze Zeit alles unter Kontrolle zu haben«, sagt Kat. »Ehrlich gesagt, ist es eine meiner Lieblingsbeschäftigungen, die Kontrolle zu verlieren.«

»Charlotte ist genauso«, sage ich. »Und ich muss sagen, langsam glaube ich, dass ihr verrückten Mädels vielleicht etwas wisst, das wir anderen nicht wissen. Ich habe erst kürzlich entdeckt, dass der Kontrollverlust – im angemessenen Rahmen – auch seine Vorteile haben kann.« Ich kichere in mich hinein.

»Gott, ist das amüsant, die einzig nüchterne Person auf einer Party zu sein.«

»Wie?«

»Nichts. Tessa, Süße, ich habe nachgedacht. Wäre es nicht lustig, wenn wir Charlotte und Sarah einander vorstellen würden, um zu sehen, ob sie sich genauso sehr mögen wie wir zwei?«

Mein Herz macht einen Sprung. Kat Morgan und ich mögen uns sehr? Das wusste ich nicht. Ich meine, ich habe sie schon immer unglaublich toll gefunden – wer würde das nicht? –, aber ich hatte keine Ahnung, dass das auf Gegenseitigkeit beruht. Plötzlich empfinde ich eine so tiefe Zuneigung für Kat, dass ich sie am liebsten umarmen und küssen würde. Also tue ich genau das. Ich lege meinen Arm um sie, drücke mich an ihren Babybauch und gebe ihr einen dicken Schmatzer auf die Wange. »Du bist süß, Kat Morgan«, flüstere ich. »Wirklich süß.«

Kat kichert. »Und du bist betrunken, Tessa Rodriguez.«

»Ein kleines bisschen.«

»Aber auch wirklich süß«, fügt Kat hinzu.

»Danke. Das bist du auch.«

»Das sagtest du bereits.«

»Ach ja, na gut.«

Kat und ich lösen uns aus unserer Umarmung, und sie streicht mir einen Moment lang über mein langes Haar. »Ich denke wirklich, du solltest Charlotte einladen, auch hierherzukommen«, sagt sie. »Du bist ein Gast, richtig? Und jeder Gast darf eine Begleitung mitnehmen. Es tut mir leid, dass ich nicht früher daran gedacht habe.«

»Du bist so süß, Kitty«, sage ich und lege meine Wange an

ihre Schulter. »Süß, süß, süß. Ich wusste nicht, dass eine Frau, die wie ein Supermodel aussieht, so süß sein kann.«

Kat lacht. »*Du* siehst aus wie ein Supermodel.«

»Nein.«

»Doch.«

»Süß.«

»Also, fragst du Charlotte, ob sie nach Maui kommt? Ich würde sie so gerne kennenlernen.«

»Okay. Ich wollte sowieso morgen mit ihr telefonieren und ihr von diesem Arschloch erzählen, mit dem ich geschlafen habe. Dann werde ich sie fragen.«

»Perfekt. Moment, worüber willst du morgen mit Charlotte reden?«

»Über ein Arschloch, mit dem ich heute geschlafen habe.« Ah! Genau deswegen sollte ich keinen Alkohol trinken. »Ich meine, äh, vor ein paar Tagen. Ich hätte nicht mit ihm schlafen sollen – das war dumm von mir –, aber ich habe es getan und bereue es überhaupt nicht.«

Kat strahlt richtig. »Wer ist er?«

»Ach, nur so ein Typ«, sage ich. »So ein scharfer Typ, der mir wahrscheinlich das Herz brechen wird, und ich kann nichts dagegen tun.«

»Warum glaubst du, dass er dir das Herz brechen wird?«, fragt Kat. »Vielleicht ist er gar kein Arschloch.«

»Doch. Er ist ein Arschloch. Ein lügendes, betrügendes Arschloch. Aber aus irgendeinem Grund scheint das meinem Körper egal zu sein.«

Kat streicht mir wieder übers Haar. »Ich mag die betrunkene Tessa. Sie ist ein Plappermaul.«

»Danke.«

»Ich bin dafür, dass du dem Arschloch eine Chance gibst«, sagt Kat. »Vielleicht hat er eine gute Erklärung für sein arschiges Verhalten.«

»Oder vielleicht ist er auch einfach nur ein Arschloch.«

Wir schauen einen Augenblick lang aneinandergekuschelt auf den Mond.

»Hey«, sagt Kat. »Arbeitet Charlotte vielleicht auch in der PR-Branche wie ich? Das wäre wirklich ein lustiger Zufall, oder?«

»Nein, Charlotte ist Flugbegleiterin.«

Kat gibt ein seltsames Geräusch von sich. »Gott, ich liebe mein Leben.«

»Ich liebe dein Leben auch, Kitty. Ich will dein Leben haben.«

»Für welche Airline arbeitet Charlotte?«, fragt Kat.

»Delta.«

Kat lacht kurz auf und lächelt mich dann strahlend an. »Ist Charlotte gerne Flugbegleiterin?«

»O ja, sie liebt ihren Job. Es war schon immer ihr Traum. Puh, mir wird fast ein bisschen schwindelig.« Ich halte mich noch einmal an Kats Babybauch fest.

»Alles in Ordnung?«, fragt Kat.

Ich nicke.

Kat drückt meinen Arm. »Ich habe eine Freundin, die auch Flugbegleiterin ist, und sie liebt ihren Job ebenfalls über alles. Sie liebt vor allem die Aufmerksamkeit der Männer, wenn sie in ihrer Uniform unterwegs ist. Wenn sie damit in Bars geht, fühlt sie sich wie die begehrteste Frau der Welt, sagt sie.«

»O mein Gott, genau das sagt Charlotte auch!«

»Nein.«

»Doch«, beharre ich.

»Erzähl mir mehr«, sagt Kat.

»Charlotte sagt, wenn sie ihre Uniform anhat, vor allem in Bars, dann zieht sie die Männer an wie Süßigkeiten kleine Kinder. Und glaub mir, Charlotte McDougal hat keine Hemmungen, kleinen Kindern ihre Süßigkeiten wegzunehmen.«

»Wow«, sagt Kat bewundernd. »Charlotte ist wirklich meine Zwillingsschwester aus einem anderen Leben. Zu schade, dass ich nie eine Uniform meiner Freundin in einer Bar angezogen habe – das wäre bestimmt lustig gewesen.«

»Süße, wenn du mit einer Stewardessenuniform in eine Bar gegangen wärst, dann wäre der Ort in Flammen aufgegangen.«

Wir müssen beide lachen.

»Ich habe solche Sachen früher oft gemacht«, sagt Kat. »Jetzt natürlich nicht mehr.« Sie hält ihren Finger mit dem riesigen Diamantring in die Luft. »Heute mache ich meine Rollenspiele nur noch mit Josh.«

Ich werde rot.

Kat fährt fort. »Aber früher habe ich mir einen Spaß daraus gemacht, scharfe Kerle glauben zu lassen, dass ich jemand anderes bin.«

»Wer zum Beispiel?«

»Ach, alle möglichen Personen. Meine Lieblingsrolle war Matilda Blackburn aus Perth, die auf einer Krokodilfarm gearbeitet hat. Das hat immer funktioniert.«

»Lass mich deinen australischen Akzent hören«, sage ich.

Kat denkt kurz nach, schüttelt ihr Haar und sagt dann: »Hey, Mate. Was geht ab? Wollen wir zu Chris Hemsworths Haus reiten und 'ne Kleinigkeit futtern?«

Ich muss kichern. »Ist das deine Interpretation einer Australierin oder die eines Piraten in Disneyland?«

Kat lacht laut auf. »Ich kann es besser, wenn ich betrunken bin.«

»Das glaub ich dir. Welche Personen hast du noch dargestellt? Ich finde das faszinierend.«

»Manchmal habe ich gesagt, ich sei eine Profi-Tennisspielerin namens Olga Slovinskaya aus Tschechien. Das war so lange lustig, bis ich einen Kerl kennengelernt habe, der fließend Tschechisch gesprochen hat. Ach, und wenn ich mich ganz mutig gefühlt habe, habe ich manchmal erzählt, dass ich gerade aus einer Sekte entkommen und das erste Mal in meinem Leben in einer Bar bin.«

Ich muss herzhaft lachen. »Also, Süße, nach all diesen verrückten Geschichten hört es sich gar nicht mehr so seltsam an, mit Stewardessenuniform in eine Bar zu gehen. Glaub mir, das ist nicht halb so aufregend, wie es klingt.«

Kats Augen blitzen auf. »Ach, du hast es schon mal getan?«

Das Herz rutscht mir in die Hose. Scheiße. Habe ich das vor Kat gerade zugegeben? »Ähm …«

»Ach, komm schon, Süße. Du kannst es mir erzählen«, schnurrt Kat. »Hast du schon mal eine Uniform von Charlotte McDougal getragen und bist damit in eine Bar gegangen?«

Ach, scheiß drauf. »Ja, ein Mal.«

Kat jauchzt aufgeregt.

»Charlotte hat mich dazu überredet.«

Kat lacht durchtrieben auf und murmelt etwas wie: »Ich muss mir merken, Agent Eric anzurufen und ihm zu sagen, dass er ein Anfänger ist gegen mich.«

»Wie bitte?«

»Ach nichts, Süße. Jetzt erzähl mir alle schmutzigen Details über das eine Mal, das du mit Charlottes Uniform in eine Bar gegangen bist. Hast du ein paar scharfe Typen kennengelernt?«

»Nur einen – das Arschloch, von dem ich dir vorhin erzählt habe. Aber ich will nicht über ihn reden.« Ich leere mein Glas in einem Zug. »Ich denke, ich gehe jetzt ins Bett. Wir haben einen aufregenden Tag vor uns, und ich muss noch ein bisschen ausnüchtern. Und du musst zurück auf die Party.« Ich drücke sie kurz. »Gute Nacht, Mrs-Fast-Faraday. Danke, dass du vom ersten Tag an immer so lieb zu mir gewesen bist. Ich bewundere dich wirklich. Du bist meine Heldin.« Ich drehe mich um und will gehen, bevor Kat mir noch mehr Fragen über das Arschloch, mit dem ich geschlafen habe, stellen kann, aber sie legt ihren Arm in meinen und hält mich fest an ihrer Seite.

»Komm her, Liebes«, sagt Kat. »Wenn du dich schummrig fühlst, solltest du nicht allein zu deinem Zimmer gehen. Wir wollen doch nicht, dass du stolperst, in den Koiteich fällst und ohnmächtig wirst. Ich werde dich zu deinem Zimmer begleiten und sichergehen, dass du heil dort ankommst.«

»Nein, nein. Mir ist nur ein bisschen schwindelig. Ich bin nicht betrunken. Und du kannst mich auf keinen Fall zu meinem Zimmer bringen. Das ist deine Party, Süße. Wegen dir sind alle hier.«

»Du hast recht. Dann werde ich Colby bitten, dich zu begleiten. Das macht ihm bestimmt nichts aus. Er ist schließlich Feuerwehrmann und dazu geboren, anderen zu helfen. Ach Mist, ich vergesse Colbys kaputtes Bein immer. Verdammt. Hmm …« Sie dreht sich um und betrachtet die Leute, als müsse sie eine schwerwiegende Entscheidung treffen. Sie tippt sich an das kleine Grübchen an ihrem Kinn. »Also Keane kann ich ganz bestimmt nicht bitten, dich zu begleiten. Der kleine Mistkerl würde dich bestimmt anmachen.«

Ich muss lachen. »Nein, würde er nicht. Wir verstehen uns bereits wie Bruder und Schwester.«

»Das ist gut. Er ist nämlich die schlimmste männliche Schlampe, die es je gegeben hat. Halt dich bloß fern von ihm.«

»Ist Keane schlimmer als deine anderen Brüder?«, frage ich. Aber natürlich will ich nur wissen, ob er schlimmer ist als Ryan.

»Meine anderen Brüder sind keine männlichen Schlampen. Nicht so wie Keane zumindest.«

»Nicht einmal Ryan? Er kommt mir wie eine vor.«

Kat schmunzelt. »Nein, Süße. Ryan ist keine männliche Hure. Das war er vielleicht mal, und zu dieser Zeit hätte ich ihn keine meiner Freundinnen mit dem kleinen Finger anfassen lassen. Aber mittlerweile ist er ein netter Kerl, der auf der Suche nach der richtigen Frau ist.«

Ich lege meinen Kopf schief und schaue sie ungläubig an. *»Ryan?«*

Kat nickt. »Und Daxy ist ein ganz anderes Kaliber. Er hasst dieses ganze Groupie-Getue – er war schon immer auf der Suche nach einer ›Seelenverwandten‹.« Kat zuckt mit den Schultern. »Also werde ich Ryan oder Dax bitten müssen, dich zu deinem Zimmer zu bringen.« Sie lächelt mich zuckersüß an. »Bevorzugst du einen von beiden?« Sie zieht eine Augenbraue hoch, und plötzlich habe ich das unbestimmte Gefühl, dass das hier eine Art Test ist.

»Ähm, nein, ist mir egal«, sage ich betont beiläufig und bete dabei zu Gott, dass Kat mich vor mir selbst beschützt und Dax wählt.

»Dann Ryan«, sagt Kat bestimmt. »Dax will bestimmt auf der Party sein, wenn Reed ankommt.« Sie nimmt mich am Arm und sagt: »Los, Süße. Lass uns Ryan suchen, damit er dich sicher auf dein Zimmer bringen kann.«

»Das ist wirklich nicht nötig«, sage ich und bekomme eine Gänsehaut. *Kat will Ryan bitten, mich auf mein Zimmer zu bringen?* Lieber Gott, steh mir bei.

»Nein, Liebes«, sagt Kat. »Ich will nicht, dass du alleine gehst, wenn du dich nicht gut fühlst. Keine Sorge, auf Ryan kannst du dich verlassen. Er ist wirklich ein herzensguter Mensch – ein Ritter in schimmernder Rüstung. Ehrlich, wenn ich dich mit einem meiner Brüder verkuppeln wollte, dann mit Ryan.« Kat grinst bis über beide Ohren. »Komm schon, Süße. Ich bringe dich jetzt zu Ryan. Ich bin mir sicher, er macht das gerne.«

Ryan

»Spinnst du eigentlich?«, schreit Tessa in dem Moment, in dem wir außer Hörweite der anderen sind. »Hast du deiner ganzen Familie von uns erzählt, verdammt?«

»Natürlich nicht. Warum sagst du das?«, frage ich.

Ich laufe mit ihr einen geschwungenen Pfad entlang, von dem ich annehme, dass er zu ihrem Zimmer führt, und amüsiere mich köstlich. Sie stampft wütend mit ihren Füßen auf und fuchtelt mit ihren Armen, während sie mir immer zwei Schritte voraus ist.

»Weil Kat gerade ein Wahnsinnsgetue darum gemacht hat, dass du ein Ritter in schimmernder Rüstung bist, und dass du der Bruder wärst, mit dem sie mich verkuppeln würde. Und kurz vorher hat Keane mir ausführlich erklärt, dass du der tollste Mensch auf Erden bist und jede Frau sich glücklich schätzen kann, mit dir zusammen zu sein. Und dass er aus verlässlicher Quelle gehört hat, dass du eine Art Sexgott bist! Was zum Teufel hast du ihnen erzählt, Ryan Arschloch Morgan?«

Ich grinse. »Mein Bruder und meine Schwester haben all dieses coole Zeug über mich gesagt? Wow. Es ist schon erstaunlich, wie weit einen hundert Dollar heutzutage bringen.«

»Das ist nicht lustig, du Arschloch! Was hast du ihnen erzählt? Dass einer von beiden dich vor mir in den höchsten Tönen lobt, kann ja vielleicht noch Zufall sein – aber beide am selben Abend? Gleich, nachdem wir zufällig miteinander Sex hatten? Ich bin keine Vollidiotin, Ryan!«

»Okay, jetzt beruhig dich mal ein bisschen, Süße«, sage ich lachend. »Du bist paranoid. Ich habe absolut nichts zu Kat gesagt. Das schwöre ich bei Gott. Kein einziges Wort. Sie will uns verkuppeln, seit du mit ihr und meiner Mom das Brautkleid kaufen warst. Genau wie meine Mom ständig wollte, dass wir uns kennenlernen. Ich habe keine Ahnung, warum. Aber das geht auf deine Kappe, nicht auf meine. Sag schon, Argentinien, was hast du zu meiner Mutter und Schwester gesagt, dass sie sich so Hals über Kopf in dich verliebt haben und denken, dass wir das perfekte Paar wären?«

»Das weiß ich nicht!«, schreit sie. »Ich habe nichts getan! Ich habe nichts gesagt! Ich war die langweilige, gewöhnliche graue Maus, die ich in ihrer Gegenwart immer bin. Ich habe keine Ahnung, warum sie denken, dass ich die perfekte Frau bin, um deine zukünftigen Babys auszutragen!«

Ich muss lachen. O Gott, sie ist einfach zu niedlich.

»Und jetzt lenk nicht ab«, befiehlt sie mir. »Wenn du nichts zu Kat gesagt hast, dann auf jeden Fall zu Keane. Der Kerl konnte den ganzen Abend nicht aufhören, mir auf die Titten zu starren, und trotzdem schwärmt er mir von *dir* vor? Das ergibt keinen Sinn. Du musst etwas zu ihm gesagt haben!«

»Du missverstehst Keane. Er mag eine männliche Schlampe sein, aber er hat ein Herz aus Gold.«

»Hör auf, abzulenken! Keanes Herz aus Gold ist mir total egal. Ich will nur wissen, was du ihm erzählt hast, dass er all diese netten Sachen über dich sagt. Du hast ihm erzählt, dass du etwas von mir willst, richtig?«

»Gott, du bist so clever. Das mag ich wirklich an dir.«

»Hör auf, abzulenken!«

»Okay, okay, ja. Ich habe Keane gesagt, dass er seine Finger von dir lassen soll, weil ich auf dich stehe. Aber ich habe ihm nicht gesagt, dass wir bereits Sex hatten, das schwöre ich. Streng genommen hatten wir da auch noch gar keinen Sex. Und seitdem habe ich kein Wort mehr darüber verloren.«

»Wir hatten da noch keinen Sex? Aber wir haben ungefähr zwei Sekunden nachdem du angekommen bist, miteinander geschlafen.«

»Ich habe es zu ihm gesagt, bevor du in mein Zimmer gekommen bist.«

»Was genau hast du zu ihm gesagt?«

»Ich hab gesagt, er soll die Finger von dir lassen, weil du mir gehörst.«

»Weil ich *dir gehöre*?«, kreischt sie. »Ha! Du denkst, nur weil du deinen Schwanz in mich …« Sie schnappt nach Luft und schaut sich um, um sicherzugehen, dass uns niemand hören kann. Dann redet sie im Flüsterton weiter. »Du denkst, nur weil du einmal deinen Schwanz in mich gesteckt hast, gehöre ich dir? Das ist mit Sicherheit nicht der Fall, Mr. Ganz sicher nicht!«

»Stimmt, das denke ich – aber nicht, weil ich mit dir einmal Sex hatte. Ich habe das zu ihm gesagt, *bevor* wir Sex hatten, schon vergessen? Nein, Baby, du gehörst mir, weil ich von dem Moment an, in dem ich dich zum ersten Mal gesehen habe, wusste, dass ich es dir besser besorgen kann als jeder andere – weil die Chemie zwischen uns einfach unbeschreiblich ist.«

Sie zischt mich an: »Das heißt nicht, dass ich dir gehöre. Das heißt, dass du … ich weiß nicht … dass du irgendwie genau weißt, wie du mich nach dir süchtig machen kannst.«

»Dir fällt schon auf, dass du meine Behauptungen nicht widerlegst, oder?«

»Oh. Na gut. Dann widerlege ich sie jetzt. Hast du es mir besser besorgt als irgendein Kerl zuvor?« Sie hält inne. »Ja, das stimmt tatsächlich. Das muss ich dir lassen. Aber wird das bis in alle Ewigkeit der Fall sein? Ich habe keine Ahnung, verdammt. Wie kann ich das wissen ohne jeglichen Vergleich?«

»Willst du damit sagen, dass ich der Erste war, mit dem du Sex hattest?«

»Nein, natürlich nicht. Ich sage, du warst der Erste, mit dem ich unverbindlichen Sex gehabt habe. Vielleicht bist nicht *du* die geheime Zutat zu dieser unglaublichen Chemie zwischen uns, sondern die fehlende Verbindung zwischen meinem Körper und meinem Herzen. Vielleicht ist jeder unverbindliche Sex so fantastisch, wenn ich den Mann abgrundtief verachte? Woher soll ich das wissen, wenn ich nicht noch mal mit einem Mann ins Bett gehe, für den ich ähnlich empfinde?«

Jetzt gerät mein Blut in Wallung. Ich halte sie am Arm fest und funkle sie wütend an. »Genug mit der Scheiße, Tessa. Du kannst so etwas nicht zu mir sagen. Nie wieder. Es ist total beschissen von dir, dass du das zu mir sagst.«

Sie grinst mich böse an. »Ach, Liebling. Du siehst ein bisschen wütend aus.« Sie befreit sich aus meinem Griff und geht weiter. Ich folge ihr mit bebender Brust und pochendem Penis.

»Sag diese Scheiße nicht mehr zu mir«, sage ich ruhig.

»Gut.«

»Nie wieder.«

»Gut.«

Wir kommen an ihrer Zimmertür an.

»Gib mir deinen Schlüssel«, sage ich und strecke die Hand aus.

Sie klatscht mir die Keycard in die Hand. »Wie konnte ich dich vor drei Monaten nur so attraktiv finden? Ich kann mich wirklich nicht mehr erinnern, was ich in dir gesehen habe. Du bist so furchtbar nervig.«

Wortlos schiebe ich die Karte in den Schlitz, während sie hinter mir weiterredet.

»Außerdem bist du arrogant«, sagt sie. »Und besitzergreifend. Und total von dir selbst eingenommen. Du hast deine Eltern und Geschwister so um den Finger gewickelt, dass sie dich für einen unglaublich tollen Menschen halten. Aber ich habe eine andere Seite von dir gesehen. Mich täuschst du nicht.«

Ich öffne die Tür und bedeute ihr, einzutreten, was sie mit vor der Brust verschränkten Armen und funkelnden Augen macht.

Ich schließe die Tür mit einem leisen Klicken hinter mir und drehe mich um.

Und ohne ein weiteres Wort gehen wir aufeinander zu und beginnen uns zu küssen, als ob es kein Morgen gäbe.

Ryan

»Was er nämlich aß, das stillte seinen Hunger nicht so sehr, als dass es diesen nicht sterben ließ.«

Wir sind ineinander verschlungen und nichts als hungrige Lippen, gierige Hände und fordernde Zungen. Sie hat mir das Hemd ausgezogen. Meine Hose liegt auf dem Boden. Ich habe ihr Kleid runtergezogen, ihren BH geöffnet.

»Verdammt, Baby. Du bist meine Droge«, murmle ich.

Sie gibt einen erregten Laut von sich, und ich sehne mich mit jeder Zelle meines Körpers nach ihr.

Ich reiße ihr den Slip runter, sie zieht energisch an meiner Unterhose. Keuchend ringen wir beide nach Luft. Ich helfe ihr dabei, meine Unterhose auszuziehen, und eine Sekunde später fliegt sie durch die Luft und landet auf dem Lampenschirm.

Sie packt meinen steinharten Schwanz, während ich mein Gesicht zwischen ihren traumhaften Brüsten vergrabe, daran lecke, sauge, sie fest umfasse und förmlich in ihnen vergehe. In *ihr* vergehe.

Küssend und leckend bahne ich mir meinen Weg von ihren Brüsten bis zum Hals und lege meinen Mund dann auf ihre Lippen. Sie streichelt meinen Schwanz, meine Eier und meinen Damm und bringt mich damit fast um den Verstand. Ich schiebe meine Finger zwischen ihre Beine und streichle über ihre geschwollene, feuchte Pussy, bis meine Finger ganz nass sind und sie wie verrückt stöhnt.

Irgendwie schaffe ich es, ein paar Kondome aus meiner Hose zu ziehen, nehme ihren nackten Körper in meine Arme und trage sie zum Bett. Dabei höre ich nicht auf, sie leidenschaftlich zu küssen.

»Du wirst so heftig kommen, Baby«, sage ich und lege sie aufs Bett. Die Spitze meines Schwanzes ist bereits ganz feucht. »Du wirst dich so verdammt gut fühlen.«

Ihre Augen leuchten.

Ich lege mich neben sie, presse meinen harten Schwanz an ihre Hüfte, nehme einen ihrer Nippel in den Mund und dringe mit meinen Fingern tief in sie ein. Ich beginne sie von innen zu massieren, und mit jeder Bewegung meiner Finger und mit jedem Wort, das ich ihr ins Ohr flüstere – wie scharf sie ist und wie sehr sie mich antörnt und wie hart sie mich macht –, wird ihre Erregung größer und größer, bis sie schließlich ihren Rücken durchstreckt, sich windet und tief stöhnt.

»Ja, Baby«, flüstere ich. »Lass dich fallen.«

Sie gibt einen animalischen Laut von sich.

»Komm für mich«, presse ich hervor.

Was für Hemmungen sie auch immer hatte, als wir das erste Mal miteinander geschlafen haben, sie haben sich jetzt in Luft aufgelöst – sie hält rein gar nichts mehr zurück. *Und das ist das Schärfste, was ich je in meinem Leben gesehen habe.* Sie ist ganz außer sich – und ich bin es auch.

»Sag meinen Namen, wenn du kommst«, flüstere ich. »Sag ihn für mich.«

Sie kommt mit meinem Namen auf den Lippen, und das ist so grandios, dass ich fast selbst komme.

Als sie fertig ist, küsse ich sie und streichle sie erneut, dieses Mal an ihrem G-Punkt. Ihre Erregung steigt wieder – bis sie zuckt und sich windet und zittert und wieder für mich kommt. Ich bringe sie immer und immer wieder zum Höhepunkt, und jedes Mal zuckt, stöhnt und zittert sie stärker und stärker. Schließlich habe ich das Gefühl, dass ihr Körper total erschöpft ist. Tränen rinnen ihr über die Wangen, und zwischen ihren Brüsten glänzt der Schweiß. Ich bin kurz davor, selbst zu kommen – allein durch den Anblick, wie sie komplett die Kontrolle über sich verliert.

Ohne Vorwarnung packt sie meinen Schwanz und beißt mir so fest in den Nippel, dass ich fast ohnmächtig werde vor köstlichen Schmerzen. »Schlaf mit mir – *Arschloch*«, zischt sie mich an.

O Gott, meine neuen vier Lieblingsworte.

In Sekundenschnelle streife ich mir ein Kondom über, setze mich auf sie und strecke ihre Beine in die Höhe. Ich dringe in ihre warme, enge, feuchte Pussy ein, und wir stöhnen beide laut auf vor Erleichterung und Lust. Sie ist perfekt. Übernatürlich. Sex hat sich noch nie so gut angefühlt – sie ist eine ganz neue Spezies von Frau.

Ich küsse sie und bewege mich in ihr, berühre ihr wunderschönes Gesicht. Ich kreise meine Hüfte genau in dem richtigen Winkel, sodass die kleine Metallkugel an meinem Schwanz sie direkt ins Paradies schicken kann.

Wir wechseln die Position. Sie legt ihre Arme und Beine um mich und gibt sich mir komplett hin. O Gott, es ist nicht normal, wie diese Frau mich antörnt. Jede Bewegung unserer Körper, jeder Schlag unserer Herzen – alles fühlt sich vorbestimmt an.

»Ich hasse dich so sehr«, flüstert sie, aber sie stöhnt dabei vor Erregung.

»Sag, dass du mir gehörst«, keuche ich.

»Fick dich«, flüstert sie mit stockendem Atem.

»Niemand kann es dir so gut besorgen wie ich«, flüstere ich.

»Fick dich. O Gott.« Ohne Vorwarnung streckt sie ihren Rücken durch und gibt einen Laut von sich, der mir sagt, dass sie kurz davorsteht, sich komplett zu verlieren. *»Ich hasse dich.«*

»Mit einem Kerl zu schlafen, den du hasst, fühlt sich verdammt gut an, wie?«

Sie atmet schwer. *»Ja.«*

»Der beste Sex, den du je hattest.«

Sie stöhnt.

»Sag mir noch mal, dass du mich hasst.«

»Ich hasse dich.«

Ich verflechte meine Finger mit ihren, während ich mich in ihr bewege, und presse mein Piercing immer und immer wieder gegen ihre Klit. »Gefällt dir das?«

»Ja. O Gott, ja. Das ist so verdammt gut. Ich hasse dich so sehr.«

Heilige Scheiße, ich halte es kaum noch aus. Warum macht es mich so an, wenn eine Frau mir sagt, dass sie mich hasst? Wie krank bin ich eigentlich? »Komm für mich, Baby«, flüstere ich. »Sag meinen Namen.«

Sie ruft meinen Namen wie befohlen, und als sich ihre Muskeln vor Lust zusammenziehen, wird mein Schwanz massiert und gedrückt.

Ich stoße intensiver zu und bin kurz vor einem heftigen Orgasmus. Leidenschaftlich nimmt sie mein Gesicht in ihre Hände, küsst mich auf den Mund, dreht an meinen Nippeln und krallt ihre Fingernägel in meinen Rücken. Ich packe ihr Haar und stoße immer wieder zu, bis ich endlich komme. Das Gefühl ist so intensiv, dass ich vor Lust total orientierungslos werde und mir vorkomme, als würde ich ohne Fallschirm aus einem Flugzeug stürzen.

Als sich mein Körper endlich beruhigt hat, kann ich nur noch regungslos auf ihr liegen, nach Atem ringen und meine Lippen an ihre verschwitzten Wangen drücken.

»Heilige Scheiße.«

Ich rolle mich von ihr runter und lege mich auf den Rücken. Schweißgebadet streife ich mir das Kondom ab und schaue sie einen Moment lang an. Sie befindet sich offensichtlich in einer Art Lustkoma. Ihre Nippel sind immer noch hart wie Kieselsteine. Ihre Wangen sind gerötet. Mann, sie sieht immer noch total geil aus.

Ich berühre ihren harten Nippel und streichle über die Rundung ihrer Brüste. »Heilige Scheiße, du bist ja noch nicht annähernd fertig«, flüstere ich. »Komm, setz dich auf mein Gesicht, bis ich dich wieder rannehmen kann, Baby. Komm schon.«

Das lässt sie sich nicht zweimal sagen. Mit funkelnden Augen klettert sie über mein Gesicht und lässt sich auf meinem Mund nieder. Und schon schmecke ich ihre warme, süße Pussy und spüre die weiche, glatte Haut an meinen Wangen. Ich lege meine Hände auf ihre kreisenden Hüften und leite sie sanft in ihren Bewegungen, während ich sie lecke. Dabei finden ihr Unterleib und mein gieriger Mund den gleichen Rhythmus.

Nach nur ein paar Minuten gibt sie einen wirklich seltsamen Laut von sich, und ich verdopple die Geschwindigkeit meiner Bewegungen. Ein paar Sekunden später kommt sie über meinem Gesicht.

Ich bin unersättlich. Ich kann nicht genug kriegen. Je mehr ich sie schmecke, desto mehr will ich sie. Es kommt mir vor, als würde sie sich tief unter meine Haut und in meine Seele graben.

Ich schiebe sie von mir runter, lege sie auf den Rücken und beginne jeden Zentimeter von ihr zu küssen und zu lecken. Dabei erwacht mein Schwanz wieder zum Leben, und ehe ich michs versehe, bin ich schon wieder steinhart und bereit für die nächste Runde. Ich streife mir ein Kondom über, hebe sie auf mich, und schnell bewegen sich unsere Körper wieder in perfekter Harmonie.

O ja, verdammt. Ihre unglaublichen Brüste wippen bei jeder Bewegung ihres Körpers. Ihr dunkles Haar fällt ihr über die Schultern. Ihre Haut ist weich und schimmert vor Schweiß. Aber das Beste von allem ist der wilde Ausdruck in ihrem Gesicht. Falls es etwas Schöneres als den Gesichtsausdruck dieser Frau geben sollte, dann sicherlich nur im Himmel.

»Du bist so wunderschön, Baby«, stöhne ich. »Nichts, was ich je gesehen habe, ist so schön. Du bist die Einzige.«

»Ryan«, stößt sie hervor. »Was tust du mit mir?«

»Du bist meine Droge«, sage ich heiser und bin wieder kurz vorm Orgasmus. »O Gott, du bist meine Droge.«

Sie versteift sich. Und schnappt nach Luft. Ihre Muskeln ziehen sich wieder zusammen und umschließen meinen Schwanz dabei so fest, dass ich gleich mit ihr komme.

Als wir fertig sind, sackt sie auf mir zusammen, streckt ihre Arme und Beine in alle Richtungen und scheint fast bewusstlos zu werden.

Nach ein paar Minuten bin ich mir so sicher, dass sie auf mir eingeschlafen ist, dass ich sie von mir runter auf die Matratze rolle. Aber da hebt sie ihren Kopf und schaut mir direkt in die Augen.

»O hallo«, sage ich.

»Du bist mein Lustknabe«, sagt sie trocken.

Ich muss lachen. »Was?«

»Ich habe einen Lustknaben.«

Ich grinse. »Aha. Na gut, stets zu Diensten. Ich dachte, du würdest tief und fest schlafen.«

»Ich habe nur nachgedacht. Ich bin total durcheinander. Ich habe mit einem Mann geschlafen, den ich weder respektiere noch mag – den ich eigentlich sogar hasse. Und das habe ich *zweimal getan*!«

Ich lache und küsse sie auf den Kopf. »Dreimal, genau genommen. Und du hasst mich nicht. Du bist total besessen von mir.«

»Ja, ich bin besessen von dir. Das leugne ich nicht. Aber das bedeutet nicht, dass ich dich nicht *hasse*.«

Ich streichle ihr über den Rücken, atme ihren Duft ein und fühle meinen Herzschlag an ihrem. »Okay, was immer dich glücklich macht.«

»Das ist nicht okay«, widerspricht sie. »Ich hasse dich wirklich, Ryan. Die Wut und der Zorn, die ich für dich empfinde, sind nicht normal oder gesund. *Und* ich bin total von dir besessen, weil ich es liebe, liebe, liebe, mit dir Sex zu haben. O mein Gott, ich liebe es so sehr.«

Ich lache erneut. »Mir geht es genauso.«

»Aber was sagt das über mich aus?«

»Das sagt gar nichts über dich aus. Wenn überhaupt, bedeutet es, dass du aufhören solltest, so viel nachzudenken, und dich endlich entspannen solltest.«

Sie schiebt mich von sich und setzt sich neben mich. Irgendetwas geht in ihrem Kopf vor. »Ryan, hör mir zu. Mir ist gerade klar geworden, dass ich ein wirklich furchtbarer Mensch bin. Ich respektiere dich nicht, nicht das kleinste bisschen – was bedeutet, ich nutze dich aus, um mit dir Sex zu haben. Wärst du eine Frau und ich ein Mann, würde ich mich vor mir selbst ekeln.«

»Ich komme mit der Situation wunderbar klar.« Ich ziehe sie wieder an mich und schlinge meine Arme um sie. Ich küsse sie auf die Wange und drücke meinen Körper gegen ihren. Dann atme ich wieder ihren Duft ein und küsse sie erneut. »Süße«, flüstere ich und streichle ihren Rücken. »Wenn es dich anmacht, mich auszunutzen, dann stelle ich mich dir nur allzu gerne zur Verfügung.«

Ryan

»Wie das kommt, weiß ich nicht, aber es gibt keinen besseren Ort für Vertraulichkeiten unter Freunden als das Bett.«

»Lass uns was beim Zimmerservice bestellen«, sage ich, als klar wird, dass Tessa nicht so bald einschlafen wird. Ich drehe mich zum Nachttisch und suche nach der Karte.

»Wir können nicht *essen*«, sagt Tessa. »Das ist, du weißt schon, das hier ist was rein Sexuelles, was wir hier tun. Eine *Affäre.*«

»Okay, lass mich dir erklären, wie Affären im wirklichen Leben ablaufen – es ist nicht so, wie es in Filmen immer dargestellt wird. Du kannst nicht einfach mit einem Kerl ins Bett gehen und ihn dann sofort rausschmeißen. Du musst ihn erst füttern.«

Tessa kichert. »Na gut. Aber bilde dir nicht ein, dass du hier übernachten kannst. Wir haben morgen einen anstrengenden Tag vor uns und brauchen noch etwas Schlaf.«

»Cool, heute Nacht geht es also nur ums Vögeln und Fressen, und nächstes Mal kommt noch ein Nickerchen hinzu.«

»Du klingst wie Keane.«

»O Gott, nein.« Ich grinse sie an. »Na gut, ich bin froh, dass wir uns da einig sind: Nächstes Mal bleiben wir über Nacht.«

»Wir sind uns überhaupt nicht einig. Es wird nicht mal ein nächstes Mal geben.«

»Wie lange willst du das noch machen?«

»Was machen?«, fragt sie.

»So tun, als wäre das zwischen uns nicht unausweichlich?«

»Das ist es nicht.«

Ich seufze. Sie liegt natürlich falsch – das mit uns ist so unausweichlich wie der Sonnenaufgang und der Sonnenuntergang. Aber es gibt keinen Grund, sie jetzt davon zu überzeugen. Sie zieht ihr Ding durch.

Wir finden die Karte vom Zimmerservice, geben unsere Bestellung auf und machen Musik an – die Playlist habe ich extra für sie zusammengestellt, bevor ich heute Abend auf die Willkommensparty gegangen bin. Der erste Song ist *Shape of You* von Ed Sheeran, ein schnelles Lied mit Latin- und Reggaeanklängen, das mich dazu bringt, sie vom Bett hochzuziehen und zu fragen, ob sie mir ein paar Tanzschritte beibringt. Und ehe ich michs versehe, tanzen wir nackt einen Cha-Cha-Cha (oder so etwas in der Art) durchs Zimmer.

Als der Ed-Sheeran-Song vorbei ist, legen wir uns nebeneinander aufs Bett, und das nächste Lied – *Sex on Fire* – fängt an. Ich stütze mich auf den Ellbogen auf, betrachte sie eingehend und grinse.

»Was?«, fragt sie.

»Ich könnte ewig so daliegen und dich anschauen, ohne dass mir langweilig wird.«

»Süßer, du brauchst mich nicht mehr einzulullen«, sagt sie. »Ich habe bereits mit dir geschlafen, schon vergessen? Verführung vollendet.«

Ich zwinkere ihr zu. »Ich arbeite bereits am nächsten Mal.«

»Du verschwendest deine Zeit. Das war eine einmalige Sache.«

»Du meinst, eine dreimalige Sache?«

»Zweieinhalb. Wie auch immer, es wird nicht wieder passieren.«

»Wir wissen beide, dass das Blödsinn ist.« Ich klopfe aufs Bett. »Komm her, und hör dir mit mir zusammen meinen Lieblingssong an.« Sie folgt meiner Anweisung und setzt sich neben mich. Ihr hübsches Gesicht ist nur noch wenige Zentimeter von meinem entfernt.

»Und du schwörst, dass du Keane nichts von uns erzählt hast?«

»Ich schwöre es.«

»Und du hast auch Kat nichts erzählt?«

»Kein Wort.«

»Und du hast auch niemand anderem von uns erzählt?«

Mein Magen verkrampft sich. »Nur Colby.«

Sie verspannt sich. »Was hast du ihm erzählt?«

Ich hole tief Luft. »Alles.«

Tessa setzt sich aufrecht hin und kocht sofort vor Wut. »Du Arschloch! Du warst derjenige, der mich angefleht hat, niemandem etwas zu erzählen!«

»Nein, ich habe dich gebeten, Josh nichts zu erzählen. Und keine Sorge, Colby wird es niemandem verraten. Colby ist verschwiegen wie ein Grab. Das weiß ich seit dem Alter von fünf Jahren, als er bei meinem ersten schweren Verbrechen mein Komplize war.«

Sie starrt mich einen Moment lang an, und ihre Wut scheint abzuebben. Dann verdreht sie die Augen und legt sich wieder neben mich. »O Gott, du bist so ein Arschloch. Wie machst du das?«

»Was?«

»Du weißt genau, was du sagen musst, damit ich vergesse, dass ich eigentlich wütend auf dich bin. Jetzt kann ich nur noch darüber nachdenken, wie Colby dir wohl bei deinem ersten schweren Verbrechen geholfen hat.«

»Gut, dass du fragst. Kuschel dich an mich, und ich erzähl dir die ganze Geschichte.« Ich ziehe ihren nackten Körper an meinen und vergrabe meine Nase in ihrem Haar. »Ist das nicht besser, als wütend zu sein?«

»Das ändert gar nichts«, flüstert sie. »Ich bin immer noch sauer, dass du es Colby erzählt hast. Nur ist meine Neugier im Moment stärker als meine Wut.«

Sex on Fire endet, und der nächste Song auf meiner Playlist beginnt – *Beneath Your Beautiful* von Labrinth. Ich halte sie ganz fest und lausche einen Moment lang dem vielsagenden Text.

»Dein erstes Verbrechen?«, sagt sie. Anscheinend ist sie von dem Song nicht so überwältigt wie ich.

Ich küsse sie auf den Kopf. »Okay, das ist ein Klassiker der Morgan-Familie: Die Story von Ryans vollgeschissenem Handtuch.«

Sie kichert. »O mein Gott.«

»Es war einmal vor langer Zeit, als der fünfjährige Ryan auf der Toilette in unserem Haus ein Riesengeschäft erledigte und dann entdecken musste, dass das Klopapier alle war. Aber natürlich bin ich schon immer ein pfiffiges Kerlchen gewesen und habe mein Dilemma gelöst, indem ich mir den Hintern mit dem nächstbesten Gegenstand abgewischt habe – und das war zufällig das kostbare Weihnachtshandtuch meiner Mutter, das über einer Stange hing.«

»O Ryan.«

»Es war mit kleinen goldenen Engeln mit Trompeten bestickt. Wirklich sehr hübsch. Aber in dem Moment, in dem ich mir mit Moms hübschem Engel-Handtuch den Hintern abgewischt habe, ist mir eingefallen, dass sie Colby und mir klipp und klar gesagt hat, dass wir niemals ihre Handtücher anrühren dürfen. Also habe ich versucht, meine Spuren zu verwischen, und habe das mit Kacke besudelte Handtuch wieder an Ort und Stelle gehängt und mich aus dem Bad geschlichen.«

Tessa lacht. »Das kriminelle Gehirn eines Fünfjährigen.«

»Ich war ein sehr kluger Krimineller. Eine Weile danach musste der siebenjährige Colby auf die Toilette und hat das schmutzige Handtuch an der Stange entdeckt. Er hat schnell daraus geschlossen, dass sein dummer kleiner Bruder der Übeltäter gewesen sein muss, weil Kat noch ein Kleinkind in Windeln war, Keane eine Avocado in Moms Bauch, und Dax hat noch nicht existiert. Und weißt du, was Colby gemacht hat? Wenn du denkst, dass er mich verraten hat, dann liegst du falsch. Der kleine Colby Morgan hat etwas getan, was von diesem Moment an den Grundstein unserer Brüderschaft gebildet hat: Er hat das schmutzige Handtuch genommen, es unter seine Jacke gesteckt, sich damit nach draußen geschlichen, und hat es dann über den Zaun in den Nachbargarten geworfen.«

»Brillant!«

»Wir waren beide Genies.«

»Und seid ihr damit davongekommen?«

»Natürlich. Ungefähr zwanzig Minuten lang.«

Tessa kichert.

»So lange hat Mrs Wheeler von nebenan nämlich gebraucht, bis sie mit dem vollgeschissenen Handtuch in der Hand an unsere Tür geklopft hat.«

»Die verdammte Mrs Wheeler«, sagt Tessa.

»Die verdammte Mrs Wheeler«, stimme ich ihr zu.

»Was hat eure Mom gemacht?«

»Wir mussten uns natürlich bei ihr und Mrs Wheeler entschuldigen und dann so lange Blätter in unserem und Mrs Wheelers Garten zusammenrechen, bis wir den Preis des Handtuchs abgearbeitet hatten.«

»Ich liebe deine Mom.«

»Sie ist die Beste. Wenn ich mal Kinder habe und meine Frau nur halb so ist wie meine Mom, dann werden meine Kinder die glücklichsten auf der Welt sein.«

Tessa wird rot. »Du willst Kinder?«

»Ja klar. Du?«

Sie nickt.

»Wie viele?«, frage ich, und mein Herz klopft plötzlich wie wild.

»Zwei oder drei vielleicht«, sagt sie. »Du?«

»Vier oder fünf, in einer perfekten Welt.«

Sie macht große Augen.

»Aber man kann über alles verhandeln«, füge ich schnell hinzu. »Das Wichtigste ist erst einmal, ihre Mutter zu finden – die Frau, mit der ich den Rest meines Lebens verbringen will. Dann wird sich alles von selbst ergeben, nehme ich an.«

Eine lange Pause entsteht.

O mein Gott, ich verliebe mich gerade Hals über Kopf in diese Frau.

»Tessa, ich bin nicht das lügende, betrügende Arschloch, für das du mich hältst«, sage ich ruhig und streichle ihren Arm. »Würdest du mir einen Moment zuhören?«

Sie nickt – Gott sei Dank –, und zum ersten Mal kann ich ihr erzählen, was an dem Abend, an dem wir uns kennengelernt haben, wirklich passiert ist. Ich beginne damit, was in dem Restaurant mit Olivia und der Blondine vorgefallen ist und erkläre ihr, warum ich tatsächlich dachte, dass ich mit Olivia Schluss gemacht hätte, bevor ich sie kennengelernt habe – wobei ich allerdings zugebe, dass mir bewusst war, dass noch ein letztes klärendes Gespräch mit Olivia vor mir lag.

Als ich fertig bin, schaut Tessa mich nachdenklich an. »Ich erinnere mich daran, dass du mir etwas sagen wolltest, bevor die Psycho-Barbie in die Bar gestürmt kam.«

Ich atme erleichtert auf. »Ich wollte dir von Olivia erzählen, damit wir auf dem richtigen Fuß beginnen konnten.«

Sie beißt sich auf die Innenseite ihrer Wange.

»Was denkst du?«, frage ich.

»Dass deine Erklärung absolut Sinn ergibt und sich wirklich ehrlich anhört.«

Ich atme wieder erleichtert auf.

»Aber in meiner letzten Beziehung hat mein Freund auch immer Erklärungen parat gehabt, die Sinn ergaben und sich ehrlich anhörten.«

Ich reibe mir übers Gesicht. »O mein Gott, du bist wirklich anstrengend. Irgendwann musst du auch mal wieder jemandem vertrauen, Tessa – das weißt du, oder?«

Tessa öffnet ihren Mund, aber bevor sie etwas sagen kann, klopft es laut an der Tür. »Zimmerservice!«

Ryan

»Oh, du musst diese Mango versuchen«, sagt sie und füttert mich mit einem Stück.

»Köstlich«, sage ich. »Ich wusste nicht einmal, dass ich Mangos mag. Hast du von der Ananas probiert?«

Sie nickt. »Fantastisch.«

Wir sitzen an einem Tisch auf der kleinen Terrasse vor ihrem Zimmer und schauen auf das Meer im Mondlicht. Eine leichte Brise umweht uns.

»Ich mach dir einen Vorschlag, Argentinien«, sage ich. »Was hältst du davon, wenn wir diese Woche jede Nacht miteinander Sex haben, ohne dass jemand etwas davon erfährt, und wenn wir wieder zurück in Seattle sind, schauen wir weiter. Falls einer von uns beiden oder wir beide das Ganze nicht fortsetzen wollen, ist das kein Problem. Dann beenden wir die Sache einfach, ohne auf den anderen sauer zu sein, und tun so, als hätte es diese Woche nie gegeben.«

Sie steckt sich was von dem Essen in den Mund und kaut langsam, während sie über den Vorschlag nachdenkt.

Scheiße. Mein Herz rast. Ich weiß, ich setze hier alles auf eine Karte. »Was hast du zu verlieren?«, frage ich.

»Es wäre also eine einwöchige Urlaubsaffäre?«, sagt sie.

Ich nicke zustimmend. »Genau. Was auf Maui passiert, bleibt auf Maui.«

Sie beißt sich auf die Lippe.

»Keine Verpflichtungen. Kein Druck. Eine Woche. Das Einzige, was du mir versprechen musst – und das ist nicht verhandelbar – ist, dass du nur mit *mir* Sex hast, während wir hier sind.«

Sie nimmt einen Schluck Wasser. »Da muss ich drüber nachdenken.«

Mein Magen zieht sich zusammen. »Warum denn? Du gehst doch kein Risiko ein.«

Sie zuckt mit den Schultern. »Ich habe heute viel getrunken. Ich werde erst eine Entscheidung treffen, wenn ich wieder komplett nüchtern bin.«

»Das ist ja keine lebenswichtige Entscheidung. Es gibt keinen Haken.«

»Ich habe so etwas noch nie getan. Ich will einfach darüber nachdenken und keine voreilige Entscheidung treffen.«

Ich öffne meinen Mund und schließe ihn gleich wieder. Was ist nur los mit dieser Frau?

»Kann ich dich was fragen?«, sagt sie.

»Alles.«

»Hast du so etwas wie einen Fetisch für Flugbegleiterinnen?«

»Was? *Nein.* Warum fragst du?«

»Weil du so wütend auf mich warst, als du herausgefunden hast, dass ich keine Flugbegleiterin bin. Und jetzt, da ich dich ein bisschen kenne, entspricht das so gar nicht deiner Persönlichkeit. Deshalb kann ich nur vermuten, dass ich dir irgendeine Fantasie mit Flugbegleiterinnen zerstört haben muss.«

»Nein, ich stehe nicht zwingend auf Flugbegleiterinnen, Ich war nur total angepisst, weil du mich auf diese aussichtslose Schnitzeljagd geschickt hast.«

Sie schaut mich verwirrt an. »Wieso habe ich dich auf eine Schnitzeljagd geschickt?«

Scheiße. Soll ich ihr hier und jetzt einfach alles erzählen? Mein Bauchgefühl sagt Nein. »Falsch ausgedrückt«, sage ich. »Ich meinte nur, dass ich sauer war, weil ich mich so mit dir verbunden gefühlt habe und sich dann herausgestellt hat, dass du mich angelogen hast. Aber Colby hat mich daran erinnert, dass Kat so was auch immer gemacht hat, bevor sie Josh kennengelernt hat. Und da wurde mir bewusst, dass du keine größere Soziopathin bist als sie – aber Kat ist definitiv eine Soziopathin, also freu dich nicht zu sehr darüber.«

Tessa kichert. »Kat hat mir von ihren verschiedenen Persönlichkeiten erzählt. Diese Frau hat wirklich Fantasie.«

»Du hast ja keine Ahnung.« Ich muss lachen. »Eigentlich haben wir Morgans alle ziemlich viel Fantasie.«

Tessa legt ihren Kopf schief und schaut mich frech an. »Hast du schon mal daran gedacht, so etwas wie …« Ihre Wangen werden rot. »Wie Rollenspiele zu machen? Zum Beispiel, dass du so tust, als würdest du mit einer Flugbegleiterin Sex haben?«

Mein Penis zuckt. »Lass es uns tun!«, rufe ich.

Sie kichert. »Das war kein Angebot. Ich sammle nur Informationen.«

Ich grinse sie verschmitzt an. *Natürlich war das ein Angebot.* Aber okay, ich werde sie nicht drängen. Ich werde meiner kleinen Jungfrau die Zeit geben, sich langsam an den Gedanken zu gewöhnen, und wenn sie bereit ist, spielen wir unser Spielchen.

Tessa streckt ihre Arme über den Kopf und gähnt lauthals. Ihr fallen fast die Augen zu. Sie versucht, sie offen zu halten, aber es fällt ihr sichtlich schwer. Sie sieht aus, als würde sie gleich kopfüber in ihren Obstsalat fallen.

Ich stehe auf. »Ich bring dich ins Bett, meine Hübsche.« Ich ziehe sie hoch und gehe mit ihr zurück ins Zimmer. Ich warte, bis sie sich die Zähne geputzt und das Gesicht gewaschen hat, dann stecke ich sie ins Bett und küsse sie sanft auf ihre weichen Lippen. »Gute Nacht, Argentinien. Bis morgen. Danke, dass du mich gefüttert hast, bevor du mich rausgeschmissen hast. Jetzt fühle ich mich nicht so nuttig.«

»Du bist trotzdem eine männliche Nutte«, sagt sie verschlafen und mit geschlossenen Augen. »Mach dir nichts vor.«

Ich berühre ihre Wange. Wie gerne würde ich jetzt neben ihr ins Bett kriechen und sie die ganze Nacht lang halten. »Denk nicht zu viel über meinen Vorschlag nach, okay?«, flüstere ich und streichle ihr Haar. »Ich werde dir nicht wehtun – das verspreche ich. Ich würde dir nie wehtun, Tessa.«

Sie überrascht mich, indem sie meine Hand von ihrer Wange nimmt und sie sanft küsst. »Danke für eine fantastische Nacht, Ryan«, flüstert sie und schaut mich verträumt an. Sie öffnet ihren Mund und schließt ihn wieder. Dann beißt sie sich auf die Lippe.

Ich halte den Atem an und warte. Aus irgendeinem Grund habe ich das Gefühl, dass sie mich bitten will, heute Nacht bei ihr zu bleiben.

Ich warte.

Schließlich lässt Tessa meine Hand wieder los, schließt ihre Augen und vergräbt ihr Gesicht im Kissen. »Wir sehen uns beim Frühstück, Rum Cake. Schlaf gut.«

Tessa

Okay, das habe ich jetzt nicht erwartet.

Ich telefoniere gerade mit Charlotte, mein halb aufgegessenes Frühstück steht neben mir, und ich schaue aufs Meer hinaus. Meine beste Freundin hat mir gerade gesagt, dass sie jedes Wort von Ryans Erklärung glaubt. Und außerdem findet sie, ich sollte auf Ryans Vorschlag eingehen und kommende Woche so viel Sex mit ihm haben wie möglich.

»Vielleicht sollte ich es beenden, bevor es richtig begonnen hat«, sage ich. »Wenn ich mit ihm die ganze Woche so weitermache, entwickle ich vielleicht noch ernsthafte Gefühle für ihn. Und was dann?«

»Was dann? Das wäre doch fantastisch!«

»*Nein*! Selbst wenn Ryan nicht das lügende, betrügende Arschloch ist, für das ich ihn gehalten habe – er ist immer noch ein Frauenheld. *Und* er wird bald Joshs Schwager sein. Das spricht alles gegen eine Beziehung mit ihm, selbst wenn er so ehrlich ist wie Abe Lincoln.«

»Und warum noch mal?«

»Wenn ich etwas mit Ryan anfange und wir uns dann wieder trennen, dann wird mein Arbeitgeber, also Ryans Schwager, das Gefühl haben, sich für eine Seite entscheiden zu müssen. Und was denkst du, für welche Seite Josh sich entscheiden wird? Guck dir an, was mit Stu passiert ist: Josh hat nie wieder mit ihm gesprochen.«

»Du denkst wirklich zu viel nach, Süße. Wenn du die Sache mit ihm beenden willst, bevor ihr Maui wieder verlasst, gut. Aber was macht es für einen Unterschied, ob du zweimal oder zehnmal mit ihm ins Bett gegangen bist, bevor du es beendest? Warum kannst du nicht eine Woche lang Spaß haben?«

»Aber was, wenn ich Gefühle für ihn entwickle und verletzt werde?«

»Ich sage: Riskier es. Leb mal ein bisschen.«

Ich antworte nicht.

»Es besteht schließlich auch die Chance, dass du Gefühle für ihn entwickelst und *nicht* verletzt wirst«, sagt Charlotte.

»Nicht sehr wahrscheinlich«, entgegne ich.

»Hat Ryan zufällig erwähnt, was er die letzten drei Monate so gemacht hat? Habt ihr zwei darüber gesprochen, dass ihr seit dem Abend, an dem ihr euch kennengelernt habt, nur noch aneinander denken konntet?«

»Natürlich nicht. Warum sollten wir darüber reden? Ich bin mir sicher, Ryan hat keine Sekunde mehr an mich gedacht, genau wie ich keinen Gedanken mehr an ihn verschwendet habe.«

»Süße, du hast die ganze Zeit an Ryan gedacht. Du hast ihn an jeder Ecke stehen sehen.«

»Ja, okay. Aber nur in den ersten sechs Wochen. Danach habe ich kaum noch an ihn gedacht.« Ich schnaube. »Und ich weiß mit Gewissheit, dass Ryan nicht ein einziges Mal an mich gedacht hat. Wenn das der Fall gewesen wäre, hätte er es mir erzählt. Ganz im Gegenteil, ich beschimpfe ihn die ganze Zeit als männliche Hure, und er widerspricht mir nicht. Ganz offensichtlich ist das ein Thema, über das er nicht reden will.«

Charlotte seufzt laut auf. »Na gut, halt mich einfach auf dem Laufenden, wie du dich entscheidest. Ich bin dafür, dass du es die ganze Woche mit ihm treibst.«

»Ich nehme deine Meinung zur Kenntnis. Ach, bevor ich es vergesse: Kat hat gesagt, ich soll dich nach Maui einladen. Sie will dich kennenlernen.«

»Wirklich? Wow, das ist ja nett von ihr. Aber ich kann nicht. Ich fahre doch mit meinen Eltern zu ihrem Jahrestag auf eine zehntägige Kreuzfahrt, am Tag vor der Hochzeit geht es los, schon vergessen?«

»Ach ja, stimmt. Mist. Na ja, vielleicht kannst du ja für ein paar Tage kommen und jeden hier kennenlernen?«

»Uff. Das wäre schon viel Hin- und Hergereise. Ich glaube nicht, dass ich noch genug Urlaub für beide Trips übrig habe. Aber ich schau mir mal meinen Arbeitsplan an und lasse es dich dann wissen.«

»Okay, sag mir Bescheid.« Ich schaue auf meine Uhr. »Oh, ich muss los. Die Arbeit wartet. Die ganze Hochzeitsgesellschaft wird heute mit einem Bus zum Gipfel des Haleakala gefahren, und dann rasen wir mit den Fahrrädern wieder runter. Ich muss den Bus erwischen.«

»Das klingt nach Spaß. Fährst du mit Ryan?«

»Ja. Er hat mir heute Morgen geschrieben, und ich musste ihm versprechen, ihm beim Frühstück und später im Bus einen Platz freizuhalten.« Wie aus dem Nichts spüre ich tausend Schmetterlinge in meinem Bauch, wenn ich daran denke, dass ich Ryan heute Morgen gesehen habe.

Charlotte seufzt. »O Tessa. Hörst du dich eigentlich selbst? Steh dir einmal nicht selbst im Weg, und spring über deinen Schatten.«

»Ich denke darüber nach. Du weißt, dass ich die Dinge gerne gut überdenke.«

»Dinge gut zu überdenken ist das Gegenteil von über deinen Schatten springen.«

»Ich weiß. Es ist nur … er ist zu gut, um wahr zu sein. Ich muss die Dinge langsam angehen und mich selbst schützen.«

»Okay, Süße. Tu, was du für richtig hältst. Viel Spaß heute beim Biken auf dem Vulkan. Ich hab dich lieb.«

»Ich hab dich auch lieb, du Verrückte. *Aloha.*«

Tessa

Als wir von unserem Fahrrad-Trip auf dem riesigen Vulkan ins Resort zurückkommen, sammeln wir uns in dem großen Swimmingpoolbereich, um in der Sonne zu relaxen, bevor wir uns fürs Luau fertig machen müssen.

Während einige in Reifen auf einem langsam dahinfließenden Fluss um den Pool herumtreiben, springen andere in den Pool, um eine Runde Wasser-Volleyball zu spielen (natürlich in den zweifarbigen T-Shirts), während wieder andere einfach laute Arschbomben in den Pool machen. Und ich? Ich liege in meinem schwarzen String-Bikini auf einem Liegestuhl am Beckenrand, habe eine Piña Colada und ein Buch in den Händen und bin mit einer Sonnenmilch eingecremt, die nach Kokosnuss duftet. Das ist das Paradies.

Ich kann mich einfach nicht auf mein Buch konzentrieren bei der »Show«, die da gerade im Pool stattfindet. Damit meine ich die Morgan-Brüder und Zander, die so tun, als seien sie Delfine, die von ihrer »Trainerin« dressiert werden. Die achtjährige Coco steht am Beckenrand und kommandiert ihre enthusiastische Flotte mit Handsignalen und kichernden Befehlen.

Keane und Zander sind definitiv die »Anführer-Delfine«, aber Colby, Ryan und Dax machen sich als Delfine auch nicht schlecht. Ich kann mich wirklich nicht daran erinnern, wann ich das letzte Mal so herzhaft gelacht habe. Oder doch: Als

Keane mir erzählt hat, wie er seinen besten Freund in einer Umkleide kennengelernt hat. Und als Dax mir erzählt hat, wie sie auf den Namen der Band gekommen sind. Und als Ryan mir erzählt hat, wie er sich als Fünfjähriger mit dem kostbaren Weihnachtshandtuch seiner Mutter den Hintern abgewischt hat. Und als Kat mir erzählt hat, wie sie früher in Bars gegangen ist und so getan hat, als wäre sie einer Sekte entflohen. Und heute Vormittag, als Mr Morgan an Keane vorbeigerast ist und über seine Schulter hinweg gerufen hat: »Friss meinen Staub, du Loser!« Und so weiter und so fort.

Ich reiße die Augen auf.

O mein Gott.

Mir ist gerade etwas klar geworden: Ich habe mich total in die Morgan-Familie verliebt. In jedes einzelne Mitglied. Außer in Ryan natürlich. Ich habe mich nicht in Ryan verliebt. Ich schnaube laut auf. Natürlich nicht. Er ist vielleicht doch kein Lügner, aber er ist immer noch ein Frauenheld. Und das sollte ich besser nicht vergessen.

»Hey, Tessa«, reißt mich eine Stimme aus meinen Gedanken.

Ich blicke mich um. Sarah und Henns Freundin Hannah stehen in ihren nassen Bikinis neben mir und deuten auf zwei leere Liegestühle.

»Sind die noch frei?«, fragt Sarah.

»Klar«, sage ich.

Die beiden machen es sich neben mir bequem.

»Wir haben eine Pause von unserer Flussfahrt gemacht und dich hier ganz alleine liegen sehen.«

»Ach, ich entspanne mich und schaue mir die Delfinshow an.« Ich deute auf den Pool, und die beiden Frauen beobachten die »Delfine« einen Augenblick lang.

»Wer ist das kleine Mädchen?«, fragt Sarah lachend.

»Coco. Eine der Morgan-Cousinen hat ihren Vater geheiratet.«

»Ah«, sagt Hannah. »Süß, wie die Jungs Coco mit einbeziehen.«

»Die Morgan-Jungs sind wirklich alle ganz wundervoll«, sagt Sarah.

»Ihre Mutter scheint sie gut erzogen zu haben«, sagt Hannah.

Wir schauen uns die Show noch ein paar Minuten an, geben unsere Kommentare ab und lachen über die lächerlichen, aber total heißen Delfin-Tricks der Männer. Als Ryan seine Arme ausbreitet und Coco auffordert, zu ihm in den Pool zu springen, sitzen wir mit offenen Mündern da und sabbern förmlich.

»O mein Gott, das war heiß«, sagt Hannah. »Muskeln und Tattoos und gepiercte Nippel und ein lachendes kleines Mädchen? Großer Gott, ich habe plötzlich das dringende Bedürfnis, Henn auf unser Zimmer zu ziehen.«

Wir müssen lachen.

»Ich habe mal total für Ryan geschwärmt«, sagt Sarah sachlich.

Ich starre sie schockiert an.

Sarah zuckt mit den Schultern. »Ryan ist der Hammer.«

Hannah schnaubt. »Wie konntest du nur für einen der Morgan-Brüder schwärmen?« Sie blickt zum Pool und schaut die Männer voller Bewunderung an. Im Moment werfen sie Coco wie einen Wasserball von einem zum anderen. »Sie sind alle Wunder der Natur – genau wie Kat«, sagt Hannah. »Es ist nicht fair, dass sich in einer einzigen Familie so viel Schönheit ballt. Ich komme mir vor, als würde ich der Volleyball-Szene aus *Top Gun* zuschauen, nur ist es noch *viel* besser.«

Sarah und ich stimmen ihr kichernd zu.

»Weiß Ryan, dass du mal für ihn geschwärmt hast?«, fragt Hannah Sarah und spricht damit die Frage aus, die mir auch durch den Kopf geht.

»Natürlich nicht«, antwortet Sarah. »Ich habe ihm nie ein Wort davon gesagt. Ich habe es Kat damals erzählt und sie gebeten, ihn zu fragen, ob er vielleicht daran interessiert wäre, mal mit mir ausgehen. Aber sie hat sich geweigert.«

»Warum?«, fragt Hannah.

»Kat hat gesagt, Ryan würde mir das Herz brechen, und dann gäbe es lauter komische Situationen auf Geburtstagspartys und so.«

Das Herz rutscht mir in die Hose. O Scheiße. Hat Sarah da gerade meine Zukunft beschrieben?

Sarah fährt fort. »Das ist natürlich schon viele Jahre her, und anscheinend hatte Ryan damals gerade irgendeine Beziehung hinter sich und hat wirklich nichts anbrennen lassen. Ein *Player* halt. Und Kat hat gesagt: ›Wenn mein Bruder nicht bereit ist, dich für den Rest deines Lebens glücklich zu machen – und im Moment ist er das nicht –, dann werde ich ihn dich nicht anfassen lassen.‹ Damit war die Sache erledigt.« Sie grinst bis über beide Ohren. »Und zum Glück hat sie sich geweigert, richtig? Vielleicht wäre Ryan ja auch gar nicht an mir interessiert gewesen. Aber stellt euch nur mal vor, wir wären mal zusammen gewesen.« Sie schüttelt sich bei dem bloßen Gedanken daran.

Mir wird plötzlich ganz schwindelig. Was habe ich getan? Wird jetzt jede Begegnung mit Ryan komisch sein?

»Und denk nur an den Schmetterlingseffekt«, sagt Hannah. »Was wäre, wenn du damals mit Ryan ausgegangen wärst und so nie Jonas kennengelernt hättest?«

»Daran will ich gar nicht denken«, sagt Sarah. »Mittlerweile ist Ryan wie ein Bruder für mich – genau wie Josh oder Henn. Er sieht natürlich traumhaft aus, aber in dem Moment, in dem ich Jonas kennengelernt habe, wurde mir der Unterschied zwischen einer Schwärmerei für einen Kerl – selbst einer heftigen – und der Liebe meines Lebens bewusst. Wenn man die wahre Liebe einmal erlebt hat, dann ist das mit nichts zu vergleichen.«

»Ahh«, sagt Hannah. »Du und Jonas seid so wunderbar zusammen. Hashtag Beziehungsziele.«

»Du und Henny auch«, sagt Sarah. »Ich wette, es dauert nicht lange, und ihr tretet in unsere Fußstapfen.«

»Mit Sicherheit.«

Sarah jauchzt auf. »Wirklich? Habt ihr zwei übers Heiraten gesprochen?«

»Ja, gleich nachdem ich auf deiner Hochzeit den Brautstrauß gefangen habe, haben Henn und ich darüber …«

Ich bin zu durcheinander, um weiter zuzuhören. Als ich Ryan kennengelernt habe, fühlte sich das komplett anders an als jede Begegnung zuvor – ganz anders als bei Stu oder einem anderen festen Freund. Bei all diesen vorherigen Männern hatte ich ein Kribbeln im Bauch, ja – so wie bei einer Schwärmerei, wie es Sarah gerade beschrieben hat. Aber als ich Ryan kennengelernt habe, da habe ich sofort etwas total Neues, etwas Überirdisches gefühlt, als hätte ich … *nein.* Ich darf das nicht einmal denken. Das ist lächerlich. Absurd. Unmöglich. *Ein Rezept für ein gebrochenes Herz.*

»Hey, T-Rod«, sagt Hannah. »Mir ist aufgefallen, dass Kat und Sarah und Mrs Morgan dich Tessa nennen. Aber all die anderen Kerle nennen dich Theresa. Was ist dir denn lieber?«

»Tessa, ehrlich gesagt«, antworte ich. »So nennen mich meine Familie und meine Freunde schon immer.«

»Na gut«, sagt Hannah grinsend. »Dann Tessa.«

Ein quietschendes Kichern ertönt aus dem Pool, und als wir hinschauen, sehen wir Coco auf Ryans breiten Schultern sitzen – mitten im Hahnenkampf gegen Keane und Zander.

»O mein Gott«, sagt Hannah. »Mein linker Eierstock ist schon explodiert, als die Morgans ›Delfin‹ gespielt haben, aber jetzt ist auch noch mein rechter dran.«

»Er ist so verdammt scharf«, entfährt es mir unwillkürlich.

Aber keine der beiden Frauen scheint diese Bemerkung sonderlich zu beeindrucken – zum Glück.

»Ein Mann, der Kinder liebt«, sagt Hannah seufzend. »Das macht mich total an.«

Wir schauen dem Kampf noch eine Weile mit offenen Mündern zu, bis Coco schließlich, so fest sie kann, gegen Keanes Brust drückt und Keane und Zander dramatisch nach hinten taumeln und zu Cocos Freude umfallen.

Während Keane und Zander auf die Wasseroberfläche schlagen wie wütende Verlierer, stellt Ryan Coco wie eine Cheerleaderin auf seine breiten Schultern, hält sie mit seinen starken Händen an den Unterschenkeln fest und dreht mit ihr eine Ehrenrunde im Pool.

Als sie an uns vorbeikommen, klatschen Sarah, Hannah und ich euphorisch und lenken somit Ryans Aufmerksamkeit auf uns.

Sofort sucht er meinen Blick. Er grinst mich an, was ich erwidere. Dabei klopft mein Herz wie wild.

Ryan bewegt sich nicht. Er schaut auch nicht weg. Und das freut mich. Ehrlich gesagt, wünschte ich, dieser Moment würde niemals enden. *Er ist so wunderschön.*

»Hey, Ladys«, ertönt eine raue, männliche Stimme.

Ryans Grinsen löst sich in Luft auf, und seine Miene verfinstert sich.

Ich schaue zur Seite.

Reed Rivers.

Tessa

Reed zieht einen Liegestuhl heran und setzt sich zu uns. Seine dunklen Augen begutachten meinen Körper von Kopf bis Fuß, bevor er schließlich Hannah anlächelt. Er fragt sie höflich, wie sie ihre neue Wohnung in L.A. findet, und als Hannah Reed für den »wunderbaren Deal« dankt, wird klar, dass Reed der Besitzer des Wohnhauses ist, in dem Hannah wohnt.

Hm. Reed scheint seine Finger überall drin zu haben.

Während Reed mit Hannah redet, betrachte ich ihn eingehend. Ich habe ihn nie zuvor in Badehose gesehen, und ich muss sagen, er ist schon ein Prachtexemplar von einem Mann. Aber nicht allein sein schöner Körper und seine gut laufenden Geschäfte machen Reed Rivers zu einem der begehrtesten Junggesellen der Welt, wie *TMZ* kürzlich schrieb. Von ihm geht eine animalische Anziehungskraft aus. Das wusste ich natürlich schon vorher, aber wahrscheinlich sehe ich das Ganze jetzt noch mal in einem anderen Licht, weil er mir zum ersten Mal mit nacktem Oberkörper gegenübersitzt. Wow. Das ist wirklich ein Wahnsinnsanblick. Natürlich ist er nicht annähernd so scharf wie Ryan – aber wer ist das schon?

Ryan.

Ich werfe einen Blick in den Pool und sehe, wie er stocksteif dasteht und Reed mit mörderischen Blicken mustert. Die Arme hat er vor der Brust verschränkt.

Mit pochendem Herzen schaue ich wieder weg.

Scheiße. Ich bilde mir ein, ich kann von hier aus sehen, wie seine Schlagader pulsiert.

»Und was ist mit dir, T-Rod?«, fragt Reed.

»Hm?«

»Amüsierst du dich?«

»Oh. Ja. Ich hab meinen Spaß. Ich dachte, es würde mir schwerfallen, diese Woche als Gast hier zu sein, aber es ist erstaunlich einfach.« Ich halte meine Piña Colada hoch, und alle lachen.

»Hey, T-Rod«, sagt Reed. »Ich wollte mit dir über mein Überraschungsgeschenk während der Zeremonie reden.«

»Ach ja, ich habe deine Nachricht bekommen«, sage ich. »Dass dieser Musiker spielt, sollte kein Problem sein. Heute kommt eh eine Crew wegen des Konzerts am Abend, die kann ich gleich fragen …«

Ich halte abrupt inne. Josh und Kat nähern sich uns mit ein paar anderen im Schlepptau, und ich will nicht, dass sie irgendetwas aufschnappen.

Sarah erhebt sich aus ihrem Liegestuhl. »Ich locke sie zum Fluss«, flüstert sie. »Komm, Hannah Banana – hilf mir, sie abzulenken.«

Und schon sitze ich allein da mit dem einzig wahren Reed Rivers. Im Bikini. Nur ein paar Zentimeter von seinem sonnengebräunten, muskulösen Körper entfernt.

Reed grinst. »Sieht aus, als wären es nur noch du und ich, T-Rod.« Sein Blick wandert erneut über meinen fast nackten Körper und bleibt unverhohlen an meinen Brüsten hängen. Dann schaut er mir wieder in die Augen.

»Wer weiß, wie lange das so bleibt, also reden wir besser schnell über die Sache«, sage ich. Ich werfe einen verstohlenen Blick zu Ryan und sehe, dass er uns immer noch mit Argusaugen beobachtet – ein Anblick, der so sexy ist, dass mein Unterleib anfängt zu kribbeln. Ich räuspere mich. »Also, sag mir, was du brauchst, Reed, und ich werde dafür sorgen, dass es klappt.«

Reed erzählt mir, dass er Joshs und Kats Lieblingssänger aus England einfliegen lassen wird. Er wird bei der Hochzeitszeremonie drei Songs singen – darunter auch das Hochzeitslied.

»Gib mir einfach den Kontakt zum Management des Typen, und ich werde dafür sorgen, dass alles organisiert wird«, sage ich. »Hotels und Unterkünfte für ihn und sein Team während ihres Aufenthalts.«

»Cool. Aber schick mir die Rechnung dafür. Faraday soll schließlich nicht für sein eigenes Hochzeitsgeschenk zahlen.«

»Klar. Und vom technischen Standpunkt aus betrachtet, ist das alles kein Problem. Ich habe bereits eine tolle Soundfirma, die sich um den Auftritt der Hochzeitsband und um das Konzert von 22 Goats heute Abend kümmert. Ich frage sie einfach, ob sie auch den Auftritt dieses Sängers organisieren kann.«

Reed grinst. »Perfekt. Die mächtige T-Rod hat alles im Griff.«

»Ja, Sir. Du wirst dir das Konzert von 22 Goats heute Abend doch anschauen, oder?«

»Heute gibt es ein Konzert von 22 Goats?«

»Nach dem Luau.« Ich werfe ihm einen warnenden Blick zu. »Und wenn du nicht willst, dass ich dir beide Beine breche, dann erscheinst du dort besser, Rivers. Denn ich habe so den Verdacht, dass du heute der Ehrengast bist.«

Reed grinst mich verschmitzt an. »Warum um alles auf der Welt sollte ich der Ehrengast sein?«

»Verarsch mich nicht. Du weißt, warum.«

Reed schenkt mir ein Lächeln zum Dahinschmelzen. »Wirst du auch auf dem Konzert sein, T-Rod?«

»Natürlich«, sage ich, und mein Puls geht plötzlich schneller. »Das will ich auf keinen Fall verpassen.«

»Dann komme ich.«

Ich grinse und werde rot. Mann, Reed Rivers ist schon ein attraktiver Kerl. Dunkle Augen. Braunes Haar. Markante Gesichtszüge und Dreitagebart. Eine total selbstsichere Ausstrahlung. »Du sollst aber nicht wegen mir auf das Konzert kommen«, sage ich. »Du sollst dahin gehen, weil 22 Goats wirklich fantastisch sind. Ich habe mir ihre Videos angeschaut und muss sagen, dass ich sie unglaublich finde.«

Reed grinst. »Ich mache doch nur Witze. Josh hat schon vor einer Weile ein Demotape von Dax geschickt, ich habe bereits alle Videos gesehen. Ich bin mir schon ziemlich sicher, dass ich Dax unter Vertrag nehmen werde – ich will mir nur noch mal anschauen, wie er live spielt, bevor ich meine Entscheidung treffe.«

»Ich hoffe wirklich, dass du ihn unter Vertrag nimmst. Und ich weiß, dass auch Kat sich nichts sehnlicher wünscht.«

»Also, ihr seid beide tolle Frauen, aber das beeinflusst meine Entscheidung nicht im Geringsten. Ich nehme Bands nicht unter Vertrag, um irgendjemandem einen Gefallen zu tun – nicht einmal Joshs liebreizender persönlicher Assistentin und seiner sturen, aber wundervollen zukünftigen Frau.«

Ich werde rot. *Scheiße,* ich bin so doof. »Oh, natürlich«, stammle ich. »Es geht schließlich ums Geschäft. Kat und ich wissen das. Ich habe nur gemeint …« Ich halte inne. *Mist!*

»Ich kann eine Band nicht halbherzig unter Vertrag nehmen, dafür hängt zu viel davon ab«, erklärt mir Reed. »Ich bin kein Wohltäter – ich will einen Haufen Kohle verdienen, während ich der Welt großartige Musik präsentiere.«

Ich lege meinen Kopf schief und denke über seine letzte Bemerkung nach. »Wenn du also wüsstest, dass dir eine Gruppe jede Menge Geld einbringen wird, du ihre Musik aber nicht großartig findest, dann würdest du sie nicht unter Vertrag nehmen?«

»Ich würde sie nicht unter Vertrag nehmen. Ich nehme nur Bands unter Vertrag, hinter denen ich stolz mit meinem Namen stehe.«

»Aber sagen wir mal, du hättest die Chance, diesen ›Gangnam Style‹-Typen unter Vertrag zu nehmen, und wüsstest im Voraus, dass er einschlagen wird wie eine Bombe?«

»Selbst wenn ich wüsste, dass der Kerl mich reicher machen würde als Gott, ich würde trotzdem ›Nein, danke‹ sagen.«

»Ich bin beeindruckt«, sage ich. »Das ist sehr …« Mein Blick wandert unfreiwillig zum Pool rüber, um nach Ryan zu schauen, aber er ist nicht da. Ich wende mich wieder Reed zu. *Wo ist Ryan hin?* Verdammt! Ist er gegangen, weil er sauer ist, dass ich mit Reed rede? »Ähm … tut mir leid. Ich bin irgendwie abgeschweift.«

»Ich kenne das Gefühl. Ich schweife ständig ab – dank des knappen Bikinis, den du da trägst, T-Rod. *Verdammt.*«

Wow.

Reed hat über die Jahre hinweg schon öfter mit mir geflirtet, aber er hat noch nie so etwas offensichtlich Sexuelles zu mir gesagt. Andererseits haben wir uns auch noch nie halb nackt gegenübergesessen. Mein Blick bleibt für einen Moment auf Reeds nacktem Oberkörper haften, und ich bewundere seine Bauchmuskeln und die starken Arme und die perfekt geformten Nippel. Ich muss schon sagen, sehr sexy. Natürlich nicht so sexy wie Ryan – aber wer ist das schon?

»Im Ernst, du siehst umwerfend aus in diesem Bikini, T-Rod«, sagt Reed. »T-Rod?«

Er ertappt mich dabei, wie ich unverhohlen auf seine Brust starre, und grinst mich an.

»Sieht so aus, als wäre ich nicht der Einzige, der in diesem Moment positiv überrascht ist.«

Ich räuspere mich. *Shit.* »Du denkst also wirklich ernsthaft darüber nach, 22 Goats unter Vertrag zu nehmen? Damit würde für die Jungs ein Traum wahr werden. Ich habe gestern Abend mit ihnen geredet, und sie sind alle schon ganz aufgeregt.«

Reeds Mundwinkel zucken, ihm ist sicher nicht entgangen, dass ich das Thema gewechselt habe. »Dax Morgan muss sich um nichts Sorgen machen«, sagt er. »Ich habe mir die Youtube-Videos der Band mit meinem gesamten Team angeschaut, und wir sind uns alle einig, dass Dax ein Star ist. Mein Gott, hast du gesehen, wie sein Gesicht aussieht, wenn es angestrahlt wird? Wenn man einen Rockstar aus der Rockstarfabrik bestellen könnte, dann wäre es Dax Morgan.«

Ich nicke. »Ja, er ist der Wahnsinn.«

»Würdest du mit ihm ins Bett gehen?«

Ich bin schockiert. »Was? Natürlich nicht.«

Reed lacht. »Ich meinte nicht dich persönlich. Ich wollte nur deine weibliche Meinung zu seinem Sex-Appeal.«

Ich funkle Reed an. »Ich würde nicht sagen, dass ich mit Dax Morgan ins Bett gehen würde, er ist für mich bereits wie ein kleiner Bruder. Aber sagen wir mal so, wenn du 22 Goats unter Vertrag nimmst, dann wette ich, dass eine ganze Armee von Frauen zwischen fünfzehn und fünfundzwanzig ihre Schlafzimmerwände mit Postern von Dax übersäen wird.«

»Das denke ich auch, T-Rod. Dieser hübsche Junge wird mir einen Batzen Geld einbringen.«

Ich werde ganz aufgeregt. »Heißt das also, du nimmst 22 Goats auf jeden Fall unter Vertrag?«

»Das habe ich nicht gesagt.«

Ich schaue Reed verwirrt an. »Warum zögerst du, wenn ich fragen darf? Ich meine, wenn du keine Zweifel hättest, dann hättest du sie schon in dem Moment angerufen, in dem du ihr Demotape gehört hast, oder?«

»Du bist gut, T-Rod. Hey, ich mache dir ein Angebot: Wenn du es je satt haben solltest, für Faraday zu arbeiten, dann komm zu mir nach L.A. Ich meine es ernst – egal was, ich würde eine Position für dich finden.«

Für einen kurzen Augenblick bin ich mir nicht sicher, ob Reed es wirklich ernst meint oder ob die Bemerkung »eine Position für dich finden« eine sexuelle Anspielung war. Ich bin mir ziemlich sicher, dass er auf meine Brüste gestarrt hat, als er es gesagt hat.

»Warum sollte ich das tun?«, frage ich. »Ich kenne mich in der Musikindustrie überhaupt nicht aus.«

»Das macht nichts. Du hast einen tollen Instinkt.«

»Danke, aber du kannst mich Josh nicht stehlen. Das kann niemand.«

»Ja, das habe ich mir gedacht. Er würde mich sowieso umbringen. Und das ist nicht nur so dahingesagt – er würde mich wirklich umbringen.«

Ich muss lachen. »Also, warum zweifelst du an 22 Goats? Du hast meine Frage nicht beantwortet.«

»Die anderen zwei Jungs. Soweit ich das beurteilen kann, *ist* Dax die Band. Er schreibt die Songs, er singt sie, und er spielt auch Gitarre. Er ist derjenige, der den Mädchen feuchte Träume beschert. Jeder Junge will sein wie er und nicht wie die zwei anderen. Welchen Wert haben die anderen zwei für mich? Jeder kann Schlagzeug und Bass spielen wie sie.« Er zuckt mit den Schultern. »Ich muss mich entscheiden, ob ich Dax als Solo-Künstler unter Vertrag nehme und ihm einfach eine Backgroundband zur Verfügung stelle.«

Mir wird ganz schlecht. »Aber Reed, die drei Jungs spielen seit der Highschool zusammen. Du hättest hören sollen, wie sie gestern Abend über ihre Liebe zur Band und füreinander und über ihre Zukunftsträume geredet haben.« Ich bin ganz außer Atem. »Reed, sie sind die drei Musketiere.«

»Hinter jeder jungen Band steckt eine Geschichte«, sagt Reed unbeeindruckt. »Das heißt nicht, dass es wirtschaftlichen Sinn macht, die Band zusammenzuhalten.« Er lehnt sich in seinem Stuhl zurück, wodurch sich sein Sixpack anspannt.

»Das wirst du also tun?«, frage ich, plötzlich voller Panik. »Dax unter Vertrag nehmen und die anderen beiden in die Wüste schicken?«

Reed zuckt mit den Schultern. »Ich habe mich noch nicht entschieden. Aber um deine Frage zu beantworten: Deshalb habe ich noch nicht nach dem Hörer gegriffen und ihnen ein Angebot gemacht. Wenn sich herausstellt, dass ich Dax alleine unter Vertrag nehmen will, dann ist das nicht die Art Unterhaltung, die ich mit dem Jungen am Telefon führen möchte.«

»Reed«, sage ich mit klopfendem Herzen. »Ich weiß, du kennst dich in deinem Geschäft aus, und ich habe keine Ahnung davon. Aber bitte, geh offen an die Sache ran. So, wie ich Dax in der kurzen Zeit kennengelernt habe, scheint er seinen Freunden gegenüber absolut loyal zu sein. Sie sind für ihn wie eine Familie. Wenn du ihn vor die Entscheidung stellst, zwischen einem Plattendeal und seinen lebenslangen Freunden zu wählen, dann würde ihn das zerstören – ganz zu schweigen von den anderen zwei.«

»Ich werde mir das Konzert heute anschauen und dann entscheiden.«

»Aber *bitte*, sei offen.«

»Das werde ich sein. Aber nur weil dir so viel daran liegt.« Er zwinkert mir zu.

»Danke.« Ich atme erleichtert auf.

Eine Bedienung kommt vorbei, und Reed winkt sie zu uns.

»Willst du noch einen, T-Rod?« Er deutet auf mein leeres Glas.

»Auf jeden Fall«, sage ich. Ich fühle mich nach dieser

Unterhaltung total gerädert. Reed lacht laut auf bei meiner unerwarteten Antwort.

Er bestellt unsere Drinks bei der Kellnerin, lehnt sich dann wieder in seinem Liegestuhl zurück und grinst mich an. »Ich will mal so sagen: Dax Morgan könnte wahrscheinlich auch mit ein paar Affen als Band spielen, und er würde es immer noch an die Spitze der Charts schaffen.«

»Was wäre dann so schlimm daran, die ganze Band unter Vertrag zu nehmen?«, frage ich. »Die anderen Jungs sind ja wohl nicht schlechter als ein paar Affen.«

»Es wäre nicht schlimm, aber total dumm von Dax. Als Solokünstler müsste er seinen Verdienst nicht durch drei teilen.«

»Vielleicht ist Dax das ganze Geld nichts wert, wenn er allein an der Spitze der Charts sitzt und sich dabei fühlt wie das größte Arschloch auf Erden«, sage ich und werde rot. »Oder vielleicht fühlt sich Dax auf der Bühne auch nur deswegen so selbstsicher, weil seine zwei besten Freunde da mit ihm stehen. Vielleicht tragen Fish und Colin auf diese Weise mehr zu 22 Goats bei, als du denkst. Wenn Dax auf dein Angebot eingehen und seinen Freunden den Rücken zudrehen würde, dann würde er irgendwann sich und den Teufel, der ihm dieses unmoralische Angebot gemacht hat, verfluchen – und dann würde er sich dem Alkohol und den Drogen zuwenden, um den Schmerz zu betäuben, und langsam, aber sicher würde der ›Rockstar‹, den du unter Vertrag genommen hast, zerbröckeln, und du hättest dein ganzes Geld verschwendet.«

Reed wirft den Kopf zurück und lacht lauthals.

»Was?«, sage ich.

Reed grinst mich breit an. »So viel *Leidenschaft*.«

»Ich habe etwas zu dick aufgetragen, oder?«, frage ich verschämt.

Er nickt. »Ziemlich dick. Aber trotzdem ergibt das alles irgendwie Sinn.«

Ich seufze erleichtert auf.

»Danke, dass du mich zum Nachdenken bringst, T-Rod. Es ist gut, ab und zu mal von jemandem die Leviten gelesen zu bekommen. Das passiert mir nicht allzu oft.«

»Oh. Ich wollte dir nicht die Leviten lesen.«

Reed winkt ab. »Das war nur ein Witz. Ich habe damit bloß gemeint, dass mir mittlerweile nicht mehr allzu viele Leute die Stirn bieten. Zumindest nicht so, wie du es gerade getan hast.«

»Nein?«

»Nein«, sagt er. »Und wenn, dann geht es immer nur ums Geld und ums Geschäft, aber nie um menschliche Werte. Nie um *Leidenschaft*.«

»Reed, ich habe nicht gesagt, dass du keine menschlichen Werte hast. Und auf keinen Fall wollte ich naiv rüberkommen, was das Geschäftliche betrifft. Ich wollte dir nur eine andere Sichtweise vermitteln.«

Reed grinst mich verschmitzt an. »Du musst dich nicht entschuldigen, T-Rod. Du verstehst mich falsch. Ich wollte sagen, dass es mir *gefallen* hat, dass du mir die Stirn geboten hast.« Sein Blick wird plötzlich sehr anzüglich. »Sehr gefallen, sogar.«

Plötzlich pocht es zwischen meinen Beinen. »Oh. Na dann.«

Wir starren uns beide einen Moment lang an, und ich habe keinen Zweifel daran, dass er sich in diesem Moment ausmalt, wie er schmutzigen Sex mit mir hat. Und ich muss zugeben, ich habe das gleiche Bild vor Augen.

»Also, T-Rod«, sagt Reed eindringlich. »Was machst du nach …«

»Hey, Rivers«, ertönt plötzlich Joshs Stimme, und wir lehnen uns abrupt zurück.

»Hey, Faraday«, erwidert Reed cool.

»Jonas und Kats Bruder Ryan haben dich und mich gerade zu einer Runde Volleyball herausgefordert.« Er schaut mich an. »Ich hoffe, das stört dich nicht, T-Rod?«

Ich schüttle meinen Kopf wie ein kleines Kind.

»Gib mir einen Moment, Mann. Ich habe gerade einen Drink bestellt«, sagt Reed, und sein Blick wandert noch einmal über meinen Körper.

»Ich bringe dir deinen Drink zum Volleyballplatz, wenn er kommt«, biete ich an und freue mich über die Gelegenheit, Ryan beim Volleyballspielen im Sand zuzuschauen.

»Nein, Ms Rodriguez«, sagt Josh. »Sag der Bedienung, sie soll Reeds Drink zum Platz bringen, wenn sie kommt, okay? Du lehnst dich hier entspannt zurück und liest dein Buch.« Er schaut mich vielsagend an. *»Bleib einfach hier und entspann dich.«*

Ich nicke. Verdammt. Das war ohne Zweifel ein Befehl.

»Komm schon, Mann«, sagt Josh und zieht Reed von seinem Liegestuhl hoch. »Es ist Zeit, dass wir meinem Bruder und meinem zukünftigen Schwager zeigen, was ein richtiges Volleyballmatch ist.«

Reed gibt nach und steht auf, aber ohne seinen Blick von mir abzuwenden. Dabei spannen sich seine Muskeln an. »Wir sehen uns später, T-Rod. Es war nett, mit dir zu reden. Danke für den Ratschlag.«

»Ich fand es auch nett, Reed. Bis später – beim Konzert.«

Er zwinkert mir zu. »Oder vielleicht schon davor. Man weiß ja nie.«

»Komm schon, Rivers«, sagt Josh und zieht Reed von mir weg. »Auf Wiedersehen, Ms Rodriguez. Wünsch mir Glück.«

»Viel Glück, Mr Faraday«, sage ich. »Das wirst du brauchen gegen Jonas.«

»Na toll, danke für dein Vertrauen. Das werde ich ihm erzählen, du Verräterin.«

Ich kichere.

Ich schaue Josh und Reed hinterher, wie sie zum Strand gehen. Josh legt den Arm um seinen Freund, beugt sich zu ihm und flüstert ihm etwas ins Ohr. Keine zwei Sekunden später dreht sich Reed zu mir um, legt sich die Hand aufs Herz und wirft mir ein Lächeln zu, das mich laut auflachen lässt.

Heilige Scheiße.

Wenn das mal keine Warnung war: Halt dich von Reed Rivers fern, Tessa.

Ryan

»Kat«, rufe ich meiner Schwester zu. Sie treibt mit Josh auf einem Reifen langsam den Fluss um den Pool entlang, ihr Babybauch wölbt sich unter dem weißen Bikini. »Kat!«, rufe ich erneut.

Endlich hört mich Kat und dreht sich zu mir um.

Ich bedeute ihr, dass sie herkommen soll.

Meine Schwester sagt etwas zu den Leuten um sie herum, paddelt an den Beckenrand und schafft es irgendwie, ihren Körper aus dem Reifen zu wuchten.

»Was ist los, Rum Cake?«, fragt sie, während sie auf mich zuwatschelt.

»Willst du mich immer noch verkuppeln, Kum Cake?«

Sie grinst. »Ich denke nicht, dass das noch notwendig ist, oder?«

Ich starre sie mit angehaltenem Atem an.

»Ich weiß alles über dich und T-Rod«, sagt Kat und beantwortet damit meine unausgesprochene Frage.

Ich schnappe nach Luft. »Was weißt du?«

»Ich weiß, dass sie Samantha ist. Und ich weiß, dass du bereits mit ihr geschlafen hast.« Sie kichert. »Du Teufel, du.«

Ich packe Kat am Arm und ziehe sie in eine ruhige Ecke neben einem künstlichen Wasserfall. »Woher weißt du das? Hat Colby es dir erzählt?«

»Colby weiß es auch? Wie hat er es rausgekriegt?«

»Ich habe es ihm erzählt.«

Kat schaut mich böse an. »Mistkerl! Du erzählst es Colby, aber mir nicht? Warum, verdammt?«

»Jizz, du bist ein Plappermaul.«

»Und?«

»*Und:* Tessa will nicht, dass es jemand weiß. Vor allem will sie nicht, dass Josh es weiß.«

»Warum? Es ist uns doch allen schon mal so gegangen. Mir zumindest. Und zwar nicht zu knapp.«

»Sie ist nicht wie du. Sie ist … du weißt schon, *nett.*«

Kat zeigt mir den Mittelfinger.

»Wie zum Teufel hast du es herausgefunden?«, frage ich.

Kat erzählt mir, wie sie gestern Abend eins und eins zusammengezählt hat, als Henn den Namen »Charlotte McDougal« genannt hat, und wie sie es geschafft hat, aus Tessa unfreiwillig die Wahrheit rauszukriegen.

»Und Tessa hat keine Ahnung, dass sie dir alles verraten hat?«, frage ich.

»Natürlich nicht.« Kat klimpert mit den Wimpern. »Ich bin eine verdeckte Ermittlerin – das weißt du doch.«

Ich hole tief Luft. »Kat, du musst mir versprechen, dass du niemandem davon erzählst, okay? Vor allem nicht Josh. Er hat mich schon davor gewarnt, Tessa anzumachen, und ich will nicht, dass er sauer auf mich wird.«

»Josh hat dich gewarnt, Tessa anzumachen? Wann?«

Schnell erzähle ich Kat die Geschichte. »Das ist auch verständlich«, sage ich. »Wenn man bedenkt, dass er immer noch glaubt, dass ich auf der Suche nach einer argentinischen Flugbegleiterin namens Samantha bin.«

Kat bricht in schallendes Gelächter aus. »O mein Gott. Diese ganze Situation ist einfach lächerlich.«

»Nein, ist sie nicht. Sie ist schrecklich. Josh denkt, ich bin ein Frauenheld, dessen einziges Ziel im Leben es ist, irgendwelche Argentinierinnen ins Bett zu kriegen. Und nichts könnte weiter von der Wahrheit entfernt sein.«

Kat kichert. »Er denkt, du bist Keane mit einem Fetisch für Argentinierinnen.«

»*Fuck* Peen.«

»*Fuck* Peen«, stimmt mir Kat zu. »Warum erzählst du Josh nicht, dass T-Rod Samantha ist und er alles falsch verstanden hat?«, sagt Kat. »Problem gelöst.«

»Das kann ich nicht. Ich habe Tessa versprochen, kein Wort zu sagen – nicht zu ihm und nicht zu jemand anderem. Wenn alles so läuft, wie ich es mir vorstelle, dann weiß bis zum Ende der Woche sowieso jeder Bescheid. Aber bis dahin geht es nur sie und mich etwas an.«

Kat macht ein Gesicht, das ich nicht deuten kann.

»Bitte, Kat«, sage ich. »Hilf mir dabei, die Sache ein paar Tage ruhig anzugehen. Tessa steht nicht auf überstürzte Entscheidungen. Sie braucht viel Zeit zum Überlegen.«

»Ich weiß. Sie ist eine Jungfrau.« Sie verdreht die Augen. »Keine Sorge – ich kenne diese Sorte Frau gut. Sarah ist meine beste Freundin, schon vergessen?«

»Wo wir davon sprechen, was ist eigentlich daraus geworden, dass du mich nicht mit deinen Freundinnen verkuppeln willst? Als ich mit Sarah ausgehen wollte, hast du es mir verboten, und jetzt bist du fixiert darauf, mich mit Tessa zu verkuppeln?«

»Die Sache mit Sarah ist schon lange her. Da warst du noch ein Teenager, Rum Cake. Heute bist du ein erwachsener Mann – ein wirklich guter Mann.«

»Danke, Kat. Ich habe dich schon immer am liebsten gehabt. Aber ich bin aus einem anderen Grund rübergekommen. Ich brauche deinen brillanten, aber teuflischen Verstand. Reed Rivers macht sich in diesem Moment am Pool an mein Mädchen ran. Du musst da rübergehen und ihn von ihr weglocken.«

»Ich kann da nicht rübergehen. Das wäre zu offensichtlich.«

»Nicht so offensichtlich, als wenn ich gehe. Komm schon, Kat. Hilf einem Bruder in Not.«

»Ich glaube, du bist paranoid, Ry. Reed macht Tessa vielleicht an, aber er wird damit nichts erreichen. Sie ist nicht die Art Frau, die in zwei Tagen mit zwei verschiedenen Männern schläft.«

»Ja, normalerweise nicht. Aber ich habe Angst, dass Tessa gerade meint, sich sexuell entfalten zu müssen.« Ich erkläre ihr, dass Tessa letzte Nacht nicht versprochen hat, dass sie die Woche nur mit mir Sex haben wird. »Wenn es eine Phase im Leben dieser Frau gibt, in der sie komplett über ihren Schatten springen will, dann ist es jetzt.« Ich fahre mir mit der Hand durchs Haar. »Kat, bitte. Ich bin nicht zu dir gekommen, um mit dir darüber zu diskutieren. Ich brauche dich, damit du da rübergehst und den Arsch dieses reichen Musikproduzenten von meinem Mädchen wegzerrst.«

»Okay, entspann dich, Bruder. Ich hab's schon verstanden. Ein Wort zu Josh darüber, dass Reed seine süße und naive persönliche Assistentin anmacht, und er wird hinlaufen und Reed an den Haaren von ihr wegziehen. Josh liebt Reed wie einen Bruder, aber er hat schon öfter als einmal erwähnt, dass er diesen Kerl nicht in der Nähe von T-Rod haben will.«

»Gut, das will ich auch nicht.«

»Du magst sie wirklich, oder?«

»Kat, ›mögen‹ ist gar kein Ausdruck. Aber ich habe keine Zeit, dir meine Gefühle zu erklären. *Du musst jetzt etwas tun.*«

Kat schaut mich süffisant an. »Vielleicht hörst du das nächste Mal auf deine kleine Schwester, wenn sie sagt, dass sie die perfekte Partnerin für dich gefunden hat?«

»Süße, wenn die Dinge so laufen, wie ich es mir vorstelle, dann wird es kein nächstes Mal geben.«

Kat gibt einen entzückten Laut von sich und drückt meine Hand. »Okay, Rum Cake. Dann lass uns mal meinem zukünftigen Ehemann einen Floh ins Ohr setzen und Mr Musikmogul von deinem Mädchen wegkriegen.«

Tessa

»… doch seht einmal, wie geschmeidig unsere steifen Vorurteile werden, kommt erst einmal die Liebe, um sie zu beugen.«

Die zweihundert Hochzeitsgäste bilden das Publikum von diesem privaten Luau, und alle jubeln und lachen über das, was da auf der Bühne vor sich geht. Die professionellen Tänzer haben die wenigen Kinder aus unserer Gruppe aufgefordert, auf die Bühne zu kommen und Hula zu tanzen. Coco und ein paar andere Kids stehen jetzt da oben, wackeln mit ihren zierlichen Hüften und machen hulamäßige Bewegungen mit ihren Armen. Einfach köstlich.

Als die Kinder unter tosendem Applaus die Bühne verlassen, bittet die »Moderatorin« zehn bis fünfzehn Ladys auf die Bühne, um den Männern eine Show zu bieten. Natürlich steht Kat sofort auf und zieht Sarah und Hannah und ein paar ihrer Collegefreundinnen mit sich auf die Bühne. Keane steht ebenfalls auf und trägt seine Mutter praktisch mit sich, was sie unter Gekichere und Gekreische über sich ergehen lässt. Das veranlasst Ryan und Dax dazu, sich die zwei Schwestern von Louise zu schnappen und sie ebenfalls auf die Bühne zu zerren. Und schon wird uns von diesen Frauen eine Show geboten, die uns alle laut johlen und applaudieren und lachen lässt. Kat stiehlt allen die Show – diese Frau weiß wirklich, wie sie ihren Babybauch in einem Hula-Rock bewegen muss!

Als die Ladys mit ihrer Vorführung fertig sind, kommt der Moment, auf den wir Frauen gewartet haben, seit klar ist, dass das Publikum auf der Bühne mitmachen muss: Etwa ein Dutzend Männer werden auf die Bühne gerufen, um zu zeigen, wie sie sich in Hula-Röcken so machen. Alle Frauen im Publikum kreischen und johlen laut, das Publikum einer Magic-Mike-Show ist nichts dagegen.

Es ist interessant und lustig, zu sehen, welche Männer unserer Gruppe aufstehen und welche sich auch nicht von zehn Pferden auf die Bühne bringen lassen würden. Jonas zum Beispiel wird heute Abend wohl nicht zu unserer Unterhaltung tanzen, genauso wenig wie Dax oder Colby. Nein, sie sitzen mit vor der Brust verschränkten Armen auf ihren Stühlen, als wären sie festgeklebt.

Aber zum Glück leisten die extrovertierteren Hotties unserer Gruppe nicht solchen Widerstand – darunter Josh, Reed, Henn, Zander, Keane (natürlich), ein paar von Joshs Verbindungsbrüdern und – Gott sei Dank – der einzig wahre Ryan Ulysses Morgan.

In dem Moment, in dem unsere geselligen Männer die Bühne betreten, kommt eine Armee von männlichen hawaiianischen Tänzern mit nackter Brust auf sie zu, und in Windeseile werden ihnen die Shirts ausgezogen, und sie finden sich in Hula-Röcken und anderen Accessoires wieder.

Unter dem kritischen Blick des Publikums ertönt laute Trommelmusik, und alle applaudieren, als die Tänzer unseren Männern zeigen, was von ihnen erwartet wird. Dann ziehen sie sich an den Rand der Bühne zurück und widmen sich voll und ganz den Trommeln.

Und dann geht es los.

O mein Gott, unsere Männer halten sich wirklich nicht zurück. Sie schütteln sich und hüpfen mit ihren nackten Oberkörpern und den Hula-Röcken herum und versuchen die Bewegungen der Profitänzer, so gut es geht, nachzuahmen. Das ist wirklich urkomisch. Ich glaube, ich habe mir gerade vor Lachen in die Hose gemacht. Aber gleichzeitig ist es auch unglaublich sexy. Das ist schon eine scharfe Truppe da auf der Bühne. Vor allem Ryan. Keane und Josh machen die Tanzbewegungen vielleicht am besten nach, aber wenn es um Anziehungskraft geht, ist Ryan nicht zu schlagen.

Ich beiße mir auf die Lippe, während ich Ryan beobachte, und mein Unterleib zieht sich verlangend zusammen.

Ich will ihn.

Schnell wird klar, wer die Helden auf der Bühne sind, und wie von selbst teilen sich die Jungs in zwei Teams auf – Josh, Reed und Henn auf der einen Seite, Zander, Keane und Ryan auf der andern. Wir Frauen jubeln ihnen zu und feuern sie an bei ihrer Drei-gegen-drei-Hula-Show.

Mir rinnen die Tränen über die Wangen vor lauter Lachen. Ich schaue den langen Tisch entlang, an dem ich sitze, und sehe, dass auch Kat, Hannah und Sarah am anderen Ende vor Lachen brüllen. Kat schaut kurz in meine Richtung, als ich zu ihnen blicke, und wirft mir einen Luftkuss zu, bevor sie ihren Blick wieder auf die Bühne richtet.

Und sofort fühle ich mich, als wäre ich in diesem Moment genau dort, wo ich hingehöre. Mit diesen Menschen – als Teil einer wundervollen Familie. Eine Familie, die sich bedingungslos liebt.

Mir treten Tränen in die Augen, und ich wische mir übers Gesicht – plötzlich bin ich mir nicht mehr sicher, ob die Tränen vom Lachen kommen oder ob ich nach dem vergangenen Jahr voller Betrug und Leid in meinem Leben über etwas ganz anderes weine.

Der Tanz ist vorbei.

Alle setzen sich wieder auf ihre Plätze, wischen sich die Tränen aus den Augen, und die professionellen Tänzer bereiten sich darauf vor, mit ihrer Show weiterzumachen.

Aber als unsere Männer sich ihre Oberteile wieder anziehen und von der Bühne gehen, beugt sich Ryan zu der »Moderatorin« und flüstert ihr etwas ins Ohr.

Sie nickt und hält Ryan das Mikro hin.

»Hey, Keane«, sagt Ryan ins Mikrofon. »Warte mal kurz.«

Keane bleibt auf den Stufen stehen und wartet.

»Aloha!«, ruft Ryan dem Publikum zu.

Alle erwidern seinen Gruß, wie wir es mittlerweile schon gewöhnt sind.

»Bevor die Show weitergeht«, sagt Ryan, »denke ich, sollten wir die zwei besten Hula-Tänzer des Abends zu einem Contest auf die Bühne bitten. Was meint ihr?«

Wir johlen und applaudieren.

»Keane, komm wieder hier hoch, Mann.« Er dreht sich zu den Profitänzern um und sagt: »Können wir noch mal einen Hula-Rock für meinen Bruder kriegen?«

Ein männlicher Tänzer geht auf Keane zu und zieht ihn wieder um.

»Und darf ich jetzt die weibliche Hälfte der zwei besten Tänzer des Abends auf die Bühne bitten? Coco? Komm hoch, Süße!« Ryan entdeckt Cocos niedliches Gesicht im Publikum, und seine Augen leuchten auf. »Hey, Hübsche. Komm auf die Bühne. Es ist an der Zeit, Keane im Hula-Tanzen zu schlagen.«

Die Menge johlt vor Begeisterung, als Coco aufsteht und sich ihren Weg zur Bühne bahnt.

»Mir ist zu Ohren gekommen, dass mein Bruder Keane Coco auf dem Flug hierher zu einem Duell im Hula-Tanzen herausgefordert hat«, erklärt Ryan. »Keane hat gemeint, er würde sie beim Hula-Tanzen fertigmachen.«

Laute Buhrufe ertönen, und Keane ahmt sofort die Körpersprache eines Wrestlers im Ring nach.

»Denkst du, es ist an der Zeit, Keane ein bisschen Demut zu lehren, Coco Puff?«

Als Coco die Stufen zur Bühne hochkommt, reißt sich Keane sein Shirt vom Leib und kriecht auf der Bühne herum, als wäre er ein Löwe. Er hält sich die Hände hinter die Ohren, als würde er uns herausfordern, noch lauter zu buhen, was wir nur allzu gerne zwischen johlendem Gelächter tun.

Dann betritt Coco die Bühne und läuft etwas unsicher auf Ryan zu. Er kommt ihr entgegen, beugt sich zu ihr runter und spricht mit ihr. Seine Körpersprache ist sanft und einfühlend. Coco nickt. Ryan hebt seine Hand, sie schlägt ein, und er küsst sie auf den Kopf und wuschelt durch ihr Haar.

Ich komme mir vor, als wäre ich gestorben und im Himmel.

Ruhe in Frieden, Tessa Rodriguez.

Ryan stellt sich wieder hin und wendet sich mit strahlendem Gesicht der Menge zu. »Okay, Leute. Coco sagt, sie ist bereit, Keane Morgan fertigzumachen. Auf geht's!«

Die Profitänzer gehen zu Coco, binden ihr einen Hula-Rock um die Hüfte und legen ihr einen Blumenkranz um den Hals. Dann beginnt der von Ukulelen-Musik begleitete Wettkampf.

O mein Gott, das ist der absolute Wahnsinn. Coco nimmt ihre Sache total ernst und ist dabei unwahrscheinlich niedlich. Das Mädchen gibt wirklich ihr Bestes. Auch Keanes Bewegungen sind mehr als faszinierend, auch wenn sie nicht wirklich an die der hawaiianischen Tänzer erinnern. Heilige Scheiße, Keane Morgan kann sich wirklich bewegen. Er macht für dieses Publikum zwar ganz offensichtlich jugendfreie Tanzbewegungen, trotzdem wird mir sonnenklar, dass ich Charlotte zu ihrem Geburtstag nächsten Monat auf eine Show von Ball Peen Hammer mitnehmen sollte.

Aber so einnehmend Coco und Keane da oben auch sind, mein Blick wandert schnell wieder zu Ryan. Er steht am Bühnenrand, lacht aus tiefstem Herzen und feuert Coco an, damit sie ihrem unausweichlichen Sieg näher kommt. Und aus irgendeinem Grund führt alles, was er tut, dazu, dass sich mein Herz nach ihm sehnt. O mein Gott, er ist wirklich umwerfend da oben. Ein Kunstwerk. *Wunderschön. Sowohl äußerlich als auch innerlich.*

Der Tanzwettbewerb ist vorüber, und Ryan tritt mit dem Mikro in der Hand zwischen die beiden Kontrahenten.

»Gut gemacht, ihr zwei«, sagt er. »Also, Leute. Jetzt seid ihr dran. Bestimmt den Gewinner durch euren Applaus. Wer denkt, dass Keane gewonnen hat?« Er streckt Keanes Arm in die Luft, und laute Buhrufe ertönen aus dem Publikum – gefolgt von lautem Gelächter.

»Wow, Keane«, sagt Ryan. »Das sieht nicht gut aus für dich.«

Keane schnappt sich das Mikrofon. »Ihr seid doof, Leute.«

Noch mehr Buhrufe. Keane spannt seine Muskeln an und spielt die Rolle des Bösewichts.

»Okay, okay«, sagt Ryan. »Und jetzt lasst es mich hören, laut und deutlich: Wer ist für *Coco*?« Er hält Cocos Arm nach oben, und das Publikum bricht in tosenden Applaus aus.

Keane spielt noch kurz den schlechten Verlierer, bevor er Coco die Hand gibt, ihr durch die Haare wuschelt und sie dann auf seinen Schultern über die Bühne trägt, um ihren Sieg zu feiern. Währenddessen kann ich meinen Blick einfach nicht von Ryan Ulysses Morgan abwenden. Die Art, wie er Coco und seinen Bruder angrinst, die Art, wie er lacht und den Moment ganz offensichtlich total genießt, die Tatsache, dass er daran gedacht hat, Coco diesen schillernden Moment zu ermöglichen – o mein Gott, ich bin gerade mehr als angetörnt. Ich werde mein Höschen wechseln müssen vor dem Konzert von 22 Goats.

Schließlich verlassen Ryan, Keane und Coco die Bühne, und die Show geht weiter. Und in dem Moment, in dem Ryan sich an seinen Platz am Ende des langen Tisches setzt, werfe ich ihm einen langen, sehnsüchtigen Blick zu. Mein Herz rast wie wild, und mein Magen schlägt Purzelbäume. Ganz langsam wendet Ryan seinen Blick von der Bühne ab und schaut mir direkt in die Augen.

Er lächelt, und ich fühle mich wie vom Blitz getroffen.

Ich benetze meine Lippen.

Und dann erwidere ich sein Lächeln.

Wie bei der Eröffnungsparty gestern Abend tippt Ryan auf seine Uhr, als wollte er sagen, es ist nur eine Frage der Zeit.

Aber dieses Mal nicke ich und weiß, dass es unausweichlich ist.

Tessa

Als ich mir das Konzert von 22 Goats im Nachtclub des Resorts anschaue, bin ich ganz baff, wie fantastisch sie sind. Wer hätte gedacht, dass Dax und seine zwei Freunde so talentiert sind? Ihre Videos sind toll, ja, aber sie kommen nicht annähernd an das ran, was diese Band live zu bieten hat. Wie Reed gesagt hat, ist Dax Morgan ein absoluter Publikumsmagnet. Wenn man diesen Jungen richtig rausbringt, dann kann er ein Mega-Rockstar werden. Und die anderen beiden Bandmitglieder? Reed hatte unrecht. Sie sind ebenfalls fantastisch. Auf ihre eigene Art und Weise natürlich. Fish und Colin stechen nicht so hervor, wie Dax es auf der Bühne tut, aber wer könnte das schon? Dax spielt wirklich in einer eigenen Liga – nicht von dieser Welt. Dank seines Bühnentalents und seines Charismas habe ich das Gefühl, den besten Platz im Saal zu haben, obwohl ich ganz hinten an einer Wand stehe.

Ich werfe einen Blick auf die Menge und hoffe, Ryan zu erspähen. Ich sehe ihn am anderen Ende des Raumes, wo er mit seiner engsten Familie abrockt und jedes Wort mitsingt – alle sind ganz begeistert von ihrem geliebten Rockstar.

Gott, ich liebe diese Familie.

»Hey du«, höre ich eine Stimme neben mir.

Reed steht mit zwei Drinks in der Hand neben mir. Er riecht nach Aftershave und sieht mich an, als würde er mich mit Haut und Haaren verschlingen wollen.

»Hi, Reed.«

»Mai Tai?«

»Danke. Du hast vorhin toll Hula getanzt.«

»Haha, danke.« Er hält mir eins der Gläser hin. »Gefällt dir das Konzert?«

»Ich *liebe* es. 22 Goats sind phänomenal – viel, viel besser, als ich erwartet hatte. Und ich hatte wirklich hohe Erwartungen.«

Reed nickt und nimmt einen Schluck von seinem Drink.

»Und dir?«, frage ich. »Gefällt dir, was du siehst?«

Reeds Augen blitzen auf. »Definitiv.«

Mist. So war diese Frage nicht gemeint. »Ich meinte die Band. Gefällt dir die Band?«

Reed grinst. »Ich weiß, was du gemeint hast.«

Ich muss schlucken. »Also wirst du sie unter Vertrag nehmen?«

Reed schmunzelt mich verschmitzt an. »Was meinst du, was ich tun sollte, T-Rod? Sag mir deine ehrliche Meinung.«

»Das ist einfach: Ich denke, du solltest sie unter Vertrag nehmen«, sage ich und meine es vollkommen ernst. »Und zwar nicht nur Dax – die ganze Band. Willst du wirklich meine ehrliche Meinung hören?«

»Das will ich.«

»Ich denke, wenn du nicht die ganze Band unter Vertrag nimmst, dann bist du ein totaler Idiot und hast keine Seele.«

Reed bricht in schallendes Gelächter aus. »Ach, komm schon, T-Rod. Sag mir, was du wirklich denkst.« Er nippt wieder an seinem Drink und mustert mich von Kopf bis Fuß. »Weißt du, was ich tun werde, T-Rod? Nur weil es dir so verdammt wichtig ist? Ich werde Dax die Entscheidung überlassen. Ich werde ihm zwei Angebote machen: Erstens ein Solo-Angebot für so und so viel Dollar, und zweitens ein Angebot für die ganze Band für das gleiche Geld. Ich lasse den Jungen entscheiden, ob er das Geld für sich alleine will, oder ob er es durch drei teilen will.«

Ich recke mein Kinn. »Wie du willst«, sage ich und überrasche mich dann selbst, indem ich hinzufüge: »Ich habe keinen Zweifel daran, dass Dax das Angebot für die ganze Band annehmen wird.«

»Ach, du kennst Dax wohl gut?«

»Nein, ich habe ihn erst gestern kennengelernt. Aber er ist ein *Morgan* – und ich weiß, dass ein Morgan seine Freunde nicht im Stich lässt.«

Ein breites Grinsen legt sich über Reeds Gesicht – er denkt, dass ich naiv bin.

Mein Puls geht schneller. »Reed, hör mir zu«, stammle ich, und plötzlich ist all mein Mut verflogen. »Du darfst ihm nur ein Angebot machen – das Angebot für die ganze Band.«

»Warum? Wenn es das ist, was Dax will, dann kann er dieses Angebot ja annehmen.« Er blickt mich von der Seite her an. »Hast du Angst, dass der Junge das Geld für sich nimmt und du damit den Glauben an die Menschheit verlierst?«

»Nein. Ich rate dir das nicht wegen mir – sondern in deinem Interesse. Wenn du deinen Plan umsetzt, wie du vorhast, dann riskierst du, dass Dax dich für ein Riesenarschloch hält, weil du ihm dieses unmoralische Angebot machst. Vielleicht für ein Arschloch, mit dem er überhaupt keine Geschäfte mehr machen möchte. Und das wäre ganz und gar nicht in deinem Interesse.«

Reed wirkt einen Augenblick lang nachdenklich. »Habe ich schon mal erwähnt, dass du eine harte Nuss bist, T-Rod?«

»Nein.«

»Na gut, dann lass es mich einmal klarstellen: T-Rod, du bist eine harte Nuss.«

»Danke, du auch.«

»Du willst, dass ich 22 Goats ein Angebot mache?«

»Ja, das will ich. Es ist nur zu deinem Besten.«

»Und du wirst mir die Beine brechen, wenn ich es nicht tue?«

»Ja, das werde ich. Mit einem Baseballschläger.«

Reed lacht. »Gott bewahre. Na gut. Betrachte die Sache als erledigt. Ich hab dich eigentlich nur verarscht – ich wollte nur wissen, was du sagst.«

»Das war nicht sehr nett.«

»Ich bin nicht immer nett.« Er grinst mich anzüglich an. »Und jetzt kipp den Rest von deinem Mai Tai runter, und stell dein Glas ab, du scharfe Braut. Ich will mit dir tanzen und meine neue Band feiern.«

Wie befohlen, kippe ich den Rest von meinem Drink hinunter und lasse mich dann von Reed auf die Tanzfläche führen.

»Ich werde mit dir tanzen, Reed«, rufe ich über die Musik hinweg, als wir uns den Lautsprechern nähern. »Aber mehr bekommst du nicht. Ich habe Artikel über dich gelesen – ich weiß genau, was für eine Sorte Mann du bist.«

Reed lacht und zieht mich an sich. »Glaub nicht alles, was du im Internet liest, Baby. Ich bin sanft wie ein Lamm, das schwöre ich.«

Ryan

Ich blicke während des Konzerts von 22 Goats zu Tessa – wie ich es in den letzten dreißig Minuten mindestens schon zehnmal getan habe –, aber zu meiner großen Enttäuschung steht sie nicht mehr da.

Ich sehe mich suchend in dem kleinen Club um und entdecke sie mitten in der Menge: Sie tanzt mit dem verdammten Reed Rivers.

Nein!

Ich befreie mich aus der Umarmung meiner Mutter und gehe zwei Schritte auf das glückliche Paar zu, um diesen Mistkerl von meinem Mädchen wegzuzerren. Doch dann bleibe ich abrupt stehen. Plötzlich fällt mir wieder ein, dass die Rockstar-Träume meines Bruders in den Händen dieses Kerls liegen. *Fuck!*

Ich gehe zurück zu meiner Familie, packe meine Schwester am Arm und deute auf Reed und Tessa.

Kat klappt förmlich die Kinnlade runter. »Mistkerl!«, ruft sie über die laute Musik hinweg. »Nein, verdammt.«

Ich beuge mich zum Ohr meiner teuflischen Schwester, damit sie meine Worte trotz der lauten Musik hört. »Bring diesen Mistkerl von meinem Mädchen weg, Kum Cake.«

»Verstanden, Rum Cake«, sagt sie mit zusammengekniffenen Augen. »Geh zum Vordereingang und warte dort. Dein Mädchen wird in einer Minute durch die Tür kommen.«

Ich zögere keine Sekunde und mache mich auf den Weg.

Ich warte eine gefühlte Ewigkeit in der warmen, duftenden Sommernacht und balle meine Hände zu Fäusten. Ich muss mich zusammenreißen, um nicht wieder hineinzustürmen und mir zu holen, was rechtmäßig mir gehört.

Als ich mich gerade dazu entschieden habe, wieder reinzugehen und die Dinge selbst in die Hand zu nehmen, kommt zum Glück Tessa durch die Tür.

Sofort packe ich sie am Arm und ziehe sie um die Ecke, damit keiner sieht, was ich gleich mit ihr tun werde.

»Warte«, sagt Tessa und versucht vergeblich, sich aus meinem Griff zu befreien. »Ich kann nirgendwo mit dir hingehen. Kat hat mich gebeten …«

»Kat hat gelogen. Was immer meine Schwester auch zu dir gesagt hat, damit du durch diese Tür kommst, sie hat gelogen. Sie wollte dich nur zu mir schicken.«

»Du hast Kat von uns erzählt?«

»Nein. Kat will uns verkuppeln, schon vergessen?« Das ist nicht gelogen. Schließlich habe ich meiner Schwester nicht von uns erzählt – sie hat es selbst herausgefunden.

Tessa entspannt sich unter meinem Griff. »Wo bringst du mich hin?«, fragt sie.

Ich entdecke eine dunkle Nische, umgeben von Bougainvillea. »Dorthin.« Ich ziehe sie in die Nische und drücke sie, ohne zu zögern, gegen die Wand des Clubs. Mit klopfendem Herzen nehme ich ihr Gesicht in meine Hände. »Kein Nachdenken mehr. Kein Überlegen. Du gehörst mir. Die ganze Woche lang gibt es nur dich und mich und niemanden sonst. Hast du das verstanden?«

Sie nickt.

»Sag es.«

»Du und ich.«

»Du gehörst mir. Sag es.«

»Ich gehöre dir.« Sie holt tief Luft. »O Gott, ich will dich, Ryan.«

Ich bin steinhart. Mein Herz klopft wild. Ich ziehe ihr Kleid nach oben, schiebe ihren Slip runter und dringe mit den Fingern in sie ein. Sie stöhnt laut auf. »Willst du mich oder ihn?«

»Ich will ihn nicht. Ich habe ihn nie gewollt.«

»Dein Körper gehört mir«, sage ich und streife ein Kondom über meinen Penis. »Er gehört nur mir und niemand anderem – vor allem nicht *ihm*.«

Sie nickt.

Ich packe sie am Hintern und hebe sie hoch. Sie legt ihre Beine um meine Hüfte, ich drücke sie an die mit Blumen bedeckte Wand und dringe in sie ein. »Sag meinen Namen.«

»Ryan.«

»Versprich mir, dass es nur dich und mich gibt.«

»Ich verspreche es.«

»Sag noch mal meinen Namen.«

Sie packt mein Gesicht und schaut mir direkt in die Augen. »Ryan. Nur du und ich. Ich gehöre dir. Versprochen.« Sie keucht erregt auf. *»Ryan.«*

O mein Gott, ich habe das Gefühl, mein Herz würde explodieren und mit meinem Körper verschmelzen – alles auf einmal. Ich küsse sie leidenschaftlich und bin erleichtert, erregt und mehr als angetörnt. Ich bewege mich in ihr, halte sie am Hintern, und meine Brust zieht sich zusammen.

»Tessa«, flüstere ich ihr ins Ohr. »Ich gehöre dir, Baby. Ich habe dir vom ersten Tag an gehört.«

Gerade, als ich glaube, dass ich es nicht mehr länger aushalte, kommt sie heftig. Sie wirft ihren Kopf zurück und spannt sich in meinen Armen an – und nur ein paar Sekunden später lasse auch ich mich fallen und komme in ihr.

Als wir uns beide wieder etwas gefangen haben, küssen wir

uns im Mondschein, pressen unsere Körper aneinander, und ich spüre die Spannung zwischen uns. Ich habe keinen Zweifel daran, dass wir mehr als Sex miteinander teilen. Und viel, viel mehr als eine Woche im Paradies. Ich will sie, und sie will mich, und mehr muss ich nicht wissen. Endlich – endlich, verdammt – sind wir auf derselben Seite. Von diesem Moment an wird es nur noch sie und mich geben.

Tessa gleitet an meinem Körper hinunter, findet ihren Slip in einem Busch, zieht ihn wieder an und streicht dann ihr Kleid und ihre Haare glatt. »Okay«, sagt sie. »Was auf Maui passiert, bleibt auf Maui – wie du gesagt hast. Wir werden diese Woche sehr viel Spaß haben, und wenn wir wieder zurück in Seattle sind, tun wir so, als wäre nichts passiert.« Sie hält ihre Hand hoch, aber ich schlage nicht ein, weil ich mich gerade so fühle, als hätte sie mir ins Gesicht geschlagen.

Als ihr klar wird, dass ich nicht einschlagen werde, legt sie ihre Handfläche an meine Wange, küsst mich sanft auf den Mund und fährt mit ihrem Daumen über meine Unterlippe – eine Berührung, die mein Herz fast zerspringen lässt.

»Ich gehe zuerst wieder in den Club«, flüstert sie. »Warte ein paar Minuten, damit keiner Verdacht schöpft.« Sie küsst mich wieder und lächelt mich an. »O Gott, das wird ein Spaß. Ich kann es kaum erwarten.« Mit diesen Worten dreht sie sich um, rennt förmlich in den Club und lässt mich mit offenem Mund allein zurück. Mein Herz fühlt sich an, als würde es verbluten.

Tessa

Nachdem das Konzert von 22 Goats zu Ende ist, schleichen Ryan und ich uns in mein Zimmer, reißen uns die Klamotten vom Leib und erkunden hastig unsere Körper. Wie kann es sein, dass jeder sexuelle Kontakt mit diesem Mann mich dazu bringt, ihn noch *mehr* zu wollen?

Als wir endlich befriedigt und erledigt sind, liegen wir nackt nebeneinander im Bett, halten Händchen und unterhalten uns in dem vom Mondschein beleuchteten Zimmer. Durch die offene Terrassentür dringt entspannendes Meeresrauschen.

Wir reden und reden – über unsere Kindheit, über Religion, Politik, Musik und Filme. Wir diskutieren inbrünstig über die »geheime Zutat« für die beste Guacamole. Ryan schwört auf eine Prise Kümmel, ich sage, es ist ein Spritzer Worcester-Soße. Ryan ruft bei der Rezeption an und fragt nach einem Spannbettlaken, das uns das Zimmermädchen bringt. Dann zeigt er mir, wie man ein Spannbettlaken richtig faltet. Plötzlich fesselt er mich damit ans Bett und nimmt mich leidenschaftlich.

Nachdem Ryan mir jeden seiner Bettlaken-Tricks gezeigt hat (heilige Scheiße!), bringe ich ihm auch etwas bei. Ich ziehe ihn aus dem Bett und zeige ihm ein paar Tango-Grundschritte. Und schon tanzen wir nackt durch den Raum – zu dem Song, von dem ich anscheinend nie genug kriegen kann: *Bailando*.

Danach lassen wir uns aufs Bett fallen, und Ryan bittet mich, ihm den Text von *Bailando* zu übersetzen. Also hole ich mein Handy hervor und suche nach den Zeilen des Liedes.

»Ich liebe dieses Lied wegen des Textes so, und wegen des Rhythmus' und der Melodie«, erkläre ich. »Mir gefällt es, dass es darin um eine explosive körperliche Chemie geht, die Herzklopfen verursacht, eine Anziehungskraft, die Enrique den Atem raubt. Er sagt, dass er bei ihr sein will, mit ihr leben möchte, mit ihr tanzen, mit ihr schlafen … er ist total abhängig, total verzaubert von ihr. Ich weiß nicht, die Dringlichkeit der Worte macht mich einfach an.«

Ryan schaut mich mit funkelnden Augen an. »So ein bisschen Abhängigkeit macht dich also an, wie? Gut zu wissen.«

»Ein kleines bisschen«, sage ich und bedeute ihm mit Zeigefinger und Daumen, was für mich ein kleines bisschen ist. Wir müssen beide lachen.

Wir lachen noch viel und unterhalten uns weiter, und schließlich kommen wir noch einmal auf Ryans Tattoos zu sprechen.

»Und was ist mit deinen Piercings?«, frage ich und fahre mit den Fingern über die Metallstäbe in seinen Nippeln. »Wann und warum hast du dich dazu entschieden, das machen zu lassen?«

»Ich habe alle drei Piercings machen lassen, als ich einundzwanzig war. Innerhalb von drei verrückten Monaten«, antwortet Ryan. »Ich bin mit meinen Freunden zu diesem Tätowierer im Univiertel gegangen, um mir das hier stechen zu lassen.« Er deutet auf die Rumflasche auf seiner linken Hüfte. »Und irgendwie kam es dazu, dass ich die Tätowiererin nach einem Date gefragt habe. Sie war zehn Jahre älter als ich und wirklich besessen von dieser Körperschmuckkultur – Tattoos und Piercings. Unser erstes Date hat zu dieser verrückten, wilden, dreimonatigen Beziehung geführt.«

»Sie war zehn Jahre älter als du?«

Ryan lacht. »Ja. Und ein richtig böses Mädchen. Wir haben überhaupt nicht zusammengepasst, aber ich habe viel aus der Beziehung gelernt. Sie hat mir in drei Monaten mehr darüber beigebracht, wie man eine Frau befriedigt, als ich bis dahin in meinem ganzen Leben gelernt hatte.« Er grinst. »Nach den ersten zwanzig Minuten unseres ersten Dates wusste ich, dass es nichts Dauerhaftes ist, aber drei Monate lang war ich glücklich damit, ihr als Spielzeug zu dienen.«

Ich stelle noch ein paar Fragen, die er alle ehrlich und mit erstaunlicher Selbstsicherheit beantwortet, und schon bald reden wir über Ryans Lebenstraum: eine eigene Bar.

»Hast du dir schon Gedanken darüber gemacht, wie die Bar heißen soll?«, frage ich.

»Captain's.«

Ich verdrehe die Augen, weil ich nicht selbst darauf gekommen bin. »*Natürlich*. Beschreib mir das Captain's.«

Ryans Augen leuchten auf. »Es wäre eine kultivierte und elegante Bar, aber die Menschen würden sich dort auch sehr willkommen fühlen – es wäre also definitiv nicht zu cool. Es gäbe Kicker- und Billardtische, aber auch Geschäftsmänner würden nach der Arbeit gerne kommen. Kultiviert, aber locker, das trifft es wohl am besten.«

»Also du in Form einer Bar.«

Er wird rot. »Danke.«

Ich berühre sein wundervolles Gesicht. »Ich finde das Konzept sehr gut. Ich frage mich nur, ob sich die Kicker- und Billardtische kostentechnisch rentieren. Sie nehmen viel Platz weg, und das heißt, du musst mehr Miete für einen größeren Laden zahlen. Das wird teuer, wenn es auch etwas einigermaßen Trendiges sein soll.«

»Du hast es echt drauf, Baby. Du bist wirklich klug, weißt du das?«

»Danke.«

»Mach dir keine Sorgen, Süße«, sagt er. »Ich habe schon einen Businessplan erstellt, und seit einem Jahr suche ich nach geeigneten Locations. Ich glaube, ich habe die perfekte Lösung gefunden.«

»Wow, ich würde deinen Businessplan gerne sehen, wenn es dir nichts ausmacht. Ich weiß nichts über das Eröffnen einer Bar, aber ich kenne mich mit Logistik und Lieferkosten und solchen Sachen aus. In den sechs Jahren, in denen ich für Josh gearbeitet habe, habe ich ein paar nützliche Sachen gelernt.«

»Ich schicke ihn dir. Dein Feedback würde mich wirklich interessieren.«

»Wann, glaubst du, wird das Captain's Wirklichkeit?«, sage ich und drücke meinen nackten Körper gegen seinen.

»In ein paar Jahren vielleicht. Es kommt darauf an, welche Aufträge ich bis dahin bekommen kann.«

»Du solltest Josh bitten, seinen Freunden zu erzählen, dass du Immobilienmakler bist. Viele von Joshs Freunden sind Multimillionäre und haben jede Menge Grundstücke.«

»Nett von dir, dass du das sagst, aber ich will nicht, dass Josh denkt, ich nutze seine Kontakte aus.«

»Nein, nein. Josh tut vielen Freunden und seiner Familie ständig Gefallen. Er würde keine Sekunde zögern, deinen Namen in den richtigen Kreisen zu erwähnen. Manche von ihnen haben wirklich viel Geld, Ryan.«

Ryan zuckt mit den Schultern. »Ist schon in Ordnung. Ich würde nicht wollen, dass Josh meine Absichten infrage stellt.« Er zieht mich fest an sich und küsst mich sanft. »Ich würde nicht wollen, dass *irgendjemand*, der mir wichtig ist, meine Absichten infrage stellt. Niemals.«

Mir wird ganz warm ums Herz. Ich fahre mit meiner Hand durch sein Haar und vergrabe meine Nase darin. »Ich wette, Kat wird sowieso etwas zu Josh sagen. Wenn ich etwas über die unerschrockene Kat Morgan gelernt habe, dann, dass sie sich um die Menschen kümmert, die ihr am Herzen liegen.«

»Das tut sie, ja. Das tun wir alle. Das ist so ein Morgan-Ding.«

»Das liebe ich an deiner Familie.«

»Und meine Familie liebt dich.«

Mein Herz macht einen Sprung.

Ryan stupst mich an der Nase an. »Was hast du denn für Träume, mein wunderschöner argentinischer Wal?«

»Du hast mich nicht gerade einen *Wal* genannt, oder?«

Er lacht. »Das bezieht sich auf *Moby Dick*. Ich bin Captain Ahab, und du bist mein Wal. Ist egal. Tut mir leid. Ich werde es nicht wieder sagen. Erzähl mir von deinen Träumen, Süße.«

Ich drücke meinen weichen Busen an seine Brust und seufze zufrieden. »Ich weiß es nicht, um ehrlich zu sein«, sage ich. »In letzter Zeit kam mir der Gedanke, dass ich meinen Blick vielleicht etwas erweitern möchte. Jetzt, da Josh und Jonas Climb & Conquer ins Leben gerufen haben und sich massiv vergrößern wollen, dachte ich, ich könnte vielleicht einen Posten in ihrer neuen Firma bekommen – du weißt schon, ihnen dabei helfen, zu expandieren. Ich finde ihre Ansätze wirklich gut. Wusstest du, dass sie ziemlich viele wohltätige Organisationen mit ihrer Firma unterstützen?«

»Ja, das wusste ich. Ich war auf ihrer Eröffnungsfeier in Seattle und habe Jonas' Rede gehört.«

Ich kichere. »Ich war auch auf der Party.«

»Nicht dein Ernst!«

»Doch. Ich habe dich von hinten gesehen und mir gedacht: Wow, der Typ sieht von hinten aus wie Ryan aus der *Pine Box*!«

»O mein Gott!«

»Als die Reden vorbei waren, habe ich noch ein bisschen nach dem Typ gesucht – nur so aus Neugier, du weißt schon –, aber ich habe ihn nicht mehr gefunden. Du warst wahrscheinlich schon gegangen.«

Ryan denkt einen Moment nach. »Erinnerst du dich noch daran, welches Lied lief, als du nach mir gesucht hast?«

»Natürlich. Es war mein Lieblingslied: *Bailando*.«

Ryan schüttelt den Kopf und lacht. »Das gibt's doch nicht.«

»Was?«

Er reibt sich übers Gesicht. »Nichts. Ich finde es nur lustig, dass wir zur selben Zeit am selben Ort waren und uns nicht getroffen haben. Also, zurück zu deinen Träumen – du willst dich entfalten. Heißt das, du möchtest nicht mehr Joshs persönliche Assistentin sein?«

»Puh, allein wenn ich dich das laut aussprechen höre, dreht sich mir der Magen um. Ich bin wirklich gerne Joshs persönliche Assistentin. Aber wenn ich ganz ehrlich bin, denke ich, dass ich aus dem Job langsam herauswachse. Und jetzt, da er Kat heiratet … ich weiß nicht. Es fühlt sich irgendwie so an, als ob es an der Zeit wäre … keine Ahnung.«

»Hast du mal daran gedacht, dein eigenes Geschäft aufzumachen?«, fragt Ryan.

»Ja, darüber habe ich nachgedacht. In den letzten sechs Jahren habe ich über die Hälfte meines Einkommens gespart, falls ich irgendwann selbst was auf die Beine stellen möchte – aber ich weiß nicht, was das genau sein könnte.«

»Du hast in den letzten sechs Jahren über die Hälfte deines Einkommens gespart? Wahnsinn! Entweder verdienst du einen Haufen Kohle, oder du lebst wie eine arme Kirchenmaus.«

»Beides«, erwidere ich. »Ich arbeite mir für Josh meinen Arsch ab, versteh mich nicht falsch, aber er bezahlt mir auch viel zu viel. Ich verdiene wahrscheinlich dreißig Prozent mehr als jede andere persönliche Assistentin. Die Ironie an der Sache ist, dass ich mir überhaupt nichts aus Geld mache und nie gemacht habe. Es sei denn, es geht um meine Leidenschaft für Schuhe.«

»Warum zahlt dir Josh denn so viel?«

»Weil ich ihn jedes Jahr gnadenlos um eine Gehaltserhöhung bitte.«

Ryan lacht. »Aber du hast doch gerade gesagt, du machst dir nichts aus Geld.«

»Das tue ich auch nicht. Nicht im Geringsten. Ich will diese Gehaltserhöhungen nur aus einem Grund: Jobsicherheit.« Ich streichle über Ryans Haar, während ich spreche, und er schließt die Augen unter meiner Berührung. »Ich habe nicht lange gebraucht, um Folgendes herauszufinden: Wenn dein Boss einen Schrank voller Zweitausend-Dollar-Schuhe und maßgeschneiderter Anzüge und eine Garage mit teuren Sportwagen hat und noch nie in seinem Leben zweiter Klasse geflogen ist, dann schätzt dieser Mann die Dinge wahrscheinlich mehr, wenn er unwahrscheinlich viel Geld für sie zahlen muss. Also habe ich von dem Moment an, in dem er mich als Vollzeitkraft eingestellt hat, damit begonnen, immer wieder nach Gehaltserhöhungen zu fragen. Und es kam mir tatsächlich so vor, als würde er mich mehr und mehr schätzen. Irgendwann wurde es natürlich lächerlich, aber ich habe mir gedacht, warum etwas ändern, das so gut funktioniert?«

»Du bist wirklich ein Genie, T-Rod«, sagt Ryan lachend.

»Natürlich hat Josh mich mittlerweile durchschaut, aber er spielt immer noch mit.«

Ryan lächelt mich an, dass mir ganz warm ums Herz wird. »Ich liebe es, wie du denkst«, sagt er leise. »Du bist klug. Mutig. Pragmatisch. Du siehst die Ziellinie und läufst darauf zu. Das liebe ich wirklich an dir.«

Mein Herz macht einen Sprung. Ich lege meine Arme um ihn und küsse ihn. Plötzlich verspüre ich das Bedürfnis, etwas total Verrücktes zu erwidern – etwas, das ich normalerweise nur in einer festen Beziehung sagen würde –, aber zum Glück wird unser Kuss leidenschaftlicher, und ehe ich michs versehe, haben wir schon wieder hemmungslosen Sex. Das lässt mich zumindest für den Augenblick die dummen, träumerischen Gedanken vergessen, die sich in mein Gehirn fressen.

Tessa

Das war bis jetzt der beste Tag für die Faraday-Morgan-Hochzeitsgesellschaft. Alle zweihundert Leute wurden heute mit fünf Helikoptern, in denen jeweils sechs Personen Platz hatten, über Maui geflogen. Diejenigen, die gerade nicht geflogen sind und die Insel von oben bewundern konnten, haben im Resort an verschiedenen Aktivitäten wie Jet Skiing, Parasailing, Kajakfahren, Windsurfen und Lei-Kränze-Basteln teilgenommen. Und ich muss sagen, als ich mit Ryan und ein paar anderen beim Kajakfahren, Windsurfen und Schnorcheln gewesen bin, war das die beste Zeit meines Lebens.

Was für ein schöner Tag.

Der Tag hätte nur noch besser werden können, wenn ich mit Ryan zusammen im Helikopter geflogen wäre. Aber leider war Ryan mit seinen Eltern, Colby, seiner Tante und seinem Onkel für einen Flug eingeteilt, und ich konnte daran nichts ändern, ohne dass es zu offensichtlich gewesen wäre, dass ich am liebsten jeden Moment des Tages mit dem geliebten Piraten der Morgan-Familie verbracht hätte.

Aber auch wenn ich mich nicht in Ryans Helikopter schmuggeln konnte, hatte ich eine wunderbare Begleitung: Dax, Fish, Colin, Keane und Zander. Mit diesen Kerlen ist es natürlich immer lustig, aber heute – nur ein paar Stunden nachdem sich die frohe Botschaft verbreitet hatte, dass 22 Goats einen Plattenvertrag bei River Records bekommen hatten – machte es besonders viel Spaß, mit ihnen unterwegs zu sein. Während unserer zweistündigen Tour haben wir uns die glorreiche Zukunft von 22 Goats ausgemalt – es sei denn, wir waren gerade damit beschäftigt, die atemberaubende Aussicht aus den Hubschrauberfenstern zu genießen.

Jetzt, am Ende dieses tollen Tages mit Helikopterrundflug und Spaß in der Sonne, sitzen ein paar von uns in einer der Hotelbars, um einige Drinks vor dem Abendessen einzunehmen. Und obwohl Ryan nicht direkt neben mir sitzt, weil ich ein bisschen Angst hatte, dass wir zu auffällig miteinander umgehen, freue ich mich, dass er direkt in meinem Blickfeld am anderen Ende des Tisches sitzt. So können wir uns heimliche Blicke zuwerfen, ohne dass Josh oder die anderen es bemerken.

Abgesehen von Josh, Kat, Ryan und mir sitzt noch eine bunte Mischung aus Joshs und Kats Welt am Tisch: Henn, Hannah, Colby, Reed, Keane, Zander und ein paar von Joshs und Kats Freuden vom College und von der Arbeit. Wir unterhalten uns alle, als wären wir alte Freunde.

Im Moment geht es um die »verlorene Kunst des Flirtens« und darum, dass die Jugend von heute mit ihrer Abhängigkeit von Snapchat und Instagram keine Ahnung mehr davon hat, wie man jemanden persönlich kennenlernt.

»Josh und Kat haben mir vor Kurzem in Vegas eine wunderbare Einführung in die Kunst des Flirtens gegeben«, sagt Henn. »Von den beiden könnte die ignorante Jugend von heute so einiges lernen.«

»Du verdrehst die Fakten, Henn«, sagt Josh lachend. »Es war Kat, die dir an diesem Abend Flirtunterricht gegeben hat, nicht ich.«

Henn grinst. »Da hast du recht. Kitty, wie kann ein Kerl, der mit einer hübschen Frau redet, wissen, ob er aufhören oder weitermachen sollte?«

Kat kichert und hebt den Zeigefinger. »Ihr müsst euch nur Folgendes fragen, Gentlemen: Wird euch das, was ihr sagt, mit großer Wahrscheinlichkeit einen Blowjob einbringen oder eher nicht? Wenn die Antwort Ja lautet, dann sprecht weiter. Wenn sie Nein lautet, dann haltet besser den Mund.«

Alle brechen in schallendes Gelächter aus.

»Das ist doch ein Tipp fürs Leben«, sagt Reed. »Den werde ich auf jeden Fall beherzigen, wenn ich das nächste Mal mit …«, Reed schaut mich direkt an, »… einer hübschen Frau spreche.«

Bei Reeds unmissverständlicher Andeutung stellen sich mir alle Nackenhärchen auf. Das nächste Mal, wenn er mit mir redet, wird er sich fragen, ob es ihm einen Blowjob einbringen wird oder nicht. Ich wende meinen Blick schnell von Reeds hübschem Gesicht ab und schaue zu Ryan, der Reed anstarrt, als würde er in diesem Moment seinen Mord planen.

»Und was war Faradays Anmachtipp?«, fragt Reed Henn und bemerkt anscheinend nicht, dass der tätowierte Mann neben ihm ihn am liebsten umbringen würde. »Ich bin zwar schon ein alter Hase, aber ich bin immer offen für neue Flirttricks, vor allem, wenn sie von einem weltbekannten Playboy wie Faraday kommen.«

Jeder am Tisch weiß natürlich, dass Reed Rivers es nicht nötig hat, »neue Flirttricks« zu lernen – nicht einmal vom weltbekannten Playboy Joshua William Faraday höchstpersönlich. Und schnell dreht sich die Unterhaltung um amüsante Geschichten über Reed Rivers' Collegefreundinnen, seine »legendäre« Anziehungskraft, die er auch schon auf Frauen ausübte, als er noch nicht reich und berühmt war und jede Schauspielerin und Popsängerin ins Bett kriegen konnte.

Bla, bla, bla. Reed Rivers und seine legendäre Anziehungskraft auf Frauen interessieren mich einen Scheißdreck. Ich finde es viel interessanter, in Ryans strahlend blaue Augen zu schauen, seine markanten Gesichtszüge zu bewundern und an all die wundervollen Dinge zu denken, die er letzte Nacht mit mir angestellt hat.

Seufz.

Aber nach ein paar Augenblicken, in denen ich meinen Tagträumen von meinem Liebhaber mit »legendärer Anziehungskraft« nachhängen konnte, reißt mich Keanes dröhnende Stimme wieder zurück in die Gegenwart.

»Das stimmt«, sagt Keane. »Ich habe wirklich verrückte Talente.«

»Da hat er recht«, bestätigt Zander. »Sehr verrückte Talente.«

»Nenn uns ein Beispiel«, sagt Henn. »Etwas, das du zu einem Mädchen sagen würdest, wenn du sie in einer Bar aufreißen willst. Tun wir mal so, als ob T-Rod irgendein Mädchen in einer Bar wäre, die du anmachen willst. Zeig uns deine Tricks.«

»Okay«, sagt Keane. Er schaut mich an und lächelt mich mit seinen Grübchen an. *»Hallo.«*

»Hallo«, antworte ich und muss grinsen.

»Wie heißt du, Puppe?«

»Tessa. Und bitte sag nicht ›Puppe‹ zu mir.«

»Moment«, sagt Josh laut vom anderen Ende des Tisches und hebt seine Hand. »Theresa, warum nennt dich jeder hier Tessa? Was habe ich verpasst?«

Ich grinse verstohlen. »Eigentlich nennen mich alle im richtigen Leben Tessa. Nicht Theresa.«

»Im richtigen Leben?«, sagt Josh.

»Außerhalb der Arbeit.«

»Ich hab's dir doch gesagt, Baby!«, ruft Kat triumphierend.

»Was zum Teufel!«, sagt Josh lachend. »Nach sechs Jahren verrätst du mir diese kleine Unwichtigkeit über dich?«

»Tut mir leid«, sage ich und lache mit den anderen am Tisch mit. »Aus irgendeinem blöden Grund habe ich bei meiner Bewerbung meinen vollen Namen angegeben, und als du angefangen hast, mich Theresa zu nennen, habe ich dich einfach nie korrigiert. Aber ich werde tatsächlich von niemandem sonst Theresa genannt.«

Josh schüttelt den Kopf. »Du bist so blöd, T-Rod.«

Ich muss lachen. »Ich weiß. Es tut mir leid. Aber du kannst mich ruhig weiterhin Theresa nennen. Ich habe mich daran gewöhnt.«

»Auf keinen Fall«, sagt Josh, als hätte ich ihm vorgeschlagen, die Kloschüssel mit der Zunge sauber zu machen. »Wenn dich die Familie Tessa nennt, dann werde ich dich auch so nennen.« Er lächelt mich warmherzig an.

Ich erwidere schüchtern sein Lächeln und zerspringe innerlich vor Freude. Wenn das nicht der beste Tag meines Lebens ist, dann weiß ich auch nicht. »Okay«, sage ich. »Danke.«

Keane pfeift, als wollte er einen Hund zurückrufen. »Ähm, Entschuldigung, *Tessa*? Ich finde es ja toll, dass du so einen romantischen Moment mit deinem Boss erlebst, aber ich war gerade dabei, ein Mädchen aufzureißen.«

Alle lachen.

»Verzeih mir«, sage ich. »Fahr fort mit deiner Anmache.«

»Danke.« Keane macht eine kurze Pause, bis er wieder die volle Aufmerksamkeit von allen hat und lächelt mich dann verführerisch an. *»Halloooo.«*

Ich kichere. »Hallo.«

»Wie heißt du, meine Hübsche?«

»Tessa.«

»Ich bin Keane.« Er streckt mir die Hand entgegen, und ich nehme sie. »Es ist mir ein *Vergnügen*, dich kennenzulernen, *Tessa*.« Er grinst mich lange mit seinen Grübchen an und schaut dann zu Henn. »Okay, ich hab sie am Haken.«

»Was?«, sagt Henn ungläubig. »T-Rod, hat er dich am Haken?«

»Noch lange nicht«, sage ich unter allgemeinem Gelächter.

Keane verdreht die Augen. »Natürlich habe ich dich nicht am Haken, T-Rod. Mein Charme funktioniert bei dir nicht, weil wir schon so etwas wie eine Bruder-Schwester-Beziehung aufgebaut haben.«

Mein Herz macht einen Sprung. Er fühlt das auch? O mein Gott, ich bin im Paradies.

»Und außerdem bist du ein kluges Mädchen«, fährt Keane fort. »Und ich reiße niemals kluge Mädchen auf. Du kannst hier jeden fragen – das ist mir zu viel Arbeit. Aber glaub mir, bei jedem x-beliebigen, nicht so klugen Mädchen in einer Bar würde mein Charme funktionieren. Willst du wissen, warum? Weil ich eine unterschwellige Botschaft zum Lustzentrum deines Gehirns gesendet habe, indem ich deinen Namen und das Wort ›Vergnügen‹ in einem Satz genannt habe. Und dann habe ich dir *die hier* gezeigt.« Er grinst und deutet auf seine Grübchen. »Was bedeutet, dass ich den Grundstein gelegt habe und jetzt nur noch das hier tun muss.« Er bedeutet mir mit dem Zeigefinger, zu ihm zu kommen. »Und schon folgst du mir bis ans Ende der Welt.«

Wir brechen alle in schallendes Gelächter aus.

»Peenie übertreibt wirklich nicht«, sagt Zander. »Ich habe ihn schon oft in Aktion gesehen, und er muss wirklich nur lächeln, damit sich ihm die hübschen Frauen an den Hals werfen. Das mit dem Zeigefinger ist nur noch das i-Tüpfelchen.«

»Ja«, sagt Keane. »Ich kann mir die Rosinen herauspicken.«

»Leider muss ich ihm recht geben«, sagt Kat zu uns. »Die Frauen liegen Peenie wirklich zu Füßen, egal, wie schweinisch oder sexistisch er sich ihnen gegenüber verhält. Sie haben keinerlei Selbstachtung oder Schamgefühl.«

»Hey, ich bin kein *Schwein*«, sagt Keane ernsthaft beleidigt. »Ich respektiere und bewundere Frauen, das ist die reine

Wahrheit. Unsere Mutter würde mich an meinen Eiern aufhängen, wenn ich es nicht täte. Es ist ja nicht meine Schuld, dass Gott mir *die hier* gegeben hat.« Keane grinst wieder, wodurch seine Grübchen zum Vorschein kommen, und wir müssen erneut lachen.

»Hm«, sagt Henn. »Ihr Morgan-Jungs lebt in demselben Universum wie die Faradays – eine Welt, die ich nie kennengelernt habe. Nicht dass ich heute noch Tipps fürs Flirten nötig hätte – Gott sei Dank.« Henn legt einen Arm um Hannahs Schulter. »Aber wenn, dann würde ich keinen von euch Kerlen fragen. Ich meine, wenn ich *das* bei einem Mädchen machen würde«, er deutet mit geknicktem Zeigefinger auf Hannah, »dann würde sie *das* tun.« Er zeigt uns den Mittelfinger, und alle lachen.

»Nein, würde ich nicht«, sagt Hannah. »Ich würde *das* tun.« Sie packt Henns Kopf, als wäre er eine Bowlingkugel, und gibt ihm einen leidenschaftlichen Kuss, der alle am Tisch dahinschmelzen lässt.

»Also, T-Rod«, sagt Reed und grinst mich an wie ein Hai auf Beutejagd. »Wenn so eine kitschige Anmache wie die von Keane bei einem klugen Mädchen wie dir nicht funktioniert, was funktioniert dann? Ich schreibe mit.«

Meine Brust zieht sich zusammen. Ohne es zu wollen, werfe ich einen Blick zu Ryan. Wenn er vorhin schon Reeds Mord geplant hat, dann plant er jetzt einen Atomangriff, in dem Reed gleichzeitig die Bombe und das Ziel ist.

Ich räuspere mich. »Ich habe nie gesagt, dass kitschige Anmachsprüche bei mir nicht funktionieren. Es hängt vom Typen ab. Ich kann mich an ein Mal erinnern, als ein scharfer Typ etwas zu mir gesagt hat, das mich dahinschmelzen ließ.« Ich halte inne und spüre, wie ich plötzlich rot werde. »Ich hatte ihm erzählt, dass ich Spanisch spreche, weil mein Vater Argentinier ist. Dann haben wir uns über die Highschool unterhalten, und er hat gesagt: ›Wenn du auf meiner Schule gewesen wärst, dann hätte ich dich umschlungen wie das *blanco* den *arroz* – das Weiß den Reis.‹«

Ich werfe Ryan ein verstohlenes Lächeln zu, und seine Augen leuchten.

»Das blanco den arroz?«, sagt Henn und hebt plötzlich den Kopf wie ein Golden Retriever, dessen Besitzer einen Tennisball geworfen hat. »Das hat ein Kerl in einer Bar zu dir gesagt?«

Ich nicke. »Ja. Und ich fand es umwerfend.« Wieder blicke ich verstohlen zu Ryan.

Henn grinst mich breit an. »Du sprichst Spanisch, T-Rod? Das wusste ich gar nicht.«

»Ja. Mein Vater ist ursprünglich aus Buenos Aires.«

»Das ist ja cool«, sagt Henn. »Eigentlich weiß ich noch überhaupt nicht viel von dir. Zum Beispiel, wie alt du bist?«

»Siebenundzwanzig. Und du?«

»Dreißig. Wo bist du aufgewachsen?«

»Los Angeles. Du?«

Plötzlich springt Ryan abrupt auf. »Hey, Leute, lasst uns zum Abendessen gehen, ja? Es wird Zeit.«

»Auf jeden Fall«, sagt Kat und springt ebenfalls von ihrem Stuhl auf, um sich neben ihren Bruder zu stellen. »Lasst uns gehen. Sofort. Ich bin am Verhungern. *Gehen wir jetzt sofort ins Restaurant!*«

Alle am Tisch stehen auf und bewegen sich in Richtung Ausgang. Aber Henn ist wirklich ein Gentleman und lässt sich ans Ende der Gruppe zurückfallen, um unsere Unterhaltung von eben fortzuführen, anstatt mit seinen besten Freunden zu gehen.

»Ich bin in Fresno aufgewachsen, um deine Frage zu beantworten«, sagt Henn. »Was bist du für ein Sternzeichen, Tessa?«

»Jungfrau. Du?«

»Schütze.«

»Ich kenne mich überhaupt nicht mit Astrologie aus«, sage ich.

»Ich auch nicht. Aber Kat.«

Wie auf Kommando ist plötzlich Kat neben mir und Henn. Und dann sind da plötzlich auch noch Ryan und Colby, während der Rest der Gruppe vorausgeht und sich über irgendetwas unterhält.

Weil Colby mit uns läuft, werden wir ein bisschen langsamer, damit er mithalten kann.

»Du bist also eine siebenundzwanzigjährige Jungfrau aus L.A., die Spanisch spricht, weil ihr Vater Argentinier ist, richtig?«, sagt Henn. »Ich komme mir richtig blöd vor, weil ich das vorher nicht über dich wusste. Nur so aus Neugier, aber hast du zufällig …«

»Henny!« Kat erschreckt mich richtig, weil sie Henns Namen so laut ruft. Sie nimmt ihn an der Hand. »Ach, mein lieber Henny! Kann ich eine Sekunde mit dir reden, Süßer?«

»Klar.«

Als Kat Henn wegzieht und ihm etwas ins Ohr flüstert, bekomme ich eine Nachricht von Charlotte.

»Mist«, sage ich, während ich Charlottes Nachricht lese. »Hey, Kat«, rufe ich ihr zu. »Tut mir leid, wenn ich euch unterbreche, aber Charlotte hat mir gerade geschrieben, dass sie nicht nach Maui kommen kann.«

»Nein?«, sagt Kat. »Schade. Ich hätte die legendäre Charlotte McDougal wirklich gerne kennengelernt.«

Henn grinst. *»Charlotte McDougal?!«*

»Tessas beste Freundin«, sagt Kat und grinst Henn an.

Ich nicke. »Ich hatte gehofft, Charlotte könnte meine ›Plus eins‹ sein, aber sie fährt mit ihren Eltern auf eine Kreuzfahrt und bringt nicht beides unter einen Hut.« Ich schaue Kat an. »Ich soll dir von Charlotte ausrichten, dass sie dir und Josh gratuliert und sich herzlich für die Einladung bedankt.«

»Sag ihr, dass wir uns freuen würden, sie ein andermal kennenzulernen.«

»Was arbeitet deine beste Freundin Charlotte McDougal denn?«, fragt Henn und legt seinen Arm um Kat, als wir weiter neben Colby und Ryan herlaufen.

»Sie ist Flugbegleiterin.«

Henns Grinsen wird immer breiter. »Bei welcher Airline, wenn ich fragen darf?«

»Delta«, antworte ich.

Jetzt grinst Henn von einem Ohr zum anderen. »Charlotte McDougal von Delta.«

Wir kommen beim Eingang des Restaurants an, und die Gruppe vor uns geht schon rein.

»Wartet, Jungs«, sagt Kat, und unser kleines Grüppchen bleibt stehen. Kat ruft Josh hinterher: »Ich komme gleich, Playboy. Halte mir einen Platz frei!«

»Mach ich«, erwidert Josh.

Kat schaut mich an. »Du kannst schon mal gehen, Tessa. Ich muss nur noch kurz mit Henny, Colby und Ryan über ein Geburtstagsgeschenkt für Keane sprechen. Henn könnte uns dabei helfen.«

»Oh, cool«, sage ich und bin irgendwie erleichtert. Für einen kurzen Moment hatte ich das Gefühl, Kat will mit Ryan, Colby und Henn über *mich* sprechen. Ich werfe Ryan einen vielsagenden Blick zu. »Wir sehen uns drinnen.«

Ryan schenkt mir ein herzliches Lächeln. »Halt mir einen Platz neben dir frei, okay?«

In meinem Magen kribbelt es. Ich hatte gehofft, dass wir beim Abendessen nebeneinandersitzen können. »Aye, aye, Captain.«

Mit diesen Worten schwebe ich praktisch ins Restaurant und habe das Gefühl, dass es eine fantastische Idee war, Ja zu sagen zu dieser einwöchigen, unverbindlichen Affäre mit diesem wundervollen Mann.

Ryan

»Wie hast du es herausgefunden?«, frage ich Henn, nachdem ich mich vergewissert habe, dass Tessa im Restaurant verschwunden ist.«

»›Wie das Weiß den Reis‹«, sagt Henn. »Du hast mir erzählt, dass du das zu Samantha in der Bar gesagt hast, schon vergessen?«

»Scheiße.«

»Und jetzt erklär mir bitte, wie zum Teufel T-Rod Samantha sein kann«, sagt Henn. »Denn irgendwie kriege ich das nicht in mein verwirrtes Hirn.«

Ich erzähle Henn die ganze verrückte Geschichte, und er ist total baff.

»Du hast also mit Charlotte gesprochen?«, fragt Henn. »Du hast doch gesagt, du hättest sie angerufen, und sie hat nicht zurückgerufen.«

»Was sonst hätte ich vor Josh sagen sollen?«, frage ich ihn. »Tessa will noch nicht, dass Josh es erfährt. Und außerdem hat er mir gleich am Anfang geraten, die Finger von ihr zu lassen.«

»Aber ihr zwei wusstet es schon?«, fragt Henn Kat und Colby.

»Ich habe es selbst herausgefunden«, sagt Kat. Sie erzählt Henn, wie sie eins und eins zusammengezählt hat.

»Du bist ein Genie, Kumquat«, sagt Colby.

»Danke, Cheese.«

Henn schnaubt. »Mann, du erzählst Jonas besser, was hier abgeht. Als Jonas auf der Willkommensparty dachte, du hättest Samantha wie eine heiße Kartoffel fallen lassen, hat er ein paar unschöne Dinge über dich gesagt.«

»Scheiße«, sage ich. »Ich will nicht, dass Jonas denkt, dass mir die Sache mit Samantha nicht ernst war. Aber ich kann es ihm noch nicht erzählen – ich brauche noch ein paar weitere Tage mit Tessa, bevor ich die ganze Sache offenlegen kann.«

»Warum erzählst du T-Rod nicht jetzt alles?«, fragt Henn.

Ich beschreibe Henn den Zwiespalt, in dem sich Theresa »Tessa« Rodriguez befindet: Sie hatte es langsam angehen lassen wollen, als sie gedacht hat, ich könnte der richtige Mann für sie sein, und als sie glaubte, wir zwei hätten sowieso keine Zukunft, ist sie sofort mit mir ins Bett gehüpft. »Wenn ich Tessa alles erzähle, bevor sie der Meinung ist, dass wir eine gemeinsame Zukunft haben, dann flippt sie womöglich aus und serviert mich ab.«

»Ich habe früher das Gleiche getan wie Tessa«, sagt Kat. »Ich hatte nie Sex bei den ersten Dates, und diese Regel habe ich nie gebrochen – außer, mir war von Anfang an klar, dass der Typ nichts für eine Beziehung ist. Wenn er scharf genug war, bin ich einfach mit ihm ins Bett gegangen, er hat sich in mich verliebt, und dann habe ich ihn nie wiedergesehen.«

Henn zuckt zusammen.

»Ah, nehmen und dann fallen lassen wie eine heiße Kartoffel«, sage ich und versuche dabei, Keanes Tonfall nachzuahmen. Kat, Colby und ich brechen in schallendes Gelächter aus.

Henn schaut uns verstört an.

»Ach, komm schon, Henny«, sagt Kat. »Erzähl mir nicht, dass du das noch nie gemacht hast.«

»Niemals.« Dann murmelt Henn noch etwas darüber, dass wir Morgans wirklich eine Spezies für uns seien, schüttelt den

Kopf und sagt: »Also, Ryan, willst du hören, was ich denke? Ich würde nicht zu lange damit warten, T-Rod von der Suche nach Samantha zu erzählen. Ich glaube, das könnte nach hinten losgehen.«

»Ich werde es ihr auf jeden Fall erzählen, bevor wir Maui wieder verlassen.«

»Warum erzählst du es ihr nicht am Tag der Hochzeit?«, schlägt Kat vor. »Tanz den ganzen Abend mit ihr, dann gehst du mit ihr im Mondschein am Strand spazieren und erzählst ihr die ganze Wahrheit.«

»Ich weiß nicht«, sagt Henn. »T-Rod könnte sauer sein, dass du so lange damit gewartet hast. Sie könnte denken, du hättest sie mit Absicht belogen.«

Plötzlich wird mir ganz schlecht. Ich schaue meine Schwester und meinen Bruder fragend an. »Was denkt ihr? Ist es schlimmer, wenn ich es ihr zu früh erzähle, sie damit verängstige und in die Flucht schlage, oder wenn ich zu lange warte und sie dann sauer auf mich ist?«

»Was sagt dein Bauchgefühl?«, fragt Colby.

»Es sagt mir, ich soll damit warten, bis sich Tessa in mich verliebt hat. Aber ich bin der Kerl, der mit Olivia zusammen war, schon vergessen? Ich kann meinem Bauchgefühl offensichtlich nicht mehr trauen.«

Kat blickt mich nachdenklich an. »Ich glaube, es ist besser, wenn du noch ein bisschen wartest. Wir dürfen nicht vergessen, dass du Henn gebeten hast, sich in *neun* Airlines einzuhacken! Das ist schon ein starkes Stück. Wenn ein Mädchen nicht vollstes Vertrauen zu dir hat, wenn sie diese total verrückte Geschichte hört, dann könnte sie tatsächlich eher einen Schreck kriegen, als romantische Gefühle für dich zu entwickeln. Und nach der Kompatibilität zwischen Jungfrau und Stier zu urteilen, solltest du erst ihr Vertrauen gewinnen, bevor du so eine Bombe platzen lässt.«

»Ist ja schon gut«, sage ich. »Erzähl uns alles über die Kompatibilität zwischen einer Jungfrau und einem Stier, Kat.«

Kats Augen leuchten auf. »Danke, dass du fragst. Die Verbindung zwischen Stier und Jungfrau ist eine der stärksten, die es gibt. Beides sind Erdzeichen, also verstehen sie sich auf Anhieb gut. Eine weibliche Jungfrau ist sehr verletzlich und braucht extrem viel Zeit, bis sie jemandem vertraut. Aber das bedeutet auch, dass ihr Ritter in schimmernder Rüstung ein männlicher Stier ist, weil er der geduldigste Kerl unter den Sternzeichen ist. Der männliche Stier weiß nicht nur, wie er die Mauern einer weiblichen Jungfrau zum Bröckeln bringen kann, er genießt diese Aufgabe sogar. Er liebt die Tatsache, dass er, wenn er ihre Mauern überwunden hat, etwas zu Gesicht bekommt, was kaum einer sonst sehen darf: ihren inneren weichen Kern. Und da unsere weibliche Jungfrau nicht von Beziehung zu Beziehung springt, wird sie den männlichen Stier, der mit Zeit und Mühe ihren weichen inneren Kern erkundet, niemals wieder gehen lassen und ihn für seine Mühen mehr als belohnen.«

Wir starren Kat sprachlos an.

Kat zuckt mit den Schultern. »Es ist wie bei *Pretty Woman*, nur mit vertauschten Geschlechtern.«

»Wie kommst du darauf?«, fragt Colby.

»Warum, denkst du, hat Julia es innerhalb einer Woche geschafft, Richards weichen inneren Kern zu gewinnen? Weil Richard nicht eine Minute daran geglaubt hat, dass er wahre Gefühle für eine Nutte in kniehohen Stiefeln entwickeln könnte. Also hat er seine Mauern nicht allzu stark gebaut, und sie konnte sie einreißen. *Sie hat ihn reingelegt.*«

Henn, Colby und ich schauen uns einen Moment lang an.

»Das ergibt auf eine verrückte Art und Weise sogar Sinn«, sagt Henn.

Colby nickt. »Das stimmt.«

»Eins muss ich dir lassen, Jizzy Pop«, sage ich. »Ich bin immer wieder beeindruckt, wie du es schaffst, *Pretty Woman* als Lebensratgeber heranzuziehen.«

Kat zuckt mit den Schultern. »Wie ich immer so schön sage: ›Alles, was du wissen musst, kannst du aus *Pretty Woman* lernen.‹«

Ryan

»Das klingt vielversprechend«, sagt Josh – und mein Puls beschleunigt sich vor Aufregung.

Während der Rest der Hochzeitsgesellschaft zum Nachtclub des Resorts getigert ist, sitzen Josh und ich alleine in einer der Hotelbars und reden über meinen Traum, eine eigene Bar zu eröffnen – das Thema kam beim Abendessen auf, als sich herausgestellt hat, dass Josh und ich beide während des Colleges als Barkeeper gearbeitet haben.

»Wie weit bist du schon mit deiner Planung?«, fragt Josh und nippt an seinem Scotch.

»Ich habe einen Businessplan erstellt, und ich bin ganz nah dran, genug Startkapital zusammenzuhaben«, erwidere ich. »Ich muss dieses Jahr nur noch ein paar gute Deals abschließen, und dann kann es losgehen.«

»Also, wenn dich nur das Geld davon abhält, die Sache gleich anzugehen – davon habe ich genug. Hast du vielleicht Interesse an einem Partner?«

Mein Herz macht einen Sprung. »Ja, verdammt«, sage ich. »Ich hätte dich liebend gern als Partner, Josh.«

»Aber ich warne dich, wenn ich dein Partner bei Captain's werde, dann werde ich ab und zu auch mal hinter der Bar Barkeeper spielen wollen. Das habe ich vor Kurzem mal für eine Schicht in der *Pine Box* gemacht, und es hat mich daran erinnert, wie gern ich es zu Collegezeiten gemacht habe.«

»Du könntest Barkeeper im Captain's spielen, wann immer du willst, Lambo«, sage ich. »Jederzeit.«

Josh lacht. »Na gut, eins nach dem anderen. Schick mir deinen Businessplan, und ich werde einen Blick darauf werfen. Und wenn ich nächste Woche wieder aus den Flitterwochen zurück bin, reden wir.«

»Fantastisch. Ich schick ihn dir gleich, wenn ich wieder auf meinem Zimmer bin.«

»Würde es dir etwas ausmachen, wenn ich ihn auch Jonas zeige? Wenn ich bei Captain's einsteigen würde, hätte ich ihn gern mit an Bord. Aber keine Sorge, ich würde Jonas dann von meinem Anteil bezahlen – ich hätte ihn nur gerne auch zum Partner.«

»Ja, das klingt gut. Ich habe Jonas auf der Eröffnungsfeier von Climb & Conquer reden hören. Er ist ein beeindruckender Mann.«

»Ehrlich gesagt, ist er der klügste Kerl, den ich kenne. Im Ernst, im Vergleich zu ihm habe ich das Gehirn eines Kleinkindes. Du solltest dir die Mühe machen, meinen Bruder besser kennenzulernen, Ry. Er ist wirklich einzigartig. Er ist ein Prinz unter uns Männern, und sein Geschäftssinn ist außergewöhnlich.«

»Das werde ich«, sage ich, und plötzlich verkrampft sich mein Magen. Ich hasse die Tatsache, dass Jonas denkt, ich sei ein umtriebiger Mistkerl. Verdammt, ich würde meine Gefühle für Tessa nur allzu gerne laut von den Dächern rufen, vor allem, um Joshs und Jonas' Eindruck von mir wieder geradezurücken. Aber mein Verstand sagt mir, dass ich mich noch eine Weile gedulden sollte. Ich bin Tessa schon so nahe, ich kann es fühlen – das sollte ich nicht aufs Spiel setzen.

»Hey, weißt du, wem du deinen Businessplan noch zeigen solltest?«, sagt Josh. »Reed. Er hat neben seiner Musikfirma noch ein paar andere Geschäfte am Laufen, darunter auch erstklassige Nachtclubs. Er hat bestimmt ein paar gute Ratschläge für uns.«

Bei dem Gedanken daran, dass Reed Rivers sich auch nur mit dem kleinen Finger in meine Bar einmischen könnte, wird mir ganz schlecht. »Danke«, sage ich ruhig. »Aber ich denke, ich möchte das komplett in der Familie halten. Außerdem nimmt Reed jetzt Dax' Band unter Vertrag, und ich will die Zukunftsträume meines Bruders klar von meinen trennen.«

»Ja, natürlich. Ich dachte nur, wir könnten uns Reeds Wissen zunutze machen. Nichts weiter.«

Okay, ich verhalte mich gerade wie ein eifersüchtiger Gockel, ich muss sofort damit aufhören. Reed ist aus gutem Grund Multimillionär geworden, und ganz offensichtlich vertraut Josh ihm blind. »Klar«, sage ich. »Natürlich wäre ich dankbar, wenn wir ein paar Tipps von Reed kriegen könnten. Danke.«

»Cool. Mich würde zum Beispiel interessieren, ob er denkt, dass wir Captain's auch in anderen Städten aufmachen könnten. Wenn dein Konzept so funktioniert, wie ich es mir vorstelle, warum sollten wir uns dann mit Seattle begnügen? Wir könnten auch in L.A. und San Francisco und in anderen Städten Filialen von Captain's aufmachen. Was meinst du?«

Ich zittere innerlich vor Aufregung. »Das wäre fantastisch«, sage ich und zwinge mich selbst dazu, ruhig auf meinem Stuhl sitzen zu bleiben. Am liebsten würde ich aufspringen, Josh in die Arme nehmen und ihm sagen, dass er die Antwort auf all meine Gebete ist.

Josh grinst. »Der Himmel ist die Grenze, Captain. Aber eins nach dem anderen: Schick mir deinen Businessplan, und wir setzen uns noch mal zusammen, wenn ich aus den Flitterwochen zurück bin.«

»Das mache ich. Vielen Dank, Josh.«

Mein Handy vibriert, und ich schaue aufs Display. **Komm zur Bar am Pool**, schreibt Tessa. **Sag Hallo zu der Brünetten im blauen Kleid, die am Tresen sitzt. Und stell dich als Ulysses vor.**

Ich schaue Josh an und kann keinen klaren Gedanken mehr fassen. »Danke noch mal, Bruder. Ich weiß, du willst rüber in den Nachtclub und mit Kat Karaoke singen. Also entlasse ich dich jetzt lieber mal.«

Josh steht auf. »Kommst du nicht mit? Kat hat mir gesagt, ihr zwei singt heute zusammen *Total Eclipse of the Heart*?«

»Nein, ich denke, ich gehe jetzt ins Bett. Ich habe letzte Nacht nicht besonders viel geschlafen, und der ganze Wassersport heute hat mich wirklich geschafft.«

»Okay, dann schlaf gut, Captain. Ruh dich aus für morgen. T-Rod hat gesagt, morgen steht Ziplining und eine spektakuläre Wanderung zu einem abgelegenen Strand für ein Picknick auf dem Programm.«

»Ja, das hat sie mir auch erzählt. Klingt wirklich toll. Wir sehen uns beim Frühstück. Ich trinke hier nur noch meinen Martini aus und geh dann ins Bett.«

Ich schaue Josh hinterher, und in der Sekunde, in der ich mir sicher bin, dass er verschwunden ist, springe ich wie ein Stehaufmännchen von meinem Stuhl, sprinte förmlich durch die Tür und laufe direkt zu meiner Traumfrau.

Ryan

Da ist sie, an der Bar – die schärfste Frau der Welt. In ihrem knallblauen Minikleid, das ihre langen, braun gebrannten Beine besonders zur Geltung bringt. Sie sieht einfach umwerfend aus.

Ich schlendere an die Bar und stelle mich mit klopfendem Herzen und pochendem Schwanz neben sie. »Ist der Platz hier noch frei?«

»Natürlich.«

Ich setze mich neben sie und strecke die Hand aus. »Ulysses.«

Tessa nimmt meine Hand. »Samantha.«

Ich muss grinsen. *Ausgezeichnet.* »Schön, dich kennenzulernen, Samantha. Was bringt dich nach Maui?«

»Arbeit«, sagt sie. »Ich bin Flugbegleiterin.«

Mein Grinsen wird breiter. »Wie lange bist du hier?«

»Nur eine Nacht.«

Ich deute auf ihr fast leeres Glas. »Willst du noch etwas zu trinken?«

»Ja, danke.«

Ich bestelle noch zwei Drinks bei dem tätowierten Barkeeper, der nicht verbergen kann, dass er mich am liebsten auf den Mond schießen würde. Ha! *Fick dich, Arschloch. Sie gehört mir!*

»Was machst du beruflich, Ulysses?«, fragt Tessa und dreht

eine Strähne ihres seidig braunen Haars zwischen den Fingern.

»Mir gehören ein paar Luxushotels in mehreren Städten der Welt. Ich bin unglaublich wohlhabend, musst du wissen. Ich wische mir den Arsch mit Hundert-Dollar-Scheinen ab.«

»Also, das hört sich aber nicht schön an. Sind Hundert-Dollar-Scheine nicht ziemlich rau?«

»Rau fühlt sich gut an, wenn man einen so harten Arsch hat wie ich.«

»Oh«, sagt sie und runzelt die Stirn. Sie beugt sich zu mir und beschert mir damit einen wunderbaren Einblick in ihren Ausschnitt. »Hast du einen harten Arsch, oder bist du ein Arsch, Ulysses?«

»Beides.«

»Erzähl mir mehr.«

»Na ja, mein Herz ist genauso hart wie mein Arsch. Ich interessiere mich nur für Geld und für Frauen.«

»Ts … zu verkorkst, um dich zu verlieben?«

»Ich weiß nicht, was Liebe ist. Sex ist meine ›Liebe‹.«

»O Gott, du bist wirklich ein Arschloch. Und was ist mit deinem harten Arsch?«

»Ich liebe es, wenn ihn eine Frau beim Sex hart anpackt. Das macht mich richtig an.«

Sie beißt sich auf die Unterlippe. »Wie sieht es mit einem kleinen Biss in deinen Arsch aus? Macht dich das auch an?«

Ich nehme einen großen Schluck von meinem Drink. »Wenn du so weiterredest, erzähl ich dir gleich von meinem harten Schwanz.«

Ihre Augen blitzen auf. »Ist dein Schwanz jetzt im Moment hart, Ulysses?«

Was zum Teufel ist nur in sie gefahren? Sie geht ja voll ab. »Er ist auf dem besten Weg dahin.«

Ihre Nasenflügel beben. »Dann lass mich wissen, wenn es so weit ist.«

»Was wirst du dann machen?«

»Das kommt darauf an.«

»Auf was?«, frage ich.

»Auf dich – und deine Talente. Ich hasse nichts mehr als Kerle, die einfach nur harten Sex mit einer Frau haben wollen, ohne ein paar Feinfühligkeiten vorher. Ich liebe harten Sex, versteh mich nicht falsch, aber ein Kerl sollte neben einem Hammer in seinem Werkzeuggürtel auch ein Skalpell haben.«

»Oh, ich versichere dir, ich habe beides in meinem Werkzeuggürtel – und ich weiß genau, wie ich beides benutzen muss.«

Sie lehnt sich vor und spreizt ihre Beine. *»Beweis es.«*

Mein Schwanz zuckt. »Hier und jetzt?«

Sie nickt und grinst mich verführerisch an.

Gott im Himmel, wer ist diese Frau? »Es ist mir ein Vergnügen, Samantha. Ach, und übrigens …« Ich zwinkere ihr zu. »Es ist so weit.«

Sie schenkt mir ein triumphierendes Lächeln. »Freut mich, zu hören. Dann lass mal sehen, ob du weißt, wie du dein Skalpell benutzen musst. Sollte das der Fall sein, dann können wir uns um deinen Hammer kümmern.«

»Herausforderung angenommen.« Ich ziehe meinen Barhocker nah an ihren heran, nehme die Getränkekarte vom Tresen und lege sie ausgebreitet auf ihren Schoß – und dann fahre ich langsam mit meiner Hand zwischen ihre Oberschenkel, unter den Saum ihres Kleides, hoch bis zu ihrem Slip. »Was ich am meisten liebe auf der Welt, ist …« Ich halte inne. Ich hatte erwartet, den Baumwollstoff ihres Slips zu spüren, aber alles, was ich fühle, ist ihre nackte, warme Haut unter meinen Fingerspitzen.

O Gott, sie ist der absolute Wahnsinn.

Sie spreizt ihre Beine noch mehr und schiebt ihren nackten Unterleib meinen Fingern entgegen. »Was wolltest du sagen, Ulysses?«, keucht sie. Sie spreizt ihre Beine noch ein Stückchen weiter. »Ich bin ganz Ohr.«

Mein Schwanz ist jetzt steinhart. Ich bin so angetörnt, dass ich keinen klaren Gedanken mehr fassen kann.

Ich räuspere mich und dringe mit den Fingern in sie ein, während ich meinen Daumen auf ihre Klit drücke. »Ich wollte sagen«, flüstere ich und streichle sie weiter, »dass ich nichts auf der Welt mehr liebe, als eine Frau zum Orgasmus zu bringen – auf alle erdenklichen Arten.«

Ihr Atem geht plötzlich schneller. »Das törnt dich am meisten an?«, flüstert sie.

Bevor ich antworten kann, stellt der Barkeeper unsere Drinks vor uns auf den Tresen und wirft mir einen grimmigen Blick zu.

»Kann ich noch etwas für euch tun?«

Ich streichle stärker über ihre geschwollene Klit. »Nein, ich denke, uns geht es gut.« Ich schaue Tessa an. »Oder brauchst du im Moment noch etwas, Süße?«

Tessa schüttelt den Kopf. »Nein. Mir geht es gut.« Ein leises Stöhnen entfährt ihrer Kehle. »Sehr, sehr gut.«

»Danke«, sage ich zum Barkeeper, während meine Finger tief in Tessas Pussy vergraben sind und mein Daumen immer wieder über ihre geschwollene Klit streicht. Der Barkeeper geht mit bitterbösem Blick davon.

Mann, sie ist so wahnsinnig feucht. Zum Glück läuft in der Bar Musik, sonst würde jeder hier das schmatzende Geräusch ihrer Pussy hören.

»Du willst wissen, was mich am meisten antörnt?«, flüstere ich.

Sie stöhnt leise auf. »O Gott … *ah.*«

»Deine feuchte, geschwollene Pussy zu berühren, während ein anderer Kerl dich anstarrt und dich flachlegen will – das steht ganz oben auf meiner Liste.«

Ich erhöhe den Druck meiner Finger. »Deine feuchte Knospe zu berühren, zu fühlen, wie geschwollen, wie hart sie ist.« Ich lecke mir über die Lippen. »Mir vorzustellen, dass wir ganz alleine sind, damit ich dich lecken und an deiner Klit saugen kann, bis du kein klares Wort mehr rausbringst.«

»Oh«, keucht sie.

»Mir vorzustellen, wie ich dir Schläge auf den Hintern gebe, bis er ganz rot ist – und wie du dabei für mich kommst.«

»O Gott.« Ihre Gesichtszüge verkrampfen sich, als hätte sie höllische Schmerzen, und eine Sekunde später ziehen sich ihre inneren Muskeln um meine Finger herum heftig zusammen.

Als sie fertig ist, ziehe ich meine Finger aus ihrer Pussy, streiche ihr Kleid sorgfältig glatt, lege die Getränkekarte zurück auf den Tresen und beginne, langsam und genüsslich an meinen Fingern zu lecken. Dabei lasse ich sie nicht aus den Augen. »War das genug Talent für dich, Samantha?«, frage ich höflich.

Sie nimmt einen großen Schluck von ihrem Drink, stellt ihr Glas ab und grinst mich schelmisch an. »Bist du immer noch hart, Ulysses?«, flüstert sie.

»Steinhart.«

»Dann würde ich nur allzu gerne die anderen Werkzeuge aus deinem Werkzeuggürtel sehen. Du kannst damit machen, was du willst – ich gehöre ganz dir.«

Ich nehme ihre Hand, küsse ihre Fingerspitzen, eine nach der anderen, und dann ziehe ich sie vom Barhocker.

Tessa

Ulysses hält meinen nackten Körper über den Stuhl in meinem Zimmer gebeugt, während er wieder und wieder in mich eindringt. Er hält nur inne, um mir so fest auf den Hintern zu schlagen, dass mir die Luft wegbleibt.

»Du wirst noch mal für mich kommen, Samantha«, stöhnt er in mein Ohr.

Ich stoße einen kurzen, lustvollen Schrei aus und habe plötzlich das Gefühl, dass ich mein eigenes Gewicht nicht mehr halten kann.

Ohne Vorwarnung packt er mich am Haar und zieht meinen Kopf zurück, während er tief in mich eindringt. »Gefällt es dir, wie ich dich nehme, Samantha?«

Ich gebe ein unverständliches Geräusch von mir, und mein Körper lässt mich vollends im Stich.

Er schlägt mir erneut auf den Hintern, noch fester als beim letzten Mal, und ich komme ohne Vorwarnung. Noch einmal. Mein Gott, ist dieser Mann gut.

Er stöhnt laut auf vor Lust und greift um meinen Oberkörper herum, um meine Klit mit seinen Fingern zu bearbeiten – eine Bewegung, die Schockwellen der Lust durch mich strömen lässt.

»Willst du mir einen blasen, Samantha?«

»Ja.«

»Sag es.«

»Ich will dir einen blasen, Ulysses.«

»Nenn mich Captain.«

»Ich will dir einen blasen, Captain.«

»Flehe darum.«

»*Bitte*, lass mich dir einen blasen, Captain, mein Captain.«

»Das Recht hast du dir noch nicht verdient, Baby.« Er kniet sich hinter mir auf den Boden und beißt mir so fest in die Pobacke, dass meine Knie zittern – und plötzlich spüre ich den Dildo, den ich vorher auf seinen Befehl hin aus meinem Koffer geholt habe, tief in mich eindringen. Er macht den Vibrator an, und ich stöhne laut auf. Ich habe noch nie zuvor einem Mann meinen Vibrator gezeigt, geschweige denn ihn den Vibrator benutzen lassen. Und ich muss zugeben, ich finde es unglaublich, wie schmutzig sich das anfühlt.

Während der Vibrator in meiner Pussy seine Arbeit erledigt, bückt Ryan sich und fährt mit der Zunge um mein Loch, bis ich vor Erregung zucke und mich unter seinen Berührungen winde. Einen Moment später höre ich das Geräusch, wie eine Flüssigkeit aus einer Tube gedrückt wird, und schon spüre ich, wie Ryans Finger meine Pofalte hoch- und runtergleiten.

O Gott, er bereitet mich offensichtlich darauf vor, Analsex mit ihm zu haben. Ich verkrampfe mich. »Das habe ich noch nie getan«, flüstere ich unruhig.

»Ich werde dafür sorgen, dass du richtig heftig kommst.«

Ich kann mich irgendwie nicht entspannen.

»Vertraust du mir?«, flüstert er, und seine Stimme klingt besorgt. »Ich verspreche, dass ich dir nicht wehtue.«

»Okay.«

»Vertraust du mir?«

Ich nicke.

»Sag es.«

»Ich vertraue dir.«

Ryan drückt auf einen Knopf an meinem Vibrator, und das

Silikonstück am Gerät bewegt sich schnell über meine Klit. Als mein ganzer Körper auf diese neue Stimulation reagiert, fühle ich Ryans Finger in meinen Hintern gleiten. Moment, das ist nicht Ryans Finger.

Ich schnappe nach Luft.

»Atme«, flüstert mir Ryan ins Ohr. »Hol tief Luft.«

Ich tue, was er sagt, und er dringt tiefer in mich ein.

Noch ein Atemzug, und er ist ganz in mir drin, bewegt sich sanft. Heilige Scheiße, ich habe mich noch nie so ausgefüllt gefühlt. Nicht so zumindest. Ein vibrierender Dildo in meiner Pussy und ein Schwanz in meinem Hintern? O Gott, ich vergehe gleich vor Lust.

Ich gebe ein lautes, lustvolles Geräusch von mir, halte mich am Tisch vor mir fest, und gerade, als ich denke, dass ich keine Stimulation mehr ertragen kann, schaltet Ryan den Dildo eine Stufe höher.

»Gut?«, keucht er mir ins Ohr.

Ich öffne meinen Mund, um zu antworten, aber ein Blitzschlag der Lust durchfährt mich und lässt mir die Worte im Hals stecken bleiben. Dann überrollt mich ein Orgasmus, wie ich ihn noch nie erlebt habe – ein Orgasmus, der so heftig ist, dass irgendeine Körperflüssigkeit aus mir herausspritzt und sich auf dem Dildo ausbreitet. Meine Oberschenkel sind klitschnass. Ich bin ein Damm, der bricht. *Und es fühlt sich verdammt gut an.*

Sofort zieht Ryan den Dildo aus mir heraus, kniet sich hinter mich und beginnt jeden Tropfen von mir abzulecken – von meinen Pobacken, meiner Klit und meinen Oberschenkeln. Er leckt und saugt an mir mit so einer Gier, dass ich das Gefühl habe, gleich ohnmächtig zu werden.

Meine Knie zittern, und ich halte mich am Tisch fest wie an einem Rettungsring. Dabei stöhne ich und bin überwältigt von der unbändigen Lust, die er mir verschafft. Nach ein paar

Minuten, in denen er mich förmlich verschlingt, als wäre ich aus feinster Schokolade, komme ich erneut – dieses Mal etwas gnädiger als beim letzten Mal, aber nicht weniger befriedigend.

Beim Geräusch meines offensichtlichen Orgasmus steht Ryan auf, nimmt meinen verschwitzten Körper in seine starken Arme und trägt mich ins Badezimmer. »Du darfst mir in der Dusche einen blasen, Samantha. Und danach werde ich dich fesseln und erneut nehmen.«

»Aye, aye, Captain«, keuche ich. Ich beiße ihm in den gepiercten Nippel. »Was immer du sagst, Captain. Alles, was du willst. Ich gehöre ganz dir.«

Tessa

Ich liege neben Ryan im Bett, betrachte sein schlafendes Gesicht im Mondschein und höre dem beruhigenden Schlagen der Wellen zu, das durch die Terrassentür dringt.

Als ich Ryan geschrieben habe, dass er zu mir an die Bar kommen und sich als »Ulysses« vorstellen soll, hatte ich nur eines im Sinn: eine wilde, hemmungslose Nacht, wie ich sie noch nie zuvor erlebt habe. Und genau das hat Ryan mir auf dem Silbertablett serviert. *Er wusste einfach, was ich wollte.*

Mein Gott, war Ryan angetörnt. Der Dirty Talk. Das Ziehen an den Haaren und Schlagen auf den Hintern. Die Art, wie er mich gefesselt und mir Befehle gegeben hat, als wäre ich sein Eigentum. Das alles hat mich an erotische Orte geführt, an denen ich noch nie zuvor gewesen bin.

Ich muss zugeben, ich hätte nicht gedacht, dass ich auf solche Sachen abfahre. Eigentlich hätte ich erwartet, dass es mich wütend machen würde, so behandelt zu werden. Oder dass ich zumindest die Augen verdrehen muss bei dem Gedanken daran. Aber Ryan und ich haben uns beide so hemmungslos und frei gefühlt, wir haben unsere tiefsten Fantasien erkundet, uns beiden war es total egal, was irgendjemand anders dazu sagen würde, wir haben uns um uns und unsere tiefsten Wünsche gekümmert – und da empfand ich Ryans vollkommene Macht über mich einfach nur wahnsinnig erregend.

Und das Beste an unserem erregenden Abenteuer? Als Ryan mich von den Fesseln befreit, mich ganz fest gehalten und mir leise ins Ohr geflüstert hat: »Du bist perfekt, Tessa.« Worauf ich natürlich aus tiefstem Herzen geantwortet habe: »Du auch.«

Und jetzt bin ich nach nur ein paar Stunden Schlaf plötzlich hellwach und betrachte Ryans wunderschönes Gesicht im Mondschein. Mein Körper ist mehr als nur befriedigt, und in meinem Kopf dreht sich alles.

Heilige Scheiße. *Nein.* Mir wird plötzlich etwas sehr Verstörendes klar: Ich glaube, ich werde nie wieder mit einem anderen Mann Sex haben können, ohne dabei zutiefst enttäuscht zu sein, dass er nicht Ryan Ulysses Morgan ist. Welcher andere Mann auf der Welt könnte mich denn auch nur annähernd so befriedigen, wie Captain Morgan es tut? Welcher andere Mann wüsste so genau, was mein Körper braucht, schließlich weiß ich es doch selbst kaum?

Aus irgendeinem Grund bin ich mir plötzlich absolut sicher – hier im dunklen Zimmer, während ich Ryans wunderschönes Gesicht im Mondschein betrachte –, dass Ryan Ulysses Morgan der einzige Mann auf der Welt ist, der meinem Körper wirklich alles geben kann, wonach er sich sehnt. Und diese Erkenntnis – dass ich mir ein Leben voller sexueller Frustration mit meinen zukünftigen Partnern eingebrockt habe, nur weil ich eine Woche im Paradies war – verstört mich plötzlich zutiefst.

Tessa

»Ich nehme also an, dass du Ryan weiterhin sehen wirst, wenn ihr wieder in Seattle seid?«, fragt Charlotte.

Ich liege nackt und alleine in meinem Bett, habe mein Handy ans Ohr gepresst, das Meer schimmert hinter den Glastüren im Morgenlicht, und mein Körper ist immer noch total ermattet von der unvergesslichen, hemmungslosen und schmutzigen Nacht, die Samantha und Ulysses erlebt haben. Natürlich habe ich sofort, nachdem Ryan auf sein Zimmer gegangen ist, um sich zu duschen und anzuziehen, Charlotte angerufen und sie auf den neusten Stand gebracht – in jeglicher Hinsicht.

»Nein«, antworte ich. »In Seattle wird es nicht weitergehen. Was auf Maui passiert, bleibt auf Maui. Das war unser Deal. Nur deswegen kann ich mich bei Ryan so komplett fallen lassen – ich weiß, dass es keine Zukunft für uns gibt.«

»Süße, hörst du dir eigentlich selbst zu? Es klingt, als wärt ihr beide dabei, euch ineinander zu verlieben.«

»Weil wir im Paradies sind. Wir haben keine Sorgen, keinen Stress, es gibt im Moment nur diesen einen Ort für uns. Natürlich fühlt es sich so an, als wären wir beide perfekte Menschen und würden perfekt zusammenpassen, aber das ist nicht die Realität.«

»O mein Gott, du bist doch verrückt. Deswegen nenne ich dich seit der achten Klasse auch ›verrücktes Mädchen‹.«

»Charlotte, ich bin nicht verrückt. Ryan wird in zwei Tagen Joshs Schwager sein, und er ist ein Frauenheld sondergleichen. Das geht gar nicht.«

»Warum glaubst du denn, dass er so ein Frauenheld ist? Du hast doch selbst gesagt, dass die Geschichte, die du dir über ihn zusammengereimt hast, totaler Blödsinn war.«

»Ja, er ist nicht der Betrüger, für den ich ihn ursprünglich gehalten habe. Aber ich habe ihn schon etliche Male eine männliche Schlampe genannt, und er hat nicht widersprochen. Glaub mir, keiner kann so gut im Bett sein wie er, ohne viel, viel Übung zu haben.« Ich seufze. »Gott allein weiß, wie viele Frauen sich in seiner Gegenwart schon so gefühlt haben, wie ich mich diese Woche fühle – als wäre ich das besonderste Mädchen der Welt. Er tut, was er tun muss, und dann zieht er weiter.«

»O mein Gott.« Charlotte seufzt. »Tu mir einen Gefallen, okay? Frag Ryan, wie vielen Frauen er in den letzten drei Monaten schon das Gefühl vermittelt hat, sie seien für ihn etwas ganz Besonderes. Würdest du das für mich tun?«

»Warum sollte ich das? Ich will nichts von Ryans vielen Eroberungen hören, genauso wenig wie er hören will, wie oft ich bei meinem Vibrator schon die Batterien gewechselt habe.«

»Süße, ihr zwei müsst wirklich reden. Du verliebst dich gerade in ihn.«

»*Nein.* Hör mal, Charlotte. Ich verstehe wirklich, warum du dir Sorgen machst, aber ich verspreche dir, dass ich mich von diesem Märchen nicht zu sehr einlullen lassen werde, okay? Ich weiß, Ryan scheint perfekt zu sein, und es fühlt sich so an, als würde ich mich verlieben – aber ich bin mir dessen bewusst, dass es nichts weiter ist als ein Rollenspiel im Paradies. Ehrlich gesagt, ist es gut, dass er ein Frauenheld sondergleichen ist – das hilft mir dabei, mich so gehen zu lassen und so viel Spaß mit ihm zu haben. Aber ich habe meine Augen weit geöffnet und mein Herz fest verschlossen, ich weiß, was er für ein Mann ist. Und jetzt hör auf, dir Sorgen zu machen. Wir reden, wenn du von deiner Kreuzfahrt zurück bist. Ich habe alles unter Kontrolle.«

Charlotte seufzt entnervt auf. »Wenn du das sagt, du Verrückte. Aber sollte sich rausstellen, dass du mit dem Ganzen nicht richtigliegst und mich brauchst, während ich auf der Kreuzfahrt bin, dann schreib mir eine E-Mail. Es gibt anscheinend kein Handynetz auf dem Schiff, aber ich kann mich wohl jeden Abend ins WLAN einloggen.«

»Danke, aber das wird nicht nötig sein. Ich habe Spaß mit einer männlichen Schlampe, und wir tun so, als wäre das ein Märchen. Und wenn die Woche vorüber ist, dann verspreche ich dir, dass ich nichts an mich rankommen lasse. Wir haben nur noch zwei Tage im Paradies. Und bestimmt schaffe ich es, dass ich mich für den Rest der Zeit hier nicht in ihn verliebe. Keine Sorge – ich habe alles unter Kontrolle.«

Ryan

»Wie viele Karten?«, fragt Josh und schaut mich an.

»Zwei«, sage ich und gebe ihm meine grottenschlechten Karten, damit er mir dafür zwei neue gibt. »Und gib mir diesmal bessere, Lambo.«

Seit ungefähr einer Stunde sitze ich an einem Tisch in Joshs Bungalow neben Zander, trinke Scotch und spiele Poker mit Josh, Jonas, Reed, Henn und ein paar Verbindungsbrüdern von Josh.

Dass Zander und ich mit Joshs Bruder und seinen besten Freunden Poker spielen, ist reiner Zufall: Keane, Z, Colby und ich waren gerade auf dem Weg zum Strand, um Kajak zu fahren, als eine von Kats äußerst attraktiven Freundinnen aus dem College in ihrem ultraknappen Bikini an uns vorbeigeschlendert ist und Keane etwas ins Ohr geflüstert hat. Er hat auf dem Absatz kehrtgemacht und uns über die Schulter hinweg zugerufen, dass wir ohne ihn gehen sollen.

Auf dem Rückweg vom Strand haben Zander, Colby und ich dann Josh und seine besten Freunde getroffen, die gerade auf dem Weg zu seinem Bungalow waren, um eine Runde Poker zu spielen. Da haben sie uns einfach eingeladen. Colby hat abgelehnt, und jetzt sitzen Z und ich hier, rauchen Zigarren, trinken Scotch und hängen mit Josh und seinen engsten Freunden ab.

»Wie viele Karten, Z?«, fragt Josh und kaut am Ende seiner Zigarre.

»Drei«, antwortet Zander und wirft Josh seine Karten hin.

»Wie fühlst du dich an deinem letzten Abend als freier Mann, Josh?«, fragt Jonas seinen Bruder.

»Wie ein Kind vor Weihnachten«, antwortet Josh. »Ach, und übrigens: Kat will mich an unserem Hochzeitstag nicht sehen, bis sie in ihrem Kleid den Gang entlangläuft. Kann ich also heute Nacht bei dir und Sarah schlafen?«

»Ja, Sarah hat so was schon erwähnt«, sagt Jonas. »Ist in Ordnung. Es ist zwar ein großes Opfer, heute Nacht nicht mit meiner Frau zu schlafen, aber ich betrachte es als eins meiner Hochzeitsgeschenke für euch.«

»Das Geschenk ist nur für Kat, nicht für mich. Ich finde diese blöde Regel genauso schlimm wie du, Bro.«

»Glückliche Ehefrau, glückliches Leben«, sagt Jonas. »Das ist das Geheimnis.«

»Auf jeden Fall.«

»Hey, Henn, du bist an der Reihe«, sagt Reed.

»Ja, ja, ich weiß – ich überlege noch«, erwidert Henn. »Warum gibst du mir immer so schlechte Karten, Joshua?« Er legt seine Karten verdeckt ab. »Ich bin raus, dank der blöden Karten, die du mir gegeben hast.«

Josh grinst.

Reed schiebt einen Stapel Pokerchips in die Mitte des Tisches. »Sieht so aus, als hätte Mr Faraday mir all die guten Karten gegeben, Henny-Baby.«

»Ach, du bluffst nur«, sagt Josh zu Reed. »Ich kann dich lesen wie ein Buch, Rivers – und ich bin mir sicher, du bluffst.« Er schiebt ebenfalls einen Stapel Chips in die Mitte. »Du hast vielleicht den richtigen Riecher, wenn es darum geht, Musik an die Massen zu verkaufen, aber beim Kartenspiel bist du meine kleine Schlampe.«

»Wir werden noch früh genug merken, wer hier die kleine Schlampe ist«, sagt Reed.

»Hey, Reed«, mische ich mich ein. »Apropos Musik an die Massen verkaufen: Ich wollte dir noch dafür danken, dass du 22 Goats unter Vertrag nimmst. Für die Jungs ist damit ein Traum wahr geworden.«

»Du musst mir nicht danken«, entgegnet Reed. »Das war kein Gefallen. Ich habe es getan, weil ich gern einen Haufen Kohle mache, indem ich großartige Musik verkaufe. Und dein Bruder hat das Zeug dazu.«

»Wie dem auch sei, ich möchte mich trotzdem persönlich bei dir bedanken. Ich hätte es keine Woche mit Dax auf einer Insel ausgehalten, wenn du ihn abgelehnt hättest.«

»Dax hatte eigentlich nie einen Grund, sich Sorgen zu machen«, sagt Reed. »Ich wollte ihn die ganze Zeit schon unter Vertrag nehmen. Die einzige Frage, die ich mir noch gestellt habe, war die, ob ich ihn mit oder ohne seine Bandkollegen verpflichten soll.«

Mein Magen zieht sich zusammen.

Jetzt mischt sich Josh ein. »Aha, deshalb wolltest du sie erst noch live spielen sehen, bevor du dich entscheidest?«

»Ja. Ich war mir nicht sicher, ob die anderen Jungs genauso abrocken wie er.«

In meinem Kopf dreht sich alles. Ich will mir gar nicht vorstellen, was das für ein Albtraum für meinen Bruder gewesen wäre, wenn Reed ihm einen Vertrag ohne seine zwei besten Freunde angeboten hätte. Ich blicke zu Zander und weiß, dass er dasselbe denkt wie ich.

»Du hättest wirklich seine Freunde abgelehnt?«, sagt Henn zu Reed. »Das wäre selbst für dich ziemlich herzlos gewesen.«

»Natürlich hätte ich das«, sagt Reed unbeeindruckt. »Ich leite ein Unternehmen in einer knallharten Branche und vermiete keine Stockbetten in einem Sommercamp. Ehrlich gesagt, war ich schon fast davon überzeugt, Dax alleine unter Vertrag zu nehmen. Dann habe ich den großen Fehler begangen und T-Rod von meinem teuflischen Plan erzählt. Und sie hat mir den Marsch geblasen, bis ich um Gnade gewinselt habe.« Er lacht.

Plötzlich stellt sich mir jedes Haar an meinem Körper auf. Reed hat mit Tessa über Dax geredet – *und sie ist für meinen Bruder in die Bresche gesprungen*?

»Ah, T-Rod hat dir die Leviten gelesen«, sagt Josh lachend. »Gott, ich liebe es, wenn sie das tut. Sie ist die meiste Zeit so ruhig und gutmütig, und plötzlich – *bam.* Wie aus dem Nichts setzt sie sich für etwas ein, das ihr wichtig ist, und stellt klare Regeln auf.«

»Ja, ihr war das Thema wirklich sehr wichtig, das ist sicher«, sagt Reed. »Und sie hatte recht. Ich muss sagen, das Mädchen hat einen tollen Instinkt.«

Mir zerspringt fast das Herz in der Brust. Heilige Scheiße. Tessa hat sich für meinen Bruder eingesetzt und eine Katastrophe von ihm abgewendet? Ich räuspere mich und bemühe mich um einen beiläufigen Tonfall. »Warum hast du deine Meinung geändert? Was hat T-Rod gesagt? Nur so aus Neugier?«

»Sie hat gesagt, wenn ich nicht die ganze Band unter Vertrag nehme, dann bin ich ein verdammter Idiot und ein herzloser Mistkerl«, antwortet Reed. Er lacht. »Und dann hat sie mir aufgezählt, warum es eine dumme Entscheidung wäre, Dax als Solokünstler unter Vertrag zu nehmen.« Er zuckt mit den Schultern. »Sie hatte so triftige Gründe, dass ich mich dazu entschieden habe, auf sie zu hören. Und außerdem hat sie gedroht, mir meine Beine mit einem Baseballschläger zu brechen. Großer Gott.«

Josh und Reed lachen wieder.

Aber ich lache nicht. Ich bin zu verblüfft. Heilige Scheiße, ich kann kaum glauben, was ich da höre. Als keiner zugeschaut hat, als kein Morgan in Sicht war, der ihre heldenhafte Tat hätte mitbekommen können, hat Tessa Rodriguez sich für meinen kleinen Bruder eingesetzt?

»T-Rod ist verdammt klug«, fährt Reed fort. »Und noch dazu verdammt ehrlich. Ich hatte noch nie das Gefühl, dass sie mir in den Arsch kriecht – eine Seltenheit in meinem Business.«

»In meinem auch«, sagt Josh. »Deshalb schätze ich sie auch so sehr.«

»Ja, was das angeht«, sagt Reed. »Im Ernst, Mann, wenn du je darüber nachdenken solltest, T-Rod aus irgendeinem Grund gehen zu lassen, dann schick sie zu mir. Ich würde sie sofort einstellen. Kein Witz.«

»Nein, tut mir leid, alter Mann«, sagt Josh. »Du wirst T-Rod niemals bekommen.« Er legt seinen Einsatz. »In jeglicher Hinsicht nicht.«

Henn und ich wechseln einen Blick.

Reed lacht. »Warum bist du nur immer so ein Arschloch, wenn es um deine kostbare kleine Assistentin geht, Faraday? Du denkst, ich wäre ein totales Arschloch ihr gegenüber. Aber vielleicht wäre ich das gar nicht. Vielleicht wäre T-Rod die Frau, die meine Dämonen ein für alle Mal bändigt. Vielleicht würde sie mich erlösen, Mann.« Er lacht wieder.

»Nicht sehr wahrscheinlich«, mischt sich Henn ein. »Und damit will ich nicht sagen, dass T-Rod nicht in der Lage wäre, irgendwelche Dämonen zu bändigen. Nein, damit spiele ich auf deine speziellen männlichen Dämonen an.«

»Ach, komm schon, ich bin ein totaler Softie«, sagt Reed und schiebt wieder ein paar Chips in die Tischmitte. »Ich erhöhe auf hundert.«

»Du bist kein Softie, Bruder«, sagt Josh. »Ein toller Mensch?

Ja. Der beste Freund, den ich je hatte? Mit Sicherheit. Aber ein Softie? Auf keinen Fall. Du bist dran, Zander.«

Zander wirkt gestresst. Wenn ich raten müsste, was ihm gerade durch den Kopf geht, würde ich sagen, dass er ziemlich gute Karten hat, aber das Risiko zu hoch ist für einen Personal Trainer mit mickrigem Gehalt.

»Ich gebe dir, was immer du brauchst, um dabeizubleiben, Z«, sage ich. »Mach den Einsatz, den du machen willst. Wenn du mein Geld verlierst, dann gib mir einfach ein paar Privat-Trainingseinheiten. Wenn du gewinnst, zahl mich damit aus.«

»Danke, Captain. Ich stehe in deiner Schuld.«

»Nein, nein, Captain«, sagt Josh. »Zanders Einsatz geht heute auf mich.«

»Nein, ich mach das schon«, sage ich. »Er ist mein Bruder.«

Josh winkt ab. »Dann ist er auch meiner. Behalte dein Geld, Ry. Ich mach das schon. Ich habe in den letzten Jahren ziemlich viel Geld beim Pokern gegen Reed verloren, und ich will eine siegreiche Revanche.« Josh schiebt einen Stapel Chips zu Zander. »Mach ihn fertig, Z. Bring ihn zum Weinen.«

»Heute gebt ihr es mir aber von allen Seiten«, murmelt Reed, klingt allerdings fröhlich dabei.

Zander dankt Josh ausgiebig, schiebt dann seine ganzen neu gewonnenen Chips in die Mitte und erhöht Reeds Einsatz.

»Mir gefällt deine Art, Z«, sagt Reed. »Aber mal im Ernst, Faraday, warum tust du immer so verdammt beschützerhaft, wenn es um T-Rod geht? Sie ist ein großes Mädchen. Sie kann ihre eigenen Entscheidungen treffen. Wenn ich es mit ihr probieren würde und es nicht funktioniert, wäre das auch nicht schlimm für sie. Selbst wenn ihr Herz in tausend Stücke zerbrechen würde, sie wäre mir immer noch dankbar für den Ritt.«

Ich presse meine Zähne aufeinander und reiße mich zusammen, damit ich nicht über den Tisch lange und dem Kerl eine runterhaue. Ich werfe einen Blick zu Henn, der unauffällig mit dem Kopf schüttelt und mich davor warnt, darauf zu reagieren.

Josh wendet sich Reed zu. »Ich will nicht, dass es irgendjemand mit ihr probiert und ihr Herz in tausend Stücke zerbricht, du Arschloch. Sie ist wie eine Schwester für mich. Und außerdem ist es zu meinem eigenen Vorteil, wenn das Herz dieser Frau intakt bleibt. Als es das letzte Mal gebrochen wurde, hat T-Rod Monate gebraucht, um wieder voll zurückzukommen. Und ich will, dass T-Rod ihre ganze Kraft dafür einsetzen kann, mein Leben zu organisieren.«

»Wo wir gerade davon reden: Hast du ihr mal wieder eine Gehaltserhöhung gegeben?«, fragt Jonas. »Du weißt schon, dass dieses Mädchen in letzter Zeit die Arbeit für drei übernommen hat, oder?«

»Mach dir mal keine Sorgen um T-Rods Gehalt, Mann. Die Frau ist ein verdammter Hai. Die beste Verhandlerin, die ich je kennengelernt habe – abgesehen von dir natürlich, Reed. Und das meine ich ernst. Ich zahle ihr mehr, als jeder meiner Freunde für einen persönlichen Assistenten zahlt.«

»Ach, komm schon, Josh. T-Rod ist schon lange nicht mehr nur deine persönliche Assistentin, und das weißt du auch«, sagt Jonas. »Sie übertrifft diese Jobbeschreibung schon seit Jahren.«

»Das stimmt.«

»Weißt du, was wir tun sollten?«, sagt Jonas. »Wir sollten für T-Rod einen Posten bei Climb & Conquer finden. Vielleicht im Sales-Bereich? Oder vielleicht als Leiterin eines regionalen Teams? Ich wette, sie wäre gut darin. Sie kann so viele Dinge.«

»Ich habe keinen Zweifel daran, dass T-Rod in vielen Dingen gut wäre«, sagt Josh. »Aber ich weiß nicht. Sie ist zu wertvoll für mich, um sie aufzugeben.«

»Sei nicht so ein selbstherrliches Arschloch. Du schöpfst nicht ihr ganzes Potenzial aus, und das weißt du auch. T-Rod ist nicht mehr länger das naive Mädchen, das du vor sechs Jahren eingestellt hast – sie ist bereit, ihren Horizont zu erweitern. Das siehst du doch auch, oder?«

Josh blickt nachdenklich drein. »Ich werde es mir überlegen.«

Mein Herz rast wie wild. Verdammt, ich weiß nicht, was ich sagen soll, um T-Rod hier zu unterstützen, aber ich muss etwas sagen. »Ich, ähm, ich habe vor ein paar Tagen am Pool mit T-Rod geredet«, setze ich an. »Und sie hat mir erzählt, wie sehr sie die Idee von Climb & Conquer bewundert. Sie war sehr angetan von eurem Ansatz, das Unternehmen zu erweitern.«

»Siehst du?«, sagt Jonas. »T-Rod denkt anscheinend auch über solche Dinge nach. Vielleicht muss ihre nächste Aufgabe ja kein Posten bei Climb & Conquer sein, aber wenn du aus deinen Flitterwochen zurück bist, solltest du darüber nachdenken, ihr mehr zuzutrauen. Sie hat mehr Fähigkeiten, als nur sicherzugehen, dass dein verdammter Lamborghini gewaschen wird.«

»Ja, vielleicht«, sagt Josh. »Ich werde darüber nachdenken, versprochen. Danke, dass du mir den Kopf gewaschen hast, Bro.«

»Hey, du hast den Charme, ich den Verstand, schon vergessen? Es ist meine Aufgabe, dir den Kopf zu waschen.«

Josh wendet sich an Reed. »Und in der Zwischenzeit lässt du deine Pfoten von ihr, verstanden?«

Reed lacht. »Gut, aber nur, weil du es bist.«

Ich atme erleichtert auf.

Josh blickt auf die Karten in seiner Hand. »Lasst mich hier

und jetzt eins klarstellen. Keiner nähert sich Theresa Rodriguez, wenn er nicht vorhat, sie für den Rest ihres Lebens glücklich zu machen, okay?« Er blickt von seinen Karten auf, direkt zu mir. »Verstanden?«

»Verstanden«, sagt Reed.

Ich nicke kaum sichtbar, und Josh blickt wieder auf seine Karten.

O mein Gott, meine Nackenhärchen stellen sich auf. Mir ist gerade etwas bewusst geworden – etwas Großes. *Ich will Tessa für den Rest ihres Lebens glücklich machen.*

Mit offenem Mund schaue ich Henn an, der bereits mit gerunzelter Stirn zu mir rüberschaut. Ohne zu zögern, nicke ich ihm zu und beantworte damit seine unausgesprochene Frage. Henn grinst mich breit an.

Heilige Scheiße. *Ich will Tessa für den Rest ihres Lebens glücklich machen.*

»Hey, kann ich dich etwas fragen?«, sagt Reed zu Josh. »Ich habe mich immer gewundert, warum du nicht selbst versucht hast, T-Rod anzumachen. Ich kann mir nicht vorstellen, dieser Versuchung sechs Jahre lang Tag für Tag zu widerstehen.«

Josh zuckt mit den Schultern. »Weil Jonas mich dann umgebracht hätte.«

Jonas lacht. »Ja, verdammt, das hätte ich. Josh hatte sich damals gerade wieder ein bisschen gefangen. Ich habe ihm gesagt, wenn er eine Mitarbeiterin anmachen würde – egal, ob seine persönliche Angestellte oder eine der Mitarbeiterinnen bei Faraday & Sons –, würde ich ihn umbringen.«

»Aber ehrlich gesagt hätte ich T-Rod sowieso nicht angemacht«, sagt Josh. »Bei den Frauen von Faraday & Sons sieht das schon anders aus. Einige von ihnen verdanken ihre Unschuld mit Sicherheit der eisernen Hand des Jonas P. Faraday. Aber was Theresa angeht, war ich nie auch nur im Geringsten versucht. Ich weiß, es ist kaum zu glauben, wenn man sie sich anschaut, aber als T-Rod gleich nach dem College bei mir angefangen hat zu arbeiten, war sie ein süßes, naives, schutzbedürftiges kleines Ding. Und ganz offensichtlich total verletzlich. Sie hat kaum etwas anderes als ›Ja, Sir‹ und ›Nein, Sir‹ und ›Sofort, Sir‹ zu mir gesagt.« Er lacht. »Ich habe auf der Stelle einen Beschützerinstinkt für sie entwickelt. Als wäre ich ihr großer Bruder, versteht ihr? Natürlich war mir bewusst, dass T-Rod objektiv gesehen eine heiße Braut war, aber das hat in mir einfach nichts ausgelöst. Sie ist durch die Tür gekommen, und ich hatte sofort das Gefühl, sie beschützen zu müssen wie einen kleinen Vogel.«

»Na ja, dein kleiner Vogel hat sich zu einem ausgewachsenen Schwan gemausert«, sagt Reed. »Falls du es noch nicht bemerkt haben solltest.«

»Ja, das habe ich bemerkt. Und wie ich schon sagte, lass deine Pfoten von meinem Schwan, du Mistkerl.«

»Ja, ja«, sagt Reed. »Ich habe dich laut und deutlich gehört, Süßer.«

»Okay, was hast du, Rivers?«, fragt Josh. »Es ist an der Zeit, die Karten auf den Tisch zu legen, Arschloch.«

Reed legt seine Karten offen hin. »Drei Asse. Nimm das.«

Josh legt seine Karten auf den Tisch. »Zwei Vierer. Ich hab geblufft.«

Jeder lacht.

»Was hast du, Zander?«, fragt Josh. »Bitte sag mir, dass es etwas ist, das diesen Bastard zum Weinen bringt.«

Zander legt triumphierend seine Karten auf den Tisch und grinst von einem Ohr zum anderen. »Full House, Gentlemen. Nehmt dies und weint.«

Alle am Tisch brechen in schallendes Gelächter aus und verarschen Reed, als Zander seine Chips nimmt. Ich versuche ebenfalls zu jubeln und zu applaudieren – ich freue mich wirklich für Zander –, aber ich kann mich im Moment nicht auf das Spiel konzentrieren. Ich bin zu sehr in Gedanken. *Ich will Tessa Rodriguez für den Rest ihres Lebens glücklich machen.* Das weiß ich so sicher wie meinen eigenen Namen. Ich liebe Tessa, werde sie immer lieben und will sie für den Rest ihres Lebens glücklich machen, verdammt. *Und genau das werde ich ihr morgen Abend sagen.*

Tessa

Ich klopfe an die Tür von Joshs und Kats Bungalow und stehe völlig unter Strom. Ich habe nur noch ein paar Minuten Zeit, bevor ich mich mit der Hochzeitsplanerin treffen muss, um ihr bei tausend Dingen zu helfen, trotzdem wollte ich noch schnell bei Josh und Kat vorbeischauen und ihnen meinen Versuch eines Hochzeitsgeschenks geben. Aber zu meiner großen Überraschung öffnet Jonas die Tür, nicht Josh oder Kat.

»Oh. Hi, Jonas«, sage ich. »Guten Morgen.«

»Guten Morgen, Theresa«, sagt er.

Ich betrete den Raum und sehe Josh am Tisch beim Frühstück sitzen. »Guten Morgen, Mr Faraday«, sage ich. »Wo ist denn Ihre zukünftige Ehefrau?«

»Kat hat mit Jonas für heute Nacht Bungalows getauscht. Sie wollte, dass wir uns heute erst sehen, wenn sie den Gang entlangläuft.«

»Ach, wie süß.«

Josh bietet mir etwas zu essen an, aber ich lehne ab und lasse mich auf den Stuhl neben ihm fallen. »Wie fühlst du dich?«

»Ich war noch nie in meinem Leben so aufgeregt.«

Ich schmelze fast ein wenig dahin. Ich kann nicht glauben, wie sich mein einst so beziehungsunfähiger Boss verändert hat. Oder doch, ich kann es schon glauben. Jetzt, da ich diese Woche so viel Zeit mit Kat und ihrer Familie verbracht habe, kann ich verstehen, dass niemand – nicht einmal ein weltbekannter Playboy wie Joshua William Faraday, nicht einmal die engstirnigste, dickhäutigste und dümmste Person der Welt – der Chance widerstehen kann, ein festes Mitglied der Morgan-Familie zu werden.

»Was gibt's, T-Rod?«, fragt Josh und steckt sich ein Stück Bacon in den Mund.

»Ich wollte nur vorbeikommen, um dir und Kat zu sagen, wie sehr ich mich für euch beide freue, und euch mein Hochzeitsgeschenk geben.«

»Wir haben doch jedem gesagt, keine Geschenke, schon vergessen?«, sagt Josh. »Deine Anwesenheit reicht uns als Geschenk.«

»Vergiss es. Ich bin nicht jeder.«

Josh und Jonas lachen laut auf.

»T-Rod stellt die Regeln auf«, sagt Josh grinsend.

»Ich will nur Folgendes sagen: Du warst in den letzten Jahren so großzügig zu mir, und ich wollte diese Gelegenheit nicht verstreichen lassen, ohne dir meine Dankbarkeit zu zeigen, auch wenn es nichts Großes ist. Wissen Sie, dass es schier unmöglich ist, ein Geschenk für Sie zu kaufen, Mr Faraday? Sie sind wirklich ein Mann, der alles hat.«

»Noch nicht ganz, aber in genau …« Er schaut auf die Uhr. »… fünf Stunden und dreizehn Minuten.« Er grinst.

»Okay, also erwarte nicht zu viel, ich wollte dir und Kat nur zeigen, wie sehr ich mich für euch freue. Also, Trommelwirbel, bitte …«

Jonas macht auf dem Tisch einen Trommelwirbel.

»Ich habe für dich und Kat einen zwölfstündigen Tanzkurs bei euch zu Hause organisiert.«

Josh lacht. »Wow, T-Rod. Das ist fantastisch. Danke.«

»Das ist noch nicht alles. Während jeder Stunde wird ein

Koch bei euch in der Küche stehen und ein Fünf-Gänge-Menü zubereiten, das ihr nach dem Unterricht genießen könnt.«

»Wahnsinn. Kat wird begeistert sein.«

»Und ich habe schon mit Kats Eltern und Ryan und Keane und Colby und Sarah gesprochen: Wenn ihr die Stunden erst nehmt, nachdem Gracie Louise auf der Welt ist, dann passen sie alle gerne auf das Baby auf, während du mit Kat in die Nacht tanzt.«

»Setz mich auch auf die Liste der Babysitter«, sagt Jonas. »Ich will sichergehen, dass ich der Lieblingsonkel der kleinen Gracie werde.«

»O Mann, lass das bloß die Morgan-Jungs nicht hören, Jonas«, sage ich. »Vor ein paar Tagen am Pool haben sie sich fast geschlagen, als es darum ging, wer von ihnen Gracies Lieblingsonkel wird.«

»Mist, diese Kerle habe ich vergessen«, sagt Jonas. »Es wird unglaublich schwer werden, in der Onkel-Olympiade gegen die Bastarde zu siegen. In Sachen Humor haben sie mich bereits geschlagen.« Er lacht.

Mir wird plötzlich ganz warm ums Herz. »Diese Jungs schlagen *jeden* in Sachen Humor, nicht nur dich, Jonas«, sage ich und spüre, wie ich rot werde. »Das *liebe* ich einfach an ihnen.«

Josh und Jonas wechseln einen Blick.

»Also, vielen Dank für dein tolles Geschenk«, sagt Josh. »Und hey, wo du schon hier bist, und Jonas zufällig auch gerade hier ist, da gibt es etwas, worüber ich mit dir reden möchte. Ich wollte eigentlich damit warten, bis ich wieder aus den Flitterwochen zurück bin, aber …« Er seufzt. »Ich komme gleich auf den Punkt, T-Rod. Du hast dich weiterentwickelt, seit ich dich vor sechs Jahren kennengelernt habe. Und in letzter Zeit ist mir klar geworden, dass ich deine Kompetenzen nicht voll ausschöpfe, aus reinem Eigennutz.«

Ich bin sprachlos.

Josh schaut seinen Bruder an, erntet von ihm ein zustimmendes Nicken und wendet sich dann wieder an mich. »T-Rod, ich werde dir jetzt eine Frage stellen, und ich will, dass du sie mir ehrlich beantwortest, okay?«

Ich nicke.

»Hast du das Gefühl, dass es dir genügt, meine persönliche Assistentin zu sein, oder hast du Ambitionen, die über diesen Job hinausgehen?«

Ich denke kurz nach. Ich hatte nicht erwartet, diese Unterhaltung heute zu führen, wenn überhaupt jemals. Ich hole tief Luft. »Ich bin wirklich sehr, sehr gerne deine persönliche Assistentin. Aber ja, ehrlich gesagt, habe ich tatsächlich Ambitionen, die über diesen Job hinausgehen. Was ich sagen will …« Ich muss schlucken. »Vielleicht könnte ich ja ein paar meiner leichteren Aufgaben abgeben und andere übernehmen, die ein bisschen anspruchsvoller sind?«

»Genau das denke ich auch«, sagt Josh. »Ich stimme dir voll und ganz zu.«

Ich atme erleichtert aus. »Wirklich?«

»Zu hundert Prozent.«

»Wenn ihr mich fragt«, sagt Jonas. »Ich stimme auch voll und ganz zu. Nicht dass ich bei der Sache etwas zu sagen hätte. Ich bin nur Beobachter. Aber ich habe am Rande mitgekriegt, wie du dich weiterentwickelt hast, und ich denke, es wäre eine Schande, dieses Potenzial nicht besser auszuschöpfen. Perfektion ist keine Magie – es ist eine Eigenschaft, das Nebenprodukt der Tatsache, dass man etwas immer und immer wieder tut und nach dem besten Ergebnis strebt. Man muss die göttliche Idee seiner selbst im Blick haben und danach streben. Der Himmel ist die Grenze, Theresa.«

Ich spüre, wie ich rot werde. »Danke, Jonas.«

»Und danke, Platon«, sagt Josh trocken. »Also gut, dann ist

das geklärt. Wir werden darüber nachdenken müssen, wie wir dich am besten einsetzen können. Das ist nichts, was ich heute entscheiden möchte – seid mir nicht böse, aber heute habe ich Wichtigeres vor.«

Wir kichern.

»Wir sprechen aber auf jeden Fall darüber, wenn ich wieder zu Hause bin, okay?«

»Okay. Wunderbar. Das freut mich.«

»Obwohl ich eine Idee habe, die ich euch schnell noch unterbreiten will«, sagt Josh. »Etwas, worüber ihr nachdenken könnt, während ich weg bin.«

»Okay.«

»Ryan hat mir vor Kurzem seinen Businessplan für die Bar geschickt, die er eröffnen will. Das Captain's.«

Mein Magen zieht sich vor Aufregung zusammen.

»Jonas und ich haben uns den Plan gestern Abend zusammen angeschaut und waren beide beeindruckt, wie gut er ist. Wir sind uns sicher, dass wir darin investieren und Teil davon sein möchten – und wenn Ryan damit einverstanden ist, dann würden wir das Ganze vielleicht noch größer aufziehen, als er ursprünglich gedacht hat.«

Meine Haut kribbelt. Mein Herz rast. »Mhm«, sage ich und zwinge meinen Körper dazu, die folgenden Fakten nicht zu verraten: Erstens, ich habe mir Ryans Businessplan bereits angeschaut und war ebenfalls tief beeindruckt. Zweitens, ich würde nur allzu gerne Teil von Ryans Traum sein, in jeder Hinsicht, wenn das für ihn in Ordnung ist (und ich habe schon tausend Ideen, wie ich mich einbringen könnte). Und drittens habe ich die ganze Woche mit Ryan Ulysses Morgan Sex gehabt, als hinge unser Leben davon ab.

»Aber sag Ryan noch nichts davon, bitte«, fährt Josh fort. »Jonas und ich müssen noch mit ihm reden, wenn ich aus den Flitterwochen zurück bin, also ist das noch nicht spruchreif.

Aber was würdest du sagen, wenn Jonas und ich Ryans Partner werden und dich als Teil des Teams einbinden würden? Du könntest uns dabei helfen, das neue Geschäft auf die Beine zu stellen. Auf diese Weise werden deine Talente und deine Zeit mit Sicherheit besser genutzt, als wenn du dafür sorgst, dass mein Lamborghini immer gewaschen ist und meine Anzüge aus der neuesten Anthony-Franco-Kollektion bestellt werden.« Er grinst Jonas an.

Mir zerspringt gleich der Kopf. »Das hört sich fantastisch an«, sage ich bemüht locker.

»Perfekt«, sagt Josh. »Jonas und ich werden nicht besonders viel Zeit haben, uns um das Captain's zu kümmern – wir werden genug mit unseren Plänen für Climb & Conquer zu tun haben. Wenn du also das Projekt im Blick hättest, wäre das für alle ein Gewinn. Und um ehrlich zu sein, jetzt, da ich heiraten und ein Baby bekommen werde, könnte ich mir vorstellen, dass ich deine persönliche Aufmerksamkeit nicht mehr in dem Ausmaß wie bisher benötigen werde. Vielleicht habe ich unrecht – ich war schließlich noch nie verheiratet und Vater –, aber ich denke, du könntest jemanden einstellen und ihm genau beibringen, was ich von einem persönlichen Assistenten verlange. Ich müsste noch nicht mal mit ihm oder ihr reden.«

Ich muss lachen. »Auf jeden Fall.«

»Cool. Du würdest so etwas wie meine Stellvertreterin werden – meiner Ansicht nach ist das der einzig logisch Weg für dich und mich und das neue, aufregende Leben, das ich jetzt beginnen werde. Und ich kann mir dafür kein besseres Projekt vorstellen als das Captain's. Als ob es vorherbestimmt wäre.« Er holt tief Luft. »Alles in allem hört sich das für dich also gut an?«

Ich habe das Gefühl, als hätte ich im Lotto gewonnen, aber ich versuche, cool zu bleiben. »Es hört sich fantastisch an«, sage ich. »Ich finde die Idee großartig.«

Wir lächeln uns an.

»Na gut, dann werden Jonas und ich mit Ryan reden, wenn ich zurück bin, und dich wissen lassen, was er von der Idee hält.«

»Ich denke, er wird sie gut finden.« Ich unterdrücke das Bedürfnis, Jonas und Josh alles über Ryan und mich zu erzählen. »Ich, äh, ich hatte die letzte Woche die Gelegenheit, etwas Zeit mit Ryan zu verbringen, und wir verstehen uns wirklich gut«, sage ich betont beiläufig.

Josh und Jonas wechseln wieder einen Blick, diesmal einen noch vielsagenderen als vorhin.

»Hör mal, T-Rod, wo wir gerade über Ryan sprechen und darüber, dass du als meine Stellvertreterin in Zukunft eng mit ihm zusammenarbeiten könntest«, sagt Josh. »Ich möchte dir etwas sagen, das ich ansonsten nicht sagen würde.«

Ich bekomme ein mulmiges Gefühl im Magen. Etwas sagt mir, dass mir Josh Worte nicht gefallen werden. »Okay.«

»Es gibt da eine Sache, die mich zögern lässt, den Plan in die Tat umzusetzen.« Josh holt tief Luft. »Mir ist aufgefallen, dass es zwischen dir und Ryan ein bisschen gefunkt hat. Ich bin mir ziemlich sicher, dass er daran interessiert ist, etwas mit dir anzufangen. Ich weiß nicht, ob du dafür überhaupt offen bist oder ob ich komplett falschliege – und es geht mich im Grunde ja auch nichts an –, aber ich will mir nicht hinterher vorwerfen müssen, dass ich dir meine Bedenken nicht mitgeteilt habe.«

Ich warte, und das Herz klopft mir bis zum Hals.

»Tu dir einfach selbst einen Gefallen, und sei vorsichtig, wenn du dich auf eine romantische Beziehung mit Ryan einlassen willst, okay? Ryan ist ein großartiger Kerl – ich liebe ihn bereits wie einen Bruder. Ich glaube wirklich, dass er loyal und ehrlich und lustig und verdammt klug ist, und Kat würde ihr Leben geben für ihn. Ich denke auch, dass er ein fantastischer Geschäftspartner sein wird, sonst wäre ich nie auf die Idee gekommen, bei ihm einzusteigen – Schwager hin oder her. Aber in Bezug auf Frauen ist er vielleicht etwas, sagen wir mal, sprunghaft, wenn du weißt, was ich meine.«

Meine Brust zieht sich zusammen. »Warum sagst du das?«

Josh und Jonas sehen sich wieder vielsagend an.

»Vor ein paar Monaten«, sagt Josh, »hat Ryan diese Frau kennengelernt, in die er total vernarrt gewesen ist. Ich würde sogar sagen, er war besessen von ihr. Und ich weiß, dass das auch am Tag unserer Ankunft hier im Resort noch der Fall war, weil er uns auf der Willkommensfeier noch erzählt hat, dass er sie an diesem Tag versucht hat zu kontaktieren.«

Ich habe das Gefühl, als hätte mir jemand einen Schlag in die Magengrube verpasst. Darüber also hat Ryan mit Jonas und Josh und Henn und den anderen bei der Willkommensparty gesprochen, als ich darüber gelacht habe, wie Keane Zander durch ihre Schwanztattoos kennengelernt hat. Eine Frau, von der er besessen ist? Und das hat er gesagt, nachdem er bereits mit mir geschlafen hatte? Wenn er so besessen von ihr ist, warum hat er sie dann nicht mit nach Maui gebracht? Hat er sie nicht mitgenommen, weil er vorhatte, hinter ihrem Rücken eine kleine Urlaubsaffäre zu beginnen?

Was auf Maui passiert, bleibt auf Maui.

O mein Gott, mir wird richtig schlecht.

»Vielleicht hast du ihn missverstanden?«, setze ich an und klammere mich an den letzten Funken Hoffnung, den ich noch habe, dass Ryan die wundervollen Dinge, die er diese Woche zu mir gesagt hat, ernst gemeint hat. Dass die Gefühle, die er mir gezeigt hat, echt waren. »Vielleicht steht Ryan gar nicht so sehr auf diese Frau, wie ihr denkt?«

»O nein, das tut er auch nicht«, sagt Jonas. »Das ist ja das Verwirrende. Kurz vor der Party war er noch total von ihr besessen, daran besteht kein Zweifel. Und dann plötzlich, auf der Party, da hat er gesagt, er sei bereit, nach vorne zu blicken. Das war so seltsam, und es hat mich ehrlich gesagt ziemlich sauer gemacht. Eine Zeit lang hat er wirklich nur von dieser Frau geredet, Theresa – ich werde nicht ins Detail gehen, aber glaub mir, er hat davon gesprochen, dass sie so etwas wie ›Seelenverwandte‹ sind. Und aus irgendeinem Grund war die Frau von dem Moment an, in dem er hier angekommen ist, Schnee von gestern. Er hat sie fallen lassen wie eine heiße Kartoffel. Ich meine, natürlich kann ein Mann nach vorne blicken. Das ist manchmal die gesündeste Entscheidung. Mich verwirrt nur, wie schnell er das entschieden hat.«

»Na ja, lass uns ehrlich sein, Jonas«, sagt Josh. »Wir haben beide die starke Vermutung, dass du der Grund dafür bist, dass Ryan die andere Frau so schnell vergessen hat, T-Rod. Ich habe mitgekriegt, wie Ryan dich am ersten Tag in der Lobby angeschaut hat – jeder hat das mitgekriegt. Und hey, es ist ja auch toll, dass Ryan sich zu dir hingezogen fühlt und etwas Ernstes mit dir anfangen will. Wer sind Jonas und ich schon, dass wir uns da einmischen dürfen? Wir wollen nur sagen, dass du vorsichtig sein sollst, okay? Und wenn Ryan versucht, etwas mit dir anzufangen, was meiner Meinung nach unausweichlich ist, dann geh die Sache langsam an, und hör auf dein Gefühl, bevor du dich zu sehr auf ihn einlässt. So ein großartiger Mensch er auch sein mag, so kurz scheint seine Aufmerksamkeitsspanne bei Frauen zu sein. Vor allem, wenn du mit Ryan bei Captain's zusammenarbeiten willst, ist es wichtig, dass du mit ihm nichts überstürzt und dann alles über dir zusammenbricht. Ich will nicht, dass du verletzt wirst. Und um ehrlich zu sein, würde ich auch nicht wollen, dass unser Geschäft darunter leidet.«

Es entsteht eine lange Pause, während der ich meine Lippen so fest aufeinanderpresse, dass es fast wehtut. O verdammt, das ist ein Albtraum. Gerade war ich noch so begeistert von der Idee, die Bar mit aufzubauen, und jetzt habe ich das Gefühl, dass das ein Ding der Unmöglichkeit ist.

Ryan hat mir geschworen, dass er sich so schnell von der Psycho-Barbie lösen und sich auf Samantha einlassen konnte, weil er zwischen uns eine unglaubliche Verbindung gespürt hat. Aber jetzt stellt sich heraus, dass er immer so schnell von einer Frau zur anderen springt. Er ist wie ein Tischtennisball von der Psycho-Barbie zu Samantha, dann zu dieser mysteriösen anderen Frau und jetzt zu mir gesprungen. Wie viele »Seelenverwandtschaften« kann ein Mann denn bitte schön in drei Monaten haben? Samantha hat er mich genannt, als er an unserem ersten Tag hier mit mir geschlafen hat – und jetzt ergibt alles einen Sinn. Der Mann ist besessen von Fantasien und Rollenspielen – nichts ist für ihn real.

»Um das noch mal klarzustellen: Jonas und ich lieben diesen Kerl«, sagt Josh. »Ansonsten würden wir nicht in seine Bar investieren wollen. Aber nach dem, was mit Stu passiert ist, könnte ich keine Nacht mehr ruhig schlafen, wenn ich dich nicht gewarnt hätte, dass ich einer romantischen Beziehung zwischen euch beiden skeptisch gegenüberstehe. Was du jetzt mit dieser Information anfängst, ist deine Sache. Du bist schon ein großes Mädchen.«

Ich schaffe es, meine Gefühle so weit zu unterdrücken, dass ich mit fester Stimme antworten kann. »Danke für die Warnung«, sage ich. »Das weiß ich zu schätzen. Aber ganz im Ernst, die Warnung ist unnötig. Denn ich habe nicht das geringste Bedürfnis, mit Ryan Morgan eine ›romantische Beziehung‹ einzugehen.« Ich räuspere mich. »Auf keinen Fall.«

Tessa

Kat sieht umwerfend aus, als sie am Arm ihres Vaters durch den Sand auf Josh zugeht. Und nicht nur weil ihr schlichtes weißes Kleid wie eine Wolke über ihrem Babybauch liegt und die großen Diamanten an ihren Ohren im Sonnenlicht funkeln – nein, sie ist die pure Verkörperung von Glück und Liebe.

Ich schaue Josh an und beiße mir auf die Unterlippe, um mir die Tränen zu verkneifen. Er steht im Sand, nur wenige Meter vom glitzernden Meer entfernt, hat einen schwarz-weißen Smoking an und sieht unwahrscheinlich glücklich aus. Neben ihm steht sein Trauzeuge Jonas, der wiederum neben Henn, Reed und Onkel William steht. Alle sehen unheimlich gut aus in ihren Smokings, und alle haben ein breites Lächeln im Gesicht.

Als Mr Morgan und Kat bei Kats zukünftigem Ehemann ankommen, küsst der stolze Vater seine geliebte Tochter, übergibt sie an Josh und setzt sich neben seine Frau, die bereits Tränen in den Augen hat. Der Geistliche – ein großer Hawaiianer in einem weißen Leinenanzug mit Sonnenbrille und Lei – beginnt mit der Zeremonie.

Die ganze Szene ist einfach perfekt. Berührend. Aber ich würde lügen, wenn ich behaupten würde, dass ich in diesem wundervollen Moment aufgehe. In Wahrheit kann ich nicht aufhören, an Ryan zu denken.

Ich wusste doch genau, worauf ich mich einlasse, als ich mich damit einverstanden erklärt habe, diese Woche Ryans Affäre zu sein, oder? Warum zum Teufel komme ich mir dann so verarscht vor, nur weil ich herausgefunden habe, dass er noch an dem Tag, an dem er die Insel betreten hat, total besessen von einer anderen Frau gewesen ist? Nur wenige Minuten bevor er in seinem Zimmer so leidenschaftlichen Sex mit mir hatte? Okay, ja, ich weiß, dass dieser Typ wahrscheinlich jede Woche mit einer anderen Frau ins Bett geht, aber ich hatte wohl gehofft, dass sich das ändern würde, nachdem er mit *mir* im Bett war.

O mein Gott, ich bin so eine Idiotin. *Was auf Maui passiert, bleibt auf Maui*. Damit habe ich mich doch einverstanden erklärt, richtig? Das ist doch genau das, was ich wollte. Dachte ich zumindest.

»Und jetzt werden Josh und Kat ihre Ehegelübde vortragen«, sagt der Geistliche. »Kat?«

Kat holt tief Luft. »Josh«, setzt sie an. »*Joshua*. Du hast mich mal gefragt, ob ich an das Schicksal glaube, und ich habe gesagt, dass ich daran glaube, dass jeder seines eigenen Glückes Schmied ist.«

Alle Gäste lachen – auch ich, obwohl mir nicht nach Lachen zumute ist.

»Aber jetzt weiß ich, dass ich unrecht hatte«, fährt Kat fort. »Du bist mein Schicksal, meine Liebe, meine *Bestimmung*. Ich glaube wirklich, dass jeder Moment meines Lebens von einer höheren Gewalt zu diesem Moment gelenkt wurde. Mich zu dir zu bringen, damit ich deine Ehefrau werden kann.«

Bei Kats Worten treten mir Tränen in die Augen. Ich will auch an Schicksal glauben. *Ich will auch eine Ehefrau werden*.

»Josh?«, sagt der Geistliche.

Josh holt tief Luft und nimmt Kats hübsches Gesicht in seine Hände, was jede Frau unter den Gästen – mich eingeschlossen – dahinschmelzen lässt. »Meine geliebte Kat. Gütiger Gott, du bist so ein Teufel.«

Kat kichert, und wir alle stimmen ein.

»Und du bist nicht nur teuflisch«, sagt Josh. »Du bist auch verdammt stur. Aber du bist auch witzig, mitfühlend, ehrlich, leidenschaftlich. Baby, du bist eine tickende Zeitbombe. Aber vor allem bist du liebevoll und zärtlich und wunderschön. *Und all das liebe ich an dir.*«

Okay, das ist zu viel. Ich kann mich nicht mehr beherrschen. Mir entfährt ein Schluchzen, und ich lege mir eine Hand über den Mund, um es zu unterdrücken. Ich will einen Mann, der mich genauso liebt, wie ich bin. Ich will nicht nur eine Affäre. Wie konnte ich bloß denken, dass es eine gute Idee war, die ganze Woche mit Ryan ins Bett zu gehen – ohne Verpflichtungen und Gefühle?

Josh fährt mit seinem Ehegelübde fort. »Und vor allem, meine geliebte Kat«, sagt er, »schwöre ich dir hier und jetzt, vor Gott und allen Menschen, die wir lieben – zu denen übrigens auch Keane gehört, nur um das mal klarzustellen …«

Alle Mitglieder der Morgan-Familie brechen in schallendes Gelächter aus, und ich werfe einen verstohlenen Blick zu Ryan, der seinen Kopf in den Nacken wirft und mit Keane und Colby zusammen lacht.

Das war's. Der letzte Strohhalm hält nicht mehr. Mir tut mein Herz so weh, dass ich mich zusammenreißen muss, um nicht auf die Toilette zu rennen und in Ruhe zu weinen. Ich habe nicht erwartet, dass Ryan sich während dieser Woche in mich verliebt, und ich wusste, dass er sich mit anderen Frauen getroffen hat, bevor er hergekommen ist, aber jetzt wird mir klar, dass er nicht nur ein einziges Mal von einer Frau zur anderen gesprungen ist – so ist er einfach.

Die Sonne geht hinter Josh und Kat unter und taucht den Himmel in eine strahlende Mischung aus Orange, Lila und

Gelb über dem glitzernden Ozean. Dieser Moment ist einfach perfekt. Warum bin ich dann so traurig?

»YOLO, Kat«, sagt Josh zu Kat und grinst dabei. Kat grinst breit zurück. »Ich bin so ein Glückspilz, dass ich mein eines Leben mit dir verbringen darf.« Er berührt Kat am Kinn. »*I will always love you*. Ich verspreche dir, dass ich dafür sorgen werde, dass jeder Tag unseres gemeinsamen Lebens besser ist als jede Fantasie. *Für immer.*«

Sie küssen sich, und der Geistliche ernennt sie zu Mann und Frau – und plötzlich, unter all dem Applaus und Gejohle um mich herum, wird mir eines sonnenklar: Ich bin nicht die Art Frau, die eine Woche lang eine lockere Affäre im Paradies haben kann. Ich dachte, ich könnte es, ich dachte, ich könnte danach weitermachen wie zuvor. Aber ich habe mir selbst etwas vorgemacht. Ich will etwas Echtes. Ich will das, was Josh und Kat haben, und ich werde mich nicht mit weniger zufriedengeben. Es ist mir egal, wie gut der Sex mit Ryan ist – oder ob ich nie wieder einen Mann finden werde, mit dem der Sex so gut ist. Allein wegen großartigem Sex verliere ich nicht meine Selbstachtung oder werfe alle meine moralischen Werte über Bord. Ich will einen Mann, der Liebe mit mir macht, selbst wenn er mir den Hintern versohlt beim Sex. Ich will einen Mann, der mich liebt, in guten wie in schlechten Zeiten, bis dass der Tod uns scheidet – egal, wie verrückt und verklemmt und übervorsichtig ich manchmal auch sein mag. *Und ich schwöre bei Gott, ich werde mich nicht mit weniger zufriedengeben.*

Tessa

»Als Josh mich gebeten hat, sein Trauzeuge zu werden«, sagt Jonas, in der einen Hand ein Mikrofon, in der anderen ein Champagnerglas, »war mein erster Gedanke: O Scheiße.«

Alle an den Tischen müssen lachen.

»Denn ich habe sofort daran gedacht, dass ich diese verdammte Rede halten muss – entschuldigt meine Wortwahl –, und jeder, der mich kennt, weiß, dass ich das hasse wie die Pest. Fast so sehr wie Hip-Hop und One Direction und über meine verdammten Gefühle zu sprechen – ich bitte nochmals um Entschuldigung.«

O mein Gott, ich muss sterben. Bis jetzt habe ich es ganz gut geschafft, Ryan während der gesamten Zeremonie aus dem Weg zu gehen. Aber ich habe das Gefühl, dass das nicht mehr lange funktionieren wird. Bestimmt wird er mich bald dazu zwingen, mit ihm zu sprechen. Und wenn er das tut, dann weiß ich immer noch nicht, was ich zu ihm sagen soll – und auch nicht, ob ich die Lügen verkrafte, die er mir als Antwort auftischen wird.

Jonas hebt sein Glas. »Auf Josh und Kat. Prost!«

»Prost«, stimmen alle ein.

Ich nehme einen großen Schluck von meinem Champagner und winke einem vorbeigehenden Kellner zu, damit ich noch ein Glas bekomme.

»Kitty Kat«, setzt Sarah strahlend an. »Meine beste Freundin und nun auch noch meine Schwester – oh, ich kriege eine Gänsehaut, wenn ich das sage.« Sie kichert, und alle stimmen ein.

Ich habe das Gefühl, gleich zu explodieren. Während des gesamten Abendessens konnte ich Ryans Blicke auf mir spüren. Er wollte, dass ich ihn anschaue, was ich aber nicht getan habe. Eigentlich sollte ich heute Abend mit Ryan am Tisch sitzen, zusammen mit Keane, Zander, Colby, Dax, Fish und Colin – an einem Tisch, an dem ich gestern noch allzu gerne gesessen hätte. Aber nachdem ich heute Morgen Joshs Bungalow verlassen habe, bin ich direkt zur Hochzeitsplanerin gegangen und habe sie gebeten, mich an Onkel Williams Tisch zu setzen.

Trotzdem kann ich Ryan nicht ewig aus dem Weg gehen, vor allem nicht jetzt, da das Essen vorüber ist, viele einen Toast sprechen und bald getanzt wird.

Sarah hebt ihr Glas. »Auf Josh und Kat. Möget ihr die Leute um euch herum immer dazu inspirieren, Notausgänge und Feuerlöscher im Auge zu behalten. Prost.«

»Prost«, stimmen wieder alle ein und heben ihre Gläser.

Josh küsst Sarah auf die Wange und nimmt das Mikrofon von ihr.

»Danke, Sarah«, sagt er. »Danke, Jonas. Wir lieben euch beide sehr. Wir Faradays sind schon ziemlich cool, muss ich sagen. Ich danke euch allen, dass ihr bei uns seid. Nicht nur bei der Feier heute, sondern auch die ganze Woche hier im Paradies. Ich weiß, ihr habt alle viel zu tun, und wir danken euch, dass ihr euch die Zeit genommen habt, so ausgiebig mit uns hier zu feiern. Es war unglaublich, oder?«

Alle klatschen und jubeln.

Josh fährt mit seiner Rede fort, was er einfach unheimlich gut kann. Während er spricht, kann ich nicht widerstehen und werfe einen verstohlenen Blick zu Ryans Tisch rüber. Ich will nur kurz sehen … *Mist.* Ryan schaut direkt zu mir.

Ich blicke schnell weg und werde rot.

Scheiße. In dem Moment, in dem die Rede vorbei ist, wird er zu mir kommen – das kann ich fühlen. Ich sollte mich besser darauf vorbereiten. Wenn wir reden, muss ich einfach ruhig und besonnen bleiben. Ich werde ihm sagen, dass ich so nicht weitermachen will – dass es Spaß gemacht hat und ich ihm dankbar für die Zeit bin, die wir zusammen verbracht haben, dass ich aber kein Interesse daran habe, es fortzuführen, weil ich nicht das Gefühl habe, ihm trauen zu können. Und dabei werde ich es belassen. Warum sollte ich auch mehr sagen? Wenn ich ihm meinen Verdacht offenbare, wird er nur wieder alles abstreiten – so, wie er es immer tut. Und dann werde ich den Blödsinn vielleicht wieder glauben. O Gott, ich bin so eine Idiotin.

»Ich würde gerne ganz besonders meinem Freund Reed für die Überraschung vorhin danken. Das war wirklich wunderbar.«

Alle klatschen und jubeln laut, ich eingeschlossen.

»Wunderbar« ist das richtige Wort für Reeds Überraschung. Dank Reeds Verbindungen konnten Josh und Kat ihren ersten Tanz als Ehepaar zu ihrem Lieblingslied tanzen, das von dem Künstler höchstpersönlich – James Bay – live gesungen wurde, nachdem er zur allgemeinen Überraschung mit einer Akustikgitarre auf der Zeremonie auftauchte.

Josh hebt sein Champagnerglas und prostet Reed zu. »Danke, Bro. Diesen Moment werden wir niemals vergessen.«

Josh zieht Kat aus ihrem Stuhl hoch und legt seinen Arm um sie. »Eine letzte Sache noch«, sagt er ins Mikrofon. »Mit meiner wunderschönen Ehefrau an meiner Seite möchte ich noch ein paar Dankesworte an meine neue Familie, die Morgans, richten. Es wurde viel darüber gesprochen, dass Kat heute endlich eine Faraday wird, aber glaubt mir, ich habe das bessere Los gezogen. Kennt ihr den Ausdruck ›der Apfel fällt nicht weit vom Stamm‹? Das trifft besonders auf Kat zu.« Er hebt sein Glas auf Kats Familie, die an mehreren Tischen in dem großen Saal verteilt sitzt, und alle tun es ihm gleich. Für einen kurzen Moment habe ich das unbändige Verlangen danach, auch Teil dieser Familie zu sein, wie Josh.

»Auf Tom Club, Mama Lou, Cheese, Captain, Peen und Baby Brother«, fährt Josh fort. »Und auf alle Morgans, die ich in der letzten Woche kennengelernt habe.« Er prostet auch den anderen Morgans im Raum zu. »Danke, dass ihr Kat zu der wundervollen Frau gemacht habt, die sie heute ist. Und danke, dass ich Teil eurer witzigen und verdammt coolen Familie sein darf. Prost.«

»Prost«, erwidern alle im Raum gleichzeitig.

Meine Augen füllen sich mit Tränen. Schnell wische ich sie weg und leere mein Champagnerglas.

Josh flüstert Kat etwas ins Ohr, und sie schüttelt den Kopf.

»Also gut«, sagt Josh ins Mikrofon. »Mrs Faraday sagt, ich habe genug über meine Gefühle geredet – es ist Zeit, zu tanzen.«

Ryan

Als Josh den Gästen zuprostet, werfe ich einen sehnsüchtigen Blick durch den Raum zu Tessa – so, wie ich es an diesem Abend schon unzählige Male getan habe. Aber sie schaut mich immer noch nicht an.

Sie meidet mich offensichtlich schon den ganzen Tag, und ich weiß nicht, warum. Okay, sie hat gesagt, dass sie der Hochzeitsplanerin heute bei vielen Dingen helfen muss und deshalb nicht mit mir und meiner Familie am Strand liegen kann. Cool. Kein Problem. Und als sie während der Zeremonie nicht neben mir, sondern auf der anderen Seite des Ganges ganz außen gesessen hat, habe ich angenommen, dass sie sich bereithalten wollte, falls sie aufspringen und der Hochzeitsplanerin zur Hilfe eilen muss. Und als sie während der Zeremonie Josh und Kat angestarrt hat, ohne mich auch nur eines einzigen Blickes zu würdigen, habe ich mir selbst gesagt, ich sei paranoid.

Aber dann kam das Essen, und ich konnte mir ihre Distanziertheit nicht mehr erklären. Warum hat sie sich denn nicht zu mir an den Tisch gesetzt, verdammt? Sie hat die ganze Woche lang mit mir und meiner Familie gegessen. Und jetzt, beim wichtigsten Essen von allen, sitzt sie plötzlich neben William Faraday und ein paar von Joshs langweiligen Arbeitskollegen? Ja, ich weiß, dass es eine offizielle Sitzordnung gab, aber gerade für Tessa hätte es doch ein Leichtes sein müssen, die Sitzordnung zu ändern, damit sie bei mir und meinen Brüdern am Tisch sitzen kann, oder nicht? Sie ist schließlich die mächtige T-Rod. Die Frau hinter dem Vorhang. Sie hätte sich doch an jeden Tisch setzen können, an dem sie sitzen möchte. Ich verstehe das einfach nicht.

Ich starre sie einen Augenblick an, und zu meiner Überraschung treffen sich unsere Blicke. *Aber sie schaut sofort wieder weg.*

Fuck!

Ich bilde mir das also nicht nur ein. Ihr Gesichtsausdruck hat mir alles verraten, was ich wissen muss: Sie kann es nicht ertragen, mich anzuschauen.

Was ist denn bloß los? Den ganzen Abend schon habe ich das Gefühl, als würde ein Zug entgleisen, und ich kann nichts dagegen tun. Ich habe mir immer ausgemalt, wie viel Spaß wir beide heute Abend haben werden. Wir sollten feiern und lachen und in die Nacht hineintanzen. Und dann endlich, wenn Tessa und ich ganz benebelt von dem Champagner wären und uns am liebsten die Klamotten vom Leib gerissen hätten, hätte ich sie zum Strand gebracht, sie im Mondschein in die Arme genommen und ihr endlich die ganze Wahrheit gesagt. Ohne Ausnahme. Aber wie zum Teufel soll irgendetwas davon klappen, wenn sie mir den ganzen Tag lang die kalte Schulter zeigt?

»Also gut«, sagt Josh ins Mikrofon. »Mrs Faraday sagt, ich habe genug über meine Gefühle geredet – es ist Zeit, zu tanzen.«

Josh gibt der Band ein Zeichen, und sie legt los. Der erste Song des Abends ist eine Dance-Remix-Coverversion von Whitney Houstons *I Will Always Love You*, und sofort strömen alle auf die Tanzfläche.

Ich stehe mit klopfendem Herzen und trockenem Mund von meinem Tisch auf und gehe um die Tanzfläche herum auf sie zu. Ich weiß nicht, was in ihrem Kopf vor sich geht – ich weiß auch nicht, ob ich es herausfinden will –, aber jetzt gibt es kein Zurück mehr.

Kurz bevor ich an ihren Tisch komme, steht Tessa auf, wischt sich über die Augen und dreht sich auf dem Absatz um, als wolle sie vor mir davonlaufen und nie mehr zurückkommen. Ich gehe ebenfalls schneller und erreiche sie zum Glück noch. Blitzschnell packe ich sie am Ellbogen und ziehe ihren zitternden Körper an mich.

»Wir müssen reden«, sage ich und halte sie ganz fest. »Lass uns spazieren gehen.«

Ryan

Tessas angespannter Körper spricht Bände, als ich sie an den tanzenden Menschen vorbei durch die Eingangstür nach draußen in die warme, sternenklare Nacht ziehe. Einem plötzlichen Impuls folgend, gehe ich mit ihr weiter zum privaten Strand.

Als wir den Eingang zum Strand erreichen, kickt sich Tessa ihre Sandalen von den Füßen und marschiert durch den Sand, ohne sich umzuschauen. »Ich weiß nicht, warum du mich hierher bringst«, murmelt sie. »Wir brauchen keinen Strandspaziergang bei Mondschein, um uns gegenseitig für die Erinnerungen zu danken.«

Ich mache zwei große Schritte, um sie einzuholen, packe sie am Arm und zwinge sie, neben mir zu bleiben. »Was zum Teufel ist los mit dir?«, rufe ich fast schon panisch. »›Für die Erinnerungen zu danken‹? Tessa, ich bin nicht so ein Arschloch wie dein Ex-Freund, okay? *Ich bin nicht er.* Das war die beste Woche meines Lebens, und ich will genauso weitermachen, wenn wir wieder zu Hause sind.«

»So weitermachen? Was hätte das denn für einen Sinn, wenn du in dem Moment telepathisch mit mir Schluss machst, in dem dich eine andere Frau antörnt?«

»O Gott, ich dachte, das hätten wir hinter uns. Ich habe dir schon gesagt, dass ich mich von Olivia getrennt hatte, bevor wir uns kennengelernt …«

»Hier geht es nicht um Psycho-Barbie«, zischt sie mich an. »Und hier geht es auch nicht um meinen blöden Ex-Freund. Hier geht es um dich und die Frau, mit der du dich in den letzten Monaten getroffen hast – um die Frau, von der du regelrecht besessen warst, bevor du nach Maui gekommen bist.«

Plötzlich dreht sich alles um mich herum. *Scheiße*!

»Tessa, ich weiß nicht, mit wem du geredet hast, aber du hast falsche Informationen von ihm bekommen. Es gibt keine andere Frau neben dir, und es gab auch keine, seit ich dich zum ersten Mal gesehen habe. Ich habe keine andere Frau mehr angefasst seit dem Abend in der *Pine Box*.«

Sie blickt mich an, als wäre ich das größte Arschloch überhaupt. »Hör mit dem Blödsinn auf, Ryan. Ich habe mit Josh und Jonas gesprochen. Sie haben mir alles erzählt.«

»Was haben sie dir erzählt? Was auch immer es war, sie haben es komplett falsch verstanden. Tessa, die Frau, von der ich die letzten Monate besessen war, bist *du*.«

»Ja klar, jeder versteht immer alles falsch, wenn es um dich geht. Du hast für alles eine logische Erklärung.«

Ich packe sie an den Schultern und hyperventiliere fast vor Panik. »Was haben Josh und Jonas zu dir gesagt? Erzähl es mir.«

»Lass mich los«, befiehlt sie mir.

Ich lockere meinen Griff.

Ihre Augen sprühen Funken. »Josh und Jonas haben gesehen, dass es zwischen uns gefunkt hat. Sie haben keine Ahnung, was zwischen uns läuft, aber sie hatten das dringende Bedürfnis, mich zu warnen, falls ich mit dem Gedanken spielen sollte, etwas mit dir anzufangen. Ich soll vorsichtig sein, weil sie zwar eigentlich denken, dass du der tollste Mensch auf Erden bist, und sie dich lieben und respektieren, aber wenn es um Frauen geht, scheinst du sehr sprunghaft zu sein. Sie haben mir erzählt, dass du seit Monaten von einer Frau regelrecht besessen warst. Bis zu dem Tag, an dem du das Resort betreten hast. Eigentlich sogar noch bis zum Nachmittag dieses Tages – *desselben Tages, an dem wir zum ersten Mal miteinander geschlafen haben*! Du warst da immer noch total besessen von dieser Frau, was sie deshalb so genau wissen konnten, weil du ihnen auf der Willkommensparty noch erzählt hast, dass du am selben Nachmittag verzweifelt versucht hast, diese Frau zu erreichen.« Sie verschränkt die Arme vor der Brust. »Ich habe eine Frage an dich, Ryan: Hast du mit der Frau Schluss gemacht, bevor du mit mir geschlafen hast, oder hast du es nur *telepathisch* gemacht, so wie immer, wenn du bereit bist, mit deiner neuen Eroberung nach vorne zu blicken?«

»O mein Gott.« Ich seufze. »Süße, Josh und Jonas haben es gut gemeint, aber sie hatten ja keinen blassen Schimmer. Baby, schau mich an. Als sie dir von der anderen Frau erzählt haben, redeten sie von Samantha. Von *ihr* war ich drei Monate lang besessen. *Samantha.*«

Sie blickt mich verwirrt an.

Ich nehme ihre Hand in meine, und zum Glück zieht sie sie nicht zurück. »Baby, als an dem Abend in der *Pine Box* alles so aus dem Ruder gelaufen ist, bin ich direkt zu Josh und Kat nach Hause gegangen, und wir haben mit Jonas und Sarah Billard gespielt. Und ich habe ihnen erzählt, was für eine tolle Frau ich gerade kennengelernt hatte – Samantha, die Flugbegleiterin. Ich habe ihnen erzählt, dass ich eine wahnsinnige Verbindung zwischen uns gefühlt habe und dass ich den Gedanken nicht ertragen könne, sie nie wiederzusehen. Ich konnte den Gedanken nicht ertragen, dass sie irgendwo da draußen ist und denkt, ich sei ein lügendes und betrügendes Arschloch. Und dann haben die Faraday-Brüder mich mit Henn bekannt gemacht. Er sollte mir dabei helfen, Samantha zu finden.«

Tessa legt ihre Hand auf die Stirn. »O mein Gott.«

»Baby, Henn hat sich in die Mitarbeiterdatenbanken von *neun* Airlines eingehackt, um Samantha für mich zu finden. Natürlich kam am Schluss nichts dabei raus, obwohl er sich wirklich bemüht hat.«

»O Scheiße. O mein Gott, nein.«

Ich drücke ihre Hand. »Kannst du dir vorstellen, wie lange ein Weltklasse-Hacker dafür braucht, sich in die Datenbanken von neun Airlines einzuhacken, um eine siebenundzwanzigjährige Flugbegleiterin namens Samantha zu finden, deren Sternzeichen Jungfrau ist? Nun ja, ich kann es dir sagen: Es hat ungefähr drei Monate gedauert.«

Tessa legt ihre Hände an die Wangen. »Das ist verrückt.«

»Baby, ich habe mich vom ersten Moment an in dich verliebt.« Ich muss schlucken. »Du bist mein Schicksal. Meine Bestimmung. Und das wusste ich in dem Moment, in dem ich dich zum ersten Mal gesehen habe.« Ein Kloß bildet sich in meinem Hals. »Tessa, meine Liebe zu dir ist unkontrollierbar. Du bist das Kicken, wenn der Arzt mir mit dem Hammer aufs Knie haut. *Ich kann gar nicht anders, als dich zu lieben.*«

Sie runzelt die Stirn. »Aber Josh und Jonas haben gesagt, du hast am Ankunftstag mit dieser anderen Frau telefoniert. Wenn ich diese Frau war – wen hast du dann angerufen?«

O mein Gott, jetzt wird mir schlecht. Ich habe Charlotte versprochen, ich würde ihren Namen da raushalten. Ich habe es geschworen. Aber verdammt noch mal, wenn ich Tessa nicht von meinen Gesprächen mit Charlotte erzähle, dann bin ich geliefert.

Tessas Körper spannt sich sichtlich an. »Wen hast du angerufen, Ryan?«

In meinem Kopf dreht sich alles. Ich kann keinen klaren Gedanken mehr fassen. Scheiße. Das Beste wäre wohl, Charlotte anzurufen und sie um Erlaubnis zu bitten, Tessa von unseren Unterhaltungen zu erzählen. Ansonsten rutsche ich vom Regen in die Traufe. Das ist ja keine große Sache, oder? Ich werde Charlotte einfach heute Abend anrufen, sie um Erlaubnis bitten und dann direkt zu Tessa gehen und ihr alles erzählen.

»Ryan?«, sagt Tessa, und ihr Blick verfinstert sich. »Das ist eine einfache Frage: Wer war die Frau, die du an dem Tag angerufen hast?«

Ich hole tief Luft. »Baby, ich kann dir das im Moment nicht beantworten – du musst mir einfach vertrauen und mir glauben, dass ich mich für keine andere Frau außer dir mehr interessiert habe. Ich weiß, du brauchst Fakten, aber ich bitte dich inständig, mir einen Vertrauensvorschuss zu geben. Ich verspreche, ich beantworte dir deine Frage …«

Sie wirft die Hände in die Luft, schnaubt frustriert auf und beginnt, zum Anfang des Strandes zurückzulaufen. »Mach's gut, Ryan. Was auf Maui passiert, bleibt auf Maui. Lass es uns einfach dabei belassen.«

Ich eile ihr nach und versperre ihr den Weg.

»Hast du mich nicht gehört? Ich liebe dich, Tessa.«

»Ich habe dich gehört. Lass mich vorbei.«

»Was ist nur mit dir passiert, dass du so wenig Vertrauen in die Liebe hast? Ich weiß, dass dich dieser Mistkerl von Fußballspieler betrogen hat, okay? Ich weiß, dass er dir das Herz gebrochen hat. *Aber ich bin nicht er.* Habe ich dir das im Laufe dieser Woche nicht gezeigt? Hat dir das nicht meine ganze Familie gezeigt?«

Tessa treten Tränen in die Augen. »Ich weiß nicht mehr, was ich noch glauben soll, Ryan. Jedes Mal, wenn ich in deiner Gegenwart keine Mauer um mich herum baue, dann ist nichts so, wie es zu sein scheint. Du hast es anscheinend wirklich drauf, mir die richtigen Dinge zu erzählen, damit ich mich in dich verliebe. Und weißt du was? Es hat funktioniert.

Ich habe mich in dich verliebt. Aber ich weiß nicht, ob meine Gefühle real sind oder nur das Ergebnis deiner Manipulation.«

Ich packe sie an den Schultern. »Deine Gefühle sind real. Wir passen perfekt zusammen, und das weißt du.«

»Das weiß ich nicht. Ich kann meinen eigenen Gefühlen nicht mehr trauen. Anscheinend habe ich eine schreckliche Menschenkenntnis.«

»Na gut, wenn du dir selbst oder mir nicht vertrauen kannst, dann vertrau meiner Familie. Weißt du, wie viele Mitglieder meiner Familie diese Woche zu mir gekommen sind und mir gesagt haben, wie wunderbar wir zusammenpassen würden? Das waren nicht nur meine Mom und Kat, Baby – jeder will, dass wir zusammenkommen, weil jeder sieht, dass wir füreinander gemacht sind.«

Sie sieht aus, als würde sie gleich in Ohnmacht fallen vor lauter Stress. Ihr Verstand und ihr Herz führen anscheinend gerade einen erbitterten Kampf. »Alles passiert so schnell«, stammelt sie. »Ich hatte noch keine Zeit, darüber nachzudenken. Wie kann sich jemand in einer Woche so verlieben? Vor allem in jemanden, der gelogen hat? Wir sind nur eine Luftblase – eine Fantasie.«

»Baby, nein. Wir haben uns wirklich ineinander verliebt. Du brauchst Fakten? Okay, dann schau dir meine Eltern an. Auf dem College hat mein Dad meine Mom am ersten Tag im Vorlesungssaal gesehen, sich neben sie gesetzt, und sie haben sich Hals über Kopf ineinander verliebt. Noch an jenem Abend hat mein Dad seinem Mitbewohner erzählt, dass er diese Frau heiraten wird. Du willst mehr Fakten? Schau dir deine Eltern an.« Meine Stimme bricht, ich kann meine Panik kaum noch unterdrücken. »Erinnerst du dich daran, was du mir erzählt hast? Dein Dad wusste von dem Augenblick an, in dem deine Mom durch die Tür in sein Tanzstudio gekommen ist, dass sie ihm gehört. Du hast erzählt, dass er heute noch denkt, sie hätte den Mond für ihn aufgehängt. Das sind wir, Baby. Ich habe dich in dieser Bar gesehen und wusste sofort, dass du zu mir gehörst. Und ich verspreche dir, auch in dreißig Jahren, in hundert, in tausend Jahren werde ich immer noch denken, dass du den Mond für mich aufgehängt hast, Baby. Wir könnten alles haben, wie deine Eltern.«

Sie wirft die Hände vor ihr tränenverschmiertes Gesicht und ruft: »Stopp! Bitte, Ryan, hör auf!«

»Tessa, ich werde nicht aufhören. Deine Eltern haben alles, und wir können es auch haben.«

»Stopp!«, ruft sie sichtlich verzweifelt. Tränen rinnen ihr übers Gesicht. »Meine Eltern haben nicht alles, Ryan! Nicht annähernd.«

Ich presse die Lippen aufeinander und bin sprachlos.

Einen Augenblick lang füllt das Schlagen der Wellen die Stille.

»Tessa?«, sage ich mit klopfendem Herzen. »Was ist passiert?«

Sie holt tief Luft. »Er hat sie betrogen«, flüstert sie und zittert am ganzen Körper. »Mein Dad sagt, meine Mom hätte den Mond für ihn aufgehängt, aber trotzdem hat er sie betrogen und ihr das Herz gebrochen.«

Meine Nackenhärchen stellen sich auf. »Wann?«

»Es ist schon vor über zwanzig Jahren passiert, aber ich habe es erst im vergangenen Jahr herausgefunden.« Sie atmet zitternd ein. »Ich habe eine Schachtel mit alten Fotos durchforstet, weil ich ihnen ein Geschenk zum Jahrestag machen wollte, und da habe ich einen Stapel alter Briefe gefunden – Briefe, die alles zerstört haben, was ich über die Liebe und die Ehe und die Treue von Männern zu wissen glaubte.«

Ich bin zu schockiert, um etwas zu sagen.

Sie holt tief Luft und wischt sich die heißen Tränen aus

dem Gesicht. »Sie waren sechs Monate getrennt, aber ich war zu jung, um das mitzukriegen. Sie hat ihn rausgeschmissen und nicht auf seine Anrufe reagiert. Also hat er ihr einen handgeschriebenen Liebesbrief nach dem anderen geschrieben, sie um Verzeihung gebeten, sie angefleht, ihr geschworen, dass es eine einmalige Dummheit im Suff, ein einmaliger Moment der Schwäche mit einer Tanzpartnerin gewesen ist. Und nach sechs Monaten voller Briefe und Bitten und Flehen hat sie ihn schließlich zurückgenommen.« Ihr entfährt ein Schluchzen. »Vor einem Jahr habe ich also herausgefunden, dass der Mann, von dem ich dachte, dass er mich zwei Jahre lang geliebt hat, der Mann, der mich heiraten und eine Familie mit mir gründen wollte, mich die ganze Zeit betrogen hat. Und dann, drei Monate danach, habe ich herausgefunden, dass mein Vater, den ich so verehrt habe, meine wundervolle Mutter betrogen hat – und damit auch mich und unsere gesamte Familie und alles, an das wir geglaubt haben. Denn anscheinend war es ihm wichtiger, mit irgendeiner Frau ins Bett zu gehen, als seine heiligen Grundsätze zu ehren.«

Ich öffne meinen Mund und schließe ihn wieder.

»Ich hielt den Brief in meiner Hand, habe auf die vertraute geschwungene Handschrift meines Vaters geblickt und wollte meinen Augen nicht trauen. Wenn ich seine Worte nicht selbst gelesen hätte, hätte ich sie niemals für möglich gehalten. Ich hätte die Integrität meines Vaters mit meinem Leben verteidigt.« Sie schluckt. »Ich habe meine Eltern damit konfrontiert, und sie haben gesagt, dass es schon eine Ewigkeit her ist, dass es sie aber im Endeffekt stärker gemacht hat. Dass es eigentlich ein Segen gewesen ist und ihnen viele Wege zur Kommunikation geöffnet hat und bla, bla, bla. Sie sagten, die Ehe ist hart, und Menschen begehen Fehler, und niemand ist perfekt – die Kunst zu verzeihen ist göttlich und so weiter und so fort. Aber, tut mir leid, ich kann das nicht so einfach vergessen und so tun, als wäre es nie passiert – ich habe mein ganzes Leben lang den Boden, auf dem mein Vater lief, verehrt und die Ehe meiner Eltern für heilig gehalten. Alle Erwartungen, die ich an die Ehe hatte, hatten in ihrer Ehe ihren Ursprung. Ich wollte immer so einen Mann haben, wie mein Vater einer war.« Jetzt sprudeln die Tränen nur so aus ihren Augen. Sie ist ein zitterndes Häufchen Elend. »Mein ganzes Leben, immer, wenn jemand der Liebe und der Ehe skeptisch gegenüber gewesen ist, habe ich gesagt: ›Aber Märchen gibt es wirklich!‹ Denn ich wusste immer, dass mein Dad dachte, meine Mom habe den Mond für ihn aufgehängt, und dass meine Mutter seine Hingabe mehr als verdient hatte. Das hat mir die Hoffnung gegeben, dass diese Form von Liebe eines Tages vielleicht auch für eine sterbliche Person wie mich möglich sein könnte. Dass auch ich vielleicht eines Tages einen Mann finden würde, der denkt, ich hätte den Mond für ihn aufgehängt.« Ihr Brustkorb hebt und senkt sich. »Ich wollte immer so eine Ehe haben wie sie, Ryan – mein ganzes Leben lang. Aber jetzt weiß ich einfach nicht mehr, was ich erwarten soll, verdammt.«

»Tessa«, sage ich leise und mache mit ausgebreiteten Armen einen Schritt auf sie zu. Aber sie tritt zurück und blickt mich wütend und verletzt an.

»Du hast mich angelogen«, zischt sie mich an. »Wenn du bestimmte Dinge vor mir verheimlichst, nur um die perfekten Voraussetzungen dafür zu schaffen, dass ich mich in dich verliebe – wie kann ich dann jemals an das glauben, was du sagst oder tust? Und wie soll ich meinen Gefühlen vertrauen können, wenn dein Plan wirklich aufgeht?«

Ich kann nicht glauben, dass sie meine Aussparungen zu einem solchen Betrug aufbauscht. Das Einzige, was ich ihr verschwiegen habe, war die Tatsache, dass ich Himmel und

Hölle in Bewegung gesetzt habe, um sie zu finden, weil ich mich vom ersten Moment an in sie verliebt habe. »Tessa«, sage ich. »Beruhige dich. Ich hatte Angst, du würdest wegen der ganzen Hacker-Sache schreiend davonlaufen, das ist alles. Ich hatte die ganze Zeit vor, es dir zu erzählen, bevor wir Maui wieder verlassen.«

Sie wischt sich die Augen und schaut aufs Meer. »Das ist genau das, was Stu getan hat. Er hat mir die perfekte Version von sich gezeigt, eine Version, die ich mir erträumt hatte, nehme ich an. Aber diese Version war nie real.«

»Baby. Nein. Das ist nicht dasselbe. Ich bin nicht Stu. Alles, was ich dir diese Woche von mir gezeigt habe, ist wahr. Ich habe dir die Wahrheit gesagt. Ich habe dir nur nicht von Beginn an alles erzählt, weil ich dich nicht verlieren wollte.«

Sie runzelt die Stirn. »Wenn das Ehrlichkeit für dich bedeutet, dann bist du kein Mann, mit dem ich eine Beziehung eingehen möchte.«

Mein Herz fühlt sich an, als würde es jeden Moment zerspringen und sich im Sand verteilen. Tränen treten mir in die Augen. »Bitte, Baby. Ich war mit keiner anderen Frau mehr zusammen, seit wir uns getroffen haben. Ich konnte den Gedanken nicht ertragen, eine andere Frau als dich zu berühren, seit ich dich zum ersten Mal gesehen habe. Ich habe dich gesehen und mich in dich verliebt und wusste sofort, dass du zu mir gehörst. Ich gehöre dir, Tessa. Mein Herz, meine Seele, mein Körper, mein Geist – alles gehört dir. Bitte, das musst du mir glauben.«

Sie legt ihre Hände übers Gesicht. »Ich weiß nicht, was ich glauben soll. Das ist alles zu viel für mich. Ich brauche Zeit, Ryan. Du bist Joshs Schwager, und ihr zwei werdet ein Geschäft zusammen aufmachen, und Josh will, dass ich mit euch zusammenarbeite …«

»Josh will, dass du bei Captain's einsteigst? O mein Gott!

Damit würde ein Traum wahr werden. Sag ihm, dass du es machst.«

»So einfach ist das jetzt nicht mehr. Was, wenn ich dem Ganzen eine Chance gebe und es nicht funktioniert mit uns? Ich will dir und Josh und Jonas nichts vermasseln. Und auch nicht mir.«

Ich lege meine Hände an ihre feuchten Wangen und danke Gott, dass sie sie nicht zurückschiebt. »Hör auf, so viel nachzudenken, Liebste. Begreif doch endlich: *Ich liebe dich*. Das wird sich nicht ändern. Niemals. Komm jetzt mit mir auf mein Zimmer. Lass mich Liebe mit dir machen. Lass mich dir zeigen, wie viel du mir bedeutest. Und dann, wenn wir nebeneinander im Bett liegen, können wir in Ruhe über alles reden, und ich verspreche dir, all deine Sorgen und Befürchtungen werden sich in Luft auflösen.«

Sie schaut mir lange tief in die Augen, und für den Bruchteil einer Sekunde habe ich das Gefühl, dass sie gleich ihre Arme um mich werfen und mir sagen wird, dass sie mich liebt. Aber das tut sie nicht. »Wen hast du an diesem Tag angerufen, Ryan?«, flüstert sie.

Ich öffne meinen Mund und schließe ihn gleich wieder.

Sie lächelt matt. »Das dachte ich mir.«

Ich seufze laut. »Ich sag dir was, Baby. Morgen früh komme ich als Erstes zu dir ins Zimmer und beantworte dir deine Frage. Und dann reden wir. Okay? Du brauchst Zeit, um über alles nachzudenken? Dann geh jetzt in dein Zimmer, und ich komme morgen zu dir. Aber glaub mir, egal, was du morgen zu mir sagst, ich werde nicht eher gehen, bevor ich dich davon überzeugt habe, dass wir füreinander geschaffen sind.«

Sie schüttelt den Kopf. »Ich brauche mehr Zeit als eine Nacht, um meine Gedanken zu sortieren. Ich muss zurück nach Hause, zurück in die Realität, und sehen, wie es sich dann anfühlt.«

Ich atme erleichtert aus. Wenn sie nicht abstreitet, dass wir füreinander geschaffen sind, und nur die Anzahl der Tage verhandelt, die ich ihr geben muss, um über alles nachzudenken, dann ist das ein sehr gutes Zeichen. »Okay. Wie viel Zeit brauchst du, Süße?«, frage ich ruhig und streichle ihr über die Wange. »Wir können die Sache so langsam angehen, wie du willst.«

»Ich weiß nicht. Es hat sich herausgestellt, dass ich die ganze Woche lang mit einem verrückten Stalker Sex hatte. Wer weiß schon, wie viel Zeit ich da brauche?«

Ich kann mir ein Lachen nicht verkneifen.

Sie lächelt jetzt auch, was ich wirklich als sehr, sehr gutes Zeichen werte. »Ich brauche eine Woche«, sagt sie. »Während Josh in den Flitterwochen ist, werde ich mit Arbeit überhäuft sein. Außerdem will ich mit Josh über meine Mitarbeit bei Captain's reden. Die Dinge könnten kompliziert für ihn werden, wenn das zwischen uns nicht klappt, und Jonas und er haben es verdient, zu wissen, worauf sie sich da einlassen.«

»Baby, hörst du mir überhaupt zu? Die Gefahr, dass es zwischen uns nicht funktioniert, besteht nicht. Das sage ich dir. Ich liebe dich. Du bist die Richtige. Wir werden alles haben, du und ich.«

Sie verlagert ihr Gewicht von einem Fuß auf den anderen.

Ich seufze. »Okay, wir werden es so machen: Du nimmst dir acht Tage in der ›realen Welt‹ Zeit, um über alles nachzudenken, weil du eben bist, wie du bist. Damit hast du eine Woche und noch einen weiteren Tag, um mit Josh zu reden, wenn er zurück in Seattle ist. Und dann, am Nachmittag des achten Tages – egal, was du denkst, zu welchem Schluss du auch gekommen bist –, werde ich alles tun, was getan werden muss, um dich davon zu überzeugen, dass du zu mir gehörst. Klingt das gut?«

Sie nickt. »Okay.«

Mir wird ganz warm ums Herz. O mein Gott. Diese Frau treibt mich in den Wahnsinn. Wirklich. Und ich liebe sie mehr als mein Leben, verdammt.

Ryan

»Ist er verrückt? Jedenfalls liegt ihm was auf der Seele, so sicher wie etwas an Deck liegen muss, wenn die Planken knacken.«

Ich bin verrückt. Das ist eine Tatsache.

Seit vier Tagen bin ich jetzt wieder aus Maui zurück, und ich bin definitiv nicht richtig im Kopf. Warum zum Teufel habe ich Tessa nur gesagt, dass ich ihr acht Tage gebe, um über alles nachzudenken? Als ich diesen Blödsinn verzapft habe, dachte ich, dass ich noch am selben Abend mit Charlotte sprechen und von ihr die Erlaubnis bekommen würde, Tessa die Wahrheit über unsere Telefonate zu sagen. Ich dachte, ich könnte danach direkt auf ihr Zimmer gehen, ihr alles erzählen und die ganze Nacht Liebe mit ihr machen.

Aber das ist jetzt vier Tage her, und Charlotte hat mich immer noch nicht zurückgerufen. Ich verstehe nicht, warum sie mich ignoriert. Tessa muss Charlotte angerufen und ihr erzählt haben, was passiert ist. Das ist die einzige Möglichkeit. Und Charlotte hat etwas missverstanden und meint jetzt, ich hätte sie verraten. Oder Charlotte hat Tessa alles gestanden, und die beiden haben sich gestritten? Ich weiß es einfach nicht. Wie auch immer, Charlottes Schweigen bringt mich um den Verstand – vor allem, weil ich noch nicht mit Tessa geredet habe.

Ich habe Tessa natürlich jeden Tag geschrieben, seit wir wieder in Seattle sind, nur um ihr zu zeigen, dass ich an sie denke und es kaum erwarten kann, mit ihr zu reden. Und um zu fragen, ob wir die Dinge vielleicht ein bisschen beschleunigen können, trotz allem, was ich auf Maui gesagt habe. Aber sie besteht darauf, dass sie erst mit Josh über die Sache mit der Bar reden muss, um Klarheit zu bekommen.

Verdammt, wenn sie mir nur vertrauen würde. Und wenn nicht mir, dann wenigstens meiner Familie. Denn selbst wenn ich auch nur die geringsten Zweifel gehabt hätte (die ich natürlich nicht habe), dass Tessa und ich perfekt zusammenpassen, dann wären diese Zweifel auf dem Rückflug von Maui völlig zerstreut worden. Mindestens fünfzehn Mitglieder meiner Familie haben mich beschworen, kein Idiot zu sein und dieses Mädchen klarzumachen.

»Ich bin ganz eurer Meinung, Leute«, habe ich zu jedem gesagt. »Mir erzählt ihr nichts Neues. Aber sie ist eine harte Nuss.«

»Na, dann knack die Nuss«, hat Mom mitfühlend gesagt. »Ich schwöre dir, Rum Cake, wenn du mit dieser Frau keine Babys machst, dann werde ich dir das für den Rest meines Lebens nicht verzeihen.«

»Ich tue mein Bestes, Mom.«

Und jetzt liege ich hier in Jogginghose auf der Couch, bin gerade von einer richtig anstrengenden Trainingseinheit aus dem Fitnessstudio zurückgekommen und bemitleide mich selbst zu sehr, um etwas anderes tun zu können, als rumzuliegen und durch das Fernsehprogramm zu zappen.

Mein Handy klingelt, und ich greife sofort danach – in der Hoffnung, dass es Charlotte ist, oder noch besser Tessa. Aber überraschenderweise erscheint der Name *Josh* auf dem Display.

»Hey, Lambo«, beantworte ich den Anruf.

»Yo, Captain.«

»Du bist doch mit Kat noch in den Flitterwochen, oder?«

»Ja, wir sind noch hier. Und wir haben eine wirklich tolle Zeit. Ich rufe dich an, weil ich meiner wunderbaren Frau gerade von der Bar erzählt und erwähnt habe, dass ich die fantastische Idee hatte, T-Rod als Partnerin mit einzubeziehen – natürlich zahlen Jonas und ich sie aus unserem eigenen Anteil, keine Sorge. Ich will, dass T-Rod mit von der Partie ist, aber nur, wenn du das auch willst.«

»Ja, großartige Idee. Mach das.«

»Gut. Ich habe also Kat davon erzählt, und …« Josh seufzt. »Ryan, Kat hat die Katze aus dem Sack gelassen. Sie hat mir alles erzählt.«

Mir wird ganz schlecht. »Alles?«

»Dass T-Rod Samantha ist und dass ihr zwei eine heiße Affäre auf Maui hattet, und dass du sie liebst.«

Mein Magen verkrampft sich.

»Ryan, ich muss mich bei dir entschuldigen«, sagt Josh. »Jonas und ich haben dir wirklich alles versaut. Also rufe ich an, um herauszufinden, ob wir das irgendwie wiedergutmachen können. Lass uns darüber nachdenken, wie wir dir dabei behilflich sein können, dein Mädchen endlich zu bekommen.«

Ryan

»Hallo?«, sagt eine männliche Stimme am anderen Ende der Leitung.

»Mr Rodriguez?«, frage ich.

»Ja.«

»Hi, Mr Rodriguez. Mein Name ist Ryan Morgan. Sie kennen Josh Faraday, den Arbeitgeber Ihrer Tochter?«

»Natürlich, ja«, sagt er, und jetzt höre ich seinen leichten Akzent.

»Josh ist mein Schwager«, sage ich. »Er hat letzte Woche meine Schwester Kat geheiratet.«

»Ja, ich habe davon gehört. Ich gratuliere Ihnen allen. Tessa hat gesagt, die Hochzeit war wundervoll.«

»Ja, das war sie.« Ich räuspere mich. »Sir, ich rufe Sie an, weil ich gerade eine Woche mit Ihrer Tochter auf Hawaii verbracht habe, zusammen mit Josh und Kat und meiner ganzen Familie. Und jetzt, Sir, habe ich mich in Ihre Tochter verliebt. Ich liebe sie aus tiefstem Herzen, Sir.«

»Oh.«

»Tessa und ich haben uns schon vor der Reise nach Hawaii kennengelernt – etwa drei Monate vorher, per Zufall –, und in dem Moment, in dem ich sie wiedergesehen habe, kam es mir vor, als hätte mich ein Blitz getroffen. Ich habe noch nie zuvor solche Gefühle für eine Frau gehabt, aber in dem Moment, in dem ich Ihre Tochter gesehen habe, wusste ich, dass sie zu mir gehört und dass ich nie wieder eine andere Frau will.«

Nach einer kurzen Pause sagt Mr Rodriguez leise: »Das Gefühl kenne ich nur zu gut.«

»Drei Monate nach dieser ersten Begegnung habe ich das Glück, eine ganze Woche mit Ihrer Tochter im Paradies zu verbringen, sie kennenzulernen, mit ihr Sachen zu unternehmen und zu sehen, wie sie mit meiner Familie zurechtkommt – alle haben sich übrigens sofort in sie verliebt. Und dieses Gefühl der Liebe auf den ersten Blick ist noch mal um einiges gewachsen, und ich kann Ihnen jetzt mit absoluter Sicherheit sagen, Sir, dass Ihre Tochter die Frau ist, mit der ich den Rest meines Lebens verbringen möchte. Die Frau, mit der ich eine Familie haben will.« Ich räuspere mich erneut. Mein Herz pocht so wild, dass ich fast ohnmächtig werde. »Ich weiß, dass wir nicht viel Zeit miteinander verbracht haben, Sir, und dass die Ehe kein Märchen ist und viel Arbeit erfordert, aber ich bin mir hundertprozentig sicher, dass ich mein Leben mit Tessa verbringen möchte und mit niemandem sonst.« Ich hole tief Luft. Meine Gefühle drohen mich zu überrollen. »Sir, ich will, dass Tessa meine Frau und die Mutter meiner Kinder wird, wenn Gott das für uns vorgesehen hat.«

»Wow«, sagt Mr Rodriguez. »Das ist … wow.«

»Also hoffe ich, dass ich Tessa so schnell wie möglich fragen kann, ob sie meine Frau werden will. Aber bevor ich das tue – ich weiß, dass Sie ein traditioneller Mann sind und dass Tessa Ihre Werte sehr schätzt, Sir –, möchte ich Sie als ihren Vater zuerst fragen, ob ich Ihren Segen habe, Ihren und den Ihrer Frau natürlich. Es ist eine sehr wichtige Frage, eine sehr traditionelle Frage, und die will ich nicht übers Telefon stellen, Sir. Vor allem nicht, bevor Sie und Ihre Frau mich kennenlernen konnten und die Möglichkeit hatten, mir in die Augen zu schauen und zu erkennen, dass meine Gefühle für Ihre

Tochter aufrichtig sind.« Ich hole wieder tief Luft und versuche, mich zu beruhigen. »Also hatte ich gehofft, dass Sie und Ihre Frau – und Ihre zwei Söhne, wenn sie Zeit haben – mich morgen oder übermorgen zum Abendessen treffen könnten. Ich wohne in Seattle, aber ich würde nach L.A. fliegen und Sie dort alle zum Essen einladen.« Ich atme zitternd aus, meine Brust schmerzt, und mein Kopf tut weh.

»Das klingt wunderbar. Wie, sagten Sie, war noch mal Ihr Name, mein Sohn?«

»Ryan Morgan.«

»Danke, Ryan. Einen Moment.« Er spricht eine gefühlte Ewigkeit mit jemandem. »Meine Frau sagt, dass sie Sie sehr gerne kennenlernen würde. Wie klingt morgen nach der Arbeit für Sie?«

»Morgen ist perfekt. Ähm, aber ich muss Sie warnen, Sir. Ich werde nicht alleine zum Abendessen kommen. Ich hoffe, das klingt nicht zu verrückt für Sie, aber meine ganze Familie möchte mitkommen – meine Eltern, Thomas und Louise Morgan, und meine drei Brüder, Colby, Keane und Dax. Meine Schwester Kat wäre auch gerne mitgekommen – sie will Sie wirklich kennenlernen –, aber sie ist noch mit Josh in den Flitterwochen. Ich musste ihr allerdings schwören, dass wir im Restaurant einen Videochat mit ihr machen, damit sie sich persönlich bei Ihnen vorstellen kann.«

Mr Rodriguez lacht. »Warum warten wir dann nicht einfach, bis Josh und Kat aus ihren Flitterwochen zurückkommen? Ich wollte Josh schon immer mal kennenlernen. Tessa hat uns in den letzten Jahren wundervolle Sachen über ihn erzählt. Vielleicht kann auch unsere Familie nach Seattle kommen, dann müssten Sie nicht alle herfliegen. Wir wollten uns Tessas neue Wohnung in Seattle sowieso schon lange mal anschauen.«

»Ähm, das wird nicht funktionieren, Sir. Es tut mir leid,

aber …« Ich hole wieder tief Luft. »Tessa weiß nicht, dass ich Sie anrufe, Sir. Und obwohl ich ihr gesagt habe, dass ich sie liebe, weiß sie nicht, dass ich vorhabe, ihr einen Antrag zu machen.« Ich versuche, meine Stimme nicht allzu zittrig klingen zu lassen. »Ich werde Ihnen mehr erzählen, wenn wir uns persönlich treffen. Aber so viel schon vorweg: Ihre Tochter ist eine harte Nuss, und ich will alles richtig machen.«

Mr Rodriguez seufzt. »Oh, Tessa. Manchmal ist sie ihr größter Feind.«

»Ja, das ist sie, Sir.«

Wir müssen beide lachen.

»Aber das ist schon okay«, sage ich. »Das liebe ich an ihr. Ich liebe einfach alles an ihr.«

»Ihre Geduld wird belohnt werden. Unsere Tessa ist ein wahres Juwel, wenn sie ihre Mauern erst einmal niederreißt.«

»Ja, das ist sie. Das weiß ich bereits. Wenn es Ihnen recht ist, Sir, würde ich unsere Verabredung zum Abendessen also gerne für ein paar Tage geheim halten, bis ich sie gefragt habe. Und das werde ich direkt nach unserem Treffen tun, wenn alles nach Plan verläuft.«

»Ryan, ich kann bereits jetzt sagen, dass alles gut gehen wird, wenn wir uns treffen. Aber ja, wir können dieses Geheimnis natürlich ein paar Tage für uns behalten. Wir freuen uns schon darauf, Sie und Ihre Familie kennenzulernen.«

»Danke, Sir. Ich kann es kaum noch erwarten, Sie zu treffen – und Ihnen meine Familie vorzustellen.« Ich stehe total unter Strom. »Vielen, vielen Dank, Mr Rodriguez«, rufe ich und spüre plötzlich, wie das Adrenalin durch meine Adern schießt. »Wir sehen uns morgen.«

Tessa

»Willkommen daheim, Josh«, sage ich und setze mich auf den Stuhl vor seinem Schreibtisch. »Hattet ihr eine schöne Zeit, du und Kat?«

»Auf jeden Fall«, sagt Josh. Er lehnt sich in seinem Schreibtischstuhl zurück und dreht gedankenverloren an seinem Ehering. »Danke, dass du hier die Stellung gehalten hast, während ich weg war.«

»Kein Problem. Es war ziemlich ruhig. Seid ihr jetzt voll damit beschäftigt, alles für das Baby vorzubereiten?«

Wir reden eine Weile über die geplante Ankunft des Babys in ungefähr sechs Wochen und darüber, was sie noch alles zu tun haben. Dann stützt sich Josh auf seine Unterarme und sagt: »Es gibt etwas, worüber ich mit dir reden möchte, T-Rod. Es geht ums Captain's.«

Mein Magen verkrampft sich. »Ja, darüber will ich ebenfalls mit dir reden«, sage ich ruhig, auch wenn mir zum Heulen zumute ist.

Als ich nach Seattle zurückgekommen bin, konnte ich mir zwei Tage lang einreden, dass es eine gute Idee war, die Sache mit Ryan langsam angehen zu lassen. Vor allem, weil er mir immer noch nicht gesagt hat, wen er am Tag seiner Ankunft auf Hawaii angerufen hat. Aber am dritten Tag bin ich aufgewacht und hatte das Gefühl, dass ich alles versaut habe, selbst wenn Ryan mir nie erzählen würde, wen er angerufen hat. Ich hatte das Gefühl, den größten Fehler meines Lebens begangen zu haben, indem ich meine Arme nicht um Ryans Hals geworfen und ihm dort am Strand gesagt habe, dass ich ihn liebe. Am fünften Tag bin ich mit dem Gefühl aufgewacht, kaum noch atmen zu können. Und so fühle ich mich bis jetzt.

Also habe ich heute Morgen zum Telefon gegriffen, um Ryan anzurufen. Ich wollte ihm sagen, dass ich ihn liebe und nicht ohne ihn leben kann, dass es mir egal ist, was die anderen sagen oder denken, sogar Josh und Jonas, und dass es mich nicht stört, dass er Joshs Schwager ist. Ich wollte ihm erklären, dass ich an diesem Abend einfach Angst hatte – pure, dumme Angst – und dass ich beschlossen habe, zur Therapie zu gehen, um mit meinen Problemen klarzukommen. Und dass er mich bitte, bitte nicht aufgeben soll, weil ich ihm verspreche, dass meine Liebe für ihn seine Geduld und sein Verständnis wert sein wird.

All das wollte ich ihm sagen – bis mir zwei Dinge bewusst wurden: Erstens will ich ehrlich gesagt immer noch wissen, wen er an dem Tag angerufen hat, und zweitens möchte ich immer noch zuerst mit Josh über das Captain's reden.

Ob es mir gefällt oder nicht, ich kann einfach keine Beziehung mit Ryan eingehen und gleichzeitig eine Bar mit ihm eröffnen. Was, wenn er mir das Herz bricht? Ich habe bestimmt nicht vor, Ryan jemals zu verlassen, aber kann er das Gleiche über sich sagen? Natürlich kann er das nicht. Nicht nach einer gemeinsamen Woche im Paradies. Auch wenn ich ihm auf der Stelle die ewige Liebe schwören würde, ich könnte das im Gegenzug niemals von Ryan erwarten. Und das bedeutet, dass wir das Geschäftliche und das Private nicht vermischen sollten – zumindest nicht so schnell, und nicht, wenn sein Lebenstraum dabei auf dem Spiel steht.

Also bin ich heute in Joshs Büro gekommen, um ihm zu sagen, dass ich die Bar nicht mit eröffnen werde, auch wenn wir das vorher so besprochen hatten. Ich würde ihn aber gerne bei anderen Dingen vertreten, egal welchen. Bei Climb & Conquer zum Beispiel. Und gleich nachdem ich mit Josh gesprochen habe, werde ich Ryan anrufen und ihm sagen, dass ich ihn liebe und dass es mir leidtut, und mich in seine Arme werfen. Natürlich hoffe ich, dass er mir dann endlich erzählen wird, wen er an diesem Tag angerufen hat.

»Also, zum Thema Captain's«, sagt Josh. »Jonas und ich sind uns sicher, dass wir investieren möchten.«

»Wunderbar. Es freut mich, das zu hören.«

»Ich konnte mit Reed und ein paar anderen Freunden von mir reden, die sich in der Gastroszene auskennen, und sie haben mir einige wertvolle Tipps für Ryans Vision und die Zukunft der Bar gegeben. Ich bin mir jetzt sicher, dass der Kerl auf jeden Fall weiß, was er tut. Also würden Jonas und ich in den nächsten drei bis fünf Jahren gerne fünf oder sechs weitere Bars außerhalb von Seattle eröffnen. Und zum Glück ist Ryan auch begeistert von der Idee.«

»Prima«, sage ich mit klopfendem Herzen. Verdammt, das klingt wie etwas, für das ich meinen rechten Arm geben würde. »Die Sache ist die«, setze ich an, aber Josh unterbricht mich.

»Warte kurz, T-Rod«, sagt Josh. »Lass mich erst alles loswerden, und dann kannst du sagen, was du davon hältst, okay? Danke.«

Ich lehne mich in meinem Stuhl zurück und zittere richtig.

»Jonas, Ryan und ich haben darüber gesprochen, und wir hätten dich gerne als Teilhaberin bei Captain's. Du würdest natürlich nicht so viel Kapital einbringen müssen wie wir drei – vielleicht zwölf Prozent oder so. Und ich würde für deinen Eigenkapitalanteil aufkommen. Dafür erwarten wir alle von dir, dass du dich richtig reinhängst. Du wärst praktisch die Person mit dem Überblick, während wir das Baby auf die Welt bringen. Aber die ganzen Details können wir später besprechen. Die Hauptsache ist: Wir hätten dich gerne als unsere Partnerin und nicht nur als Angestellte. Und da du mir in den letzten sechs Jahren unbezahlbare Dienste geleistet hast, durch die mein Kapital exponentiell gewachsen ist, würde ich dir gerne deinen Anteil an der Bar schenken. Ich habe dich so oft nur für mich in Anspruch genommen, und du hast mir immer geholfen, wenn ich dich gebraucht habe. Nimm das bitte als Dank dafür.«

Ich traue meinen Ohren nicht. O mein Gott. Das wäre ein absoluter Traum, wenn ich nicht in Ryan verliebt wäre. »Josh, danke«, sage ich. »Aber das kann ich nicht machen. Wenn ich in das Geschäft investieren möchte, dann mache ich das mit meinem eigenen Geld. Ich habe genug gespart dank des lächerlich hohen Gehalts, das du mir gezahlt hast.«

»T-Rod, ich spreche hier von ungefähr einer Viertelmillion Dollar.«

»Das habe ich auf der Bank.«

»Du hast eine Viertelmillion Dollar auf der Bank?«

Ich nicke. »Ich habe gespart.«

Josh lacht. »Verdammt. Na gut, ich sag dir was. Ich werde dir die zweihundertfünfzigtausend trotzdem schenken, und wenn wir expandieren, dann kannst du investieren, so viel du willst.«

Ich reibe mir die Stirn. Was zum Teufel mache ich hier? Ich sollte nicht über meine Partnerschaft bei Captain's nachdenken. Ich sollte Josh sagen, dass ich kein Teil dieses Geschäfts sein kann, weil ich etwas für Ryan empfinde. Das war schließlich mein Plan. Warum halte ich mich nicht daran? »Josh«, sage ich. »Danke für das Angebot, aber ich kann das nicht tun.«

»Klar kannst du das«, sagt Josh. »Jonas und ich werden viel zu beschäftigt mit Climb & Conquer sein, um uns auch noch um die Bar zu kümmern. Also brauchen wir dich und Ryan, um das Ding gemeinsam zu führen.«

Ich beiße mir auf die Unterlippe. Das klingt wie der Himmel auf Erden für mich – an der Seite des Mannes zu arbeiten, den ich liebe, und mit ihm gemeinsam etwas aufzubauen.

»Also, was meinst du, T-Rod?«, fragt Josh. »Würdest du das nicht gerne machen?«

Ich öffne meinen Mund und schließe ihn wieder. Plötzlich habe ich das Gefühl, gleich in Tränen auszubrechen. Ich muss schlucken und versuche, mich zusammenzureißen. Und dann breche ich auf einmal tatsächlich in Tränen aus.

»Tessa?«, sagt Josh und schaut mich besorgt an.

»Ich liebe ihn!«, entfährt es mir. »Ich liebe Ryan! Er ist die Liebe meines Lebens, Josh!« O Gott, ich heule wie ein kleines Baby. »Ryan und ich waren die ganze Woche auf Hawaii heimlich zusammen – die ganze Woche, Josh! –, und jetzt liebe ich ihn! Aber er weiß es nicht, weil ich eine Vollidiotin mit Vertrauensphobie bin!« Ich rede noch eine Weile unverständliches Zeug vor mich hin, bis ich schließlich gestehe, dass ich Samantha die Flugbegleiterin bin.

Josh steht auf, geht um seinen Schreibtisch herum und öffnet die Arme. Und ich werfe mich hinein und heule mir die Augen aus dem Kopf.

»Warum hast du ihm nicht gesagt, was du fühlst?«, fragt er.

»Weil ich zuerst mit dir übers Captain's reden wollte. Und weil ich immer noch nicht weiß, wen er an diesem Tag angerufen hat. Er sagte, er würde es mir erzählen, aber das hat er noch nicht getan. Und ich verstehe nicht, warum er das vor mir verheimlicht. Es sollte mir egal sein. Ich liebe ihn. Ich sollte ihm vertrauen, aber dieses kleine Detail hält mich noch zurück.«

Josh blickt mich an, als wäre ich ein kleines, verletztes Vögelchen in seiner Hand. Und das kann ich ihm nicht verübeln. Ich habe noch nie in seiner Gegenwart geweint oder mich in irgendeiner Art und Weise verletzlich gezeigt, soweit ich weiß. »Setz dich«, sagt er nur.

Ich setze mich wieder.

Josh geht zurück auf seine Seite des Schreibtisches, reicht mir ein Taschentuch und stützt sich dann auf seine muskulösen Unterarme. »T-Rod, ich weiß das bereits alles. Kat hat mir alles auf unserer Reise erzählt, auch die Sache mit Samantha.«

Ich vergrabe das Gesicht in meinen Händen. »O mein Gott. Ryan hat mir geschworen, dass er es Kat nicht erzählt hat.«

»Er hat es ihr nicht erzählt. Sie hat es selbst herausgefunden, weil Henn irgendetwas gesagt hat.«

»Henn weiß es auch?«

Josh nickt. »Ryan hat es aber auch Henn nicht erzählt. Henn hat es sich einfach zusammengereimt.«

»Scheiße.«

Josh lacht. »Tessa, niemanden interessiert die Sache mit Samantha. Hast du eine Ahnung, wie verrückt Kat ist? Sie ist total durchgeknallt.«

Ich muss lachen.

»Hör mal, Jonas und ich wollten dich nur deswegen vor Ryan warnen, weil wir dich beschützen wollten. Wir wollen beide, dass du einen Mann findest, der dich liebt und respektiert und dich gut behandelt.« Er grinst. »Und dieser Mann ist Ryan.«

Ich habe das Gefühl, mir wird eine tonnenschwere Last von den Schultern genommen. »Aber Ryan hat am Tag seiner Ankunft im Resort eine andere Frau angerufen. Wenn er so besessen von Samantha war, wen hat er dann angerufen?«

Josh beißt sich auf die Innenseite seiner Wange und blickt mich schuldbewusst an.

»Du weißt es, richtig? Kat weiß es und hat es dir erzählt?«

Josh nickt. »Ich darf es eigentlich nicht erzählen. Aber was soll's? Ich werde es ohnehin tun. Denn es ist eine Tragödie, dass du wegen so einer dummen Sache noch daran zweifelst, dass Ryan der Richtige ist.« Er seufzt. »Es war deine beste Freundin, T-Rod. Die Flugbegleiterin mit dem irischen Namen.« Josh erzählt mir die Geschichte, wie er sie von Kat gehört hat.

»Heilige Scheiße«, keuche ich. »Also hat sich Ryan dafür entschieden, sein Versprechen Charlotte gegenüber nicht zu brechen, anstatt mit mir alles ins Reine zu bringen?«

Josh nickt. »Kat sagt, das sei typisch für Ryan. Der Kerl bricht niemals ein Versprechen. Er ist wie Jonas, nehme ich an. Auf sein Wort kann man sich verlassen.«

Ich bin plötzlich wahnsinnig erleichtert. »Ich dachte, du wärst sauer auf mich, wenn ich mich mit deinem Schwager verabrede, schließlich hast du Stu aus deinem Leben verbannt. Und jedes Mal, wenn Reed sich mir nähert, scheuchst du ihn weg.«

»Ach, das hast du bemerkt, ja? Und ich dachte, ich hätte es unauffällig getan.«

»So unauffällig wie ein fliegender Mauerstein, Josh.«

»Ich wollte nur nicht, dass du dich mit einem Mistkerl verabredest.«

»Okay, das trifft auf Stu zu. Aber du wolltest auch nicht, dass ich mich mit Reed verabrede – und er ist wie ein Bruder für dich.«

»Ja, mein Bruder der Mistkerl. Zumindest, was Frauen angeht. Sie lieben ihn dafür, also soll er machen, was er für richtig hält. Aber nicht mit meiner T-Rod.« Er grinst mich breit an. »Das alles gilt übrigens nicht für Ryan. Nicht dass du meinen Segen brauchst, aber wenn du meine Meinung hören willst: Ich kann mir nichts Besseres vorstellen, als mit dir und Ryan beim Abendessen bei den Morgans zu sitzen.«

Tränen treten mir in die Augen. Ich muss schlucken und

wische sie weg. Ich bin total überwältigt. Ich kenne Josh schon seit Jahren, und wir hatten noch nie zuvor so eine Unterhaltung. »Vielen Dank«, presse ich hervor.

»Kat versucht schon, dich und Ryan zusammenzubringen, seit sie dich zum ersten Mal gesehen hat. Es war ihre göttliche Mission.«

Ich muss lachen. »Gott gnade dem, der sich zwischen Kat und das, was sie will, stellt.«

»Amen.«

»Ich mag sie wirklich sehr, sehr gern, weißt du?«

»Ja, ich weiß. Da sind wir schon zu zweit. Und sie hat dich sehr gern. Sie hat immer wieder über dich geredet und mir gesagt, dass Jonas und ich es versaut haben. Also, was meinst du, T-Rod? Wirst du mir helfen, dass mit meiner Frau wieder alles ins Reine kommt, indem du dich bereit erklärst, bei Captain's als Teilhaberin einzusteigen?«

»Liebend gerne – wenn es für Ryan okay ist.«

»Ich habe bereits mit Ryan darüber gesprochen, und er findet die Idee großartig.«

»Aber was ist, wenn es zwischen Ryan und mir nicht funktioniert?«, sage ich. »Ryan sollte nicht an seine Ex-Freundin gebunden sein, weil sie Teilhaberin seines Lebenstraums ist.« Ein furchtbarer Gedanke geht mir durch den Kopf. »Oder was, wenn Ryans Gefühle sich seit Hawaii geändert haben und er gar keine Beziehung mit mir mehr will?«

»T-Rod. Hör auf, so paranoid zu sein. Ryan hat mich davor gewarnt, dass du verrückt bist. Mann, ich hatte ja keine Ahnung.«

Ich muss lachen.

»Wie konntest du deinen Wahnsinn all die Jahre vor mir verbergen?«

»Das war nicht leicht.«

Josh grinst. »Ryan liebt dich. Er will Kinder mit dir kriegen.

Denkst du, seine Gefühle für dich haben sich in einer Woche geändert, nur weil du dich aufführst wie eine Verrückte?«

Ich zucke mit den Schultern, muss aber unwillkürlich lächeln.

»Entspann dich, T-Rod. Ich habe mit Captain Morgan geredet, und seine Gefühle haben sich ganz und gar nicht geändert. Wenn überhaupt, ist er noch entschlossener, dich zu überzeugen.«

Mein Herz macht einen Freudensprung.

»Aber okay, nehmen wir mal an, die Dinge laufen nicht so, wie ihr es euch vorstellt, und ihr beschließt, dass es das Beste ist, keine Geschäftspartner mehr zu sein. Dann werde ich dich auszahlen, okay? Ich werde dir mehr zahlen, als du investiert hast. Und das werde ich aus eigener Tasche bezahlen, damit ihr keine unangenehmen Verhandlungen führen müsst.«

Ich lege meinen Kopf schief. »Warum solltest du das tun? Das ist nett und großzügig von dir, und ich bin dir überaus dankbar. Aber wirtschaftlich gesehen ist das einfach nur dumm, Josh.«

Josh lacht. »Du hast dir die Frage bereits selbst beantwortet. Ich mache bei der Sache nicht aus wirtschaftlichen Gründen mit – ich tue es, weil das Leben kurz ist. YOLO. Lass uns Spaß haben mit den Menschen, die wir am meisten lieben, und wenn wir nebenher noch etwas Geld damit machen können – sehr gut.«

»Die Menschen, die wir am meisten lieben? Du klingst schon wie ein richtiger Morgan.«

Wir müssen beide grinsen.

»Im Ernst«, sagt Josh. »Ich riskiere es nur allzu gern, eine dumme Geschäftsentscheidung zu treffen, wenn ich damit deiner momentanen Dummheit ein Ende setzen kann. Und außerdem ist diese Entscheidung nur dann dumm, wenn ich mein Versprechen eines Tages halten muss – und ich habe nicht das Gefühl, dass das der Fall sein wird.« Er zwinkert mir zu. »Also, Ms Rodriguez, wir haben genug über unsere verdammten Gefühle geredet. Ich habe Ryan gesagt, dass ich mit dir über eine Partnerschaft spreche und wir uns dann auf ein paar Drinks treffen, um zu feiern und die nächsten Schritte zu diskutieren.«

Ich kriege große Augen. »Du willst, dass ich mit dir mitkomme und Ryan auf ein paar Drinks treffe?«

»Korrekt.«

»Wann?«

»Jetzt. Also wisch dir den Rotz aus dem Gesicht. Du siehst katastrophal aus.«

Meine Brust zieht sich zusammen. »Aber Ryan und ich haben seit Maui nicht mehr miteinander geredet. Ich muss erst mit ihm allein sprechen. Ich muss ...« Ich lege mir die Hände an die Wangen und bin plötzlich ganz aufgeregt. »Ich habe Ryan noch nichts von dem erzählt, was ich dir gerade erzählt habe.«

»Na gut. Dann wirst du mit Ryan eine Weile allein in der Bar sitzen, während ich ein paar Türen weiter einen Kaffee trinke. Ich schreibe Kat einfach, dass ich sie gleich im Café treffen werde, damit ich nicht so alleine bin.« Er wirft mir ein verschmitztes Grinsen zu. »Du kannst mit Ryan so lange reden, wie du willst, und wenn ihr zwei euch eure Liebe gestanden habt und bereit seid, übers Geschäft zu reden, dann schreibst du mir und Kat, und wir kommen in die Bar.«

Ich hole tief Luft und schüttle meine Arme aus.

»T-Rod, es gibt keinen Grund, nervös zu sein. Ich habe mit Ryan geredet. Seine Gefühle für dich sind immer noch dieselben wie auf Hawaii. Sie sind sogar noch stärker jetzt.«

»Das hat er gesagt?«

Josh nickt. »Er konnte gar nicht aufhören, darüber zu reden.«

Ich muss lachen. »Danke, Josh.«

»Ist mir ein Vergnügen.« Er steht auf. »Auf geht's, Ms Rodriguez. Zeit, dir einen wundervollen Typen zu angeln.«

Ich stehe auf. »Okay, Mr Faraday. Lass uns gehen.«

Joshs Handy piepst, und er schaut aufs Display. »Ah, wo wir vom Teufel sprechen. Ryan schreibt, er ist bereits in der Bar und wartet auf uns. Ich werde ihm schreiben, dass wir auf dem Weg sind.« Er tippt eine Nachricht, während wir durch seine Bürotür gehen.

»Wo treffen wir ihn?«

Josh grinst. »In der *Pine Box*.«

Tessa

Josh parkt seinen Lamborghini auf einem bewachten Parkplatz gegenüber der *Pine Box* – und natürlich macht Josh eine große Show daraus, dass er dem Parkwächter hundert Dollar gibt, damit er sein Auto weit weg von den anderen parkt. Dann gehen wir beide Richtung Bar. Als wir zum Eingang kommen, steht Kat bereits breit grinsend davor. Ihr Haar glitzert golden in der Nachmittagssonne, und ihre Hände liegen beschützend auf ihrem Bauch.

Kat und ich umarmen und küssen uns, reden ein paar Minuten lang über die Flitterwochen und das Baby und darüber, dass Kat vom ersten Moment an wusste, dass ich perfekt bin für Ryan. Als ich es schon fast nicht mehr aushalten kann, in die Bar zu gehen und mich in Ryans Arme zu werfen, nimmt Josh die Hand seiner redseligen Frau und führt sie zu einem Café nur ein paar Häuser weiter.

Ich betrete die Bar und bleibe erst mal kurz stehen, damit sich meine Augen an das schummrige Licht gewöhnen können. Und als sie sich daran gewöhnt haben, sehe ich, dass sich nur zwei Menschen in dem Laden befinden: ein Barkeeper ganz in Schwarz, der hinter dem Tresen steht, und der Mann, den ich liebe. *Captain Ryan Ulysses Morgan*. Er sitzt auf demselben Stuhl, auf dem er auch saß, als ich ihn vor drei Monaten zum ersten Mal gesehen habe. Und er kommt mir noch perfekter vor als damals.

Als Ryan mich in der Tür stehen sieht, legt sich ein strahlendes Lächeln über sein wunderschönes Gesicht. Er steht auf, deutet auf den Barhocker neben sich, und ich gehe auf ihn zu, als würde er mich an einem unsichtbaren Faden zu sich ziehen.

Als ich bei Ryan ankomme, werfe ich mich wortlos in seine offenen Arme, presse meinen vor Sehnsucht zerfließenden Körper an seinen und küsse seine magischen Lippen, wie ich noch nie zuvor einen Mann geküsst habe.

»Ich liebe dich«, flüstert Ryan, und sein warmer Atem kitzelt mich an der Haut.

»Ich liebe dich so sehr«, antworte ich mit klopfendem Herzen, und Tränen rinnen mir übers Gesicht. »Es tut mir leid. Bitte verzeih mir. Ich liebe dich.«

Ryan nimmt mich noch fester in die Arme und drückt sich noch enger an mich. »Da gibt es nichts zu verzeihen. O Gott, Baby, ich hab dich so vermisst.«

Das ist der schönste Moment in meinem Leben.

»Ich hatte Angst«, keuche ich und zittere am ganzen Körper. »Ich bin eine Vollidiotin.«

Er lacht und berührt meine Nase mit seiner, wobei mich seine Bartstoppeln am Kinn kratzen. »Ist schon okay. Es ist mir egal. Ich liebe alles an dir.«

»Jetzt habe ich keine Angst mehr«, flüstere ich. »Ich vertraue dir. Ich liebe dich. Ich will mit dir zusammen sein.«

Er nimmt mein Gesicht in seine Hände und schaut mich mit seinen strahlend blauen Augen an. »Ich werde dich nie verletzen, Tessa – ich verspreche dir, ich habe dein Vertrauen verdient. Ich kann nicht mehr ohne dich leben.«

»Ich auch nicht«, pflichte ich ihm bei, während mir immer noch die Tränen über die Wangen rinnen.

Ryan blickt mich voller Freude an. »Meinst du das ernst?«

Ich nicke.

Er küsst mich leidenschaftlich, und sein Körper verrät mir, was er tief in seinem Herzen fühlt. Seine Lippen verschlingen meine förmlich, unsere körperliche Nähe sagt mehr als tausend Worte. Nachdem wir uns eine Weile leidenschaftlich und glückselig geküsst haben, schaffen wir es irgendwie, unsere Lippen voneinander zu lösen, und setzen uns Händchen haltend auf unsere Barhocker. Unser Atem geht schnell, und unsere Wangen glühen.

»Ich brauchte einfach Zeit zum Nachdenken«, erkläre ich. »Das ist meine Achillesferse: Ich treffe jeden Tag bei der Arbeit schnelle Entscheidungen, aber wenn es um meine Gefühle geht, dann kann ich das nicht.«

»Das verstehe ich«, sagt er. »Ich habe dich total verwirrt. Ich habe mir selbst vorgemacht, dass der Zweck die Mittel heiligt. Aber Tatsache ist, dass ich nicht komplett ehrlich zu dir war. Das werde ich nie wieder tun. Ich werde dir von jetzt an immer die Wahrheit sagen.«

»Ich verstehe, warum du das getan hast«, sage ich. »Ich denke sogar, du hast alles richtig gemacht. Wenn du mir von Anfang an die ganze Geschichte erzählt hättest, wäre ich vielleicht wirklich schreiend davongelaufen.«

Er lacht. »Das hättest du auf jeden Fall gemacht.«

Wir grinsen uns an.

Er seufzt. »Baby, dieses Telefonat … ich kann dir immer noch nicht …«

»Ich weiß, dass es Charlotte war«, unterbreche ich ihn mitten im Satz.

»Sie hat es dir erzählt?«

»Nein. Charlotte ist gerade mit ihren Eltern auf einer Kreuzfahrt und hat keinen Handyempfang.«

Ryan schlägt sich an die Stirn.

»Josh hat mir gesagt, dass es Charlotte war, nachdem Kat es ihm erzählt hat.«

»O mein Gott, meine Schwester ist ein unverbesserliches Plappermaul!«, sagt er und schüttelt den Kopf. »Bitte sei nicht böse auf Charlotte. Ich habe sie überredet.«

»O ja, das glaube ich dir aufs Wort. Ich bin nicht böse. Anscheinend kennt mich meine beste Freundin besser, als ich mich selbst kenne. O mein Gott, ich habe dich so vermisst.« Mit diesen Worten greife ich nach Ryans hübschem Gesicht und küsse ihn wieder und wieder und wieder, bis der Barkeeper zu uns kommt und höflich fragt, ob wir etwas zu trinken bestellen wollen. Was wir tun.

»Ist es nicht seltsam, dass wir hier ganz alleine sind?«, sage ich, als der Barkeeper wieder geht und ich mich in der leeren Bar umschaue.

Ryan zuckt mit den Schultern. »Es ist unter der Woche, mitten am Nachmittag.«

»Ja, aber sollten nicht wenigstens noch ein paar andere Leute hier sein? Welche Marketingstrategie auch immer dieser Laden hier fährt, wir sollten genau das Gegenteil im Captain's machen.«

»Heißt das, du bist als Teilhaberin dabei?«

Ich nicke enthusiastisch. »Wenn es für dich in Ordnung ist?«

»Baby, ich würde es nicht anders wollen. Was mich angeht, sind wir ein Team, du und ich, von jetzt an für immer.«

Wir küssen uns erneut und werden von unseren Gefühlen überwältigt. Als der Barkeeper mit unseren Drinks zurückkommt, lösen wir uns lachend voneinander.

»Weißt du, als wir das letzte Mal auf genau denselben Stühlen saßen, haben wir uns einander nicht richtig vorgestellt«, sagt Ryan. »Ich denke, das sollten wir jetzt nachholen.«

Ich muss kichern uns strecke meine Hand aus. »Hey, Hübscher. Mein Name ist Tessa Rodriguez. Ich bin die persönliche Assistentin von einem Kerl namens Josh Faraday. Ich lebe in Seattle und bin auf keinen Fall Flugbegleiterin.«

Ryan nimmt meine Hand. »Ryan Morgan.«

»*Morgan*? Bist du mit Kat Morgan verwandt?«

»Ja, sie ist meine kleine Schwester.«

»O mein Gott. Was für ein Zufall! Mein Boss wird deine Schwester heiraten!«

»Das glaub ich jetzt nicht!«

Wir müssen beide lachen.

»Stell dir vor, unsere erste Unterhaltung wäre so verlaufen«, sagt Ryan. »Das hätte mir jede Menge Zeit erspart.«

»Nein, es wäre unser Ende gewesen. Wenn ich gewusst hätte, dass du Kats Bruder bist, dann wäre ich schreiend davongelaufen.«

»Nein, wir sind unser Schicksal, Baby. Wir hätten so oder so zueinandergefunden.«

Ich spüre, wie ich rot werde.

»Also, Tessa Rodriguez, schön, dich kennenzulernen«, sagt Ryan und nimmt unser kleines Rollenspiel wieder auf. »Warum erzählst du mir nicht ein bisschen was über dich?«

Ich nehme einen Schluck von meinem Drink. »Was würdest du denn gerne wissen?«

»Ach, ich weiß nicht.« Er grinst verschmitzt. »Gib mir doch einfach eine kurze Zusammenfassung.«

»Eine kurze Zusammenfassung?«, sage ich und erwidere sein Grinsen. »Verdammt, da nehme ich *ein Mal* keine Power-Point-Präsentation über mich mit in eine Bar, und dann fragt mich der schärfste Typ in dem Laden nach einer kurzen Zusammenfassung?«

Ryan beißt sich auf die Unterlippe. »O nein, ich klinge, als würde ich ein Bewerbungsgespräch führen, oder? Tut mir leid.«

»Ist schon okay. Das kommt vor.«

»Weißt du was?«, sagt Ryan. »Wenn das hier schon so nach Bewerbungsgespräch klingt, dann lass mich dir eine klassische Frage stellen.«

Ich nippe noch mal glücklich an meinem Drink. »Auf geht's.«

»Wo siehst du dich in fünf Jahren, Tessa?«

Ich grinse. »Das ist einfach. Ich bin Teilhaberin einer total erfolgreichen Bar namens Captain's, die mehrere Filialen hat.«

Ryan wird rot. »Und in deinem Privatleben?«

Das Herz klopft mir bis zum Hals. Ich weiß genau, wo ich mich in fünf Jahren in meinem Privatleben sehe – verheiratet mit Ryan und Mutter von einem oder zwei Babys –, aber das kann ich ihm auf keinen Fall nach so kurzer Zeit schon sagen, ganz egal, wie aufrichtig er mir gerade seine Liebe gestanden hat. »Äh, du zuerst«, stammle ich.

Ryan grinst in sich hinein. »Verdammt, ich liebe es, wie vorhersehbar du manchmal bist, Argentinien. Es ist, als hätten wir diese Unterhaltung vorher geprobt.« Er nimmt meine Hand und schaut mir tief in die Augen. »Ich sehe mich in fünf Jahren verheiratet mit dir. Ich sehe, wie wir zwei Paar Windeln wechseln und noch mehr Babys in Planung haben. Ich sehe, wie wir an Thanksgiving im Haus meiner Eltern sitzen, uns sonntags Footballspiele anschauen und an welchem Tag der Woche auch immer Fußballspiele. Und ich sehe uns jede Nacht miteinander schlafen – manchmal als du und ich, manchmal als Samantha und Ulysses. Und vielleicht manchmal als Charaktere, die wir erst noch erfinden müssen. Aber immer stecken wir dabei die Welt um uns herum in Flammen. Ich sehe, wie ich dich liebe, dich beschütze und dich glücklich machen will. Und vor allem sehe ich, dass ich der glücklichste Mann auf Erden bin.«

Mir klappt die Kinnlade runter. Mein Herz droht aus meiner Brust zu springen. Meine Augen füllen sich wieder mit Tränen.

»Siehst du auch etwas von alldem?«, fragt er leise.

Ich nicke.

»Wie viel davon?«, fragt er.

Ich kann kaum sprechen. »Alles davon.«

Ryan atmet erleichtert aus, als würde ihm die Last der Welt von den Schultern genommen werden. »Ich danke dir, lieber Gott.« Er holt tief Luft. »Dann sollten wir meiner Meinung nach nicht damit warten, das Ganze ins Rollen zu bringen.«

Ich öffne meinen Mund und schließe ihn wieder, weil ich mir nicht sicher bin, was er damit meint. Denn wenn er meint, dass er … Moment. Nein. Bitte lieber Gott, lass ihn das nicht tun. Ich habe ihn ja noch nicht einmal meiner Familie vorgestellt! Ich könnte auf keinen Fall Ja zu Ryan sagen ohne den Segen meiner Familie, egal wie sehr ich ihn liebe. Scheiße, Scheiße, Scheiße! »Ryan!«, entfährt es mir. »Warte.«

Ryan berührt meine Wange. »Schhh …«

»Aber Ryan«, wende ich ein. Ich will ihm sagen, dass meine endgültige Antwort natürlich Ja sein wird, aber dass mein Vater sehr traditionell ist und ich kein offizielles Versprechen machen möchte, ohne vorher mit ihm geredet zu haben. Ich will ihm sagen, dass er mich jetzt noch nicht fragen darf, weil ich auf keinen Fall Nein zu ihm sagen will – nie im Leben! Aber ich kann unmöglich …

»Tessa«, sagt Ryan. »Ich kann deine Gedanken lesen, Baby.« Er lacht. »Es ist okay. Ich werde dich nicht jetzt fragen. Ich bin nicht dumm.«

Ich atme erleichtert aus.

»Ich weiß, dass es bestimmte Dinge gibt, die vorher erledigt werden müssen. Keine Sorge.«

Mein ganzer Körper entspannt sich.

»Und ich weiß auch, dass du wahrscheinlich etwas Zeit brauchst, um über alles nachzudenken, bevor du Ja zu mir sagen kannst. Also will ich dich einfach mental darauf vorbereiten, dass ich dir irgendwann diese Frage stellen werde. Irgendwann in der Zukunft – keine Eile. Ich habe eine kleine Power-Point-Präsentation vorbereitet, um dir bei deiner zukünftigen Entscheidung zu helfen.«

»Eine Power-Point-Präsentation?«, sage ich.

»Eine Power-Point-Präsentation«, sagt er trocken. »Und jetzt komm und setz dich dorthin, damit du meine Präsentation anschauen und mir zuhören kannst.«

Ich erstarre und habe plötzlich Angst, dass er mich doch jetzt fragt, auch wenn er gerade das Gegenteil behauptet hat.

»Süße«, sagt er und zieht mich hoch. Er führt mich zu einem Stuhl vor einer weißen Wand. »Ich werde dich noch nicht fragen. Ich werde dir nur zum Spaß eine kleine Power-Point-Präsentation über mich zeigen, okay? Und jetzt setz dich und entspann dich.«

Ryan

Tessa sieht sich in der leeren Bar um, als sie sich hinsetzt. »Du hast den Laden gemietet, stimmt's? Es kann kein Zufall sein, dass hier überhaupt niemand ist.«

Ich zwinkere ihr zu. »Ich dachte, uns täte etwas Privatsphäre ganz gut. Komm, wir bestellen dir noch etwas zu trinken, während ich meine Power-Point-Präsentation vorbereite.«

»Du willst mir wirklich *hier* eine Power-Point-Präsentation zeigen?«

»Ja.« Ich gebe dem Barkeeper ein Zeichen, und er kommt zu uns, um Tessas Bestellung aufzunehmen. Als sie alles hat, was sie braucht, baue ich meinen Laptop und einen Projektor auf dem Tresen auf und stelle noch zwei Schüsseln daneben.

Als alles bereit ist, nehme ich die kleine Fernbedienung des Projektors, stelle mich wie ein Professor neben die »Leinwand« (eine weiße Wand, von der ich alle Bilder abgenommen habe) und drehe mich zu Tessa um. »Okay, Baby«, sage ich. »Bitte schau dir meine Präsentation ohne irgendwelche Kommentare an. Jegliche Gedanken, Fragen, Einwände oder gestresste Reaktionen haben bis zum Ende Zeit, okay?«

»Okay.«

»Versprochen?«

Sie lehnt sich grinsend zurück. »Versprochen.«

Ich drücke auf den Knopf auf der Fernbedienung. Auf der Wand neben mir erscheinen folgende Worte:

Die Top-Ten der Gründe, warum du auf die Frage »Willst du mich heiraten?« mit »Ja, verdammt« antworten solltest.

Tessa schnappt nach Luft. »Ryan. Warte.«

Ich lege meinen Zeigefinger an die Lippen. »Das bereitet dich nur darauf vor, dass ich dir die Frage irgendwann einmal stelle, okay? Ich weiß, dass du viel Zeit brauchst, bevor du so eine Entscheidung triffst, also werde ich dir die Zeit geben, gut und gründlich darüber nachzudenken.« Das ist natürlich gelogen, denn ich werde diese Bar nicht ohne eine Verlobte verlassen. Aber ich schwöre, das ist die letzte Notlüge, die ich ihr erzähle.

Tessas Schultern entspannen sich wieder. Sie nickt.

Ich drücke wieder auf den Knopf, und die erste Folie erscheint.

Grund Nummer eins: Wenn du mich heiratest, wird deine Familie ausflippen vor Freude.

Tessa schaut mich verwirrt und sprachlos an.

Ich erzähle ihr von meinem Abendessen mit ihrer Familie in L.A. und zeige ihr dabei Fotos unserer fröhlichen Gesichter, als wir beisammensaßen. »Und als ich deine Familie um ihren Segen gebeten habe, haben sie alle gesagt, dass es natürlich deine Entscheidung sei, aber dass sie ›total ausflippen würden vor Freude‹, wenn sie mich und meine Familie in ihrer willkommen heißen könnten.«

Tessa öffnet ihren Mund, als wolle sie etwas sagen, schließt ihn dann aber wieder und bricht in Tränen aus.

Verdammt, ich bin gut. Kenne ich mein Mädchen, oder was?

Ich gehe zu ihr, streiche ihr über den Rücken und küsse sie auf den Kopf, während sie mir weinend und aus tiefstem Herzen dafür dankt, dass ich das getan habe. Das zerreißt mir fast das Herz.

»Bist du bereit für die nächste Folie, Baby?«, frage ich. »Das war nur die Eröffnung.«

»Ich werde nicht bei allen so weinen müssen, oder?«

»Ich mache keine Versprechungen.« Es geht weiter.

Grund Nummer zwei: Wenn du mich heiratest, wird meine Familie total ausflippen vor Freude.

Ich grinse sie an. »Du hast ja keine Ahnung, wie viele meiner Familienmitglieder mich auf Hawaii dazu gedrängt haben, dich zu meiner Freundin zu machen. O mein Gott, sie müssen gedacht haben, ich sei ein totaler Vollidiot, so vehement, wie ich sie abgewehrt habe.«

Sie lacht.

»Tessa, im Ernst. Jeder wünscht sich nichts mehr, als dass du Teil unserer Familie wirst. Im schlimmsten Fall werden sie dich wahrscheinlich sogar mit Keane verkuppeln.«

Sie muss wieder lachen.

Ich klicke noch mal auf die Fernbedienung, und die dritte Folie erscheint.

Grund Nummer drei: Wenn du mich heiratest, werde ich dir jederzeit meine weltberühmte Guacamole machen.

»Wow.«

»Natürlich wird dir die enorme Tragweite dieses Versprechens erst bewusst, wenn du meine Guacamole probiert hast. Also …« Ich nehme die zwei Schüsseln vom Tresen – eine gefüllt mit Tortillachips, die andere gefüllt mit meiner berühmten Guacamole. »Ich habe dir eine Kostprobe gemacht, und ich verspreche dir, wenn du sie probiert hast, wirst du verstehen, was für ein Riesenversprechen ich dir hier gebe.«

Ehrfürchtig taucht Tessa die Chips in die Guacamole und steckt sie in ihren Mund – und ihr ganzes Gesicht strahlt förmlich. »Nirvana«, stöhnt sie. »Die beste Guacamole, die ich je probiert habe. Du hattest recht mit dem Kümmel.«

»Und jetzt stell dir vor, du bist mit dem Kerl verheiratet, der sie dir gemacht hat – und stell dir vor, er macht sie dir, wann immer du willst. Wäre das nicht ein glückliches Leben?«

»Es wäre das schönste Leben, das ich mir vorstellen kann.«

O mein Gott. Mein Herz macht einen Sprung. Heißt das, sie wird Ja sagen? Ich glaube schon, verdammt.

Mit klopfendem Herzen klicke ich die nächste Folie an.

Grund Nummer vier: Basierend auf objektiven Fakten, Zahlen und Nummern, solltest du mich auf jeden Fall heiraten.

Ich scrolle durch ein paar Folien mit Tabellen, Graphen und Statistiken, die alle die wissenschaftlich bewiesenen Vorteile der Ehe aufzeigen – aus sozialer, gesundheitlicher und wirtschaftlicher Perspektive. Dazu kommen noch ein paar lächerliche Zahlen, die mich betreffen, wie Größe, Gewicht, IQ, Adresse und so weiter.

»An dem Abend, an dem wir uns genau hier kennengelernt haben«, sage ich und deute auf die zwei Barhocker, »hast du mir erzählt, dass Guacamole allein nicht reichen würde, damit du dich in mich verliebst. Du hast gesagt, du brauchst Zahlen und Fakten, um deinen Verstand davon zu überzeugen. Hier hast du sie, meine Liebe. Und wie du siehst, lügen die Zahlen nicht. Die Ehe ist die einzig logische Schlussfolgerung für uns zwei.«

»O Ryan«, sagt sie und lächelt mich mit strahlenden Augen an.

Mit einem Kloß im Hals komme ich zur nächsten Folie.

Grund Nummer fünf: Wenn du mich heiratest, kommst du ein Leben lang in den Genuss der Vorteile der Morgan-Familie.

»Wo muss ich unterschreiben?«, ruft sie, und mein Herz rast.

Ich räuspere mich. »Zu besagten Vorteilen gehören folgende Dinge, erstens: Tickets für jedes Konzert von 22 Goats überall auf der Welt, inklusive Backstage-Pass. Zweitens: Mama Lous berühmte Kochkünste bei regelmäßigen Familienessen, wie etwa ihre legendäre Lasagne, die Spaghetti mit Hackfleischsoße und das Truthahn-Chili. Drittens: Angelausflüge mit meinem Dad und Colby, wann immer du willst. Sternchen: Ein Tag pro Monat darf dabei nicht überschritten werden.«

Sie lacht.

»Viertens«, fahre ich fort. »Kat sagt, im nächsten Jahr kannst du dir von ihr jedes Kleidungsstück ausleihen, das du willst. Du brauchst sie nicht um Erlaubnis zu fragen, weil ihr sowieso nichts davon passen wird. Fünftens: Ich werde all deine Spannbettlaken profihaft zusammenlegen, das verspreche ich.«

»Wow.«

»Ich weiß. Ein einschneidendes Erlebnis. Und sechstens, und das ist bei Weitem der beste Vorteil: Ball Peen Hammer wird *umsonst* auf Charlottes nächster Geburtstagsfeier mit seinem Hintern wackeln!«

Tessa bricht in schallendes Gelächter aus.

»Und jetzt sag mir, ob du wirklich diejenige sein willst, die Charlotte erzählt, dass sie ihr eine Stripshow von Ball Peen Hammer vorenthalten hat.«

»Auf keinen Fall«, antwortet sie. »Charlottes Geburtstag ist schon nächsten Monat. Das wäre ja wunderbar, wenn ich ihr Geschenk bereits jetzt hätte.«

O mein Gott, meint Tessa damit etwa, dass sie schon heute Ja zu mir sagen wird? Heilige Scheiße, ich glaube, das meint sie.

Mit rasendem Puls komme ich zur nächsten Folie.

Grund Nummer sechs: Wenn du mich heiratest, werde ich Tanzstunden nehmen.

Sie schenkt mir ein umwerfendes Lächeln. »Wirklich?«

»Wirklich. Ich will dich schließlich führen können, ohne mich zu blamieren.«

Sie fasst sich an die Brust. »Ich kann es kaum erwarten.«

Mein Herz droht in meiner Brust zu zerspringen. Warum zum Teufel habe ich nur zehn Gründe auf die Folien geschrieben, verdammt? Der Ring in meiner Tasche fühlt sich plötzlich an, als stehe er in Flammen.

Ich klicke auf die nächste Folie.

Grund Nummer sieben: Wenn du mich heiratest, verspreche ich dir, der Sex wird immer unglaublich gut sein.

»Das versteht sich zwar von selbst«, sage ich. »Aber ich will damit sagen, dass ich deinen Körper jede Nacht meines Lebens ehren werden. Das schwöre ich bei Gott.«

Sie grinst mich verführerisch an.

Nächste Folie.

Grund Nummer acht: Wenn du mich heiratest, wird das Universum platzen vor Glück. Wir sind unser Schicksal, Baby.

»Denkst du, es war Zufall, dass ich dich in einer Bar in Seattle getroffen habe, mich in neun Airlines eingehackt habe, um dich zu finden, und dich dann zufällig auf einer winzigen Insel in der Mitte des Pazifiks wiedergetroffen habe? Pah! So etwas wie Zufall gibt es nicht. Wir gehören zusammen. Das Universum will, dass wir zusammen sind, Tessa.«

»Nun ja«, sagt sie. »Ich würde niemals das *Universum* enttäuschen wollen.«

Ich habe das Gefühl, ich werde gleich ohnmächtig. Schnell klicke ich die nächste Folie an.

Grund Nummer neun: Wenn du mich heiratest, verspreche ich, dich glücklich zu machen.

Ich muss schlucken. »Tessa, ich will eins klarstellen: Ich glaube nicht, dass eine Person eine andere auf lange Sicht gesehen glücklich machen kann. Wahres Glück muss man für sich selbst finden. Aber ich schwöre dir hoch und heilig, dass ich alles in meiner Macht Stehende tun werde, um dir dabei zu helfen, dieses Glück zu finden. Ich verspreche dir, der beste Ehemann und Vater zu sein, der ich sein kann. Ich werde dich mit meinem Herzen und meiner Seele unterstützen und beschützen und lieben. Ich werde deinen Körper ehren, dein

Herz hegen und deine Seele nähren. Ich verspreche dir, ich werde niemals etwas tun, das dir wehtut, oder dich sogar betrügen. Das verspreche ich. Wir sind ein Team, Baby. Eine Familie. Du und ich. Du wirst niemals einen Grund haben, an mir zu zweifeln.«

Sie schaut mich zutiefst bewegt an. Sprachlos. Sie presst ihre Lippen aufeinander und versucht offensichtlich, nicht zu weinen.

Ich klicke die letzte Folie an und zittere am ganzen Körper.

Grund Nummer zehn: Wenn du mich heiratest, wirst du bis an dein Lebensende diesen unglaublichen Ring an deinem Finger tragen können.

Sie reißt die Augen auf und schnappt nach Luft.

Schnell knie ich vor ihr nieder, ziehe das Schmuckdöschen aus meiner Tasche und öffne den Deckel. Zum Vorschein kommt ein großer, funkelnder Diamantring, den meine Mom mit mir ausgesucht hat (mithilfe von Tessas Mom über Videochat). Und wie erhofft, schnappt Tessa nach Luft, zittert und schluchzt – alles gleichzeitig.

»Tessa Rodriguez«, sage ich mit zittriger Stimme und habe selbst Tränen in den Augen. »Ich glaube, dass du den Mond für mich aufgehängt hast, Baby, und das werde ich immer glauben. Ich liebe dich, wie ich noch nie eine Frau geliebt habe. Deswegen, und aus all den Gründen, die ich gerade aufgeführt habe, bitte ich dich inständig, sag ›Ja, verdammt‹, wenn ich dich jetzt frage: Willst du meine Frau werden?«

Tessa nickt wild mit dem Kopf. »Ja, verdammt.«

Ich stecke ihr den Ring über ihren zitternden Finger und stehe dann auf, um sie leidenschaftlich zu küssen. Nachdem wir uns eine Weile geküsst und uns Versprechungen ins Ohr geflüstert haben, ziehe ich mich von ihr zurück und hole mein Handy aus der Tasche. »Lass uns Josh und Kat herholen, um zu feiern.«

»O mein Gott«, ruft Tessa. »Ich habe total vergessen, dass sie im Café sind!« Sie blickt auf den Ring an ihrer Hand. »Ich kann es kaum erwarten, ihnen davon zu erzählen.«

»Hey, Tim!«, rufe ich durch die Tür hinter dem Tresen. »Mach die Musik an und schenk den Champagner ein! Wir werden heiraten!«

Der Barkeeper kommt aus dem Hinterzimmer, und Tessa hält ihre Hand mit dem funkelnden Ring nach oben. »Schenk Champagner für vier ein, Tim!«, ruft Tessa glücklich. »Wir werden eine kleine Party feiern.«

»Nein, Baby, wir werden eine *große* Party feiern.« Ich rufe dem Barkeeper hinterher: »Champagner für zwanzig, Tim!«

Tessa schaut mich fragend an.

»Du wirst schon sehen«, sage ich.

Zwei Sekunden später, als der von mir ausgewählte Song (*Bailando* von Enrique Iglesias) aus den Boxen über uns ertönt, geht die Tür auf, und die Gäste unserer Verlobungsparty kommen herein: Josh, Kat, meine Eltern, Colby, Keane, Zander, Dax, Fish, Colin, Jonas, Sarah und Tessas Familie (ihre Eltern, Brüder, Schwägerin und Nichte).

Alle umarmen und küssen sich, und Tessa zeigt glücklich ihren Ring, während der Champagner ausgeschenkt wird. Unsere Familien stellen sich untereinander vor, alle reden und lachen. Und keine Minute lasse ich Tessas Hand los, während mein Herz vor Freude platzt.

Kat kommt zu mir, um mir Grüße von Henn und Hannah auszurichten, die leider nicht kommen konnten, weil Hannahs kleine Schwester Geburtstag hat.

»Henn wird immer mein Bruder sein«, sage ich zu Kat und lege meinen Arm um Tessa. »Er konnte zwar mein Mädchen nicht für mich finden, was verständlich ist, aber dieser Kerl hat mir dabei geholfen, meinen Glauben nicht zu verlieren und auf mein Herz zu hören.«

»Auf Peter Hennessey«, sagt Kat und hebt ihr Glas. Tessa und ich stoßen mit ihr an.

»Da fällt mir etwas ein«, sage ich und drehe mich zu den Gästen um. »Hey, Leute! Ich will einen Toast aussprechen!« Ich erhebe mein Glas, habe meinen Arm immer noch fest um Tessas Hüfte gelegt, und alle anderen heben ebenfalls ihr Glas. »Lasst mich zuerst eins sagen: Gott sei Dank ist es eine Überraschungs-Verlobungsparty geworden und keine Tröstet-Ryan-Party.«

Alle lachen.

Ich richte mein Glas auf Tessas Familie. »Auf die Rodriguez-Familie: Danke, dass ihr meine Familie so herzlich aufgenommen habt.«

Die Rodriguez-Familie prostet mir zu.

»Auf die Morgans«, sage ich. »Ihr rockt. Mehr muss ich nicht sagen.«

Meine Familie jubelt mir zu.

»Danke, Bob Gaskins, der Mann, von dem Wikipedia behauptet, er sei der Erfinder von Power Point. Du rockst auch, Bob, wo immer du jetzt bist – danke für den Hund und die Frau.«

Alle lachen und jubeln.

»Und schließlich …« Ich schaue Tessa an. »Ich danke meiner wunderschönen Verlobten, dass sie Ja gesagt hat. In *Moby Dick* fragt Herman Melville: ›Wo liegt der letzte Hafen, von dem wir nie mehr ablegen?‹ Tessa, zum ersten Mal in meinem Leben weiß ich genau, wo mein letzter Hafen liegt: Bei dir – wo immer du auch sein wirst.«

Tosender Applaus bricht los, und alle stürmen auf uns zu, um uns zu umarmen, zu küssen und uns zu gratulieren. Aber nach ein paar Minuten kann ich dem Drang nicht widerstehen und ziehe Tessa in eine Ecke, wo ich sie leidenschaftlich küsse.

»Geht es dir gut?«, frage ich und vergrabe meine Nase in ihrem Haar.

»Mir ging es nie besser«, flüstert sie. »Das ist der schönste Tag meines Lebens.«

»Für mich auch. Ich kann es nicht erwarten …«

»Entschuldige, Ryan«, sagt Kat hinter mir.

Ich löse mich von Tessa und drehe mich zu Kat um.

Das Herz rutscht mir in die Hose.

Olivia!

Kat lächelt zuckersüß und hat den Arm um Olivias Schultern gelegt. »Schau mal, wer mir vor dreißig Minuten geschrieben hat, um sich zu beschweren, dass du nicht auf ihre Nachrichten antwortest«, sagt sie. »Und schau mal, wer mich angefleht hat, ihr zu verraten, wo sie dich findet, damit sie versuchen kann, dich zurückzugewinnen.« Kat dreht sich zu Olivia um. »Ach Mist, jetzt, wo du hier bist, Süße, fällt mir ein, dass ich ganz vergessen habe, ein winziges Detail zu erwähnen, als ich dir geantwortet habe: Ryan ist in der Bar, um seine Verlobungsparty zu feiern. Olivia, das ist Tessa – die zukünftige Frau meines Bruders. Ach, warte. Ihr zwei habt euch ja bereits kennengelernt, als du die zukünftige Frau meines Bruders als Schlampe beschimpft hast.« Kat lächelt sie zuckersüß an, wirkt aber definitiv bedrohlich. »Stimmt das, Tessa, Süße? Hat Olivia dich als Schlampe beschimpft?«

»Ja, das hat sie, Kitty Kat«, sagt Tessa und klingt genauso bittersüß wie Kat.

Olivia knirscht mit den Zähnen. »Verdammt, Kat. Du hast mich reingelegt.«

Kat lacht.

»Olivia, es tut mir leid«, sage ich und starre Kat an. »Ich habe damit nichts zu tun. Du solltest gehen.«

»Ich habe das nicht für dich getan, Rum Cake«, schnaubt Kat. »Ich habe es für Tessa getan.« Sie lächelt Tessa an. »Gibt es etwas, das du zu Olivia sagen möchtest, Liebes? Das ist deine Chance.«

Tessa tut so, als ob sie gähnen würde und legt sich die Hand vor den Mund. Dabei funkelt der Diamant an ihrem Ring. »Nein, eigentlich nicht.«

Olivia wirft Tessa einen bitterbösen Blick zu. »Fick dich.«

Kat lacht wieder. »Du hast wirklich Klasse, Olivia. Komm, ich bring dich raus.«

»Mach dir keine Mühe, du Schlampe.« Olivia reißt sich von Kat los und marschiert Richtung Tür.

»Kat, was zum Teufel?«, sage ich. »Ich wollte Olivia nie wiedersehen. Vor allem nicht heute.«

»Ich konnte einfach nicht widerstehen. Ich hätte das ja nicht absichtlich eingefädelt, aber als ich ihre Nachricht bekommen habe, dachte ich mir, das ist Schicksal.« Sie zuckt mit den Schultern. »*Ich* würde auf jeden Fall wollen, dass dieses Biest den Diamantring an meinem Finger sieht.« Sie schaut Tessa fragend an. »Hat sich das nicht gut angefühlt?«

»Es hat sich großartig angefühlt«, sagt Tessa und schockiert mich damit richtig.

Sie schlagen ein und kichern.

»Willkommen in der Familie, Schwester«, sagt Kat und legt ihren Arm um Tessas Schultern. »Ich wollte bloß sichergehen, dass du weißt, dass du nicht nur einen Ehemann bekommst, der dich liebt, sondern die ganze Morgan-Mafia mit dazu.«

Ryan

»Etwas in mir schmolz dahin. Nicht länger wütete mein arg zerspelltes Herz und meine rasende Hand wider die wölfische Welt.«

Tessa und ich können uns gar nicht schnell genug gegenseitig die Klamotten vom Leib reißen. So lustig unsere Verlobungsparty heute Abend auch war, während der letzten Stunde konnte ich trotzdem nur noch daran denken, Tessa zum ersten Mal mit nach Hause zu nehmen und endlich, endlich mit ihr in meinem eigenen Bett zu schlafen.

Ich lege sie aufs Bett, küsse sie und ziehe ihr den Stringtanga aus. Die Spitze meines Schwanzes ist bereits feucht vor Lust. Ich sauge an ihren Nippeln und streichle sie sanft zwischen den Beinen. Mein ganzer Körper zittert vor Erregung, und sie windet sich unter meinen Berührungen und stöhnt erwartungsvoll.

»Du bist so feucht«, flüstere ich, während ich mit den Fingern in sie eindringe.

»Ich bin schon so feucht, seit du die Ringschatulle geöffnet hast«, erwidert sie heiser, und ich muss lachen.

»Ist es schlimm, dass es mich angemacht hat, als du Olivia ohne Worte fertiggemacht hast?«

»Ich hätte vor ihren Augen mit dir geschlafen, wenn ich es gekonnt hätte«, sagt sie.

»O mein Gott, du bist so verdammt scharf.«

Ich bedecke sie mit Küssen von ihren Brüsten über den Bauch bis hin zu ihrer Pussy und lecke sie, bis sie sich am Bettlaken festkrallt und ihre inneren Muskeln sich unter meinem Mund zusammenziehen. In Sekundenschnelle bin ich auf ihr, meine Eier ziehen sich vor Erregung zusammen, und mein harter, feuchter Schwanz berührt schon ihre Öffnung. Mein Herz klopft wie wild.

»Ich bin clean«, flüstere ich zitternd und kann es kaum noch erwarten, in sie einzudringen. »Nimmst du die Pille?«

»Nein«, flüstert sie, aber als ich ein Kondom aus dem Nachtschrank nehmen will, packt sie mich am Arm und hält mich fest. »Das brauchen wir nicht«, sagt sie. Sie spreizt ihre Beine und streckt mir ihre Hüften entgegen, wobei sie sich verlangend an mir reibt. »Mach Liebe mit mir.« Sie lässt ihren Unterleib kreisen, reibt sich an mir und treibt mich dabei in den Wahnsinn.

»Bist du sicher?«, keuche ich mit pochendem Schwanz. »Ich bin so scharf auf dich, dass ich nicht mehr klar denken kann. Das wäre verrückt, oder?«

»Liebst du mich?«, stöhnt sie und reibt ihre enge, feuchte Pussy an meinem Schwanz.

»Von ganzem Herzen«, presse ich hervor.

»Wirst du mich heiraten?«

Mir zerspringt fast das Herz in der Brust. Meine Seele steht in Flammen. Mein Schwanz ist steinhart. »Das schwöre ich bei Gott, egal, was kommen mag«, antworte ich.

Sie stöhnt. »Und du willst Babys mit mir?«

O Gott, mein ganzer Körper steht unter Strom. Ich bin so wahnsinnig angetörnt. »Mehr als alles andere«, keuche ich.

»Dann mach jetzt mit mir Liebe. Wir lassen das Schicksal entscheiden.«

Ohne zu zögern oder auch nur den geringsten Zweifel zu

haben, ziehe ich ihre Arme über den Kopf, verschränke meine Finger mit ihren und dringe laut stöhnend tief in sie ein. Und in der Sekunde, in der ich sie ganz ausgefüllt habe, spüre ich etwas, das ich noch nie zuvor gespürt habe – unsere Körper und Seelen verschmelzen miteinander. »Ich liebe dich«, sage ich und werde von meinen Gefühlen überwältigt. »O mein Gott, du fühlst dich so gut an.«

Sie murmelt etwas Unverständliches unter mir und drückt meine Finger ganz fest. Ich beginne mich in ihr zu bewegen, küsse sie leidenschaftlich, und mein Körper sagt ihr, was Worte nicht ausdrücken können. O Gott, ich habe mich noch nie so gut gefühlt. Ich war mir noch nie im Leben bei etwas so sicher. Alles in mir hat sich zusammengefügt. Sie ist die Frau, auf die ich mein Leben lang gewartet habe – die Frau, die dieser verrückten, kranken Welt einen Sinn verleiht. »Ich liebe dich«, keuche ich, als ich in ihr komme, meinen Samen in ihr verteile und damit alles gebe, was ich zu geben habe. »O mein Gott, Tessa. Ich liebe dich.«

Tessas Körper versteift sich, als sie unter mir kommt, und sie erklärt mir ebenfalls ihre Liebe.

Einen Moment später lösen wir unsere Hände voneinander, und sie umarmt mich fest.

Als ich ihr in die Augen schaue, sehe ich Tränen darin.

»Ist etwas nicht in Ordnung?«

»Alles ist in Ordnung. In bester Ordnung.« Sie holt tief Luft. »Ich bin einfach unendlich glücklich.«

Ich rolle mich von ihr runter und mache Musik an (*Marry Me* von Jason Derulo). Dann ziehe ich sie an mich und küsse sie. »Das wird ein tolles Leben werden, meine Süße.«

»Das beste.«

Wir lauschen beide der Musik und hängen eine Weile unseren Gedanken nach. Aber dann muss ich lachen.

»Was?«, fragt sie.

»Ich habe mir nur gerade vorgestellt, wie wir mit Josh und Kat im Kino sitzen und du Josh sagst, dass er sich sein verdammtes Popcorn selbst holen soll.«

Sie kichert ebenfalls.

Ich drücke ihre Hand. »Denkst du, wir haben gerade ein Baby gemacht?«

»Wahrscheinlich nicht – ich denke nicht, dass es der richtige Zeitpunkt war. Aber wenn, dann sollte es so sein.«

»Du würdest nicht ausflippen, wenn es so wäre?«

Sie lächelt. »Nein. Ich meine, doch, ich würde total ausflippen, aber nicht, weil ich Zweifel hätte, sondern weil ich einfach ausflippen würde, wenn ich schwanger wäre – egal, wann das passiert. Und du?«

Ich denke einen Moment über meine Worte nach, weil ich nichts sagen will, das nicht absolut der Wahrheit entspricht. »Ich wäre überglücklich, wenn wir gerade ein Baby gemacht hätten.«

Sie denkt kurz über meine Antwort nach. »Früher habe ich immer gedacht, mit einem Babybauch zu heiraten wäre das Schlimmste, was passieren kann. Aber nachdem ich gesehen habe, wie glücklich Kat war und wie sich Josh vor meinen Augen in einen Ehemann und Vater verwandelt hat, denke ich, dass es keinen perfekten Zeitpunkt für die Liebe und die Ehe gibt.«

Ich streichle ihr Gesicht und bewundere ihre Schönheit. »Da stimme ich dir zu.«

Ich küsse sie sanft und zerfließe förmlich in ihren Armen.

»Hey, weißt du, was mir gerade auffällt?«, sagt sie, und ihre Lippen sind nur wenige Millimeter von meinen entfernt. »Gratuliere, Romeo – du hast endlich deinen Masterplan in die Tat umgesetzt.«

Ein breites Grinsen legt sich auf mein Gesicht. »Ja, aber

nicht so, wie du denkst. Mein Masterplan war nicht, dich in mein Bett zu kriegen. Ich habe gelogen.«

»Was?«

»Das war bloß Stufe eins meines Masterplans, aber nicht das eigentliche Ziel. Das habe ich dir nur nicht erzählt, damit du keine Angst kriegst und nicht schreiend davonläufst.«

Sie lacht. »Noch eine Lüge? O mein Gott, du bist ein notorischer Lügner.«

Ich muss lachen.

»Was war denn dein eigentliches Ziel?«, fragt sie.

Ich nehme ihre Hand und berühre den funkelnden Ring an ihrem Finger. *»Das war das Ziel.«* Ich lege meine Hand auf ihren flachen Bauch. »Und *das*.«

Sie schmiegt sich an mich.

Ich richte mich auf, stütze mich auf meinen Ellbogen und betrachte ihr wunderschönes Gesicht. »Wann willst du heiraten, Argentinien?«

Sie zuckt mit den Schultern. »Nächste Woche? Nächsten Monat? In drei Monaten? Wann immer wir damit nicht der Ankunft von Gracie Louise in die Quere kommen, denn ich will auf keinen Fall …« Mein Gesichtsausdruck lässt sie mitten im Satz innehalten. »Was?«

Ich kann es nicht in Worte fassen.

»Was?«, fragt sie erneut. »Geht es dir gut?«

Ich nicke. »Ich hatte nur eine Vorhersehung.«

»Von was?«

»Von uns. Von unserer Zukunft.«

»Wirklich?«

Ich nicke wieder. »Ich hatte ein deutliches Bild vor mir.«

»Was hast du gesehen?«

»Ich habe dich und mich und einen Haufen Kinder gesehen. Und eine Bar namens Captain's, die ein voller Erfolg ist. Da waren du und ich gegen diese verrückte, kranke, wundervolle Welt. Und wir waren glücklich.« Ich drücke ihre Hand und presse mich ganz fest an sie. »Tessa, du musst dir um nichts Sorgen machen, Baby. Ich habe soeben alles gesehen. Und ich bin mir hundertprozentig sicher, dass wir ein fantastisches Leben haben werden.«

Tessa ~ Epilog

»Hallo, meine Lieben«, sagt mein wundervoller Ehemann zu der kleinen Gruppe auserwählter Familienmitglieder und engster Freunde. Er hat unsere neugeborene Tochter vor seine Brust geschnallt, und seine blauen Augen strahlen. »Ich danke euch von ganzem Herzen, dass ihr heute Nachmittag hierhergekommen seid, um die *fünfte* Eröffnung von Captain's mit uns zu feiern.«

»Und unsere zweite in Seattle!«, ruft Josh und hebt sein Bierglas hoch.

Alle jubeln.

Ich schaue Ryan und Josh vom hinteren Bereich des Raumes aus zu (von wo aus ich mir solche Veranstaltungen am liebsten anschaue). Anders als bei den ersten vier Eröffnungsfeiern von Captain's ist es helllichter Nachmittag, der Laden ist voller Kinder, und ich stehe nicht, sondern sitze – dank des wertvollen (und sehr müden) kleinen Lebewesens, das zur Hälfte meine DNA trägt und an meine Brust gekuschelt schläft.

Ryan legt seine Hand auf Claires winzigen, schlafenden Kopf, der an seiner Brust ruht, und fährt fort: »Tessa hatte die Idee, heute Nachmittag nur mit unseren Familien und engsten Freunden zu feiern, bevor heute Abend die große Eröffnungsfeier stattfindet.« Er sieht mir direkt in die Augen. »Und ich muss sagen, Baby, das war eine fantastische Idee.« Er winkt mir zu, und ich winke zurück.

O mein Gott, ich liebe meinen Mann. Es gibt nichts Schöneres, als ihn mit unserem Baby vor der breiten Brust zu beobachten, während er so leidenschaftlich über sein Geschäft redet, in dessen Erfolg er so viel Mühe gesteckt hat. Dass er mir gerade so niedlich zugewunken hat, war das i-Tüpfelchen. Wow, ich verspüre plötzlich das dringende Bedürfnis, meinem Mann bei der erstbesten Gelegenheit einen unvergesslichen Blowjob zu bescheren.

»Ehrlich gesagt«, fährt Ryan fort und reißt mich aus meinen sinnlichen Gedanken, »hätte ich mir in meinen wildesten Träumen nicht vorgestellt, die *fünfte* Filiale von Captain's zu eröffnen – und das nach so kurzer Zeit und mit so viel Freude.« Er schenkt mir ein Lächeln, das mein Herz schmelzen und meine Eierstöcke wie Raketen abgehen lässt. »Ich will meinen Partner und vor allem meiner Frau dafür danken …«

»Mommy?«, sagt mein drei Jahre alter Sohn Zachary Hennessey Morgan und hebt abrupt, aber verschlafen den Kopf von meiner Brust.

Ich streiche ihm das dunkle, zerzauste Haar aus den Augen. »Was ist los, Liebling?«

»Ich muss Pipi, Mommy«, sagt Zac, und an seinem Tonfall erkenne ich, dass es dringend ist.

Ich springe sofort auf. »Guter Junge. Komm, mein Kleiner. Los geht's!«

Schnell führe ich meinen kleinen Töpfchen-Azubi durch die Leute in Richtung Toiletten, grinse unseren Freunden und Familienmitgliedern zu, während ich an ihnen vorübergehe: Keane und Maddy (eine Dokumentarfilmerin, die zufällig die kleine Schwester von Hannah Banana Montana Milliken ist), Colby und seiner schwangeren Frau und Henn und Hannah und ihrer frischgeborenen Tochter Hazel (die Henn so ähnlich sieht, dass Hannah ihrem Mann immer vorwirft, er habe ihre gemeinsamen Gene in einen Behälter gegeben und es irgendwie geschafft, alles, was mit ihr zu tun hat, rauszufiltern).

Endlich kommen Zac und ich bei den Toiletten an – gerade als meine Schwiegermutter mit Kats vierjährigem Mini-Me, der kleinen Ms Gracie Louise Faraday (auch »Little G« oder »Mademoiselle Terrorist« genannt), durch die Tür kommt.

»Hi, Zacky«, sagt Louise. Sie schaut mich an. »Soll ich ihn übernehmen?«

»Oh, danke, Mama Lou. Dann verpasse ich nicht Ryans Rede. Du weißt, wie gerne ich ihn von etwas schwärmen höre.«

Louise zwinkert mir zu. »Ich weiß. Aber tu mir einen Gefallen, und bring die kleine Gracie wieder zu Kitty zurück. Komm, Zacky-Baby, zeig mir, was für ein großer Junge du bist.«

»Gibst du mir auch was Süßes, wie Mami es immer tut, Oma Lou?«

»Natürlich«, antwortet meine Schwiegermutter. »Was denkst du, woher die Mamis in dieser Familie die brillante Idee haben, ihren Kindern M & Ms zu geben, wenn sie aufs Klo gegangen sind?« Sie zwinkert mir zu und führt meinen kleinen Jungen durch die Tür.

Ich bringe Gracie zu ihrer Mutter, ihrem Vater und ihrem Bruder, stelle mich dann wieder an die Seite und höre mir die Rede meines Mannes bis zum Ende an. Mein Herz schwillt vor Freude und Stolz und Liebe an. Ich wusste nicht, dass ich in der Lage bin, so zu fühlen, bevor ich diesen wundervollen Mann kennengelernt habe.

»… und darum freue ich mich so darüber, Captain's mit den Menschen zu führen, die ich am meisten respektiere und liebe«, sagt Ryan mit strahlendem Blick. »Also danke ich meinen Partnern – Josh, Kat, Jonas, Sarah und vor allem meiner wundervollen Frau – dafür, dass sie mit mir diese fantastische Reise machen. Ich danke euch allen, dass ihr heute Nachmittag hierhergekommen seid, um mit Cupcakes und Limonade zu feiern, bevor wir alle unsere Kinder ins Bett stecken und heute Abend zurückkommen, um mit jeder Menge Alkohol zu feiern. Prost!«

Alle lachen und heben ihre Limonadengläser.

Josh übernimmt das Mikrofon und erzählt etwas über eine Wohltätigkeitsorganisation für Kinder, die wir unterstützen, und Ryan kommt sofort zu mir.

»Hey, Mrs Morgan«, sagt er. Er nimmt mich in seine starken Arme, zieht mich fest an sich und knuddelt das winzige Menschlein, dass wir (so brillant) zusammen geschaffen haben (weil wir einfach superclever sind).

»Hey, Baby-Daddy«, erwidere ich und blicke auf Claires zerzausten Haarflaum zwischen unseren Oberkörpern. »Schläft die kleine C-Dog da unten noch?«

»Wie ein Baby«, sagt Ryan. »Wo ist Z-Dog?«

»Mit deiner Mom auf der Toilette. Er ist aufgewacht und hat mir gesagt, dass er aufs Klo muss.«

»Cool. Die Macht der M & Ms. Du bist so verdammt klug, Liebste.«

»Diesen Trick habe nicht ich erfunden. Kat hat ihn mir verraten – auch wenn ich gerade herausgefunden habe, dass er eigentlich von der Grande Dame stammt.«

»Natürlich stammt er von ihr. Alle guten Tricks zur Kindererziehung stammen von meiner Mutter. Es ist schon der totale Wahnsinn, *zwei* Paar Windeln auf einmal zu wechseln, ich will mir gar nicht vorstellen, wie es sein muss, *drei* Paar Windeln gleichzeitig wechseln zu müssen.«

Ich muss lachen. »*Du* darfst dich nicht über das Windelnwechseln beschweren, Baby. Du bist schließlich derjenige, der mich angefleht hat, noch ein zweites Menschenkind zu zeugen. Du kannst sie dir nicht wünschen und dich dann darüber beschweren, dass du ihre Windeln wechseln musst.«

»O nein, ich beschwere mich über gar nichts, und das weißt du auch. Ich liebe alles daran, auch das Windelnwechseln.« Er grinst und küsst mich, wobei mich seine Bartstoppeln am Kinn kratzen. Meine Nippel werden sofort hart, als ich daran denke, wie sie mich letzte Nacht zwischen den Oberschenkeln gekratzt haben. »Ich bin der letzte Mann auf der Welt, der sich über irgendetwas beschweren könnte«, flüstert er und küsst mich zärtlich. »Eigentlich bin ich sogar bereit, jederzeit ein drittes Paar Windeln zu wechseln.«

»Stopp. Claire ist erst vor drei Monaten aus mir rausgeflutscht. Gönn mir eine Pause. Wir haben alle Zeit der Welt. Ich werde nicht abhauen.«

»Keine Eile. Ich will nur, dass du weißt, dass ich bereit bin, wenn du es bist. Lass uns eine Fußballmannschaft gründen. *Viva la banda Morgana!*«

Ich kichere, und er vergräbt seine Nase in meinem Haar.

»Ich habe dich laut und deutlich gehört, Romeo«, flüstere ich. »Aber lass uns eine Pause einlegen, okay?«

»Ich kann nichts dagegen tun. Du bist einfach so verdammt sexy, wenn du schwanger bist. Und wenn du nicht schwanger bist. Und wenn du schläfst. Und wenn du wach bist. Und wenn du redest. Und wenn du nicht redest. Und wenn du liest. Oder kochst. Oder atmest. O Gott, und frag besser nicht danach, wie sehr es mich anmacht, wenn du ein Baby auf dem Arm hältst. Ich werde schon hart, wenn ich nur daran denke.«

Ich muss lachen. »Du bist nicht normal, Captain Morgan.«

»Ich bin mir ziemlich sicher, dieses kleine Detail ist dir schon vor langer Zeit aufgefallen.« Er seufzt laut auf. »Heilige Scheiße.«

»Was?«

»Ich wusste, wir würden ein tolles Leben haben, das wusste ich wirklich. Ich habe es vorausgesehen. Aber ich hatte ja keine Ahnung, dass es so fantastisch werden würde. Danke, dass du Ja gesagt hast.«

»Das war die Power-Point-Präsentation. Ich konnte ihr einfach nicht widerstehen.«

Er lacht. »Hunde und Ehefrauen. Ich sag's ja.«

»Und Schulbälle. Aber eins will ich klarstellen: Ich habe ein großes Opfer gebracht. Ein riesiges.«

Ryan grinst. »Wie wäre es, wenn ich meine Schuld heute Nacht bei dir abarbeite?«

»Das will ich dir geraten haben. Gleich nachdem ich mit dir fertig bin, Captain.«

»Ach ja?«

»Du weißt doch, wie sehr es mich anmacht, wenn du dir eins unserer Babys vor die Brust geschnallt hast.«

»Warum, meinst du, tue ich das die ganze Zeit?«

»Weil du es liebst, ein Baby vor der Brust zu tragen.«

Ryan grinst. »Das stimmt. Aber ich tue es auch, weil ich weiß, dass es dich so anmacht.«

»Also gut, es funktioniert.« Ich fahre mit gedämpfter Stimme fort. »Ich könnte mir vorstellen, dass Samantha und Ulysses heute Nacht mal wieder vorbeischauen wollen.«

Ryan bedeckt mich mit Küssen. »O mein Gott, du machst mich so scharf, Baby.«

»›O Captain, mein Captain‹«, flüstere ich.

»Willst du mich quälen?«

»Daddy, ich habe Pipi ins Klo gemacht!«, sagt Zachary und erscheint wie aus dem Nichts mit Louise neben uns.

Ryan grinst mich sehnsüchtig an und bückt sich dann, um seinen geliebten Sohn mit einem Arm hochzuheben. Dabei ist er ganz vorsichtig, damit er Claires kleinen Körper nicht zu sehr gegen seine Brust drückt.

Während mein Ehemann sich die spannenden Details über Zacharys hart verdiente M & Ms anhört, stehe ich einfach nur da und beobachte ihn mit klopfendem Herzen.

Ich weiß nicht, warum Ryan mich so bedingungslos liebt. Ich weiß nicht, warum er glaubt, dass ich den Mond für ihn aufgehängt habe und mir regelmäßig kleine Monde als Geschenk mitbringt – wie die Salz- und Pfefferstreuer mit einer Kuh, die über den Mond springt. Er hat sie vor nicht allzu langer Zeit auf einem Flohmarkt gefunden. Oder das Glücksarmband mit einem Mondanhänger, einem Diamanten, das er mir dieses Jahr zum Muttertag geschenkt hat. Ich weiß nicht, wieso dieser wunderbare Mann anscheinend nie genug von mir kriegen kann und seine Leidenschaft für mich von Tag zu Tag größer zu werden scheint.

Ich weiß nicht, warum Ryan denkt, ich sei perfekt, obwohl ich so viele nervige Eigenschaften habe.

Ich weiß wirklich nicht, wie ich es geschafft habe, in sein wundervolles Leben zu stolpern – ob es einfach nur Glück oder Schicksal war. Ich weiß nur eins: Ich bin mit dem Mann meiner Träume verheiratet.

Und deshalb habe ich schließlich beschlossen, seine unendliche Liebe zu mir nicht mehr zu hinterfragen und stattdessen meine ganze Energie darauf zu verwenden, ihn glücklich zu machen. Ich will jeden Tag meines Lebens versuchen, meinem Mann das Gefühl zu vermitteln, dass er genauso geliebt und bewundert wird in unserer Ehe wie ich.

Während Ryan weiter mit Zac redet, rührt sich Claire an seiner Brust und macht ein gurrendes Geräusch, das mir zeigt, dass sie Hunger hat.

»Warte kurz, Kumpel«, sagt Ryan ruhig zu Zac. Er stellt unseren Sohn ab, holt Claire aus dem Tragesack und reicht sie mir übervorsichtig.

»Bist du hungrig?«, sage ich zu Claire.

»Sorry, Kumpel«, sagt Ryan hinter mir zu Zachary. »Erzähl deine Geschichte zu Ende. Ich höre dir zu. Was ist dann passiert?«

Ich drehe mich um. »Baby?«

Ryan blickt mich fragend an.

»Ich liebe dich über alles«, sage ich. Ich muss schlucken und werde plötzlich von meinen Gefühlen überwältigt. Diese Worte sind so dürftig. So unzureichend. Aber sie sind alles, was ich habe. »Ich liebe dich mehr, als Worte es ausdrücken können.«

Ryan lächelt mich warmherzig an. »Und ich liebe dich – mehr als alles andere auf der Welt.«

Wir lächeln uns noch einen Augenblick lang an, bis Claire meinen Finger loslässt und einen gellenden Schrei von sich gibt, was mir sagt, dass ich mit dem Feuer spiele, wenn ich sie noch länger warten lasse.

Aber ich habe immer noch nicht alles zum Ausdruck gebracht, was ich fühle. »Ich will dir nur danken …«, stammle ich. »Für …« Ich weiß nicht einmal, was ich gerade versuche, diesem wunderbaren Mann zu sagen. »Dafür, dass du mich so liebst, wie du es tust.«

Ryan blickt mich so voller Liebe und Geduld an. »Baby, ich kann gar nicht anders, als dich zu lieben – du bist mein Kick.« Er schenkt mir ein umwerfendes Lächeln. »Dank mir nicht dafür, dass ich dich liebe.« Er küsst Zachary auf die Wange und zwinkert mir zu. »Ich wurde geboren, um dich zu lieben.«

Anmerkungen ~

Dieses Buch ist den Love Monkeys gewidmet, meinen treuen und wunderbaren Lesern. Danke, dass ihr meine Charaktere genauso liebt, wie ich es tue. Ich will auch meinem Team danken: Melissa, Sophie, Alicia, Judi, Sarah, Jill, Andrea und Kevin. Wie immer danke ich auch meiner geliebten Familie. Ich könnte nicht über die Morgans schreiben, wenn ich nicht selbst so wundervolle Familienmitglieder hätte, die mir jeden Tag zeigen, was es bedeutet, zu lieben und geliebt zu werden. Und schließlich danke ich Damon dafür, dass er mir eines Abends beim Essen einen Witz erzählt hat, der mich zu Keane Morgan inspiriert hat. Ich habe recherchiert und konnte den Verfasser des ursprünglichen, alten und ziemlich berühmten Witzes über das *Welcome-to-Jamaica*-Tattoo nicht ausfindig machen. Aber ich möchte der oder den Personen, die den Witz erfunden haben, dafür danken und anmerken, dass Keanes Geschichte, wie er und Zander sich kennengelernt haben, durch diesen alten Witz inspiriert wurde. Es gibt viele Varianten dieses Witzes, aber der Grundgedanke ist immer ein Penistattoo mit einem fürchterlich langen Willkommensgruß.